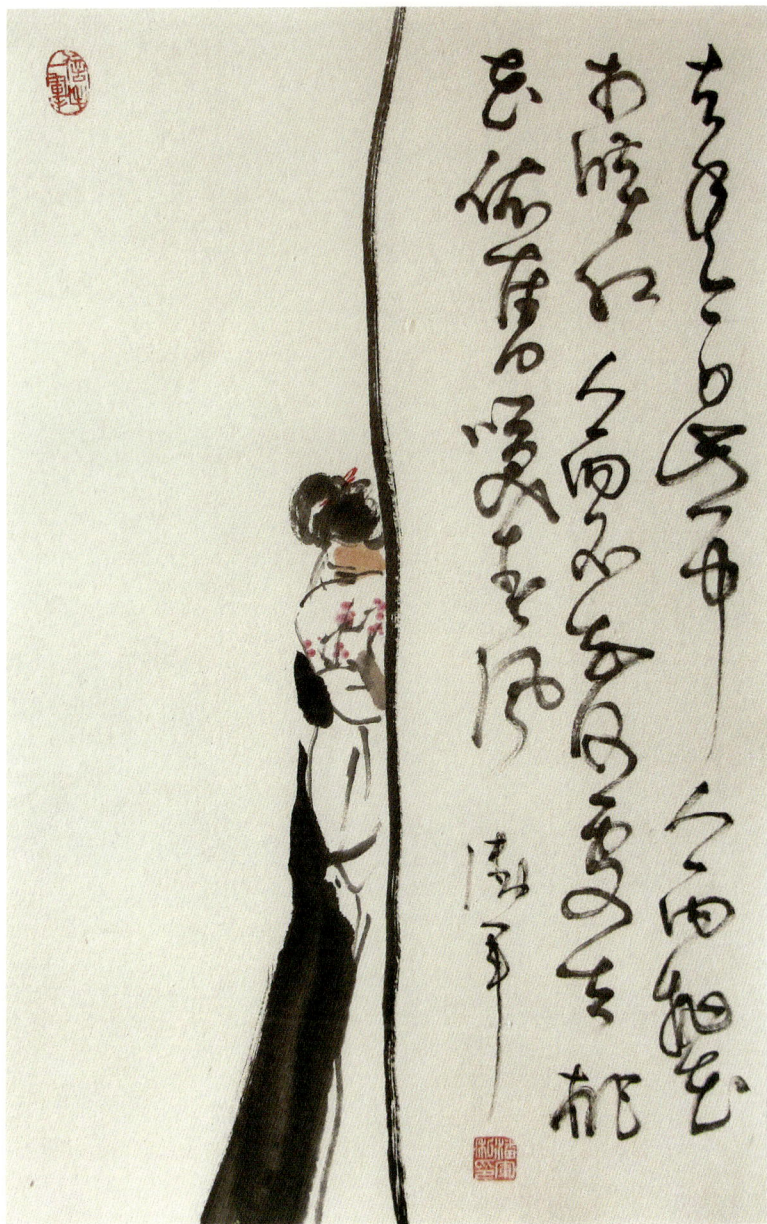

《人面桃花》（2013年　44cm×70cm）

《司空曙诗意图》（2015年　45.5cm×70cm）

《苏三起解》（2015年　35cm×46cm）

《十五贯》（2015年　35cm×46cm）

《童年牧笛》（2015年　46cm×70cm）

《赤壁赋》（2017年　48.5cm × 49.5cm）

《东坡观砚》（2017年　31.5cm×31.5cm）

《荷塘鱼戏》（2017年　46cm×69.5cm）

《锁麟囊》（2017年　45.5cm×70cm）

一曲新词酒一盃，去年天气旧亭台。夕阳西下几时回。

无可奈何花落去，似曾相识燕归来。小园香径独徘徊。

丁酉潘平

《晏殊诗意》（2017年　45cm×68cm）

《扁舟一棹归还处》（2018年　45cm×70cm）

《空翠湿人衣》（2018年　46cm×70cm）

《留得枯荷听雨声》（2018年　46cm×70cm）

《黄宾虹》（2019年　70cm×70cm）

《风雪山神庙》（2020年　30cm×50cm）

《三岔口》（2021年　38cm×38cm）

一意孤行

潘军 著

——潘军创作随想录（下卷）

南方出版传媒

花城出版社

中国·广州

图书在版编目（CIP）数据

一意孤行：潘军创作随想录 / 潘军著. -- 广州：
花城出版社，2021.9
ISBN 978-7-5360-9270-9

Ⅰ．①一… Ⅱ．①潘… Ⅲ．①随笔－作品集－中国－
当代 Ⅳ．①I267.1

中国版本图书馆CIP数据核字(2021)第165907号

出 版 人：肖延兵
责任编辑：揭莉琳　梁宝星
技术编辑：凌春梅
封面设计：庄海萌

书　　名　一意孤行：潘军创作随想录
　　　　　YIYIGUXING：PANJUN CHUANGZUO SUIXIANG LU
出版发行　花城出版社
　　　　　（广州市环市东路水荫路11号）
经　　销　全国新华书店
印　　刷　深圳市福圣印刷有限公司
　　　　　（深圳市龙华区龙华街道龙苑大道联华工业区）
开　　本　880毫米×1230毫米　32开
印　　张　19.75　20插页
字　　数　418,000字
版　　次　2021年9月第1版　2021年9月第1次印刷
定　　价　158.00元（全两卷）

如发现印装质量问题，请直接与印刷厂联系调换。
购书热线：020-37604658　37602954
花城出版社网站：http://www.fcph.com.cn

目　录

第三辑

电影篇

我所认识的基耶斯洛夫斯基

　　我喜欢观察生活的碎片，喜欢在不知前因后果的情况下拍下我惊鸿一瞥的生活点滴。

——克日什多夫·基耶斯洛夫斯基

　　克日什多夫·基耶斯洛夫斯基从事电影这个行当可以说是必然也可以说是一次偶然，因为他在连续两次报考洛兹电影学校落选后，看见——至少是感觉到自己的母亲伤心地哭了。母亲还直言不讳地告诉这个二十三岁的儿子：你或许不适合干这一行。那一天，华沙的天空一阵倾盆大雨，雨水模糊了年轻人的视线，以至于他看不清母亲脸上淌着的是雨水还是泪水。多年之后，已经步入世界电影大师行列的基耶斯洛夫斯基对发生在1965年的这一幕还记忆犹新。他说："我要证明给他们看，我适合做那一行——只因她是如此悲伤，那才是我痛下决心的一刻。"这句表白显现出两层意思：将去证明自己和对作为一个电影导演的艰难的预感。这让我想起中国导演陈凯歌一篇文章的题记，他说在他决定献身于电影事业时，他的父亲陈怀皑这样告诫他：你要懂得一个电影导演的艰难。对这种"艰难"的超前认识，实际上意味着某种电影方式的确立。因为不是每一个电影导演都能预见并切实感觉到这份艰难的。

1994年，当基耶斯洛夫斯基拍完"三色"中的最后一部《红》后，正值年富力强并处在事业的高峰的他突然出人意料地宣布息影。在外人看来，这或许与他再次和戛纳金棕榈奖失之交臂有关。然而他说："拍电影，并不意味着观众、影展、影评、访问……它意味着每天早上6点钟起床；它意味着严寒、雨水、泥巴、扛负沉重的灯光设备。这是一个令人精神衰弱的行业，所有的其他事物都必须退居陪衬地位，包括你的家庭、情感、私生活……或许我不应该再继续做下去了。有一项最基本的东西，是所有的电影人都必备的——耐心——我的已用到了尽头。"这段自白可以看成他对"艰难"以及对其承受力的一次总结。两年后的3月13日，这位内心充满焦虑的导演心脏病突发，死在手术台上，终年五十三岁。

或许电影正是这样一个悖谬而不可思议的行当，它伸出来的是两只手，既要牢牢抓住你的向往，又要扼住你为实现这一目标呕心沥血。它把你对精神世界的不懈追求与对你的肉体的无情摧残完美地结合起来。你在完成电影之后，其实也意味着你被电影所消灭。当然这一切都是针对一个电影天才而成立的。基耶斯洛夫斯基无疑是这样的天才，他和英格玛·伯格曼比肩而立，成为20世纪世界电影的双子星座。

1967年之前在洛兹电影学校就读的基耶斯洛夫斯基，可以说是个无名之辈。他的大量作业均为纪录片。尽管在毕业后他于1976年拍过一部叫作《伤疤》的故事片，但没有人看出他在这方面的前途。此时，他本人对此也显得信心不足，几乎想从这支队伍中撤出。但就在这时，他意外地结识了一个人。从后来的事实看，这个人虽然不是能够给他投资的老板，但无疑给他带来了好运气。这是一个律师。这个人就是皮耶谢维奇。青年律师对电影似乎有着与生俱来的敏感，于是很自然地走进了导演基耶斯洛夫斯基的电影世界。1984年，他们合作编写制作了故事片《无休无止》，立刻在华沙引起了轩然大波。官方、反对派和教会都不喜欢这部影片，但它造成的客观影响却是不争的事实。然而内心虚弱的基耶斯洛夫斯基在那个阶段十分沮丧。有一天，他在雨中和他的律师搭档再次相遇。律师似乎不想说已经过去了的事，却提出了一个"可怕的想法"。他对沉浸在忧伤中的导演说："有人应该拍一部讲'十诫'的电影。"见导演没有任何反应，律师进一步强调道："应该由你来拍。"这就是著名的短片《十诫》最初的起源。四年后，基耶斯洛夫斯基完成了它，一举奠定了他作为世界电影大师的地位。他们的合作由此出现了崭新的局面，直至《蓝》《白》《红》"三色三部曲"的完成，时间长达十五年。

电影作为一门综合艺术，在20世纪得到了迅捷而饱满的发展。好莱坞的电影模式与以法国为中心的欧洲"作家电影"分庭抗礼，但基耶斯洛夫斯基却奇妙地将二者打通了。他的作品具有故事性，而更多的是让你把它视作一个"文本"来用心解读。从这个意义上看，他实际上就是一位用镜头写作的作家——这与某些导演的自我标榜不能同日而语。他的电影叙事达到了惊人的地步，几乎每一个画面都是那么精致。我在看过《十诫》（特别是《杀诫》和《情诫》）与"三色"（特别是《蓝》）之后，曾企图从中找出他与伯格曼、安东尼奥尼、费里尼等人之间的联系，但一无所获。但我可以肯定地告诉自己，这就是我心目中的电影。我甚至诧异于他的电影与我的小说竟是那么的相似！这在《红》（1994）和我的《流动的沙滩》（1991）中表现得尤为明显。值得指出的是，这里不存在任何的借鉴。或许正是这个不可思议的原因，使我仿佛带有自恋倾向般地爱上了这个波兰人。

像任何优秀电影作品一样，作为影片载体的故事本身并不复杂。它是简单的，但又不能让你一目了然。实际上这正是优秀与平庸的最初分野。这个原则也一样适用于小说，所以像土地测量员永远也无法走进城堡这样的故事也永远只能属于弗朗茨·卡夫卡。但它们往往走向了人生的终极目标。这就是人的处境与精神家园。基耶斯洛夫斯基深谙此点，他遵循了这个原则，并饱满地把它体现在自己的作品里。《关于杀人的短片》（《杀诫》）实际上只是写了两次杀人事件。少年雅采克因为妹妹死于车祸，所以要选择一个司机作为袭击或者报复的目标，尽管这个司机并非碾死妹妹的凶手。雅采克因此受到法律的制裁。这就是故事的梗概。而《蓝》则不过是描述女主角朱莉在一次意外的车祸中痛失丈夫和女儿后的一段并不具有戏剧性的日常生活。她企图拒绝包括回忆在内的一切，以有就是无的方式来打发自己的余生，但最后音乐使她的激情重新燃烧，她选择了内心的自由。基耶斯洛夫斯基的作品没有好莱坞剧作那种起承转合的章法，也没有欧洲"作家电影"那种孤傲的气质，它平易近人，它似乎就是随意性的心得，但有着直觉的鲜活，洋溢着艺术的灵性。同时它又是深奥的，令人回味无穷。而这一点就意味着某种绝对的能力——不是任何人都能具有的。《杀诫》向我们直接呈现了两起杀人的细致场面，使个人的复仇发泄与社会的权威惩罚相对立，但却意外地使你产生怜悯与同情。你似乎再也分不清正义、良知、道德与法律的界限在哪里。你说不出个人与社会谁更残暴。这就是基耶斯洛夫斯基的魅力，他总是选择一种暧昧、一种悖论，把判断的权利交给了他的观众。自由的前提是丧失一切（《蓝》），平等意味着阳痿的拯救（《白》），博爱从侵犯他人的隐私切入。如此等等，这个波兰人独特的眼光总是那样的犀利而迷人。

任何艺术都有其本性和属性之分。电影作为一门与科技发展同步的综合艺术，在今天看来似乎与人的作为越发没有多大的关系了。这显然是个错误的判断，但却又是不可忽视的事实。现代数码技术使得像《泰坦尼克号》这样的影片赢得高额的票房。作为一个华沙土木建筑师的后代，基耶斯洛夫斯基从小就和奢华的生活无缘。他的著名的《十诫》最初只是为华沙电视台制作的十部电视单元剧。几年后才将其中的《杀诫》和《情诫》重拍成胶片，但仍然是成本低廉的制作。不过这丝毫不影响他成为大师。他的影片明显散发着唯美主义倾向，每一个镜头都非常考究，但又是那么不动声色。他牢牢掌握着影像的本性，把造型置于首位，让画面与画面之间建立起一种多元而深刻的联系。他和另外一些电影导演最大的不同就是，他喜欢把这些由镜头组成的画面处理为一种暧昧状态，这就是他所说的"不知前因后果"的"惊鸿一瞥"。最为典型的应该是《蓝》中的那串蓝色的灯饰。它既可以看作是朱莉对过去的怀念，也可以认为是她内心世界的一种外化形式。或者什么都不是，它就是一块蓝色，与天空、游泳池里的水、浮现在脸部的光晕、棒棒糖的包装纸构成一种情绪的基调——忧郁而伤感同时又是迷惘的基调。每当这串灯饰出现时，影片便告一段落，剧情也随之向前推进一步。直至最后，朱莉给对自己至今一往情深的音乐家打电话，得知他们仅使用过一次的床垫被男人买走，便决定去他那儿。镜头开始运动到以灯饰为前景的位置，焦点骤然变虚，那感觉犹如点亮了女人心中的一盏灯，与此同时激动人心的音乐渐渐响起，寂寥的夜空中传来女高音悠扬的独唱，形成了情绪的高潮。当然这只是我个人的一种解读，我相信别的观众还会有更多的见解。

电影是一种叙事方式。高明的叙事会使一个原本平庸的故事变得深刻而动人。这一点又和小说一致，同样也存在一个"怎么说"的问题。基耶斯洛夫斯基的过人之处即表现在这里。他的每一个设计都非常精致和不同凡响，但看上去又那么漫不经心，以至于你很难找到雕琢的痕迹。《杀诫》中的两次杀人的处理几乎每一个细节都耐人寻味。这里面有对比，有对位，更有联想。雅采克杀那个好色的司机，导演着重的是杀人场面的渲染，作为刽子手的少年紧张而残暴；而到少年被法庭判处绞刑时，又转移到气氛的渲染。国家委派的刽子手则西装革履，一副悠然自得的样子。这个人嘴里叼着半截烟卷，他似乎很负责地给刑具的齿轮部位加上润滑油，再把绳索的绞圈缩小，然后，他又给用于盛放死者临终前因挣扎而导致大小便失禁的盆子里换了一张塑料纸，一切做得老到而冷静，远不像少年杀人时那么惊魂不定。我们看到这里肯定会联想起华沙郊外的那次杀人，继之我们会在黑暗中做出判断，我们会对两根同样致人死亡的绳子感到震惊不已！

类似的手法我们还可以从《情诫》中看到，少年偷盗了一只专业望远镜对女画家进行窥视，是对爱情的好奇；而后来女画家翻出自己从前的玩具望远镜对少年的窥视，则无疑是对爱情的迷惘。这是两种希望置换的眼光，但无论是怎样的置换，爱情都是无法看清的对象物。在《白》中，寄居巴黎穷愁潦倒的波兰发型师，雪上加霜地因为阳痿而被年轻貌美的法国老婆逐出家门，连最后的两便士也被突然失灵的电话机吃掉。而电话的那边他过去的女人正在与另外的男人热烈地做爱，话筒里女人夸张的叫床声把这个倒霉的矮个子彻底击溃了。他流落到地铁站，用梳子吹奏一支怀乡的曲子，却意外地引起了一个有钱人的关注。但是这个人却希望落魄的发型师来和自己做一笔生意——杀了他，那人的理由是以这种死亡方式来给自己解脱，同时更重要的是宽慰家人——他不是绝望地自杀而是死于一次意外的谋财害命。于是一声著名的空枪拉开了平等的序幕。发型师先被离奇地装在一只空箱里运回了华沙，继而因为一次小人之举而发迹。然后，他制造了一起车祸丧生的假象来招回自己的前妻，最终实现和她做爱的目标，以此证明自己是个出色的男人，一个比法国男人还男人的男人。这个男人历经千辛万苦终于赢回了原本属于自己的尊严。这次女人的叫床声不是假装的夸张，但却比夸张还激烈——和《蓝》中的那串灯饰焦点变虚一样，基耶斯洛夫斯基在这里使用了亮场——女人的叫喊似乎把天都给叫白了。然而这不是女人的性高潮，而是导演再次创造的非凡的艺术高潮。

基耶斯洛夫斯基是个形式主义者。他的镜头叙事堪称精美绝伦。但他没有一味地去玩弄形式，他要做的是赋予镜头以生命。《蓝》中朱莉巨大的瞳孔里反映的医生影像，实际上意味着她对存在的绝望；而在不锈钢咖啡勺子的凸面上摇摆不定的人脸，也暗示女人对自己命运的无法预测。《红》中退休老法官与女模特在空旷的剧场进行交谈，那个经典的垂直升降镜头完全是对当事人内心世界的揭示。《杀诫》最后在行刑室里，少年雅采克失禁后滴在便盆里的几点黄色的大便又怎能不使你感到对法律的无奈与无力呢？这就是基耶斯洛夫斯基的魅力。他的每一次动作都令你铭心刻骨。他有意不让我们看见朱莉最后打电话的表情，以免冲淡那片"蓝色"；而他又可以在连贯的交谈中突然出现瞬间的暗场，把女人在那一瞬的内心暴露给你看。他通过一连串的声音（楼道里的殴打声、贮藏室里的老鼠声、风拍打窗户声和关门声）来表现获得自由后的女人的孤独与恐惧。而街头向垃圾箱里扔空汽水瓶的老妇又暗示着这个自由的女人对前途的迷惘（这个镜头贯串了《蓝》与《红》）。像这种朴素而又卓越的处理就该是我们习惯中的大手笔。

基耶斯洛夫斯基的作品是一种主观化的作品，他习惯以自己的视点来加以观察。在他的影片里，这种称作导演主观视点的角度统领了全局。但是他的作品又明显打着纪实的烙印，这得益于他拥有的纪录片拍摄的历史。于是，这种导演的主观视点往往又与剧中人物的视点相一致。这意味着他是在给自己寻找一位称职的代言人。他的叙事是主观叙事，流露的却是纪实风格。他的另一个奇特的做法是在作品中安放一位与剧情毫不相干的目击者或者旁观者。

《蓝》中那个在街边吹奏竖笛的老人，一次喝醉酒后倒在街头与朱莉相遇，却对女人说：你该抓紧时间干点什么了。这仿佛就是上帝对未亡人的一次提醒，胜过好友的屡次劝慰。而在《十诫》中每部都会出现一个冷漠无语的目击者，这个人有着同一张面孔却不断地改变身份（由同一演员饰演），他总是在事件的要害处出现。正是这个人的存在构成了作品的神秘感。这个人是谁？只有两种选择：上帝或者基耶斯洛夫斯基本人。关于这个处理，导演承认是受到一位作家的启发，那是在一次电影观摩中，作家看见在公墓里有一个黑衣人，但实际上并没有这个人，连那部影片的导演都不知道。作家却固执地说他看得很清楚。几天后，这个作家死了。这件事使基耶斯洛夫斯基感到这部作品里缺了些什么。那就是他所说的一种神秘的因素，一种隐秘和不可解释的东西。这也正是他自己作品缺乏的。

1990年底，我写了《流动的沙滩》。在这部三万言的中篇里，我引用了新小说派的代表作家克洛德·西蒙的一段话作为题记：我们对任何事情都没有十分的把握，因为我们始终是在流动的沙滩上行走。在那篇明显仿照博尔赫斯行文笔法的文字里，我东拉西扯地说了一些事情。但我设计了一种人生的轮回与重复。我把两个年龄恰好悬殊一倍的作家集合到一个孤岛上，并且让他们都去写一部同名的书：《流动的沙滩》。但意外是，在后来的交谈中，他们不幸地发现他们的关系变成了过去和未来——这不是两个陌生人的邂逅交谈，而是处于现在的一个人的过去与未来的对话。他们互为一面镜子，彼此都从对方身上不无准确地看见了自己，以至他们正在写作中的那本神秘的书都成了抄袭——人生似乎就是一个漫长的抄袭过程。这部被批评界视作"后现代"的文本是我被划为"先锋"作家的证据之一，也是我自己值得怀念的一部作品。几年后的1997年，我在北京看到了基耶斯洛夫斯基的《红》，我对剧中一老一少的法官惊人相似的遭遇感到震惊——我自然想起《流动的沙滩》来。我诧异的是，在不同的空间里与不同的艺术形式中表达着接近的含义。我同时也感到了几分欣慰。

1999年我开始了《独白与手势三部曲》的写作。当小说写过五万字时，我突然意识到这应该是个长篇的三部曲，于是我便想起了基耶斯洛夫斯基的"三色"，我似乎毫不犹豫地套用了《蓝》《白》《红》，依次作为每一卷的命名。但我不会去解释自由、平等、博爱，我要表现的不过是一个男人三十年的情感经历与心灵磨难。这三种颜色正是小说的基调与意味。而且，我似乎是"始作俑者"般地把图画引入了叙事，使之构成一种不可替代的层面。那个时刻我还有另一种渴望，希望有朝一日由我自己把它们拍成三部胶片，我将以这种方式向基耶斯洛夫斯基致敬。有一位记者朋友这样问我：为什么要取名《独白与手势三部曲》？我说，你可以认为"独白"是文字，"手势"是图画；"独白"是可以言说的，"手势"则是比画。说的和难以言说的，这便是我此刻的工作和毕生的努力。

2000年2月，合肥

一意孤行——潘军创作随想录

重看《教父》

1968年，美国通俗小说家马里奥·普佐出版了小说《教父》。刚一上市，派拉蒙公司便及时地买下了电影拍摄权，并且由作者本人担任编剧。但是为时两年的剧本改编并没有让制片方感到满意，于是这件事就落到了弗朗西斯·福特·科波拉（Francis Ford Coppola）手上。选择科波拉，最主要的原因是对他卓越的编剧才能充满信心。当时，他因为影片《巴顿》的编剧获得了当年的奥斯卡最佳原创编剧奖。作为一名"学院派"导演，他没有及时地展现出导演的拍片才华，却意外地在编剧上大有收获，这种情形是比较罕见的。另一个原因，是科波拉意裔的血统对未来影片可能造成的黑手党社会冲突有一定的好处。但是多年之后，科波拉本人却认为，派拉蒙选择他拍《教父》，主要是看中了他的省钱。他总是喜欢拍成本二百万美元的片子。

事情到了科波拉手里，最初他是不感兴趣的。他的品位决定他很难接受一部通俗小说。《科波拉评传》的作者，著名影评人罗伯特·约翰逊在其著作里记录了这个经过。他说年轻的导演在翻过小说五十页之后就看不下去了，认为这是一个不能登大雅之堂的东西。但是，经济上的窘迫使他不能轻易错过这次机会。他自己经营的小公司已经欠下派拉蒙三十万美元的债务了。这在当时，确实是一个不小的数目。在他的好友、同为导演的乔治·卢卡斯的怂恿下，他似乎是无奈地接下了这个差事。然而，当他仔细读过这部小说之后，态度骤然改变了。他欣喜地感觉到，普佐笔下的这部小说虽然过于啰唆，但毕竟可以筛选出一个值得玩味的、足以拍出一部好看电影的故事，而且有一群非常好的人物与人物关系。他意识到，自己将要拍摄的，不是一个简单的黑帮故事。

　　与普佐的合作始终是愉快的。或许是小说的名声不太好，抑或是科波拉刚刚因为《巴顿》获最佳编剧奖，所以原著者与改编者之间没有什么分歧。科波拉过滤了小说中那些烦琐拖沓的东西，同时把扣人心弦的部分理顺使之得到张扬。剧本得到了认可，但接下来的事情还是不顺利，这集中表现在由谁来扮演教父堂·柯里奥一角上。科波拉坚持起用好莱坞资深大牌明星马龙·白兰度，结果却遭到了派拉蒙的断然拒绝。他们认为白兰度是一个很难伺候、同时价钱不菲的家伙。于是几经周折，科波拉甚至不惜当场装作气愤晕倒，才迫使他的老板采纳了他的建议。后来的事实证明，导演科波拉的选择是正确的。一部教父，看的就是两个人：导演科波拉和演员白兰度。如果还有第三个人，那么这个人就是饰演教父小儿子迈克尔的艾尔·帕西诺。他的录用也同样得助于科波拉的坚持。

　　《教父》于1972年公演，并一举夺得了当年奥斯卡的最佳影片奖。科波拉本人也获得了最佳改编剧本奖。马龙·白兰度获最佳男演员奖。而且令派拉蒙高兴的是，它创下当年的票房冠军。这部实际投资五百万美元的影片，在全世界的票房收入就已逾七亿美元。1990年，《教父》被评为美国在文化、历史和艺术上具有保留价值的二十五部经典影片之一。1995年，为纪念电影诞生一百周年，来自全世界的六十位导演、制片人和影评人投票评选一百部最佳影片，《教父》名列前茅。科波拉的朋友，同样是"学院派"的著名导演史蒂文·斯皮尔伯格称赞《教父》，是这个时代"最后一部伟大的杰作"。

事隔三十二年，重新看这部作品，我依然激动不已。好莱坞的"学院派"，长期以来有一个定式，就是力求拍出既叫好又卖座的片子。追求个人艺术趣味与市场口味的统一，这实际上是一个两难境地，但这回科波拉做到了，而且做得很漂亮。首先，科波拉出色的编剧才能帮了他的忙，他删繁就简大刀阔斧地把剧本做出来，其次是他对演员遴选的坚持取得了成功。这两点，是成功的关键。

科波拉的不同凡响，在于他根本没有把《教父》当作一部黑帮片，尽管它确实具备了黑帮片的种种特征。他着力要刻画的，是人物，是黑帮家族之间那种杀机四伏的境遇。由马龙·白兰度扮演的教父，从出场就显出了那种罕见的神秘和威严。他以轻慢的口吻质问求他摆平事情的人：为什么找警察之前不来找他？仅这一句台词，就把这个人物凌驾在国家法律之上。而为了自己的一个养子出演一部影片的男主角，采取杀掉爱马成癖的导演的马，并将血淋淋的马头放置在那个导演的被窝里，则显示了教父家族的残暴与霸道。这种看似蜻蜓点水的手法却达到了令人毛骨悚然的效果。当老教父堂·柯里奥遇刺后，他的小儿子、身着军装的迈克在餐厅里剪除仇敌，亲自动手，预示着教父家族的后来居上。

《教父》最出彩的地方无疑是影片的高潮。在老教父去世之后，迈克尔继承了他在家族中的位置，成为新的教父。他在教堂里参加妹妹康尼的孩子的洗礼仪式，而在同一时刻，他已下达了向纽约其他五大家族进行全面血洗的命令。洗礼与血洗成为两条平行交叉发展的线索，展示的却是绝然不同的两组画面，洗礼与血洗同步进行。新生与死亡、神圣与残暴、宁静与血腥如此强烈地交织在一起。科波拉有效地组织了富有力度的声画的对位，一边是教堂的音乐与钟声，一边是杀人的枪声与击碎玻璃的惊心效果；一边是假惺惺的谎言，一边是赤裸裸的残暴；一边是婴儿的笑脸，一边是倒下的死人。从而不仅使故事一步步走向高潮，同时也形成了视觉上的高潮。

　　杀了这么多人，迈克尔却那么平静，仪态从容。当影片的最后，迈克尔的妻子凯依质问他："这些都是真的吗？"迈克尔镇定地回答：不是。言毕，他离开了女人，走进了自己的办公室，在那里，等候接见的人正依次亲吻他的手，尊称他为教父。一个新的教父自此诞生。然后，门被关起。他的妻子与观众被关在了一片黑暗之中。这是《教父》最后的几个镜头，教父的虚伪使这个世界成为谎言。科波拉说，他想以这种方式对迈克尔进行严正的谴责。

　　出于商业的需要，科波拉后来于1974年和1995年拍摄了《教父》的续集和第三集。就续集而言，它依然取得了很大的成功，被称为"最成功的续集"并开了好莱坞影片续集的先河。而且，《教父》第二部还囊括了奥斯卡十二项提名，并获得了最佳影片、最佳编剧、最佳导演、最佳男配角（罗伯特·德尼罗）、最佳美工和最佳原始音乐等六项大奖。美国导演公会宣布科波拉为当年的最佳导演。但就我个人的口味，我喜欢的还是《教父》的第一部。它在艺术上几乎是无懈可击的。虽然科波拉使用的电影手法与电影语言在今天看来显得陈旧，但它带来的那种朴素的震撼力，是同一时代其他作品难以达到的。同时也为后来的影片带来了启示。这便是经典的意味。

2004年11月19日，北京寓所

纳什的幻觉与尼克松的心理

——关于人物传记片的思考

以美国普林斯顿大学研究教授约翰·纳什的生平经历为蓝本的影片《美丽心灵》，是一部不俗的人物传记片。与以往一些传记片明显不同的是，这部影片由于独特的结构方式，充满了浪漫与传奇的色彩。约翰·纳什本是一名数学家，然而却在读研究生时便发表了著名的博弈理论，这篇短短二十六页的论文在经济、军事等领域产生深远的影响，他开始享有国际声誉。这个人对数字有着先天超人的禀赋，善于破解密码，这使他有了与五角大楼合作的可能。事实上，纳什就是这样的角色。或许就是这种颇不寻常的兼职，导致了他的神经失常。出众的直觉时常受到了精神分裂症的困扰，他因此产生了幻觉，这种幻觉几乎支配了他的一生。影片的创作者，正是看中了这一点，意识到这个题材有着极大的可以拓展的创作空间。但是，约翰·纳什毕竟是一个健在的历史人物，现实中的纳什也有着同性恋之类的传闻，影片创作自然受到道德和法律的约束，不可道听途说，难以想入非非。而企图抛弃这种近乎传说的素材，那么影片就必然会失去精彩。这无疑是一把双刃剑。

然而创作者最终还是找到了一把钥匙，这就是把种种道听途说的可能，置于了一种暧昧的状态。似是而非，将信将疑，使你

（观众）不便做出肯定的解释。你甚至都不敢相信，约翰·纳什那段传奇经历究竟有几成是真的，甚至也不妨把某些片段视为一种虚构。拥有幻觉依据的虚构。这样的手法，很具有后现代主义文学色彩，毕竟它提出了多种的可能性。创作者紧扣的就是纳什的幻觉，以此作为视点来结构故事，似乎是在对这位传奇教授进行一次弗洛伊德式的精神分析。故事和视点，皆因主人公的幻觉而起，现实与梦境的路仿佛由此打通。渡过这一难关，往下的路就显得十分平坦了。这部影片着重要说的是，约翰·纳什在神经失常之后重新振作起来，并以自己独特的经济学理论赢得全世界尊重的过程。最终他获得了1994年度的诺贝尔经济学奖。他在斯德哥尔摩的授奖词中讲出了自己的心声。他说："数字只能推演出逻辑，但它无法推演出爱的力量。"一个数字天才最终被爱情征服。站在领奖台上的约翰·纳什向他的妻子挥动了别在胸口的白手绢，它的正面绣着一簇粉色的小花。那是他们之间仅有的爱的见证。

像文学作品一样，一部影片让人难忘在于它的细节魅力。除了那条白手绢，还有纳什对着繁星满天的夜空画出的一把小伞——那是上帝送给他唯一的保护伞，是追随他一辈子的爱人，但这同样也是幻觉。还有，当年纳什以莘莘学子的身份瞻仰伟大的爱因斯坦，看见他的崇拜者把自己的钢笔放到大师的面前，而多少年后，这一幕又重现在他自己的身上。

影片最有力量的一笔，还是来自纳什眼中，乃至心中的幻觉。他一直觉得，在自己身边始终有两个人的身影在活动着。一个是作为国家机器化身的安全局官员威廉·帕契，他第一次见到此人便称其为"老大哥"（Big Brother）——这显然是参照了乔治·奥威尔的小说《1984》。纳什办公室的房间号码101，则是另一佐证。

另一个是出卖者、葡萄牙籍室友莫里斯，以及他的外甥女——这似乎是朋友的化身。这种安排具有一定象征意味的刻画。一个为国家效劳并做出巨大贡献的人，他的回报却成了"国家"和"朋友"对其实施的精神折磨与肉体摧残。但是，观众又无法愤慨，因为这一切都源自纳什的幻觉，是虚构，没有谁真对纳什本人怎么样，自然也就不会有谁为此埋单。但是，他从此陷入到深深的恐惧阴影中却是不争的事实。我们不难得出这样沮丧的感受——一个天才在现实生活中是孤独的，他与现实格格不入。

2001年，影片《美丽心灵》在第74届奥斯卡金像奖上获得了八项提名，并获得了包括最佳影片、最佳导演在内的四项大奖。值得一说的是，这部影片最初的导演人选是罗伯特·雷德福，因其没有档期，这才成就了导演朗·霍华德。

电影史上有很多经典的人物传记片。但大致的划分，无非这么两类：第一类，是以一个人物的生平经历为线索，以成长过程来构架一部影片。譬如本文提到的《美丽心灵》，还有1997年获得奥斯卡奖的《甘地传》等，中国的影片《李时珍》也属于此类。观众看到的是这个人物的从小到大，从年轻到衰老的过程。看到这个人一生中都干了点什么。另一类，是截取某个人物一生中最辉煌或者最惊心动魄的片断，来塑造这个人物。如"二战"之于《巴顿》，"水门事件"之于《尼克松》，"虎门销烟"之于《林则徐》。

一意孤行——潘军创作随想录

前者立足于展示，因为观众关心的，是这个人物不同寻常的成长过程；后者着力于刻画，由这一片段的历史来塑造这个历史人物。对于前一类影片，选择片断和剧作结构是关键。一个人的生平总是具有长度的，几十年的光阴，如何对这部打开的个人历史做出选择，继之用何种方式加以剪裁结构，是衡量编导者水准高下的尺度。《美丽心灵》之所以不同凡响，很大程度上体现了创作者选择与结构上的成功。尤其是以纳什的幻觉作为支点，统领全剧，实为天才之举。而第二类，难点在于刻画。因为人物的生平被极大的压缩了，那么这个人物的性格与风采，倘若没有有效的刻画手段，是难以获得成功的。

《巴顿》的刻画是独到的，在编剧弗朗西斯·福特·科波拉笔下，巴顿的魅力不在于他是二战中盟军中的一员骁将，而在于揭示他本质上是一名职业军人。这种定位是准确的。我曾经在一篇随笔里，将巴顿和拿破仑做过比较。我说，有两种军人，一种是打仗为了当官，另一种是当官为了打仗——巴顿显然是属于后者，这个人仿佛是为战争而生，他渴望的是指挥千军万马，施展作为军人的抱负。一旦战争结束，他就变得无所事事，只能带着他的狗去逛菜园子了。作为该片编剧的科波拉本职是导演，深谙视觉艺术三昧，他赋予巴顿的细节都不乏力度，譬如用皮鞭抽掉军营里好莱坞女明星的艳照，用左轮手枪射击飞机，提拔之前就迫不及待地安上表示军阶的五星，这些都无不显示了巴顿作为职业将军的性格与风采。我们感觉到的，是一个霸道而有智慧，热爱荣誉又牢骚满腹，气宇轩昂而又信口开河的军人形象。最精彩的是影片的开场。全副武装的巴顿在巨幅星条旗背景下对着镜头发表长篇的个性十足的演讲，这段戏已成为经典，以至于多少年后我们看到的话剧《陈毅市长》的开场，明显带有模仿的痕迹。这种手法，本来是编剧之大忌，因为容易造成影片的沉闷。但科波拉反其道而用之，使巴顿这个人物的形象一下子就鲜明地站到了我们面前，取得了意想不到的效果。《巴顿》使得科波拉获得了那一年奥斯卡的最佳编剧奖，正是这个荣誉，为他叩开了好莱坞的大门，由此让他赢得了执导筒的机会。几年后，他作为导演拍出了不朽的作品《教父》三部曲和《现代启示录》。

1996年，奥利弗·斯通在继《刺杀肯尼迪》（*JFK*）之后，编剧并执导了人物传记片《尼克松》。它的面貌与以往我们看见的人物传记片似乎有所不同。奥利弗·斯通摈弃了传统的"故事结构"和"时间线索"，它所依据的，是尼克松这个特定人物的心理历程，并由此形成影片的结构。心理结构在小说里并不少见，当代文学史上就曾出现过"心理现实主义"和"心理小说"。但运用到电影上，尤其是运用到一部历史人物传记片上，尚属罕见，且有着相当的难度。心理结构完全打破了那种故事发展的线形关系，它刻画的并非是人物性格，更多表现的是人物的心理状态。它看重的也不是故事，而是人物的情绪。影片《尼克松》从著名的"水门事件"切入，这是尼克松的滑铁卢，是这位前总统下台前最后的挽歌。影片采取倒叙的方式，但又不是回溯，而是随着尼克松特定的情绪和波动的心理向四方发散。影片的形式感继承了《刺杀肯尼迪》，在手持摄影的支持下，似乎带有极大的随意性，黑白与彩色的交替出现，营造了一种类似纪录片的现场感。这是一个大胆的选择，无疑也是一次冒险。然而奥利弗·斯通准确把握了尼克松这个特定阶段的心理状态，使之外化为视觉效果。观众没有因"混乱"失望，反倒在前总统的混乱思绪中受到强烈的震撼。他们似乎可以推测出，笼罩在"水门事件"阴影下的美国总统的心态是那样的波澜起伏，那样的焦虑不安。他的目光纷乱、迷离、日益衰老。而正是在这样复杂的目光中，他最后看见的——也是我们最后看见的，是几十年前，那个坦然对母亲撒谎的少年。当年，那个少年从容不迫地欺骗了他的母亲，而现在，他欺骗了全世界。

一部人物传记片的使命，并非向世人树立一个做人的道德楷模，而是以有效的艺术手段解析、塑造一个鲜活的人物性格。在这里，不应有过多的道德判断，因为人物性格已经解释了一切。中国的人物传记片之所以苍白，很大程度上是我们至今没有摆脱这种主流意识形态的束缚。我们力图打造的都是时代英雄，其理解与表现又过于简单化，从这个意义上看，我们没有一部人物传记片。确实没有。

2005年1月16日，长沙岳麓山下

缅怀，以诗情画意的方式

——关于朱塞佩·托纳多雷的"回家三部曲"

作为艺术的电影应该是优美的。这是我们对电影人最起码的、也是最后的要求。如果和当今世界像奥利弗·斯通、佩德罗·阿姆多瓦或者拉斯·冯·提尔相比，朱塞佩·托纳多雷（Giuseppe Tornatore）的风头并不是那么强健。但在我看过他的"回家三部曲"之后，我对这位意大利人肃然起敬。因为他的电影与我对电影的那种私下里的要求竟是那样相近。这就是诗情画意。

朱塞佩·托纳多雷1956年5月27日生于意大利的西西里岛。资料显示，他早年只是一个摄影工作者，并一度在电视台做纪录片导演。不过，他做的纪录片也相当成功。到了1985年，29岁的托纳多雷才独自编导了他的第一部剧情片《被称为教授的男人》。此后他的电影作品，基本上都是由他本人自编自导，显示了他作为电影艺术家的绝对能力，使作品放射出没有文学名著遮蔽的原创光辉。但托纳多雷真正吸引全世界电影界的目光，还是他在三年后做出的那部《天堂电影院》（*Cinema Paradiso*）。这部仿佛沉浸在童年记忆中的、带有欢乐与忧伤的作品，在戛纳电影节上获得了评审团大奖，次年又一举夺得了奥斯卡最佳外语片奖。1998年，他编导了被称为"史诗巨作"的《1900的传奇》（*The legend of 1900*）获得意

一意孤行——潘军创作随想录

大利大卫奖的最佳导演奖。2000年，44岁的托纳多雷编导了至今还在传诵的《玛莲娜》（*Malèna*）。这后两部作品又分别译成《海上钢琴师》和《西西里的美丽传说》。更有好事者把它们叫作《星光伴我心》《声光伴我飞》和《真爱伴我行》。比较流行的一种表达是"回家三部曲"——我不知道是谁最先使用了这样的概括，但"回家"无疑表现了朱塞佩·托纳多雷对故乡西西里岛的深切渴望。托纳多雷对故土上发生的传奇故事所持有的情绪应该是一种缅怀。

被称为"作家中的作家"的阿根廷老人豪尔赫·路易斯·博尔赫斯曾经指出，某种意义上，一个作家的每一次写作，都是在写自传。这句话套用到朱塞佩·托纳多雷的电影上，我觉得一样适宜。博尔赫斯强调的是两个意思：一是作家（或艺术家）对表现对象的倾心关注，以至达到那种物我一体的感觉；二是经验（包括直接和间接的）对创作者的潜在约束与无限作用。资料的限制使我无法接触到托纳多雷的生平经历，但从年龄上看，托纳多雷的作品源头大都是从父辈乃至祖辈那里听来的传说，而不是一些人认为的那种"自传体"。这种养分培育了艺术家的故土情结，寄托了托纳多雷的乡思。由于这样的一种制约，托纳多雷的作品由美丽的西西里岛展开，经过大海的翻飞，最后传到了全世界。人们无法不去随着艺术家深切缅怀风光古朴而又生机盎然的西西里岛，人们也无法不被艺术家所传达的情感、观念所震动。这便是我们通常所说的那种艺术感染力。

也许是西西里岛这个洋溢着浪漫气息的土地奠定了托纳多雷的电影作品诗情画意的基础，抑或这块土地真正的迷人之处只能由杰出的艺术家才能感悟。我以诗情画意对托纳多雷的作品进行概括，自以为没有看错。

传说本身就意味着一种浪漫，它带有很大的传奇性和飘忽不定的主题特征。从这个意义上看，托纳多雷的传奇具有现代主义的特征。无论是儿童多多眼中的"天堂电影院"，还是美丽少妇玛莲娜一生的遭遇，或者是钢琴王子"1900"的传奇人生，都具有这样的特征。岁月在不经意中流淌，但传奇永远不会熄灭。正是这样的魅力，使托纳多雷毅然选择了传奇性的故事作为影片的素材。而这样的素材正是培养诗情画意的土壤。意大利人历史上就是浪漫的，意大利西西里岛上的人则更是浪漫。这是一种浸透到血液之中的浪漫。这种血液造就了他们对诗情画意的天赋。如果我们将奥利弗·斯通、已故的基耶斯洛夫斯基与托纳多雷进行比较，不难发现，斯通更多的是注重对现实生活的反思，基耶斯洛夫斯基的作品显示着对人类处境的深情关切，而托纳多雷则是对过去的那种忧伤的缅怀。这种"缅怀"的基调，是艺术家古典情怀的折射，是伤逝，这种情怀是属于意大利人的。它的意味让我很自然地想起另一位意大利的电影大师，托纳多雷的一位前辈的作品，那就是以一部《末代皇帝》摘取奥斯卡最佳外语片奖的贝纳尔多·贝托鲁奇。1995年，贝托鲁奇在完成他的"东方三部曲"——《末代皇帝》《沙漠之茶》和《小活佛》之后，重返了阔别15年的家乡意大利，在风光旖旎的托斯卡纳拍摄了一部叫作《我独自跳舞》的影片。这是一部关于"寻找"的作品，剧中的那个美国姑娘露西来意大利寻找她的生父，成为剧情发展的主要线索。该片获得了1996年的金棕榈奖。在这部影片里，我看到了别样的忧伤与温馨，这似乎与托纳多雷的情绪很靠近。但是，贝托鲁奇的作品强调的是今天的"寻找"，表现的是现代人在寻找中那种瞬间的情感，而托纳多雷则是对过去的缅怀——他一味地在进行着孤芳自赏般的回忆，他喜欢用"回忆"的视角来叙述他的传奇故事。他沉浸在回忆的温暖中，"回家三部曲"无一例外。而且，他没有设计一个专职的叙述人。他的叙述人既是故事的叙述者，同时也是故事中的人物，甚至就是一个重要的角色。《天堂电影院》中的儿童多多，《1900的传奇》中的小号手迈克斯，《玛莲娜》中那个偷窥暗恋的少年雷纳多，都担当着这样的使命。这是一种复合的叙事视角。

回忆是对过去的一种审视方式。回忆同时也是一种对过去的过滤方式。尽管在《玛莲娜》中有着不可忽视的对战争造成人性扭曲的控诉，但整个看起来，托纳多雷的回忆是温暖的，或者说，他是在温暖的回忆中提炼出了人生的忧伤情怀，在苦难的环境中刻画出了爱。那是一个浪漫的悲欢世界，一种酸楚的温馨。回忆的感情临界点是缅怀。儿童多多缅怀的是和放映员艾费多一起的欢乐时光；少年雷纳多缅怀的是从前对美丽少妇玛莲娜的追踪与暗恋；肥胖的小号手迈克斯缅怀的是和传奇的钢琴王子"1900"共同度过的激情燃烧的岁月。

作为以视觉艺术为核心的电影，我们自然关切其画面所引起的审美效应。在托纳多雷的作品里，画面是具有强大的表现力和感染力的。托纳多雷完全摈弃了那种带有随意性与现场感的"手持"拍摄方式，这一点，他与奥利弗·斯通和丹麦导演拉斯·冯·提尔截然不同。他要给你看的也许不是一种原生态的世界，他要对你倾诉的也不是一个经验的世界。他要叙述的是美丽而动人的传奇，带有超验的色彩。他做的是电影艺术。因此他的作品无不充满着绘画的造型感。几乎每一个镜头都是那么讲究，都凝聚着他的思考。《天堂电影院》的第一个镜头是多多家的阳台，是阳台上的那只陈旧而孤独、失去鲜花的花盆，面对大海。这是母亲对远在他乡儿子的思念与期盼，还是预示着回忆即将开始？在《玛莲娜》中，面对广阔的画面由纵深向你走来的美丽的少妇，浑身散发着的那种惊世骇俗的美怎能不让你的心灵为之颤动？看过《1900的传奇》的人应该不会忘记"晕船弹琴"那场戏。那是一组大气磅礴的运动镜头的组合。豪华游轮在海上遭遇了惊涛骇浪，船在大幅度地摇晃倾斜，而"1900"却悠然自得地弹奏着钢琴随想曲，肥胖的小号手匍匐在钢琴上，由惊恐转为兴奋。那种镜头的运用，那种激情澎湃的渲染，那种淋漓尽致的抒情，你会感觉到这才是真正的电影。我曾以这场戏的处理对朋友说，一部电影，当你感到任何文学的或者艺术的形式手段都难以表达，只能用电影的方式来进行表达时，那么这样的电影一定就是成功的。

托纳多雷的作品，往往是集中在某一个关键的细节上进行展开，最后生成的却是一种博大而深厚的人文情怀。这样的剧作十分符合电影的特性。这一点，我们在英格玛·伯格曼的作品中也深有感触。某种意义上可以说，简洁而深刻是大师的标志。他们不喜欢自己的故事显得复杂，相反，他们尽可能地使故事的轮廓简洁。然而耐人寻味的是，他们的简洁不是一种外在的简单，他们在貌似简洁的载体上寄托了厚重的思想。正是在这个意义上，他们的作品具备了诗歌的性质。《天堂电影院》最核心的情节是负责审片的神父要求放映员艾费多把"接吻"场面统统剪掉，几十年后，艾费多把当年剪掉的这些画面剪辑到了一起，成为一部没有情节只有画面的特殊作品。这份老人最后的遗物，送到了已经是中年男人的多多手中。这是影片的最后，也是影片的高潮，更是视觉的高潮，那展现而出的、从前被剪去的众多经典的"接吻"镜头得到了重新组合，构成了今天爱的交响。多多独自在空旷的放映厅里饱含着泪水尽情地欣赏着，尽管从前的"天堂电影院"已经随着轰隆的爆破声成为记忆。

《1900的传奇》在这方面是走向极致的。一个婴儿出现在豪华游轮维吉尼亚号那台著名品牌的钢琴上，你可能认为是被人遗弃，但实际上这个孩子意味着上帝的馈赠。这样的开篇就是大手笔，随着落魄的、肥胖小号手迈克斯的追忆，我们见识了"1900"短暂传奇的人生经历。但托纳多雷着意刻画与渲染的，是这位上帝赋予的钢琴王子从不走下船。这种习惯，在常人的眼光里显得匪夷所思。但在"1900"看来，他的客观世界就是那条船，他的生命就是钢琴。他对这之外的世界充满着怀疑与恐惧。当小号手在废弃的船舱里找到他、并希望能够带他走下船时，"1900"从容地说："钢琴只有88个键，它是有限的，但音乐是无限的。轮船有船头和船尾，它也是有限的，我看得见，我也把握得住。而在陆地上，我无法面对无限的城市，我看不见……"是的，这个世界上的每一个城市对他而言确实太复杂了，他掌握不了。于是，当初被上帝放置在这样一个特殊位置上的人，最终也需要和这条已经成为废墟的游船一起送还给上帝。那是他的宿命。

在《玛莲娜》中，少年雷纳多的偷窥、暗恋是影片的贯穿情节。如果只是一味地描写这个，那么显然就是一次重复。这种东西在我们所见的作品中屡见不鲜。但是，托纳多雷的用意是通过少年的眼光去捕捉一种美，这是纯净真诚的目光，与周围那些居心叵测的市民嘴脸形成了鲜明的对比。少年是伴随着偷窥这种美而成长的，他目睹了美的展现、毁灭与重生。那是一个偶像崇拜年代。那种经验唤起了我的记忆，让我不由得想起1999年写作的中篇小说《我的偶像崇拜年代》。或许正是这样穿越时空的默契，在托纳多雷的"回家三部曲"里，我对《玛莲娜》情有独钟，我希望按时尚的说法认为这部影片叫《西西里的美丽传说》。我们都在一个人类极其疯狂的年代选择了自己的偶像，都在一个污浊的世界里寻找到了美的化身。

托纳多雷在谈到《天堂电影院》时有过这样的解释，他说："天堂电影院并不仅仅是间放映间，对我来说，这是一个奇特的、文化与社会启蒙的地方。一代意大利人曾在这里熏陶。我倾向于认为，电影院对一个人来讲或许可以说是一种生活目的，在影片和他本身，和他的愿望、期待之间，也许就存在一种联系。"

这种朴素的解释让我感动。多年前我在一篇文章里曾经说，这个社会正一天天地走向现代化，而人心却在一步步地走向古典。这是一种无法回避的错位。置身在今天这样一个喧嚣的世界里，我们去电影院的目的，也许就是为了寻找这样一种"联系"，那应该就是一种最刻骨的缅怀吧。

2004年1月，北京寓所

走钢丝的人

——闲话马丁·斯科塞斯的电影

我爱电影——那是我生命的全部。

——马丁·斯科塞斯

　　20世纪六七十年代，新好莱坞出现了一批"电影小子"，它的主要成员是马丁·斯科塞斯、弗朗西斯·科波拉、史蒂文·斯皮尔伯格、布里恩·德帕玛、约翰·米利乌斯、乔治·卢卡斯以及保罗·施拉德等。这些人是美国第一代的"学院派"，不同于好莱坞片场出身的那些导演。用台湾的提法，他们是"知性派"，而马丁被公认为是一个"学者型的导演"。他们的介入，使美国的电影进入了一个自二战之后的"黄金时代"。他们追求的目标是叫好也叫座的电影。某种意义上，这种选择显得有些天真，践行者实际上从一开始就把自己置于两难的境地——既想发挥自己的个性创造力，又必须迎合大众的欣赏趣味。马丁·斯科塞斯正是这样的人。这个有着自己的电影理念与梦想的导演，从年轻时就崇拜小说家詹姆斯·乔伊斯，追随法国"新浪潮"。但是好莱坞悠久的电影传统和商业模式，犹如一道横在他面前的墙难以逾越。他必然会一筹莫展。

　　劳伦斯·S.弗里德曼以马丁·斯科塞斯的第一部电影《谁在

敲我的门》为名，写了一本专著，其中有这样的论述——

> 有三样东西塑造了青年马丁·斯科塞斯：意大利移民文化、伴随他成长的电影以及罗马天主教。

长期与他合作的编剧保罗·施拉德曾公开表示，马丁·斯科塞斯喜欢说《出租车司机》是编剧的作品，《愤怒的公牛》是演员德尼罗的，而《基督最后的诱惑》才是他自己的。虽然这样的描述十分片面，但可以看出马丁·斯科塞斯其实在追求那种和欧洲先锋电影一致的"作者电影"。这样，导演工作仿佛一次沉重烦琐的写作。比如，马丁从欧洲写实电影那里受到了营养，从纪录片那里得到了启示。他使电影的两极或者两种对立的形式——纪录的和虚构的，达到了和谐，从而产生出了一种不可抗拒的魅力。

我没有系统研究马丁·斯科塞斯全部的作品，实际上也就看过几部。但是，给我的印象相当深刻。在马丁早期的作品中，我最欣赏的，是1975年拍摄的《出租车司机》。这部伟大的电影缘起是以剧作家身份闻名的保罗·施拉德，其实他本人也是导演，却抱着写了两年之久的剧本主动找到了马丁·斯科塞斯和罗伯特·德尼罗，这种选择究竟是因为马丁的才华还是人脉，我不清楚。保罗希望大家一起把这部电影做出来。这是三个人的首次合作，却获得了空前的成功。影片从一个朴素而又刁钻的角度，刻画了一个越战老兵的生活境遇和精神状态，获得那一年的金棕榈大奖。同时，由于作品具有强烈的暴力因素，使历来对马丁冷漠的市场豁然网开一面，在票房上也获得了意外的成功。关于影片的主题，保罗·施拉德对舆论渲染的越战老兵很不以为然，他公开声明，这不是一部反战的作品。尽管作为编剧的保罗对此不屑，但影片还是明确无误地传递出了这方面的信息。人们会考问，如果没有那场该死的越战，特拉维斯·比克尔的人生轨迹将会完全不同。

意大利人血液里往往有两种品质：浪漫和暴力。

这种与血缘相关的品质体现在作为导演的马丁·斯科塞斯身上，一定程度上左右了导演的选择和作品的审美倾向。从早期的《穷街陋巷》到《出租车司机》，马丁·斯科塞斯的导演风格至此已经十分清晰。他显然不满足于此，艺术家的个性让他再次偏离主流欣赏趣味，拍出了非主流的作品《纽约，纽约》，于是又一次陷入低谷。元气大伤的马丁在之后的几年里始终没有缓过气来。直到1980年，沮丧的他在罗伯特·德尼罗的帮助下，拍出了《愤怒的公牛》。他当时是抱着"最后一片"的决心来拍这部作品的。这部描写世界轻量级拳王拉莫塔传奇一生的黑白片在艺术上显示着极大的成功（我甚至将其视为马丁最杰出的作品），某种意义上同样打上了"作者电影"的烙印，显示出导演的才华和锐气。但是在商业上，还是失败了。他再次被逼到一个只能孤芳自赏的尴尬境地。直到十年之后的1990年，他拍摄了还是充满暴力色彩的黑帮片《好家伙》，才从票房上打了一个翻身仗。而这期间在艺术上取得一定成功的《金钱本色》（1986）和《基督最后的诱惑》（1988），尽管有保罗·纽曼这样的大牌明星加盟，但在票房上也还是惨遭失败。面对这样的局面，他只好掉过身来，按照好莱坞的趣味和大众的电影心理，在1995年拍摄了《赌场》，再次获得商业上的成功。

不难看出，马丁的走钢丝是如此艰难和富有戏剧性。这是一个执拗的在两难境地不能自拔的意大利人。他一直就在挣扎。其时斯皮尔伯格、卢卡斯等人已经赢得上亿美元投资并拥有大量电脑特技资源，"大片"陆续问世，斯科塞斯却还是在独自前行。他企图以自己独特的视角表达一份"作者电影"的情怀，这在好莱坞那种只承认商业结果的氛围中，多少有些不切实际。他剩下的就只能是妥协。不过，从某种角度观察，马丁的影片风格并没有展现出他期盼的那种姿态，他一直保持着传统好莱坞的故事架构，老实的叙述，承认因果关系，但是他有着属于自己的方式处理。他的影片类型其实也是传统型的。他要做的，无非是在观众认知的基础上进行着有限度的自我提升。或者说，在"观众视点"和"导演视点"中寻求一种平衡。这当然是一种不可思议的并存。

1988年，马丁·斯科塞斯几经周折之后，终于实现了他的梦想，将希腊作家尼科斯·卡赞察斯基的小说《基督最后的诱惑》搬上银幕，遂引起全世界的关注。电影根据小说改编，对耶稣、犹大等人的性格做了不同的改编，使之更加人性化。耶稣面对受难和其他人一样困惑和恐惧，当撒旦扮演成美女的时刻，他也同样受到诱惑和欺骗。银幕中耶稣的形象宛如一位行吟诗人，更像一位四处宣传理想的青年革命家，他身上散发出一种为信仰慷慨赴死的豪迈。令我困惑的是，这种具有颠覆性的安排是否符合马丁的心思？这是否就是他要表达的宗教情怀？这是否就是他向往的"作者电影"？或者，这是他在好莱坞走钢丝最完美的一次结合？这部电影至今在某些国家还是禁演之列，就我个人而言，我并不喜欢这部作品，它的主题和镜头语言总让我想起一部舞台剧。

1993年马丁·斯科塞斯拍摄了《纯真年代》，这是一部充满怀旧和古典浪漫主义情怀的影片，与其以前的追求大相径庭，但是却拍得十分华美，如同欧洲古典主义绘画，有一股沙龙气，同时又有早期印象派绘画的意味。这部影片让我发现了马丁的诗人气质。主人公纽伦在与未婚妻梅即将订婚的前夜，在歌剧《浮士德》的咏叹调中邂逅了女方的表姐艾伦，竟然一见钟情。这显然是一个老套的三角恋的故事，充满着戏剧性。然而在马丁一手安排下，拍出了诗情画意。其中最令人难忘的是这样的一场没有交流和对话的戏——当年，纽伦曾去海边找艾伦，远远地看着女人窈窕的背影。女人在看海上的帆船和灯塔，似乎并没有感觉到他的到来。男人的心声是：如果女人在帆船通过灯塔之前转过身来，那么他就毫不犹豫地迎上前去。反之，他则离开。这是一场自我设置的命运赌博。几年后，纽伦见到艾伦，鼓起勇气说出了这段往事。不料艾伦说，那一天她知道他来了，她早已看见了他的马车。她只是不想转过身来——她不想由于自己的存在而使表妹的婚姻家庭受到损伤。那是那个时代的感情约束和道德原则。当影片临近尾声，年过半百的纽伦来到伦敦看望艾伦，故地重游，艾伦近在咫尺，纽伦却停止了脚步，没有上楼，独自坐在楼下仰望着那扇打开的窗口。观众期待着艾伦的出现，但是，那窗户却在慢慢地关闭，一缕夕阳射在玻璃上形成强烈的反光，反射在老年纽伦的脸上，刺得他睁不开眼睛——

然而令人惊讶的是，现实中的窗口在关闭，记忆里的窗口却豁然打开——他仿佛再次看见了几十年前在海边的情形，这个瞬间，年轻貌美的艾伦终于回过头来对着他莞尔一笑——这无疑是大手笔，很难想象这样的处理竟然出自以暴力闻名的马丁·斯科塞斯手下，但同时又提醒我，在这个意大利人身上，除了暴力，还有浪漫。这是一部美轮美奂的作品。

2004年，马丁·斯科塞斯根据著名飞行家霍华德·休斯的传记，改编拍摄了电影《飞行家》。这是一部关于梦想、爱和恐惧的作品，虽然传主身上充满传奇性，有大量的噱头和看点，如天生的洁癖和强迫症，和大牌好莱坞明星恋爱，用二十六台摄影机拍摄空战场面，但创作者还是从这些浮华的表面发掘了更为深层的东西，这就是爱与恐惧。在这种观念之下，休斯身上散发出来的洁癖、恋母情结、神经质和紧张感已经不再是生理层面的东西，而进入社会心理层面。这一点，是《纯真年代》所望尘莫及。从导演手法和影片的和谐性上，《飞行家》继承并升华了《纯真年代》那种审美趣味，你会感觉电影艺术的视觉本性和导演的二度创作已经达到了相当的高度，有一种难以回避的大师气息。

所谓电影的美感，往往会导致这样一种误区，以为纯粹是画面的优美。其实这是最表面的一层。国内有一部叫作《英雄》的电影即是这样的产物。除了昂贵华丽的制作之外，你根本见不到有什么值得咀嚼。它只是一个华丽的空壳，而承载的又是一种荒谬的命题——胸怀天下者即为英雄。按这一逻辑，希特勒和萨达姆都可以算作英雄了，哪个独裁者不是胸怀天下？这种失败的根源，在于创作者的文化底蕴。它没有内涵，只有外壳。电影的意味是在平易近人的基础上的自我发挥和提升。而且，它首先必须是电影的，之后才是文学的、哲学的、诗歌的。

    2018年，76岁的马丁·斯科塞斯纠集了几位同样是年逾古稀的老戏骨，共同完成了黑帮片的收山之作《爱尔兰人》。其中的主演罗伯特·德尼罗和乔·派西是老搭档，而阿尔·帕西诺似乎是首次合作。这同样是根据回忆录改编的作品，叙述美国历史上最大的悬案之一，即传奇工会领袖吉米·霍法失踪案。唯一不同的是，这部作品和美国社会几十年的政治扣得相当紧密，尤其是肯尼迪家族。这在马丁以前的作品中尚属罕见。本片三个多小时，显得拖沓，从一部剧情片的结构看，电影到了弗兰克杀死霍法就该结束。但是马丁不想就此收场。他增加了一个在他看来是不可或缺的尾声部，用大量的镜头去刻画黑帮们的最后生息。作为主角的弗兰克最终还是没有得到最宠爱的女儿佩琪的原谅，当然也没有得到一个正常家庭的天伦之乐。这个老迈的男人总是不断向牧师倾诉忏悔，最后孤寂地坐在养老院里每天接受注射，一边看着过去的老照片，企图从已逝的峥嵘岁月中找到一点慰藉，可是一无所获。马丁·斯科塞斯这么做，实际上还是要着力表现罪与罚，表达一份天主教徒的临终忏悔。影片最后的一个镜头是护士离开，下意识地将门带上，但是弗兰克却坚持要她留一条缝隙——他的孤寂和恐惧达到了极点。这个结尾让我想起同为"电影小子"的弗兰西斯·科波拉著名的《教父》，那个结尾是已经成为新教父的迈克，让妻子将门关上，银幕一片黑暗——一切谎言全都融入黑暗之中。而现在，马丁的门却留出了一条缝隙。这会是某种暗合吗？从黑暗还将继续到在黑暗中留出一条缝隙？总之，我这么联想了。

马丁·斯科塞斯是一个一直在个人艺术趣味和好莱坞商业需要中间走钢丝的人。他既是一个被评论抬得很高的导演，也是一个被媒体不断挖苦的导演。他始终盘踞在好莱坞著名导演的高位，但他的很多作品票房总是屡屡惨败。严格的意义上，好莱坞没有一位纯粹意义上的"作者电影"，既不会产生基耶斯洛夫斯基，也不会出现拉斯·冯·提尔。这种走钢丝的导演绝非马丁·斯科塞斯一人，当年所有的"电影小子"都难逃此劫。在好莱坞，电影作为一种人文表达永远会置于电影作为一种商业娱乐之下。和同行朋友相比，马丁其实一直是在坚守着自己的底线，他没有赢得巨大投资的商业运作，坚持以自己独特的视角对社会进行审视，尽可能地进行自我表达，在夹缝中求生存，而不是像其他导演那样善于顺势而为。毋庸置疑，好莱坞的一些导演的能耐又令那些欧洲导演望尘莫及——他们的钢丝走得很好，他们的电影往往获得极大成功，声名鹊起。科波拉的《教父》便是其中最典型的例子，以至于你分不清艺术和商业的边界在哪里。2006年，马丁·斯科塞斯以翻拍香港的影片《无间行者》而获得第79届奥斯卡金像奖最佳导演奖。对我而言，这实在是一种绝妙的讽刺——多年前，那个拍出《出租车司机》《愤怒的公牛》和《纯真年代》的马丁与小金人屡屡失之交臂，现在却因这样一部翻拍的商业剧情片折桂，令人唏嘘不已！这究竟是哪里出了毛病？

1995年，世界电影诞生一百周年之际，马丁·斯科塞斯被美国电影人评为"有史以来最杰出的十大电影导演之一"。马丁的成就最终并没有因为票房的失败而被忽视。值得注意的是，这仍是由美国电影人评选而出的。

2020年8月，泊心堂

附记：这篇随笔初稿写于2006年，当时并没有写完。直到最近，在疫情期间才从电脑里找出来，进行了整理。想想，时间竟然于不知不觉中过去了十四年！

了不起的《通天塔》

多年前，潘萌还在美国读电影硕士的时候，有一次放假回来，问我：如果让你推荐一部这个时代最伟大的电影，你将选谁？

我毫不犹豫地回答：*Babel*！

也就是大家习惯中讲的电影《通天塔》。

最初我是通过碟片了解这部影片的。当时就兴奋不已，这种体验与我在20世纪90年代第一次观看基耶斯洛夫斯基的《十诫》"三色"有着惊人的一致。在这样的时刻，我特别相信我的直觉。之后我又在网络上进行过观摩，我从来不掩饰自己对这部作品的赞美。

很显然，这是一部具有宗教情怀的作品，但不是所谓的《圣经》电影。片名源自《圣经·旧约·创世记》——"挪亚方舟"之后，人类的幸存者开始大规模繁衍生息，越来越多的人都聚集到了巴比伦，他们说着同样的语言，热火朝天地将巴比伦建设成一座繁华的城市。同时，他们企图在城中兴建一座通往天堂的高塔，好随时与上帝掰扯。不料，这个天真浪漫而又傲慢无礼的举动激怒了上帝，他意识到自己的权威受到了挑战，不免为此感到恐惧。于是，为了阻止人类的计划，上帝将芸芸众生打散开来，并让分散各地的人类使用不同的语言，这样人类相互之间就不能沟通，也就难以抱团，造塔的计划半途而废。"巴别塔"即由此得名。"巴别"在希伯来语中意为"混乱"，这部影片因此也会被译作《混乱塔》。

毋庸置疑，*Babel*探讨的就是人类的沟通问题。

其时我对执导这部电影的墨西哥导演亚利桑德罗·冈萨雷斯·伊纳里多没有什么了解。依稀记得为纪念戛纳电影节六十年，举办方邀请了全球三十位导演共同拍摄《每个人都有他自己的电影》，每人三分钟，其中就有他。这位60后的导演有着迷人的经历，少年时代只身搭乘货船穿越大西洋，流浪般地游历欧洲与非洲；二十来岁做摇滚电子乐电台的DJ，然后开始做自己的广告公司，这期间他痴迷于电影，并尝试向导演转型。直到2001年，完成了自己的电影处女作《爱情是狗娘》。这部由三个不同的故事组成的剧情片显示出他作为导演对多线叙事的迷恋，之后的《21克》也是如此。值得注意的是，这是导演伊纳里多与编剧吉勒莫·阿里加的第三次联手，也是当初他们说好的"三部曲"的终结篇。果然，在经过前两部的"热身"之后，此一部《通天塔》大放异彩。伊纳里多曾经表示，将一些故事线索编织到一起已经成为他工作的一种习惯。"当我坐在车里看到有人从路边经过时，我便开始觉得那个人肯定比我头脑中的任何东西都要有趣。所以探究他人的内心是我最大的愿望。与此同时，我们所拥有的现实中的一切也是如此的有限。我更希望探索更加广阔的外部世界，还有陌生的外部世界是怎样影响到我个人的等等，都将成为我作品中所要探询的目标……"

如同一位优秀的小说家不会忽视自己的小说结构一样，一位杰出的导演更是如此。某种意义上，无论是小说还是电影，其结构都是叙事的关键。或者说，结构本身就是叙事。《通天塔》对我的吸引，首先来自影片的结构。

影片开始于摩洛哥山村，牧民哈桑用两头羊换了一把来复枪，以预防牧羊时遭遇狼群的袭击。据卖枪人说，这把枪是一位日本游客送给他的，这种解释看上去似乎有点来历不明。这个伏笔，直到影片过了半程才揭开。但是这之前，由枪引发的悲剧已经发生了——牧民的两个儿子在放牧时，为了试一下枪的射程，竟随意地向山下一辆途经此地的旅行大巴射击，结果那辆大巴竟然停了下来。观众预感到什么可怕的事情发生了。但是，影片却突兀地把话题岔开——故事先是到了东京，引出了一位单身父亲绵古安二郎（役所广司饰）和一位高中生的女儿、聋人姑娘千惠子（菊地凛子饰）。从简单的相处中，我们隐约知道千惠子的母亲不久前去世了（后来知道是自杀），或许是因为这一阴影使得父女关系显得冷漠。接着，故事又到了美国南加州的圣地亚哥，这里距离墨西哥边境不远。这个夜晚，一位带着两个美国孩子的墨西哥保姆阿米莉（阿德丽亚娜·巴拉扎饰）正在接听一个遥远的电话，电话那头，自然是孩子的父亲。这位父亲始终没有露面，但他含糊其辞的电话，让人获得了一个信息，此刻孩子的母亲正因为什么而病着，孩子的父亲对保姆反复强调，一定要把这两个孩子带好。看到这里，或许观众会一头雾水，在这踟蹰和迷离中，镜头再回叙到故事的开始——牧民儿子随便的一枪，居然就误击了这辆旅游大巴上一位美国女性游客苏姗（凯特·布莱切特饰），鲜血顿时就染红了她的肩部，她的丈夫理查德（布拉特·皮特饰）大喊停车！车便停下来。

而这对美国游客，正是把两个孩子留在墨西哥保姆身边的那对夫妇。他们的第三个孩子意外流产了，现在他们的婚姻出现了危机，他们原本打算出来散散心，借以消解彼此之间的隔阂，但却意外遭遇了更大的危机。

至此，故事的三个地点——摩洛哥某山村、日本东京和美墨边境的圣地亚哥相继出现，观众一时间对发生在东京的故事感到疑惑，似乎觉得这个段落游离于故事之外，但是很快就明白了，原来东京那位聋人姑娘千惠子的父亲绵古安二郎，正是那把来复枪的主人。一把枪，或者说一件戏用道具，串联了三个故事场景，让一切都变得顺理成章，影片的悬念也由此得到了强化。或许有人会说，这种故事结构不严密，不紧凑。我的意见正好相反。我认为这种结构、这种叙事无疑是天才的。它虽然改变了故事的线形发展轨迹，却使故事变得迷人。导演的叙事方式得到了展现，毋庸置疑，导演在倾情为观众讲述一个好故事，但更在意讲好这个故事。也就是说，真正的好故事不仅在于故事本身的特质，还在于怎么讲好。这个故事的三个地点，就是由一把来复枪串起来的，很巧妙，一点也不显得生硬。导演伊纳里多就是在用镜头进行写作，他不仅关心的是"写什么"，更关心"怎么写"。

那么，问题来了。为什么要选择这样的三个地方作为故事的发生地？为什么要展开这样的三个看上去毫不相干的故事？这种类似后现代主义小说拼贴的结构手法，我在小说中看见过，也曾在自己的小说里尝试过，比如那篇《白底黑斑蝴蝶》。其实，回答了这个问题就等于回答了最大的问题——为什么这部电影取名为

Babel——《通天塔》或者《混乱塔》。

摩洛哥山村牧民的儿子游戏的一枪，误击了一位美国游客，这在作为阿拉伯国家的摩洛哥，就已经不是一起简单的刑事案件，而是上升到充满了政治色彩的恐怖案件。在通信发达的今天，这一"恐怖事件"很快就传遍了世界各地。具有讽刺意味的是，受害的美国旅客却因为国家之间的外交程序、当地贫乏的医疗条件乃至语言的障碍，不能沟通！他们最后只能依靠当地百姓的"偏方"和一名兽医的指点来维持生命，等待美国军方的直升机救援。再回头看那两个误击肇事的牧民之子，他们现在已经成了摩洛哥警方追捕的"恐怖分子"，结果是一死一被抓，警方不会相信孩子的供词，因为这简直太儿戏了，警方在推测这起恐怖案件背后的阴谋。那位美国游客虽然苦苦等来了救援，把受伤的妻子送到了可以信赖的医院，却不知道万里之外，他自己的两个孩子也在同一时间遭遇了不测——那位移民美国已经十六年的墨西哥保姆擅自带着两个小孩前往墨西哥某地参加儿子的婚礼，在回来的路上却因为侄子（盖尔·加西亚·贝纳尔饰）的鲁莽驾车闯关，遭到了美国警方极大的怀疑，警方断定这个墨西哥女人有拐骗美国儿童之嫌，而且还是两名，不依不饶，任何解释都无济于事。因为那把日本游客留下的来复枪，因为"恐怖事件"背后可能的阴谋，故事自然又来到了东京。这个段落的主角，是那位聋人姑娘千惠子。她是个美丽的高中生，学校的排球队主力队员，但因为聋哑，提出的误判不被裁判重视，那些企图亲近她的男生顷刻就远离而去。这种歧视让她难以忍受，尽管她不惜采取在桌子底下展现下体来吸引男生的眼球，并以此进行羞辱的报复，之后就是勾引牙医和警察。千惠子以这种病态的方式为赢得尊严进行着抗争。随着东京警视厅侦探的介入，故事改变了方向。

电影取名《通天塔》，意在人类通天之难。按照《圣经·旧约》的意思，讲的就是沟通之难。而这部电影回答的，则是为什么人类难以沟通，人类的隔阂又是怎样产生的？这显然是一个宏大的主题，导演却处理得举重若轻。三个地点呈现出来的故事，让我们看见了沟通的障碍所在，比如，政治观念导致的敌意、宗教文化背景的差异导致的政治误解，以及种族歧视、贫富差距、语言障碍、正常人与残疾人，如此等等，都是人类难以沟通的障碍。人类的沟通一方面是个体与外界的困难，无论是民族之间还是国家之间，乃至邻里之间、人与人之间，都是困难重重。片中美国男子在妻子受伤后那副呼天不应、叫地不灵的无助形象，已经给出了鲜明的注脚。另一方面，沟通之难又源自人自身的障碍。比如那对感情出现危机的中年美国夫妇，影片里虽然没有过多的笔墨去展示他们之间的隔阂，但从演员布拉特·皮特和凯特·布兰切特的精湛表演中，你能感觉到夫妻间那种疲惫、压抑、冷漠和无奈。一次旅行未必是一剂医治感情创伤的良药，如果不是这场生死攸关的"恐怖事件"，他们的感情会得到弥合吗？再有，那位美丽的日本姑娘，因为自身残疾，加上丧母之痛，加上与父亲的持久冷战，使她的心灵产生极大的扭曲，在这个豆蔻年华的少女心中，自信与自卑，爱与恨，始终纠缠在一起。她其实渴望的，只是赢得这个社会能给予她一个正常人的尊重，渴望父亲给她一次真正的拥抱，而不是做出一副爱莫能助的样子。这些，或许是我个人的联想，但绝非牵强附会。这部电影涉及四个国家、六个家庭、十个人物，使用了四种以上的语言，伊纳里多的镜头语言已经向我们做了充分的揭示，其用意已经十分明显。于是，电影的主题便由这几处发生的琐事，慢慢聚集到了一起，个人的不幸似乎已经显得无关紧要了，人类社会性的问题完全凸显而出：究竟因为什么，使我们无论身在家园还是别处，都感到如此的疏离和隔阂？在电影结束后显现出了一段忧伤而沉重的字幕：

献给我的孩子。最暗的夜，最亮的光。

显然，伊纳里多要叙述的绝非一个绝望的故事，他将人类之光寄托于孩子，这是未来世界光明的源头。

令人不解的是，这部二十一世纪最伟大的作品之一，竟没有被那一年的奥斯卡奖看中，尽管这之前在戛纳电影节和"金球奖"获得了空前的成功。伊纳里多无疑是一位勇于不断探索求新的导演。他正处于年富力强的好光景，《通天塔》的一炮而红，给他带来了无尽的资源。2014年，伊纳里多执导由迈克尔·基顿和艾玛·斯通联袂主演的喜剧片《鸟人》，获得第87届奥斯卡金像奖最佳导演奖，同为墨西哥人的摄影师艾曼努尔·卢贝兹基获得最佳摄影奖。该片同时还获得第87届奥斯卡金像奖最佳影片奖。《鸟人》在形式上是一部看上去"一镜到底"的作品，或许正是因为这个刻意的追求，让我有些许的失望。我看重一个导演的叙事，认可一个导演在形式上的探索，但我不能接受形式大于内容。去年秋天，因为电影《草桥的杏》的筹备，我和摄影指导鲍德熹一同去外景地徽州看景，就谈到了这个观点。老鲍十分赞成，他甚至认为本届奥斯卡最佳摄影奖颁给《鸟人》是一种耻辱。这篇文章还没有完成之际，又传来了伊纳里多执导的新片《荒野猎人》获奖的消息。该片根据迈克尔·彭克的同名长篇小说改编，由莱昂纳多·迪卡普里奥和汤姆·哈迪主演。伊纳里多凭借此片再次获得第73届美国电影电视金球奖最佳导演奖和第88届奥斯卡金像奖最佳导演奖，艾曼努尔·卢贝兹基再次获得最佳摄影奖，而演员莱昂纳多·迪卡普里奥这次算是一飞冲天，终于称帝。但是，我本人却不喜欢这部作品，只能让我对奥斯卡这一奖项更加困惑。不过话说回来，短短十年，伊纳里多佳作迭出，这在世界电影史也是罕见的。

2016年6月初稿，8月改定

关于死刑的电影

　　1997年夏天，我在北京第一次接触到波兰导演克日什多夫·基耶斯洛夫斯基的作品《十诫》，这是他为波兰电视台拍的十部短片。其中影响最深的，是《杀诫》，也即《关于杀人的短片》。关于这部系列作品的起源，基耶斯洛夫斯基在回忆录中是这样介绍的。那是在1984年的某个雨天，基耶斯洛夫斯基的合作者、曾经担任《无休无止》编剧的皮耶谢维奇，遇见了青年导演。当时导演因为《无休无止》引起的轩然大波，正沉浸在忧郁和沮丧之中。皮耶谢维奇是律师出身，他建议与导演再次合作，他说应该有人去拍一部关于"十诫"的电影了，这件事应该由你来做。基耶斯洛夫斯基意识到，律师所讲的"十诫"，并非《圣经》中摩西晓谕颁立的传说，而是现代的故事。于是他们的合作就这样自然而然地开始了。基耶斯洛夫斯基原来打算请上九位导演与自己合作，每人拍一部，但是等剧本完成后，他毅然改变了主意，剧本的精彩程度显然超出了他们的预想，他觉得应该由自己来单独执导。另外，他还有一个将其中的两部拍成胶片的考虑，他本人挑选的一部，就是《关于杀人的短片》。正是这部影片，使我开始关心起死刑问题。在我阅读过一些刑罚著作和研究一些死刑案例之后，2003年11月，我完成了第六部长篇小说《死刑报告》（人民文学出版社，2004年1月版）

的写作。

与此同时，我有了写一篇关于死刑电影的文章的想法。但这篇随笔的缘起，来源于另一位著名的导演，丹麦的拉斯·冯·提尔。

因为英格玛·伯格曼，很久以来，我一直有这样的感觉，欧洲最好的导演不是出自老牌的电影大国：法国、意大利和德国，而是诞生于斯堪的纳维亚半岛的北欧。另一个地方是东欧的波兰和捷克。在与伯格曼、基耶斯洛夫斯基相遇之后不久，一部叫作《破浪》的丹麦影片又认识了导演拉斯·冯·提尔。这之后，我开始留心并搜集这位导演的作品，先后看到了他的《白痴》《欧洲特快列车》《狗镇》以及我在本文中着重要说的《黑暗中的舞者》。

拉斯·冯·提尔在2000年执导了《黑暗中的舞者》，基本上延续了《破浪》的意蕴与手法。即还是在表现道德与法律边缘的问题，同时使用了"手持"的摄影方法。所谓"边缘"问题，我的意见是指那些在观念上比较暧昧的、比较模糊的东西。我们很难对它进行准确的判断与界定，这实际上也就使作品的主题具有多维性和不确定性。故事很简单，一个叫莎蔓的东欧女人，带着独养儿子移民来到了美国的堪萨斯。她是一个高度近视患者，却在工厂里做着力不从心的工作，以挣取微薄的薪水，攒下来，为同样是因遗传而近视的儿子实施手术。莎蔓租借了警察艾尔的房子，他们因此成为邻居。在影片最初的一段里，我们感觉艾尔和莎蔓相处得不错。艾尔为莎蔓的儿子买了一辆自行车，作为生日礼物。艾尔还经常与莎蔓谈心，诉说自己工作中的烦恼和因房屋贷款导致的夫妻纠纷。艾尔的劳累，让莎蔓很同情。但是，艾尔不久便发现了莎蔓的藏钱之处，便将这一笔钱——三千五百美元偷走了。莎蔓为了要回自己的钱而在争执中误杀了艾尔。然后她被判为一级谋杀罪。在用辛苦积攒的钱请律师为自己赎回性命与为儿子做手术的问题上，莎蔓毅然选择了后者。她选择了绞刑。

影片绝妙的地方，应该是作者把高度近视患者莎蔓同时写成了一个热爱舞蹈的女人。尽管她的舞蹈基本上是在黑暗中或者想象中完成的。这大概是拉斯·冯·提尔邀请性情暴戾、喜怒无常、同时又聪明可爱的冰岛歌星比·约克来饰演女主角的理由所在。

把莎蔓写成一个业余的舞者，无疑是一个很好的创意。它丰富了这个女人的内心与幻想。同时在形式乃至手法上也构成了一种"复调"关系。我们很容易看出，影片在舞蹈部分的拍摄方法是中规中矩的，讲究造型和影调。摄影师运用了多机位、多机器——据资料介绍，最多时运用了一百多台摄影机。还有诸如轨道车、可移动平台、升降机等辅助性器材。这与拉兹在另一部作品《欧洲特快列车》中的手法大体一致。导演显然是要做出这样的一种效果，那就是心中的世界永远是美好和浪漫的。在这样的画面和段落里，开始了比·约克美妙动人的演唱。那是比·约克的歌喉，更是莎蔓的心声。

对手持拍摄方法，我曾经有一个自以为很恰当的比喻——"毛边感"。如同用手撕纸的效果，而不是用刀裁纸（也可以说，那种讲究造型的，是裁纸）。在我看来，生活由于自身的复杂、忙碌与丑恶，是具有毛边感的。它不应该有那么规矩讲究的构图、色调与看上去很让人痴迷的光效。手持拍摄很好地解决了这个问题，它带来了长镜头流动性的效果，增强了现场感。摄影机的运用与画面中人物的心理是完全一致的。在这方面，拉兹的《破浪》就有了成功的尝试。这部《黑暗中的舞者》更是运用得合理自如。这种手持摄影，镜头的运动依据是主人公莎蔓的主观视点与心理感受。我曾经与张艺谋《有话好好说》的摄影师吕乐就"手持"交换过意见，他当时很想改编我的《海口日记》。我说，如果你要拍《海口日记》，我就觉得应该采用手持的方式进行。我喜欢那种随意性，也就是我所说的"毛边感"。同时我坦率地认为，在《有话好好说》里，手持摄影的运用是很不成功的。原因就在于失去了人物的心理依据。整个画面的摇晃，完全就是导演的想入非非和自作多情。导演并不知道为什么要这么晃，观众则更是茫然。

在《黑暗中的舞者》中，手持摄影的选择还十分符合主人公莎蔓的身份。她是一个高度近视患者和一个流浪者，她的眼睛所看到的世界并不美好，而是那样的凌乱与浮躁，也是那样的飘忽不定。但是，她想象中的世界却是十分美好的。那是音乐与舞蹈的世界，是色彩斑斓的世界。影片中几段舞蹈场面，如"车间舞"和"桥头舞""法庭舞"以及和警官艾尔的双人舞，都非常精彩，也非常朴素。即使是在最高潮的时候，舞蹈也还是穿插其中。这种天衣无缝的穿插，构成了影片最大的特色。这是对比的效果，它就如同一首复调结构的交响乐。

《黑暗中的舞者》对弱小人物怀有极大的同情。影片中出现的作为警察的艾尔，具有国家机器的象征性。国家在盗取一个母亲的爱心，同样也是国家在剥夺一个女人的生命。《黑暗中的舞者》实际表现的就是舞者的黑暗。她生活在一个黑暗的世界中，她的光明只能在幻想的歌舞中得以实现。她因为爱，因为捍卫自己的梦想而被送上了绞刑架。

这又涉及对死刑制度的思考。自1764年意大利法学家贝卡利亚第一次对世界喊出废除死刑的呼声以来，这两百多年里，全世界废除死刑的运动就没有停息过。当今世界，具有基督教背景的国家，除了美国的部分州，基本上已经废除或实际终止了死刑。欧盟的东扩，对那些东欧国家的首要条件，就是要废除死刑，否则免谈。特别是1989年12月15日，第44届联合国大会通过了废止死刑的国际公约，世界废除死刑的运动掀起了更大的浪潮。到目前为止，全世界已经有一半的国家在法律上废除了死刑或事实上不执行死刑。（顺便说一句，我国的死刑未减反增，执行死刑占每年全世界的四分之三。）这种人道主义的观念显然在影响着欧洲的一些电影导演。在导演拉滋·冯·特里艾尔看来，生命是神圣的，一个人无论犯了怎样的过错，都不能被剥夺生命。死刑作为国家名义的合法杀戮，实际上也是不人道的。更何况，被送上绞刑架的是那样一个值得同情、充满爱心的女人。这样的思考，在之前的基耶斯洛夫斯基的《关于杀人的短片》和之后的阿姆多瓦的《对她说》中都有表现。前者提出的是，死刑究竟是不是一种暴力形式？代表国家的杀人与作为谋杀的杀人区别和界限究竟在哪里？后者实际上是企图在爱与罪之间寻求答案。一个护理工是那样爱着已经成为植物人的前芭蕾舞女演员——无独有偶，女人和舞蹈成为一种美的化身。

他每天偷看她练功,这个男人由偷窥而暗恋。结果有一天,练舞的姑娘没来,接着他听说这个年轻漂亮的女人成了植物人。于是这个男人就申请当上了她的义务护理员。他每天对她进行护理,每天对她说,每天对她倾诉,他觉得只有这样不停地对她说,她的生命才能苏醒,尽管这个行为在任何人眼里是多么的不可思议。但小伙子还是锲而不舍,以真挚的感情挑战冰冷的科学。他有这样的信念,因此就有这样的力量。最后,他使她怀了孕——阿姆多瓦自然不想让我们认定这是一种强奸行为,因为他大量地表现了男人对女人的爱。但是法律不这样看,法律认定的就是一宗强奸案,于是,小伙子被枪毙了。《对她说》实际上因袭的还是多年前阿姆多瓦的那部使他一举成名的《捆着我、绑着我》的意蕴。那部影片说的是一个刚获得释放的男人,以温柔的方式绑架了一位女明星的故事。这显然是犯罪,但随着故事的开展,我们最终发现敌对的关系转变成了爱情。男人的行为由绑架演变成对赢得爱情的时间测验。

迄今为止,表现死刑的影片,最为深刻的,还是基耶斯洛夫斯基的那部《关于杀人的短片》。这部作品以一种自然工整的"对位"手法,细腻地向我们呈现了两次杀人的经过。第一次,是雅采克,一个华沙街头散漫而忧郁的少年,他因为自己亲爱的妹妹死于一场车祸,因此决定对一个司机进行报复。值得注意的是,雅采克选择的目标并非就是轧死妹妹的那个具体的肇事者,那个人只是一个司机。因此雅采克的谋杀带有随意性,更具象征意味。雅采克的谋杀显然是一种"以血还血"式的等害报复行为:一个司机杀死了他的妹妹，因此他就必须杀掉一个司机。所以他做得有条不紊，是因为这样的谋杀在他那里实际上已经成为"使命"。而有趣的是，司机因为贪恋偷窥一个送牛奶女工的大腿，在拒载了一对老夫妻的乘客之后，似乎很不情愿地接受了后来者雅采克。至此，这个人的生命处在了极度危险的边缘。这简直就是在劫难逃了。于是，在华沙郊外一条清冷的河边，少年雅采克顺利地公开地谋杀了司机，他的凶器是一条绳索。没有人注意到这个发生在光天化日下的谋杀，只有一匹马在茫然向这边看着。

　　接下来，就是第二次的杀人了。国家以法律的名义宣判雅采克死刑，似乎代表着一种正义的惩罚。国家杀人的凶器也同样是一条绳子——绞索，这似乎暗示着国家也与这个无知的少年一样，坚持着"以血还血"的等害报应方式。但是，国家以杀人的方式来制止杀人，这个命题，就显得十分荒谬了。这便是基耶斯洛夫斯基企图实现的目标。他揭示出了这种荒谬，却无法制止国家实施的谋杀。在谈到这部影片的主题时，基耶斯洛夫斯基曾这样说："我想这部电影反映的真正主题不是死刑，而是普遍的谋杀现象。"故事虽然发生在波兰，但具有的意义则是世界性的。基耶斯洛夫斯基在描述这个世界，他说他要描写的，是"一个可怕的世界，一个人们互相之间没有任何同情心的世界，一个人们之间互相憎恨的世界，一个人们之间不但不互相帮助反而互相拆台的世界，一个人们互相厌恶的世界，一个人们独居的世界"。（见《基耶斯洛夫斯基谈基耶斯洛夫斯基》）无疑，这部电影是对暴力的一种控诉。在基耶斯洛夫斯基这里，置人于死地是最高形式的暴力，而死刑也是这种形式。他承认："该电影是反对死刑作为一种暴力形式的。"

拉斯·冯·提尔多年前在《破浪》中，要表达的是，爱比性坚强，更有生命。一个女人为了使自己的丈夫活下去，同意了丈夫近乎无理的要求，每天与别的男人私通或者鬼混，并要把性交的经过详细地讲给他听。在她这里，性是为了实现爱。而在那个差不多成了植物人的丈夫那里，对妻子的爱是通过性的实现来达到的。男人希望自己心爱的女人不要因为自己的彻底残疾而使生命肉体萎缩，那无疑是残忍的，不人道的。但是，在宗教的偏见和世俗的眼光里，这个女人无疑成了一个堕落的咎由自取的婊子。影片的震惊就在这里。所谓"破浪"，即是向一种传统的、宗教的和习惯的势力挑战的姿态。而在《黑暗中的舞者》里，拉斯·冯·提尔表达的是，爱比生命更加坚强。

关于死刑的电影，值得提出的还有一部美国的影片《死囚的168个小时》。这部由著名影星苏珊·莎兰登和西恩·潘联袂主演的作品，表现了一个修女对一个拒绝忏悔的死囚的说服过程。经过修女不遗余力的工作，死囚在走向死亡的前一刻，向受害人的父母进行了道歉，他大声说出了"对不起"。这显示了正义的力量，也显示了宗教的力量。正如绝大多数基督教国家都废除死刑一样，在所有涉及死刑的电影里，都无一例外地洋溢着宗教情怀。自从耶稣钉上十字架之后，世界得到了救赎，世界的秩序进入一个新的阶段，也就是《新约》阶段。在《新约》里，已经看不见"以血还血"这样的字眼了。耶稣的血最终凝结成的是两个大字：宽容。

　　2001年9月，一位世界级哲学家和法学家，法国的雅克·德里达教授，开始了为期16天的中国之行。据旅法学者张宁先生记载，德里达的首场演讲是在9月4日，地点是北京大学理科楼的会议厅，演讲的题目是《宽恕：不可宽恕与不受时限》。他的演讲受到了欢迎，但一位来自美国的学者当场提问说，如果一个人强奸了我的女儿，我宽恕了他，那等于是纵容他去强奸我另外的女儿。如此宽恕的后果，我们有什么理由去宽恕呢？德里达的回答是：我并没有要说宽恕的好与坏。我也同意宽恕有可能会有不好的后果，但我的工作不是去评价宽恕的好与坏，而是要分析我们所继承的这份宽恕遗产的悖论，尽我微薄之力向人们揭示我们生活在一种怎样的宽恕传统之中。

　　德里达指出："宽恕的可能在于它的不可能，宽恕不可宽恕者才是宽恕存在的前提条件，宽恕的历史没有终结，因为宽恕的可能性正来自它看似不可能、看似终结之处。"

　　关于死刑，德国法学家古斯塔夫·拉德布鲁赫曾经说过这样一段话："只要死刑还存在着，那么整个刑法就都散发着血腥的气味，整个刑法都带有阴森恐怖的印记，整个刑法都充满着报仇雪恨的污点。"死刑的存废，至今还是一个世界性的话题，但废除死刑是人类文明进步的趋势，这是不容改变的。在这个也许是十分漫长的过程中，与死刑相关的文艺作品，特别是电影，起到了独特的作用，它唤醒的是人类的良知，弘扬的是人类的理性，履行的是思想启蒙的使命，这应该是一种特殊而杰出的贡献。

　　　　　　　　　　　　　　　2005年1月16日，北京寓所

战争电影：再现和表现

广义的战争片，指的是任何与战争有关的影片。它讲述的就是战争或者战争中发生的某个故事。但狭义的战争片，我的观点是，应该只指那种具有战争史实背景的电影。狭义的战争电影大致有两类——

第一类，是直接描绘某一次战役或者某一次军事行动的。譬如《莫斯科保卫战》《虎！虎！虎！》《血战台儿庄》和《大决战》。分别表现的就是"莫斯科保卫战""珍珠港事件""台儿庄战役"和"三大战役"。这类影片一般都具有史诗性质和文献价值，因此我更愿意称之为"战争历史片"。

第二类，也还是表现某个战役和某个军事行动的，但史实已成为背景，并在这样的背景下虚构一个故事，还是在反映这个战役和军事行动。也就是说，这个故事，战争史上是确有的，只是它距离史实有点远了。譬如《最长的一日》《桂河桥》《上甘岭》。像这类的影片，我称作"战争艺术片"。

至于广义的战争片，我们姑且称它为战争故事片吧。这类的影片很多，各有侧重。有写战争与人性的，如《野战排》；有以战争为背景来写爱情的，如《珍珠港》；或者侧重于惊险和传奇的，如《风语者》——它实际上应该是惊险动作片的一种，仅仅是借战争的硝烟进行着某种传奇色彩的演绎罢了，其商业目的非常鲜明。

还有一种战争阴云下的灾难片，如《辛德勒的名单》和《南京大屠杀》。战争与灾难，就像一枚硬币的两面，历来是不可分割的。同样是战争的灾难，同样是法西斯的大屠杀，这两部影片给我们的感受大不一样。前者很逼真，虽然写的是一个德国人为营救一群犹太人的故事，但我们还是能够强烈地感受到那种人类的爱，那种宗教的情怀。而后者呢？却在三十万中国人头之上虚构了一个中日爱情故事。这是多么的不可思议！几年前我曾在一篇随笔里谈到过电影《南京大屠杀》，我说：一个民族如果连表达仇恨都那么暧昧，无疑就是一种衰败和堕落。这个观点，我至今坚持。

另外，以战争中的人物为主体的影片，例如《巴顿》和《山本五十六》，我觉得归为传记片比较合适。

狭义的战争片，第一类，亦即战争历史片，其实创作者着力要做的，是要再现历史的真实。既然是再现，也就意味着无论是人物，还是事件，乃至场景的布置还是著名的细节，都要求是"历史的"和"真实的"——尽管虚构是在所难免，但虚构也是为了便于再现。从观众的心理看，人们迫切想知道的这段战争史实并非未知的，在观看电影之前，他们或多或少地已经从图书资料上获得了有关这一题材的资料信息，包括某些细节。譬如中途岛战役，大家都知道这是太平洋战争中美日双方进行的一场海战，是尼米兹和山本五十六在较量，对其中的某些细节，譬如美军情报部门用饮水机失灵去探试日军在无线电波中反复出现的那个神秘的"AF"，究竟是不是中途岛？这些都不是悬念。然而，间接获得的文字或图片资料，毕竟比不上电影的直观性与完整性，人们需要一种身临其境的感受。因此，感受"当时"，应该是观众观看战争片的主要心理定式。这与观众欣赏一部历史片的过程是完全一致的。人们对历史的态度，需要的是客观的感受。某种意义上，所谓战争历史片实际上就是历史片的一个分支。所以，再现真实应该是创作者必须坚持的前提。创作者们必须知道，未来的观众需要了解这场战役的每一个环节，譬如"AF"是怎样破译的，由谁破译的；需要完全掌握那场战争的每个段落，譬如这场战争的转折点在哪里，如此等等。现在世界上只要发生一件惊天动地的事，大家便希望将来有人能把这件事搬上银幕，就诉诸了这种心理需求。譬如美国的"九一一事件"，布什总统认为这是战争，或许它就是一场战争吧。我几乎可以断言，表现这一震惊世界的特殊战争的电影不久就会面市，而且不止一部。

既然我们面对的是这样的形势，那么，再现战争中的状况就成了创作者的最高任务。

作为历史意义的战争片，往往都具有一种史诗感。它有史料的支持，有文献价值，有宏大的规模，有逼真的制作，更有大气磅礴的艺术处理。这正是大家希望看见的景象。所以，真实性是这种影片的生命。大家这个时候就像是天上的上帝，俯视着地球上人类进行的这次战争。对交战的双方，观众都获得了那种战场透明度。尽管创作者具有不可动摇的倾向性。在这种影片创作中，创作者很大一部分的工作是选择——从现成的史料中挑选出具有艺术特质的情节和细节。否则便成了史料的堆砌。《大决战·淮海战役》中，有一个被人忽视的细节，就是杜聿明从南京飞到徐埠会战的前线，看见临时指挥部的院子里有几个士兵在锯一棵树。其实这个细节是有根据的，很多年前我就从文史资料中了解到，杜聿明很迷信，他一飞到徐州，就发现作为指挥部的这个四方形院子里有"木"，那就是一个"困"了。而他最担心的战场局面就是被困，所以才命令人把那棵树立即锯掉。我不知道编导者为什么不说明这个，这本是个非常好的细节，它既是真实的，又具有艺术意味，无论是对刻画杜聿明这个人物的心态，还是对战争形势的渲染，都是有益的。现在什么也不解释，只有几个士兵在用锯子伐树，仅仅成了一种气氛上的陪衬，所以就让人觉得莫名其妙了。

当然再现，也并不一味地排斥表现。像苏联系列影片《胜利·攻克柏林》中那个著名的"动物园情节"，就做得很好。苏军的坦克开进了柏林的动物园，那个年轻的坦克手被这些活泼的动物所吸引，而高兴，不忍伤害它们，但这时迎面射来的一颗子弹把他打中了。在《血战台儿庄》中，有这样一个"闲笔"：战斗间隙，来自陕西的老兵用柳笛吹奏家乡的小调《绣荷包》，很准确地传达了思乡之情，而不久这个老兵就牺牲了，与日军的坦克同归于尽。

第二类的战争艺术片，某种意义上，是把战争史上真实发生过的事件做了虚构的处理。事件是原本就有的，但怎么来说这个事件就有了很大的变化。《最长的一日》，我们知道它反映的是1944年盟军的"霸王行动"，知道是诺曼底登陆。但我们几乎看不到一个历史人物，看到的全是虚构人物——艾帅的出场仅有几分钟。创作者把与这一著名事件的素材艺术化了，但是依然不想放弃战争史实背景所赋予的实惠。可以肯定，《最长的一日》，关于美军在奥马哈海滩登陆受阻的情况，以及最后突破德军防线的方式，都是真实的。甚至连那句著名的话——"这里只有两种人：死人和正在死去的人"也出现了，不过是换了一个角色在说——这个例子，很典型地反映了此类战争片的处理手法，就是在大的史实框架里进行局部的虚构和调整。所要求的原则，是在不违背基本史实的前提下进行合理的虚构。但诺曼底登陆到了斯皮尔伯格那里，就只成了一个序幕，之后便幻化成了一个背景，所以像《拯救大兵瑞恩》那样的影片，不是这种类型的战争片。

第一类具有史料或者史诗性质的战争片，既然是史实，那么最好就不要过多地进行虚构。多了，就不是这么回事了。苏联影片《莫斯科保卫战》打出的字幕就是：本片中每一个人物都是真名实姓。但电影毕竟还不是历史，照本宣科不得，还得让人觉得好看。这就是矛盾的难题。除了选择，这里还有一个分寸问题和一个处理手法的问题。另一个问题就是结构。故事从哪里说起？先说什么，再说什么，各种人物事件如何交织起来，都属于结构上的问题。那么多的历史人物，那么多的发展情节和细节，都要把它交织起来，协调发展。显然就不是一件轻松事。《莫斯科保卫战》以"巴巴罗沙"行动的前后为大的背景，继之就是"台风"行动，集中写德军由突然发动苏德战争到进攻莫斯科。兵临城下，最后苏军大举反击，从而取得了胜利。这是事件的线索。在这条线索上，需要写出怎样的情节，刻画出怎样的人物，又折射出怎样的主题，就是创作者面临的任务了。对于这样的影片，应该强调它的文献性，有一种很丰富的信息量。同时，它的脉络一定要清楚。这种战争历史片，头绪繁杂，存在着取舍问题。它所使用的素材应该是经得起推敲的。我厌倦的是那种"伪战争历史片"，不顾史实地篡改和胡编乱造，完全就是为了一种政治宣传的需要。《血战台儿庄》之前，我们看过的抗日电影，整个感觉国民党在这场民族斗争中不仅什么也没干，还有集体充当汉奸的嫌疑。像这样的东西自然无法面对历史的拷问。

战争影片中的"表现"，并非仅指那些虚构的情节，而是指手法。如果说再现战争面貌是战争历史片的最高原则，那么，表现战争给人类带来的灾难、刻画战争与人性的关系以及对战争这一极端政治形式的反思，就是战争艺术片的最高原则了。这方面做得最出色的，应该是奥利弗·斯通的《野战排》。越战过去了几十年，但在美国人心中仍然是一个噩梦。《野战排》中对战争扭曲人性的探讨是其他影片所不能及的。我至今不能忘记那个没有被自己的战友射杀的美国大兵，从丛林里跑出来，跪在地上伸出双臂，向前来营救的直升机求生呼喊的那个升降镜头，仿佛就是对这场战争的控诉。还有那个面对"一条腿的越共"的处理，美军不断对着地上射击，每打一枪，"一条腿的越共"就本能地跳一下。最后这个残疾人还是被活活打死了，用的不是子弹，而是枪托，给砸死的。这种触目惊心的设计，构成了视觉的冲击力，让人无法忘怀。

可以这么说，在再现战争真实的前提下，以表现的手法揭示战争给人类带来的灾难与痛苦，是战争片共同遵守的一个原则。区别在于程度。因为使命的不同，手法自然也就不同。在第一类注重史实的战争片中，我们要的是"感受当时"，而在其他的战争片中，我们需要的是"检讨反思"，我们今天之所以要拍摄战争影片，为的就是警示地球上任何一次战争，呼唤人类和平。

2004年7月23日，北京寓所

《辛德勒的名单》札记

好莱坞是一个电影商业集团。这种描述并不含有贬义。电影的生产者本来就是企业，它的每一个部门都叫车间。由大牌导演史蒂文·斯皮尔伯格参股的那个公司干脆就取名叫"梦工厂"。

前不久在一次"中德作家对话会"上，有一个题目就是"文学和电影"。我在发言时谈到了国外一些导演，譬如英格玛·伯格曼、基耶斯洛夫斯基、特吕弗、阿姆多瓦等，其中也有斯皮尔伯格。后来戴锦华女士取笑我说：你什么人不可以谈，非得谈他，你不觉得这个人身上商人气特重吗？我说，我谈斯氏，特指他的一部作品，就是《辛德勒的名单》。

我认为《辛德勒的名单》是一部史诗性的作品。我看过多遍，觉得很了不起。影片的视角是今天的、回忆式的。所以它由一根火柴的特写开始，把我们今天已经被时尚挤压得变形的、淡忘的记忆重新点燃。然后是悼念亡灵的朴素仪式，然后是蜡烛熄灭的一缕青烟袅袅而上，与迎面驶来的老式火车相接，这种看似老套的蒙太奇剪辑手法却令我感到亲切，影片的彩色淡去了，替代的是黑白，我们记忆中的历史便由此打开。

以二战时期一个德国商人千方百计地去拯救许多犹太人的事迹为线索，这个构思在今天看上去有点不可思议。因为像这样的事，发生在半个多世纪前的那场惨绝人寰的灾难中，显然是罕见的。但这的确是真实的历史，不是故事。由于题材的重大和角度的别具一格，一直在好莱坞游刃有余的斯皮尔伯格突然变得严肃起来。这个犹太人的子弟是带着强烈的使命感来拍这部见证自己精神品格的片子的。这一次他选择了黑白。他也选择了朴实。他甚至尽量避免使用二战后才发展的摄影技术，他需要的是一次凝重的表现。

《辛德勒的名单》于1993年3月1日在波兰的奥斯维辛集中营旁边开拍。斯皮尔伯格重新建造了焚尸炉，并且要求对现场围观的人群竖立起一道警示牌，那上面这样写道："这里是恐怖事件与悲剧事件发生的地方。为了神圣的纪念，请你以适当的方式，表现出你的敬意。"

"为了神圣的纪念"，正是斯皮尔伯格创作这部作品的纲领。

然而这毕竟还不是一部纪实性的影片。斯皮尔伯格要拍的是一部故事片。他所追求的，更多的是表现而不是再现。因此他理所当然地摈弃了那些背景性的资料镜头，而专心进行艺术虚构，以创造一个超越资料的艺术作品。对擅长以情节性制造商业片取胜的斯皮尔伯格来说，这无疑是一次挑战。他面对的将是一堆难题，他要寻找的是处理这些难题的方式。影片的主角是两个德国人，即德国制造商辛德勒和管理犹太人集中营的纳粹军官高斯，分别由利亚姆·尼森和英国人拉尔夫·菲纳斯扮演。另一个不可忽视的人物会计师斯特恩的饰演者，是曾因主演《甘地传》而获第55届奥斯卡金像奖最佳男主角奖的犹太人本·金斯利。这种实力派明星的组合保证了影片足够的分量，同时也保证了票房。但是，正是这种选择也使后来斯皮尔伯格遭到了抨击，其中最为犀利的，应该是批评家杰·霍夫曼。他认为影片中的犹太人被置于次要的地位，而只是"在他们自己的灾难里被降为配角，徘徊在克拉考犹太人区……"

另一个让斯皮尔伯格感兴趣但也容易招致非议的，是对辛德勒这个人物的设计。显然，进入作品的"辛德勒"和历史上的辛德勒已经大不相同。面对昨天血腥的背景，今天的人似乎更愿意看到一个正气凛然的英雄拯救行动。但是，作为导演的斯皮尔伯格则坚持把他的主角写成一个"暧昧的人"。从艺术原则上看，这应该是正确的，因为"暧昧"意味着矛盾，意味着这个人物的丰富性。正如原小说作者托马斯·肯尼利所言："斯皮尔伯格对辛德勒的那种暧昧态度非常欣赏，这是他所喜欢的男人的一种特有气质，就是那种自相矛盾的气质，即流氓与救星、恶棍与援助者的混合体，这种人也许对自己的妻子很不好，但对成千上万的陌生人却很好。"斯皮尔伯格后来解释说，他无意去把辛德勒塑造成一个救世主，他说："这不是一个英雄，但他做过一些好事，那正是他的魅力所在。"

从所谓戏剧结构上看，斯皮尔伯格所用的手法实际上还是老套。这与他追求的影片风格是一致的。以辛德勒克服种种困难与纳粹军官周旋，最终达到拯救无辜犹太人的目的，这种几乎任何好莱坞编导都能驾驭的安排自然毫不新鲜。但是，它最后却能使人受到震撼。斯皮尔伯格没有去选择平中出奇，也没有选择那种富有戏剧性的悬疑效果，他更多的是利用镜头的力量，他选择了镜头的暗示意味与那些具有穿透力并具有视觉冲击力的细节。他不拒绝客观的真实，但是他更重视的是那种主观的真实与心理的真实。

影片一开始就是德军占领了华沙，接着对犹太人实行了登记管理。斯皮尔伯格在这场戏里连续用了一组几乎令人感到拖沓沉闷的打字机特写镜头，画外所配的啪啪的音响极度夸张，但这是主观的设计，你会感到对准犹太人名单的不是一台打字机而是一架机枪，你会感到纳粹对犹太人的屠杀实际上从这一刻就开始了部署。这无疑是大屠杀的一次预演。这些犹太人像动物一样被押运上了火车。他们饥渴难忍，于是辛德勒用路边的水龙头去浇他们——这个貌似残忍实则同情帮助的举动，暗示着辛德勒这个德国搪瓷厂老板的下一步拯救措施。

正如一部优秀的小说总是少不了一些伟大的细节，一部杰出的电影作品也同样需要伟大细节的支持。无论是阅读还是观赏，随着时间的磨损，最后扎根在人们记忆深处的还是这样的细节。这便是细节的魅力。斯皮尔伯格没有因为他的主角设计而放弃他的使命感，面对庞大的资料，他做了准确的取舍。他要选择的正是那些伟大的细节。

犹太人被关进了奥斯维辛集中营，他们需要接受例行的身体检查，一旦发现身体有病或者看上去带有病容的人，便会"转移"。于是一个女人用针刺破手指，从手指里挤出鲜血，再用自己的鲜血来为自己化妆，以证明自己是健康的而躲过一劫。

一个犹太女工程师出于职业的尊严，对正在施工的建筑向管辖她的德国军官提出质疑，她有力地说：如果基础就这么做了，用不了多久这间屋子便会坍塌，必须如何如何。德国军官的回答是对这个女人执行了就地枪决。然后他对干活的民工说：照她说的做。从军官从容的表情里，我们得出的结论是：你说得不错，但我们高贵的日耳曼人是不能听命于一个卑贱的犹太人的指挥的。这简直就是强盗的逻辑。

当我们看到类似这样的细节，我们没有理由不被震撼。这些无疑都是具有穿透力的细节，它拥有深刻的内涵与富有感染力的外在形式，同时它们又是"电影的"，是它们在有力地支持着影片，成为震撼力的源泉。

电影是视觉的艺术，那么视觉的冲击力无疑是重要的。在辛德勒的工厂，一个被怀疑为偷懒的老技师要被拖出去枪决。两名军官一边聊天一边掏枪，似乎他们将要做的不是杀人。但是枪突然哑火了，怎么折腾还是打不响。这时的镜头越推越近，节奏越来越快，观众的心被提到了嗓子眼儿上。那种恐怖是让人不能忘却的。还有一些处理带有浓烈的象征意味。譬如在一片黑压压的人流中，只有那个小女孩的衣服显示着微弱的红色，那仿佛是由犹太民族最后的鲜血染成的。她在暮色中那双惶恐的眼神是对希望的最后寻求，但最后这片微弱的红色还是出现在拉尸体的板车上。譬如那些被送去"洗澡"的女人，当她们赤身裸体地在等候"沐浴"之际，突然灯灭的处理，让人惊恐窒息。这些都充分发挥了视觉的功能，构成了视觉冲击力。

我接触的有些电影人总习惯谈所谓的"电影语言"，却并不懂得这种语言的魅力真正所在。任何艺术的"语言"都是手段，目的是表达。这是形式的使命。但是，形式与内容的联系不仅是外在的，它们内在的构成应该是天衣无缝的。就像我们喝一杯红葡萄酒，理所当然地要选择一只高脚的玻璃酒杯，而饮乌龙茶则要用紫砂壶来沏。其实，用紫砂壶喝红葡萄酒也并不会改变酒的品质，可是我们还是需要做出这样的选择。因为，这样的时候，你已经无法把二者拆分开来，或者说，作为载体的杯子此时也成了红葡萄酒的一个部分，你难以体会的是，这究竟是在喝红葡萄酒还是连同盛它的器皿高脚玻璃杯一并喝下去了？于是，它们构成了形式与内容的和谐，也就传达出了艺术的气息。

影片的最后，那些活下来的犹太人送别他们的救命恩人辛德勒，把自己身上唯一的财产——嘴里的金牙—— 一生拔出来，再熔化打成一枚戒指作为感谢的礼物。这个场面与尾声相呼应——今天的犹太人还保持着祭扫辛德勒墓冢的传统，他们把一块块的石头安静地放在辛德勒简陋的墓前。与影片的序幕一样，影片的尾声还原为彩色——这是今天的颜色，是人类希望的颜色。斯皮尔伯格为此专门请来了那些当年被辛德勒救下来的、至今还活着的犹太人以及他们的亲属走进影中。他带领他们来到耶路撒冷郊外的一个荒凉的墓地，来到他们的恩人辛德勒的墓前。仪式是那样的肃穆而简朴，祭扫的队伍沉默而漫长，有人发现站在队伍最后的那个人，就是导演史蒂文·斯皮尔伯格。

《辛德勒的名单》于1993年底开始在全球公映，遂引起了轰动。这应该是预料之中的。一些国家都以无比敬重的态度对这部杰出的影片给予了非常的对待。一些电影院还做出了诸如放映时禁止吃爆米花之类的规定。它的成功也使导演斯皮尔伯格的艺术创作达到了巅峰。在第66届奥斯卡金像奖上，《辛德勒的名单》一举获得了包括最佳影片奖和最佳导演奖在内的七项奥斯卡金像奖。

五年后的1998年，斯皮尔伯格又以波澜壮阔的"霸王行动"作为背景拍摄了《拯救大兵瑞恩》。为了使一个母亲不再失去最后可能存活的儿子，美国参谋总部最高首长下令，不惜派出一支营救小分队。这无疑是一次冒险的代价，是一次生命算式的悖谬，但却维护了美利坚合众国的价值取向，从而赢得了道德上的胜利和尊严。

★文中引言出自约翰·巴克斯特著作《斯皮尔伯格》（海南出版社1999年版）

2001年12月7日，合肥寓所

黑与白

——黑白电影与电影里的黑白

有一个问题曾经困扰着我。少年时代看过的一些国产电影，留在记忆里，基本上都是几部黑白片，譬如《南征北战》《平原游击队》《小兵张嘎》《烈火中永生》《冰山上的来客》。这里自然有一个政治上的原因，那时期的中国能公映的电影，基本上就是这么几部黑白片。但1978年之后到所谓"第五代"出现之前，那些基本上又都是彩色的影片，除了极个别的，如《城南旧事》，就几乎没有什么印象了。因此有时我会想，魅力或许来自黑白自身。

绘画上通常会注意到一幅画的两个关系：黑白关系和色彩关系。这里的黑白关系也可以称作素描关系，它是造型的基础。如果拿一幅画——尤其油画——做分析，我想业内人首先都会注意到作品的黑白关系，因为这种关系涉及构图的均衡、造型的力度以及营造的氛围。只有当这种黑白关系理顺之后，色彩才有所依据，调子才有所寄托。我们去看看伦勃朗的不朽作品《夜巡》，就十分清楚了。作为以视觉为主体的电影，其造型主要手段是光和影——这就天然形成了黑与白的前提。即使是一些彩色影片，为了达到造型效果，不惜动用一些人工手段去矫正这种黑白关系。《一个和八个》在摄制时，就曾经把一个窑洞的内部用墨汁刷了一遍，这是该片的美工何群告诉我的。

毋庸置疑，但凡电影史上的黑白影片，除了受到时代或经济的制约外，主动做出这种选择的，大都看中了黑白这种特殊魅力的造型手段。我们不妨对两部影片做出这样的假设——假如马丁·斯科塞斯的《愤怒的公牛》和史蒂芬·斯皮尔伯格的《辛德勒的名单》使用彩色胶片摄制完成，视觉上会是怎样的效果？我想有一点是肯定的，绝对没有黑白效果好。

《愤怒的公牛》是经受了不断打击的马丁·斯科塞斯在他的朋友，也是一贯合作伙伴的演员罗伯特·德尼罗的帮助下，于1980年拍出的黑白作品。当时他是抱着"最后一片"的决心来拍这部影片的。斯科塞斯之所以做出这种选择，首先是因为题材。作品描写的是世界轻量级拳王拉莫塔传奇一生，它的主题性显然受到了海明威的小说《老人与海》的启示：一个人可以被打败，但不会被击倒。斯科塞斯精心打造的，是一个具有悲情色彩的英雄。其次，是导演对拳击运动的理解。这个充满力量、危险乃至血腥的运动，是影片的贯穿动作。影片至少一半的篇幅是表现拳击场上的搏杀。我私下推测，正是基于这两点，斯科塞斯毅然选择了黑白，尽管冒着再次在商业上失败的风险。黑与白的结合，有着与生俱来的简洁、明快，也有着非同寻常的造型力度。这些都是彩色无法达到的。事实证明，《愤怒的公牛》在艺术上最终获得了极大的成功。我甚至认为，这是马丁·斯科塞斯最好的作品。

《辛德勒的名单》是一部以第二次世界大战期间，纳粹德国迫害犹太人为背景，描写一个德国搪瓷厂的老板千方百计地拯救几百个犹太人的故事。值得注意的是，这个故事并非完全虚构，它有着真实的原型。某种意义上具有文献性和史料性。影片于1993年3月1日在华沙附近的奥斯维辛集中营开拍。在拍摄的现场，导演向围观的人竖立了一道警示牌，上写："这里是恐怖事件与悲剧事件发生的地方。为了神圣的纪念，请你以适当的方式，表现出你的敬意。"从这块警示牌上，我们注意到这样几个关键词：恐怖、悲剧、神圣的纪念。而这些正是作为犹太人后裔的导演斯皮尔伯格选择黑白片来履行这个使命的理由。影片一经公映，就在全世界引起了巨大轰动，成为那一年奥斯卡的最大赢家。

我们现在很难见到一部新近摄制的黑白片了。见得多的，是另一种情形：即在一部彩色电影里出现的某个黑白的段落。我将其称为"电影里的黑白"。这种情形也可以反过来使用，成为"黑白里的彩色"。这种黑白与彩色交融的手法自然丰富了造型和叙事的手段。后来也自然引进到了一些电视剧中，不过它们往往起到的作用只是时空转换，看不出多大的匠心。

《辛德勒的名单》的序幕和尾声都使用了彩色。这是时空转换上的需要，斯皮尔伯格使用的是倒叙、回忆的方式，那些当年被辛德勒拯救下来的犹太人后代，在今天，默默为他们的恩人祈祷，更显示出的是对人类和平的呼唤与向往。人类总是由黑暗走向光明的。但这部影片最令人叫绝的，应该是出现在黑白空间里，那个穿着浅红外套的小女孩。这是全剧正片中唯一的颜色。这是大屠杀阴霾笼罩下的华沙唯一的希望之色，给我们带来了仅存的安慰与欢乐。但是最后，我们惊骇地看见，那件浅红外套出现在一辆运送尸

一意孤行——潘军创作随想录

074

体的车上。斯皮尔伯格做到了"惜墨如金"，把这力量的一笔写进了世界电影史。

姜文作为导演，先后拍了两部品质不错的作品：《阳光灿烂的日子》和《鬼子来了》。第一部是彩色主体中最后出现一段黑白；第二部则是在黑白主体中最后出现一段彩色。《阳光灿烂的日子》尾声阶段，是当年的几个小伙伴都长大了，都发达了，在奢华的大轿车里喝着洋酒。他们在通往天安门广场的途中，于建国门桥上邂逅了那个唯一长不大的傻子。我曾经和姜文谈到过这段戏的处理，我说，这是一种"反色彩"的处理，因为通常的做法都是所谓过去是黑白的，而今天则是彩色。《阳光灿烂的日子》反其道而行之，把今天的尾声处理成黑白，意味着这些发达的伙伴对逝去的那段"阳光灿烂的日子"的一种缅怀。但是有一个镜头，即傻子的主观视点镜头——看着在眼前通过的那辆豪华轿车，看着车窗里伸出来的伙伴们对他吆喝，然后他很不屑地说了一句"傻逼"。这个镜头没有挂肩，是标准的主观视点镜头，我觉得应该还原为彩色——因为在傻子的眼中，今天依旧还是"阳光灿烂的日子"。否则这种差异就没有表现出来，意味也不能成立。他当然不认可，但我就是这么想的。至于那部《鬼子来了》，被中国人砍下的贾老三的头一旦落地，影片就成为彩色，这个用意是什么，我至今没有琢磨出来，因而觉得勉强。

苏联系列战争影片《胜利》，在黑白的处理上有一个独到的做法。凡是涉及斯大林或者希特勒出场的段落都是黑白的。创作者做出这种处理，很可能是为了增强影片的文献性和史料感。似乎在提示人们，这里没有虚构，一切都是真实的。由于这种黑白段落的加入，影片平添了一份厚重。根据作家瓦西里耶夫同名小说改编的电视剧《这里的黎明静悄悄》，是一部以黑白为基调的作品，但在每个女兵的回忆段落都呈现出彩色，形成了一种对比，也是一种视觉节奏上的需要。这种设计是有心理依据的，人，尤其是女人，处于战争中的回忆应该是色彩斑斓的。而且创作者把这彩色的回忆处理得十分抽象，如梦如幻又简洁明净。正是这些彩色梦幻成为战争中的女兵们的精神支柱。《这里的黎明静悄悄》成为电视剧的经典，与这种黑白与彩色的交织手法关系极大。

很多年前我第一次看英格玛·伯格曼的《野草莓》，就强烈感受到作品黑白经营的凝重。片中的老人置身于由老照片、文具、书籍环绕的书房里，孤独而寂寞。死亡仿佛已经抵达了空旷清冷的大街，而脱缰的马车和那口掀翻在地的棺材使这种预感得到证实——尽管它来自老人的幻觉。这部作品散发出的死亡气息以及随之而来的关于死亡的思考，一直在吸引着我。我感觉自己似乎不是在观看一部电影，而是打开了一本书，可能是文学的，也可能是哲学的。那上面记载着一个迟暮的老人，当他行将走近死亡之际，情不自禁地对身后的一次次回顾，然后我看到了生命的欢乐时光。

电影史上的黑白影片联系着一些大师的名字：奥逊·威尔斯、阿尔弗雷德·希区柯克、英格玛·伯格曼、安德烈·塔可夫斯基……以及中国的费穆。

他们在黑白世界里建立了属于人类的辉煌。

2005年1月25日，长沙岳麓山下

作为视觉艺术的电影之美

观众在谈论一部电影时，往往会说画面好看，很美。专业人士却喜欢说这画面具有"视觉冲击力"。听起来说的是一回事，其实不然。作为一门以视觉艺术为主体的综合艺术形式，电影的魅力确实在于它的视觉之美。尽管电影里有文学，有音乐，有美术，但这些在进入电影范畴之后，都逐渐丧失了自己的本性，而化为电影的属性。从这个意义上，我们可以说电影就是一门视觉艺术，与绘画、摄影一样，都是给人看的。区别仅在于，绘画、摄影表达的只是一个凝固的瞬间之美，而电影则是通过影像造型手段，呈现出流动的生活之美。电影由数个镜头连接而成，前辈大师们已经说过，单个的镜头是没有生命力的，只有当它进入蒙太奇剪辑之后，才会获得生命。这里的镜头指的就是画面。一部优秀的影片，创作者总是力图做到让每一个画面都具有美感，尽管实际上未必可能。他们注重前景的设置，注重光线影调营造的氛围，注重摄影机的运动和演员的调度，所有这一切，都是为了一个目的：让画面好看。

电影的画面之美与画面形成的视觉冲击力，似乎存在着这样一种关系：美的画面未必都可以构成视觉冲击，但能构成视觉冲击力的画面，往往都是美的。这是因为，一幅画面（一组镜头）从来都是孤立的，即使是精心设计的孤立画面，其内在的能量也非常有限。它需要一种内在与外在的联系。这里的内在，指的是作为形式载体的镜头是否准确地表达了内容；而外在，是指这个镜头与前后镜头的关系是否和谐。一切艺术的形式与内容，从来都是把二者的和谐作为最高目标。和谐是美。

某种意义上可以把电影视为另一种写作，电影拥有自己的语言和叙事方式，同样也存在一个"怎么说"的问题。倘若我们把一部电影的摄制理解成一部小说的写作，把每一个镜头当成一个词，把一组镜头看作一个句子，那么，会得出这样的一种判断：所谓视觉冲击力诞生于电影语言的叙述之中，而不会游离之外。它往往由一组镜头或几组镜头构成，也就是一句话或一段话，包括某个长镜头——这个由法国人安得烈·巴赞发明的镜头术语，是电影史上的里程碑，它改变了蒙太奇一统天下的局面，强调了镜头内部的张力。我们可以从苏联影片《雁南归》中那个著名的长镜头谈起。女主人公为了寻找即将开赴前线的恋人，她跑上大街，继而跑上公共汽车，再跑向人群拥挤的广场，这一连串的动作由一个长镜头完成，一气呵成，景别却在不断变化着。这个镜头是手持摄影完成的，它的晃动感准确地表达了人物此刻急切的心情。那么，这样的镜头便构成了所谓的视觉冲击力。没有第二种手法可以取而代之，达到这样强烈的视觉效果。

近似的例子我们还可以从法国影片《新桥之恋》找到，那场"地铁寻琴"的戏，同样十分精彩。幽静的地铁通道，突然传来的大提琴低沉的旋律，引发了男女主人公——两个流浪者的紧张。然后他们开始奔跑，但各有各的方向，也各怀各的目的。男的是想把自己的情敌从自己的地盘清除出去；女的，后来我们知道是在寻仇，当年正是这位落魄的大提琴手在感情上欺骗了她。随着女人最后的一声枪响，这段戏戛然而止，却让人喘不过气来。这场戏不是一个长镜头，而是由一组镜头组成的段落。导演在处理这段奔跑的戏时煞费心机，多种机位与多种角度交替出现，节奏越来越快，并刻意拉长了这个长度，使之构成一种悬念，最终构成了视觉冲击力。

在意大利影片《1900的传奇》（又译《海上钢琴师》）中，最具视觉冲击力的一场戏，应该是"晕船演奏"。如果狭隘地从剧情发展上看，这场戏似乎可有可无，但导演朱塞佩·托纳多雷却做足了文章。摄影师运用轨道、可移动云台等辅助摄影手段，构成一组荡气回肠的运动镜头段落，钢琴的旋律和镜头运动的节奏是那样完美地结合在一起，让你从眩晕中感到了气势磅礴的激荡与振奋。一场可有可无的戏最后成为影片不可或缺的精华篇章。类似这种渲染与刻画，我们在美国影片《阿甘正传》也能感受到。那就是阿甘的跑步，创作者的匠心是把"跑步"作为贯穿这个人物一生的动作，实际上意味着这个动作是主人公人生的支点。但我印象里最受视觉冲击力震撼的，是少年阿甘在同伴的疯狂追逐下挣脱了那双用于矫正肢体的铁鞋。导演在这里准确使用了一个"慢动作"，铁鞋像浪花一样四溅，仿佛在高声向这个世界宣布，少年阿甘挣脱了世俗的偏见与束缚，生命从此张开了翅膀。

看过《野战排》的人，都不会忘记影片的最后，那个落在越南丛林里受伤的美国大兵，看着前来救援但已经飞过头顶的直升机，绝望地对天空张开双臂发出悲怆的呼唤。导演奥利弗·斯通运用了一个升降镜头，随着大兵伸出的手臂镜头逐渐升成俯角，鸟瞰大地——草木随着直升机螺旋桨发出凄厉的呼啸正在剧烈地颤抖，仿佛是对这场战争的控诉。这样的镜头怎么能不构成视觉冲击力呢？

一部影片的视觉冲击力并非都是在运动镜头中产生的，也并非都由一组镜头或者一个长镜头构成。在特殊的情形中，也可以由某个词语或某个句子独立构成，但这个"词"必须是精准的，这个"句子"必须是警句。就如同列夫·托尔斯泰在《安娜·卡列尼娜》开篇所言"幸福的家庭都是相似的，不幸的家庭各有不幸"。

根据帕斯捷尔纳克著名小说《日瓦戈医生》改编的同名电影，不能说是一次成功的改编，但这部影片的摄影之美则享誉全球。其中那个西伯利亚窗户玻璃上凝结而成的冰凌花，让人不能忘怀。这个静止的画面，如同一幅静物画，却蕴含着生命在逆境下萌发的生机与对生活的渴望，也预示着人物命运的一次转折，你能说它没有视觉冲击力吗？陈凯歌的《霸王别姬》中，有这样一个镜头：粉墨打扮的程蝶衣为即将登场的段小楼勾画脸谱，景别是一个近景，拍得十分缠绵，流露出两个男人之间那种心照不宣的恋情。这个镜头也是固定的，但每次看过，我都会产生一种莫名的惆怅。澳大利亚影片《钢琴课》，那架随女主人陪嫁而来的钢琴，由笨重的木箱包装着，被遗忘在波涛汹涌的海滩上。当女主人不忍地回眸一眼，它仿佛成了一口棺材，倾听着潮起潮落。这个镜头还是固定的、静态的，然而正是这个意味深长的镜头拉开故事的序幕，然后我们看到了围绕这架钢琴发生的情爱与抗争，看到了人类沟通的艰难与曲折。

《1900的传奇》的开始，是一艘旧轮船载着一群来自意大利的难民，他们已经在海上漂泊了多日，目的港是纽约。沮丧而悲观的难民畏缩在凛冽的寒风中沉默着。突然，当一阵风吹开大雾之后，随着一个男人惊呼一声"America"，屹立在纽约自由岛上的自由女神像仿佛救星自九天而落，出现在大众的面前，于是整个船沸腾了。我从来没有看见谁把自由女神像拍得如此激动人心。多年过去，想起这个镜头还是令我怦然心动。而在斯皮尔伯格的《辛德勒的名单》里，纳粹在华沙登记犹太人时的恐怖，是通过一台老式打字机传达而出的。斯皮尔伯格使用了一组看似呆板的特写镜头，但随着啪啪的打字机声和边缘模糊的字迹名单出现，我们感受到触目惊心。打字机声经过主观的夸张让人联想到枪声，无疑是在暗示着一场有预谋的大屠杀即将开始。视觉的冲击力就这样被导演以简洁的方式营造而出，铭刻人心。

这里还需要说明的是，镜头的视觉冲击力与某些具有暴力倾向的镜头也有着一定的关系，但绝非镜头导致的纯感官刺激，那些类似"剁手"的东西除了给人以生理上的惊骇，就没有其他名堂，审美心理上空空荡荡。我们比较一下《有话好好说》中的"剁手"和《教父》中从被窝里拖出的那个血淋淋的马头，就很容易看到这种差异。前者似乎是一个噱头，后者则给人震撼。

优秀的导演总是把视觉冲击力集中在故事的高潮阶段，使之成为视觉的高潮。《教父》（第一部），编剧兼导演的科波拉把迈克在教堂出席妹妹孩子的洗礼仪式与堂·科里奥家族对其他黑帮的清洗交叉组合在一起，平行出现。一边是安详圣洁，一边是暴力血腥；一边是静，一边是动；一边是婴儿的笑脸，一边是挨个倒下的死人。如此对比强烈的画面，成为故事的高潮与视觉的高潮。

同样，马丁·斯科塞斯的《纯真年代》，当暮年的纽伦来到伦敦看望艾伦表姐，却迟疑站在楼下徘徊。纽伦注视着那个窗口，观众也在期待着艾伦的出现。然而，那扇破旧的窗户却事与愿违地慢慢关闭。此刻，夕阳最后的余晖射在玻璃上，再强烈地反射到纽伦的脸上，刺得他几乎睁不开眼睛。于是奇迹诞生了，美也诞生了，现实中的窗口关闭的同时，纽伦记忆中的窗户悄然打开了——他回想起年轻时，在海边凝视表姐背影的情形，表姐在注视着远方的灯塔。当年，年轻的他心中曾许下诺言，倘若这时艾伦转过身来，他会不顾一切地爱上她。但是艾伦没有转身。现在，这个美丽的瞬间再现了，年轻貌美的艾伦终于在他的幻觉中回过头来了，对着他莞尔一笑……这种诗情画意的镜头的视觉冲击力，仿佛与生俱来。

托纳多雷的《天堂电影院》故事高潮和视觉高潮也是同步的，这就是多少年后，在位于西西里的小镇新落成的电影院里，已成为电影导演的多多，为小镇居民放映一盘特殊的拷贝——那是当年老放映员艾费多剪除的一些接吻镜头，重新组合到了一起。银幕上出现的是一组经典的接吻镜头，仿佛一个世纪全人类的爱都集中在这个天堂电影院里，而由意大利西西里岛这个毫不起眼的小镇发出的爱的呼唤也同时播向了全世界。

但凡构成了视觉冲击力的镜头，都在于创作者找到那种内在与外在的联系。它体现的不仅是导演的才华，更是认知能力。导演运用的也不再是技巧，而是叙事。因为在这里，形式已经不仅是形式，不仅是载体，而是被载的一个部分。正是基于这个意义，我把镜头的生命力看作视觉冲击力的内涵，而外延则是艺术的感染力。观众看电影，应该是一种参与合作的审美过程。

2016年3月，北京寓所

诗电影和电影的诗性

曾经在不同场合，总有人问我：你为什么写作？

我回答：因为写作给予我想象和表达的自由。

想象与表达，是任何艺术家都需要做的白日梦。之所以说是梦，亦即意味，很多伪劣的艺术品没有想象和表达。同样一个题材，在天才的艺术家手里，运用合理的技巧，让形式和内容达到天衣无缝的统一，就能达到你意想不到的境界。人类的文化艺术就是靠这样的人、这样的作品累计起来的，延绵发展至今。

或许是作家身份介入电影，我看重的仍然是想象与表达。电影史上有"作者电影"的称谓，其意无非是指，作者的个人叙事立场以及其导演的电影作品突出的文学性。这里的文学性是指与故事相对的叙事，如同好的小说某种程度上的"怎么写"。其中，更为突出的是"诗电影"。

电影史上"诗电影"指的是对电影抒情本性的一种强调，以此来概括一种电影的形态。早期的法国某些电影先锋派人物就被喻为"银幕诗人"，他们主张电影应该像抒情诗那样达到"联想的最大自由"并且认为"应当摆脱与情节的任何联系"，甚至还把"诗的语言"当作电影语言的同义语。这在同一时期的苏联电影，也有相应的表现。总的看来，是过度强调电影的抒情、隐喻、象征、梦幻特征，坚定地去情节性。1924年，爱森斯坦就发表过著名文章《打倒情节和故事》，而"结构诗派"的首领史克洛夫斯基则宣称"没有情节的电影，就是诗的电影"。这种针对故事情节反动的提法，显然偏激而幼稚。颠覆情节只是一种手段，而并不代表诗电影的根本。诗电影由电影的抒情性发端，由单一的镜头衍生，逐渐影响到了一部电影的结构和精神气质，从米哈伊尔·卡拉托佐夫的《雁南飞》到英格玛·伯格曼的《野草莓》，再到基耶斯洛夫斯基的《蓝》《白》《红》"三色三部曲"，世界电影史上这些著名的"诗电影"至今令人瞻仰，难以磨灭。

"诗电影"和电影的诗性也不是一回事。前者是一部电影的形态，后者还是一种方法，或者意味。探索诗的语言及富于诗意的隐喻是为了更有感染力地反映客观现实。

艺术是相通的，电影也不例外。早在20世纪20年代，一些西方电影艺术家就致力于"诗电影"的创作，力图超越电影活动照相纪录性的局限。西方诗电影的基本元素为隐喻、象征和节奏。尽管由于电影工业的滞后，中国"诗电影"较之西方，具有鲜明的美学特色，盖源于创造性地继承了中国丰厚的诗学传统。中国诗学之精粹在于情与景的交融，并由此创造出一种言有尽而意无穷的意境。王国维说："一切景语皆情语也。"在电影这种叙事艺术中，意境主要体现为环境与人物的交融，外部景观渗透着人物心绪，延伸着人物性格；两者相互转化、相互融合，从而大大拓展了美学时空，以有限的在场景物升华出无限高远而空灵的境界。

中国的电影起步很迟，但依然有一些电影艺术家投身到"诗电影"的创作。1948年费穆导演的《小城之春》，可以视是中国"诗电影"经典之作。抗日战争胜利后，生活在江南小城中的三个青年男女，面对人生道路的困惑，陷于爱情、友情、亲情难以自拔的感情纠葛之中。这些又并不浓烈，像一杯陈茶。古老的城垣，衰败的庭院，营造出悲凉、忧伤、压抑、期待的气氛；并折射出那个时代颇有代表性的一种心绪。遗憾的是，由于种种原因，"诗电影"却没有被继承下来。多年后，田壮壮重拍《小城之春》，但已经难以找回那种诗意的惆怅了。

直到1983年，吴贻弓的《城南旧事》才把中国的"诗电影"带入到一个新阶段。《城南旧事》是根据台湾作家林海音的同名小说改编的。小说本身就是散文化的结构，没有多少戏剧性的冲突和故事的起承转合。它通过作者（童年小英子）的视角，去看周围的世界，是对童年的一次深切缅怀。在孩子纯净的眼睛里，那个世界显然是杂乱而恐惧的，这里没有更多的道德判断，只是顺着孩子的视角在看。导演吴贻弓保留了这个可贵的视角，十分客观地、平心静气地向我们叙述了那迷人又惆怅的"城南旧事"，没有过多的刻画与渲染，显得宁静而朴素，但诗意盎然。每到一个段落，便以马夫在水槽里倒水进行划分。结尾处，在枫叶红遍的西山，小英子在嗒嗒马蹄声中告别了病故父亲的墓地，也就此告别自己的童年，画外响起的歌声"长城外，古道边，芳草碧连天"，竟是那样的凄切与悲凉，这支远去的童谣为电影画上了完美的句号。

第二年，第五代导演的领军人物陈凯歌，完成了他的电影处女作《黄土地》，一鸣惊人。这无疑是一部完美的"诗电影"，改编自作家柯蓝的小说《深谷回声》。故事发生的背景是战争时期，导演以一位搜集民歌的八路军干部顾青作为电影的叙事者，不动声色地向我们他下乡的所见所闻。陕北农村贫苦姑娘翠巧，自小由爹爹做主定下娃娃亲，她无法摆脱这一厄运，只得每天借助"信天游"的歌声，抒发内心的痛苦。而顾青的意外闯入，无形中为姑娘打开了一扇窗，但她又无法和命运抗争，最终归向滚滚黄河⋯⋯

这种乡土的气息和西北荒凉的外景，以及高亢的"信天游"，无不散发出悲凉的诗意。我曾经当面对陈凯歌说，《黄土地》仍是他最为完整的一部电影，比起名声鼎沸的《霸王别姬》毫不逊色。《霸王别姬》其实只有半部，故事到了"文革"，感觉就脱离了电影的叙事，显得生硬了。有一次，我邀请在《黄土地》中饰演翠巧的演员薛白为我的一部电视剧配音，看着录音间的她，整个下午都在回忆《黄土地》。

有些同行认为，中国的"诗电影"还有《早春二月》《林家铺子》，甚至还有《林则徐》。他们列举了许多片段，如《林家铺子》的开场，江浙水乡小镇，一艘小船在山光水色中摇着，渐渐进入观众的视野。河水浑暗，傍河的破旧茶楼飘出喧嚣和烟尘。一桶污水倒入河中，激起涟漪，叠印出"1931年"字幕。再如《林则徐》中林则徐送别后邓廷桢，一口气跑上山坡，导演郑君里在后来谈起这场戏的创作时说，他就是想营造出"孤帆远影碧空尽，唯见长江天际流"的惆怅。无一不是诗情画意。这当然是对的，但我只能认为这些只是一部电影里出现的某个诗性蒙太奇的段落，而绝非"诗电影"。

意大利导演朱塞佩·特纳多雷的"回家三部曲"其中的《海上钢琴师》、法国导演让–皮埃尔·热内的《天使爱美丽》《漫长的婚约》以及安东尼奥尼的探索电影《放大》，这些才是真正意义上的"诗电影"。抒情只是诗歌的一种色彩，诗歌更多的是语言锻造的哲理性和有意味的形式，同理，我们也不能把一部电影的诗情画意，一部故事片的诗意表达看成是这部电影的形态。"诗电影"从剧作到导演的叙事，再到摄影师、剪辑师的处理，是一个不可分割的整体。

2009年初稿于北京，2016年修改

我的电影悲欢

　　我记忆中第一次看电影，是坐在母亲腿上。看的影片，后来知道是谢晋导演的《红色娘子军》，那应该是在1961年前后吧，我四岁。电影是在县城新落成的电影院放映的，县城人叫大会堂。这部影片我记得最清楚的地方，是逃出来的琼花在屋檐下偷红莲家的山芋吃，以后一放到那里，我就说："那女的要偷东西吃了。"边上的大人就笑了，说孩子就知道记住吃的。这家电影院本应该成为我认识电影的摇篮，但是很不幸，没过多久的一个晚上，邻居告诉我家，说电影院起火了。邻居是一个木匠，通报了失火消息，就背着我去观看消防队救火的场景。现场人山人海，我骑在他脖子上，站在很远的地方，只见电影院的上空火光冲天。几天后，我又去看了，电影院只剩下一个破烂的屋架，成了一片废墟。我想我当时的心情应该是很难受的。很多年后，我看到了意大利导演朱塞佩·托纳多雷的作品《天堂电影院》，惊讶地发现自己童年的这段经历几乎就是影片主人公的翻版。这或许是我对这部影片情有独钟的一个特殊原因吧。

　　县城电影院后来一直没有在原址上修建，而是挪到一个叫孙家祠堂的地方支起了一些长条凳，凑合放映。那里没有舞台，只有银幕。但这个地方的好处，就是离我家很近，顶多只有二百五十米地。于是我们这些附近的孩子，都和检票员——当地叫"摆栅子"的，——混熟了，在观众没有客满，或者电影放过一半的时候，他们会放我们进去。我母亲是剧团演员，与电影院同属一个口，所以我比那些孩子更加方便。我就这样蹭了一些电影看了，记得最深的是《平原游击队》《英雄儿女》《南征北战》和《小兵张嘎》。还有一些阿尔巴尼亚的影片，如《脚印》《第八个是铜像》。那正是"文革"时期，能放映的影片非常有限。还有一次，放映朝鲜的宽银幕影片《卖花姑娘》，当时正值夏天，是露天放映的，很轰动。这是我第一次看见宽银幕，觉得气势非常雄伟。

或许是母亲是演员的缘故吧，我打小看电影就有与众不同的角度——注重演员的表演，而不完全是被影片的情节所吸引。我至今引为自豪的，是年纪不过十来岁的我，却对表演有一种先天的鉴赏力，因此能做出正确的裁判。譬如《平原游击队》，我觉得饰演李向阳的郭振清和饰演松井的方化非常好，《英雄儿女》中最好的演员是饰演军政治部主任的田方，《南征北战》中，我最喜欢的是师长的扮演者陈戈和饰演敌张军长的项堃，还有演高营长的冯喆和演小胖子的铁牛，我都觉得演得好。我至今还记得，阿尔巴尼亚影片《脚印》中那位扮演阿尔丹大夫的演员，很了不起，可惜我没记住他的名字。我喜欢模仿这些演员的表演，模仿他们的台词风格。还曾经把周围的小伙伴集中起来一起排演某部电影里的一段戏，自然由我担任导演并主演。譬如就模仿过《红色娘子军》中洪常青受刑之后写绝命书的那段戏，穿着破烂的衣衫，上面用红墨水做出鞭痕的效果，头上扎着绷带，让人拖出来。然后双手扶着桌子，从眉毛底下鄙视地看"南霸天"一眼。我甚至还幻想，如果我长大了，这个角色是完全可以担任的，未必输给王心刚。我的童年，原本是苍白的，因为我父亲——他是一位戏曲作家，在我出世之后不久他就被划成了右派。但是，电影给我带来了欢乐。

童年无数的梦中都有电影。

1975年，高中毕业后的我到农村插队，所在地虽然距离县城不过十五公里，却是一个名副其实的山区。这里很难看到一场电影。农村放映队条件很差，用的是十六毫米的拷贝，发电机是那种脚踏式的，像骑自行车一样。每放一盘拷贝，就要两个小伙子轮换，继续踏。踏这种发电机，用力得均匀，如果忽快忽慢，银幕上就忽明忽暗，人物的声音就像惊风发抖似的。放映员随身带着一把很大的油布伞，即使不下雨，也照样撑在头上，担心一旦断片或者机器出了故障，老乡们会出其不意地把小石子扔过来。尽管这样的条件，每次放映，观众都非常多，周围四邻的农民都扛着凳子早早来了，热情高涨。一个老乡说，我除了和老婆困觉，就剩下这点文娱活动了。

我每次回县里，必须做的一件事就是去电影院看一场电影，有时遇上换新片，就看上两场。电影票一毛钱一张，宽银幕一毛五。当时的鸡蛋是七分钱一只，按照这个比价，电影是非常便宜的。那个阶段看的电影，基本上是一些重拍片，如《渡江侦察记》《平原游击队》《南征北战》，但都觉得没有以前老的好。我说的好，还是指演员的表演。譬如新《南征北战》，无论是饰演我方的师长王尚信还是饰演敌方张军长的王培，都无法同陈戈、项堃相比。而新《渡江侦察记》中的连长（王惠饰）和《平原游击队》中的李向阳（李铁军饰），就更不是孙道临和郭振清的对手了。

"文革"中摄制的几部影片，我觉得于洋的《火红的年代》好，还是指他演得好，他的形象气质，以及那种沙哑浑厚的声音，都让我痴迷。有一次看《难忘的战斗》，我发现演得最好的不是主角达式常，而是那个反派配角刘副区长。很多年后，这个演员以一部电视剧《雍正王朝》中扮演康熙的形象为大家所熟知，知道他名叫焦晃。当北京的一些报纸上在说焦晃演技如何如何时，我心中也在说，三十年前我就说他很棒了。

我欣赏的演员还有蓝马、石挥、金山、赵丹、崔嵬、于是之。我第一次看《烈火中永生》时，不是为银幕上的烈士而激动，而是为那时几大电影厂的合作感到激动：上影的赵丹（饰许云峰），北影的于蓝（饰江姐）、张平（饰李敬原）、项堃（饰徐鹏飞），八一的胡朋（饰双枪老太婆）、王心刚（饰刘思扬）以及长影的庞学勤（饰彭松涛）。我想，倘若我是导演水华，能与这样一台优秀的演员合作，该是多么幸福的事情。

在农村当知青的时候，我自学美术，为县文化馆画过大幅的宣传画，为县剧团画过布景和海报。有一天，我从一本过期的《大众电影》上看见了崔嵬导演《青春之歌》的现场工作照。戴着鸭舌帽的崔嵬在摄影棚里给演员谢芳、于是之说戏，边上站着摄影师、灯光师，还有人工下雪的美工。我仿佛从这张照片里窥见了拍电影的奥妙，或许就在那一刻，它燃起了我想成为一个电影导演的梦想。

1978年高考恢复之后，我曾萌生过报考北京电影学院导演系的念头，我甚至还私下改过一个分镜头剧本。但仔细一想，觉得很不现实。我蛰居在一个偏僻的小县城里，连一份招生简章都见不到，如何考？再有，家里仅靠母亲每月六十几元的工资，要养六口人，连出门的盘缠都凑不齐。于是，一个梦想就这样自然放弃了。然而放弃并不意味着破灭。我后来进了安徽大学中文系。在大学里，我从学校图书馆借到手的第一本书，是苏联导演库里肖夫的《电影导演基础》。那是一本比砖头还厚重的书，我几乎是把它从头抄了一遍，还画了不少插图。与此同时我开始写作一个叫《徐悲鸿》的电影剧本，当时的想法特别天真，希望通过剧本创作与电影发生联系。这个想法与美国的科波拉很相似。科波拉最初也是依靠《巴顿将军》的编剧才能，叩开了好莱坞的大门，后来拍出了著名的影片《教父》和《现代启示录》，成为世界电影的经典。我这个剧本后来交到国内一家大电影制片厂，与编辑书信往返多次，最终还是不了了之。

大学四年，我看到了一些过去被封存的外国电影，譬如由钱拉·菲力普主演的《红与黑》。这个时期国内的电影也逐渐变得很活跃，每年都有几十部新片上市。但是与那些译制片相比，就觉得差距太大。如同看书一样，我的兴趣主要是阅读外国文学名著，我看电影，基本上是看译制片。读外国文学名著，我很在意译笔，倘若译笔不好，即使再著名我也没有兴趣。而看电影，我在意的还是演员的演技。像《悲惨世界》中饰演冉·阿让的让·加班，《简·爱》中饰演罗切斯特的斯科特（此人也是"巴顿将军"的扮演者）以及日本影片《追捕》中饰演杜丘的高仓健，在我看来都是杰出的表演艺术家。我沉醉于他们的精湛表演，一部电影看下来，能记住其中一些精彩的台词。由表演琢磨起导演的手法，是很自然的。记得看日本影片《远山的呼唤》，高仓健和倍赏千惠子的表演无可挑剔，其中高仓健骑马的镜头用高速摄影（即"慢动作"），给了我很深的印象，因为这是女主人眼中的男人英姿，是女人的主观镜头，而不是一种外在的仅有的形式技巧。

由于国家体制和意识形态的不同，一些国际上很有影响的影片，在当时并没有看到，我们没有引进。这一点上，远没有文学做得好。多年之后我才逐渐认识到，文字上可以说的，银幕或屏幕上未必可以看。即使是创作，可以写的，未必可以拍。这也是中国的特色吧。

1981年，是鲁迅先生百岁诞辰纪念。省里和全国都在搞大学生文艺会演。于是我以20世纪30年代鲁迅和几个文学青年的交往为题材，写了一个独幕话剧《前哨》，自任导演，并且扮演鲁迅先生。没有人知道我做这件事的动机是什么，它还是为了想圆内心的这个导演梦。我没有机会施展作为电影导演的抱负，至少可以先在舞台上一试拳脚吧。这个戏当时在大学里很出名，以至于外省的大学都来观摩学习，最后获得了全国大学生一等奖，我本人还获得了表演一等奖。第二年，我临近毕业，论文的题目是《论谢晋的导演艺术》，系里没有老师懂电影，但还是给了优秀，因为他们觉得我说得有些道理。谢晋拍了不少电影，但我在论文里，着重解析的只有两部：《红色娘子军》和《舞台姐妹》。由此我回溯1949年至1966年的中国电影，觉得好的大约是这样一些：谢铁骊的《早春二月》、郑君里的《林则徐》、水华的《林家铺子》。如果说到1949年之前，必须加上的，应该是费穆先生的《小城之春》。它们构成了我对中国电影的缅怀。

20世纪80年代给我印象最深的一部中国电影，是吴贻弓的《城南旧事》，我私下认定这是中国第一部"散文电影"。而同一时期出现的陈凯歌的《黄土地》，应该是中国第一部"诗电影"。随着"第五代"的出现，我逐渐看到了一批优秀的国产电影，它们是：陈凯歌的《霸王别姬》，张艺谋的《红高粱》和《秋菊打官司》以及姜文作为导演的处女作《阳光灿烂的日子》。这应该是迄今为止中国电影的最高水平，它预示着一个新的起点。

真正打开窗口，看到当今世界一些优秀影片，是近几年的事情。那就是买盗版影碟。这些作品从哪些渠道进来的，我不知道，但似乎各地都可以买到。我开始收藏这些影碟光盘，每看到一部优秀的作品，都有说不出来的愉悦。我收藏的光盘不下千张。从这个时候起，我对电影的认识提升到了一个全新阶段。我知道了英格玛·伯格曼和基耶斯洛夫斯基，知道了美国电影史上以科波拉、斯皮尔伯格、斯科塞斯为代表的"电影小子"，知道了丹麦的拉斯·冯·提尔、意大利的朱塞佩·托纳多雷、西班牙的佩德罗·阿姆多瓦。我从伯格曼作品里看到了一种宗教情怀，从基耶斯洛夫斯基的"三色"和《十诫》中看到了人生的迷惘。我尊敬地称他们为大师，他们的作品给我启迪，给我震撼，并且使我作为导演的热情死灰复燃。

但是，做一个导演并非想象得那么简单。最大的苦恼是与一群人打交道，与投资方争取权力，与演员讨价还价。1997年，我为郑州一家音像公司自编自导了一部二十六集的电视剧《大陆人》。这是我第一次当导演，但没有什么慌乱，手头的活还很利索。老实说，对导演工作程序，我成竹在胸。但是与投资方的合作却非常不愉快，以至于我最后退出了后期制作阶段。第二年，我在北京又拍摄了一部"电视电影"《对话》，还是由我自编自导。这一次，虽然跟了全程，但还是与投资方不和谐。我们的立场完全不一样，我力求拍好，他们只想省钱。这部作品后来在央视电影频道播了几回，没觉得怎么样。

我曾经对人说，做一个电影导演，聪明人只要在现场站上一天，也就大致明白了。但想做一个好的导演，会不知不觉扔掉一条命。基耶斯洛夫斯基在笔记里曾这样写道：拍电影，并非意味着记者采访、荣誉，更多的是每天早晨六点起床，和雨水泥巴打交道。他说："这是一个令人神经衰弱的行业。"这段话说完不久，他就因心脏病突发去世，终年五十三岁。是的，我梦想走的，无疑是一条异常艰辛的道路。但是，我的欲望却无时无刻不在驱使着我前行。我一直期待着有一天，能真正把自己对电影这门艺术的认识以及才华，充分展现出来。这几年，闭门看影碟已经成为我日常生活的一部分，我还写了一些论述电影艺术的笔记，但一直就没有独立拍电影的机会。曾经有公司答应过，但还是没有成事。这一天距离我有多远，真的不知道了。国内的电影市场非常疲软，投资人不愿意冒这个风险。一些有名的电影导演都改弦更张去拍电视剧了。何况我这个圈外之人？然而一个人的梦想，破灭是困难的。它至少可以激荡在我的血液之中。

关于表演的闲言碎语

1995年我给《大众电影》写过一篇短文，谈的是明星和好演员的区别。我说社会需要明星，而艺术只需要好演员。文章的措辞有点犀利，甚至刻薄，这大约与我对明星的反感有关。明星和好演员的关系，如同一杯茶和一杯酒。明星是茶，味道是越冲越淡，三泡之后就丢弃了。但好演员是酒，越留越香，随着时间的推移表演会日臻成熟。

明星没有多少可谈的，如同走秀，属于娱乐圈的事。明星有其商业价值，比如广告效应等，但和表演艺术关系不大，几近没有关系。所以说，明星和演员是两个不同的概念，这里主要谈的是演员以及演员的工作——表演。

演员是一个极其特殊的职业，他既是材料（为导演所用），又是产品（塑造角色）；既是艺术过程（表演），又是艺术目的（完成角色）。演员是以自身的条件去创造另一个自身，这是很奇异的事。这或许是很多人喜欢做演员的一个理由吧。我对演员大致有一个归类，一类是个人魅力型的，以赵丹、金山为代表。他们所演的角色实际上都是在演他自己，如同郭沫若说"蔡文姬就是我"。这类演员的自我魅力渗透到角色之中，让角色因此有了光彩。当然，某种意义上，观众对他们的喜爱其实是对本人的追捧。

另一类是塑造型的，以石挥、蓝马为代表。他们在表演中完全舍弃了自我形象，全都角色化了，演啥像啥，这就是实力。这两类演员的表演都需要体验，也都能走向成功。区别在于成功的条件。前者需要天赋，需要个人魅力；后者则完全就依靠功力。国外的演员也是这样，像罗伯特·德尼罗、阿尔·帕西诺、苏菲·玛索，都是个人魅力型的；而达斯汀·霍夫曼、梅丽尔·斯特里普、凯特·布莱切特，则属于塑造型的。如果一个天赋不足或者谈不上什么天赋的演员去走赵丹的路，结局肯定一塌糊涂。我倒是希望他们去认真学习石挥、蓝马。

角色的魅力是惊人的。我小时候看《英雄儿女》，田方饰演的军政治部主任，一下就征服了我。好像一部电影里，只有他是真的主任，其他人都还是演员。军队政工干部，本来是一个很难出彩的角色，但是田方却把他塑造得可亲可敬，令人叹服！很多年后，当我看到电视剧《四世同堂》中饰演祁天佑的高维启和电影《城南旧事》里饰演宋妈的郑振瑶的表演，这种由衷的钦佩再次油然而生。尽管，现在很多人都不会知道他们是谁。

演员在一部戏里演什么？当然你会说按剧本提示，按导演要求去演你的角色。一般来说，大多数演员都能完成任务。那么，怎么才能让你的角色演得出彩呢？所谓"戏保人"这样的机会不是每个演员都能遇到的。剧中的人物原本就不那么重要，也看似平淡，但你却想把他（她）演好，这是你对自己的要求。我觉得，无论你演什么，有以下几个方面需要认真把握。首先是准确，这是对一个演员最起码的要求。其实很多演员做不到。其次是状态，当你理解准确了，随之呈现而出的，则是角色的状态——让人感觉你的状态就是剧中那个特定的人物。状态怎么出来？这就需要你的拿捏了。所以第三，就是你的拿捏——这里面当然有领悟，有设计，更有个人的能力。心中有数才不会离谱。

　　某种意义上，拿捏得当是衡量一个好演员的一把尺子。好像是陈道明说过，一个演员今天演皇帝，明天演乞丐，绝大多数演员都能完成，因为反差很大；但是如果让他今天演数学老师，明天演物理老师，恐怕极少演员能完成，因为反差太小。依靠外在的手段，比如造型和服饰，来塑造角色毕竟太单薄。于是之就上了几回银幕，角色有重有轻，但拿捏得都很到位。《龙须沟》里的程疯子和《茶馆》里的王利发，你感觉不到原来是一个人演的。年轻一代中，颜丙燕、袁泉都演过配角，但都能给人留下深刻的印象，不容易。

　　马连良有一次看青年演员演出，看过之后别人问老先生，这些孩子唱得如何？马先生说：嗓子好，就是口淡。好个口淡！口淡？就是没有味道吧？这句话用到表演上，就是演得还行，但没有味道。味道这个词，用到艺术领域，是既神秘又含糊的。你的字没有味道，画没有味道，文章没有味道，这样一路说下去，实际上还是个拿捏。

　　有一年和演员奚美娟在民族宫喝茶，那天好像是平安夜，在座的还有演员杨立新。当时何群导演正在筹拍电视剧《红岩》，最初想请奚美娟饰演江姐。她问我演还是不演？我当即就说不演。她便追问为什么？我说：第一，你演不过于蓝；第二，即使你演得比于蓝好，大家还是认为你演不过于蓝。

这并非信口开河。一个成功的角色诞生之后，便是深入人心，家喻户晓，企图颠覆他、取代他几乎是不可能的。这不仅是先入为主的问题。赵丹的"林则徐"、李默然的"邓世昌"，后来的人谁超越了？没有。

当年很多重拍片，比如《南征北战》《平原游击队》《渡江侦察记》，虽然拍摄条件、技术手段优越了，也都由黑白变成了彩色，但是全都失败了。主要原因就在于没有一个角色能超越之前，哪怕是同一个演员来饰演——比如方化和陈述。毕竟，很多条件（如对手戏的演员）全都变了，演员自身的条件（比如年龄）也变了。重拍往往就是吃力不讨好。

现在很多孩子喜欢做"明星梦"，其实大都很盲目。一个人做一件事，或者选择一个职业，首先当然在于兴趣。但是兴趣本身带有欺骗性，是假象，会吸引你、诱惑你。这是完全不可靠的。兴趣应该和条件、能力乃至天赋相匹配，才能驱动。仅有兴趣是远远不够的。

有人问我，一些艺术院校表演专业的招生应该具有什么条件？也常有人对我说，他家的孩子很漂亮，身材也好，是不是将来可以从事表演？我说，这些是选秀的标准，影视演员跟社会生活中的人不应该有什么差别，关键在于你的孩子有没有表演上的能力和天赋。我强调天赋，其实指的是一种与生俱来的能力，比如四肢的协调性和表情的丰富性，还有口齿伶俐等。

演员的悲哀在于被动地被选择。一部好戏，剧本好，导演好，团队也好，但你的戏份偏偏不多，自然就难以被人关注；而另一部戏很一般，你的戏份再多也起不了作用。演员的机会在于遇见一个好剧本，获得一个好角色，加上又有好的导演和团队（包括对手戏演员），这样才会脱颖而出。很多孩子被耽误了，虽然我们喜欢说"是金子迟早总会发光"。

导演是演员的一面镜子。这句话意味着，一个称职的导演能够及时指出演员在表演上的不足。当然你未必总是对的。这可以争论，最终谈出一个双方都认为合理的表演方案。据说拍《牧马人》时，饰演父亲的刘琼最后登上飞机回美国，导演谢晋想让他回一下头，再看一眼送行的儿子。但是刘琼不同意，认为这样处理很俗套，他只想埋着头走上旋梯，走进机舱。但是谢晋又认为这样处理不近人情。相持不下，最后的处理是父亲走上旋梯，突然停了一下，但是迟疑之后还是没有回头，默默走进了机舱。我觉得这是最好的。我喜欢这样的合作。

对于一个有志从事表演的人而言，首先需要一个健康的价值观。为什么强调这一点呢？因为现在影视圈风气很不好，演员的片酬、待遇无疑是冰火两重天。一个不会表演的年轻人，因为长得好看，被商家看重，于是很快就会捧为"偶像"，于是就带来了天价片酬和皇帝般的待遇，但是他们不会演戏！而另一些具有表演实力的演员往往被人冷落，这是时代的悲哀。表演是事业，不是生意，不是比谁挣钱多而是比谁演得好，话虽这么说，但让你每天面对，还是需要过硬的心理素质。至于某些评奖，也大可不必当真，一些见不得人的幕后勾当总会掺和进来。公平的是时间，一个伟大的角色是不朽的。

2020年10月整理

北京现在的玩意儿

一

　　北京是一个很容易热闹的地方。或者说北京的确是一个很会制造热闹的地方。这样的评价并不为过。譬如以前王朔写了一篇《我看金庸》，立刻就成了当时的文化热点。其实，王朔作为金庸的一个普通读者，发表一点读后感，本是最正常不过的事，但是不可能。究其原因，无非是两点：一是王朔作为老牌公众人物，理应受到传媒格外的关注；其二，那文章是发表在北京的，倘若王朔的文章不是发在北京，而是在广州或者上海，是否还会像这么"热"呢？我以为不会。我觉得这样的事只能发生在北京。

　　追溯一下，早几年前的"情景喜剧"便是这样。"情景喜剧"是个什么概念，我至今不很清楚，心想应该与美国的那种"肥皂剧"差不多。肥皂是全世界既大路又便宜的货色，是日常生活的一个必需品，所以叫"肥皂剧"很纯粹，因为纯粹，就会有像《成长的烦恼》《老友记》这样喜闻乐见的作品家喻户晓。英达在我看来是个不错的演员，他在电视剧《围城》中的表演应属上乘，但是他去美国学的是导演，据说专攻喜剧，选择《我爱我家》作为自己的练手之作本也无可厚非。事实上，《我爱我家》最初的问世在受到一些责备之后，还是走进了千家万户，这说明它有成功的一面。

奇怪的是，这之后他一发不可收地拍了许多的"情景喜剧"，怎么拍都不对了。好像他被什么架起来了，一种很无形的东西在要求他非这么干不可，以至于去接近那种俗不可耐。那是什么呢？我想只有他自己才清楚。窃以为，他真正想要的无非也就是一个钱字吧。

这之后就是冯小刚的贺岁片——这本是港台艺人扔掉的东西，北京人却有模有样地拾了起来，便也照样做火了一把。据说票房是一时间创了新高的。但再接着做，又似乎没什么戏了。据冯小刚自己说，他拍贺岁片，动因是想让大家尽快认识他，以便后面好做别的。照这个意思，所谓贺岁片只是冯小刚想早点"出来"的一种手段，也算是一种代价了。后来他的悲剧《一声叹息》便是这代价的结果。这片子我是看了的，才知道，也不过是说了一个男人喜新不厌旧的故事。至于他为没有获得"金鸡奖"的提名而为剧组同人的劳动鸣不平，我个人倒觉得不值。既然是职业导演，提不提名你都还是要拍戏的。我倒是希望他从此"只做别的"，因为他还有能力去做得更好。喜剧其实是很难做的，难就难在分寸的不好把握，离哗众取宠仅一步之遥。像后来的《还珠格格》，纯粹就是扯淡了。奇怪的是它更为火爆，自然也就更赚钱了。对以上这些制作，我无意去挑剔什么，觉得可疑的是，像这种纯商业的东西何以会在京城轰动以至影响全国？尽管它的创作人员一直强调说我们不是在搞艺术。那我就纳闷了，不是艺术又是什么？买卖吗？弄了半天，我才明白原来被大家视为艺术家的人八成是在做着买卖。

我是极其憎恶现在的那些所谓的"情景喜剧"与贺岁片的，就像我憎恶每年一度、每况愈下的央视春节联欢晚会。这种抵触情绪，我想并非我偏激吧？应该源自那些主创人员的才能贫乏与趣味低级。他们并没有给人以欢乐，而是让人肉麻。不知道这样的玩意儿何时才能收场。如果有一天这样的货色绝迹了，那真是一件可庆可贺的事。

<h2 style="text-align:center">二</h2>

在北京，当然也还有人是在搞着艺术的。北京人艺是当今中国话剧界的第一块牌子，前年掀起了重排《茶馆》的风暴。这出戏还在"封闭式排练"阶段，媒体上的宣传却已铺排开了，似乎与所谓的"封闭"构成了反讽意味。其时我正在北京，自然也是怀着一腔期待去看了这"重排"的，但是很失望，因为除一堂景变化了之外，我看不出任何"重排"的迹象。而且在其他都不变的情形下，这堂被出卖了的大景就分明不伦不类了。至于把美式吉普车开上舞台不过是噱头而已。《茶馆》是老舍先生留给这个民族的一部艺术杰作，而不是一件文物，它的价值就在于可以用新的方式去进行再创作，而不是文物的不可再生性的修复。我看过根据雨果《悲惨世界》改编的电影至少有五个版本，也看过四种《哈姆雷特》，每个版本都是另样。人艺的这次"重排"实际上是复排，所谓"重排"怎么看都是一次炒作。我不明白这个结果是意味焦菊隐的无与伦比还是林兆华的山穷水尽？从这个意义上，我尊重后来李六乙排的《原野》，尽管很多人对"满地摆电视机"难以忍受，但毕竟是实现了一回重排。李六乙的困难在于能力上的缺乏，所以他的"前卫性"更多的是一种个人姿态。

至于孟京辉和张广天这类人的"先锋戏剧"，我也是看过两出的。他们的阐释都很高，看似有整套的理论，但做的活却实在不好恭维。譬如那部《切·格瓦拉》，形式上给我的感觉，就是一个"文革"期间风靡一时的群口词，经过一包装、一炒作，于是也就成了"先锋戏剧"。我自觉没有落伍，在艺术观念上也绝不比他们弱智。但我不能认同如此这般的"先锋"。张广天后来大约玩不转了，据说又改行去唱歌了，也没见唱出什么名堂来。孟京辉有一次去中央电视台谈体会，上来就说了一通毕加索和康定斯基，以此来反驳一些观众对他的先锋戏剧的批评。给人的感觉是，你不懂他的先锋戏剧就如同你不懂毕加索。其实他自己也不见得真懂毕加索。因为他至少忽略了毕加索不是从天上掉下来的，而是经历了漫长的"蓝色时期"和"粉红色时期"才一步步抵达立体主义的。但孟京辉、张广天的先锋戏剧我觉得是从天上掉下来的，它不是个奇迹就一定是个骗局。

艺术，尤其是先锋前卫的艺术，重在以新鲜的形式去表达思想或者诉诸情绪，并以这种形式去刺激欣赏者，形式不应是一个简单或者花哨的载体，这是起码的原则。不解的是，这个从天而降的先锋戏剧落在北京的地头上居然也有辉煌，好在是霎时的。我们没有任何理由去相信无根之木会常青叶茂。

三

传媒时代一个明显的标志，是传媒的操纵性。上述事实的轰动效应并非来自自身的影响力，而在于京城传媒的推广——北京人叫"做"，其实也就是如今耳熟的"炒作"。"做"出来的往往不准确但靠得住，譬如《英雄无悔》里演得出色的应该是杜源，但声名鹊起的却是濮存昕。这说明专业标准在传媒时代的尴尬。在这样的形势下，北京文化圈里追逐时尚的风气便日益浓厚了。而一旦盛行起来，对一些原本认真做事的人也构成了威胁。相比之下，他们可能是真的感到寂寞了。用北京话说就是"扛不住"了。于是陈凯歌的《荆轲刺秦王》的首映式就去了人民大会堂，而且现场搞三国语言的翻译，煞是辉煌，尽管谁都明白此举不能改变影片品质的优劣。看似质朴的张艺谋也抵御不了，这个并没有读过几本书的、全靠改编小说起家的摄影师，自扎营北京之后，西北的苍凉感便被北京的脂粉气所吞噬。很快，拍《红高粱》时的那股血性和豪气开始在逐渐地销蚀，做《秋菊打官司》的那种灵性与朴素也没有了，有的是来自京城表面的那种噱头，满脑子"想招"，他似乎很迷恋那些"小情调"，所以就拍出了《有话好好说》这种怎么看都是不伦不类的片子。但这是必然。张艺谋自己给自己定的目标历来很高，他也希望越做越好。他总喜欢说的一个意思是"人性"或者"人文关怀"，其实什么是人文关怀，他自己也心里没底，做起来当然就是另样了。张艺谋曾经对我说过，他特别欣赏波兰籍的导演基耶斯洛夫斯基，但问题是他们不在一个层面上。基耶斯洛夫斯基的作品，无论是《蓝》《白》《红》还是《十诫》，表达的是人类的处境与宗教感的情怀，寻找的是人类的精神家园与终极关怀，这在张艺谋的作品里看不见。所以今天他自然要步李安的后尘去当一回《英雄》了。天知道，那是怎样的一个《英雄》！也就是一部制作奢侈的大MTV吧，或者是一部貌似高深实则浅陋的政论片。天字第一号的大投资并非赢得片子的辉煌，它是彻底地失败了。无论是商业还是艺术上，《英雄》意味着张艺谋的末路。

北京的文艺圈中，通用的手段是"想招"，所谓的追求则是"好玩"。由于这样的一种定式，使他们的创作过程从一开始就陷进了低俗的泥潭。这样北京人做的东西小家气象便在所难免。因为"想招"就意味着从小处入手，玩些小伎俩以应局部的一时之急。"好玩"则无疑是在寻找所谓的兴奋点，甚至就是寻找一种笑料，但它不等于"好看"。即使是笑，那也是大不相同的。有一种常见的比喻，说高级的笑是"我笑你不笑"，譬如侯宝林先生的相声即如此，我们一直在笑，不笑的是台上的侯先生，这是真正的笑。而低级的笑正好相反，是"你笑我不笑"。剧中人个个乐不可支，观众却不知所措。检点一下这些年北京的"好玩"，恐怕我们看到更多的是后一种了。

四

商品经济的来临使艺术圈里立刻多了一个新词：操作。这个词的出现实际上暗示着一种至少是辅助创作手段的成立。北京的圈里人深谙此道，其手法也是相当高明的。譬如由报上找演员到网上找演员，这都是操作，然后便是给传媒的炒作提供由头——美其名为新闻眼。当然这里有成功的例子，譬如《阳光灿烂的日子》姜文发现了夏雨，最初的理由是"与我长得很像"。这部片子的成功除姜文作为导演的天赋之外，还在于他本人在王朔小说的框架里大量填进了自己的"少年记忆"。另一个原因，是姜文无可避免地受到了捷克影片《青青校树》和美国影片《美国往事》的影响，这应该是不争的事实。姜文的出手不凡源自他的谨慎，他不轻易做什么，用他自己的话来说，是不做"一嘴毛"的事。据说他的《鬼子来了》拍得也不错。但是另一个损失也随之而至，那就是作为演员的姜文，似乎后来演什么角色都还是姜文自己。这一点上，他既成不了达斯汀·霍夫曼也成不了赖夫·费因斯。而《有话好好说》的情况则是另一码事，糟糕的剧本（关于剧本的写作经过一波三折，以至编剧想撂挑子）使这部片子一开始就变得不知所云，在导演失去目标的情况下，即使大牌明星的出演与腕儿们的客串，即使是临摹丹麦导演拉斯·冯·提尔的《破浪而出》（又译《爱情中不能承受之痛》）和香港王家卫《重庆森林》的"呼吸"拍摄手法，也无济于事。最后的结果是迫使张艺谋"逃离城市二度进山"，他一气拍了《一个都不能少》和《我的父亲母亲》，企图挽回昔日的辉煌，但为时已晚。他的智慧与才能受到了致命的挑战。

那年李安到大陆来发布《卧虎藏龙》。这是一部十分糟糕的片子，连充当徐克的对手都难以匹配，实在无法恭维，尽管他得了奥斯卡。于是媒体的文章便做到了女演员章子怡身上，但我也丝毫看不出她在表演上的高明来。有一次我从电视上一则广告上看到，注明这个演员如今已是"国际巨星"了，我相当困惑，不知她"国际"在哪儿了，更不知何以而"巨"。以后，湖南一个电视台的主持人李湘也来北京拍片，媒体的宣传照样是铺天盖地。试问，这样的人能成功，那全国的戏剧学院、电影学院还有必要开设表演专业吗？这样的事实至少表明，媒体看重的并不是专业能力与专业成就，而是什么"好玩"。最有趣的还是先把"小燕子"赵薇抛到天上，紧接着又将其掼到地下，整个过程看起来就像一次预谋。如此的"做"真是令人生畏。

北京有许多具有实力的好演员，但演员的悲剧是总处在被选择的地位，即使是大牌，他的选择也一样受到局限。这些演员基本上演不了自己想演的剧目，在"闲着也是闲着"的情况下，也就只好不闲。葛优就是如此，这些年他几乎是不闲的，虽然他也选择，但也照样选择了《寇老西儿》，使人对他的潜力不能不产生怀疑。另一位演员李保田，在《宰相刘罗锅》之后，也去演了从前的皇帝和今天的主任，让人无法缅怀他在《凤凰琴》里的杰出表演。而他们对外的宣称则是一个口径：必须严格看剧本。是眼力不济还是心态不稳？他们的艺术青春很难再被角色所证明，倒是被人民币不断地证明着。结果有一天一位叫焦晃的上海人到《雍正王朝》里轻松地踩了几脚，就把当时北京当红的明星全给镇了。

五

现在的北京是个打造时尚而远离经典的地方。我所言的经典，其实并不意味着什么宏大和高深，除了精神上的严肃，我更多指的是一种专业上的纯粹，或者用北京的话说，就是地道。而要想做得地道，就取决于你的专业能力，否则便不可能拥有专业成就。这是一脉相承的。相声是一门极为通俗的艺术形式，但是决不影响侯宝林先生成为艺术家。侯先生的相声是纯粹的，所以时间越久便越发显出它的生命力。他的相声之所以至今还活在大家心里，是因为他就立足于一个"说"——相声是靠说的，这是相声艺术的特性，而不像后来的一些货色，站着说不好了，便又唱又跳，让人败了胃口。同样，张艺谋当年的《秋菊打官司》也并没有刻意去追求什么深刻，它只是一个非常简单的故事，但他的讲述却做到了不简单。那是一部堪称艺术上达到完美和谐境界的作品，它无疑也是纯粹的。

　　实际上，一个人做什么合适，不在于他多么会折腾，而是取决于他的素质，素质往往是与生俱来的。譬如说，我觉得赵本山怎么折腾骨子里都还是一个"二人转"演员，但现在的事实是他的小品叫好。"二人转"是很有魅力的，它的艺术生命力我敢说绝对超过小品。小品这种东西充其量是低俗喜剧的边角料，但是在今天的北京却最能打造"艺术家"。看看吧，这些年在北京闹出了多少"小品艺术家"！所庆幸的是，小品的气焰看来是不灭自灭了。倒是京剧演员李维康显得明智，她客串了一回《四世同堂》，演得本不错，却见好就收，她知道她的艺术生命还是在京剧的舞台上。现在北京有许多的反串和玩票，这似乎也是一招，就像某些人总靠花边官司来造势一样。譬如有个导演一辈子拍不了什么好戏，临了却成了一个笑星；譬如有个歌星唱得不怎么样了，便急忙写了小说；譬如某个演员戏演不了，便立刻对外发布自己要当导演。如此这些看来，是演戏、导戏、写小说都太容易了，好像谁都可以干。甚至张艺谋执导的歌剧《图兰朵》和芭蕾舞剧《大红灯笼高高挂》，那也只是捉襟见肘的雕虫小技，则纯粹是玩票作秀，而并非什么创造。他要是真的成功了，那也就意味着对全世界歌剧、芭蕾舞剧导演的集体讽刺。民间有句话可以描述这种闹剧，叫"胆大的吓胆小的"。有人拿大把的钱请你，何乐而不为呢？奇怪的是这些事往往成为传媒的热点。还是那句话，传媒对你的专业能力似乎并没有多大的兴趣，感兴趣的是你的行为是否"好玩"，你参与的这件事是否"好玩"。就像倒立永远比行走好玩。但是没有人会问：倒立能走多远？换句话说，你的专业能力似乎并不重要，你的影响也不在于你的专业成就。所以时间一长，人们就会感到，北京文艺圈里的事闹得再大也不过是小事一桩罢了。最典型的例子是那个"翠花，上酸菜"的雪村，也居然在京城一炮而红——那是什么？是音乐？还是艺术？恐怕充其量也就是个杂耍的玩意儿吧。

而我不想看到的，是这热闹、"好玩"背后的那种专业精神的丧失与崩溃。

六

一个正常的氛围应该是各有渠道各得其所。美国有《花花公子》这样挣大钱的刊物，不等于《大西洋月刊》就办不下去。好莱坞既能投巨资拍《泰坦尼克号》赚钱赚眼泪，也照样不含糊地拿出《辛德勒的名单》来震撼你的心灵。你的戏如果只是个玩意儿，你仍然可以在最豪华的地方演，仍然可以大把挣钱，但是你恐怕进不了"百老汇"。这是纯粹。

一种正常的心态是各取所需。有人喜欢热闹，有人要专业认定。有人想作秀，有人在做事。有人想当明星，有人愿意做好演员。有人迷恋"好玩"，有人敬重专业精神。对当事人而言，前者能给你带来极大的实惠，后者能给予的则是一种亲切的安慰。这都正常，但这是两回事，就看你怎么取舍了。不正常的是传媒的激情总是冲着前者而去，被轻视的是后者。有一次一个记者对我说，以前人们相信的一句话是"只要是金子就会发光"，而现在的情况是"金子未必就会发光"，因为在他看来，金子总是埋在土地的深层的，发光的东西譬如玻璃碴、易拉罐之类，都是在地表。地下的需要等待开采。而等待就意味着无边的寂寞。这话是不错的，不过我还想补充一句，就是：被埋在地下的你，是否还相信自己是金子？如果相信，那就不需要等待被证明。这还是纯粹。你的目的是什么，你就奔着这个目的去，尽你所能把它做好。北京人不也是喜欢说"做到位"吗？问题是事情一到北京便复杂了，既要鱼又要熊掌，既要挣钱又要当艺术家。好在人们在北京还能经常听到音乐会，还可以看到画展，还可以听到京剧。要不，再过五十年，如果有人来写一部北京的文艺史，拿什么往里装呢？就这些玩意吗？我不希望是这些，真的不希望。

2002年10月，北京

关于中国电影的几点思考

——在"太湖世界文化论坛"上的发言

　　在谈论中国电影之前，我觉得有必要建立起一个参照系。中国电影在世界上是什么地位？在亚洲又是什么地位？和以前比较，我们的电影是否在进步？又是什么在阻碍电影的发展？需要大致盘点一下。我的回答可能是令人沮丧的。可以说中国电影在国际上并没有多大地位，时而看见一些中国电影在不同的国际电影节上获奖，当然值得肯定，但是这不能证明我们的电影在世界上的地位很高。这一点也不现实。我们的电影至今还进入不了北美、欧洲的主流院线，很多人自然就不知道中国电影的状况。这方面，国内的票房成绩是不能作为参照标准的。我们确实在进步，但是很缓慢。在亚洲，我们的邻居有日本、韩国和印度，电影显然发展得要快一些。韩国有些商业片已经相当成熟，甚至可以和好莱坞掰手腕了。冯小刚拍《集结号》，战争场面就是由韩国团队做的。香港的电影，以前有过王家卫和吴宇森的片子，文艺范和枪战片都曾经有不错的口碑，但是现在也风光不再。王家卫后来的作品，如《摆渡人》，似乎连他自己也没弄清楚在说什么。吴宇森就更糟糕，英雄末路，连连失手，实际上是能力不行了。至于文艺片，日本、伊朗一直就在潮头立着，像黑泽明、阿巴斯都是令人景仰的前辈。日本的《入殓师》，伊朗的《一次别离》，韩国今年的《寄生虫》，都相继获得了奥斯卡最佳外语片奖。作为一个拥有五千年历史的东方大国，我们不能无视这个存在。还有黎巴嫩那位女导演娜丁·拉巴基，拍出了《何以为家》，虽然与去年的奥斯卡奖失之交臂，但在我心目中，仍然盘踞亚洲电影的巅峰。

就我个人对电影的理解，电影大致有三种形态：第一，要承认电影是商品，商品就是买卖；好莱坞的一些商业片就有不少成功的例子。电影厂就是工厂，很多部门都叫车间，电影就是工业和商业，成为国民经济的一根重要支柱，当然也就供人消费，成了大众日常生活的一个部分。我们通常所说的"商业片"，就是为了挣钱，是一门生意。但是，毕竟电影又不是完全用来挣钱的，除了娱乐，它还有欣赏、教化、启迪的功能，它是一种传播手段。于是就出现了第二种形态：电影是表达，和文学艺术同属一范畴。表达什么？人的情感、思想、社会问题，甚至是哲思。比如基耶斯洛夫斯基的电影。这类电影是我心目中电影的位置。我女儿在美国学电影，是双语编剧，还兼做《环球银幕》的特约记者，是通过了美国电影协会世界电影记者资质认证的，她曾经让我选一部这个时代最伟大的电影，我说，我大概会选墨西哥导演阿加斯·冈萨雷斯·伊纳里多的《巴别塔》，中译名《通天塔》——借用《圣经》故事，把当今世界人类的沟通集中于一部电影加以表现，这是了不起的！这中间有政治制度、种族、贫富、信仰、正常人与残疾人，如此等等，都是沟通的障碍。面对这样的电影，你不可能无动于衷。这位导演后来还拍了"一镜到底"的《鸟人》和《荒野猎人》，佳作迭出。电影的第三种形态，即是其艺术品质和商业元素结合得十分完美，比如《教父》，比如《肖申克的救赎》，你认为它是商业片还是艺术片呢？这应该是电影业的主流，是大家都在想要做出的那种"叫好叫座"的电影，名利双收。好莱坞在这方面一直就是霸主，望尘莫及。作为做电影的人，我这里主要是指两类人：投资者和创作者，需要一种定位。你想做什么样的电影？要钱还是要脸？否则就是一锅夹生饭。

中国影视界的门槛很低，很多投资人和导演缺乏一定的文化素养，因此就难以具备一种独特的眼光，其实带有很大的盲目性。一旦挣了几个钱，就觉得自己是大腕了，就以为自己很懂电影了，其实差得很远。于是就出现了这样一种尴尬的情形——想做高品质电影的人找不到投资，手里有钱的人又弄不清项目的优劣，加上缺乏一种人文情怀，投资人最终看中的还是赚钱。这样一来，势必就会导致有能耐的人不屑与他们合作，低能的人俨然成为这个行业的精英代表，这是时代的悲哀。

过去有句话，叫"越是民族的，就越是世界的"。虽然这句话我不完全赞同，但我很渴望中国电影有自己的美学价值定位，或者电影美学架构。比如20世纪40年代费穆的《小城之春》，后来谢铁骊的《早春二月》、吴贻弓的《城南旧事》、陈凯歌的《霸王别姬》，这样一脉下来，其实是能够建立起中国电影的美学特征的。比如它洋溢的诗性，比如散文化的结构，以及国粹的有机融合，会营造出温暖悲凉的情怀，内敛的性格。你会想起传统的儒家文化，想起唐诗宋词，想起中国的书画。我这么说不是宣扬民粹主义倾向的文化模式。我渴望的是具有中国气质的作品问世，让世界瞩目。

这些年很多电影人都在呼吁，要建立一个科学的电影审查制度。坊间又不时传出这个不让拍，那个不能碰，限制越来越多。如果这一点不能改变，中国电影的繁荣则无从谈起。对此我也心存侥幸，总以为上面原本的意思可能是被层层放大了，一叶落而知天下秋，让电影人手足无措。这其中会有曲解，也有理解的差异。比如"主旋律""正能量"，我的理解和官方的理解就很不一样。官方看重的是宣传，说白了，是需要更多的赞美。我觉得应该是弘扬一种精神，人类广泛认同的、积极向上的具有道德力量的精神。法国剧作家博马舍有句名言：若批评不自由，则赞美无意义。《我不是药神》是一部根据新闻事件改编的电影，获得成功，说明什么？大众喜欢电影代言，说出自己的心声。剧中那句台词"他们不过是想活下去，这难道也有罪吗"，这就是震撼。可惜这类的作品太少了。

我呼唤那种良心电影。

2020年3月20日

第四辑

戏剧篇

重排《茶馆》之我见

　　关于重排《茶馆》的舆论在这出戏演出的半年前就铺排开了。与此并行的是作为北京人民艺术剧院的营地——首都剧场也将投巨资翻修。二者都为了面目一新地迎接国庆五十周年。报章上说这个剧场将引进多少进口设备，音响如何，座椅如何，地面如何。晚报还特别将这台戏主要角色的两代饰演者做了两相比照，这个举动似乎带有某种暗示性，给人一种打擂的感觉。北京人对重排《茶馆》的兴趣在这个秋季来临之前还是表现得十分高涨。10月12日，新的《茶馆》在经过紧张的封闭式排练后与观众见面了。那些天，北京的传媒上天天都在说这事。一周后，《北京日报》在一版上登出醒目消息，云《茶馆》演出一周票房突破一百万元。后又有记者撰文说：到北京不看《茶馆》等于没游故宫，算是白来了。这种不伦不类的比拟在当时听起来还是很叫人舒服的。

　　翻新的剧场，高额的票房，与故宫平起平坐，加上剧院门口的黑票黄牛，无不说明方方面面对重排《茶馆》的重视与关爱。北京人太爱这个《茶馆》了，即使是我这个外省人也一样喜欢——我甚至觉得就我本人的审美趣味而言，当代中国话剧史上就只有这么一部《茶馆》。于是在10月27日这晚，我接到剧院的赠票，于暮色中赶往首都剧场。我是第二次来这个久负盛名的剧场了，多年前，我在这里看过高行健的《绝对信号》。果然还是座无虚席，7点，演出开始。在大幕被竹帘替代后，随着舞台灯光的变化，几声悠扬的叫卖声之后，台上突然就热闹起来，戏开始了。最先叫我诧异的是舞美的改变，孤立地看，这种以木制穿枋的楼台框架在略为变形之后，是很能引起我兴奋的。但这只是几秒钟的事，我很快就发现——极明显地发现，这台景已不再是景，而仿佛一大人物，舞台上最突出的就是它了。我无法弄清谁是王利发，其他小人物就更谈不上见识了。等到个几分钟后，我才看清王利发（梁冠华饰）的面目。《茶馆》的第一幕几乎所有的主要角色都出场了，然而这些人物的进进出出都是那么的不清晰。倒是一幕过半，马五爷（丛林饰）的一声"二德子"和黄胖子（马星耀饰）的"一路揉眼"，给我印象很深。我倒觉得怪了，我要看的不清晰，而看得清晰的又必须借助角色夸张的表演，难道造成这一切的仅是这台喧宾夺主的景？但是很快我就意识到，这种看法过于简单。那一刻，我想到了"重排"的意味——何谓重排？

重排一出戏本不是什么值得忧虑的事。自《哈姆雷特》问世以来，迄今不知有多少导演排过这出戏，也不知有多少演员演过。但都是从从容容地过去了。有句老话叫"有多少读者就有多少哈姆雷特"，这是指文学的《哈姆雷特》，道出的是阅读的参与意识，而不好说"有多少观众就有多少哈姆雷特"。观众到剧院，是一种被动的接受，因为舞台上规定了一切，带有极大的强制性。这是常识。我看过至少四个版本的电影《悲惨世界》，得到的是四种不同的感受。而我今天来看《茶馆》，能感觉到的还是焦菊隐和于是之遗留的气息。诚然，当年这些老先生完成了甚至是出色地完成了《茶馆》的首演，把文字的《茶馆》立到了舞台上。这是带有一种使命性的成就。然而这出戏风风雨雨几十年下来，如今才有重排一说，本不是一件正常的事。至少十年前林兆华就可以做这件事了（那时他正年富力强）。现在林兆华做了，做得很辛苦，但未必做得很开心。是焦菊隐的无与伦比还是林兆华的山穷水尽？抑或是难以承受某种压力或者无法克服某种心理障碍，使后者不能跳出焦菊隐的这道光环？我看不出除了一台景的变化之外还有什么其他的变化。因景而修改的调度只是不得已而为之。至于把一辆美式军用吉普开上台以及把那位"沈处长"（张万昆饰）从幕后提到幕前，充其量也不过是雕虫小技。很显然，作为导演的林兆华未能拿出完全属于自己对《茶馆》的新的诠释，因此他也就无法给演员们一个说法。而在导演的沉默之中，演员的自悟便极其自然地去寻找各自从前的楷模了。"从角色出发"在失去导演的总体构思的前提下，就成了"向前辈学习"，下意识地把他们前辈的创造当成了他们一条通往角色的捷径，尽管舒服但远离了光荣。这种倾向本身就是极大的可疑，因为这不是创造而是临摹。既然是临摹那就不必打出"重排"的旗号，干脆就明说是"复排"好了；按照夏淳当年的路子，并在节目单上注明：原剧导演焦菊隐。这种难以言表的心理定式给演员带来了负面影响。饰演刘麻子的何冰在首演之后就这样对记者们说：看着台下的英若诚老师坐在那里，我就觉得自己是在偷人家的东西。何冰很谦虚也很诚恳，但我不希望听到这种表达。何冰无疑就是在这种心理的钳制下去完成他的角色"创造"的。其他人呢？英若诚可怕吗？于是之、郑榕、蓝天野可怕吗？据说首演之后，剧院还特地邀请当年《茶馆》的几个老演员发表意见。蓝天野着重说了杨立新（饰秦仲义）在表演上的不足，而黄宗洛则对冯远征（饰松二爷）提出了批评。如果那一天于是之和郑榕出席了会议，我想他们也会对梁冠华、濮存昕（饰常四爷）说上几句。但老演员没有说错，因为他们是按照从前自己对角色要求的尺度来做出今天的评判的。他们也一样诚恳。从这两方面就不难看出，所谓重排《茶馆》不过是对外宣传的一句口号。

　　什么是重排？重排意味着将过去否定，否定得越彻底越好。否定意味着放弃过去的一切。否则也就意味着你的创造性消失了。从这个意义上，作为舞美设计的易立明是很孤独的。他天真地做出了一份自我肯定的答卷，然而在其他不变或者小变的大气氛里，他的肯定顿时就成了否定。这就像在一支民乐合奏曲中突然插进了一把小号，尽管明亮但也会被认为是不谐之音。谈到否定，并不意味着过去的东西不好。某种意义上可以说从前的那台《茶馆》太好了，这给今天的重排——如果真是重排的话——带来了重负。也就表明对她的否定十分艰难，这涉及许多方面，如观念、水平和能力等。很长时间以来我们习惯接受这样的话：继承才能发展。但我们极不习惯另一种表达：否定才有创造。尽管后者的目标更高。林兆华显然没有迈出这一步，困扰这位颇具影响的话剧导演的还是几分继承，几分发展。他不敢去做另外的尝试，面对前人遗留的杰作来一次否定之后的肯定。他实际上是陷入了进退两难的尴尬境地，于是带给我们一部平庸的赝品便在所难免。

　　《茶馆》是老舍先生留给我们这个国家的一件礼物。《茶馆》也是北京人艺以焦菊隐先生为首的那一批老艺术家对舞台最为精致的一份馈赠。但《茶馆》不是一件文物，如果是文物，那么我们给予的态度就应该是修复。文物的价值在于不可再生性，唯有修复才能使之寿命延长。而《茶馆》不是文物，它是一部话剧杰作，它的生命在于后人对它不断注入最新鲜的解释。导演是如此，演员是如此，舞台上任何一切都该是如此。倘若我们在前人面前迈不开脚，那就干脆一步也别迈，连舞台上的一根钉子也别钉错。据我所知，《茶馆》问世之初，就受到了某种压制，甚至有一种声音说《茶馆》是毒草。但就是在那样不可理喻的年代里，《茶馆》还是从夹缝里求得了生存。这也能看出这部作品在艺术上的成熟。一部优秀之作应该不会受到任何政治因素的困扰。除非政治到了匪夷所思的阶段，就像20世纪50年代的苏联对帕斯捷尔纳克实施的政治迫害，就像"文革"中对老舍本人的摧残。《茶馆》很容易让我想到田汉先生的《义勇军进行曲》，常四爷的那句悲愤感慨让我想到"中华民族到了最危险的时候"。据人艺的演员介绍，历史上《茶馆》的演出每次演到"我爱这个国家，可谁爱我呀"时，观众都要报以热烈的掌声。10月27日也是如此。但值得强调的是，使我们震动的原因来自剧作自身的魅力。

　　北京人艺这次重排《茶馆》汇集了剧院全部的力量。观众期盼着一台崭新的面孔对《茶馆》做出同样新颖的表达。这是票房好的重要因素。因为《茶馆》的故事大家早已知道，当年老一辈创造的角色光辉也还在大家心目中亮着。大家唯一想看的就是《茶馆》

的另一种版本，如果大家还希望借此对老版本进行一次缅怀，那他们一定会去看谢添拍的同名电影了。

我写这篇文章心情是很沉重的。那天夜里我的情绪变得十分复杂。虽然我是个写小说的人，但多少年来话剧使我魂牵梦绕，话剧的舞台在我心目中就是艺术的神龛，我去剧院看话剧是怀有一份宗教般的虔诚的。但那个晚上，我失望而归。我不明白为什么就不能在真正意义上实现重排，哪怕排出一个遭到非议的戏，也比现在这样的好。因为那是创造，而不是像现在这样羞羞答答的临摹。平心而论，我一点都没有否定林兆华劳动的意思，他是一位有实力的话剧导演，他本该走出一条属于他自己的路，给我们以惊喜。我私下推断，在他决定改景的同时，他对自己的重排是持有一份信心的。他本该去做加法，把自己的表达一步步推向极致，但他最后还是做了减法——把自己的创造——减去了，谦虚地回到了焦先生的面前。我更为北京人艺的一台好演员欣慰，无论是梁冠华还是濮存昕、杨立新，无论是何冰还是吴刚（饰唐铁嘴）、严燕生（饰庞太监），无论是龚丽君（饰康顺子）还是岳秀清（饰小丁宝），他们都有能力胜任他们各自的角色。演员是一种极为特殊的职业，他既是材料（为导演所用），又是产品（角色）；既是艺术过程（表演），又是艺术目的（实现角色创造）。演员以自身为条件去创造另一个自身，这本身就是很刺激的事。然而演员的悲哀也就在于他首先得是导演手里的材料。当林兆华勾画出的轮廓实质上还是焦菊隐的草图时，演员们再描也就是"于是之们"的路子了。所以与其说何冰在演刘麻子倒不如说是在演英若诚了。这是怯懦的心态。而怯懦所导致的后果必定是失败。我反对把这台好演员置于一种"可比"的怪圈，我反对今天的A角成为昨天的B角。我希望看到的是不可比，越不可比越好。倘若林兆华把一切都收拾得像那台景一样，使之达到一种和谐的境界，试想，呈现在我们视野里的将是怎样的一台《茶馆》呢？她或许是那么的格格不入，或许会引起舆论哗然，甚至还会遭到谴责，但却是崭新的。

1999年11月6日，北京

我的话剧观

话剧《地下》是我在去年秋天于一周内写成的。但酝酿这出戏的时间至少已有两年。最初的动机是想写出一个话剧舞台上的《三岔口》——我一直很喜欢这个经典的戏曲折子，觉得这是个十分特殊的艺术形式，自然也因此产生了特殊的艺术效果。试想，观众在安静的剧场里，欣赏着明亮的舞台上"黑暗中"的表演，那是什么感觉？中国戏曲的魅力就在于这种虚拟的真实性，于虚假中创造出不可想象的真实。我对此已经痴迷了几十年，随着时间的推移，戏曲的表现形式在我心目中的地位又得到了提升，它似乎越发具有现代性，让我想到毕加索的画和斯特拉夫斯基的旋律，一种形而上的意味每每让我激动不已。

但是，我对戏曲文学从来没有任何兴趣。尽管也有由田汉那样的大手笔写出的《白蛇传》一类的优秀本子，其中"亲儿的脸，吻儿的腮"这种精彩唱段至今还受到称道，可是比起关汉卿和汤显祖，其差距之大也是不争的事实。所以我固执地认为，某种意义上，戏曲的魅力可能与剧本没有多大的关系，它的生命在于其动人心弦的唱腔和久经锤炼的表演形式。这是戏曲与话剧的最大不同。话剧的剧本名副其实地就是一剧之本，就像今天我们谈起《哈姆雷特》自然想到莎士比亚，谈到《死无葬身之地》就想到萨特，谈到

《等待戈多》就想到贝克特，而当我们面对《失空斩》和《霸王别姬》时，只能想到马老板与梅先生了。或许正是这种作为话剧作家的举足轻重，使我在比现在年轻二十岁的时候就迷上了话剧。可以说，从一个写作者的角度，如果问我最喜欢写什么，是小说还是话剧，我似乎只能做出这样的回答：都喜欢。（事实上，我的处女作就是一个独幕话剧。）甚至可以说，写作一部话剧成了我的一个梦想。

我历来认为，任何一种艺术形式，包括综合艺术，都有其本性与属性之分。正如小说的本性在于叙事空间的不可限量，而非对人讲一个故事，话剧的本性在我看来是表达人对世界的一种认识态度，而非在舞台上对日常生活进行一次逼真的临摹。换言之，话剧只承载思想。我厌倦在话剧的舞台上去堆砌庸俗电视剧的内容，厌倦喋喋不休的家长里短。我也不主张把话剧当作喉舌，去向观众解释大政方针。

形式意味着本性的确定不移，这是至关重要的一点。老舍先生写了很多小说，今天可以读的似乎不多，但他却意外地给我们留下了一部《茶馆》。说意外，是因为老舍还写过《龙须沟》《西望长安》《女店员》这种明显的宣传品。老舍是一位语言功底扎实的作家，据说还享有过像"语言大师"这样的美誉；但在我看来，《茶馆》之所以留住了，关键还在于老舍把这部话剧的本性弄清楚了。简言之，《茶馆》不能成为小说，也不必改编为电影，它只能是话剧——这是命定的价值，老舍看准的可能是这个。我曾经说过，一流的小说永远只能停留在纸面上供人阅读，我所强调的还是本性因素的不移；即使被强行改编了，那也是另一个风马牛不相及的东西了。侯宝林的相声之所以至今还受人们喜爱，就在于他立足于一个"说"，就直挺挺地站在一张桌子面前说，这就是相声的本性。而不是时下的那些货色，说不好了，就又唱又跳，令人败了胃口。

话剧选择舞台安身立命，是舞台能够产生一种类似宗教感的庄严。当偌大的剧场灯光渐暗，当紫红色天鹅绒的大幕徐徐拉开，与此同时舞台灯光亮起，我们便觉得自己置身在艺术的殿堂，面对的是一座艺术的神龛。这种富有仪式感的情绪预先到达，构成我们欣赏话剧的前提。也正是因为这点，我不喜欢被称作"小剧场"的演出。我在北京看过一次"小剧场"，尽管演员在离观众很近的地方表演，但是我根本无法融进作品的氛围。这不禁让我想到一个通俗的美学观点：距离产生美。话剧不能走下舞台，哪怕台上只有一个人物，也不能失去距离。

英格玛·伯格曼不仅是20世纪最伟大的电影大师，也是一位杰出的舞台剧导演。在他长达60年的导演生涯中，除了拍出了像《呼喊与耳语》《芬尼和亚历山大》这样不朽的影片外，他还成功地执导了莎士比亚的《麦克白》、布莱希特的《三分钱歌剧》、莫里哀的《唐璜》等话剧。这使他的电影作品里不可避免地渗透话剧的成分，如《第七封印》里骑士与死神的造型以及台词风格。但伯格曼的高超之处就在于他把这些原本是话剧本性的东西化成了电影的属性，从而丰富了电影，也使他的影片别具一格。是否可以说，伯格曼从话剧里获得了灵性？

当初我在构思《地下》时，首先认定的是赋予它的形式。我清醒地认识到，我将要写的是一个话剧。一位担任期刊主编的朋友曾建议我先把它写成小说，我没答应，我说：这恐怕不成，我头脑里活着的就只有一部话剧。我的意思是说，这个题材只能装进话剧这种形式，它具有无法替代的严密性，就像自己的脚不能选择别人的鞋子。自小说《重瞳》发表后，一些朋友给我打电话，说这可以改出一部精彩的大片，我也认为不妥。我倒觉得《重瞳》倘若改编，最佳方案是改成一台话剧。我后来竟为这种构想所驱使，似乎在幻觉中已经看见了戏正随大幕的拉开展现而出。现在，北京正在盖一座气势恢宏的国家大戏院，我真希望在它落成的时候，在这个新世纪的大舞台上演出一部叫作《重瞳》的话剧。我觉得这应该不是个梦想吧？

"生存还是毁灭，这是一个值得思考的问题。"——话剧的舞台上应该永远回荡着这样的声音。

2000年1月23日，北京天坛之侧

从小说《重瞳》到话剧《霸王歌行》
——与《剧本》月刊记者的对话

时间：2008年4月19日

地点：北京市朝阳区珠江帝景小区

记者： 由中国国家话剧院出品的话剧《霸王歌行》3月14日在北京的舞台上亮相了，遂引起了媒体和广大观众的高度关注。《剧本》决定发表这个剧本。作为这个戏的编剧以及母本小说《重瞳——霸王自叙》的作者，我们想请你就这个戏的创作谈谈。

潘军： 那就从小说开始谈吧。熟悉我的读者，知道在我所有的小说中，唯独这部《重瞳》写到了两千多年前。还有一个事实，即从1992年至1996年，我经历了一次"下海"。先是在海口折腾，到了1994年，宏观调控之后，海南没戏了，我又鬼使神差地去了中原郑州，结果生意做得不塌糊涂。那个时期可能是我今生最背时的阶段，几乎所有的压力都来了，颇有点"四面楚歌"的意思。现在回想起来，写《重瞳》，写项羽，应该与那时的心境有关。记得1995年秋天，我途经广州，曾和《花城》的编辑田瑛谈过，我说我想写项羽，而且是用第一人称来写。他当时似乎有点诧异，但很快就说：你能写好，你身上有一股霸气。但那个时候，我刚才说了，因为杂事缠身，无法安心写作。独自孤身漂泊在郑州，写了几个开头，都感到不满意——我写小说，总是先要找到一个叙事的方式和感觉，然后才有可能往下进行。不满意，也就搁下了。这一搁，就是四年。到了1999年夏天——那时我已经"上岸"了，我在完成长篇《独白与手势三部曲》的第二部《蓝》之后，突然又想起了这个在我心中盘桓已久的楚霸王来，我感觉自己是倾听到了他的声音，尽管我们相隔着两千多年的时空。这种冥冥之中的气息相通看起来是那样的不可思议，却非常神奇！仿佛写作项羽是我的一项使命。第一人称的叙述让我的创作欲望已经完全被调动起来了。我在重读《史记》和《后汉书》之后，注意到了一个不可忽视的事实，那就是面对项羽，无论是司马迁还是别的史家，似乎都怀着一份深深的敬意。项羽不是帝王，却依然享有"本纪"的待遇。同时我又发现，所有的史家对项羽的事迹一律语焉不详。正是著史者这种暧昧的态度，让我获得了重新解读的可能性。

记者：你的重新解读意味着什么？

潘军：意味着发现。所谓重新解读，我的理解是在不脱离历史典籍规定的前提下，换一个历场、一个角度、一种思维方式，特别是一种想象的形式，发自内心地进行一次大胆的书写。历史正是作为这样一种书写而流传至今，但历史不是书写在纸上的，它需要活在人的心中。正是在这个意义上，克罗齐那句"一切历史都是当代史"才成为至理名言。半个月后，我在合肥的寓所完成了中篇小说《重瞳——霸王自叙》，几乎是一挥而就。很快，2000年的《花城》第一期以头条发表，然后就相继被《小说选刊》《小说月报》等刊转载，境外的《世界日报》等，也进行了转载。这部小说，被列入那一年的"中国小说排行榜"，至今还有一些评论文章在谈论。台湾等地高校，还将其列入大学文科的必读书目。

记者：把小说《重瞳》改编成话剧是哪一年的事？

潘军：2004年。又过去了四年。我将《重瞳》改编成了话剧。那一年我先后为北京人民艺术剧院和中国国家话剧院各写了一个话剧，都是根据自己的小说改编的，因此就有报道说"潘军迎来了话剧之年"。北京人艺的话剧就是《合同婚姻》，改编只用了三个晚上。《重瞳》改编的时间也不长，初稿也就用了一周。改编很顺利。毕竟，我是小说的原著者，而且，我一直就喜欢话剧这种形式。我出生在安徽怀宁的一个黄梅戏世家，外祖父是黄梅戏前辈艺人，母亲是演员，父亲是编剧。可以说，我是在"戏园子"里长大的。我在大学读书的时候就自编自导自演过话剧。我还根据小说改编了一个戏曲剧本《江山美人》，按照京剧的范式写的，发在《芙蓉》上。

记者：北京人艺的《合同婚姻》当年就上演了，怎么这部《重瞳》却搁置了这么久？

潘军：是啊，一搁又是四年！算是好事多磨吧。这次日本中央大学教授兼《幕》主编的饭冢容先生专程来北京看戏，也这样问过我。我只能说，原因是多方面的。比如经费问题、演员问题，特别是剧本和导演之间的沟通问题。对这个剧本，我先后写了三稿，剧名最初就是小说的名字——《重瞳——霸王自叙》，后来又叫《天籁·楚歌》，最后变成了《霸王歌行》——这个名字不是我取的。其实，我觉得还是《重瞳——霸王自叙》准确些，小说就是第一人称的叙事，也可以说这是项羽亡灵的视角，转到话剧，自然就有大量的内心独白，剧中的项羽即是自己故事的讲述者，同时又是剧中人，他是一个两千年前的幽灵，在天空中飘浮，鸟瞰两千年后的世界，和观众坦诚相见，袒露心声。这样的视角，意味着整个话剧就是一部项羽的自叙史啊！歌行是什么意思呢？这个名字我不喜欢。但我还是要感谢导演王晓鹰先生，他这几年实际上一直在寻找这个戏的表现方式。王晓鹰做戏很讲究，他的《萨勒姆女巫》和《哥本哈根》我觉得都很不错。我们多次在一起讨论，我的一些设想，比如把京剧的元素用进去，让虞姬念韵白，把梅派《霸王别姬》中经典唱段"劝君王"作为插曲，他都非常支持。最初，他想做出一个独角戏，让一个演员串演剧中的所有角色。这无疑是一个大胆的想法，但是缺乏操作性。之后，我们又商量能否做成一个中规中矩的大戏？但是巨额的投资以及无法摆脱的历史剧模式的那种乏味的形式感，又让我们举步不前了。今年二月里，我在上海拍摄电视剧《海狼行动》，一天接到晓鹰的电话，说这个戏已经在建组排演了，问我能否和演员一起聊聊？我着实有些意外。我说，我抽不开身，但我相信你。其实，作为编剧，把剧本交到导演手上，工作也就完成了，多费口舌不好。

记者：首演之夜，谢幕的时候，你和王晓鹰都登台和观众见面了。你当时代表剧组对观众说了一句话——"感谢在座的观众，因为你们的存在，使这个夜晚成为中国话剧艺术的不朽之夜"，从这句话可以看出，你对《霸王歌行》是肯定的。

　　潘军：它值得肯定啊！说实话，在北京的舞台上能上演这样一台先锋气质的戏很不容易。很多人付出了心血。除了王晓鹰导演和一些舞台艺术人员，特别是几个演员，房子斌、刘璐、田征都很出色。房子斌饰演的西楚霸王项羽，既深沉又飘逸，激情和悲怆交融，收放有度。张昊一人饰演十三个角色，从亚父范增、秦王子婴到大将韩信，都很到位。这是王晓鹰的创造。扮演虞姬的刘璐，是戏曲学院的研究生，她的韵白、圆场、最后别姬的那段唱腔和伴随着"夜深沉"旋律的剑舞，都以传统戏曲的美感把全剧推上高潮。我由衷地感谢他们！首演之夜，我还送给了他们新出的小说集《戊戌年纪事》。

　　记者：《霸王歌行》讲述的是家喻户晓的大英雄项羽，以及那段为所有中国人熟知的历史，楚汉相争、鸿门之宴、垓下之围、霸王别姬。然而，在这台话剧中，项羽被编剧重新结构塑造，使得这些故事，有了另一番引人深思的解释。在《霸王歌行》中，项羽是一个诗人气质的军人，是一个理想主义者，而剧中的虞姬也不再是哀怨悲惨的女性，她理解项羽，崇敬项羽，从容平静地倒在楚歌声中，"成为楚歌的一部分"。

潘军：《霸王歌行》最重要的意义，在于鄙视那种亘古不变的价值取向和情感取向，张扬人类精神品格和高贵。历史上，爱项羽的只有文人和女人，李清照是二者结合的典范。所谓的政治家、军事家和一些男人们，从来都是不喜欢项羽的。他们喜欢的还是成王败寇，江山远远重于美人。我在演出说明书上写上了这样的话——"舞台上的项羽是个幽灵，但他行走在今天的大街上"。

记者：我们对照演出看剧本，发现关于刘太公和吕氏的那一段被你删除了？

潘军：不是删除，是原来剧本中就没有。是他们后来从小说中找出来的。我不喜欢这个演出段落，尽管每回演到这里，观众就会哄堂大笑，就鼓掌。但我怀疑这掌声很廉价。北京的话剧舞台，特别能"搞"，但这个戏不可"搞"，甚至不能笑。那天国家话剧院召开《霸王歌行》的座谈会，汪遵熹导演的观点很对我胃口，他说，这个戏应该"冷"一点，不能太热闹，要让观众的思考多于掌声。我完全赞同！

记者：对《霸王歌行》的舞台形式，你怎么看？

潘军：我是喜欢这种安排的，有一种诗意的表达。当年，著名诗人牛汉先生在看过小说《重瞳——霸王自叙》后说，这不是一篇小说，而是一首震撼人心的诗；潘军本质上是个诗人。这是牛汉先生对我的鼓励。我觉得，无论以什么形式，诗性和哲理性的高度统一应该是创作者一致的追求。刘科栋的舞美设计，既融合了中国画写意和抽象，又有后现代艺术的拼贴与装置效果，整个舞台四面悬挂着宣纸，红色的颜料随着剧情的发展不断泼洒下来；陈列在灯光下的头盔、铠甲、竹简，让你感觉被文物所引领。只有一个地方不对——陈列的应该是一副马鞍，而不是一只马头。尽管这些未必都是首创，但组织到这个戏里，还是很和谐，很大气。时而穿插的现场古筝演奏和多媒体投影，以及由张广天作曲的音乐，恢宏而悲凉的楚歌旋律，包裹着整个剧场，这一切都为观众营造出一个优美典雅的艺术氛围，也维护了小说和剧本的先锋精神。

记者：什么是你所说的"先锋精神"？

潘军：先锋，意味着一种文化立场，一种探索姿态。

附记：话剧《霸王歌行》于2008年3月由中国国家话剧院首演之后，成为该院保留剧目，历年上演并全国巡演。曾先后赴俄罗斯、埃及、日本、韩国、西班牙、以色列等国演出，于31届"世界戏剧节"上获得优秀剧目奖。

与话剧有关的笔记

一

我一直是把话剧当作一种独特的书写形式来看待的。这是我喜欢话剧的最大理由。

在我二十五年的写作生涯中，用于写作话剧的时间其实很少。但我还是喜欢这种形式。这种对形式的内心确定，对我是十分严密的。它有着起码的几条原则，比如，不是任何一个题材、一个故事，都可以写成话剧的。这种形式应该有着不可替代性。老舍先生的《茶馆》，如果就这个题材写成小说，必定没有话剧好，至少，我们看不到于是之等前辈艺术家的杰出表演了。但是后来改成的电影，又让我们失去了那种无法割舍的剧场效果。因此，某种意义上，这种形式的唯一性成为话剧的灵魂，也是话剧自身的魅力所在。因为这种作为载体的形式，实际上也并非只是对内容的一种简单承载，要承认，形式自身也是内容的一部分。这与我对小说的要求完全一致。

1999年我写作话剧《地下》，剧本发表于《北京文学》2000年第五期。这是这家刊物自新时期复刊以来破例发表的剧本，这之前的1964年，发表过吴晗的《海瑞罢官》。《地下》发表之后，在文学界引起了广泛注意，《北京文学》后来以"《地下》与突围的先锋文学"为题展开了一次学术讨论。这个戏至今没有立于舞台，自然有其他方面的原因，**但我还是相信，将来会在某个适当的时间里，把它排出来。或许由我自己来排。**

《地下》的写作，首先是出于对形式的敏感。最初我的想法是要写出一个话剧的"三岔口"——我喜欢这个京剧折子。戏曲的魅力之一，就在于这种虚拟表演的真实性，于虚拟中创造出不可思议的真实。我觉得让演员在"黑暗中"进行表演具有很大的诱惑性，同时也是对表演空间的一次拓展。这就像是习惯中所说的那种"开放式悬念"，观众看得明了，剧中人却蒙在鼓里。诚然，《地下》是一部有思想的戏。它借一场地震后的废墟，借四个被埋在地下的人——男人、女人、老人、青年——之间的对话，探讨了一些大家熟悉，却又不肯深究的问题，在将死的边缘谈论着重生，于黑暗中思索光明。

所以，我坚持认为，**话剧承载的是思想**，而不是喋喋不休的家长里短。话剧也不是**大政方针的喉舌**，它面对观众表达的，是发自内心的倾诉。

二

话剧属于文学，**或者说话剧本身就是文学**。某种意义上，它也接近于哲学，至少有**一种话剧**是这样的。比如迪伦马特的《贵妇还乡》、萨特的《死无葬身之地》，就更不用谈贝克特的《等待戈多》这种现代派典范之作了。**依我朴素的理解**，作为话剧里面的文学和哲学，是一种色彩，更是**一种意味**。它往往是先从一个形而下的故事开始——因为是戏，自然离不开故事，但是仅仅在这个层面逗留远远不够，需要做进一步探索，直到上升为形而上的意味。而意味又具有不确定性，它绝非单一**的意义**，而是多元而复杂，甚至只能意会而无法言表。正是这样的一种意味，使话剧拥有了高贵的品格。但是很遗憾，企图走通这一步将十分艰难。如果最终呈现在舞台上的还是一个故事，那么这样的话剧**便可有可无**。

我曾经就这个判断，以两部电影做过比较。意大利导演朱塞佩·托纳多雷的《1900的传奇》（**通俗译名为《海上钢琴师》**）和中国导演陈凯歌的《和你在一起》。二者的最初出发点大致一样：一个婴儿被遗留在国际游轮的一台无人打理的钢琴上；另一个婴儿被抛弃在简陋的火车站长椅上，边上放着一把小提琴。但是，故事发展下去就大相径庭了。前者最终突破了故事层面，上升到一种哲学的意味，那个遗留在钢琴上的婴儿仿佛来自上帝的馈赠，他无师自通地驾驭着钢琴，以此作为和世界、人类沟通的手段。他说："钢琴只有88个键，它是有限的，**但音乐是无限的**。轮船有船头和船尾，它也是有限的，我能看得见，**也把握得住**；而一旦走上陆地，我将无法面对无限的城市和那些错综复杂的街道……"他是对的，他的忧虑也正是我们的忧虑，**我们同样需要面对生存的巨大恐**惧。主人公最后决定不走下这艘轮船，而选择与它同归于尽，实际上是传达了对这个世界的绝望，**也是它的宿命**。而后者继续沿着形而下的故事蹚下去，成了一部刻苦磨炼然后成才的"励志片"，这品质与格调当然就完全不一样了。

天机不可泄露，意味也很难一语道明。姜文的《太阳照常升起》，关于"天鹅绒"的那一段，改编自作家叶弥的小说《天鹅绒》。小说中最有意味的，是一个男人想象中的天鹅绒和某个女人皮肤的特定关系，正是这个比照激发出了一段性爱野合，即使当事人遭到死的威胁，他也希望临死之前知道什么是天鹅绒。但是，现在电影里，这个致命的诱惑被处理成一面打开的肮脏的锦旗，这就说白了。

但我仍然支持任何形式上的探索。这种属于内容一部分的形式。

三

2004年我写了两个话剧：《合同婚姻》和《重瞳——霸王自叙》（后来演出剧名改为《霸王歌行》）。这两个话剧都是根据我本人的同名中篇小说改编的。这是两出风格迥异的戏，我分别交给了中国两大话剧团体——北京人民艺术剧院和中国国家话剧院。前些日子，日本汉学家，也是戏剧杂志《幕》的主编饭冢容先生问我，当初把这两个剧本做如此处理是否经过考虑？我说是的，依据便是这两个团体的传统以及两个导演的手法。历史上的北京人民艺术剧院是以演出现实主义的剧目闻名立足的，这也是他们引以为荣的地方。而国家话剧院的前身——中国青年艺术剧院和中央实验话剧院，也拥有着在话剧形式上进行探索的基础。《合同婚姻》写的就是当代人的婚姻生活困境，并由此对婚姻制度提出质疑，这是创作的初衷。这个戏在北京演出了几年，观众很喜欢，今年北方的哈尔滨话剧院也演了。但是，遗憾的方面是话剧演出本，最后要求我往回找，找到符合官方、能够通过审查的那一点上，也就是说，大家还是要认真对待婚姻的，还是需要家庭的。这就完全违背了我的意思。我要求的是质疑，而不是折腾半天去做出一个道貌岸然的回答。当然，这是中国的现实。最近，这个戏又拍成了电视剧，连剧名也不可以叫《合同婚姻》了，说是挑战了《婚姻法》。这就更让人摸不着头脑了。《婚姻法》难道不能挑战吗？不能挑战，那么后来人大对这个法律的修改做何解释？无奈之下，只好改作《婚姻背后》。

《重瞳——霸王自叙》，无论是小说还是后来的话剧，最大的价值是在没有离开司马迁《项羽本纪》等典籍中规定的那些史料，在这个前提下，去寻求了一种个人化的解释。所以我对一些媒体公开说过，这个戏不能简单地视为历史剧。另一点，小说和话剧都是第一人称。也就是项羽的个人自叙史——以一个两千多年前幽灵的视角展开叙事，俯视苍生。作为"霸王自叙"，移植到话剧上，就是项羽的内心独白。导演王晓鹰是一个勇于在形式上进行探索的导演，他最初是想做出一个独角戏。因为缺乏操作性，才改成现在的这个样子。其中，最大的创造是让演员张昊一个人扮演了范增、韩信等十三个角色。这个戏的导演手法和舞美设计与剧作的先锋性达到了一致。

四

我以前是比较排斥"小剧场"的。我心目中的话剧还是应该在舞台上安身立命。舞台仿佛一个神龛,紫红色天鹅绒的大幕徐徐拉开,就产生了一种庄严的仪式感,让观众肃然起敬。但我的这两部话剧后来都是在"小剧场"演出的,从演出效果上看,也都不错。但是作为编剧,我认为《合同婚姻》利用"小剧场"未尝不可,因为它能令人产生身临其境的感受——对于一部写实的话剧,这应该是最为强烈的感受。而《霸王歌行》则不是这么回事。它是一种诗性和哲理性的东西,无论是剧作还是后来的舞台处理,都是比较写意和抽象的,走下舞台就顿时让人觉得"矮了三分"。我曾经就这个问题和王晓鹰谈过,他有他的解释,抑或因为某种限制(比如资金),他才做成了"小剧场"。今年春天《霸王歌行》在北京的首演很成功,后来去了其他几个城市,都受到了好评。最近又去了韩国、埃及演出,据说反应也很好。然而,我依然期待这个剧目未来能有一个大舞台的版本。

所谓"剧场效果",不是所有的掌声和笑声,它应该是表演者与欣赏者之间构成的一种互动气息,一种天然的默契。北京的话剧舞台有一种奇特的现象,就是"搞"。我无意去评价这种"搞"出来的效果是什么,但我可以说,这不是我心中的剧场效果。或许正是这个心态,我不喜欢赖声川的《暗恋桃花源》。不能简单地认为,观众的掌声和笑声就是对你的赞美,因为掌声有时可能是廉价的,笑声有时或许是盲目的。正如网络上的点击率,也不是都与所见之物的价值成正比。"艳照门"点击率应该不低，但你能说陈冠希是最好的摄影师吗？

其实有些戏是无法用掌声和笑声来进行呼应的。有时候沉默或许是最佳的剧场效果。让观众于沉默中思考，内心在沉默中爆发。比如，《霸王歌行》。

五

这两年我在忙于电视剧，自编自导，在做一个"谍战三部曲"，前两部是《五号特工组》和《海狼行动》，接下来是第三部《惊天阴谋》。做这样的事情出发点有两个：其一是挣钱。我历来把自己的写作（包括用镜头），分为两类，即内心需要的写作和生活需要的写作。小说和话剧，以及今后那种我想拍的电影，属于前者；后者大概就是电视剧这种东西了。其二是希望通过这种导演的实践，来赢得投资方对你能力的认可，好出钱让你做你想做的电影，就这么简单。我做电视剧没有压力，因为没有人会指责我，你的电视剧一点也不深刻。大家关心的是好看与否。所幸的是，我做的这两部都还好看，收视率很高。这就够了。但是，这又并非我想做的。我离不开的，还是内心需要的写作。这种写作是一个人的战争，既残酷，又奢侈，而我恰恰又是一个爱跟自己较劲的人，要不别打，要不打赢。

我在筹备拍摄我的第一部电影《重瞳——霸王自叙》。

我在考虑写一个叫作《私奔》的话剧。

这个话剧，在我脑子里已经想了很久，让我最先激动的不是"私奔"这个过于古老的话题，而是剧作的形式。但凡创作都是忌讳重复的，但这次，我要不断重复，乃至把重复做到极致。可能是三幕，也可能是四幕，每一幕演的都是某个特定历史时期的某一夜，每一夜的行动都是私奔。这且不算，剧中的两个人物：男人和女人，台词也大都是重复的。虽然如此，但是，由于时代变了，人物所处的社会环境变了，因此由语境导致的意味也在发生变化。举一个例子，20世纪60年代，如果有人说你"真是活雷锋啊"，这无疑是在夸你；而今天再对你说这句话，你认为还是在夸你吗？

因为这一点的刺激让我激动。

我意识到，我想要的那种话剧的形式，又一次出现了。

2008年11月23日，北京

话剧《茶馆》与《哗变》的授课笔记

时间：2005年4月14日

地点：安徽大学艺术学院

话剧是"舶来品"，从日本那边过来的。在中国，话剧的历史并不长，也就一百来年。话剧是从"文明戏"一步步演变过来，这一点，文学史、戏剧史上都有详尽的描述，在此不赘。

话剧属于文学。或者说，我们习惯中的文学这个概念，包含话剧。诺贝尔文学奖有一些作家就是话剧作家，比如萧伯纳、尤金·奥尼尔、贝克特等。萨特也写过几部话剧，如《死无葬身之地》。话剧与戏曲比较，话剧是具有世界性的，戏曲还只是我们的国粹，尽管在世界上很受欢迎，但并不具备世界性。所以，话剧的作者地位高于戏曲的作者——今天谈《茶馆》，你会首先想到作者老舍，谈《雷雨》，你会想到曹禺，但我要是跟你们谈戏曲的话，问《霸王别姬》谁写的，《赵氏孤儿》谁写的，估计在座的基本上没有人会知道。大家首先想到的是谁唱的，想到"梅老板"和"马老板"。戏曲更看重演员的唱腔和表演，从前老辈子看戏叫"听戏"——就是听角儿的几段唱嘛，好这一口，从前所谓戏曲的编剧，其实是为角儿写本子的，完全依着角儿的唱来写。即使发展到今天，这个格局其实没有根本改变。这不是贬低戏曲的作者，而是艺术形式使然。

共同的一点，无论话剧还是戏曲，都是舞台艺术。因此，都会产生舞台导致的仪式感甚至是宗教感。后来出现的"小剧场"话剧，一定程度上破除了这个，演员与观众之间可以没有距离地交流甚至互动，营造出一种身临其境的感受，产生共鸣。小剧场戏剧最早产生于19世纪末20世纪初的欧洲，最初是西方戏剧反商业化的一种实验和探索的产物。这个尝试很快在国际上取得了成功。中国小剧场话剧的开端是在1982年，北京人艺导演林兆华第一次将小剧场话剧《绝对信号》搬上了首都的戏剧舞台，这个戏的编剧是高行健，2000年诺贝尔文学奖得主，也是华人中的首位。

今天跟大家谈两部话剧——《茶馆》和《哗变》，一中一美。前几天，学院已经安排了录像观摩，大家也做了些功课，现在我来讲，其实也是一次交流。我先谈一下《茶馆》的创作背景。

一、《茶馆》的出现是一个意外

《茶馆》的写作时间，是1956年年底到1957年年初。1957年在当代中国历史上是一个不容忘记的年头，所谓的"反右"运动，殃及了几百万知识分子。在这之前的"反胡风""批《武训传》"以及关于《红楼梦》的论争，都是不该发生的事情。顺便说一句，本人就是那一年出生的。有人说，在这样的情况下，老舍面临着进退两难的境地，他自然不想继续去写《西望长安》乃至《龙须沟》那样的宣传品了，尽管那时他已经获得了"人民艺术家"的称号。

但是，他也不敢违背当时的政治气候，比较自由地去表达自己的观点。正是在这样的矛盾心理下，他绕开了"当前"，转身面对过去，这才写出了《茶馆》。这种说法好像还比较流行。但是很遗憾，这并非事实。

老舍写《茶馆》的最初动意，还是想要配合时政形势。1954年，中华人民共和国第一部宪法颁布，这对老舍有刺激，觉得应该写个说明新宪法得来不易的戏，用来配合宣传。这是作者真实的创作动机，差不多酝酿了两年，直到1956年动笔写了一部四幕六场话剧《秦氏三兄弟》——这便是《茶馆》的前身。该剧描写的是秦氏三兄弟从戊戌政变、辛亥革命、北伐战争到中华人民共和国成立前夕四个历史时期的经历。老舍把这部话剧拿到北京人艺，当时的院长是曹禺，总导演是焦菊隐。老舍喜欢把剧本读给大家听，以便征求意见。曹禺很兴奋，尤其对第一幕赞赏有加——"是古今中外剧作中罕见的第一幕"。但是大家共同的感觉，后几幕弱了，和第一幕差距很大，也不协调。于是，作为总导演的焦菊隐给出了建议，他认为，最精彩的是第一幕第二场发生在一家旧茶馆里的戏，建议老舍以这场戏做基础，并立足于这个茶馆来展开，成为一部多幕话剧，通过茶馆反映出几十年中国社会的变迁。同时焦菊隐认为，剧名就叫《茶馆》。这次征求意见会，是一个转折。某种意义上，可以说是曹禺、焦菊隐等人点亮了后来老舍"茶馆"里的第一盏灯。老舍先生显然是愉快地接受了这个建议，三个月便交出了新剧本的初稿，正式更名《茶馆》。这部戏，用老舍的话来说，主题是"葬送三个时代"——大清帝国、军阀混战的北洋政府、国民党统治下的中华民国。老舍后来有一篇创作谈，他这样写道——

> 茶馆是三教九流会面之处，可以容纳各色人物，一个大茶馆就是一个小社会。这出戏虽只有三幕，可是写了五十来年的变迁。在这些变迁里，没法子躲开政治问题。可是，我不熟悉政治舞台上的高官大人，没法子描写他们的促进或促退。我也不十分懂政治。我只认识一些小人物。这些人物是经常下茶馆的。那么，我要是把他们集合到一个茶馆里，用他们生活上的变迁反映社会的变迁，不就侧面地透露出一些政治消息吗？

现在看这段话，给我的印象是，老舍是很懂得政治的。正是因为这样的回避和调整，夹缝中走出一条路，才回归到了创作的本源，诞生了一部不朽的《茶馆》。所以我才认为，《茶馆》的出现是一个意外。

1958年北京人艺首次排演《茶馆》。演了49场，场场爆满，座无虚席。但是争议也随之而起，一度还很激烈。毕竟，这种至少是部分脱离主流意识形态的话剧是罕见的，也是新鲜的。后来，周恩来总理看过《茶馆》，表示十分满意。认为从政治上看，《茶馆》是个好教材，它能让青年们知道旧社会是多么可怕。从艺术上看，这是个了不起的作品，他尤其喜欢第一幕。这个调子定下来，《茶馆》便"正常营业"了，但还是扛不住后来的那场浩劫，老舍先生也在"文革"中蒙冤自沉太平湖。虽然历经风雨，《茶馆》一

一意孤行——潘军创作随想录

直雄踞在中国话剧之巅。

二、《茶馆》是独一无二的

《茶馆》三幕戏写了三个时代，五十年的光阴，大小有七十几个人物。首先，从结构上看，三幕戏一个场景，场景随时代变迁而有改变，但大的格局还在。在这个场景里活动的还是那些人物，从年轻到中年再到老年。这种结构，有人称作"冰糖串葫芦"——以一个老裕泰茶馆为主干，将一些人物串上。但也有认为是人物画廊式的，借一座茶馆来展现世事沧桑。在《茶馆》诞生的年代，中国还没有出现过这种结构的话剧。它改变了过去一贯的那种"三一律"的结构，是首创。其次，《茶馆》运用地道的北京话来写，是典型的"京派话剧"，展现了北京的风土人情，有风俗画的味道。北京话不等于普通话，更不是台词。某种意义上，一部话剧的灵魂就是台词。我这么说或许有点偏激，算是一家之言吧。关于话剧台词，我有一个不成熟的判断，其语言状态即是在书面语和口语之间，而且是话里有话，也就是潜台词必须丰富。还有，必须符合人物，什么人说什么话。这种状态很不容易拿捏，但老舍的台词是写得相当好的。

有了好的剧本就有了好的基础。在这个基础之上，才有导演的二度创作、演员的三度创作。这里，主要谈一下导演的二度创作。焦菊隐毕生致力于"话剧民族化"，要创出一个"中国学派"，这种美学追求便自然注入《茶馆》。北京人艺坚持现实主义的创作风格，这一点，和中央实验话剧院、中国青年艺术剧院截然不同（这两个团体现在已经合并为中国国家话剧院）。为此焦先生跑遍了北京的茶馆，他甚至要求美工做出一个茶馆的舞台模型，桌椅怎么摆放，人物怎么活动……这些都了如指掌，这才开始排练。

第一幕，人物出场的处理。几十个人物的出场调度，显示出导演的匠心。戏曲里有"九龙口"亮相一说。这里，茶馆的大门，就是"九龙口"。大幕拉开，茶馆里以及附近街道边的喧闹声哗然一片，剧中有些人物已经在喝茶了，王利发四下应酬。有的人物正在陆续出场，每个人物都从这道门里进来，都是带戏上场，姿态各异，一下就凸显了这个人物。这里，气氛的热闹与人物对话的"安静"，是一个对比。**只要人物一对话，环境自然就安顿下来。**然后就有了几个回合。一动一静，王利发在其中穿插周旋，形成了戏的节奏。几组人物的交锋，**构成了戏剧冲突。**第一幕里几次人物交锋——

二德子与常四爷，加上马五爷；

常四爷和秦二爷，王利发左右照顾；

庞太监、刘麻子、秦二爷；

常四爷和吴祥子、宋恩子之间。

这些人物之间的冲突不仅推进了剧情，也塑造了人物。在这方面，**剧本提供了很好的基础。**前面说了，老舍的台词写得好，都是贴着人物性格的，**十分准确，**也相当传神。比如秦二爷与常四爷围绕给卖女儿的一对乡下母女"**两碗面**"，秦说"轰出去"，常却让李三"带她们到外面去吃"。你来我往，看似随口几句却暗藏机锋，成了人物冲突的"**基座**"。通过第一幕的人物台词，可以说所有的人物性格都显现而出，王利发的世故圆通，常四爷的豪爽耿直，秦二爷的踌躇满志，刘麻子的狡诈，庞太监的淫威，松二爷的胆怯与懦弱，等等，都出来了。

第一幕中"戏核"是"卖闺女"，刘麻子撮合康六卖女儿给庞太监当老婆。在这之前，那对乡下母女其实只是铺垫，说明饥荒之年，北京城外乡下这种事并非少见。除此之外，这个设计还有三层意思：一是作为常四爷和秦二爷之间冲突的导火索，二人的性情不同，救国理念也不同；二是为了刻画王利发这个人物的世故圆滑、左右逢源；三是埋下伏笔与祸根——"大清国要完"。这是"一石三鸟"。但主要是为"戏核"做铺垫。

《茶馆》的结构是跳跃式的，不是贯穿式的，所以每一幕都有自身的发展，每一幕都有高潮。第一幕的高潮在哪里？就是从庞太监上场开始，先是在门口和秦二爷的一番舌战，再转到与刘麻子谈论买卖，一眼就让女孩康顺子吓晕过去，庞太监也吓得一哆嗦。

戏的发条完全拧紧了。四下静寂，这时突然传来响亮的一声："将！你完了！"

这显然是一语双关，大清国完了，将被埋葬！这里最大的亮点，是让两个茶客——"龙套"来点睛，而非戏中的主角。我不知道老舍先生为什么这么安排，但确实很高级，我觉得至少有这样一层意味——大清的覆灭是大势所趋、民心所向，是不可抗拒的历史规律。

焦先生吸取了中国传统戏曲的某些东西。如庞太监与秦二爷之间的那种冷笑道别，带有一点韵白的味道。还有，让崔三爷的祈祷走到舞台正中,强调一种对称的感觉。这在后来他排《蔡文姬》时,更加明显了。焦先生一生都想创立一个话剧的"中国学派",他追求的就是要把中国戏曲的一些营养吸收到话剧中去。戏曲的表演带有虚拟性,比如"以鞭代马"。焦先生认为鞭还是鞭,马是藏在空气中的。程式化是戏曲表演最为集中的概括,成为戏曲美学的一个特征。20世纪80年代谢添拍《茶馆》的电影,用的还是北京人艺的原班人马,同时也维护了焦菊隐的导演风格,完全是中国传统绘画的样式,比如构图讲究画面的对称性。

1999年,北京人艺宣布由林兆华重排《茶馆》。其时我在北京,有幸看了首场演出。说实话,我很失望,因为这根本就算不上重排,而是地地道道的复排,除了那场景有点改变,其他的,比如人物的调度、演员的表演等,无一不是模仿。为此,我专门写了一篇文章《重排"茶馆"之我见》,发表在《读书》杂志上,在此就不再提及。

接下来,我们再谈另一部外国的话剧《哗变》。

《哗变》是1988年中美建交十周年纪念,在时任美国驻华大使洛德夫人包柏漪女士的大力协助下,得以引进。包柏漪祖籍浙江宁波,父亲包新第毕业于上海交大,是位工程师;母亲方婉华出身于安徽桐城的名门望族。抗日战争结束后,包家移居美国。1960年,她在马萨诸塞州的塔夫特大学弗莱彻法律与外交学院攻读硕士学位,与同班同学温斯顿·洛德相爱,几年后结为伉俪。这个剧本是根据小说家赫尔曼·沃克小说《凯恩号哗变》改编的。小说在

1952年就获得了普利策奖。作为小说家的赫尔曼·沃克，主要作品都是以第二次世界大战为背景，如著名的《战争风云》和《战争与回忆》，这与作者本人经历有关——二战期间，沃克在太平洋驱逐扫雷艇"南方人号"上服役，写出了一批小说，最著名的就是《凯恩号哗变》。沃克属于"垮掉了一代"作家，这些作家的共同点都是用小说赞美反叛，同时也对人性、道德进行拷问。按照人艺的演出本，《哗变》的编剧就是赫尔曼·沃克本人，剧本的中译者是英若诚先生。包柏漪请来了美国电影学院院长查尔斯·赫斯顿亲自执导。这部戏中方没有导演，副导演是任鸣。任鸣是我的朋友，我们还有过一次合作，就是2003年的小剧场话剧《合同婚姻》，我任编剧，任鸣导演，由吴刚、王茜华、史兰芽等主演。这个戏在北京反响挺好，每年都在演。

《哗变》是两幕话剧，也可以说是两幕加一个尾声。第一幕《起诉》，第二幕《辩护》，同一个场景，就是军事法庭。尾声则是在酒店的酒吧里。这样的结构好像不多见。

《哗变》是一个"犯忌的戏"——朱旭先生好像这么说过。为什么？第一，没有女主角，甚至连一个女龙套都没有，这是一出"和尚戏"；第二，没有调度，演员基本上被"捆"在那把椅子上，没有丰富的动作，仿佛是在出庭或者开会。这种感觉让我想起相声。相声就是站着不动的说的艺术。这种情势，自然就给导演出了难题。怎样让一场审判成为一出戏？看这出戏，你会感觉到导演在处理上是动了脑筋的。比如，让律师格林渥和起诉官查理作为两组不动的人物之间的穿插与连接；每个人物的出场由于身份、性格的不同，所以台词风格、表演风格都迥然不同。这些，形成了节奏，你不会感到沉闷。相反，一旦脱离法庭的约束，你还不适应了。艺术上有相辅相成，但也有相反相成。把一个因素推到了极致，就有可能出现新的可能性。《哗变》正是这样的戏。

话剧这种艺术形式的本性在这样的氛围里就得到了一种强调。那就是——依靠台词的魅力建筑起来的思想性。台词是为思想服务的。那么，这个戏究竟要表达什么？"凯恩号哗变"在历史上是真实存在过的事情。1944年12月18日，美国海军的一艘扫雷舰"凯恩号"在南太平洋遭遇罕见的10~12级台风，引起了哗变。这个事件后来被搬上了银幕，由著名的演员马龙·白兰度主演大副玛瑞克。但话剧则是另样的剪裁，对那次哗变，舞台毫无展现，只是通过人物台词进行陈述，赫尔曼·沃克实际上写的是"哗变之后"，写对哗变者玛瑞克的审判，因此是一出法庭戏。

从结构上看，这里出现了三个被告——先是玛瑞克，接着莫名其妙地指向了奎格船长，最后出人意料地指向了基佛。

第一幕，争论的焦点是玛瑞克的行为究竟是属于哗变还是属于英勇——这是一个两极状态，哗变者就是犯罪，要受到军事法庭的审判和惩罚；英勇就是英雄，会受到表彰。但是在几个证人出庭后，大家感到左右为难。因为船无论向北还是向南，目的都是脱险，为了"凯恩号"的安全。律师采取的手段方式是"旁敲侧击"。围绕舰长奎格的精神病情来展开——有病还是无病？正常还是异常？这实际上是不可能有结论的争执，但却是下一场的铺垫。同时，这里设置了一些悬念，最主要的是"黄色燃料"。这个谜底，第一幕没有展开。第一幕里，被告玛瑞克和律师的格林渥戏份不重，占据舞台核心的是检察官查理和舰长奎格。

第二幕，随着一些小事件的揭露，我们感到被告正在易人——由玛瑞克转变成了船长奎格。这里，律师格林渥采取的方式是以小击大和"以子之矛，攻子之盾"，指使奎格当庭出丑，自相矛盾，最后灰溜溜地退场，意味着律师的胜诉，这场审判以原告成为被告而结束。这是一种颠覆，却还不是最后的颠覆。一般功力的作者写到这个程度可能就收了，发展不下去了，但是赫尔曼没有这样做。

尾声即第三阶段，是出人意料的。律师格林渥在基佛的生日宴会，实际上也是这些少壮派的庆功会上，同时庆贺基佛新书《人海啊，人海》出版。喝得酩酊大醉的格林渥突然指责为其辩护的玛瑞克有罪，同时第一次指认了真正的被告——这是第三个被告基佛。但是，值得注意的是，这已经不是一场法律的审判了，而是道德的审判，良心的审判。在法律上，一个人——玛瑞克和基佛，可能是无罪的，但不等于他能逃脱良心的谴责与审判。同时，律师格林渥对"宰了奎格"表示了深深的忏悔。戏到了这里，深度就出来了。第一，由法律程序转向了道德良心；第二，由一宗哗变案转向了对保卫祖国、母亲的军人的尊重，对来之不易的和平的尊重。在这里，律师格林渥实际上也在审判自己。这是"哗变"之后的"哗变"。

这个戏在艺术上最大的魅力在于悖论，在于成功地运用了悖论与诡辩。

何为悖论？就是某些道理和观点按常规不能解释的，在具体的情况可以解释。一般看起来是悖逆的、悖谬的，但却在特定的语境下显示出了非凡的意义。诡辩指的是表面上或者形式上采取了正确的推理手段，尽管逻辑上也可以自洽，但是却背离了事实真相和道德良心。

《哗变》的诡辩与悖论在于几个方面——

第一，把一个真正的哗变者解释为英雄，因为动机与后果都是好的。

第二，把原告，一个维护海军尊严的舰长不知不觉地演变成了被告，因为他当时可能就是犯病了，慌乱了，可是并没有人科学证明这一点。结果被他自己加以证明了。

第三，把法律的尊严置于道德良心之下。一个人逃脱了法律的制裁，却逃不过道德的审判；一个人有罪，但在道德上却受到尊敬。也就是说，至高无上的并非法律，而是人类的良心。

　　附记：这篇讲课笔记，由安徽大学艺术学院老师根据录音整理而成，现在将它又做了一些润色，一来一往，过去了十五年！

2020年3月

与"文学比邻"的几次谈话

—

时间：2008年1月

地点：杭州

对话者：张晓红（《江南》杂志编辑）

张晓红：我们《江南》有一个栏目，叫《文学比邻》，不知道你可留意了？

潘军：我对《江南》的小说不大在意，好像到了现在这个年纪，基本上不怎么看小说了。但这样的栏目我是关注的，觉得好看，听说是鲁渤主持的？

张晓红：对。所以我这回向你组稿，想请你谈谈你做影视方面的事情，"比邻"一下。正好，你带《海狼行动》剧组来杭州拍外景了。在杭州拍哪些镜头？

潘军：主要是去杭州玻璃厂拍老火车头。

张晓红：那老火车头根本就不能跑了呀。

潘军：我们用内燃机车头在后面顶着它跑，前面放烟。

张晓红：去年8月你来杭州为《五号特工组》做宣传。这部戏在杭州播得很火，收视率是第一。

潘军：在全国绝大多数城市的收视率都是第一。这个我有数。开拍前，我在上海举行的新闻发布会上说，我就是要拍一个大家觉得好看的"洋抗日"的故事。当时有人私下里觉得我这话有点大，因为一部电视剧的收视率上去是很难的，跟一本书卖火一样。

张晓红：可是我印象中你的小说印数都不是很大。

潘军：没错。最大的也就是《死刑报告》吧，开印六万册，后来不印了，结果盗版满街飞，我就收藏了四个版本。其实，我成不了一个畅销书作家，我希望自己能成为一个"常销书"作家。每年有一部分读者愿意买我的书。假如有一天我的小说卖火了，反倒让我不安了。

张晓红：为什么这么看？

潘军：因为这是两种完全不同的东西。电视剧就是一个十分通俗的大众化的东西，老百姓不看，你给谁看？小说，至少我自己的小说，其实是写给自己和一些朋友看的，或者说是给同道的读者看的，是自己的一种叙事欲望的满足。前者，我称之为"生活需要的写作"，后者则是"内心需要的写作"。我拍电视剧，有些读者是不满的。我感谢这样的读者，只能请他们谅解。

张晓红：你送我《五号特工组》的碟，我是连熬了几个夜看完的，确实很好看。故事情节很扣人，台词也不错，拍摄制作都还比较讲究。

潘军：但你绝对不会指责我拍得不深刻吧？这就和小说不同嘛。

张晓红：我记得你不止一次地对我说过，就你个人的素质和知识结构而言，你更适合去做一个导演。以前我没当回事，现在看起来，这话是有道理的。你是作家，从小生长在一个黄梅戏的家庭，在戏园子里长大，熟悉舞台。你给《水边的舞台》写的那篇序言，几个朋友看了，都说好。

潘军：你母亲是越剧演员，我母亲是黄梅戏演员，所以，我写那篇序言，完全是有感而发。对于她们那样的"戏人"，从走下舞台那天起，她们人生的谢幕实际上就已经完成了。

张晓红：你最初又是学画的，在中国作家中，你的画应属上乘。《江南》今年第一期就用了你的几幅画，我听到的反应还挺好的。我特别喜欢那幅《断桥》，寥寥几笔，让人很有感触。

潘军：可能这也与我们的"舞台情结"有关吧。那个瞬间你仿佛听到了你妈妈在唱"西湖山水还依旧"。1977年，中国高考制度恢复，我报考的就是浙江美术学院，成绩不差，身体都检查了，可是那一年还讲政审啊，我父亲是没有被平反的右派，结果他们没有要我。有时候我想，如果当初浙美录取了我，我会成什么样子，估计也未必当一辈子画家。

张晓红：你做导演的另一个原因，是你本人还能演戏。

潘军：我在大学三年级的时候，是1981年，写了一个独幕话剧《前哨》，也是自编自导自演，在剧中饰演鲁迅先生。这个戏后来获得了首届全国大学生文艺会演的一等奖。那一年是鲁迅先生诞辰一百年。

张晓红：我看过宗仁发写你的一篇随笔里提到，你还演过周恩来。看来你特别喜欢演历史人物。《五号特工组》中你演的是戴笠，也是我们浙江江山人。

潘军：那次是客串一下，这回的《海狼行动》，我还是演戴雨农，有六十多场戏呢，开场的序幕就是，1937年12月，南京政府撤离的前夜，戴笠一脸的沮丧。这次来杭州，除了拍老火车头，还到法华寺拍了戴笠进香的一场戏，寺里的住持告诉我，历史上，戴笠曾经三次到这里来进香，所以对剧组十分热情，以至于让我们把"大炮"（升降车）都支进了大雄宝殿，面子给大了，不是我的，是戴老板的。

张晓红：那天我和英姿、李杰去探班，你当时正扮着呢。

潘军：对，对。其实，剧中描写的是1943年的四川的慈云寺。选景的时候，我发现法华寺的感觉非常好。没想到历史上戴笠还真的到过这里。

张晓红：你刚才说，你拍的是"洋抗日"的故事，怎么说？

潘军：过去我们接触的都是些"挖地道、埋地雷"的土抗日嘛，这个游击队，那个游击队。一场八年抗战①哪能都靠游击队呢？全中国的游击队能消灭多少日军的有生力量？一个旅团还是一个师团？不符合历史真实啊。所以，我写了一个中间力量，一群"海归"的爱国青年，住在上海的法租界，有着体面的上流社会的身份，既跟中共地下组织合作，也跟"军统"联手——当时的政治背景就是国共第二次合作。他们一起对付日本宪兵司令部的特高课和汪伪的"76号"。类似这种事情在当时是有的。比如说，1937年

---

① 2017 年春季教材全面落实十四年抗战概念。本文谈话发生在 2008 年，故保留当时的说法。后同。——编者注

一意孤行——潘军创作随想录

8月14日，淞沪会战爆发的第二天，中国空军第一次在上海上空与日军作战，旗开得胜，六比零的战果，高志航等飞行员都是从海外回来的，那一天就被后来的国民政府命名为"中国空军节"。

张晓红：《五号特工组》里，每个单元都有一个大事件的背景，你是有意这么处理的吧？

潘军：对，我计划拍一个"谍战三部曲"，按时间顺序来结构，第一部《五号特工组》，从1937年的"卢沟桥事变"写到1941年的"珍珠港事变"；第二部《海狼行动》，写到1943年的"开罗会议"；第三部叫《捉放曹》，写到1945年的"重庆谈判"。我想把那八年抗战里发生的大事件都放进去，这样，八年抗战的轮廓大致就描绘出来了。

张晓红：这应该很有意思。

潘军：其实我也是满足一个"玩"的心态。拍这些东西，打打杀杀的，很好玩。间谍题材和爱情、死亡一样，大家永远都爱看，《007》不是已经拍几十年了吗？

张晓红：可我从你新出版的小说集《戊戌年纪事》的序言和后记里，也看到了你的忧虑。你说，你担心作为"编剧和导演的潘军，会掩盖从前那个作家潘军"。

潘军：这种忧虑自然是有啊！我刚才不是说了吗，我的写作分为两类。我这些年就是在这两类写作中来来往往，跨过来，跨过去。你还记得我们第一次见面的情形吗？

张晓红：当然记得。那是在1998年秋天，我到北京向你组稿，你住在亚运村那边的一个酒店里，也是在为别人搞影视吧。

潘军：是啊，当时是在拍一个叫作《对话》的电视电影，也是自编自导。等这件事做完了，我又返回去写小说了，而且一发还不可收，写了一批小说。比如《独白与手势三部曲》，比如中篇《秋声赋》《对门·对面》《重瞳》以及给你们的那个《关系》，短篇像《和陌生人喝酒》《寻找子谦先生》等，都是在那个时期写的。到了2000年，全国七家出版社——包括浙江文艺出版社，不约而同地出版了我十六本书。这些小说不可能是一年写的啊，都是写完了，发表过了，搁在那里没理会，因为去忙影视了。等忙完了，才回过头来打理书稿，凑一块了。

张晓红：那阵子忙完了，你是不是又去写电视剧了？

潘军：没错，一气写了两个剧本卖了。正好那时我母亲得重症，需要大笔的钱，只能去卖剧本了。直到2004年，我才有状态写了长篇小说《死刑报告》和中篇小说《合同婚姻》《犯罪嫌疑人》等。

张晓红：你写小说很看重状态？

潘军：是，我很看重。如果状态不好，我无法写作。我们这些作家，写作历史都是二十几年了，也出了几十本书，多少不重要，重要的是好坏。写小说是一个人的战争，是自己跟自己较量，这就永远面临着一个问题——你是否能够写得更好？如果不能，那何必要写？说实话，我一直在怀疑自己还能不能写好小说。写作的路应该是越走越窄才对。

张晓红：是否也有一个被金钱诱惑的问题？

潘军：当然有啊！有一天，有人敲开你的门，拎着一旅行包的钱，让你给他写电视剧。如果这个时候你正在写小说，你就应该说不。你说不了不，那就只好被这些商人牵着走。

张晓红：你遇见过吗？

潘军：去年秋天，我在家里重新修订《独白与手势三部曲》，利用水墨的形式把小说的图画部分重新做一回，你知道，那部小说我是把图画引进了小说叙事的，使之成为叙事的一个层面，我画了一百六十多幅。那当儿，就有人上门来约我做电视剧了，说潘军老师，《海狼行动》之后帮我们公司做一部吧，这是给您的订金。我说，我现在做不了。那人就问你什么时候可以做？我说等我想做的时候再通知你吧。其实也就推了。如果不推，我就被他们牵着走了。

张晓红：我觉得你做导演不完全是为了钱吧？

潘军：主要是为今后做电影热个身。我当导演的念头，是在我和国内的一些大牌电影人陆续接触之后，树立起来的。一次谈话，彼此心里就有数了。我知道他们的能力、水平在什么位置上了，因此我的小说电影版权一个没卖。

张晓红：那你打算什么时候拍电影？

潘军：这个还真说不好。电影市场不好，投资人胆战心惊。另一个原因是我们的电影审查制度还不宽松，我想做的，往往是通不过的；而能通过的，往往没意思。陈凯歌不是一直想拍我的《死刑报告》吗？送了几次，没通过。那就去拍《梅兰芳》吧。还有一个消息告诉你，就是话剧《重瞳——霸王自叙》很快要上演了。

张晓红：这是个好消息。剧本首发在《江南》上，到时候我们要去北京看戏。

潘军：那我们下次就在北京见吧！

二

时间：2008年1月

地点：上海松江

谈话者：女儿潘萌

潘萌：去年第一次去片场探班的时候，愣是没认出你来。那个穿着大背心、捧着大瓷缸蹲在监视器面前的人还是我爸吗？昨天我跟你去片场，感觉你比去年夏天拍《五号特工组》的时候辛苦多了。连执行导演都没有，什么事情都亲自张罗。《五号特工组》你只拍重场戏，其他的戏给执行导演提出要求，余下的工作就是看景了。

潘军：其实导演就是一个不折不扣的体力劳动者。我说过，片场就两种人：一种是酷似明星的人，另一种是酷似民工的人。我就是一个民工头嘛！基耶斯洛夫斯基就是被累死的。他死的时候不过五十多岁。他说对于导演，并不意味着鲜花掌声，而是经常早晨六点起床，和雨水、水泥之类的东西打交道。你看，这不是民工头吗？（这篇谈话在整理期间，又得知拍《英国病人》《冷山》的导演安东尼·明格拉去世了，终年五十四岁。）

潘萌：去年的《五号特工组》赶上个高温季节，今年的《海狼行动》又是个几十年不遇的大雪天，全给你赶上了。可我知道，你有一个"电影梦"。你现在拍电视剧，不过是练手热身吧。你说三十年前进安徽大学，从图书馆借出的第一本书就是关于电影导演方面的。

潘军：是苏联导演库里肖夫的《电影导演基础》，比砖头还要厚。

潘萌：你把这本书差不多都抄下来了，包括那些插图。我小时候就看过你那个笔记本，黑色的封面。

潘军：那时我就有点跃跃欲试。我小时候在《大众电影》上看见过崔嵬拍摄《青春之歌》的一幅工作照，是棚里的，边上支着摄影机和许多灯光器材，还有人在"下雪"，我就对这种生活十分痴迷，也仿佛觉得自己会拍电影了。还有一个有趣的例子，就是当我看一部电影院即将上映的新片子时，知道了故事情节，就私下里根据自己的想象安排起了演员，结果还真蒙对了不少。比如说《英雄虎胆》，于洋、王晓棠，包括张勇手，我都猜对了。

潘萌：你历来很在意演员的表演。我从你的随笔里看见，你说好演员有两类：一种是个人魅力型的，比如赵丹、金山；另一种是演技型的，比如石挥、蓝马。你还提到了《英雄儿女》中演政治部主任的田方。

潘军：就是田壮壮的爸，好演员，可惜早去世了。

潘萌：那么，达斯汀·霍夫曼与罗伯特·德尼罗也是两类演员？

潘军：他们也是两类。我更喜欢演技型的。

潘萌：对所谓"本色演员"呢？

潘军：本色不过是一个方面。

潘萌：那天在剪辑房，看见你这回演的戴老板，演技有所提高啊。

潘军：其实我不是在"玩票"，觉得这也是与演员沟通的一种方式。

潘萌：我一点都不怀疑你能做一个好导演。我也知道你不会永远拍电视剧，你实际上是在把电视剧当作电影来拍啊，你每一场戏的镜头都很丰富，这完全是电影的手法嘛。看你这两次都搭了那么多的景，老飞机啊，旧轮船啊，老火车啊，还真跟拍大片似的。昨天我去你的主场景——船底舱，简直被镇住了，很多管道仪表什么的都是真的。

潘军：上回来了一群记者，也很惊讶。就这场景，花了二十万元。

潘萌：还有光，很讲究的，吊了那么多的灯啊！

潘军：有近七十盏，每天用电量在十万度以上。

潘萌：电视剧需要这么讲究吗？

潘军：电视剧通常是一卖故事，二卖演员。有的戏故事弱，靠演员来拉动人气，所谓"人保戏"；另一种是故事好，演员大致符合，就可以了，所谓"戏保人"。但制作上还得考究一些。我走的是后一条路子。

潘萌：我知道你想做自己的电影，比如《我的偶像崇拜年代》《秋声赋》这样的，也未必做得了。

潘军：那就安心等待吧。中国有很多事情都是等出来的。不能拍，就观摩吧。经常看看碟也挺好。我自信还能看出一部优秀影片的好来。这就跟写作一样，你先得去读书，读出了别人的好，就有了一些自信。前些天我又把安东尼奥尼的《放大》看了一遍，结尾那个哑剧用得实在好，仿佛是一个哲学意味——存在与虚无。还有，去年的《通天塔》，也很好。

潘萌：这部片子我也很喜欢。名字实际上叫《巴别塔》，从《圣经》上拿来的，人类原本是可以修一座"通天塔"的，结果让上帝害怕了。于是上帝就用不同的语言来使人类产生隔阂，彼此不能沟通。于是半途而废。西方很多电影都从宗教里面找素材。

潘军：但人类的隔阂恰恰是人类自身造成的，语言的障碍已经不重要了。政治、文化、种族、信仰等，都是造成这种难以沟通局面的原因。

潘萌：奥斯卡却颁给了斯科塞斯的《无间行者》，很不公平。

潘军：斯科塞斯是该得奖的时候被奥斯卡冷落，如今却被愚弄了一回。他的《愤怒的公牛》《出租车司机》拍得多好！

潘萌：1997年你去海口拍摄《大陆人》，应该是你第一次当导演吧？还记得当时什么心情吗？

潘军：对。但我心里已经很有底了，所以上手就是二十六集。心情嘛，跃跃欲试啊！

潘萌：我记得你们开机的那一天是个特殊的日子，邓小平逝世，我一早就给你打了电话，好像是五点钟。

潘军：2月19日，在广州开的机。

潘萌：那部片子前两年我还在电视里碰巧看过两集，应该说，在那个时期，能拍成那样子就很不容易了。

潘军：那部片子很可惜，由于和投资方谈不拢，所以后期我没有做。

潘萌：后期很重要啊。都说是"三分拍，七分剪"。

潘军：现在想起来还觉得有点遗憾。

潘萌：你曾经劝我学学剪辑。

潘军：我觉得剪辑这项工作很有趣，而且很适合女孩子做。好莱坞的"三驾马车"，指的就是导演、摄影和剪辑，不包括美工。

潘萌：或许就是因为这个吧，我这次去美国留学，最后决定还是去读电影方面的学科。

潘军：但我不希望你今后去做导演，太辛苦，辛苦得一点美感都没有。

潘萌：我申请的学校有个新项目，是关于国际电影交流与电影文化传播方面的，我很感兴趣。当然，我也会写小说、写剧本的。对了，有一家出版社想约我们写一本关于电影的书呢，就是想让我们共同看上十部电影，各写各的，合成一个随笔集。你有兴趣吗？

潘军：有兴趣，但估计暂时没时间。《海狼行动》拍完，接着要做后期。明年计划做第三部《捉放曹》。

潘萌：你做历史剧方面的本事我们都见识了，那当代题材呢？

潘军：我已经在考虑做一个当代戏，就是把《从前的院子》等几个小说放到一块，打算拍一个跨越几十年的东西。名字就叫《从前的院子》。

潘萌：你的《合同婚姻》已经在播出了。

潘军：是何群拍的，我还没看到。但剧本我只写了一稿，因为当时在上海拍《五号特工组》，分不了身。现在的剧名已经不叫《合同婚姻》了，叫《婚姻背后》。

潘萌：我看过你写的几篇电影随笔，关于伯格曼、基耶斯洛夫斯基、科波拉、奥利弗·斯通、斯皮尔伯格、马丁·斯科塞斯，还有拉斯·冯·提尔、朱塞佩·托纳多雷、阿姆多瓦，反正有不少。这其中，你好像最喜欢基耶斯洛夫斯基和拉斯·冯·提尔。

潘军：我觉得他们的作品和我心目中的电影一样。

潘萌：但在中国，这样的电影可能没有市场。

潘军：这是一个问题。

潘萌：我的大学毕业论文想写世界女性电影，给我推荐几部吧，看看我们想得是否一样。

潘军：《蓝》《钢琴课》《黑暗中的舞者》《教室别恋》。

三

时间：2008年3月9日

地点：北京寓所

对话人：刘聪玲（中央人民广播电台记者）

刘聪玲：那天在中国国家话剧院举行的《霸王歌行》的新闻发布会上，你有句话给我的印象很深。当时你说，你的写作分成两类：一是谋生的写作，另一种是内心的写作。你把话剧视为后一种写作，能具体谈谈吗？中央人民广播电台的神州之声《文化时空》栏目，有一个版块《名家访谈》。

潘军：话剧是属于文学的，一个作家只有发自内心地写作，才称得上是写作。这种写作不属于大众，只属于自己，属于朋友，属于那些和你精神上达到默契的读者或者观众。它是一种同道的东西，是小众的。至于另一种写作，其实就是谋生的手段，比如写畅销书，写电视剧之类。你今天上我这里，我在北京能买上这样一套房子——小说是难以实现的，但电视剧可以做到。

刘聪玲：你去年自编自导的电视剧《五号特工组》，可以说是大火荧屏，我听到的观众反应都不错。

潘军：这就对了，电视剧是个通俗的东西，你必须让大家喜欢，这是起码的目标。但我真正喜欢的还是小说和话剧。

刘聪玲：电影呢？

潘军：如果是按照我自己意愿拍的电影，当然也会喜欢。

刘聪玲：不过，《五号特工组》看得出你也是下了功夫的。

潘军：我这个人做事情心气很高，既然"染指"了这行，那就尽心尽力去做好吧。

刘聪玲：这次的《海狼行动》觉得怎么样？

潘军：就剧作和拍摄而言，品质上应该是超过《五号特工组》的。目前前期拍完了，2月26日在上海封镜。第二天我就赶回了北京，来参加《霸王歌行》的新闻发布会。

刘聪玲：在学术界，您一直被认定是先锋作家，从小说《重瞳》到话剧《霸王歌行》，作品的先锋性也是很突出的。能谈谈这个"先锋"吗？

潘军：所谓先锋，我觉得本质上是在坚守一种文化立场和文化精神。从小说到剧本，都保持了"第一人称"的叙事，实际上就是项羽这个幽灵的口述史。我满意的一点，是我并没有去篡改历史对项羽的史料规范，《项羽本纪》里的史实全在，但是我寻找了一种新的解读的可能性，也就塑造了一个新的霸王。你会发现，那些大家耳熟能详的典故都在戏中体现了，但看法和以前完全不一样，颠覆了，这与原著和剧本的精神层面达到了一致。

刘聪玲：这个戏虽然带有浓重的先锋试验性质，但在主题思想、人物性格乃至情感上，还是给人以震撼。

潘军：形式是为内容服务的，这种朴素的美学思想我视为真理。纯粹的形式主义是没有意义的。其实即使是当年我写的试验小说，也都是有内容的。我没写过纯粹形式的东西。《霸王歌行》通过项羽自叙其一生，揭示了一个悲剧宿命，揭示了政治、权力和人性之间的较量和挣扎。

刘聪玲：在新闻发布会上，您曾说：历史上爱项羽的只有两种人——文人和女人，而李清照是二者结合的典范。男人难道不喜欢项羽吗？

潘军：当然这是一种表达的方式了。我觉得在中国乃至世界男人的心中，那种成王败寇的价值取向至今没有改变。这就是我们今天演《霸王歌行》的意义所在。

刘聪玲：您对导演的某些处理怎么看？

潘军：王晓鹰是一位出色的话剧导演，我看过他的《萨勒姆的女巫》和《哥本哈根》，都很棒。这次的《霸王歌行》，他的探索姿态更有胆识，比如说引进了京剧的元素，乃至民间"双簧戏"和"独角戏"的元素；比如让一个演员去串演十三个角色；比如把中国画的写意和后现代艺术的装置安排到一起，进行了拼贴；比如运用了多媒体手段，这些合成起来，构成了一种新的戏剧语汇，既有民族的、古典的韵味，又有现代艺术的审美气息。

刘聪玲： 也有人对京剧和话剧混合、舞台上的"鲜血淋漓"表示异议的。

潘军： 这很正常啊。但凡一部优秀的作品，大都是有争议的，只有平庸的东西才众口一词。但是，我也发现有人是没有看明白的。比如说，项羽和虞姬乌江相逢，项羽对着疾驰而来的乌骓马大喊一声"吁——"，然后项羽才说："请问姑娘芳名？"而虞姬则俏皮地回答："我的名字其实你已经知道了。"虞姬谐音把"吁"和"虞"等同了，这个细节小说中就有，都觉得是很精彩的一笔，但居然有人没看明白！京剧的元素，剧本中原来就有体现，包括梅派的那段脍炙人口的经典唱段和"夜深沉"的剑舞，我认为必须用进来。王晓鹰支持了这个做法，做得很好。至于"鲜血淋漓"，我觉得效果很好，有视觉的冲击力。

刘聪玲： 对演员的表演，您怎么评价？

潘军： 房子斌饰演的项羽符合我的想象，他的表演充满激情与悲怆，收放有度，很大气；刘璐是梅派青衣，正读研究生，能在话剧和京剧中自由穿行，已经很不容易了。她的"圆场""舞剑""念白"和唱腔，都是不错的。特别是张昊，一个人饰演了范增等十三个角色，这是王晓鹰的创造，更是张昊的成功。为了感谢这台演员，昨天我给他们送了小说《重瞳》和我最新出版的小说集《戊戌年纪事》。

刘聪玲：几年前，您的另一部话剧《合同婚姻》由北京人艺演出后，立即在京城引起了轰动，那些天街头巷尾经常能听到大家在议论这出戏，甚至有些台词一时间成了流行语，比如"男女之间手摸不到的地方就是远"。

潘军：这个戏是北京人艺的保留剧目，他们每年都演。去年五一期间还要加座。最近哈尔滨话剧院也在演出，据说效果也很不错。

刘聪玲：这说明《合同婚姻》引起了共鸣。

潘军：我的愿望是希望通过这个戏，让大家对婚姻制度重新思考一番。我个人觉得，婚姻是人类最大的败笔。这个制度有待于修正、完善。《合同婚姻》也改成电视剧了，但效果估计没有话剧那么强烈。审查的时候连名字都改成了《婚姻背后》，说"合同婚姻"挑战了《婚姻法》——《婚姻法》难道就不能挑战吗？我挑战的是整个人类的婚姻制度呢！

刘聪玲：我想知道，您最近有关于小说创作的计划吗？

潘军：暂时还没有，担心自己的状态不好。

刘聪玲：不少读者期待着读你的小说呢。

潘军：写小说是越到后面越怵，感觉就是在登一座象牙之塔。一个作家写小说是需要足够的勇气的。

刘聪玲：为什么这么说？

潘军：你会觉得步履艰难。既然是象牙之塔，那就不会是坐电梯上去的——那是现在杭州重建的雷峰塔了。

四

时间：2008年3月14日

地点：北京寓所

谈话者：女儿潘萌

潘萌：首先得向你表示祝贺，今晚《霸王歌行》在东方先锋剧场的首演很成功！这出戏早就听说要排，几年没消息，现在突然就搞出来了，很意外。

潘军：是啊，剧本在2004年就写出来了，发表在《江南》2005年第一期上，这是《江南》自创办以来首次发表剧本。

潘萌：你的话剧《地下》不也是《北京文学》破例发表的吗？

潘军：应该是，虽然几十年前他们还发表过吴晗的《海瑞罢官》。2004年我写了两个话剧，都是根据自己的中篇小说改编的，除了这个，就是《合同婚姻》，交给了北京人民艺术剧院，他们当年就上演了。但《霸王歌行》却迟迟不动，现在终于上演了，也算是好事多磨吧。

潘萌：看来除了"电影情结"，你还有一个"话剧情结"。这一说，又聊到你在大学时代了。直到现在，我还经常听见老师们谈起你在大学里的《前哨》。

潘军：我喜欢话剧，话剧属于文学。

潘萌：我在网上看见，哈尔滨话剧院也在上演你的话剧《合同婚姻》。

潘军：他们给我发过邮件，我没有收取他们20%的票房提成，让他们把这笔钱捐给艺术学校，给学生买点书籍资料。

潘萌：这事很好。

潘军：《合同婚姻》的话剧，中央戏剧学院的毕业演出也演过。

潘萌：《霸王歌行》是你起的吗？我怎么觉得原来不叫这个名字啊？

潘军：名字原来是小说的副题，叫《霸王自叙》，我就是利用"口述历史"这个形式嘛。舞台上其实有两个项羽：一个是故事的讲述者，那是个幽灵；另一个则是历史中的项羽，剧中人的项羽。我还在剧本中提示过，项羽身着一件红黑两面的斗篷，黑的表示幽灵，红的则进入历史。

潘萌：现在舞台上这件斗篷还有，但并没有包含你的这种暗示。你最初的剧本里就有京剧的元素，包括那段梅派的经典唱腔，这些现在都体现出来了。

潘军：对，我就是想把京剧的一些东西融进去。

潘萌：最后谢幕的时刻，您上台接受鲜花，并代表剧组全体人员上台对观众致辞——那句话讲得挺好：感谢在座的每一位观众，因为你们的存在，使这个夜晚成了中国艺术的不朽之夜。那种激动看上去很真诚，至少我有点感动。

潘军：我的确有些激动。那一刻我多少有点荣誉感，这是电视剧不能带给我的。

潘萌：王晓鹰导演还是下了不少功夫的。一些处理，特别是让张昊一个人来扮演范增等十三个角色，这个设计很大胆。观众的反应也非常好。

潘军：王晓鹰最初还打算把它排成一个独角戏呢，但想想还是觉得没有可操作性。后来我们又设想把它做成一个大剧场的，可是那样一来，又怕跳不出以往"历史剧"的窠臼。当然，这里还有一个国外演出的问题，出去那么多人，接待是问题。

潘萌：看来一个成功的话剧，背后有很多的设计和构想，真不容易。主创们反复论证，演员也很努力。最后的"别姬"，我看见刘璐满面泪痕，弄得我也受到了感染。报纸上说这个戏还得搞一个"海外版"？

潘军：那是为"中日韩戏剧节"准备的。

潘萌：那其中的这些"中国元素"是针对这个做的吗？

潘军：不是针对这个。我听导演说，所谓"海外版"将引进日本的歌舞伎和韩国的唱剧因素，届时三国演员同台演出。

潘萌：张广天的音乐设计不错，有楚歌的气势和韵味。特别值得一提的，是刘科栋的舞美设计，简约、大气。悬挂的宣纸上随着剧情的发展不断"流出鲜血"，给人震撼，且不突兀。还有舞台前面陈设的头盔、铠甲、青铜剑，有一种走进博物馆看展览的感觉。

潘军：但其中陈放的一只马头错了，应该是一只马鞍。刘科栋选择了现代三色——黑、白、红。他把中国画的写意和西方现代艺术的装置结合在一起，很好。你有哪些不满足的地方？

潘萌：有两点意见和一点担忧：第一，张昊饰演十三个角色，创意很好，但很抢房子斌的戏，经常引起笑场，这就冲淡了这个戏的悲情与凝重；第二，京剧的韵白和"小白"处理上，给人的感觉很随意。

潘军：这我有同感。担忧呢？

潘萌：我同意你关于"历史是作为一种书写存在于人心的"观点，因此，《霸王歌行》绝不仅仅是个普通的"历史新编"，可以说它改变了"历史剧"的范式，除了优美新颖的形式和激动人心的情节，我想精华还在于它在思想上的深度，对项羽，对英雄，乃至对中华民族的传统思维都进行了重新解读。但是这个新解，是针对旧的而成立的。如果观众对旧的了解甚少，那么新的又从何谈起？

五

时间：2008年3月28日

地点：北京丽亭酒店

谈话人：饭冢容（日本中央大学教授，《幕》杂志主编）

饭冢容：潘军先生，2004年3月我来北京，正逢你的话剧《合同婚姻》由北京人民艺术剧院首演；这次我来前，在网上就注意到中国国家话剧院正在演出你的新戏《霸王歌行》，所以我预订了这个离剧场较近的酒店。看来我们还真是有缘分啊！我这次来，主要就是想了解一下中国当代的话剧。目前我除了教书，还担任日本戏剧杂志《幕》的主编。

潘军： 我写小说的时候，你在编文学期刊，组织翻译我的小说。现在我做话剧，你又在主编戏剧刊物，《幕》以前对《合同婚姻》是有过介绍的。

饭冢容： 我这次来还有一个对你的采访任务。我们日本大学的八个教授，向日本政府争取了一笔关于中国当代文学的研究经费，计划建立一个中国作家的信息资料库，打算采访五十个中国作家。

潘军： 这应该是一件有意义的事情。你饭冢家族是汉学世家啊，令尊大人是日文版《红楼梦》的译者，也曾经翻译过巴金等作家的著作；你本人也翻译过高行健、余华、苏童等人的作品。

饭冢容： 你以后主要是做话剧了吗？

潘军： 我没有这么想过，但话剧是我喜爱的形式。中国的剧作家中，有两种情况：一种是很职业的编剧，譬如曹禺先生，一生主要就是从事话剧写作；另一种是主要写小说，偶尔编剧，譬如老舍先生。

饭冢容： 那你应该属于后一种情况。

潘军： 对，我最想写的还是小说。

饭冢容： 我从一篇资料里看到，你说你从小是在"戏园子"里长大的？

潘军： 我出生在一个黄梅戏的世家。我的外祖父就是黄梅戏的前辈艺人，我母亲也是演员，父亲是编剧。我小时候，几乎每天都进"戏园子"看戏。对舞台上的一切，是比较熟悉的。

饭冢容：我记得上次见你的时候，《霸王歌行》的剧本就已经完成了。当时不叫这个名字，而是和小说的名字一样，叫《重瞳——霸王自叙》。我本人也很喜欢这部小说。

潘军：话剧现在的名字是后来导演他们改的，其实还是叫《霸王自叙》好，小说是第一人称的叙事，舞台上的项羽同样是在讲述自己的故事，他既是故事的讲述者，又是剧中人。他说的，他演的，都是他自己的故事。他是个幽灵，在对着两千年后的观众，讲述两千年前自己的故事。

饭冢容：那一年你写了两个话剧——《合同婚姻》和《重瞳——霸王自叙》，都是根据你的小说改编的。但这是两个完全不同风格的戏，《合同婚姻》探讨的是当代白领阶层的情感，而《霸王自叙》则是一个历史剧，重新塑造了一个新的霸王项羽。你把这两个剧本分别送给了中国的两大话剧团体，我想知道，你是有选择的吗？

潘军：有选择。北京人艺有现实主义的传统，所以他们做《合同婚姻》比较合适。而国话多年来排演了不少外国戏，在舞台形式上也一直在进行着探索，他们做《霸王自叙》是顺理成章的。

饭冢容：我想知道，这个戏从剧本完成到演出，前后经历了四年，什么原因？

潘军：我想主要原因可能是导演王晓鹰没有找到处理的方式吧。王晓鹰是个很有想法的话剧导演，他最初是想尝试做一个独角戏，后来觉得不可行，接着又想做成一个大场面的，但还是觉得不理想，这样反复着，就到了今天这个样子。

饭冢容：听说今天上午，国家话剧院就《霸王歌行》召开了一个研讨会，与会者对这个戏怎么评价？

潘军：大家还是给予了充分的肯定，认为这个戏给当代中国话剧做出了贡献。童道明先生提议，把这个戏尽快拿到国外去演。实际上，也有一些国家在联系演出的事宜了，比如埃及、以色列、西班牙等。还有人认为，这个戏为中国话剧的发展提供了一些可供思考的话题。

饭冢容：作为小说原作者和编剧，你的意见呢？

潘军：我还是喜欢这个戏的。当然，对有些处理，我个人也还有保留意见。

饭冢容：能具体谈谈吗？

潘军：话剧这种形式到中国有一百年了，可以说，在这一百年里，话剧基本上是"知识分子写，写给知识分子看"这样的传统。虽然今天北京舞台上的有些话剧很"搞"，也很有市场，但这个传统不能丢弃。我认为话剧是沙龙的，小众的，是有欣赏对象的。黄纪苏先生认为，《霸王歌行》最大的贡献是坚持了话剧这个传统。我认为这个戏坚持了小说以及剧作的诗性、思辨性以及探索的先锋性，因此，其中出现的那个刘邦和刘太公、吕氏纠缠的段落，就有点插科打诨的感觉，不和谐。剧本里这个段落是没有的，是导演从小说里找回来的。

饭冢容：可是演到这个地方，观众还是鼓掌的，热闹的。

潘军：这掌声我觉得是廉价的。北京的话剧舞台上很"吃"这个。讨论会上，总政话剧团汪遵熹导演的观点我很赞成，他说这个戏不要太热闹，要冷一点，要让大家的思考取代掌声。我非常同意这个看法。当初我改编剧本，就想到了哈姆雷特，应该忧郁一些，冷峻一些。

饭冢容：这个戏也可以到日本去演。日本人熟悉"霸王别姬"的故事，熟悉"四面楚歌"，相信一定会感兴趣的。

潘军：这个戏的"海外版"是为"中日韩戏剧节"准备的，到时候会有三国演员同台演出。

饭冢容：我知道这件事。

潘军：你对这个戏有什么觉得不舒服的地方吗？

饭冢容：不舒服的地方是觉得舞台上"鲜血"太多。尽管在宣纸上"流血"的效果很不错，但多了还是令人不舒服。

潘军：这个意见其他观众也有。但我觉得，导演是想着力渲染一个"用刀说话的世界"吧。

饭冢容：就我掌握的资料，你还有一个没有被排演的话剧《地下》。

潘军：这个戏肯定要排演的，目前正在运作阶段，可能由我自己来排。也许等你下次再来北京，又赶上了。

京剧杂谈

　　我们这一代人对京剧的喜爱，最初还是"样板戏"的缘故。那个时候我上小学四年级，每天的广播里都是革命现代京剧的唱腔段子，还专门教唱。学校也经常组织演出样板戏的折子，我演过郭建光、杨子荣和刁德一。但那时虽然热热闹闹，却并不觉得京剧的好来，觉得好，是在二十年之后。

　　1978年我上安徽大学，教当代文学的是李唤仁先生，一讲到"样板戏"，他便会即兴为大家唱上一段，他工的是老生，似乎是学杨宝森的。后来我才知道，他儿子就是批评家李洁非，我们是要好的朋友。洁非对京剧很内行，什么行当都能说出点名堂来，自己偶尔也亮亮嗓子。老师中还有一位孙以昭先生，学的是小生，显然就是蹚叶盛兰先生的路子了。我们班上有个同学姜汉椿是能唱老生的，另一个同学王一强，一手京胡拉得很棒。每逢节日活动，他们自然会来上一段，主要是马连良的三国戏，譬如《失空斩》《借东风》。那时我想，自己不懂京剧实在讲不过去，因为京剧的源头与徽剧有关，更确切地说，应该与安徽安庆这一代走出去的名伶有关。清代沈蓉圃一幅《同光十三绝》，画的是同光时期活跃在京城梨园行的扛鼎人物，其中就有潜山的程长庚，怀宁的杨月楼。京剧里一些吐字发音，用的是湖广音中州韵，一些尖团字和我家乡石牌的方言相似。如伍子胥唱"只落得吹箫讨饭吃"——"吃"读作"期"。说话的"说"也念作"薛"。

我母亲是唱黄梅戏的。她说，与京剧一比，就觉得黄梅戏什么都不正规。她讲的是表演程式。戏曲在表演上最突出的特点是它的虚拟性，以虚为实，以一当十。京剧自然是最为讲究的，一个武生的"起霸"，往往就要花去十分钟。即使是水袖，也还有"凤尾""蝴蝶""荷叶""车轮"多种之分。《拾玉镯》看的是表演，《三岔口》也是，台上亮着灯，剧中却是黑暗。你在演员身手不凡的功夫中感觉着刀光剑影。有一次电影里看到周信芳先生演的《杀惜》，那"嘿嘿"两声笑，真是笑里藏刀，你甚至感觉那刀上还真在滴血。

对京剧的兴趣，随着音像制品的增多越发浓了。1996年，我从郑州开车回合肥，七百公里的路程，就是把马连良和于魁智的带子反复地听着，一路哼了下来。我喜欢的是老生行当，其次是花脸，再次是老旦。后来，也喜欢上了花旦青衣。再后来，也居然喜欢了小生。一认真，就感到京剧是一门大学问。第二年我拍电视剧《大陆人》时，美工杨柱来自成都军区战旗话剧团，他对京剧的常识懂得不少，所以看景的一路上，我们谈的都是京剧。我唱一段《文昭关》，再唱一段《赵氏孤儿》，哪儿不对，他便替我纠正。

戏曲讲唱、念、做、打，唱是第一位的。过去看戏，行家不说"看"，说"听"，说明京剧最拿人的还是唱腔。《乌盆记》里的刘世昌被贼人赵大夫妻所害，冤魂不散，整个一出戏就直挺挺地站在台上唱，唱词意思多半是重复，车轱辘地转，但没有人感到厌倦。唱腔设计得好，唱得也好，琴师也好，观众要听的就是这个。我看过于魁智演的全本，他唱得如泣如诉，十分悲怆。从前天津戏园子杨宝森演《红鬃烈马》，观众买不上票，就在剧场外面蹭着听，非得听那句嘎音"叫小番"是否叫上去了。据说有一次马连良先生看一位晚辈的演出，之后说："唱得好。"别人问有什么不足，马先生说："就是口淡。"——"口淡"，这话说得！我私下琢磨，可能是缺了韵味吧。这可不是能够教得会了。还有一次，马连良夸裘盛戎《铡美案》里的包拯演得好，那句"把状纸押在某的大堂上"——这"大堂上"三个字，如同"三块瓦支起了一口锅"——"三块瓦"指的是包拯的脸谱，一般以红色表示忠勇，黑色表示粗直，白色表示奸邪，比如红脸关公、黑脸包公、白脸曹操，但是"一口锅"指的是什么呢？我像可能是指裘先生唱腔的气派吧？这样的评价真不容易说清。

同一出戏，流派之间的差距很大。譬如《空城计》，马、谭、奚、杨，四大须生都是保留剧目，却各有不同，也各有风格。马派的圆润，谭派的高亢，奚派的婉转，杨派的豪迈。我听见有人评价马连良的唱腔是"油而不滑"。仔细琢磨，还真是这么回事。他的《淮河营》是最能证明这一点的。我看过当今那些所谓马派的传人，听着就完全不是那么回事了。周信芳先生的麒派也了不起，嗓子倒仓，反倒叫出了绝活。《徐策跑城》那段"高坡子"，连唱带表演，实在令人称绝。

新人中，有杨派的于魁智，裘派的孟广禄，有梅派的李胜素，有程派的张火丁以及张派的张萍，都是我喜欢的演员。只要在电视上碰见他们的演出，我会立刻把手头的事情放下来。有时候我一边听，一边还画几幅速写。戏曲人物画有着天然的生动与抽象，情趣很高。现在画戏曲人物的很多，但画得最为有趣的，还是前辈的关良先生，那种稚拙的美感与天真，令人望尘莫及。我有时也试着画几张，但都不是很满意，但有一份惬意。

央视戏曲频道有个《跟我学》教京剧栏目，只要有机会，我都跟着学。谭派的看家戏《定军山》中那段"师爷说话言太差"，就是跟着谭孝增先生学下来的。前段时间，中央电视台举办全国戏迷票友大奖赛，我是每场必看。我也想做一个自娱自乐的票友——这话其实不准确，票友，行话指的是非专业但却具有专业能力的人，如此看来，我充其量只是一个京剧的爱好者。我甚至还想娶一个唱花旦青衣的老婆，这可能不太现实，但京剧肯定要伴我一生。

1790年"四大徽班"进京，逐渐在皮黄的基础上形成京剧，取代北昆等剧种而占统治地位。京剧发展至今，已有二百多年的历史，于二十世纪五六十年代达巅峰，成为国戏国粹。在"四大名旦"和"四大须生"之后，往前再迈出一步都很不容易，但是也还有创造的空间存在。"四大名旦"之后走出了张君秋，与前四家不分伯仲；李少春先生的《野猪林》，一改从前武生的路子，加上了大段的念白和大段的唱腔，武戏文唱，那段"大雪飞，扑人面"可谓精彩。他这个林冲，就是一个新的高度。我曾经说过，艺术上有些东西历史上已经达到登峰造极，所以只能是继承而不能发展，譬如书法、古典诗词，譬如京剧。这个观点可能会招致非议，不过，我还是需要保留个人意见。我固执是因为我太喜爱京剧了。

2001年12月8日，合肥寓所

从京剧《野猪林》说起

一次和朋友喝茶闲聊，说到京剧《野猪林》。我说，同一出戏，不同的演员来演，霄壤之别。比如林冲和林娘子，李少春、杜近芳，是一个档次。李先生出场那几步，真是飘逸潇洒，风度翩翩！接下来"四月晴和微风暖，柳荫下，绿野间，百鸟声喧"这几句唱，又是那么从容淡定，韵味无穷。这无疑是顶配。往下是李光和沈健瑾，再往下便是于魁智和李胜素。这个差距十分明显。按理说，于魁智、李胜素是当红的生旦，算得上"绝配"，但细品起来，还是无法和前辈相比。这一现象其实表明，京剧演员（当然也包括其他剧种演员）不仅需要嗓子身段扮相，更需要注重修养。据说马连良有次观看青年演员演出，评价说：唱得好，就是口淡。什么叫"口淡"？我的理解是缺乏韵味，而所谓的韵味，又往往是只能意会难以言表，需要长期的琢磨与领悟。这方面，程派的张火丁算有建树，她走出了一条属于自己的路子，在唱腔上显示了自己的特点，故有"程腔张韵"一说，当然这也是抬爱。

京剧《野猪林》取材于《水浒传》第六回至第九回，这一段落的主角是豹子头林冲，故事家喻户晓。最早把这个故事搬上京剧舞台的是武生宗师杨小楼。杨先生是我的乡贤，安徽怀宁人。其父杨月楼是"同光十三杰"中的一位。光绪年间，杨月楼和广东商贾之女韦阿宝的婚姻风波，最终闹成"清代四大奇案"之一，惊动慈禧太后。1983年，我父亲据此创作了黄梅戏《杨月楼》，也就是这个时期，我接触到杨氏父子的一些资料。

1922年，杨小楼在上海跟牛松山零零散散学了《夜奔》的身段，返京后即改编加工上演，引起轰动，成为武生戏的典范。由此激发了杨小楼排演全部《林冲》的欲望与豪情，他计划分为四本：《野猪林》《山神庙》《夜奔梁山》《火并王伦》（实际上他只演了前三本）。剧本的合作者是号称"清逸居士"的溥绪。作为逊清王爵的溥绪，是一位京剧名票，不仅能演，还特别能写，具有较高的文艺素养，才思敏捷，语言天赋也好，曾经为高胜奎、尚小云等众多名伶编纂过剧本。戏中鲁智深一角最早是侯喜瑞，后来换成了郝寿臣。某种意义上，杨小楼的"林冲系列"，为中国京剧史上"武戏文唱"的路子奠定了基础，而真正让"武戏文唱"登峰造极的，是后来者李少春。

李少春，河北霸州人，出身于梨园世家，其父李桂春就是文武通吃的名伶。1934年，仅十五岁的李少春在上海与梅兰芳同台合演《四郎探母》，得到梅的称许。1938年，李少春拜余叔岩为师，成为余门入室弟子。20世纪20年代梨园行里，余叔岩、杨小楼、梅兰芳被称为"三贤"。李少春和"三贤"都有了联系。余叔岩是不轻易收徒的，当时门下也就一个孟小冬。我见过两张他们师徒三人不同时期的合影，余叔岩仙风道骨，正襟危坐，两位徒弟站立两侧，战战兢兢，让人好生羡慕，感叹不已。余叔岩也不轻易赞许同行，但在谈到杨小楼时却很慷慨："杨小楼完全是仗着天赋好，能把'武戏文唱'，有些身段都是意到神知；而在他演来非常简练漂亮，怎么扮怎么对，别人无法学，学来也一无是处，所以他的技艺只能欣赏而绝不能学。"这话实际上是说给李少春听的，意思是你的"武戏文唱"，必须走自己的路。

据翁偶虹回忆，李少春第一次向他提出改编《野猪林》，是在1947年。

第二天，我到旅馆为他送行，他又向我提起《野猪林》。我问他有什么想法，他说："从小地方讲，林冲的扮相，我就想改动。杨先生当年打'扎巾'，我的前额宽，打'扎巾'不适宜，不比《定军山》的黄忠有髯口衬着。我想改作一顶将巾，前面加小额子。从大地方讲，我想把头本《野猪林》、二本《山神庙》连贯起来……"没等他说完，我拍掌说道："好！有头脑！林冲绰号'豹子头'，偌大的'豹子头'，怎能不把大快人心的雪恨场面结为豹尾?！"

"……当年'菜园子'那场，没有舞剑，杨先生总想添上，迄未实现，我可以承其遗志。'长亭'那场，不在唱工较少，而是感到林冲夫妻的生离死别，没有足够的描写，我当补其不足。'野猪林'那场，在林冲忍气吞声的起解途上，还可以多加渲染，除唱做外，我还想戴着'手肘'，走个'吊毛'。'山神庙'那场，我想孤胆群战，一个人破十二个打手，演出来八十万禁军教头的'豹子头'，不然，整个戏里，林冲太窝囊了！还有'白虎堂'，我想多加对

白，与高俅、陆谦展开面对面的辩理……"（翁偶虹《我与李少春》）

这情形太令人激动！如今还会有这样的沟通合作吗？

翁偶虹原想让李少春自己编剧，但李深感学识不够，力邀翁助一臂之力。盛情难却，翁偶虹最后还是参与了合作，对唱词和结构做了润色加工。但翁先生在这篇回忆文章中坚称，自己算不得《野猪林》的编剧，只是帮了点忙，实际上编剧还是李少春。这篇文章还提到了一个有趣的细节，当初李少春打算动手改编《野猪林》时，征求了搭档袁世海的意见，袁有些犹豫，说要看看师父郝寿臣的态度，毕竟，这是当初杨、郝联袂的首创。如果师父不点头，他是万万不敢参与的。于是袁世海登门，对师父说了原委。郝寿臣却让袁世海脱下上身的全部衣服，袁以为自己要挨打，结果师父不过是摸了摸徒弟的肚皮，然后说：成了。原来郝先生是担心徒弟的肚子不够肥硕，会影响自己发明的鲁智深"裸肚"造型。

1949年，由李少春、袁世海领衔主演的《野猪林》在上海天蟾舞台亮相，连演七十二场，被称作"《野猪林》双满月"，连雄霸上海滩的"麒麟童"周信芳的场子都受到了挤对，可谓盛况空前。由此，《野猪林》一举成为中国京剧史上的典范之作。可以这么说，京剧《野猪林》是李少春在杨小楼的基础上，继承创新编排的一出新戏。从立意、构架、情节到人物的塑造，角色的唱、做、念、打都是李少春亲自构思、设计，费尽心血，这是李少春全身心投入的一部经典剧作，也是他的传世之作。

1962年，北京电影制品厂将其摄制成同名戏曲片，由崔嵬、陈怀恺导演。就电影而言，《野猪林》并没有多少值得称道的地方，手法老套，镜头语言也相当乏味，对于我，其实就是一部录像。但我还是要感谢这部电影，因为它，让我看到了李少春、袁世海、杜近芳这些前辈艺术家当年演出的风采，那才是京剧的黄金岁月，是《野猪林》的绝配。相比之下，今天舞台上的任何一出《野猪林》，无论谁演，都显得业余。

2018年5月15日，泊心堂

《三岔口》和叶盛章

京剧《三岔口》是一折传统短打武生剧目，取材于《杨家将演义》。说的是宋朝年间，三关大将焦赞因杀死当朝宰相王钦若的门婿谢金吾而被发配到沙门岛，押解途中住进三岔口小店。杨延昭担心焦赞遭遇不测，遂密令部将任堂惠暗中保护，夜宿此店。果然与店主刘利华黑灯瞎火间展开一场恶战，后焦赞出面，这才知道是一场误会。故事如此简单，戏却非常好看。

《三岔口》的好看，首先在于一个"黑"——黑夜中黑店里刀光剑影，舞台上却是灯火辉煌，但观众能感觉到这个"黑"，也承认这个黑，这就是戏曲的魅力。戏曲的情境和场景是写意的，舞台上就一桌一椅；表演是虚拟的，那些程式化的武打设计，却非常贴近人物。这出戏的剧情原来不是现在这样，店主刘利华是"琉璃滑"的谐音，意指奸猾歹人，是反派，还设计了一个专门的脸谱，勾出一张歪瓜裂枣的丑脸，角色设定为武丑。由武生和武丑这两个行当搭配，演起来自然妙趣横生。最后的结局是任堂惠杀刘救焦。直到1951年，中国京剧院张云溪与张春华合作出国演出，才将刘利华的身份由开黑店的反面角色改为英雄好汉，其原来的丑角也改成俊扮，于是便成了两个短打武生的对决，如此一来，趣味便丢失了很多，引发争论。后来折中，剧情还是改了，但刘利华的形象还原为武丑，也就是今天我们看到的这样。

很多前辈京剧大师都演过这出戏，如盖叫天。被称为"江南活武松"的盖叫天，原名张英杰，出身于梨园世家，先宗法前辈武生李春来，后自成一派。盖叫天技艺精湛，精气神饱满，尤以短打武生见长。当年有一副对联"英名盖世三岔口，杰作惊天十字坡"，可见了得！最早和盖叫天搭档的是南方著名武丑谭永奎，后来便是叶盛章。我查过资料，盖叫天与叶盛章合作的《三岔口》有口皆碑，可算是黄金搭档，举世无双，为京剧界公认。

叶盛章是富连成社掌门人叶春善的三公子。叶春善祖籍安徽省太湖县，与我的家乡怀宁是邻县，现同属安庆市辖区。但叶春善生于北京，其父叶忠定，是"四大徽班"之一的"四喜班"台柱。叶春善膝下共有五子六女，长子叶龙章、次子叶荫章、三子叶盛章、四子叶盛兰、五子叶世长。叶家是京剧界首屈一指的大家族。

富连成社创办于1904年，初称"喜连升"，后改作"喜连成"，最终定名为"富连成"——这是中国京剧教育史上办学时间最长、造就人才最多、影响最为深远的一所科班。凡44年，共培养了"喜""连""富""盛""世""元""韵""庆"八科800多名京剧学生，其中雷喜福、侯喜瑞、马连良、于连泉（筱翠花）、马富禄、谭富英、裘盛戎、叶盛兰、叶盛章、袁世海、李世芳、毛世来、艾世菊、谭元寿、夏韵龙、叶庆先等均为京剧名家。

叶盛章幼时学的是净行，后改丑行，科班出身的他天资聪颖，勤学苦练，加上得诸位名师指点，成就一身好功夫，被称为京剧界的"第一武丑"。邓小秋在《〈三岔口〉的前世今生》一文中对此有精彩描述：

> 他在《三岔口》中"出场"时的"跟头"，又高又轻；
> 蹲着身"走矮子"，能走几个"圆场"；摸黑开打，扑腾翻
> 跃，都能达到"稳、准、狠"的要求。他主演的刘利华，出
> 类拔萃，无人能比。新中国成立前后，盖叫天年岁已高，很
> 少登台。叶盛章则在北京参加"起社"，长期与李少春合作
> 演出《三岔口》，配合默契，极受好评。后来，叶盛章逐渐
> 淡出舞台，便由名丑谷春章接替。

2016年秋天，我在北京接待了叶家后人叶菲，她是叶春善的
曾孙女，叶家长子叶龙章的孙女。叶菲是旅美学者，想把她三爷爷
叶盛章的事迹拍成一部电影，向我咨询一些情况。那个下午，我们
的话题就是叶盛章。

听叶菲介绍，叶盛章原来是学武生的（这与我了解的有出
入），后来改学武丑，否则这出《三岔口》他饰演的就是任堂惠而
非刘利华了。早先，叶家兄弟叶盛章、叶盛长联袂演出过《三岔
口》，1949年后这出戏由张云溪、张春华先生演出，名动京城。张
春华就是叶盛章的弟子。叶菲对我说，1939年卓别林来香港，主动
要求为叶盛章的演出报幕，这是很高的荣誉。在我看来，叶盛章的
贡献，在于把武丑这个行当，提升到了空前的高度，具有典范的意
义。然而这样一位杰出的艺术家，却惨死在"文革"期间。

据刘嵩昆《叶盛章之死还是一个谜》一文所述，叶盛章的

死，至今是一宗悬案。1966年"文革"来势迅猛，恶浪滔天，文艺界首当其冲。像叶盛章这样的人无疑在劫难逃。先是抄家，继之被诬告，说他私卖房产，私藏枪支。叶盛章一家被揪出来批斗至深夜。这一天，是8月的最后一天，也是叶盛章生命中最后一天。

次日清晨，两位铁路职工路过东便门雷震口，发现护城河内漂浮着一具老者尸体，遂打捞上来。老者上穿白衬衫，下着蓝色西裤，足穿千层底布鞋，手腕上的劳力士仍在走动，但人已气绝身亡。后从身上的工作证得知，死者即为中国京剧院的叶盛章。其实那一年，叶盛章才五十四岁！其子叶钧随公安部门赶到现场辨认，发现其父脑有伤，这就意味着叶盛章并非自杀！但那个时代，谁会为一个"阶级敌人"的死去追究调查呢？

我现在住的地方，距离叶盛章遇难地不远。那个晚上，我独自驾车去了广渠门桥。站在桥上，茫然四顾，当年的护城河早已经成了今天的二环路，但历史的痕迹不会因物理的变化而消失。

2000年，我写过一部话剧《地下》。这个戏写的是一场地震之后，一男一女、一老一少被埋在了地下车库。埋在地下的人只思考一个问题：怎么活下去？剧本发表在《北京文学》（他们几乎是不发剧本的），还为此展开了一场讨论。后来有人问我，怎么想起来写了这个？而且，这个题材也是可以写成小说的。我回答很明确——最先在我眼前出现的，就是话剧的形式，或者说，我特别想写一部话剧版的《三岔口》。我希望在舞台上营造一场莫须有的"黑"，更渴望演员在舞台上，于辉煌的灯光下完成"摸黑"的表演。但是《地下》至今没有排演，或许，将来由我本人来完成吧。

后来我在电视剧《海狼行动》和《虎口拔牙》中都穿插使用过《三岔口》，可见我对这出戏的喜爱程度。

我多次画过《三岔口》。送走叶菲的那个晚上，从广渠门回来，再次画了一张，以此作为对叶盛章先生的追思，如今就挂在泊心堂。

2018年5月20日，泊心堂

《天仙配》和《女驸马》

　　作为地方戏的黄梅戏，其影响源自三个因素：其一是拥有代表剧目《天仙配》和《女驸马》；其二是严凤英、王少舫二位先生的精妙演出；其三是黄梅戏音乐的旋律，有民歌的优美，很亲切，上口易学。随着20世纪50年代这两出戏搬上银幕，黄梅戏的影响就由安徽扩散到了全国。

　　这两出戏我看过不知多少回，其中大半是我母亲潘根荣主演的。我出身于一个普通的梨园世家，外祖父潘由之是黄梅戏前辈艺人，与郑绍周、丁老六以及后来的严凤英（当时叫"鸿六"）都搭过班子。我母亲没有什么文化，但天资聪颖。她九岁登台，艺名就是"小由之"。外祖父的故里，是怀宁县江镇乡一个叫作罐子窑的村子，距县城石牌大约五公里。我在长篇小说《风》、中篇小说《夏季传说》等小说里，都写到这个地方，当然只是一种创作上的借代。过去罐子窑几乎家家都有制陶的农民，外祖父也有这门手艺，不知怎么就喜欢上了唱戏，后来索性就走起江湖，吃开口饭了，还取了这么一个雅致潇洒的名号。1956年，县政府把散落在民间的几个主要的戏班子拢起来，成立了怀宁县黄梅戏剧团，还是国营性质。于是外祖父和我母亲成为剧团第一批演员。几年后，母亲就成了台柱，当家花旦。认识我母亲的前辈时常会对我感叹：如果不是受你父亲右派问题影响，你母亲会有更好的前途。

我打小就是在戏园子里长大的，每天晚上，外祖母都会抱着我去看戏，印象深的就是《天仙配》和《女驸马》。我看这两出戏，分为两个时期：其一，是1966年"文革"之前；其二，是在1976年粉碎"四人帮"之后，相距十年。第一个时期，我还是个儿童，只能看个热闹，看不出好坏。1978年上大学之后，各地已经恢复古装戏的演出，我才对这两出戏有了自己的判断。

《天仙配》和《女驸马》，都属于由老戏折子整理改编而成的新剧目，这样的剧目，大都带有反封建、反压迫的政治色彩，与京剧《白蛇传》《李慧娘》等，是一样的路数。这是那个时代的特征。就戏本身而言，《女驸马》在剧作结构上更像一个大戏，《天仙配》则有前后拉拽之嫌（后来知道事实也是如此）。但《天仙配》中的"路遇"一折，却做得相当好。后面的"满工"也还过得去。就一部大戏而论，剧作尚显得单薄。但旋律优美，一曲"树上的鸟儿成双对"唱遍了全国，唱到了海外。这出戏的名气与地位便毋庸置疑。

我母亲的唱腔是极好的，她的音色淳朴，美，也亮脆。有一回我陪好友吴琼去拜访她的老师时白林（《天仙配》的作曲）、丁俊美夫妇。他们也是我的父辈，是我父母的朋友。时先生当面赞扬我母亲的唱腔和表演。丁老师对吴琼说，你去找潘军妈妈的唱腔听，那叫一个地道。安庆是黄梅戏的发祥地，其中怀宁的"怀腔"后来成为黄梅戏音乐重要组成部分。怀宁县城所在地石牌镇，有清一代，名优辈出，如程长庚、夏月润、夏月珊、杨月楼、杨小楼，都是石牌这一带人。故中国戏曲史上有"无石（牌）不成班"一说。二百多年前名动京师的"四大徽班"进京，挑大梁的不少是安庆人。只可惜我母亲的唱腔纪录现在一份也找不到了！我对母亲演出《天仙配》的印象，是她一旦扮上，就感觉十分鲜活，光彩照人！我看过一份资料，1960年夏天，严凤英来怀宁，对我母亲的《天仙配》进行了精心的指导，还亲手为母亲化妆，说："花旦扮演的是女青年，眉毛要画短些，这样才显得年轻，有生气，有神气。"

我母亲于2004年8月病故，十年后的母亲节这天，我在北京寓所里画下了一幅《路遇》，眼前浮现的却是从前如泣如诉的岁月。那一天，北京的天气和我的心情一样灰暗。

母亲演的《女驸马》更为动人。尤其是反串之后的"状元府"，那叫一个潇洒！而"洞房"一场的那段大唱，总是满堂彩。很多年以后，我在写《独白与手势三部曲》的时候，想到了母亲在"文革"中挨批斗的情形。那是1966年夏天，当时母亲正怀着二妹妹，挺着大肚子从容走上台，自己戴上"三名三高分子"的牌子，站在高凳子上，面色平静，目光很亮。我害羞地躲在剧场的一根柱子后面，替母亲担忧。后来母亲说，那时候她最担心的是自己站不稳，如果跌下来，肚子里的孩子肯定就保不住了。我有时想，母亲骨子里这种执拗倔强的性格，应该与她在舞台上塑造的性格有关。

《女驸马》的蓝本来自黄梅戏传统老戏《双救主》，改编者是我的父辈王兆乾，我喊他王伯伯。二十世纪五十年代王伯伯与我父亲合作过黄梅戏《金狮子》，父亲编剧，他是作曲。在父辈中，王伯伯绝对是首屈一指的才子，能写剧本，能作曲，写过一本《黄梅戏音乐》，人也英俊洒脱，还与严凤英有过一场轰轰烈烈的恋爱。2001年，我在合肥家中与父母一起接待王伯伯，言谈中，我建议他写一部回忆录，他有些迟疑，神情也显得些许忧伤，感叹道：过去的事不想再提了。不料，这竟是我和王伯伯最后一次见面，五年后他因病离世，享年七十八岁。

2014年7月7日凌晨，我在上海杀青了电视剧《虎口拔牙》，翌日即返回北京。没想到很快就接到了好友王伟东和大妹潘虹的电话，说父亲再次住院了，而且感觉很重。我便马不停蹄地赶回了安庆。当我在重症监护室见到父亲第一眼时，就有了一种不祥的预感，遂召回了远在洛杉矶的两个妹妹潘莉、潘微，当时女儿潘萌正好在国内。我们陪伴父亲走完生命中最后的十八天，7月26日，父亲平静地告别了这个世界。守灵之夜，我为父亲写了一副挽联——

凭雷姓氏，偏遭惊雷，梨园一夜无锦瑟；
以风命名，终遇春风，梅开二度有佳音。

父亲叫雷风，生于安徽巢湖，原是安徽大学外文系的学生，1949年安庆解放即投身教育，后与黄梅戏结缘，成为那一代年轻有为的剧作家。当年的《金狮子》获得了很多奖项，至今还被老人们记得；后来又写了《杨月楼》，剧本发表于《剧本》月刊（增刊）。在整理父亲遗物时，潘萌带走了她爷爷的几个剧本和几封信札。料理完后事，我回到北京。有天晚上，我和潘萌一边做饭一边交谈，她说爷爷的唱词相当不错，可以看出他的古典诗词基础厚实。事实也是如此，父亲八十岁还能背诵《琵琶行》呢。然后，潘萌就生出了一个念头：能否把《女驸马》重写一遍？

这很对我心思。于是我们爷俩就开始策划，比如说把反封建、反压迫的意思过滤掉，增强戏的情趣。比如上来就是女扮男装的冯素珍进京寻夫，巧遇同样也是女扮男装的公主——这天她是出来玩的，嫌宫中太闷。结果，这两个"男人"就在皇城根下相遇了。救夫心切的冯素珍，是想找人疏通关系；而公主对冯素珍则是一见钟情，她是来择婿的。寻夫与择婿就成了两个人接近的动机。接下来，公主要冯素珍考状元，因为只有这样，才可能进入父皇的法眼，可是冯素珍一点准备也没有啊！于是，公主就通过刘大人（可以把他写成皇舅）帮忙，窃了题，让冯素珍作弊当上了状元——女孩子作弊难道不可爱吗？

那一夜我们谈得很欢。潘萌说，还是由她先来写个中篇小说，再交给我改成剧本，当然还是黄梅戏。

最后的结局呢？我这样问潘萌。

潘萌想了想，说，不妨让两个女孩再次女扮男装，云游四方得了。她们没必要再为男人操心，要的是和男人一样的潇洒自由。

这个结局很好。人生或许本该这样，自由肯定好过爱情。

几年过去，潘萌已经在洛杉矶定居，前些日子我微信问她：《新女驸马》写得怎样了？

她先发我一个"尴尬"的表情，再回复说已经有了一个不错的开头，就一句话——冯素珍在等一个人。

2017年12月9日，泊心堂

故乡的《十五贯》

1977年，各地剧团陆续恢复上演古装戏。我母亲所在的怀宁县黄梅戏剧团，首演的剧目是根据昆曲移植而来的《十五贯》。剧中的三位主角，分别是詹仰（饰况钟）、潘绪满（饰娄阿鼠）和我母亲潘根荣（饰苏戌娟）。其时他们刚进中年，观众的主体也大都年纪相仿，对于古装戏，他们实在是期待已久；所以海报一经发布，连日的戏票即告售罄，可谓久旱逢甘霖。

这是我第一次明白地听见母亲在舞台上念韵白，出场幕后一声"来了——"，台下便是掌声一片。但我还是不大习惯这种"湖广音""中州韵"。母亲从前演古装戏的时候，我不过九岁的孩子，看戏等于看热闹，哪懂得什么韵白？一转眼，过去了十多年！这十多年间剧团演的都是那几出革命样板戏，跟所谓的韵白扯不上关系。

《十五贯》的演出十分轰动，尤其是"访鼠测字"那场，两位演员的表演可谓精妙绝伦，至今让我难以忘怀。我后来从网上看过最早的昆曲戏曲片，浙江昆苏剧团1956年首演时的阵容，周传瑛饰演况钟，王传淞饰娄阿鼠；前些日子又看了天津京剧院张克和石晓亮的联袂演出，总感觉没有故乡的舞台亲切。

《十五贯》的故事蓝本始见于宋代话本《错斩崔宁》，至清代，由剧作家朱素臣改作《十五贯》传奇剧本，又名《双熊梦》。浙江昆苏剧团的首演剧本据此再度改编，并参考冯梦龙《醒世恒言》中《十五贯戏言成巧祸》，删除了"况钟托梦"等离奇情节，着重刻画了况钟、周枕、过于执对案件的不同态度。剧情如下：

屠户尤葫芦为生意借得本钱十五贯，酒后对女儿苏戌娟戏言，这是她的卖身钱，女儿信以为真，当夜逃走。赌徒娄阿鼠见财起意，溜进尤家盗走十五贯钱并杀死尤葫芦。苏戌娟出逃途中邂逅客商熊友兰，熊的身上正巧带钱十五贯，于是两人被疑奸情，谋财害命，扭送县衙。知县过于执听信诬告，遂判苏、熊二人死刑。苏州知府况钟觉得内中有冤，力争缓斩。几经调查，发现破绽，继而乔装算命先生。套出娄阿鼠杀人的口供，最后真凶伏法，冤者昭雪。

诞生于明嘉靖年间的昆曲至今已有六百多年历史，与古希腊戏剧、印度梵剧并称为"世界戏剧的三大源头"，也可以视为中国戏曲的"百戏之祖"。在我印象里，昆曲这种形式，历来承载的是阳春白雪、曲高和寡的才子佳人戏，唱词雕琢，唱腔委婉。《十五贯》却不是这样，仅就剧情而言便感觉格格不入。这个戏后来的轰动，在于惊动了当时的政治最高层。

为此我查阅了资料：1956年4月，《十五贯》晋京演出。4月17日，毛泽东在中南海怀仁堂观看演出，大加赞赏。翌日便派人传达三条指示：第一，祝贺改编和演出成功；第二，要推广，凡适合演出的，都可以根据各剧种的特点演出；第三，对剧团要奖励。4月25日，毛泽东再次亲临观看此剧。周恩来也于4月19日观看了演出并接见全体演职员，说："你们浙江做了一件好事，一出戏救活了一个剧种。"5月17日，文化部和中国戏剧家协会联合邀请首都文化界知名人士两百多人，在中南海紫光阁举行昆曲《十五贯》座谈会。周恩来出席座谈会并做了长篇讲话，盛赞《十五贯》是"改编古典剧本的成功典型"，是"百花齐放，推陈出新"的榜样。第二天，《人民日报》发表了由田汉执笔的社论——《从"一出戏救活了一个剧种"谈起》，把昆曲《十五贯》推到了舆论的极点。《十五贯》在北京公演四十七场，观众达七万人次。与此同时，各地不同剧种的剧团，也在纷纷移植该剧。

在我印象中，最高领导人如此关注并褒奖一出戏，尚属首次。与之前对《武训传》的批判以及之后对《海瑞罢官》的围剿，情形完全不同，南辕北辙。官方之所以重视，是因为这出戏突出了反对官僚主义，宣传了实事求是的精神。不过，作为一名普通观众，《十五贯》带给我的却是一份情趣。

戏曲的主要魅力在于唱、念、做、打，唱是第一位的，但这出戏的"念"，让人印象深刻。"访鼠测字"一折，况钟假冒观枚测字的算命先生，与娄阿鼠的那段对白，令人称绝。娄阿鼠报出一个"鼠"字，况钟便问为何事而占？

鼠：官司。

况：鼠乃一十四划，数遇成双，乃属阴爻，况鼠，又属阴类，阴中之阴，乃幽晦之象。若是占官司，一时还明白不了。

鼠：是不大明白。

况：你是自占，还是代占？

鼠：代占，代占。

况：依数看来，只怕不是代占。

鼠：何以见得？

况：鼠乃十二生肖之首，岂不是肇祸之端？

（鼠惊呆）

况：好像是窃取了什么财物……

鼠：偷东西您也看得出？

况：鼠性善于偷窃，所以如此断来，受害的那一家，可是姓尤？

鼠（大惊失色）：这您是怎么晓得的？

况：老鼠最喜偷油。故而晓得。

鼠：您不是算命先生，您简直就是活神仙啊！

怀宁剧团每回只要演到这里，台下必定是掌声雷动。只可惜，饰演娄阿鼠的潘绪满伯伯，这出戏演过没几年，四十多岁就因病离开了人世。他临走的前夕，我已经上了大学，暑假回来，随母亲前去他家探望。他已经是形容枯槁，靠在床头，沉重地对我说："我和你母亲这一生，是经济上的摇钱树，政治上的活靶子。"这句话我至今记得！便想起"文革"期间，他被打成坏分子挂牌游街、打扫厕所的场面，很是心酸。扮演况钟的詹仰还健在，前几年我去石牌镇（原怀宁县政府所在地）做调研，召开了一个座谈会，见到詹先生。谈起怀宁剧团故去的同事，年迈的他还是不禁老泪纵横。那一天，我还独自去了县剧团的旧址，1957年秋天，我就是在此出生的。我曾经写过一篇文章《我的"戏园子"》，记录了我儿时短暂的欢乐时光。但是我的"戏园子"多年前已经毁于一场莫名的大火，呈现在我的眼前只是一片废墟，长满了野草。我当然不会忘记，失火的第二天一早，我就陪同已经离开舞台的母亲赶到现场，母亲一到便情不自禁地号啕大哭——我从来没有见过母亲如此悲伤，仿佛天塌。

我在《独白与手势三部曲》第一部中有这样的描写——

这把天火烧掉了我的摇篮。我是在戏园子长大的。我帮助过这个剧团画过许许多多的布景。我父亲创作的剧目，最初是在这个舞台上立起来的。而我的母亲在这个舞台上站了近半个世纪。现在，它已经成了废墟和焦土！

2018年6月15日，泊心堂

闲话《白蛇传》

　　我出身于一个梨园世家。外祖父是黄梅戏前辈艺人，母亲是县剧团的当家花旦，父亲是编剧。我小时候几乎每晚都去戏园子看戏。"文革"前，剧团基本上是以演古装戏为主，帝王将相、才子佳人，其中就有《白蛇传》。这出戏不是黄梅戏的传统剧目，也不是新编剧目，大概是根据京剧——田汉的本子移植过来的。我母亲饰演白素贞，扮起来真是光彩照人。今天是2018年5月13日，母亲节，虽然母亲已经离开我十四年了，现在写这篇文章，眼前还是浮现出她在舞台上饰演白素贞的形象，她的唱腔，她的身段，她的水袖，无不让我迷恋。多年前我画过一幅《断桥》，母亲看过，不禁感叹一句：白素贞如果没有"水漫金山"这一出，就更完美了。那时她已经退休，一心向佛。

　　这出戏我不知看过多少遍，因为这出戏，少年的我对蛇似乎没有特别的恶感，也不惧。大学期间，我看过上海电影制品厂摄制的一部京剧戏曲片《白蛇传》，由李炳淑主演。那个晚上我仔细推敲了，觉得就戏曲结构、人物关系和情节设置而言，《白蛇传》最为完整，也最合理。不像黄梅戏《天仙配》，怎么看都觉得是由"路遇"一折拉拽而成。

　　看戏曲和看话剧感受不一样。戏曲这种形式，剧情都很简

一意孤行——潘军创作随想录

单，人物也是类型化——脸谱化。有一次和父亲谈起戏曲的脸谱，他的观点很鲜明：戏曲就是需要脸谱，让人一看，善恶分明。我觉得有道理，戏曲不需要像话剧那么深刻，不需要那么有思想，人物性格也无须多么复杂。戏曲是娱乐大于思想，娱乐大于教育。人们看戏，为的是享受，看的是角——为其悦耳动听的唱腔和出神入化的表演所陶醉。如果说话剧是以剧本为中心的，那么，戏曲就是以演员为中心的。比如今天大家提起话剧《雷雨》，都知道是曹禺写的，但周朴园是谁演的？繁漪是谁演的？恐怕就说不上了。但要是提到《霸王别姬》或者《锁麟囊》，谁都知道是梅先生和程先生的代表作，剧作者是谁，又都无法说出。

《白蛇传》故事最早成型于冯梦龙《警世通言》里《白娘子永镇雷峰塔》。后来各种戏曲本子均由此脱胎而出。全国几乎所有的剧种，甚至包括木偶戏、皮影戏都有这出戏。其中以文武开打、唱做并重的京剧《白蛇传》最为著名。流传最广的戏曲剧本，也是出自田汉之手。田汉最初接触这个题材是在1943年，应李紫贵邀请，参考弹词《义妖传》、传奇《雷峰塔》和话本小说《白娘子永镇雷峰塔》等有关白蛇故事的文学作品，完成了《金钵记》。某种意义上，现在通行的这个本子，是田汉为梅兰芳的弟子杜近芳量身定制的。杜近芳最初演的是"杂拌"的《白蛇传》，有昆曲也有皮黄，周恩来建议她去演相对完整的《金钵记》。于是杜近芳就去拜访了田汉，说《金钵记》给人的感觉是在突出法海，又说"盗库银"怎么看都觉得是贼的勾当，有损白素贞的形象。年轻的杜近芳从演员的角度提了些意见，对田汉很有启发，遂在《金钵记》的基础上做了大幅度的修改，正式命名为《白蛇传》。1954年，中国京剧院首演此剧，杜近芳饰演白素贞，李少春饰演许仙，轰动京城。至此，京剧《白蛇传》完成最后的定型。据杜近芳回忆，排演这出戏，她的两位恩师——梅兰芳和王瑶卿始终跟着，给予她很大的帮助。这样的规格简直难以想象！可是到了1963年，北京京剧团决定排演《白蛇传》，由赵燕侠饰演白素贞。导演张艾丁认为，"合钵"一场中，白素贞的唱词情绪不够饱满，难以充分表现母子生离死别、悲愤交加的复杂心情。田汉接受了这一建议，用一个晚上的时间把原来只有"四问"的离别唱词增加到了二十七行——

> 亲儿的脸吻儿的腮，
>
> 点点珠泪洒下来。
>
> 都只为你父心摇摆，
>
> 妆台不傍他傍莲台。
>
> 断桥亭重相爱，
>
> 患难中生下你这小乖乖。
>
> ……

就唱词而言，田汉"一夜之间"补上的这一大段唱词显得急就，也嫌拖沓，不够精致，但赵燕侠这段唱腔可谓如泣如诉，动人心魄。不过，梨园行的流派与做派历来就是如此，各唱各的，互不买账，各有各的选择，各有各的传承。

2011年我拍电视剧《粉墨》，剧中女主角的身份是一位京剧名旦，还引用了《白蛇传》的"游湖"和"断桥"。为此我接触过两位杜近芳的门人，青年演员窦晓璇和丁晓君，如今都是饰演白素贞的角儿。问起这段"亲儿的脸"，她们都不曾学过。我后来画《白蛇传》，心中的模特就是她们二位，虽然没有对着写生，但她们的演出给我留下了美好的印象。我曾经问丁晓君："盗草"和"水斗"这两折也是由你一人演吗？她说是。这两折武戏成分大，很吃功夫，不容易。程派青衣张火丁也曾将这出戏搬上舞台。以程派的声腔韵律来演绎《白蛇传》，是一次尝试，更是一次创造。我只是在电视上看过《断桥》一折，感觉挺好。

多年前看电影《青蛇》，眼前一亮。这部根据李碧华同名小说改编的电影，故事虽然取材于《白蛇传》，但视角变成了青蛇，张曼玉饰演的青蛇自然就是主角，因此具有极大的颠覆性。徐克的电影大都闹腾，给我最好印象的，当属这部《青蛇》。张曼玉夸张撒娇的表演并不觉得讨厌，反倒很生动。倒是饰演白蛇的王祖贤真的成了一个摆设。

最近闲时看张岱的《西湖梦寻》，发现其在《雷峰塔》一文中提到这个白蛇的传说：

> 曾见李长蘅题画有云："吾友闻子将尝言：'湖上两浮屠，雷峰如老衲，保俶如美人。'"予极赏之。

将雷峰塔比作法海，保俶比作白素贞，这是天才的比喻。李长蘅即李流芳，张岱同一时代的诗人、书画家，也是张岱的好友。

闻子将是明代文学社团"读书社"的发起人，虽文学成就不大，但这句话却是高妙。

1980年上影的那部戏曲片，限于当时的拍摄条件和制作手段，今天再看效果已经不佳。我一直想重拍一部《白蛇传》的戏曲片，并且想对田汉的剧本进行一次较大的改编，甚至重写。有人便问我，打算怎么改？我随口说了句：让许仙和法海换个位置——许仙出家为僧，法海还俗恋爱。

或许这也是一种颠覆吧？

2018年5月13日，泊心堂

附记：2018年，我在《山花》杂志第十期上发表了短篇小说《断桥》，这是我停笔十年之后再写小说。之后，我又根据小说改编了一出四幕话剧《断桥》，发表于《中国作家》2019年第三期。算是我对《白蛇传》的一个交代。

青衣·程派·张火丁

戏曲行当的旦角中，除老旦自成一路外，又有青衣、花旦、刀马旦、花衫之分。譬如"四大名旦"中，梅兰芳侧重于唱与做，在青衣与花旦之间游走，花衫的成分最大——某种意义上，"花衫"是梅兰芳的创造；尚小云则偏重刀马旦；荀慧生喜欢塑造天真活泼俏丽的姑娘，专攻花旦；程砚秋则是以独特的唱腔与表演处理，立足于青衣。"梅兰芳的'样'，程砚秋的'唱'，尚小云的'棒'，荀慧生的'浪'。"——这是20世纪30年代"通天教主"王瑶卿的"一字评"，当年在戏迷中广为传颂。

青衣是旦行里最主要的一类，也称正旦，大多扮演端庄温婉且正直善良的人物，年龄一般是由青年到中年，如《白蛇传》里的白素贞、《红鬃烈马》里的王宝钏、《汾河湾》里的柳迎春、《宇宙锋》里的赵艳蓉、《铡美案》里的秦香莲、《锁麟囊》里的薛湘灵等。又由于角色多为茹苦含辛的贤妻良母，故多穿青褶子——这大概是"青衣"的由来，也另称作青衫。青衣重唱工，念白皆为韵白，其表演的幅度也很受节制。据梅兰芳《舞台生涯四十年》记载，有一次梅先生演《宇宙锋》，当天嗓子不舒服，就临时把表演尺度放大了，以做弥补；但还是受到了个别票友的批评，说在艺术上，过分和不足都是缺憾。

但凡流派，皆因相比较而成立。这也是我坚持认为，黄梅戏没有流派一说的理由。严凤英、王少舫只能说是那个时代黄梅戏的代表人物，但今天称其"严派"或"王派"就显得牵强。京剧流派的诞生始于20世纪20年代，诸多流派因演唱方法和表演形式的差异，各自彰显出鲜明的艺术个性，这是流派形成的基础。据现存资料，"四大名旦"的称谓，最早是在1921年，由天津一个叫沙大风的娱记，在以自己名字命名的《大风报》创刊号上提出的。1927年北京的《顺天时报》又有评选最佳旦角的活动，推波助澜，再次评出"四大名旦"——梅兰芳首屈一指，程砚秋紧随其后。

程这一派，实际上是被逼而出——程砚秋年轻时变声倒仓，依嗓音条件已经很难再做演员，老天爷似乎不赏这口饭。但他不认命，在王瑶卿等人的精心指导下刻苦练声，之后出国考察，或许也领略到西洋歌剧的魅力——这是我个人的推测，着重在音韵、四声上下功夫，终自成一格。曾读刘海粟《黄山谈艺录》，其中有将京剧流派与绘画风格做比较的文字，感觉很新鲜。他是这样谈论程砚秋的：

> 程砚秋演技如雪崖老梅，唱腔浑厚苍凉。他天生脑后音，本不适应歌唱，但他善于扬长避短，终臻曼美之风。

然而"天生脑后音"的程砚秋根据自己独有的嗓音特点，硬是创造出了一种幽咽婉转、若断若续、如泣如诉、刚柔并蓄的唱腔风格，在表演上无论是身段、步法，还是水袖、剑术，都具有与众不同的特点。有人说程砚秋创作的角色，典雅娴静，恰如霜天白菊，有一种清峻之美。1956年摄制的、由吴祖光根据程派经典剧目《荒山泪》改编并导演的电影，片头字幕衬底就是一束白菊。可见，这种"清峻之美"的评价应是一种共识。

程砚秋的作品我看得不多，除戏曲片《荒山泪》，就只听过几段老唱片。有一次驾车出长途，一路反复听着程砚秋和杨宝森合演的《武家坡》，感觉与其他流派差异很大，但差在哪里，一时弄不清楚。

真正让我喜欢并认识程派的，是后来者张火丁。

很奇怪，自从看过张火丁的戏，就觉得无论是她的形象气质，还是唱腔做派，最能体现"青衣"和"程派"这两个概念。或者说，张火丁就是"青衣"和"程派"的化身。几年前，潘萌还特地给我快递了一册张火丁的演出剧照集锦。那段时间我时常就听她的音碟，从程派的传统剧目《锁麟囊》《春闺梦》到新编的《祝福》和《江姐》，反复地听，很痴迷她这种演唱，但也不禁自问：这是程派吗？后来京城掀起的"程派热"，某种意义上可以看作是"张火丁热"，有人甚至将其归纳为"程腔张韵"，其中的"张韵"指的是张火丁本人的唱腔和表演特色。这种归纳，我大体是认同的。京城每逢上演张火丁的戏，都是十分火爆，一票难求。张火丁称得上名副其实的角儿，今天能享受这样的痴情而狂热的"捧角"，张火丁是第一人。

一次，偶尔看到张火丁的访谈节目，才知少年时代的她求学之路竟是如此坎坷，从关外的吉林来到河北的廊坊，再由评剧转到京剧，几经周折才作为天津戏曲学校的自费插班生录取，实属艰难！然而起点不高的张火丁有着过人的毅力、天赋、悟性和韧劲，一步步走到了今天的辉煌，可谓"梅花香自苦寒来"。不可否认，张火丁的程派，体现了创造性的继承和发展。

张火丁是努力的，更是清醒的。对于程派的继承与发展，也有很好的思考。她认识到，继承并非传唱程派的几出老戏，发展也不等于是用程腔演唱新剧目。我在网上浏览过她的研究生论文，对程派的研究，有其独到的认识，比如她认为程派唱腔"在幽柔的旋律中蕴含有一股犀利苍劲、锋芒逼人的内在力量"，并且"程腔注重以腔就字，咬字运用切音，需用口劲。行腔时抑扬顿挫，轻重缓急，结合四声，通过气口、粗细音放和收等技巧，使程腔具有强大的艺术感染力和震撼力"。同时，她认为程派的"念"也是独树一帜，她说："程派创出的运气、提起，把气推起来，再发音念白，如'苦哇''容禀'之类的叫板，听来似断实续，俗称龙头凤尾。"

这篇论文还引用了程砚秋对于传承的精辟独到的论述，如："初学法则，遵守规矩，既得规矩，始求奇特；既得奇特，乃寻规矩。"再如："守成法，不拟于成法，也不背乎成法。"

这与齐白石的名言"学我者生，似我者死"异曲同工。

张火丁有这样的论述：

> 程派艺术不是晴空日出，而是淡云掩月；它不是不遗余力，而是游刃有余；它不是震耳欲聋，而是韵味无穷。它如南极的一座巨大冰峰，浮于海上，露出水面者少，藏于水下

者多。它含蓄深沉，具有忧郁的品格。它庄重典雅，兼有哲学、辩证法色彩。程派艺术在许多方面，或就其本质而言，与文学中的诗极为相近，可以说是"京剧中的诗"。

这段文字尽管有点学生腔，但体现了张火丁对程派艺术的一往情深。

2018年6月20日，泊心堂

心得与对话

——在第二届安庆市编剧读书班上的演讲

在座的很多已经在去年太湖读书班上见过面了。对于戏曲，我算不上专家，我建议大家也不要迷信什么专家，我勉强算得上一个梨园行的票友吧。我写过几十本小说，写过几个话剧，近十年里又自编自导了一些电视剧，但戏曲剧本就写了两个，还都没有排演。但是，票友的最大优势是可以逾越规范，我不是当局者，是旁观者，有时候可能是旁观者清，当局者迷，站在局外人的立场上，发表几句心得，可能会有点意思。刚才李局长美言了我很多，其实我没有什么身份，我不是一个体制中人，应该是一个江湖中人。我对体制中的一些东西不感兴趣，所以很早就放弃了一切职务和待遇，放浪于江湖。安庆是我的故乡，我又出身于梨园世家，我的外祖父潘由之先生，是黄梅戏的前辈艺人。我父亲雷风是专业编剧，母亲潘根荣是演员，所以对于戏曲，对于黄梅戏，我有一份很深的感情。

讲座分为两个部分：我先来谈谈自己对戏曲的理解，有些心得跟大家分享；接下来我想以对话的形式与大家进行交流，在座的有问题可以提出来，我们互动，可以对话，甚至可以抬杠，都没问题。我是一家之言，自圆其说，这其实是我一贯坚持的学术态度和立场。当然难免有不妥之处，可能是片面的，但我历来不喜欢平庸的全面，我追求深刻独到的片面。

上次在太湖的第一届读书班上，我讲了"戏曲的困境"，主要是今天的戏曲创作面对市场的种种困惑。这次想谈谈戏曲本身。这两天在路上思考了一下，觉得可以从两个方面建立一个参照系：一是话剧和戏曲，二是京剧和黄梅戏。这样就便于理解黄梅戏在日常生活中，乃至在艺术史上的一个准确的位置。

一、话剧和戏曲

大家都知道，中国的本土是没有话剧的，话剧是舶来品，五四新文化运动前后，以洪深为代表的一批剧作家，从国外引进了话剧这一品种，一些话剧剧目陆续登台，成为一种时尚，甚至对戏曲形成了一种冲击，因为话剧直面人生，具有强烈的现实批判性，对人心思想都产生了影响。这个功能，传统戏曲是不具备的。中国的戏曲是本土的，从民间的瓦舍勾栏说唱文学逐步发展开来，到元代达到一个高峰，一直延续至今。戏曲的题材偏重传奇，游离于现实生活，表演的虚拟性，形式感的写意性，使这一独特的形式具有充沛的娱乐性。由于这些基因的不同，所以它们的特点、形式和呈现的方式方法是完全不一样的。

首先，话剧作为一个载体，关注的是现实生活，即使是历史题材，也和现实生活形成比照。话剧的批判性和哲理性，要求它更多地承载着思想层面的东西，具有形而上的探索精神，这和现代小说观念很接近。因此，某种意义上话剧就成了一种文学样式，所以才属于诺贝尔文学奖的评选范围。诺贝尔文学奖可以颁给小说，颁给诗歌，颁给话剧，但不会颁给电影、电视剧，因为影视作品，随着科技的飞速进步，不可避免地加重了它的技术性。现在很多视觉效果极好的电影，都是由电脑科技后期制作完成的。比如李安的《少年派的奇幻漂流》，整部电影的大部分拍摄现场，就是台湾的一个专门建造的游泳池，那个池子可以造出六种效果不同的"海浪"。2012年我去洛杉矶，还专门参观了为这部电影进行后期制作的公司，很多东西，像老虎，都是电脑画出来的，老虎皮毛的光感、潮湿感，浸水的效果，都是画的，很费钱。这部电影的后期制作经费是前期拍摄的好几倍。后来李安获奖了，这家公司也破产了。李安在好莱坞星光大道边的杜比大剧院登台抱起奥斯卡小金人，后期公司的工人就在外面打着旗子游行要饭碗。杜比剧院不久前还叫柯达剧院，因为美国宣布2014年禁止胶片电影上映，改用数码，所以柯达也破产了。诺贝尔文学奖更不会颁给戏曲，因为戏曲不是一个国际性的东西，它是一个地域性的、本土性的东西。虽然它具有不可忽视的国际影响。好的戏曲作品就是国粹。

既然话剧承载着思想层面的东西，那么它的表现就不能过于抽象，否则就是说教了。它是具体的，比如人物关系的丰富性和人物性格的复杂性，比如情节的曲折性和主题思想的深刻性，都有相应的要求，这是话剧的价值取向。话剧的使命就是启迪人心。即使是喜剧，也还是一样。去年我在北京人艺看了三谷幸喜的中国版话剧《喜剧的忧伤》，陈道明和何冰两个人演，把故事的时代背景改到了抗战时期的重庆，把人物的身份改成了一个喜剧作家和一个从战场上因伤转业的剧本审查官，戏剧冲突就是围绕一部喜剧剧本的审查展开，很有意味，盛况空前。而戏曲则完全是另样。戏曲作为一个载体，它的表现对象不是现实生活，所以也不会对现实生活进行批判，它说一段传奇，演一出神话，然后可以做道德上的判断和评价。这和古典诗词、民歌有接近之处。唐诗、宋词、元曲，本来就是一脉相承。戏曲是抽象的、虚拟的、写意的，它要营造的就是如泣如诉和诗情画意，它应该看重娱乐性，而非思想性，追求的是一种人生情趣。所以我历来不主张戏曲表现当代生活，即使是过去的样板戏，深入人心是因为强行灌输，举国之力为意识形态服务。我从来不认为样板戏是什么精品，一台戏，动不动就生硬地插入政治领袖的教导，即使是唱腔设计，也把一些革命歌曲的旋律糅合进来，这算什么精品呢？样板戏带着那个特定时代的印记，无非就是河中无鱼虾也贵罢了。戏曲之所以成为戏曲，在于戏曲自身的特性，它的生命力就靠这种特性维持至今。但问题是，我们今天很多的戏曲作者，还有主管部门，往往忽视了这些特性，他们更愿意把一些不属于戏曲本体的东西附加在戏曲之上，难免就画蛇添足，弄巧成拙了。明明是一台好戏，然后自作多情地去批评，这出戏思想性不够，人物不丰满；或者这个地方太拖了，这个地方太慢了。那么我要问：《锁麟囊》思想深刻吗？就那么一点事，车轱辘似的，反复说了四五遍。《文昭关》慢不慢？伍子胥一个人在台上可以搞半小时。但是大家爱看、爱听，这就是戏曲的魅力所在。我今天要为脸谱化正名。戏曲的脸谱是一大特色，这种符号化的表达很直接也很强烈，同时具有美感。脸谱就是要向观众传达人物性格的单一性。曹操的一张白脸，就是要传达出这个人物的奸诈，不可能随着剧情的发展而变成关羽那张义薄云天的红脸。（笑）戏曲的人物应该单纯，这种单纯不是概念和简单，而是要求在人物基调里去写丰富，演丰富。我举个例子，《曹操和杨修》，从行当、声腔搭配是绝配，可以说是后无来者，尚先生和言先生都是世家传人，能看到他们的联袂演出无疑是一种幸福。但是这个戏在我看来美中不足还是剧作，作者刻画曹操内心的冲突、矛盾，这其实没错，但着墨太多，因此显得过于沉重，失去了鲜活和生动，削弱了娱乐性。也就是说，这种故事新编，没有必要写得那么正，曹操和杨修都写得太正了，不可爱，不好玩，关键还是把戏曲的特性丢失了，大家不是在欣赏一台妙趣横生的好戏，而是在上一堂乏味的通俗历史课。所以我们做戏曲的人，应该面对真相，不要活在谎言里，要懂得大家掏钱买票的用意，忽视了这个，一切都无从谈起。

其次，话剧和戏曲的不同，还涉及一个剧作家的地位问题。话剧作家是一出戏的核心，而戏曲则是以演员为核心。这不是我们自己贬低自己，是实际情况。大家都知道《茶馆》的作者是老舍，《雷雨》是曹禺写的，但是谁导的，一般业外人可能就不知道焦菊隐这个名字，一些不太著名的演员大家也未必知道。仅之，如果说京剧《霸王别姬》是谁写的，可能没有人知道，但都知道是梅先生演的。《赵氏孤儿》是马先生演的，可能很少人知道其实这个戏就是马先生本人根据同名元杂剧以及后来的《搜孤救孤》改编的。这就很好地说明了话剧作家和戏曲作家的位置。历史上很多的话剧作家就因为话剧获得了诺贝尔文学奖。比如说尤金·奥尼尔、塞缪尔·贝克特，包括让-保罗·萨特。这些话剧作家在其剧作中突破故事层面而进入哲理和精神层面，在追求形而上的探索。戏曲作家，都是以演员，也就是角儿为核心来写戏的。过去的一些名角都有自己的编剧搭档，比如梅兰芳和齐如山。我曾经听《沙家浜》的编剧之一汪曾祺先生谈到，谭元寿先生演郭建光，一来就要求编剧改唱词的韵辙，说谭派最大的特点就是高亢，主要唱段韵脚最好多用"江阳"，这话说得有道理，于是就有了"朝霞映在阳澄湖上"以及"听对岸、响数枪，声震芦荡"和"月照征途风送爽"。即使是同样的一个剧目，不同的演员演，也是有不同的要求。我记得看过一篇文章，当年田汉先生写《白蛇传》，杜近芳和赵燕侠都演过。赵燕侠就对田汉先生说，这地方您得给我加一段，我觉得戏到了这地方我得唱足了。于是田汉熬了一夜，把原来只有"四问"的离别唱词增加到二十七行。所以赵的本子就多出了"亲儿的脸吻儿的腮"这一经典唱段，就是为赵燕侠专门写的。杜近芳的版本中就始终没有这一段。所以戏曲的编剧，必须要以演员为核心。

话剧很容易从戏曲身上吸收到新的东西。戏曲的虚拟性、写意性、程式化，外国人是很喜欢的。国内有些话剧导演，比如林兆华、田沁鑫、李六乙、王晓鹰等，都在自己作品里融入了戏曲的东西。我写话剧《霸王歌行》时，建议王晓鹰请一位京剧演员来演虞姬，后来北京演出时，每次到虞姬唱"劝君王"这段，掌声雷动，很有后现代的感觉。王晓鹰在这出戏里引进了很多戏曲的东西，比如他让其中一位演员（张昊）串演了大小十三个角色，范增、韩信、李由，甚至吕后，都由这位演员演，一下戴髯口，一下拿浆，效果很不错。这个戏每年都演，国外也演了十几个国家和地区。反过来，戏曲向话剧学习，我感觉实在没有什么可学的。或者说，越学越麻烦。这显得有些不大公平，我个人不主张戏曲向话剧学习。

二、京剧和黄梅戏

京剧在戏曲界的统治地位不可撼动，这是不争的事实。但是京剧也无法替代地方戏，包括黄梅戏。地方戏植根于地方，这种天时地利人和，就是地方戏至今存在的社会人文基础。京剧也不是万能的，黄梅戏有些剧目京剧也演不了，比如《夫妻观灯》这个折子戏，京剧就演不了。我父亲生前爱说，京剧是黄钟大吕，黄梅戏是小桥流水，可以互相学习，但不能互相取代。这话还是有些道理。京剧历史悠久，流派纷呈。越剧也有流派，但影响受到地域性的限制。流派是有说头的，如果有人潜心研究京剧，你会感觉到它里面是奥妙无穷的。为什么很多老作家、老教授、老画家都是票友呢？比如已故的画家李苦禅，健在的书法家欧阳中石。就是因为他们对流派的那种痴迷。我也好这一口，闲时也爱哼哼几句。流派是因比较而成立的，不同的流派自然有不同的特点。我曾天真地私下琢磨，这些流派是怎么形成的？或许是某年某月某个老先生喝了点酒，高兴了，一唱，走板了，然后干脆将错就错？（笑）当然这是笑话。但是肯定会有一个磨炼的过程，出发点肯定是根据自身条件和独到的理解去设计的。比如周信芳先生，因为意外的倒仓而创造出了麒派。有流派就有传承，所以这个剧种的生命力比起一般没有流派的，确实要强很多。京剧之后就是越剧，它也是因为流派传承形成了生命力。但黄梅戏没有流派。现在一些人总爱说，严凤英是"严派"，这个观点我不能同意。没有比较，谈何流派？严凤英只能算是那个时代黄梅戏的代表人物，王少舫也是如此。严凤英传给谁了？谁是学严凤英的？没有。只能说有很多模仿严凤英的。以前省团的陈晓芳模仿得很像，后来吴琼模仿得更好。我在北京和吴琼住一个院子，我有次就跟她讲，你不要按照严凤英那个路子，你按照你的理解去唱，严凤英有她的嗓子条件，她的音域、音色、音高，肯定和你不一样。你有你的优势，比如你可以把民族唱法引入戏曲，可以根据自己的需要进行调整。她是一个很有想法同时也很勤奋的演员，她后来在自己创作的剧目中，如《严凤英》《贵妇还乡》，都进行了很好的尝试。有一次，我和中央台戏曲频道的主持人白燕升谈到马连良。他说很多人学马派，但都学得不好。我就说，我看过一份资料，传说马先生舌头有点大，念白的时候像唱，唱的时候又像念白。说像唱，唱又像说，这个界限在马派里面有时候会很模糊。一个舌头正常的人去学马派，再去模仿他那种东西，这就有点东施效颦了。再看周先生演的戏，他演《甘露寺》里的"乔玄"，和其他流派完全不一样，连词带韵以及唱腔调式全改了，沙沙哑哑，韵味十足，听了过瘾！我昨天晚上还在网上看了周信芳演的《四进士》，他的撩袍、捋须，一招一式都和锣鼓点配合得天衣无缝。周先生追求一句中间的变化。有些人可能是第三句平一点，第四句又拉起来，形成一个节奏。他往往就是要求说唱腔在一句中间有起伏，这是他自己琢磨出来的。他的《乌龙院》，演得那么出彩，给人感觉他真的拿把刀在比画似的，那种血雨腥风，那么杀气腾腾，气场真是巨大。所以说无论是唱腔还是表演，流派都是有说头的，也就容易被人继承发展，是有这个空间的。还有张君秋先生，某种意义上他对"四大名旦"的特点是融会贯通了，最后形成自己的演唱风格。我甚至认为，张先生应该是在"四大名旦"之上。

地方戏首先是一种地域性的东西。我们今天来看黄梅戏的影响，依然脱离不了两个元素：一是严凤英，二是唱腔。以前有人说，要把唱腔写得不像黄梅戏，我就觉得不可思议，你做的就是黄梅戏，却偏要让人听起来不像黄梅戏，这是成功的吗？肯定不是。因为一个艺术样式，无论是戏曲还是别的样式，它永远不能脱离它的本体。我有次遇到战友文工团一位相声演员，我说现在的相声不像相声，相声就是两个人站着说嘛，可现在附加的东西太多了，又蹦又跳、又夸张又比画的，我说你这个到底算什么呢？脱离了它的本体。相声就靠一张嘴，不需要画蛇添足。过去的那些老先生，侯宝林先生、郭启儒先生上台上就一袭长衫，就戳那儿说。马三立就更跩，都不看观众的，低着头说。这才是相声本性的东西。一个艺术形式脱离它的本性，而强调它的属性，本末倒置，肯定是没有前途的。

在座的大都是从事黄梅戏创作的，所以我觉得，我们首先应该弄清楚，什么是黄梅戏的特点，黄梅戏的元素跟京剧乃至其他剧种相比较，到底有什么不同？厘清了这些最基本的东西，这个载体才是可靠的，然后在这上面再去成长一个剧目。这是我个人的判断。

黄梅戏应该怎样发展？上次在太湖，我提了一个看上去很消极也很天真的观点，即戏曲发展到今天，应该强调它的保护性和展览性。消极，是因为在今天戏曲这一形式生命力越发受到制约；天真，是我的主张难以实现。实际上，一个剧种要传承下去，一定要有好的剧目，而好剧目是需要真金白银来打造的，匆忙推向市场注定是没有前途的。现在谁也不敢说，我这出戏能演一百场。演不了！不要说黄梅戏，就是京剧，如果没有名角登台，票房依旧惨败。更何况你让剧团发一半工资，另一半工资让他们自己去挣，怎么挣？让他们送戏下乡，那就成了文艺宣传队，这又怎么能抓出精品来呢？市场和精品是个矛盾，这个矛盾不是某个要人鼓励几句就能解决的。正常的程序，首先应该是政府和企业投资来打造精品，然后向大众进行展示。市场检验有一个过程，而且市场并非检验精品的唯一标准，曲高和寡很正常啊！一部电影，票房很高，不等于它就是一部优秀的电影，只能说它是一部票房好的电影；一个演员片酬高，也不等于说他（她）就是一个好演员。有时候甚至相反。过去戏曲有市场，那是时代使然。今天已经不是一个万众看戏的年代。我曾经跟别人断言，十年之内，连电视这个行业都没有了，完全被网络所取代，电视机成为网络的播放器。至少我认为国外是会消亡的。无论是新闻事件，还是突发事件，网络都比电视迅捷。即使是影视剧，大家也都不愿意被动地每天等待电视台播出两集，更喜欢上网一气呵成看掉，很过瘾。安庆有位局长对我说，几年前看我的《五号特工组》，就是利用春节值班，一天一夜在办公室看完的，还自带方便面。（笑）现在大家都离不开手机，就是迅捷嘛。

一个消息，电视新闻还在机房剪辑配音，微信就已经传开了。你说电视还需要存在吗？这些年我做电视剧，各家电视台就面临几大门户网站的严峻挑战。所以现在很多片子，直接就是卖给网络了，甚至还会事先为网络订制。网络肯定会把电视行业压垮。电视都如此，何况戏曲？然而戏曲具有一种人文化石性，它肯定不能消亡，这是民族文化的一个元素，更是我们的一项使命。我们只能花大气力保护它，我呼吁政府要养一些有价值的文艺表演团体，要养一些好剧目，而不是简单地利用戏曲，为了搞个面子工程，搞个什么奖，拨一点钱敷衍过去。这就没有意思了。

京剧和地方戏之间，既不可替代也无法挑战。黄梅戏就是面临着突出重围、自己找出路的问题。前几年昆曲搞了一个青春版《牡丹亭》，影响很好。其实在今天，喜欢昆曲的人未必有喜欢黄梅戏的人多，也就是说，黄梅戏的市场要大于昆曲。昆曲严格按照曲牌去写，没有黄梅戏的亲和力。为什么《牡丹亭》有这么大的轰动效应？这里面固然有一个白先勇因素，但更多的是地方政府花了大钱，支持了这次创作。加上苏州是个举世闻名的旅游城市，昆曲是苏州的一张名片，二者互动，声名远播。我们也爱说黄梅戏是安徽包括安庆的名片，这不错，问题是我们的剧目没有影响力，我们的城市同样没有影响力。《牡丹亭》的成功值得我们总结和借鉴。

我先拉拉杂杂说到这里，余下的时间，是我们互动。我想根据大家所提到的问题，再做针对性的解答。

问：中国戏曲史上出现的高峰，都是文人参加的戏剧创作，如元杂剧，清代洪昇、孔尚任的剧作，没有文人参与的戏剧往往会走入低潮。您怎么看待这一现象？

答： 我说戏曲不需要在承载思想方面多花功夫，是跟话剧相比较而言的。任何艺术形式都有其自身的思想性，区别在程度上。戏曲这一形式，看重的是情趣；跟话剧比较，就不要一味地强调它的主题高度、思想深度乃至人物性格的复杂性。但是话剧不一样，比如说萨特的《死无葬身之地》和赫尔曼·沃克的《哗变》，它就必须把剧作层层推进，最后上升到哲理层面、精神层面、形而上层面。这是话剧的使命。而戏曲的指向，更多的是道德层面，比如说善恶、美丑。我刚才为什么说要为脸谱化正名呢？戏曲是需要脸谱化的，好人坏人，美女丑角，观众一目了然。鉴于此，话剧作家的地位自然就提升了。于是之再伟大，没有老舍的《茶馆》，他就无法展现才华。但是戏曲的魅力完全靠演员，也就是靠名角来体现。今天看几大须生、几大旦角的戏，你会觉得那些戏的内容似乎没有多大意思，让你迷恋的是角色的魅力。所以过去的戏迷才说"听戏"，是有道理的，大家就是要听名角"这一口"嘛。从前天津的戏园子唱《四郎探母》，有的观众买不上票，就在剧场外面蹭着听，一听杨先生（杨宝森）把"叫小番"唱上去了，就特别过瘾。但同样的一个剧本交给一个普通演员去演，顿时就黯然失色了。我注意看过几个版本的《野猪林》，最好的是李少春、杜近芳，其次是李光、沈健瑾，再次是于魁智和李胜素。差别非常明显。

今天的电视剧也有戏曲类似的特点，随着市场的约定，一个戏的火爆，往往不在于剧本和导演的优秀，而在于演员。就像我拍

《五号特工组》，最后捧红的是于震和王丽坤，没有多少人知道这个戏的编剧和总导演是潘军。尽管一些红火的演员演得未必好，但观众就是喜欢，这就是不讲理，追星就是不讲理的。但是我的话剧，无论是国内还是国外，作为编剧的地位难以忽视。《霸王歌行》在北大上演，最后学生鼓掌要求编剧上台，那我只能上台向大家鞠躬。在日本上演，对方将剧本翻译成了日文，邀请我去和大学生座谈，要讨论这个剧作，说明编剧是多么重要。

问：听您刚才的演讲，谈到用黄梅戏表现现代生活思考，希望您做进一步阐述。

答：我不是只针对黄梅戏，我针对的是整个戏曲形式。如前所言，我认为戏曲是形式大于内容的，而不是形式为内容服务。

你让国家京剧院去演一台现代戏，比如《焦裕禄》《孔繁森》，或者一个反腐倡廉的戏，它肯定失败。为什么呢？因为戏曲这个载体承载不了这些东西。水袖没了，圆场没了，起霸没了，它还叫戏曲吗？最后的结果，弄来弄去就是一个"话剧"加"唱"了。即使是过去的样板戏，也是那个特定历史时期的产物，举全国之力，百花凋零，一花独放，盛行是因为强行灌输。这就好比中国画不用毛笔、不用宣纸、不用墨，怎么画呢？所以我历来不主张戏曲去表现现代生活，因为无法利用和发扬戏曲的手段，歪曲了整个戏曲的表现形式。你把戏曲的手段踢开，从剧作层面看没有问题，但从舞台层面讲，那就肯定是大问题了。我这些年看了一些戏曲的现代戏，没有一出是值得称赞的。我觉得戏曲就是这样一个独特的艺术形式，不追求主题思想的深刻，而追求舞台呈现的情趣；而且，必须以演员为中心。

问：现在很多地方都在鼓励现代戏创作。正如你所说，现代题材不太适合戏曲形式的表现，形成了一个矛盾。请问您是怎么解决这个矛盾的？

答：我其实是一个江湖中人。这个矛盾对你们是有的，对我是没有的，没有人会命令我写这个东西。刚才有个朋友跟我提《半个月亮》的前身《爱莲说》，其实这个本子最早是为吴琼写的，我和她在北京住一个院子，是朋友。她想做一个现代戏。我当时就说，这是吃力不讨好。事实证明我的话没有错，我以后不会再做这样的事了。但是在座的估计不行，因为你们是体制中人，有上面交代的任务，有配合中心工作的要求，就会面临着某种压力，也同时面临着某种诱惑，写个剧本，少则挣10万元，多则挣30万元、50万元。那我只能说，既然能把钱挣到就去写吧（笑）。

问：您刚才对京剧《曹操和杨修》给予了很高的评价，能具体谈谈这个戏吗？

答：《曹操和杨修》是这么多年在戏曲界口碑很好的一个戏，在我看来，这个戏的好，第一要素是在于尚（长荣）、言（兴朋）搭配，这是绝配！两位梨园大家子弟的联袂演出，本身就是一大盛事。第二，剧作本身就不错，这种选材，过去的三国戏是没有的，出了新意。第三，舞台呈现的效果也很好，能感觉这是今天的戏曲，不是老戏，有清新也有悲凉。但是，这个戏如果在思想层面削弱一点，在情趣层面、情怀层面增加一点，或许会更好。我们拿《曹操和杨修》跟《群英会》来比较，《群英会》妙趣横生，蒋干盗书，周瑜打黄盖，包括《草船借箭》，都是有趣味的东西。它没有那种很深沉、苦大仇深的样子，曹操把张、蔡二人杀了，杀了就杀了，"哎——"水袖一甩就完了嘛。《曹操和杨修》感觉剧作太正了，杨修这个人物太正了，曹操又太奸了。如果这两个人物的定位做些调整，比如杨修不怎么正，曹操也未必大奸，是否会更有意思一些呢？

问：请您谈谈戏曲的继承和发展问题，今天的戏曲应该怎么发展？

答：首先，我们要有勇气承认，历史上很多东西历经千锤百炼，已经达到登峰造极，只能继承，难以发展。比如说书法，比如说古典诗词。今天你想在书法上超越王羲之、颜真卿，在古典诗词上超越李白、杜甫、苏东坡，我是不信的。我们要承认这个现实，更要面对这个现实。传承本身就是事业，即使发展，也离不开传承。我们今天衡量一幅书法作品的高下，首先要看它的渊源，要看师承关系。你这字是怎么来的？是先学了"二王"，后又学了"苏、黄"，其间还糅合了一些魏碑或者汉隶，最后形成了自己的风格。这个脉络是很清晰的。戏曲也如此，一个好演员，别人会问你的开蒙老师是谁，后来又拜了谁，最后才成了某个先生的入室弟子。这是一个程序，不能违背。流派也就是这样形成和传承下来的。今天的声腔设计、伴奏、舞美、灯光等整体呈现的效果，今天的录音手段、扩音手段，远远好过以前。但是没有一个人敢说，他唱得比他的前辈好。从前马连良看青年演员演出，认为他们都唱得不错，唯一的不足就是"口淡"——这怎么解释？怎么纠正？这里没有一个青出于蓝而胜于蓝的关系，只有一个我的师父是谁，我是他的学生。永远是这样。这是我个人的一个判断。

其次，刚才有人说，不是因为没有观众，是因为我们没有好的剧目；还有人说，即使有好的剧目，也未必有好的市场，因为时代发展到今天，戏曲就该进博物馆了。其实二位说得都有道理。我只是从宏观上有个判断，打个比方吧，戏曲是一匹骏马，但是你不能让它跑在今天的大街上，让它去等红绿灯，那是不行的，红灯它也要跑的，刹不住。它不适合这个时代的街道，但是你可以给它开辟一个跑马场去跑，可以让它在草原上跑。戏曲事业，黄梅戏事业，都是国粹，都应该继承、保护，不能粗暴地将其推向市场，那样的话，将会是两败俱伤。

问：我有一个体会，比如说我们在桐城黄梅剧团，在20世纪80年代初的时候，那个时候的观众很多，一场戏可以演很长时间。后来桐城剧团分成两个队，分别下乡，场场爆满。但是，在今天这个社会发展情况下，一部分观众流失了，现在看戏都是四五十岁、五六十岁的人，年轻人几乎没有。

答：我们要面对这个现实。不要盲目乐观，但也不要一味悲观。这里有一个政策问题。面向市场和创作精品本身就是一对矛盾。基层剧团为生存，要下乡演出，厢车一拼就是舞台，卡带一放就是伴奏，这还是戏曲艺术吗？连堂会都不如，何谈精品？戏曲发展到今天，要强调两个因素：一个是保护性，一个是展览性。保护性就是政府别指望它挣钱，你得养着它。你要是想要这个剧团，就要保护这个剧团，就要宠着这个剧团，这个剧团才有可能去做精品。一个展览馆每天都搞画展，这个展览馆肯定是不行的。但是隔一阵子办一个展览，效果自然就好。大家会觉到这个机会难得，一定要去看。戏曲作为一个人文化石传到今天，它应该享受这个待遇。它不是靠一个文化产业链能带动起来的。北京那些剧团的条件那么好，不挂着名角儿的头牌，照样卖不出去票。这就是时代的特点，很正常。我曾经在一篇文章中说到，一个好的演出制度是各取所需、各得其所。比如美国，你就是再有钱，如果你的作品不行，你还是进不了百老汇。因为我有艺术标准，是有门槛的。维也纳金色大厅名声坏了，就是因为土豪包场，谁有钱都可以进来唱，大家就嗤之以鼻了。

从整个大的格局来讲，我觉得管理部门对戏曲应该善待，不要让它进入产业，不要指望它挣钱。不久之后，连电视都要消亡了——被网络取代，戏曲还能撑多久？但戏曲作为民族瑰宝，应该永远在幽雅环境里得到最好的展示。

最后，我谈一点体会。

我对戏曲，实际上就是一个票友。我只写过两个戏曲本子，话剧倒是写了三个。但我出身于黄梅戏世家，打小就在剧场看母亲演出，所以对戏曲，对黄梅戏，有很深的感情。黄梅戏有其独特的地方，比如它的乡土气息，比如它的轻喜剧特性，比如它小桥流水般的唱词和声腔，都是值得称道的。

黄梅戏的唱词，不像京剧、昆曲，受到很多调式和曲牌局限；很活泼，有话则长，无话则短，可以自由发挥。黄梅戏的表演，程式虽然不如京剧规范，但有其朴素生动的一面。但是黄梅戏的创作，我指的是剧作，应该有所选择。比如《红鬃烈马》《曹操和杨修》《三岔口》，这样的文戏武戏，京剧就很适合，而《红楼梦》和《梁祝》，越剧很适合。当然，这也不是绝对的。有的剧目，如《白蛇传》，适应性就很强。安庆的《徐锡麟》，当时看了我就说，本子写得不差，但是黄梅戏演不了这种壮怀激越的东西。多年前，吴祖光先生提出戏曲分工论，我是支持的，戏曲应该有分工。不是说任何一个剧种演什么剧目都适合。你让京剧来演《打猪草》和《闹花灯》，乃至《天仙配》《女驸马》，它照样也演不了。因为这些剧目都有轻喜剧的特点，很俏皮，有情趣。这是我对黄梅戏的理解。

上次在太湖我就提到，我想抽空重写《女驸马》。我女儿说她要写小说，第一句就是：冯素贞在等一个人。她有她的构思。我的重写，上来就是冯素珍到了京城，然后公主女扮男装也溜出宫来了，在宫里待得闷嘛。两个女扮男装的姑娘邂逅了，然后你看中了我，我看中了你。公主是看中了这个男人，她想找个帅哥做夫婿；冯素珍要找关系，要救她的李郎，各有所图。于是公主出主意说，你想救你朋友只有一个办法，就是考状元。冯素珍说我没有复习，临时抱佛脚怎么行呢？公主说我会帮你。然后公主就去刘文举那里把题窃了，在座的你们不觉得女孩子作弊是件很可爱的事情吗？（笑）这就有意思了，有情趣了，有情怀了嘛。要不然冯素珍怎么能考上状元？你不能完全一点逻辑性没有。最后的结局令人意外，两个人放弃了最初的目标，都走了，不要早早地跟男人结婚，就是我们姐妹俩云游四方，不是挺好的？难道非要过那种正常的生活。就像我今天讲的，难道一个男人非要结婚吗？一个女人就非要嫁人吗？我就按照这个路子来写。（笑）

（根据现场录音整理）

第五辑

书画篇

画家漫说

一

1944年傅雷等人在上海举办"黄宾虹八秩诞辰书画展览会"，并以《观画答客问》的形式予以推介，其中有这样的话——

> 以我数十年看画的水平来说，近代名家除白石、宾虹二公外，余者皆欺世盗名。而白石尚嫌读书太少，接触传统不够（他只崇拜到金冬心为止）。

中国现代美术史上"南黄北齐"的说法，应由此而来。傅雷是为了介绍黄宾虹，才顺便提及齐白石，并且还认为他"读书少，接触传统不够"。不过这也是事实，齐白石出身贫寒，本是一乡间木匠，用他自己的话说是"穷人家的孩子，能够长大成人，在社会上出头的，真是难若登天"。1917年，虚岁五十五岁的齐白石在北京结识了大画家陈师曾，"晤谈之下，即成莫逆"。那时期齐白石生活潦倒，居无定所，在几处"庙产"借宿。后陈师曾去日本办展，也带了些齐白石的作品，不料均以高价售出，一举成名。

傅雷没有说错，齐白石的画，主要是受明清画家的影响。有他本人的诗作为证——

> 青藤雪个远凡胎，
>
> 缶老衰年别有才。
>
> 我欲九泉为走狗，
>
> 三家门下转轮来。

诗以咏志，诗中提及的徐渭、八大山人和吴昌硕，都是齐白石的偶像。尽管齐白石如此表白，上海的吴昌硕还是不屑一顾，说"北方有人学我皮毛，竟得大名"。齐白石并不生气，专门治了一方闲章：老夫也在皮毛类。算是反唇相讥了。但齐白石最大的遗憾恰恰就是与吴昌硕靠得太近。今天看他的某些作品，感觉像是在临摹吴昌硕——无论是用笔、构图、设色乃至题款、印章，无一不像。陈师曾倒是鼓励齐白石创新的，曾有诗赠予"画吾自画自合古，何必低首求同群？"这对齐白石是重要提醒，也正合他的心思。所以，虽然齐白石继承了吴昌硕的恣意洒脱，篆籀用笔，但齐白石是做完加法再做减法，逐渐从吴昌硕那里剥离出来，他也有了自己的"衰年变法"，之后便画出了很多简约的东西。木匠出身的他，好比把一截木料砍成了桌子腿，而不是刨；他的笔墨具有高度的概括性。这一改变，提升了作品的格调——如果说吴昌硕的画具有一份金石气，那么，齐白石的画就具有人间的烟火气。齐白石之所以成为大家，是他的作品里有一份难得的稚气和天真，大巧若拙。这种"似与不似之间"的神韵与美感，在吴昌硕那里是看不见的。仅此一点，齐白石就超越了吴昌硕。

现在有人在推四川的陈子庄，说他是"中国的凡·高"，无非是说他生前默默无闻，死后无比荣光。我看过陈子庄不少画，基本上还是从吴昌硕、齐白石这儿来的，属于他自己的东西不多，即使有一点，也远达不到"光辉灿烂"——陈子庄生前说：我死后，我的画会光辉灿烂。他很自信，但愿时间能做出合理的解释。

二

最近香港苏富比拍出了黄宾虹的一幅《黄山汤口》，成交价为3.4亿元人民币，于是黄宾虹再次成为画界的焦点与市民的谈资。

黄宾虹的一生很有传奇性，年轻时热衷革命，积极参与反清活动，这一点和蔡元培相似。革命不成，锐气受挫，就一门心思去画画了。我曾经提到过黄宾虹的"山河情怀"，窃以为，黄宾虹作品显示出的那份厚重与奔放，应与骨子里的这种革命精神有关——山河山水，一字之差，却是霄壤之别。

喜欢黄宾虹是近十年的事。以前我觉得他的山水是旧山水，有一种仿古的感觉。后来读古画，从宋到清，忽然觉得黄宾虹成了一个导读，古画里的一些东西，似乎都在黄宾虹作品里若隐若现。再看其灵动的笔墨，看似随手拈来，却笔笔讲究，华滋深厚。与其他"新山水"画家一比较，就觉得黄宾虹很了不起，有凌虚高蹈之感。黄宾虹晚年的作品很"黑"，但依旧能从厚重中看到飘逸——

这种对立又和谐的关系，别人弄不了。黄宾虹影响过很多人，但是得其精髓者不多，倒是仿造他的不少。我就遇见过一位专门仿制黄宾虹的仿家。这个人很有趣，他说之所以仿制作赝，是因为学黄宾虹太难。他说宾翁八十岁以后的积墨，一层层加，不知加了多少回，一张画有好几两——这种表达很吸引我！此人曾经把仿造的赝品拿到拍卖市场竞价，竟也拍出过好价钱。润格是论尺的，后来他心大了，居然作了一张六尺整张的，结果被揭发——黄宾虹一辈子没有画过这么大的尺幅，顿时就穿帮了。但是人家一点不怵，反倒理直气壮：世上的《兰亭》哪个不是赝品？哪个不是无价？

三

　　大学时代，我是学校书画社的社长。入校第二年，我写了一个电影剧本《徐悲鸿》，受到长春电影制片厂的重视。为此我利用暑假专程去北京采访了徐的遗孀廖静文，她热情地接待了我，送我一册《徐悲鸿素描》，后来我们还互通了几封信。正巧徐悲鸿和前妻蒋碧薇的女儿徐静斐就在安徽农学院当教师，我也经常去她家采访。所以说，徐悲鸿是我了解中国现当代美术的一个窗口。

　　徐悲鸿一辈子致力于中西画的融会贯通，他是康有为的入室弟子，也是最早一批学画的官派留洋生，两方面造诣都有。但是1949年之后，作为中国美术的掌门人，徐悲鸿和刘海粟等人关系一直闹得很僵，耽误了正事，心情也搞坏了，也偏离了一个画家的本质。徐悲鸿主张把素描引进国画的造型，这是个大胆的尝试，影响了几代人。

　　现在大众谈起徐悲鸿就是他的马，无形中，马成了画家徐悲鸿的符号。其实我倒觉得他的猫画得更好，神气，生动，笔墨气韵也好。徐悲鸿画得不好的是人，每张脸都是他本人的脸，与同一时代的蒋兆和差距明显。当然，蒋兆和也就是那幅《流民图》了，其他的作品，包括我认为不错的《阿Q像》，都无法与之相比。对此我一度很困惑，为什么只有一幅残缺的《流民图》？每次读这画，不敢相信是七十多年前的产物，这不仅是蒋兆和的代表作，也是一个时代人物画的代表作。陈丹青说《流民图》是"二十世纪中国最伟大的人物画"，我是完全同意的。但是蒋兆和仅此一幅，实在遗憾！这应该与《流民图》的遭遇有关。1941年蒋兆和在北平创作《流民图》，曾得到汉奸殷同的资助，这个"历史包袱"压得他一辈子抬不起头来，他还能画什么？

　　我一直认为，徐悲鸿是书法大家，他师出康有为，碑学功底深厚，融篆隶于行楷，横平竖直，长撇大捺，气势开张，苍厚遒劲，颇具古朴典雅之气，尽得北碑丰神。我觉得他的书法成就高于绘画。

　　吴冠中说，徐悲鸿不懂美，这个我不能接受。徐、吴都是江苏宜兴人，莫非带有门户之见和文人相轻？吴冠中这话过于自大，也轻佻。至少，我觉得徐悲鸿的笔墨是远远好过吴冠中的——吴说"笔墨等于零"，这个观点我也不能同意。中国画不讲笔墨，还讲什么？于是有人就怼了上去——"没有笔墨等于零"。其实，吴冠中的艺术成就并不高于徐悲鸿，他无非就是以中国画的章法来画西

243

画，或者用西画的某些处理来画中国画，来回串。他的画在市场上受到追捧，拍出过很高的价格，但不等于说他的画多么好。徐悲鸿的价码似乎更高吧？不少明星的价码惊人，但未必是好演员。如今有个叫崔如琢的一直在标榜自己是活着的艺术家里拍卖价格最高者，并预计很快超过毕加索，又能说明什么呢？

<h1 style="text-align:center">四</h1>

由徐悲鸿的马想到黄胄的驴。黄胄的驴，历来为民间推崇，业内人士也没有多少闲话，可谓雅俗共赏。但是也很遗憾，某种程度上，黄胄的驴遮蔽了其人物画的成就。驴挡了人的路。中国画人物画，黄胄的出现是一个高峰。黄胄最大的贡献，是把速写的笔法引入了人物画领域。黄胄的速写功底深厚，抓形能力强，线条灵动，富有生气。这种随意性的线条与墨色融为一体，显现出崭新的气象，气势磅礴。不按常规出牌，反倒显现异彩，这就是黄胄！

黄胄的人物画前无古人，却后启来者，影响了不少画家，比如史国良。但是都不具有超越之势。线条、笔墨，直接影响到一幅作品的精神气质，而这些又是训练有限，多凭天赋。

自从徐悲鸿等人把西画的素描引入中国画人物，便造就了不少这种路子的画家。比如广东的杨之光。"文革"时期，杨的一幅《矿山新兵》影响很大。同一时期的还有浙江的方增先。我最早接触到方增先的作品，是《说红书》和《粒粒皆辛苦》，后来又看见了他为浩然小说《艳阳天》所作的全套插图。方增先是重视笔墨的，也考虑变形，所以他后来从浙派人物画中脱颖而出。西安的刘文西，人物画的素描功夫好，造型扎实。但笔墨不好，谈不上以书入画——事实上，书法一直是刘文西的短板。刘文西的笔墨变化极少，基本上都是中锋用笔，加上所画对象一直是领袖与老农，看久了，就觉得多有重复感。倒是同城的王子武，作品虽然不多，但有品。至于范曾的人物画，一直就是任伯年的线、潘天寿的景加上他自己的脸，我从来就没有喜欢过。范曾的可爱在于他的自我标榜，他喜欢成为热点人物，成为话题，当然这也是一种活力。

五

　　黄胄之后，对人物画有突出贡献的，当是卢沉、周思聪夫妇。二人是李可染的弟子，李可染的人物画不多，但很有特点，他的人物都有适度的变形，笔墨看似随意，其实很有讲究。这与徐悲鸿、蒋兆和完全写实大不相同。徐、蒋都是将西画的素描引入中国画人物，在人物的面部、手部皴擦出素描关系，过于强调形似就等于失去了神似，也就失去了生命力。尤其是李可染笔墨的运用，对卢、周二人很有启迪。我看过卢沉的一本谈水墨画的小册子，其中很多地方都在说李可染的线条和笔墨。卢沉和周思聪有坚实的写实基础，加上导师在笔墨上的点拨，一下就甩开了同辈人。卢沉是一位极具头脑的画家，善于思索，也精于归纳。他的人物画作品，无论是造型还是笔墨，都是有味道的。他说有一个时期十分迷恋关良的戏曲人物，喜欢那种稚拙美。周思聪最初是傍着卢沉，她的有些作品，比如少数民族姑娘、儿童，都带有卢沉的影子。二人也常有合作，称得上是琴瑟和鸣。但卢沉后来一味去画醉汉，古人醉今人也醉，一醉方休，就显得单调了。倒是周思聪的探索走得更远，她后来画的彝族妇女和孩子系列，与以前偏重写实的人物完全是另样面目，趣味天然。周思聪的大写意墨荷，也很独到，笔墨蕴含着浓郁的情感与诗意。遗憾的是，这对画家伉俪走得太早。2010年5月，我在北京看过他们夫妇作品的合展——"沉思墨境"，面对他们的杰作，我有一种悲凉之感。有人称周思聪是中国历史上自李清照以来最好的女性艺术家，姑且不论这种定义的合理性，但能看出一份对周思聪的深切爱戴与认同。

2018年6月18日，泊心堂

黄宾虹的"山河情怀"

丁酉年我回故乡，利用一次讲学的机会，去看了黄宾虹在安庆就读过的敬敷书院。这所书院落成于1897年，地址就是后来的安徽大学堂，即现在的安庆师范大学老校区，紧挨着菱湖公园。建筑的遗迹还在，虽修缮一新，但已经看不到什么名堂了，去看，无非是对黄先生的缅怀，毕竟他到这里住过。

1897年，恰巧也是农历的丁酉年，黄宾虹34岁。他以高才生的资格被郡守推荐入院深造，然而心思并不在读书上。不久，他便过江去了对面的贵池，见到了钦慕已久的谭嗣同，相投甚契，所谈内容无外变法。但是第二年，戊戌变法失败，谭嗣同殉难，黄宾虹作了一首悼念的诗，遂离开了敬敷书院，走自己的路去了。从黄宾虹的简历看，他的前半生首要的工作不是书画，而是革命。他做过很多反清的事情，因此有"革命党"的嫌疑，遭到清廷的监控与通缉。某种意义上，书画其实是作为革命家的黄宾虹革命间歇时的一种自我调剂，或者是挫败后的一种自我排遣。所以我认为，后来成为一代宗师的山水大家黄宾虹，与其他山水画家最大的不同，是他的山河情怀——国家兴亡、民族安危是他持久的忧虑，他笔下的山水应是另一派景象。山河、山水，一字之差，却是霄壤之别，这是我一孔之见。有人指出，无论是黄宾虹黑、密、厚、重的画风，还是浑厚华滋的笔墨，皆蕴含着中华民族自强不息、厚德载物的伟大精神，这话有些牵强，往大里说了，我不敢苟同。我只是认为，作为一个画家，他眼中的山水是山河的一个缩影，是有所寄托的。

　　黄宾虹，原籍安徽歙县，1865年生于浙江金华，卒于1955年。原名懋质，名质，字朴存、朴人，亦作朴丞、劈琴，号宾虹，另外还别署予向、虹叟、黄山山中人等。他基本上是活在民国时期。我在读黄宾虹作品时，最突出的感受是他在技法上的融会贯通——他对中国传统绘画的研习，是一般画家所不具备的。但他的研习又有其独特的方法。他说过："先摹元画，以其用笔用墨佳；次摹明画，以其结构平稳，不易入邪道；再摹唐画，使学能追古；最后临摹宋画，以其法备变化多。"这里的宋画，除了北宋的几大家外，还包含了五代的荆浩、关仝、董源、巨然诸家。1941年他曾在自己一幅山水作品上题诗："宋画多晦冥，荆关灿一灯；夜行山尽处，开朗最高层。"无疑，学问高深的黄宾虹所作当属文人画。所谓的文人画，是与宫廷画、工匠画相对立而提出，但很多人把它与文人的画混为一谈，看重的是作者的身份，却忽视了作品的内涵。文人画除了强调它的诗情画意，诗、书、画、印的完美结合，还在于它的书写性——西画是画出来的，而中国画则是写出来的。从黄宾虹这一独特的习画步骤可以看出，他最先注重的是笔墨，强调的是书画同源，以书入画，笔笔有所交代。中国画的写，笔有轻重缓急，墨有干枯浓淡，见笔见墨，在我这里一直是判断一张好画的重要标志。前段时间看到方增先对全国美展的评价，说"缺笔"严重，言下之意就是看不到笔墨，一些看上去颇为壮观的作品大都是描摹出来的，这便违背了中国画的精神。我非常同意这一观点。当年吴冠中一句"笔墨等于零"至今被人诟病，有人反驳：没有笔墨等于零。吴冠中致力于中西画的融汇，但不管怎么融，笔墨这两个字是绕不开的，字画为作者心迹，笔墨必然有所显示。所谓"外师造化，中得心源"，其中的差异是后四个字，便是作者的学识与修为。一些研究者从黄宾虹作品里悟出了篆籀用笔，看出作品所散发的金石气，这些在吴昌硕作品里也能见到，但吴的学识与修为远在黄之下。

近现代绘画史上，有"南黄北齐"之说，这种说法最具权威性的，是傅雷。1944年上海举办的"黄宾虹八秩诞辰书画展览会"，是由傅雷与表姐顾飞（黄宾虹入室弟子）、裘柱常夫妇共同署名发起的。其时上海已经沦陷多年，在傅雷等人的不懈努力下，画展获得了巨大成功。傅雷亲自撰写近五千言的《观画答客问》，以这种形式阐释黄宾虹作品的特点、笔墨、艺术风格和文化精神，虽带有一定的偏爱，但至今读起来仍不乏精辟之处。近读《傅雷书简》，其中对黄宾虹有这样的评价——

以我数十年看画的水平来说，近代名家除白石、宾虹二公外，余者皆欺世盗名；而白石尚嫌读书太少，接触传统不够，他只崇拜到金冬心为止。宾虹则是广收博取，不宗一家一派，浸淫唐宋，集历代各家之精华之大成，而构成自己面目。尤其可贵者他对以前的大师都只传其神而不袭其貌，他能用一种全新的笔法给你荆浩、关仝、范宽的精神气概，或者是子久、云林、山樵的意境。

　　他（指黄宾虹）的写实本领，不用说国画中几百年来无人可比，……他的概括与综合的智力极强，所以他一生的面目也最多，而成功也最晚，六十左右的作品尚未成熟，直至七十、八十、九十，方始登峰造极。我认为在综合前人方面，石涛以后，宾翁一人而已。

黄宾虹与傅雷年纪相差四十三岁，却因画成为忘年之交，也成就了中国文化史上的一段佳话。

或许因为视力不济，黄宾虹晚年成为"黑宾虹"——墨是越积越多，画越画越黑。他的一些作品感觉都是停留在"半成品"状态，仿佛可以无限制地叠加上去。画法也看似凌乱，随意性很强。但是，随着笔墨的不断叠加与渗化，满纸烟云，天地浑然，飘逸与厚重对立而统一。这或许就是他心中企求的那种"深厚华滋"吧？看这些作品，你会觉得黄宾虹是在借笔墨宣泄自己内心的情感，其作为创作过程的意义远远大于创作结果。明代画家恽南田评述倪瓒的作品："须知千树万树，无一笔是树；千山万山，无一笔是山；千笔万笔，无一笔是笔。有处恰是无，无处恰是有，所以为逸。"这段话用于评价黄宾虹，我觉得也十分恰当。

我有一位画家朋友，他的山水也是学黄宾虹，而且还经常出去写生。我看了他的画，说学黄宾虹的山水，从形态上接近，并不难——这样的画现在能见到很多。但是，仅有形态的似，终是没有意义，学黄宾虹，无疑还是要学他的笔墨。黄宾虹一生勤奋，游历名山大川去写生，但是他的写生并非写实，而是进行了"主观整理"——这是我个人的提法。黄宾虹的写生稿或者课徒稿，线条是灵动的，形体同样是灵动的。反观另一些画家，所作写生完全写实，甚至可以说是在用毛笔画素描，也就索然无味了。

当年傅雷在《观画答客问》中，以古人"看画如看美人"之说，对黄宾虹作品的魅力有充满诗意的阐述：

> 昔人有言："看画如看美人。其风神骨相，有在肌体之外者。今人看古迹，必先求形似，次及傅染，次及事实：殊非赏鉴之法。"其实作品无分今古，此论皆可通用。一见即佳，渐看渐倦：此能品也。一见平平，渐看渐佳：此妙品也。初若艰涩，格格不入，久而渐领，愈久而愈爱：此神品也，逸品也。观画然，观人亦然。美在皮表，一览无馀，情致浅而意味淡，故初喜而终厌。美在其中，蕴藉多致，耐人寻味，画尽意在，故初平平而终见妙境。若夫风骨嶙峋，森森然，巍巍然，如高僧隐士，骤视若拒人千里之外，或平淡天然，空若无物，如木讷之士，寻常人必掉首弗顾，斯则必神专志一，虚心静气，严肃深思，方能于嶙峋中见出壮美，平淡中辨得隽永。唯其藏之深，故非浅尝所能获；唯其蓄之厚，故探之无尽，叩之不竭。

这段话，实际上也是讲审美关系，创作者与欣赏者之间的那种高山流水般的默契。多年前，我在谈小说创作时，曾打过一个比方：好的小说是茶叶，读者是水。上品的茶叶和适度的水组合在一起，才能沏出一杯好茶。这话用于读画，也应该是适合的。

2018年5月10日，泊心堂

五君子图

自有倪瓒以来，后人只要以几棵树（或几竿竹）为画面主体的，加之平远构图，都难免有模仿之嫌。好像这几棵树就是老倪家的私产，你动不得。明人董其昌、沈周，"清四僧"，以及新安画派的查士标等，都在其类似画作上注明"拟倪瓒笔意"等。这很奇怪。中国画南北二宗，由唐宋的繁杂，到了"元四家"这里，实际上开始做了减法，画法疏简，格调天真幽淡，使得绘画具有抽象与空灵意味。这中间，倪瓒厥功至伟。虽然赵孟𫖯对元代山水画的疏体模式具有开创意义，但最终还是由倪瓒实现了提高与突破。尝想，这大胆的减法是否与倪高士的洁癖有关？米开朗琪罗有句名言：把多余的部分去掉。倪瓒正是这样。显然，这一改变无疑是划时代的，一直影响到"清四僧"。石涛的书法题画，从精神到体式皆是以倪瓒为法；而弘仁则更加坦白，曾在画作题诗"迂翁笔墨予家宝，岁岁焚香供作师"。某种意义上，没有"元四家"，就没有"清四僧"，可以这么说，一部中国绘画史，有无倪瓒，是完全不一样的。这样的画家，是里程碑式的，当为大画家。而绝非如今那些在镜头前面摆样子高谈阔论，或者四下叫喊自己的画拍出了多少银子的角色。

就五六株树，倪瓒笔下显得如此生机盎然，董其昌、沈周就显得刻板。弘仁和查士标则更加过分——新安画派虽然作为山水画的一派，有其鲜明的个性，但我不是很喜欢——那种把山体方块线条化的处理，太刻意，不洒脱，也远离了山水画的性情。这或许就是弘仁永远落在八大山人和石涛之后的原因所在。八大山人的抽象是生动的，笔墨是有趣味的；石涛的随意同样是生动的，笔墨也同样有趣。借用明清大文人张岱一句话："天下之有意为好者，未必好；而古来之妙书妙画，皆以无心落笔，骤然得之。"这个"无心落笔"，并非指画家作画时胸无成竹，而是讲不能刻意；"骤然得之"，可能就是下意识间获得的那种意想不到却又具有审美价值的效果，多少带有一点偶然性和运气成分。中国画使用材料是宣纸、毛笔和墨，纸有生宣、熟宣、半熟宣之分，受墨性能各异；笔有狼毫、羊毫、兼毫，用笔有轻重缓急，有中锋、侧锋、散锋，还有提按；墨有松烟、油烟以及今天的新法制作，分干枯浓淡，加上水分的控制，是带有偶然性的。

当然我并非想讨论这个。我要说的，还是我自己的画。

这幅《五君子图》没有什么特指的含义，五根竹子——权当象征吧，竹下五个老者，悠闲自在，相见甚欢——我羡慕这样的生活。自我回故乡，就专门布置了一间茶室，经常会有朋友、同学来这里喝茶，也是谈笑风生。这种感觉京城是没有的。于是就这么画下来了。一天，有朋友来访，看见这画便说：学倪迂呢。他大概是因倪瓒有《六君子图》才有了这样的联想。我挺纳闷，自我业余习画至今，看画不少，但从不临习，而倪云林的画也见得不多，总共二十来张吧。这画怎么就和倪瓒挨上边呢？

看来影响并不在于依样画瓢的亦步亦趋，心里的印记就是影响。仅从形式感上，这张画也可以看作"向倪瓒致敬"的产物。

倪瓒，1301年生于无锡。初名珽，字泰宇，后字元镇，号云林子、荆蛮民、幻霞子等。倪瓒家族为江南著名豪富，早年丧父，由兄抚养。四十岁以前的倪瓒，过着富裕而风雅的名士生活，对酒当歌，吟诗作画，调声律，游四方。其人也生得眉清目秀，且有洁癖——关于这一点，民间流传的段子很多。元顺帝至正初年，社会动荡，烽烟四起，连年的战争让倪瓒思想日趋消极，最终做出了一个惊人之举：散尽家财，不隐不仕，浪迹江湖。"照夜风灯人独宿，打窗江雨鹤相依"——这该是他的写照。在"元四家"中，倪瓒在士大夫的心目中享誉极高。后人有这样评价："元代人才，虽不若赵宋之盛，而高士特著，高士之中，首推倪黄。"民间称倪瓒为倪高士，除了他高超的学识与艺术成就，我想更在于他的气节。明初，朱元璋曾召倪瓒进京供职，他坚辞不赴，并以诗明志："只傍清水不染尘。""吴王"张士诚的弟弟张士信出重金请他作画，被他严词拒绝："倪瓒不能为王门画师！"后来竟因此遭受毒打，却毫不吭声，声称"一出声便俗"。所以，倪瓒的洁癖，不是癖好，而是气质。

后来我又专门找出《六君子图》的印刷品看了，查阅资料，才知那六株树，分别为松、柏、樟、楠、槐、榆，以这样的六种树比喻君子，自然有其象征意义。此画是典型的三段式平远构图，一水隔两岸——这是典型的倪瓒山水范式。画幅中自题一则，述作画经过。更有倪瓒好友——"倪黄"中的黄公望题诗：

远望云山隔秋水，

近看古木拥陂陁。

居然相对六君子，

正直特立无偏颇。

仅凭这首诗，就知倪黄二人真乃高山流水的知音，心生无限羡慕。

倪瓒以前画类似山水，其中是有人物作为点缀的。但这幅画不仅去掉了人物，连亭子也不要了，仅存树木萧瑟，寒烟清静。

曾有人问过倪瓒，怎么画面上无人？

倪瓒答：天地间安有人在！

同为诗人的他在一首《折桂令》散曲中这么感叹："天地间不见一个英雄，不见一个豪杰。"这是怎样的心情？倪瓒的山水，是"真寂寞之境"——这是恽南田的话。他又说："千山万山，无一笔是山；千水万水，无一笔是水。有处却是无，无处却是有。"这的确是倪瓒的心思。倪瓒有言："吾作画，逸笔草草，不求形似，聊抒胸中之逸气耳。"

逸气何在？正在这无边的真寂寞。

2009年，我在上海车墩影城拍电视剧《惊天阴谋》时，写到这样一个细节——民国第一总理唐绍仪家中，要有一幅倪瓒的画。现场布置环境，美工一时找不到临摹品，就想以董其昌代替。我没答应，我告诉他：明代江南人以有无收藏倪瓒的画作为身份雅俗的标志，这是不可以代替的。即使是董其昌，本人也是对倪云林顶礼膜拜呢。那个上午因此停工。

倪瓒画竹也极负盛名。他写竹，超乎于形似之外，着重于抒发"胸中逸气"，我见过他自跋画竹的题句："余之竹聊以写胸中逸气耳，岂复较其似与非，叶之繁与疏，枝之斜与直哉！"

我平时不怎么画竹子，也没有专门琢磨过竹的画法。以前见过郑板桥一类的竹，觉得过于秀气，而吴昌硕的竹说是具有金石气味、篆籀笔法，但无烟火气，太霸道，不好看。也许潜意识地受到倪瓒这"写胸中逸气"的鼓励与激发，"无心落笔，骤然得之"。

这张《五君子图》，是我意外之作，挂在墙上，倒也不失几分安慰。

2018年1月28日，泊心堂

故乡·朋友·文人画

　　我每次回故乡安庆，都怀着一个非凡的乐趣，就是又有机会亲近笔墨，写字作画了。安庆地处长江中游的北岸，在历史上算是不大不小的古城。这块土地上从前出过中共的第一任总书记陈独秀，当代也出过"两弹元勋"邓稼先。但我记忆中最为亲切的，却是两百年前的几位徽班鼻祖，如程长庚、杨月楼等，还有大书法家、金石家邓石如。或许正是这样的地域原因，经济虽不发达的安庆，似乎至今还散发着一种文化的雅致。倘若从书法上看，安庆就有不少"拿得出去的"人物，去老街上走一遭——以前有条墨子巷，你会看见不少令你驻足的匾额。这份安慰，对我而言，比妇孺皆知的黄梅戏更大。

　　市文联副主席金海涛是我二十几年的朋友，他是剧作家，早年因写过电影《月亮湾的笑声》而广为人知。最近几年老金在写作之余练书习字，钟情明代才子董其昌。所以我一到，必定要借他家那块宝地，汪洋恣肆一番。没有带印，海涛便临时安排朋友为我赶制，并且还让出自己两方心爱的闲章。我习书画，纯粹自学，也纯粹是业余，充其量算是"票友"。既为票友，就会放松、放纵、放肆，无须顾忌专家的评点，也没有舆论的压力。我相信，书画为性情表达手段，信手挥毫，涉笔成趣，天机一发，也许偶得佳品——无论专家怎么看，我都敝帚自珍。但在安庆期间作下的所有字画我都没有得到，被朋友拿去补壁了，算是抬爱。

另一位画友唐罡是我的新交，但十五年前，我就知道这个名字。那时我的单位安徽省文联的杂志《艺术界》和《清明》上，发表了唐罡的书法作品。匆匆一眼，就给我留下了深刻的印象。我欣赏书画作品历来只凭直觉判断。在我看来，唐罡的字，最可贵的是一份稚拙之气。这无论从结体上还是用笔上，都不难看出。书家，最怕的是碑帖带来的匠气，难得的是这份天然的稚拙之气。画家何尝不是如此？

去年夏天，我回故里省亲会友，又是海涛提议，邀请老唐和我，在他家里举行一个小型的书画笔会。那是个阳光明媚的上午，我和老唐第一次见面了。简短的寒暄之后，笔会闲散地开始。我起笔画了湖泊和沙丘，老唐视察之后，果断地在近景位置添上了两株老柳，绿色一染，气氛浓郁。这张大写意就这么一挥而就了。谈不上多好，但很快乐。

或许因为作家身份，朋友都称我的画为"文人画"。其实文人画与文人身份没有多大关系，文人画也不是"文人"和"画"的叠加。"文人画"这个称谓，最初是由明代的董其昌提出的，但可以追溯到汉，至唐宋，已很发达。它的精髓之处，是主张让中国画进入一个诗、书、画、印相通交融的境界。画中有诗意，有墨趣，有性情，有思想。无论是唐之王维"以诗入画"，还是宋之苏轼"以书入画"，为的都是这个，与当时的民间工匠画和宫廷绘画有着显著的不同。随着时代的发展，所谓文人画实际上已经演变成了一个文人表达主观情怀的载体。倪瓒讲"自娱"，顾恺之讲"形神"，本质上是一致的，都是在力图寻求一种与自然亲近的方式，抒发自我的情怀。"元四家"之一黄公望的《富春山居图》，是他晚年的作品，那种随意的勾勒与点染，已经与自然浑成化境，笔简而气壮，笔不周而意周。

按陈衡恪（师曾）的解释，文人画"不在画里考究艺术上的功夫，必须在画外看出文人之感想。此之，所谓文人画或谓以文人作画，知画之为物，是性灵者也，思想者也，活动者也，非器械者也，非单纯者也"。无疑，陈师曾重视的是文人画的精神与品格，轻视的是那种匠气与呆板的技法。或者说，文人画是画中带有文人的情趣，画外散发出文人的思想，这样的文人画方为上品。仅就技法而言，我喜欢石涛的简约，八大山人的恣肆，吴昌硕的洒脱，齐白石的天真。我相信"法自我立"，追求手心相应，落笔成趣。

书画同源。李苦禅老对二者的关系，曾有高屋建瓴的概括。他说："书到高时是画，画到高时是书。"这是一般人难以企及的境界。以我的理解，苦老这两句话博大精深，既有艺术的辩证法，又含审美的原则。我在谈到小说或文章时，也曾说过，好的文章都是先做加法，后做减法。前者讲的是积累，后者讲的是提炼。从前看齐白石，不觉得妙；如今读来，妙不可言。我看出了大师的性情与笔墨趣味，知道了一种大巧若拙的美。但凡文学艺术创作，朴素的美终是大美。

陈师曾在谈到文人画的要素时这样指出："第一人品，第二学问，第三才情，第四思想。具此四者，乃能完善。"可见，这已经不是画的境界了，而是人的境界。

2006年1月15日，北京寓所

写莲说

中国画的分类是一个学问，画法上有工笔、写意，写意又分大小，还有兼工带写，还有没骨；颜色上有彩墨、青绿、浅绛，或者干脆就是水墨、白描。抛开这些，题材上又总分为人物、山水、花鸟三大类，三类之间又有互相的衬托，突出一类，其他二类不是作为背景，就是成为点缀。尤其是花鸟，大类中又有细分小类，同样是有所侧重，以花草为主，鸟虫便为点缀；以鸟虫为主，花草就是背景。有的画家一生就只画一小类（或者这类很突出），比如郑板桥的竹。安徽的肖龙士，也好像一生只画荷花和兰草，至少是主要画这两种。

我对花鸟没有研究，平时也几乎不作，但荷花是例外。

荷花，又称莲花、藕花、水芙蓉、君子花、凌波仙子（好像以此称水仙花的更多）、水宫仙子，皆是圣洁高雅。还有称作"玉环"——据宋孙光宪《北梦琐言》记载：唐中和年间，吴中人苏昌远，邂逅一素衣粉脸女子，赠其一枚玉环。不久，苏家庭院水池中荷花盛开，其中一朵花蕊中也有一枚同样的玉环，但"折之乃绝"。由此后人又称荷花为玉环。这传说《太平广记》也有记载。书里同时也有"玉环"和百合花的类似传说，如此种种，让人想起崔护的那首"人面桃花"。

我对画荷的喜爱，应与八大山人有关。荷花是八大山人常作的画题，也是他挚爱的画题，墨荷（他鲜有着色的荷花）的创作是其艺术生命中的重要组成部分。八大山人笔下的墨荷形象单纯，很抽象，笔墨简练而趣味无穷，叶上不画脉，梗上不点刺，整个画面看上去疏朗而空灵，有诗意，有禅意，更有一股仙气。看他的荷，感觉不是画，而是写。中国画，或者水墨画的高妙，就在于这个写——写意，不是画意、描意，要求的是"以书入画"。李苦禅有句话很经典：书到高时是画，画到高时是书。我深以为然。我喜欢画荷的另一个原因，是觉得大笔泼墨写意很过瘾，可以表现荷的风姿绰约，于是就试着画起来，结果不堪入目。越是简单的东西越不容易做好，看似那么随意的几笔，欲出惊人效果不是一般人就能做到的。

当年北京的齐白石学上海的吴昌硕画花鸟，无论是构图、用笔，乃至题款用印，无一不是模仿。于是吴昌硕就表示不屑，说"北方有人学我皮毛，竟得大名"。而齐白石索性就承认，自己愿意成为青藤（徐渭）、雪个（八大山人）、缶老（吴昌硕）门下走狗，这话听起来无比虔诚，但老先生随即又治了一方印"老夫也在皮毛类"，就是反唇相讥了。结果后来居上，齐白石同样也来了一个"衰年变法"，不能说是一举将吴昌硕击溃，但至少形成了分庭抗礼。如果说吴昌硕的笔墨有金石气，那么，齐白石的笔墨就是带有一点学来的金石气，但更具有人世间的烟火气。仅此一点，石翁就胜缶老一筹。

还有人说，张大千是"荷王"，我对此很不以为然。当然我也是历来不喜欢这个张大千的。一大把年纪还不断地作自画像，以为自己乃仙风道骨的美男子呢，仅此一点就招人烦。不明白徐悲鸿为什么说他是"五百年来第一人"。张大千的画，除了几张泼彩可以看，其余都俗气。他笔下的荷很浪，像旧时的青楼女子。当年傅雷就有批评：

> 大千是另一路投机分子，一生最大本领是造假石涛，那却是顶尖儿的第一流高手。他自己创作时充其量只能窃取道济的一鳞半爪，或者从陈白阳、徐青藤、八大（尤其八大）那儿搬一些花卉来迷人唬人。往往俗不可耐，趣味低级，仕女尤其如此。

话虽犀利，但我认为很中肯。我觉得最好的大写意的荷，依然出自齐白石之手。我看过很多画家的写意荷花，都无法跟齐白石相比。笔墨淋漓，趣味天然。这是才情，更是天赋，奈何不得。

画家爱荷，本质上和文人爱荷相一致，源头始于宋代周敦颐那篇著名的《爱莲说》——

> 水陆草木之花，可爱者甚蕃。晋陶渊明独爱菊；自李唐来，世人盛爱牡丹；予独爱莲之出淤泥而不染，濯清涟而不妖，中通外直，不蔓不枝，香远益清，亭亭净植，可远观而不可亵玩焉。予谓菊，花之隐逸者也；牡丹，花之富贵者也；莲，花之君子者也。噫！菊之爱，陶后鲜有闻；莲之

爱，同予者何人；牡丹之爱，宜乎众矣。

"说"是古代的一种议论文文体，大多是状物抒怀、阐述事理，写法上不拘一格，行文自由活泼，类似今天的杂文，比如韩愈的《师说》，柳宗元的《捕蛇者说》。

周敦颐是北宋著名哲学家，是学术界公认的宋明理学开山鼻祖，被称为周子。《宋史·道学传》对其有极高评价：

两汉而下，儒学几至大坏。千有余载，至宋中叶，周敦颐出于舂陵，乃得圣贤不传之学，作《太极图说》《通书》，推明阴阳五行之理，命于天而性于人者，了若指掌。

宋熙宁四年（1071），周敦颐来星子任南康知军。平生酷爱莲花的他，在军衙东侧开了一口池塘，全部种上莲花。其时周子已值暮年，且又抱病在身，所以这一池的莲花，便成为他美好的寄托，然后就有了这篇著名的《爱莲说》。

行文至此，不禁想起一件旧事。多年前我写过一个戏曲剧本《爱莲说》，当时是为朋友，也是著名的黄梅戏演员吴琼写的（在北京，我们住在同一小区）。我父母都是从事黄梅戏这行的，父亲是编剧，母亲是演员，所以一直想写一个地道的黄梅戏本子。地道，指的是按黄梅戏的传统声腔套路来写，但是吴琼想做成一个黄梅音乐剧，这样从剧作范式上讲就不合适，合作也就停止。不久安庆的一位做房地产的朋友看了这个本子，说好，就掏钱买了。可是没过几日，这位朋友又希望我做些改动，比如把剧中的男主角由国军少校改为新四军指导员。我说剧中的时代背景是抗战初期，那时候新四军还没成立呢。朋友说这照样可以改，因为只有这样，才能得奖。我断然拒绝了。我说不会做这样的改动，倒是马上可以退款，就当一阵风吹过。朋友很为难，因为他既喜欢这个剧本的故事结构、人物关系，又希望日后获奖，想鱼和熊掌兼而得之。最后他请要人斡旋，与我达成了一个可笑的协议：可以根据我这个剧本另找人修改，但我决不署名，也不会诉讼，保留原剧本的版权。于是就有了后来的黄梅戏《半个月亮》，也果然得了奖。对于他，可以说是达到了目的；对我，无非就是一笔生意。在向他表示祝贺的同时，我也庆幸自己一直的拒绝。

查阅资料，才知道"荷"是被子植物中起源最早的植物之一，出现在白垩纪早期。大约十万年前，地球大部被海洋、湖泊及沼泽覆盖，当时还没有人类。恶劣的气候条件使得大部分种子植物无法生存，只有少数生命力极强的种子植物顽强地存活下来，比如荷。因此，荷又被称为植物界的"活化石"。看似柔弱的荷竟有如此强盛的生命力，让我肃然起敬。

有时候画荷，会自然而然地想起朱自清那篇著名的《荷塘月色》。说实话，就散文而言，我并不喜欢这样的风格，但是其中有些话，还是能触动我——

　　路上只我一个人，背着手踱着。这一片天地好像是我的；我也像超出了平常的自己，到了另一世界里。我爱热闹，也爱冷静；爱群居，也爱独处。像今晚上，一个人在这苍茫的月下，什么都可以想，什么都可以不想，便觉是个自由的人。白天里一定要做的事，一定要说的话，现在都可不理。这是独处的妙处，我且受用这无边的荷香月色好了。

关于"一个人"，我在《独白与手势三部曲》的第一部《白》的结尾，也有一段表述，话虽有些矫情，却是我的心声——

一个人。最自由的是一个人，最孤独的也是一个人。最快乐的是一个人，最忧伤的也是一个人。一个人会孤芳自赏，一个人也会顾影自怜。一个人最无所顾忌，一个人也最失魂落魄。一个人的时候最渴望有人与你耳鬓厮磨，一个人的时候也最厌烦听见另外的鼾声。最小的是一个人，最大的也是一个人。

2018年2月4日，泊心堂

《东坡观砚》笔记

明代陈继儒在《笔记》中记载，曾见过苏轼的一篇砚铭手迹，上面是这样一段对话：

> 或谓居士："吾当往端溪，可为公购砚。"居士曰："吾两手，其一解写字，而有三砚，何以多为？"曰："以备损坏。"居士曰："吾手或先砚坏。"曰："真手不坏。"居士曰："真砚不坏。"

作为文学家、书画家的陈继儒也是位大收藏家，这事应该可信。苏轼也确实有这样一则砚铭，是为门生黄庭坚所写，但这段充满禅机的对话是实录还是虚构？是否就是苏黄二人之间的对话？尚未可知。

古时文人的雅兴怪癖素来被人称道传颂，也大都成为绘画的题材。如王羲之的爱鹅，米芾的拜石，倪瓒的洗桐，林和靖的梅妻鹤子，不胜枚举。当然其中少不了苏轼的品砚——很多人物画家都画过。自古有武人宝剑，文人宝砚一说。陆游有诗云："穷交谁耐久？晨暮一破砚。"陈继儒则说得更为形象生动："文人之有砚，犹美人之有镜也，一生之中最相亲傍。"可见砚与文人雅士的亲密如影随形、亦步亦趋。但像苏轼这样的爱砚成癖却不多见。有人做过统计，查其文集，苏轼一生作铭69篇，其中砚铭就达29篇之多，此外还有不少咏砚的诗词。苏轼好砚的情结，应始于少时所得"天石砚"，因此作《天石砚铭》——

> 轼年十二时，于所居纱縠行宅隙地中，与群儿凿地为戏。得异石，如鱼，肤温莹，作浅碧色。表里皆细银星，扣之铿然。试以为砚，甚发墨，顾无贮水处。先君曰："是天砚也。有砚之德，而不足于形耳。"因以赐轼，曰："是文字之祥也。"轼宝而用之，且为铭曰：
>
> 一受其成，而不可更。或主于德，或全于形。均是二者，顾予安取。仰唇俯足，世固多有。
>
> 元丰二年秋七月，予得罪下狱，家属流离，书籍散乱。明年至黄州，求砚不复得，以为失之矣。七年七月，舟行至当涂，发书笥，忽复见之。甚喜，以付迨、过。其匣虽不工，乃先君手刻其受砚处，而使工人就成之者，不可易也。

铭文仅32字，却前有序、后有跋。儿子捡到一块奇异的石头，老子便认为是一方天石之砚，坚称此乃文字吉兆。所以苏轼"宝而用之"，怀有不负苍天的雄心。可是到了元丰二年，苏轼因反对王安石变法，站在司马光一边，因言获罪，这宗文字狱史称"乌台诗案"。显然，这一事件对苏轼的影响是巨大的，也是其创作风格的分水岭。这之前，从任杭州通判到徐州知州再到湖州太守，苏轼的诗词作品洒脱自如，**直抒胸臆**。说他是"豪放派"的领军人物，某种意义上，指的便是**这时期的创作**（当然不是全部）。而诗案之后，作者便转向了对大自然和人生的体味与感悟，那个"**大江东去，浪淘尽，千古风流人物**"的苏轼渐渐消失了，代之以"**小舟从此逝，江海寄余生**"的苏东坡。至于晚年谪居惠州、儋州，则更为淡泊旷达。然而这所谓的旷达也还是无奈——"心如死灰之木，身如不系之舟。问汝平生功业，黄州惠州儋州。"这才是苏东坡真正的心声，自嘲而悲凉。

当年苏轼于湖州任上下狱，**家人流离失所**，书籍散乱。次年被贬黄州后，寻天砚而不见，以为**丢失了**。几年后他离开黄州，舟行至当涂，打开书箱，意外地见到了**这方天砚**，喜出望外，遂交付两个儿子苏迨、苏过。这方"**天石砚**"似乎成了老苏家的传家宝。天砚没有保全苏轼的平安，却让**他成为一代文豪**，并于黄州写下了号称"天下第三行书"的《**黄州寒食帖**》——我以为他使的就是这方砚。祸兮？福兮？

作为一幅人物画，必定是要**表现人物在特定情境中某个瞬间**的，那么，我想要的那个瞬间，**便是苏轼在那方"天石砚"失而复得后的"甚喜"**。这是发自内心**深处的极大喜悦**，其中仿佛也蕴含着"**世事一场大梦，人生几度秋凉**"的感叹与忧伤，可谓悲欣交集。而作为前景的一池荷叶，**无疑象征着这位大文豪的品格高洁**。这或许和以往的人物画家有所不同。多年前我曾看过一位人物画家所画的"苏轼赏砚"，随口问了句，**你为什么要画这个题材呢**？他回答不了，只说大家都这么画。

这幅《东坡观砚》在微信上发布后，受到朋友们的好评。老友唐先田给我留言，说此画极好，构图、留白、荷的衬托，都使得画面雅致而疏朗，恰好寄托了东坡先生的精神境界。资深记者何素平说，那一池的荷花，应该就是朝云。

苏东坡诸多的砚铭中，其中一则《端砚铭》很著名，可以视为砚的一篇宣言，抄录如下：

> 与墨为入，玉灵之食。
>
> 与水为出，阴鉴之液。
>
> 懿矣兹石，君子之侧。
>
> 匪以玩物，维以观德。

2018年1月9日，泊心堂

存心要画《赤壁赋》

　　几年前的夏天，我刚由一部电视剧杀青归来，毫无由头地光着膀子在北京的寓所写大字——这些年往往就是这样，每当一部书写完或者一部戏拍完，我都要以书画的方式让自己放松一阵子。我用了足足一个上午，挥汗如雨地写下了十三米长卷的《前赤壁赋》。两天后，又用一个下午，写下十一米的《后赤壁赋》。我写的是行草，一气呵成。专业上没有什么要求，自我感觉还不赖，就装裱起来。一天，有位画家朋友到访，我便请他看这两个手卷，他扫了一眼，就说：三十年。他的意思是，没有三十年的工夫，是写不出这样的字的。显然这是在抬举我，也就敷衍：是断断续续三十年。

　　对苏轼的了解，缘起并非他的诗词文赋，而是他的字。我少时——十来岁吧，练习大字，一无高人指点，更无好帖可临，全靠自己瞎琢磨。那个时代，县城新华书店里能买到的毛笔字帖就是一份柳体的《雷锋日记》。后来，也不知从哪儿听到的，说练字得把一块大青砖在炉子上烤干，再执笔蘸水于上书写，这样既能练笔力腕力，还能省墨省纸。于是就这么试验，跟玩似的。很多年后我在北京天坛公园看见过类似情形：有老者执一细棍，棍梢绑团棉花，边上置一桶水，蘸着水在地砖上书写——称为"地书"，围观者众，成为天坛一景。如此看来，我当初的试验该叫"砖书"吧？

某天，我在自家门前摆上一只方凳，进行"砖书"，一面写潮，翻过面再写。猛然间发现身后早已立着一个陌生的中年男人，面色和善，在看我写字。我很不好意思，草草收摊了。第二天，这人又来了，给我带来了一本没有封皮的字帖《丰乐亭记》——苏轼所书。这人对我说：写写这个吧。你能写字。

这是我第一次知道苏轼的名字并见到他的字，很好看。后来我才知道，陌生的中年男子姓程，是我一位老师的丈夫，本人也是老师。两年后我到了中学，这位程老师已经是我们学校的总务主任了。每回遇见，他就问：还在写字吗？见我不答，程老师便说：要坚持，不要三天打鱼两天晒网。几年后我上了大学，每次放假回家，都会去程老师家坐坐，少不了会提起这件往事。这本薄薄的字帖伴随我很多年。有一点我自己是清楚的——我写字是为了画画，我相信书画同源这一说，吴昌硕、黄宾虹的以书入画，我是很赞同的。

苏轼前后两篇《赤壁赋》，都作于元丰五年（1082）的黄州——三年前，苏轼因"乌台诗案"下狱，遭受诟辱折磨，甚至担心会随时问斩，曾写诗与弟弟子由诀别——"是处青山可埋骨，他年夜雨独伤神"。后经多方营救，加之宋神宗的惜才，才得以获释，贬为黄州团练副使，这是从八品的"散官"，级别大概相当于现在县人武部的副部长，没有实权，待遇也差，但好过"双规"，有一定的人身自由。故苏轼得以于这年的七月十六和十月十五，两次泛游黄州附近的赤壁，遂以此为题作出前后两赋。其实，苏轼当年所游的是黄州附近的赤鼻矶，并非当年赤壁鏖兵之地。苏子只是借题发挥，以抒发一下自己郁闷失意的情怀罢了。倒是赤鼻矶因此出名，被后人称之为"东坡赤壁"。

苏轼在黄州前后住了五年，虽有团练副史的名分，实则生计艰难。好在友人相助，帮他拓荒种地，掘井筑屋，躬耕其中，这才有了"雪堂"和"东坡居士"——从苏轼到苏东坡，不是简单的名号改变，而是心灵与气质的改变。经过这番人生起落，苏轼的思想自然要起变化，但又矛盾——一方面，他对遭受这样的打击感到悲愤痛苦，对朝廷感到失望，企图通过老庄与学佛求得解脱。另一方面，每日与田夫野老躬耕农事，又让他感到了安慰与温暖，信心得到恢复，性格也渐渐变得旷达，甚至幻想自己会东山再起。

前后《赤壁赋》，是文学史上的名篇，是美文，也是书家画家常用的题材，我也多次画过。今天再画，其实也担心未必能画出什么新意，无非是对苏子的缅怀——这种心情，类似林语堂当年撰写《苏东坡传》，他是"存心"地要写，我是"存心"地要画。正如林先生所言，中国历史上"像苏东坡这样富有创造力，这样守正不阿，这样放任不羁，这样令人万分倾倒而又望尘莫及的高士"，"是人间不可无一难能有二的"。对这样的人物，怎能不景仰？前些日子我画过一幅《东坡观砚》，那是以人物作为主体的。那么，这幅《赤壁赋》就作成山水吧，山水有时候不是风景，是人的心情。我想表达的，便是那一夜的气氛、东坡先生纵情夜游的心情。

作为美文的"赤壁两赋"，称得上是字字珠玑，诗情画意，以前我是能背诵的。苏东坡皆以江水夜月为景，触景生情。但是，一样的赤壁之景，作者传达出来的感受却不尽相同。前赋是"清风徐来，水波不兴""白露横江，水光接天"，后赋则是"江流有声，断岸千尺，山高月小，水落石出"。表面看，似是不同季节的山水特征，实则是作者内心起了变化——从"曾日月之几何而江水不可复识"的感叹，到"予亦悄然而悲，肃然而恐，凛乎其不可留也"，后赋描述的这种凄切而惆怅的心情，当是油然而生。林语堂有这样的论述："只用寥寥数百字，就把人在宇宙中的渺小道出，同时把人在这个红尘生活里可享受的大自然的赐予表明。"他认为这种表现"正像中国的山水画。在山水画里，山水的细微处不易看出，因为消失在水天的空白中，这时两个微小的人物，坐在月光下闪亮的江流的小舟里，由那一刹那起，读者就失落在那种气氛中了"。

或许这正是我想要表达的气氛。但是作为一幅山水画，怎样的表达依然是个问题。实际上，以前我画过好几种构图的《赤壁赋》，一直不满意。直到这篇文章完成初稿之后，隔天想想又画了一幅。依旧是散锋漫扫，依旧是山高人小，但这回苏子没有站在船头，而是跟游伴坐于舟中，姿态悠然。画面上也没有月亮，但感觉有月光——月亮的光影在山体上影影绰绰的变化，给人以压迫。山势的咄咄逼人与舟中苏子的逍遥闲适，是对比，更是抵抗——这就是我想要表达的吗？

翌日一早，我将这幅《赤壁赋》晒到朋友圈。很快受到朋友们的夸赞，其中作家黄复彩留言："一种沉沉的压迫感，有黑云压城之势，这是我看到的最好的《赤壁赋》。"

我便回复："这题材我画过多次，数这张稍好。"

复彩继之又回："黑与白，赤壁的压迫与苏子的闲适，形成对比。我想，这也许是作家（兼画家）与一般画家的区别。很多画家技巧上也许超过你，但他们无法诠释至这一步。"

我觉得，复彩还是懂我的。

这个题材今后我还会再画，希望笔下还会出现更好的《赤壁赋》。

2018年2月2日，泊心堂

燕赵悲歌

韩昌黎所言"自古燕赵多慷慨悲歌之士",应该源自易水河边那场气壮山河的诀别。

《史记》对这一幕的记载,简洁,却极具穿透力:

> 太子及宾客知其事者,皆白衣冠以送之。至易水之上,既祖,取道,高渐离击筑,荆轲和而歌,为变徵之声,士皆垂泪涕泣。又前而为歌曰:"风萧萧兮易水寒,壮士一去兮不复还!"复为羽声忼慨,士皆瞋目,发尽上指冠。于是荆轲就车而去,终已不顾。

这也是家喻户晓的故事。绘画作品应有表达,但我没有见过。我这幅画,缘起一次水墨实验。友人送来一种当地手工生产的皮宣,我想试一下纸性。遂取一张四尺三开作泼墨,但效果不佳。于是就依形写成一山势,没当回事。那天有事出门,回来后再返画室,突然从这纸上看见了罕见的气韵——那是一种山雨欲来、黑云压顶之势,满纸烟云。这纸发墨不理想,却意外显现出令人窒息的干枯与声嘶力竭的厚重。我点上一支烟,坐在这大团的墨色面前,凝视良久,暗自思忖,这是怎样的气氛啊?什么样的人才能走得进去？于是很快就想到了荆轲，想到了那首比荆轲还著名的《易水歌》。

但是我没有去作一幅人物画的念头，眼前的格局也规定不可以。这无疑是一幅山水，但必须有人，而且这人还得比得过这山、这水、这云！总之，与以往不同的是，这幅山水画里的人物不是点缀，而是四两拨千斤。如同两千年前一个刺客走进了庄严的《史记》。画面上看不见波涛，但我听得到易水奔腾咆哮。也没有岸，但可以想象画外岸上的燕太子丹、高渐离一千人皆是一身缟素，而我现在执意给荆轲披上了一件红色的斗篷，被风高高撩起。我也违背了《史记》的规定，让荆轲弃车乘舟，逆风而上——旨在表现一种侠气。而背景的山崖上绽放着杜鹃——那季节或许没有杜鹃，这是我心中的杜鹃，更是英雄血。那如血的花或如花的血，与荆轲身上的这顶红色斗篷形成了一种呼应，更是一种暗示——壮士一去兮不复还！这血，不仅属于荆轲，还属于为那场历史上伟大的刺杀而死去的其他人，比如那位以死守密的田光，比如那位舍生取义的樊於期。

这一夜我过得好兴奋，也好辛苦。

历史有时是诡异而可爱的。同样是一次对君王的行刺，专诸刺吴王，身死而功成，但我们似乎早已忘记了专诸，即使是京剧里的那折刺王僚，舞台的光环也完全被王僚占去——那是净行的拿手戏。戏中的专诸只是一个不折不扣的龙套。荆轲刺秦王，身死而事败，可我们至今依然以众多的艺术形式赞美荆轲。历史大都是成王败寇，但有时也不以成败论英雄。项羽败于刘邦，但我们怀念项羽。2000年到来前夕，我完成了我的一部重要作品——中篇小说《重瞳——霸王自叙》。无疑，我是在赞美项羽这一失败的英雄。窃以为，历史上喜爱项羽的只有两种人——文人和女人，李清照则是集于一身。"生当作人杰，死亦为鬼雄。至今思项羽，不肯过江东。"黄钟大吕般的二十个汉字回荡至今。说到底，我们至今缅怀的是一种精神、一种正义、一种血性、一种肝胆相照的侠气、一种慷慨赴死的豪迈，这便是高贵的英雄气，浩然长存天地间。

多年前看过一部叫作《英雄》的电影。那位自称"无名"的刺客，执行荆轲一样的使命，也近距离地接触到了他的刺杀目标——秦王嬴政，但在最后的关头却断然放弃了，并大言不惭地教导我们，放弃刺秦，是因为当今中国唯有秦王胸怀天下。因此，为了天下大一统，为了秦王如愿成为秦始皇，这位叫作"无名"的"英雄"，宁愿丧生于秦军的乱箭之下——这是怎样的"英雄"？这又是怎样的逻辑？普天之下，哪个独裁者不是"胸怀天下"？那个瞬间，我感到巨大的银幕上优美飞动的万箭直奔我的心脏而来，我感到无比耻辱，我做出的选择只能是愤然离席而去。我拒绝一切赞美、粉饰封建暴君的东西，无论以多么花哨的手段。

故乡的这个晚上，冷得令人悚然。由江面刮来的风，自我窗口呼啸而过，让我再次想起了那首不朽的《易水歌》。我谨慎地完成了这幅画，并将《易水歌》的前两句题写其上，若隐若现。厚重的墨迹与干枯的笔触显得很有劲道。然后，盖上一方闲章"一蓑烟雨"，最后将其命名为《燕赵悲歌》。

翌日，我把这张画贴到了朋友圈，很快就有不少朋友点赞留言，其中一位来自北京的年轻人干脆直接抄录了清代陈维崧的那首《南乡子》作为回应——

秋色冷并刀，

一派酸风卷怒涛。

并马三河年少客，

粗豪，皂栎林中醉射雕。

残酒忆荆高，

燕赵悲歌事未消。

忆昨车声寒易水，

今朝，慷慨还过豫让桥。

2018年1月11日，泊心堂

纵然一夜风吹去

——司空曙诗意图

　　这幅画曾经发表于《诗歌月刊》，用于2017年12期的封底。这期刊物还选发了我的其他几幅画。我不是诗人，在几十年的写作生涯中，唯一发表的诗作，是有一年《山花》杂志开办一个《三叶草》栏目，主编何锐电话约稿，要求必须是小说、随笔、诗歌三样都有，于是就给逼出来了那么几首习作。记得其中有这么几句：

> 对诗的一见钟情今夜完成
>
> 肯定是迟了
>
> 烟过三支，诗过两首
>
> 错过的是与诗恋爱的季节

　　可见我是不自信的。2000年在北京开我的作品讨论会，令人尊敬的诗人牛汉先生第一个到场，他的发言上来就说："潘军其实是一个诗人，《重瞳》不是小说，是诗。"我知道这是牛先生对我的抬爱，但还是感到汗颜。《诗歌月刊》是安徽文联主办的刊物，去年岁末我回合肥，在一个朋友的饭局上，几家刊物向我约稿，其中就有《诗歌月刊》，我很意外，我说我是不能写诗的。他们说想发你的画呢。就这样拿去了几张画，很快就以"诗人的书画"名义，发于十二期的封二、封三和封底，其中就有这幅《司空曙诗意图》。

司空曙的诗我读得很少，大学时代读过几首悲凉的，比如"雨中黄叶树，灯下白头人""他乡生白发，旧国见青山"（好像他对白头很迷恋），但能完整背诵的只是这首潇洒有趣的《江村即事》——

　　　　钓罢归来不系船，
　　　　江村月落正堪眠。
　　　　纵然一夜风吹去，
　　　　只在芦花浅水边。

司空曙，字文明，一作文初，广平（今河北省永年县东南）人。曾举进士，后入剑南节度使韦皋幕中任职，历任洛阳主簿、水部郎中、虞部郎中等职。为唐代宗大历年间"十大才子"之一。查阅资料，除司空曙，十才子中我只知道李端、卢纶、韩翃、钱起。

对这首《江村即事》，中唐时期的诗僧皎然《诗式》有点评，抄录如下：

　　　　首句以"罢钓"二字作主，则以下纯从"罢钓"着笔。顾"罢钓"以后，从何处着笔？盖从钓船言，既已罢钓，正当系船，乃以"不系船"三字承之，则诗境翻空，出人意外。

……

凡做诗，意贵翻陈出新，如此首是。若于"不系船"三字，非着一"不"字，则"罢钓"以后，便系船矣，以下无论如何刻划，总落恒蹊，断难如此灵妙。

皎然的点评与诗一样高妙。

李可染先生曾经画过一幅《江村即事》，也是把全诗抄录于上，这似乎是"文人画"典型的一种范式。李先生很少画人物，但涉笔成趣。那幅画给我的印象很深，一直就想什么时候自己也画上一幅。另一个原因，是我喜欢画芦苇。我喜欢芦苇摇曳多姿和奔放的野性，于风中呼唤着自由。2009年我去河南巩义拍摄电视剧《河洛康家》，有一处外景地选在黄河滩，正是因为一大片荻花——我原以为荻花和芦花只是不同的叫法，其实二者还是略有区别，芦花是指禾本科植物芦苇的花，荻花则是禾本科植物芦竹的花。芦苇和芦竹究竟怎么个不同？我没有机会比较，感觉应该是锅贴和饺子的差异，但也有人说是可以混叫的，二者在形态上实在看不出差别。然而诗文之中，一字的改变，往往会毁掉全篇，如同棋局中一着不慎，满盘皆输。谁敢把白居易"霜叶荻花秋瑟瑟"和司空曙"只在芦花浅水边"，互换一下？

我的家乡是地处皖西南的安徽省怀宁县，县政府原先的所在是古镇石牌。镇子的外围就是皖河，属于长江的一条支脉。皖河两岸有很多茂密的芦苇，秋天的时候，开出的芦花一片苍茫，很好看。皖河是我们儿时经常玩耍的处所，游泳、钓鱼、摘芦花、挖野藕，少时多半的记忆都与这条河有关。我在长篇小说《日晕》和《独白与手势三部曲》中，都以浓墨重彩写到了这条河。每次回乡，我都选择从皖河大堤上驾车行驶，遇见涨水的季节，途中还会停下来四下看看，拍点照片作为岁月的纪念。

三年前作这幅画，是在北京寓所。其时刚刚从皖南看完电影《草桥的杏》的外景回来，原计划秋天开机，信誓旦旦。可是等我们前期筹备大致结束时，主演的明星出了问题，原先答应得非常痛快，说看了剧本就觉得是为自己量身定制的，说怎么怎么感人，并叮嘱我剧本不要再给别人看了，她会全力以赴。现在她的经纪人却突然通知我，因为身体原因，这个戏接不了，只能忍痛割爱。我竟也相信了，可是不久，网上就爆出这位明星接了一部几千万的大活，我这才如梦初醒。这样一来，投资方也就失去了信心，他们本指望依靠明星来拉动票房，如今明星突然变卦了，他们当然也只能跟着变。再加上，投资方本来就对文艺片缺乏信心，觉得会有票房的风险。我还能说什么呢？这部电影从剧本完成到现在，前后已达十年，如今再度搁浅。我想，凡事都是顺势而为，也就懒得操心了。而其他公司追着我拍电视剧，我又感到乏味，一一推掉了。那时就打定主意，今后专事书画。我曾经这么说过：书画最大的优势是拥有完全的独立性，不需要合作，不需要投资，不需要看人脸色，更不需要审查。上下五千年，中国的书画至今发达，究其原因，这是根本。

于是那个下午就想起了司空曙的《江村即事》，那是何等的潇洒！我有了作画的冲动，而且这回我不打算在画面里出现一个古人。

我羡慕笔下这位酣睡于船的老汉，他有好梦。而我没有。

2018年2月1日，泊心堂

人面不知何处去

去年今日此门中，

人面桃花相映红。

人面不知何处去，

桃花依旧笑春风。

——崔护《题都城南庄》

唐代诗人崔护的这首《题都城南庄》，可谓家喻户晓。但对于崔护本人，现存的资料并不多。崔护，字殷功，唐代博陵（今河北省定州市）人，公元796年（贞元十二年）进士及第。公元829年（大和三年）为京兆尹，同年为御史大夫、广南节度使。《全唐诗》总共收录了他六首诗，其中以这首《题都城南庄》最为著名，可以说，崔护是一诗成名。民间由这首诗引发的野史传说经久不息，以至于我最初还以为崔护本人也是虚构的。

这一故事出自唐代孟棨的《本事诗》，说崔护有一年清明独自游玩城南，突然渴了，想喝点什么，便擅自敲开一个庄户人家的门，就见一个妙龄女郎。崔护便上前搭讪，人家给他喝的，却羞涩不言，倚一树桃花而立。第二年清明崔郎再来，这回却只见门上一把锁，不见故人，怅然若有所失，于是就在人家门扉上题了这首

"人面桃花"。过几天，这崔护又来了，哪知姑娘的父亲劈头盖脸地就骂："姓崔的，你杀死了我女儿！"一看，那姑娘果真直挺挺地躺在病榻上——那一日崔护刚离去，姑娘便回来了，看见门扉上的题诗，便害了相思，谁料一病不起。崔护万分悲痛，把姑娘的头枕到自己大腿上，连声哭喊："我在这儿，我在这儿呀！"然后奇迹就发生了——那姑娘竟睁开双眸，苏醒过来！老父大喜，遂将女儿嫁于崔护。

"崔护觅浆"作为一个典型的才子佳人的故事，后来常作为戏曲的题材，被相继改编为《崔护谒浆》（元·白朴）、《桃花人面》（明·孟称舜）杂剧；到清代，又改为《人面桃花》杂剧。20世纪20年代初，欧阳予倩将其改编为比较完整的京剧《人面桃花》，一直演到现在。其他剧种，如评剧，都有移植改编。但是，作为绘画题材并不多见。在网上看过几幅，都是画崔护在门扉上题诗的情节，直白，毫无趣味。

多年前我曾画过一幅《人面桃花》，没有任何由头，偶然间想到了一个画面。我不想画崔护和姑娘搭讪或者题诗，选择的视角，是崔护的"主观视角"——他眼中的姑娘。那姑娘的状态有点像崔护笔下的柳树"睡脸寒未开，懒腰晴更软"。她身披一件黑丝绒的斗篷，手执一把团扇，"似醉烟景凝，如愁月露泫"，感觉带有些许的病态。画面上没有一枝桃花，但她手里却有把桃花扇——半遮面容，却难掩羞涩。构图也很是大胆，竟用一根线将画面平分为二：一半是姑娘，一半是崔护的题诗（包括我的题款）。这幅"无心落笔，骤然得之"（张岱语）的即兴之作，让我心生几分得意，也受到了朋友们的一致好评。去年安徽文艺出版社出版《潘军小说典藏》，礼品盒上，就用了这幅画。

"人面桃花"是容易令人伤感的。前些日子看了电影《芳华》，其中的一些桥段对我而言并不新鲜，倒是结尾的那段旁白，让我有所触动。严歌苓说，她不想让观众看到他们这些人现在变老的样子，她想留住他们往昔的芳华。可是，芳华就可以留得住吗？

我回故乡后，参加过一次小学、中学同学的大聚会。自我1978年上大学离开家乡怀宁县石牌镇，同学也是各奔东西，彼此难以相见。有些同学已是长达四十年未见，见面竟叫不上名字！他们俨然把我当作名人，热情洋溢地对我说，某年某月在电视上看见过我，在报纸上看过我，在书店里看过我，却不知那一刻，我陡然有些心酸。

我自觉不是一个怀旧的人，可是那一天里却不禁想起诸多往事。尤其记得，十二岁那年的夏天，当时县城两派正闹武斗，一个雨夜，我送班上一个女生回家。我们共同撑着一把油布雨伞，走在县城老街能映出身影的石板路上。我们的伞压得很低，生怕让熟人看见。那一刻我的心跳加快，而且乱，一种难堪的害羞居然就袭上了心头——这算是初恋的源头吗？那个瞬间我想到，十年之后，如果我们还能有缘聚在一把伞下，我一定要将手里的这把伞骄傲地高高举起！然而几年后，我们都成了下乡插队的知青，去了不同的村落，从此"人面不知何处去"。这个细节，三十年后让我写进了长篇小说《独白与手势三部曲》的第一部《白》。

是的，白色，那便是我的芳华。

如今再画这幅《人面桃花》，感觉已经失去了那种美好的冲动，只能算作一次缅怀。

2018年2月6日，泊心堂

空知返旧林

——王维诗意图

　　文人画的源头，一说是可以追溯到唐代的王维王摩诘的。王维能诗会画，在诗与画的领域都有不凡的成就。苏轼在评论王维的诗画时曾说："味摩诘之诗，诗中有画；观摩诘之画，画中有诗。"这一评价后来成为文人画的纲领。我没有见过王维绘画作品的真迹，网上流传的《雪溪图》《江山雪霁图》之类又比较可疑，但从历代谈画的文论中，可以明白王维在美术史上的地位，丝毫不亚于其在文学史上的地位，甚至还高。董其昌说王维是中国画南宗的创始者，虽然这一观点有争议，但足以说明王维的分量。自中国画出现南北宗，便意味着文人画与工匠画（包括宫廷画）的分野，是划时代的，而王维的画理与实践，当时的影响力就毫不逊于同时代的李思训，用张彦远的话说，是"风致标高特出"，算得上独领风骚。从后来的发展看，南宗一脉渗透在元明清的历史中，十分契合文人的心理，从"元四家"到"清四僧"，影响广泛而深远。

　　中国画，尤其是山水画，如果以"画中有诗"为尺度，会找出一堆，王维不过是身份特殊而已。王维活在盛唐时期的开元、天宝年间，进士出身，曾官至尚书右丞，其诗歌久负盛名，他的《送元二使安西》被谱成"阳关三叠"，家喻户晓。同时，他还是个大画家。至于"诗中有画"，无非是指诗句中有着造型艺术的因素，看似写景，实则写情。情景交融，便使客观的景主观化了。王维有很多这样的诗，历代、当代的山水画家、人物画家都喜欢以此作为题材。但是，王维的诗有些是画面感不强的，或者凌驾于情景之上的感慨，甚至宣泄牢骚，比如这首《酬张少府》：晚年唯好静，万事不关心。自顾无长策，空知返旧林。松风吹解带，山月照弹琴。君问穷通理，渔歌入浦深。

乍一读，还以为王维隐居辋川别墅享福去了。但查一下这首诗的时间，才知作者其时仍在京城做官。张少府即张九龄。张为相时，王维对现实和自己的政治前程都是看好的。然而不久，张九龄罢相贬官，朝政大权落到李林甫之流手中，坏人当道，意味着好人遭打压，政治局面日趋黑暗。在如此严酷险恶的现实面前，一个书生既不甘同流合污，又感到无力回天，幻灭感便油然而生。所谓"晚年唯好静，万事不关心"，究竟是在劝张九龄还是在说他自己呢？而"自顾无长策，空知返旧林"则更为直白——是苦闷，还是牢骚？

这一刻我不禁想到了千余年后另一位满腹经纶的书生，就是胡风——当年他的"三十万言书"，在他看来无疑是道"长策"，因为"时间开始了"，他必须在新的时间里有所作为。对中国文艺界的事情，胡风是太想关心了，无比渴望这道三十万言的文艺"长策"被采纳。令人震惊的是，这道"长策"带给他的却是累计三十年的牢狱之灾——"三十万言三十年"（聂绀弩句）！

自古书生就是心系河山，家国一体，不关心其实是想关心，

"唯好静"是因心不静，所谓的归隐并非实在的心里话，无奈罢了，有正话反说的意思，内心还是期盼着朝廷赏识自己的。那种"松风吹解带，山月照弹琴"的飘逸闲适，不能说不向往，但也还是说说而已。这种不得志又不甘心的心理，或是中国历代文人共有的。对于他们，哀莫大于心不死。

毕竟是酬张少府，所以王维得回到题目："君问穷通理，渔歌入浦深。"且又顾左右而言他，以不答作答，要张九龄保持达观，看开点。王维其实还是在劝慰自己吧？

不知道为什么要挑王维的这首诗来作画，既然标上"王维诗意图"，因此我也必须"酬"一下，就得择取全诗的某个瞬间——我选"空知返旧林"。尽管"松风吹解带，山月照弹琴"入画自然讨好，但是虚伪。我笔下的那片林子也不是松林，却是旧林。没有松风，唯剩寂寥；没有月亮，但有倦鸟。画中的老翁，应该比张九龄和王维都显得老迈，或许是暮年的王维？

也可能是数千年来的某个失意的书生，比如胡风，包括你我。

2018年1月8日，泊心堂

小园香径独徘徊
——晏殊词意图

一曲新词酒一杯，

去年天气旧亭台。

夕阳西下几时回？

无可奈何花落去，

似曾相识燕归来。

小园香径独徘徊。

——晏殊《浣溪沙·一曲新词酒一杯》

晏殊的这首《浣溪沙》，选自其《珠玉词》。词是用来唱的，词牌即曲谱。姜白石"自作新词韵最娇，小红低吟我吹箫"，描述的就是这番情形。词为按曲，需击节而歌，加之"浣溪沙"是小令而非长调，所以我一直觉得这来自酒一杯之后的一曲新词，应是词人某次宴席上的即兴之作，却一不留神成为脍炙人口的千古绝唱。曾经看过一则短文，说晏殊某年下扬州，于大明寺和江都尉王琪一起喝酒，感叹自己诗中一句"无可奈何花落去"，苦思冥想，至今想不起下句。而王琪张嘴就说"似曾相识燕归来"，让晏殊青眼有加。感觉像是听说书，不可信。

晏殊，字同叔，北宋时期著名的文学家和政治家。七岁能文，被誉为"神童"。景德初年，十四岁的晏殊应殿试考中进士，可谓少年得志，之后的仕途也是平步青云，五十三岁官居相位。虽然次年被贬为工部尚书，但还是重臣。六十四岁病逝，宋仁宗亲临丧事，死后赠司空兼侍中，谥号元献。晏殊为官口碑特好，提携过像范仲淹、王安石、欧阳修这样的名士。他这一生过得很太平（有人称其"太平宰相"），也很滋润，所以他的词多表现诗酒逍遥和闲情逸致，风雅，有韵味，看得出受南唐"花间派"和冯延巳的典雅流丽词风影响，素有"导宋词之先路"的美誉。说晏殊是"婉约派"的开创者也不为过。

但这首《浣溪沙》却是平白而伤感的。

花开花落，惜春伤春，景物依旧而人事全非。纵然襟怀冲淡，也难免落寞伤感。这首明白如话的小令，却令人琢磨。或说是表现年华易逝的伤感，或说是抒发怀旧之情，甚至还有人拿"香径"和"独徘徊"大做文章，说是表现爱情，好像一个失恋的老男人故地重游，在期盼着"燕归来"。然而这些并不要紧，我作这幅画就没打算图解，不过是一次冲动后的借题发挥。

这是我离开京城回到故乡所作的第一幅画。其时泊心堂尚未落成，只是在一个阴晦的上午，于一张简陋的台子铺上毡子和宣纸，执一管兼毫，一挥而就，一气呵成。看着眼前墨迹未干的这幅画，突然有了莫名的激动与感动。这激动应该来自对笔墨的眷恋，而感动则因为回到了故乡。作这幅画，并非留恋京城的岁月——从20世纪90年代末期到现在，我在北京过了近二十年，却从来没有觉得这座城市与我的亲近，仿佛卡夫卡笔下的那个"K"，一直就在城堡外面溜达。更谈不上什么"诗意的栖息"，只是一味地忙乱而已。我已经十余年不写小说，气力都用于做电视剧了，这件无聊的事对我来说其实是一次蓄谋已久的热身，原想接下来能拍几部自己想拍的电影，皆因种种原因搁浅。既然这样，我就没有留守京城的必要了，况且，北京的空气越发让我难以忍受，深感压抑和郁闷。我的离开显得果决而匆忙，房子至今还空着。

丁酉年正月初五的凌晨三点，我驾车出发，经过十八个小时的长途奔波，于次日晚间抵达了故乡安庆，车下高速，竟然迷路了。我这才意识到，原来自己对故乡并不熟悉，实际上也未曾有过多么的向往。1978年我从这里走出去读大学，1982年又被分配到此地工作。两年后，再度告别，这一走就是三十三年。即使是每年回来探亲，也还是一个过客。现在我又回来了，回到起点，我用三十三年绕了一个圈，和时间开了个玩笑。但是，这块熟悉又陌生的土地上毕竟有我的亲人和朋友，父母业已故去，故乡便是家园，我必须回来。后来有朋友问，是否就此叶落归根？我说不知。对于我这样的人，前程与末路往往是混沌不清的。我的笔下两只燕子在飞，而我是一个人走路——这些年东奔西跑，一个人走了不少路，但并不以为孤独，或者说很享受这份孤独。我自制过一方闲章，就叫"一意孤行"。现在回来，算是有了暂时的安定，如同一只倦鸟落在树上。

作这幅画的当天，我的窗外很多人在欢庆着一件秋日盛事，而我却无法高兴。今年是我的本命年，转眼一个甲子过去了，过得悄无声息。或许人生就该如此，本质上没有多少意义，存在即虚无。人很脆弱，命若琴弦，人还不如一棵树、一块石头。这种冲动变作散锋落笔，竟以一块石头作为主体，占据画面重心，形成对人的"倾轧"，反衬人的渺小。这样一种刻意营造的孤寂和压抑，或许有悖于词人的本意，却正是那一刻我想要的。对逝去的岁月我从未有过伤感，也没有多少缅怀，这首《浣溪沙》在故乡与我邂逅，却让我在那一天里沉默了很久。试想，当时的晏宰相是怎样的心情呢？面对夕阳，他惦记着的是"几时回"；看看当下，他感叹的是"独徘徊"——应与"昨夜西风凋碧树，独上高楼，望尽天涯路"是一样的情怀吧？我虽然也曾经身不由己地在官场混迹几年，但是十分厌倦那段时光，是对生命的亵渎。所以，夕阳几时回，于我没有丝毫的触动，反倒让我坚信：夕阳必定西下，任何人也无法阻止。某种意义上，自然的规律就是历史的规律。我喜欢独徘徊，无论脚下是香径还是歧路。

　　这幅画于我是一个纪念，如今就挂在我的画室里。

2018年1月14日，泊心堂

《湖心亭看雪》随记

　　崇祯五年十二月，余住西湖。大雪三日，湖中人鸟声俱绝。是日更定矣，余拏一小舟，拥毳衣炉火，独往湖心亭看雪。雾凇沆砀，天与云与山与水，上下一白。湖上影子，惟长堤一痕、湖心亭一点、与余舟一芥，舟中人两三粒而已。

　　到亭上，有两人铺毡对坐，一童子烧酒炉正沸。见余，大喜曰："湖中焉得更有此人！"拉余同饮。余强饮三大白而别。问其姓氏，是金陵人，客此。及下船，舟子喃喃曰："莫说相公痴，更有痴似相公者！"

——张岱《湖心亭看雪》

　　丁酉年正月初五，我离开京城回故里安庆。之前已在长江边上购下一处房产，以三楼作为自己的工作区域，书房、画室各一，斋号：泊心堂。画室的外面原是一处大露台，后来改造成敞亮的阳光房兼茶室。工作间歇，便站在这里，眼前的风景即是大江一横，水天一色，江南峰峦一带，江面帆樯几点——这"泊心堂望江"不禁让我想起张岱的《湖心亭看雪》。这一细节，后来就写进了小说《泊心堂之约》。

　　于是就有了作这张画的念头。当然我也没有按照张陶庵的文字去做描绘，作这幅画的意思，无非是对张岱先生的缅怀。或者通过我这幅画，让人想起三百年前的张岱——他是一位不该被人忘记的作家。张岱的书我仅读过《陶庵梦忆》和《西湖梦寻》，还是在大学时期，当时便觉高妙，虽为小品笔记，但气象不凡。也影响了不少人，比如汪曾祺。张岱的好友兼姻亲的祁彪佳在《西湖梦寻》的序中写道：张岱的散文"有郦道元之博奥，有刘同人之生辣，有袁中郎之倩丽，有王季重之诙谐，无所不有；其一种空灵晶映之气，寻其笔墨，又一无所有"。当代陈平原也有类似的评价，认为：明文第一，张岱莫属。

对张岱比较系统的了解，得益于我的学弟胡益民的著作《张岱评传》。十多年前益民送我这本书，很快我就拜读了，受益匪浅。只可惜，小我两岁的益民已于几年前病故，现在写这篇文章，还是让我心情沉重。《张岱评传》留给我最深的印象有二：

其一，张岱是一个十分有趣的人，用今天的话讲，张岱先生很好玩。《陶庵梦忆》有云："人无癖，不可与交，以其无深情也；人无疵，不可与交，以其无真气也。"这与袁宏道所言"世人但有殊癖，终身不易，便是名士"如出一辙。这正是晚明文人名士狂狷不羁，玩世、傲世、刺世且又避世的突出表现。

明万历二十五年（1597）农历八月二十五日，张岱出生于浙江绍兴城内状元坊一个钟鸣鼎食之家。状元坊为张家祖宅。据张岱后来回忆，其时家世虽不能与曾、祖辈同日而语，但仍是相当显赫——"婢仆数十人，殷勤伺我侧"。好在这样的大家，同时也是一个书香艺术之家。可谓"谈笑有鸿儒，往来无白丁"。张岱一生兴趣广泛，涉猎门类颇多。《张岱评传》认为："在晚明那种以放诞风流为时尚的特殊文化背景下，少年张岱之成为'纨绔子弟'实是势在必然。"对此，张岱本人也并不避讳，在经过国破家亡、痛定思痛之后，他写下了《自为墓志铭》：

> 蜀人张岱，陶庵其号也。少为纨绔子弟，极爱繁华。好精舍，好美婢，好娈童，好鲜衣，好美食，好骏马，好华灯，好烟火，好梨园，好鼓吹，好古董，好花鸟，兼以茶淫橘虐，书蠹诗魔，劳碌半生，皆成梦幻。

——这些在张岱看来，都是有趣的事，故好之。然而几十年后，张岱又自我检讨："学书不成，学剑不成，学节义不成，学文章不成，学仙学佛学农学圃俱不成。"抛开自谦，还是能感觉到在这个人身上，纨绔子弟的豪奢享乐习气和晚明名士文人纵欲玩世的颓放作风兼而有之。张岱未必是个好人，但肯定是一个有趣的人。有一种说法，推测张岱就是《红楼梦》的作者，因为张岱的家境、身世、才学，尤其是性情，无不具备写出《红楼梦》的条件，或说张岱先写出了《石头记》，再由曹雪芹改作《红楼梦》。从民国到现在，这种争论一直就存在，但还是缺乏有力的证据。还有人说张岱即是贾宝玉的原型，这个我不打算接受，因为贾宝玉实在算不得一位有趣之人。

其二，是张岱有些观点别出心裁。胡益民在《张岱评传》里，站在张岱的立场上以"诗画界限论"对传统的"诗画一律论"

进行了鲜明的挑战。胡著引用了张岱《与包严介》文，照录如下——

> ……弟独谓：诗中有画，画中有诗，因摩诘一身兼此二妙，故连合言之。若以诗句之意作画，画不能佳；以有画意为诗，诗必不妙。如李青莲诗"举头望明月，低头思故乡"，有何可画？王摩诘《山路》诗"蓝叶白石出，天寒红叶稀"，尚可入画；"山路元无雨，空翠湿人衣"，则如何入画？又《香积寺》诗："泉声咽危石，月色冷青松。"泉声、危石、月色、青松，皆可描摹，而"咽"字、"冷"字，则决难画出。故诗以空灵为妙诗，可以入画之诗，尚是眼中银屑也。……由此观之，有诗之画，未免板实；而胸中丘壑，反不若匠心训手为不可及也。

显然，这一观点与苏轼"味摩诘之诗，诗中有画；观摩诘之画，画中有诗"形同冰炭，虽不成主流，但不能说没有道理。张岱反对的是那种创作上的刻意为之，无论是诗文还是书画。在他看来，"天下之有意为好者，未必好；而古来之妙书妙画，皆以无心落笔，骤然得之。如王右军之《兰亭记》、颜鲁公之《争坐帖》（被誉为天下第二行书的《祭侄帖》更是如此——笔者注），皆是其草稿，后虽模仿再三，不能到其初本"（《跋谑庵五帖》），而应该是"瓜落蒂熟，水到渠成"（《蝶庵题像》）。这种观点倒是近似于我们常说的那种"长期积累，偶尔得之"。区别在于：我们需要积累什么？最终又能得到什么？

张岱年届知天命，经历了天地巨变：清廷入主，社稷倾覆，生灵涂炭，家道败落。"学节义不成"的张宗子最后的出路就只能是"避迹山居，所存者，破床碎几，折鼎病琴，与残书数帙，缺砚一方而已，布衣蔬食，常至断炊"。张岱长寿，活到了八十一岁，晚年学佛，号"六休居士"——按佛家理论，修行人之六根（眼、耳、鼻、舌、身、意），不贪恋外面的六尘（色、声、香、味、触、法），全都休止。然而正是这种大起大落的人生遭际，留给了我们一个生动有趣的张陶庵，最后还是以《陶庵梦忆》《西湖梦寻》这样的散文小品活在了今天。

台静农曾经为《陶庵梦忆》作序，有这样一段描述：

> 一场热闹的梦，醒过来时，总想将虚幻变为实有。于是而有《梦忆》之作。也许明朝不亡，他不会为珍惜眼前生活而着笔；即使着笔，也许不免铺张豪华，点缀承平，而不会有《梦忆》中的种种境界。至于《梦忆》文章的高处，是无从说出的，如看雪个和瞎尊者的画，总觉水墨瀹郁中，有一种悲凉的意味，却又捉摸不着。

文中的"雪个"是指八大山人，"瞎尊者"则指石涛。静农先生的这番话很打动我。两年前我去铜陵讲学，邂逅一位青年散文作家，她有些突兀地对我说：你让我想起张岱。这话在她不是恭维，在我也不敢高攀，她的意思大概是，这些年来我的生活漂泊不定，变化无常，且又兴趣广泛——一会儿写写，一会儿画画，一会儿还拍拍，甚至还演演，所以她想起了张岱。那么现在，我谨以这幅小画向张陶庵先生致敬，同时也表明，此生我很愿意成为一个"痴似相公者"。

2018年1月28日，泊心堂

画牛随想

　　我的出生地是安徽省怀宁县石牌镇，当时为县政府所在地。相比农村，我们算是城里人。其实县城与农村大体是没有界线的，一条街走到尽头，便是田野村落。附近农村人平时也不叫进城，而叫上街。这种天然的地理关系，让我们这些县城里的孩子很满意。于是暑假一到，就喜欢去附近一带的农村玩耍。用蜘蛛网去杨树林粘知了，去河湾洗澡、钓鱼，去莲塘挖藕、采菱角、打莲蓬，去田畈拾麦穗、弄麦秸秆当柴火。有时候和当地放牛的孩子熟悉了，还可以赚一回骑牛兜风，胆大的，便在牛背上竖倒立。所以从小，我对牛很亲切。那年代没有什么书看，但鲁迅的那句"横眉冷对千夫指，俯首甘为孺子牛"，却是每个孩子都能背诵的。乙未年秋天我在北京寓所画了一幅《童年》，画面上是两个农村的孩子骑在水牛背上，悠闲地吹奏竖笛，就是对这种经历的缅怀。虽然那个时候不懂得什么田园风光，但觉得去农村可以短暂脱离大人的视线，玩得自由尽兴。"牧童归来横牛背，短笛无腔信口吹。"这是宋代诗人雷震的诗句，题在画上特别合适，遂又多画几张。

　　那时的县城街面上很少见到一辆小汽车，偶然见到一辆北京吉普，就猜是什么领导下来视察了。大街上没有红绿灯，也看不见交警，牛是可以随便走的。牛贩子牵着牛到牛市交易，来来往往，牛走得大模大样，不惧人色，时而在大街上扑通通拉上一泡大粪。边上人见了，也并不尖叫躲闪，牛贩子不紧不慢地将牛粪捡拾到粪筐里，带回去，做成饼状，粘到墙上晒干，冬天可以用来烤火。

　　1975年我高中毕业，插队到距离县城七点五公里的平山公社牌楼生产队当知青。起初队里安排我和一位孤寡老人一起放牛。春耕在即，牛是很金贵的，要用来犁田耙地，一天不停使用。待农民歇工吃饭，牛才可以稍作休息。这时候我便把牛赶到山坡上，让它们美美吃上一顿草料。牛吃饱了，精气神就显得足，性情懒的，会卷起身体打个盹；闷骚的会温饱思淫欲，寻性滋事；脾气暴的还会打架——当地人称"牛顶角"，两头牛互不相让，但也分不出胜负。等我身边的老头凌空打了个响鞭，它们才分散，又下田干活了。使唤牛不是件容易事，当地能使唤牛的把式，都是庄稼地里的能手，颇受尊重。我也曾学过，站到耙上，可是牛就是不走。抽上一鞭子，照样不走。心想这牛是我饲养的，我竟不能调遣，很没面子。把式就说，牛这畜生，骨子里带着贱性，别以为你喂它草料它就听你的。你得狠！说着就一鞭子狠抽下去，大喝一声，果然那畜生就温顺得不行，埋头干活了。这真让我唏嘘不已——为什么大家都夸牛呢？

　　插队的第二年，大队为了便于对几处知青点的统一管理，办了一个林场，把各生产队的男女知青都集中到了那里。场房中间是堂屋，男女分住两侧，每人一间宿舍。堂屋是我们平时开会、吃饭的地方，还配了一名专职的厨子——每天早上我们出工前，厨子都要问一声：你今天吃几两米？他是按人口报称粮下锅，月末结算。

这在当时，已经是很好的条件了。虽然没有通电，但还是很满足。

那个时期我画画的欲望十分强烈，在县城很有些名气，经常参加县文化馆的一些活动，在街头绘制大幅宣传画。现在到了农村，只能每天晚上在一盏煤油灯下临摹连环画了。一逢雨天，我就对着几位知青写生。然后再背着画夹四处游荡，差不多把村里的男女老少都画了一遍。接下来就是画牛。牛很安稳，所以形象很容易捕捉，几根线条就能勾画出基本轮廓。但是牛行动笨拙，姿态变化不多，画久了又觉单调。有一天，我在一本旧杂志上看见李可染画的水牛——这是我第一次看见李先生画牛，就那么看似随意简单的几笔，便如此生动。于是就觉得用水墨的形式来画水牛，实在是很好的选择。那时候很难弄到宣纸，我只能用草纸练习。以后每逢被抽到县里作画，就会向文化馆的老师要上一张半张的宣纸，可又舍不得用。终于有一次下了决心，要用宣纸画一幅牧牛图，结果一笔下来心就虚了，一塌糊涂，才知道李先生看似简单的那几笔其实是要命的几笔，此后便不再轻举妄动。

1977年高考恢复，我报考浙江美术学院落选，翌年改考中文。画家梦遂被作家梦取代，但一直心有不甘，总觉得绘画不应该走出我的生活。那时候只要遇见好的美展，我都会去看，也注意搜集一些好的作品。大学时代我写过一个电影剧本《徐悲鸿》，所以对徐悲鸿、齐白石、黄宾虹、李可染这样的国画大家，格外留心。这样又与李先生的牛相遇了，这时候眼界也高了些，大致能看出点名堂来。比如能看出那随意简单的几笔，其实是建立在对牛的形体结构理解之上，笔的干枯，墨的浓淡，都有一种韵律感。

1993年春天，我在海口举办"蓝星笔会"，邀请了一些作家朋友。其中老师辈的，就只有汪曾祺先生。笔会期间，汪先生时常会为大家写写画画，并提出来要与我合作一幅。他要我先画主体，然后他来补充。我不假思索，画了两头水牛，随后汪先生几笔一挥，补了雨景，并题"潘军画牛，曾祺补雨"。这两头牛我画得不成功，但这幅画却十分珍贵，这么多年过去，我一直带在身边。如今汪先生辞世已经二十多年，睹物思人，我还是很难过。前几年有个画商想购买，出的润格还不少，被我一口拒绝。

今年的立夏，我画了几头牛，晒在朋友圈，大家一片叫好。同城的作家石楠大姐给我留言，要我送她一幅牧牛图。我自然是答应了，画好之后便登门拜访。石大姐很高兴，说：你看这三头牛，寥寥几笔，真的就像浸在水里一样呢！

2018年4月26日，泊心堂

达利的背影

萨尔瓦多·达利应该是一个例外。

中外艺术史上不乏哗众取宠的艺术家，但以此最终赢得广泛尊重的绝无仅有。所以说，这个达利最大的天才或许还不是他的绘画成就，而是他把一种自欺欺人的幻想变成可爱。谁都明白这个人的一生是活在自我吹嘘的谎言里，谁都知道他的许多行为是矫揉造作的，但不可思议的是，人们在经过短暂的厌烦之后，居然接受了，把他与20世纪的几位画界大师，如高更、毕加索、凡·高、马蒂斯相提并论。然后，几乎全世界的人都爱上了达利式的谎言以及这个谎言的制造者。

某种意义上，始于1924年并在五年之后走上鼎盛时期的超现实主义运动，给萨尔瓦多·达利带来了好运气。这场由法国诗人安德烈·勃勒东发起并一直领导的文化运动，在不长的时间内就吸引了全球的目光。作为其中一名中坚分子，萨尔瓦多·达利最精致同时也是最有影响力的作品，就是在这个时期完成的。他因此成为超现实主义最具代表性的画家。不过在当时，他的那些"下意识"创作的"使具体的非理性的形象物质化"的作品并没有引起社会的普遍关注。萨尔瓦多·达利真正的名声来源于一部叫作《安达卢西亚之犬》的电影。这部时间长度仅为二十分钟的默片是他与导演布努艾尔的合作，其中像锋利的剃刀切开眼球这样刺激的镜头，不仅表达了勃勒东宣言中的文化理想，也成为电影史上的经典之作。这让我不可避免地想到另一个可以与当代艺术大师比肩而立的作家，法国"新小说"派主要领军人物阿兰·罗布-格里耶。他潜心多年的小说实验没有引起多大的重视，却因与"新浪潮"著名导演阿兰·雷斯尼合作的一部《去年在马里昂巴德》声誉鹊起，使整个"新小说"度过了阴冷之年。然而不同的是，《去年在马里昂巴德》拯救了"新小说"，而《安达卢西亚之犬》给达利带来了实惠。我们似乎不再怀疑达利这个人不仅是个形而上的天才，而且是个形而下的精英分子。"我和疯子唯一的区别，就在于我不疯。"他这句名言其实是一次坦白。他懂得如何炒作自己，也懂得怎样搞好关系，他可以把毕加索视为"第二父亲"。他说，哲学使他读得流泪，并且大言不惭地声称自己早在子宫里就有了思想。"萨尔瓦多"意为救世主，他居然就以救世主自居。于是上到皇室下到妓院把好感都给了萨尔瓦多·达利那别具一格的小胡子。"作为身体商标，他（达利）的小胡子是唯一能与凡·高的耳朵和毕加索的睾丸相匹敌的，"罗伯特·休斯曾这样写道，"但有一点同它们不一样，因为这小胡子是从委拉斯开兹的《腓力四世像》拿来的。"或许正是这种绝顶聪明和过于功利，使他和勃勒东等盟友最终分道扬镳，也注定萨尔瓦多·达利永远只能成为毕加索的"儿子"。

但是，不论好恶，想抹杀萨尔瓦多·达利的辉煌是不可能的。尽管这个人胡言乱语、信口雌黄，尽管这个人不择手段地抬高自己，但是他的作品放在那儿，放在全人类的面前。世界艺术长廊如果将《永恒的记忆》《内战的预感》《那喀索斯的变态》《血比蜜甜》这样的杰作剔除，将是一件尴尬而遗憾的事。

达利的作品充满着一种离奇的幻想，无法琢磨的表现物与古典浪漫主义的背影融为一体。他采用考究的构图与细腻的笔触，使他的色彩"光滑得像一面浴室里的瓷砖"。但是这些作品又似乎在揭示着世界的另一种存在的方式，如同一幅幅梦中图景，你能感受到作者内心的焦虑与狂躁。《那喀索斯的变态》很突出地反映出了这些特征。从地下生长出来的手，小心地用指头夹着一枚鸡蛋，裂开的蛋壳中绽开两朵水仙花，正是这些构成了希腊神话中美少年那喀索斯的死亡隐喻。这些作品使萨尔瓦多·达利当之无愧地成为超现实主义大师，这是连安德烈·勃勒东都束手无策的。萨尔瓦多·达利的绘画语言并不新鲜，他的技法甚至都是极其传统的，你可以轻松地从他的作品里看出15世纪后期的学院派让·路易·梅索尼埃的技法影响。事实上，少年的达利就曾受教于一位名叫努奈斯的素描大师，后来到马德里美术学校学习学院派的方法，老实地跟在那位在毕加索时期就已是教授的老历史画家莫尔诺·卡尔波纳诺的身后。这使他拥有一身坚实的现实主义传统绘画的功夫。但是这些精细的东西都只是一块块的局部，一旦以荒诞、梦幻的方式组合到一起，传递出来的寓意却异常暧昧。这种手法与后现代主义拼贴手法近似，往往把看似无关的东西置于同一个画面，却在形式意味上达到了惊人的和谐。萨尔瓦多·达利的力量就在于观念上的不可思议，正如罗伯特·休斯所言："达利最杰出的作品的内容过于离奇，过于扰人，以至于无法对它做出滑稽的模仿。"

　　1941年美国摄影师菲力普·哈尔斯曼与达利相识，此后他们的合作长达四十年。1948年，达利对哈尔斯曼解释自己的作品《原子达利》说："我必须把每样东西都描绘成悬浮于空中的状态。"因为在达利看来，组成物质的原子、电子、中子等都呈悬浮状态。哈尔斯曼就此创作了著名的摄影作品《原子达利》，让正在工作中的达利以及他的画架、椅子、三只猫和泼出的水全处在飞腾的一瞬间。然后他们又共同创作了《空中裸女》，在这幅作品里，达利依然是主角之一，他滑稽地对悬浮在空中的裸体美女伸出一条腿，仿佛是他把她踢上了空中；在这个美女的周围纷飞着面包棍，似乎暗示着男性的性恐惧。事实上，在对待女人问题上，萨尔瓦多的能力远不及"父亲"毕加索。某种意义上他就是一个性无能者。长期的阳痿使他对犀牛角五体投地。对女人的无所作为，可能是后来这个名不副实的男人疯狂追逐名利的一个不可忽视的原因。

　　诚如罗伯特·休斯所言，萨尔瓦多·达利生前羡慕的是两种人物：一种是像拉斐尔、鲁本斯这样的"老大师"，一种是如同凡·高这样性格怪异的"畸形艺术家"。达利一生都在对这两类人物进行"生动的滑稽模仿"，但他特别富有激情，以至于人们无法冷静地对他们之间的差异做出准确的判断。我们可以说达利是个失败者，因为在这样的心态下，他是无法接近他所仰慕的大师的；我们同样也可以说达利是个成功者，他得到的似乎比过去任何一位大师都要多。这究竟是达利的错误，还是我们这个时代犯下的错误？

　　2000年6月，"萨尔瓦多·达利"有了一次中国的"秘密之旅"。那时我恰巧在北京，即将在中国美术馆举行的"达利原作展"是这个夏季京城最为炽热的亮点。那几天北京的传媒都以整版篇幅对萨尔瓦多·达利的亡灵进行了一次预先展出。但是，就在画展开幕的前一天，6月7日，报章上突然披露说，由于举办者事先不知道达利作品的尺寸，所以当西班牙方面把大师的作品送达时，才发现预订的三个展厅显得多余——二十几幅作品充其量只能布置一间展厅。而且，交接手续十分麻烦，连画面上原先的裂纹都要标出长度。于是举办方只好连夜对一些小幅的作品进行了一次复制放大，以便观赏。对这种自作多情的应急措施我很不以为然。他们不懂得达利，不知道"小"其实就是萨尔瓦多·达利的一个与众不同的特点。他极少去画一幅巨制。他的作品大多小而精致，有的甚至只有香烟盒那么大，而且他习惯采取纵深的透视效果。这在类似《永恒的记忆》和《十字架上的圣约翰》的作品里显而易见。他笔下的画面是一幅"远望"，更是一幅"凝视"。面对像《永恒的记忆》这样的作品，你会感到你似乎在使用一只倒置的望远镜，你会感到你面对的这个世界是经过浓缩的世界，你会感到你和这个世界永远有距离，这是一个深不可测的世界。

原定6月8日开始的展出被延误了一天。6月9日下午我赶到美术馆，结果告示上说公开展要到10日。9日这天是内部展出！我只好在第二天再去。当我走近大师时，大师的气息却被那些"安全护栏"所阻隔。而且更为遗憾的是，我几乎没有看到萨尔瓦多·达利先生的代表作。最后，我停留在那幅《达利画加拉》的面前，想着20世纪60年代中期随着勃勒东一并谢世的超现实主义。那大概是那个世纪最激动人心的艺术狂欢节了，那大概是那个世纪最后一批天真的艺术家和诗人了。但是，按照博尔赫斯的解释，镜子的影像意味着无限。

　　我面前的达利在画加拉，而我站在他的身后。

站在大师面前

——纽约大都市博物馆杂记

　　到纽约，首先想到的是去大都会艺术博物馆（Metropolitan Museum of Art）。这是美国最大的艺术博物馆，也是世界著名博物馆。2012年1月，我到纽约的第二天，便在朋友的安排下，去了位于美国纽约第五大道的82号大街大都会艺术博物馆。那天是个雨天，纽约的天气十分寒冷，但丝毫不影响我的热情。从资料上了解，大都会艺术博物馆占地面积为13万平方米，是与英国伦敦的大英博物馆、法国巴黎的罗浮宫、俄罗斯圣彼得堡的艾尔米塔什博物馆齐名的世界四大博物馆之一，该馆目前共收藏有300万多件展品，说是参观，其实也只能是匆匆浏览，走马观花，我自然会有选择地去看几个展厅。前一天，我已经参观了纽约现代艺术博物馆（The Museum of Modern Art，简称MOMA），这也是当今世界最重要的现当代美术博物馆之一，与英国伦敦泰特美术馆、法国蓬皮杜国家文化和艺术中心等齐名。在这些展厅里，我平生第一次如此集中地与凡·高、塞尚、达利、高更、毕加索、马蒂斯、雷诺尔、德加等大师近距离相遇，这种亲切的气息，是难以从其他美术馆获得的。整个过程伴随着一阵阵的惊讶、一阵阵的感叹、一阵阵的激动。达利的软表、德加的舞蹈演员，画幅没有想象的那么小；塞尚的睡莲、马蒂斯的群舞，却是超出预想的大。多年前，我写过一篇随笔，叫《达利的背后》，现在，我已经站在了达利他们的跟前。这无疑是在聆听大师们的授课，你无法不虔诚，不专注。看着凡·高笔下的《星空》《向日葵》和《鸢尾花》，你会感到，那个文森特·凡·高的荷兰人，其实并没有离开这个世界。

这天，适逢中国已故画家傅抱石先生的作品在大都会展出。展厅里虽然参观的人不多，但显得庄严，所展作品的尺幅都较大，很气派！我仔细看了，大都是20世纪40年代傅先生在重庆金刚坡时期的作品，这是画家一生最富才华的时期，很难得。在中国山水画家中，傅抱石是独辟蹊径的一位，他拥有深厚的传统绘画底蕴，但作品的构图又源于写生，他笔下的山是真山，章法布局富有生气；他的笔墨技巧依照山石结构而定，不拘泥于某种固定的皴法。后来有人索性将傅抱石的笔法取名为"抱石皴"。傅抱石的山水笔墨淋漓、气势不凡，他喜欢画野山乱石、瀑布飞泉，有时又十分钟情于雨景——这在中国山水画家里尚属罕见。

就这样，中西方绘画在这一天如海市蜃楼般地树立在了我的眼前，这无疑是一场视觉盛宴，之于我，又仿佛一次梦游。

我最早就是学画的，完全自学，也就是在县文化馆的几个画画的人边上看看，他们虽然画得一般，但还是点燃了我对绘画的热情。回想起来，对西洋油画的认识，始于20世纪70年代。少年的我最初是在几本旧杂志上看到俄罗斯巡回展览派的作品，那是标准的现实主义绘画，甚至是革命现实主义绘画。以列宾、苏里科夫、谢洛夫为代表的画家，以《伏尔加河上的纤夫》《近卫军临刑的早晨》为代表的作品，至今记忆犹新。我从这座桥梁上走过去，然后就接触到了意大利的文艺复兴，逐渐认识了达·芬奇、伦勃朗、安格尔、鲁本斯等古典主义大师，尽管他们实际上是先行者，但他们的绘画明显带有宫廷风和沙龙气，没有巡回展览派看上去那么贴近现实，贴近革命。还有一个原因，中国的油画受教于苏联，差不多都是从"巡回展览派"从这一脉蹚过来的，像北京的靳尚谊、詹建俊，上海的陈逸飞、魏景山，广东的陈衍宁、汤小铭，几乎每年的全国美展，都是油画界的翘楚。后来出现的陈丹青、沈加蔚、高小华、罗中立等，也都是这么一路。我没有上美院，尚不能做出系统的分析与判断。

　　直到1978年我上大学，有一天在图书馆我邂逅了莫奈的《日出·印象》、塞尚的《睡莲》，然后知道了欧洲印象派的存在——与这一流派的产生与兴盛，相距了一百年。这些绘画作品让我耳目一新，完全是另一番景致，另一种形态，我并没有看出它们的好来，却又久久不肯离去。那一刻，我相信自己是被作品触动了。这些画几乎消解了物体的轮廓，代之以色彩和光造型，色彩某种程度上脱离了被表现的对象，却变得更为主观和夸张，这与中国画里的没骨法有异曲同工之妙。再后来，就是文森特·凡·高了。美术史上把凡·高等人称作"后印象主义"，我看不出明显的界限，但感到凡·高的作品视觉冲击力更大，无论是有力而流动的笔触，还是饱满欲滴的色彩，都让我流连忘返。后来我读到了几本与凡·高有关的书籍，对画家本人的境遇有所了解，从而也一定程度上加深了对作品的理解。但是作为绘画，尤其是那些脱离情节的绘画，你能做到的只能是感受，难以言表的感受。而此刻，我就站在印象派大师的面前。我无意也无力去描写他们的作品，但我强烈地感受到，自己离他们更近了。或许文学和艺术就是一对孪生兄弟，总有一些作品让你怦然心动却不知所措。

可以说，印象派扩大甚至是颠覆了我对绘画的认知。它们是怎么形成的？来自哪里？我不是很清楚。直觉给我的判断是，印象派绘画出现的那个时代，表明绘画已经进入一个新的历史时期，盛行百年的古典主义、现实主义绘画已经无法满足审美的需要，更不能满足表达的需要。一幅画，怎样才是美的？需要画得像吗？绘画和摄影的距离在哪里？再现和表现是手段还是目的？在印象派绘画里，画家关心的似乎已经不再是造型问题，兴奋点很大程度转移到了光线、色彩、笔触和线条，他们以丰富的手段来表达对自然世界的感受，而不是像从前一样进行临摹，或者仿佛照相机那样呆板地去对着一张脸。

忽然有一天，印象派绘画让我想到了中国画的写意，想到了倪瓒、徐渭、八大山人、石涛，中国画的笔墨和西洋的笔触油彩，在这个瞬间仿佛打通了。我还想到了现代小说的实验性，怎么写的问题，从来都是判断一部"先锋小说"品质的一把尺子，文本的意义上升到了前所未有的高度。显然，这已经不仅是一个方法问题，而是观念问题。你会觉得，有些绘画你可能是看不懂的，但你无法掩饰住内心的喜欢。一幅画的价值除此之外还能剩下多少？

我对西洋绘画的认知，止步于印象派。至于二战之后兴起的后现代主义绘画，我很茫然。有的作品通常是拿它当作一部小说，比如蒙克的《呐喊》让我联想到卡夫卡的小说。当然，这只是个人经验，缺乏理性判断。有些作品，我还是无法亲近的，比如，毕加索。按照时间轴，毕加索的时代和齐白石的时代大体一致，那时的中国之于西洋绘画，顶多就像几个留洋归来的青年，如徐悲鸿。但是徐先生走的还是写实的路子，共和国成立之后，徐悲鸿是第一届美协主席，又是第一任中央美院院长。徐悲鸿毕生致力于中西画的结合探索，具体地说，就是把素描引进中国画的造型。这一点至今尚有争议。他的主张自然得到有力的推进，而且还是排他。另一些人，如刘海粟、林风眠、吴冠中等，由于在政治上处于被动的位置，也没有大的作为。于是几十年下来，西洋绘画除写实之外的其他流派对于我们，只能是陌生和拒绝。这是时代的悲哀。有人曾经对我说，中国的油画根本就没有出路。意思是，大家都是从"巡回展览派"过来的，除此之外，别无所获。虽然后来有许多油画家，比如何多苓、刘晓东等，受到其他流派的影响，手法有所改变，但放到国际视野里，也还是有不小的差距。我们缺了很多课，现代绘画对于我们实际上是一片空白。陈丹青有一回谈中国举办的毕加索画展，有一个观点给我很深印象。大意是，中国这方面的积累太薄弱，而欧洲在这方面太丰富、太成熟，这就缺少了一种生态，失去了一种氛围，如同一句精彩的话语，但是没有上下文，你还是无法理解。我认同他的观点。

在大都会艺术博物馆待了整整一天，一直到闭馆的时刻我才离开，显得很不情愿。外面的天黑了，纽约的街道华灯初上，我和朋友走进一家不大的韩国馆子，她知道我以前是学画的，便问：你现在还有时间画画吗？我笑着摇摇头，说这十几年的时间都用去拍电视剧了，不过，我又说：以后我肯定还是要画画的，我还是一个喜欢画画的人呢。

2012年5月，北京寓所

我的绘画生涯

我对绘画最早的记忆是在1965年，当时八岁。这年的秋天，王杰的英雄事迹出现，街上也就出现了许多大幅宣传画。那时我爱在作画的大人身边转悠，偶尔帮他们涂一面红旗什么的。涂匀就行了，大人说，一笔就是一笔，不要来回拖。第二年"文化大革命"开始了，街上的宣传画就更多了，几乎每个星期都有新画。到了70年代，样板戏陆续出来了，书店里相关的连环画也有了，我喜欢买，然后就照葫芦画瓢似的临摹，自觉越画越像，就这样画完了整整一本《智取威虎山》。

县文化馆有一个姓谢的老师，是画得最好的。他的画路子正规，速写尤其好。那时只要剧团里演出，这人就要站在舞台边上画速写。看他寥寥几笔就把人的姿态勾画下来，我心里实在羡慕，就想，什么时候也能像他那样就好了。我时常去谢老师那儿玩。他的屋子里四壁全是速写素描，都是我们身边许多人的肖像写生，画得都很像。有一回，我看他从头到尾画完了一幅我们班一位女同学的像。或许是边上有人，这人那天画起来特别神气，眼、手、头发动起来都有节奏感，碳铅笔在纸上沙沙响。用今天的话说，这是典型的潇洒。这一天对我非常重要，有一种茅塞顿开的感觉。同时我也被他那种画家专有的风度所吸引。

这以后我也这么干了，三个妹妹是我最初的模特。开始，她们是兴奋的，觉得好玩，但时间稍一久就受不住了。画着画着突然就不合作，于是我只好买些零嘴来哄，来稳住她们。但是我的画没有得到她们的好评。大妹说我把她的脸画得太黑，我一下就火了。你懂什么？我气愤地说，这是阴影，没有阴影你的脸能立体出来吗？她还是不高兴，脸上的表情也随之转变，没法画了。二妹刁，总是装肚子痛来躲过这一劫。稍微合作的是小妹，人称"大眼睛"，天生可爱的样子。那时她不过三岁，比较好哄。所以我画她的像是最多的。一天，母亲剧团的一位职工到我家串门，看见我贴在墙上的写生，就说：这画的是"大眼睛"吧？可把我乐坏了，在我看来这无疑是一种来自社会的认可。事实也是如此，不久，关于谁家的孩子会画的舆论便不胫而走，我仿佛一夜间成了小城名流。那些日子我成天背着写生夹到周围农村去画写生。我喜欢画农民。县城边上有一个叫潘墩的大队，一个寒假下来，我差不多把这里的男人全画了。

县剧团的美工姓饶，是个腿有残疾的人。这人的兴趣非常广泛，他本是位中学的历史教员，因为喜欢拉小提琴，就申请调到了剧团。进来之后，剧团正缺美工，于是他又临时顶了一阵。没想到剧团的美工一直就这么缺着，他也就干脆做起美工了，偶尔还上乐池里拉琴。饶老师对我很好，我的第一个写生夹就是他亲手制作的。我后来帮他画了许多布景和海报，以此换回来一些绘画材料。每当一出新戏上演，大幅的海报挂出去，文化馆的人一看就说：这是潘军画的，老饶画不出。饶老师听了一点也不生气。

1975年我高中毕业，因为没有资格报名当兵，能选择的就是到农村插队。我去的地方是离县城二十华里的小山村，俗称牌楼。农村的条件虽苦，但人却落了个自由，时间也好支配。雨天和晚上我都要画几张。那时家境困难，我母亲一月六十元的薪水要养六口人，没有更多的钱来给我买绘画的材料和资料。我只能画一些不带颜色的，这样又只好来临摹连环画了。那个时期，我临了贺有直的《山乡巨变》、华三川的《交通站的故事》，及韩和平、丁斌曾合作的《铁道游击队》。时隔多年，我想起来还很自豪，因为我所临摹的，都是中国当代连环画的杰作，没有人告诉我，我却能做出这样的选择。我觉得我对绘画还是有些天分的。

与此同时，我的速写和素描的进步很大，我也接触到了一些外国的作品，譬如达·芬奇、丢勒、列宾、谢洛夫和苏里科夫。有一天，我在一个农民家里居然发现了一本小册子《徐悲鸿》，后面附有几张人体素描，都是画家留法时的习作，很是喜欢。这人原是县食品供应站的会计，因为破坏军婚被判刑。他年轻时很喜欢文艺，家里有很多旧小说，二胡也拉得不错。后来他把这些书送给了我（因为里面有很多插图），他说：你是我遇见的县里画得最好的人。我大为激动，觉得所向往的那种文化馆谢老师的艺术家生活已近在咫尺。

我开始画人体。我向平时与我交情好的农民提出要求。怎么样，一包烟给我画一天？我对他们说，要是把自己全脱光了，就两包。可他们都不肯脱光，觉得大老爷们做这种事很没面子，怎么着也得穿上一条裤衩。我也只好这么将就了。我还制作过版画，把村里一位媳妇的洗衣凳锯了，那凳是梨木的质地，纹理细致，是木刻的好材料。

我绘画的才能很快得到了肯定，在县里声名鹊起，后来地区也知道了。那时县里只要是大的活动，譬如"批林批孔"，譬如路线教育，譬如国庆和征兵，我都会被抽到县里来。我很愿意站在脚手架上画大幅的宣传画，几十张白纸糊满一面大墙，边上许多路人围观，连过往的汽车都要减速，我陷在众目睽睽和一片赞扬声中，大出风头，内心无比满足。而且我每天还能挣到一块二毛钱——这在当时就是一个三级工的工资。这个时期，我开始向外地报刊投稿。我发表的第一幅绘画作品是《安徽日报》上的一幅速写。后来又在《人民戏剧》等刊上也发表了速写。我的绘画作品也被送到省里参加展览了。1976年8月，我去省城合肥参加进京参展作品加工学习班，这是我第一次到省城，显得踌躇满志。在那个学习班上，我见到了我们省的美术权威鲍加，很希望得到他的赏识，却总不在他的视线之内。但他怎么也不会想到，十四年后我们成了安徽省文联的同事。1993年，老鲍在纽约的街头逛报摊，无意之中从台湾《幼狮文艺》上看见了我的一组国画写意小品，竟有些诧异，在他眼里我只是个作家。当后来我把一切告诉他时，他才做出若有所思的样子。

对我帮助很大的是安庆的孙浩群老师。他在地区一家影院画广告，有一次来县里辅导美术学习班，一眼就看中了我。在他眼里，我是个聪明而有灵气的少年，是完全有可能画出来的。孙老师是画国画的，专攻工笔人物，有时也画一些小写意的山水。经他介绍，我认识了安庆的一些在当时算得上有名的画家。不过我又觉得，自己将来肯定比这些人画得好，毕竟我才十九岁。

1977年恢复高考，我报考了浙江美术学院。当时这家著名美术学院的招生办法，是报名与初选一起完成。报名者须具备一个先决条件，在全国性报刊上发表过美术作品，或是参加过全国画展。我有这个资格，便按要求把自己的材料寄往杭州，不久便收到了该校颁发的准考证与复试通知书。我报考的是版画专业，但这个专业在安徽只招一名（一共四个专业就招五名），我顿时就没底了。我在合肥参加了各项考试，也参加了体检，但最后还是落空了。从后来的情况看，这一年的招生，对我有两个不利的因素：其一是我父亲当时还是个右派（那一年还很看重"政审"）；其二是后来那些录取者的父亲或者相当于父亲的人，是我们省的美术权威。正如孙老师后来安慰我说，美术这东西是没有"硬性标准"的，一张画放在那里，十个人有十种说法。不像考文理科，一分就是一分。

虽然美院落选，并不意味着我的"画家梦"就此破灭。不过有一点是肯定的：浙江美院没有录取我这个事实，倒是改变了我的一生。1998年，我去杭州领《东海》文学奖，一个雨后的黄昏，朋友的车载我路过这家美术学院的门前，我突然又想起了当年的那一幕。倘若二十年前我迈进了这道门槛，我的生活会变成什么样子。我还会写小说吗？

　　第二年我改考文科，进了安徽大学，读的是中文系汉语言文学专业，然而心里想着的还是绘画，被这份热爱折磨得好苦，觉得上课十分没意思。后来学校成立书画社，推我做社长，倒是给了我一个宣泄的机会。现在想起来，总觉得这事就发生在不久前。

　　这些年来，我对绘画的情感是一分都没有减去的。每年我都希望有一个完整的时间，去皖南山里跑一趟，作些写生。1993年，我在海口举办"蓝星笔会"，结束的前一晚，汪曾祺先生邀我与他合作一幅水墨。我便画了两只水牛，汪先生补了些雨景，并题款为"潘军画牛，曾祺补雨"，成为我对先生永久的念物。还是这一年的4月，马原来海口拍专题系列片《中国文学梦》，提出要拍我的绘画，我便为他当场作了幅水墨写生，由韩少功题款。这幅画让马原带去了，我后来凭着印象又为他画了一幅速写。等我回内陆路过广州时，《花城》的田瑛来叙，无意间谈到这一期的封三缺了广告，我就把那幅速写拿出来，他一看就很高兴，拿去发表了。到了1996年底，我来广东茂名参加"花城笔会"，为了表示对东家的谢意，我打工似的画了一夜，叶兆言一直陪着我。他说我的画不是常见的那种"剽学"，有童子功。

　　从前绘画的训练对我后来的写作和搞影视，应该是很有益。李佩甫有一回说我的小说画面感很强，甚至有一种颜色的感觉。这或许与我挚爱绘画有关吧。1997年，我重返海口拍摄第一部电视剧《大陆人》，有很多的画面处理就是用草图对摄影师交代的。两年后，当我着手写《独白与手势三部曲》时，便决定把图画引进文字，这些图画显然不是插图，而是叙事的一个层面。比如开篇就是一幅古朴的南方小巷画，带着雨后的潮湿与阴冷，接着是这样一句话——"你眼前的这条小巷，是故事开始时的路"——我为找到这么一种形式很高兴，哪怕是始作俑者。

2003年春，一场被称作"非典"的流行病席卷了京城。一时间，街上冷清了，连出租车也很难看见。很多外省人逃离了，而我却不想动弹，就地卧倒。那时我陪母亲在北京就医，无心写作，感觉时间一下就空了出来。于是就上琉璃厂买回一些笔墨纸张，没想到这段时间一气就画了几十幅，都是即兴而作，但也出了几张自觉不差的画儿，就想，有至性至情者，无机偶发，涉笔成趣，往往有敝帚自珍的佳品呢。可是过段时间拿出来再看，又自知不足了。

对自己这一生，我有一个简单的设计，就是六十岁之前舞文，之后弄墨——这种生活对于我，实在是向往很久很久了。

2006年1月改写于京城

一意孤行——潘军创作随想录

《高远图》（2015年　35cm×46cm）

《万壑有声》（2016年　46cm×70cm）

《寻碑图》（2017年　45cm×42cm）

《宇宙锋》（2017年　46cm×58cm）

《访僧图》（2018年　48cm×61cm）

《兰亭叙》（2018年　46cm×70cm）

《山雨欲来》（2018年　46cm×70cm）

《松亭叙》（2018年　46cm×70cm）

《听山图》（2018年　31.5cm×31.5cm）

《逍遥游》（2018年　46cm×70cm）

《鱼鹰曲》（2018年　46cm×70cm）

《秋山论道》（2019年　4cm×54cm）

《心远地自偏》（2021年　31.5cm×31.5cm）

《幽境》（2021年　33cm×66cm）

《幽居闲话》（2021年38cm×38cm）

一意孤行

潘军　著

——潘军创作随想录（上卷）

南方出版传媒

花城出版社

中国·广州

图书在版编目（CIP）数据

一意孤行：潘军创作随想录 / 潘军著. -- 广州：
花城出版社，2021.9
ISBN 978-7-5360-9270-9

Ⅰ. ①一… Ⅱ. ①潘… Ⅲ. ①随笔－作品集－中国－
当代 Ⅳ. ①I267.1

中国版本图书馆CIP数据核字(2021)第165907号

出 版 人：肖延兵
责任编辑：揭莉琳　梁宝星
技术编辑：凌春梅
封面设计：庄海萌

书　　名　一意孤行：潘军创作随想录
　　　　　YIYIGUXING：PANJUN CHUANGZUO SUIXIANG LU
出版发行　花城出版社
　　　　　（广州市环市东路水荫路11号）
经　　销　全国新华书店
印　　刷　深圳市福圣印刷有限公司
　　　　　（深圳市龙华区龙华街道龙苑大道联华工业区）
开　　本　880毫米×1230毫米　32开
印　　张　19.75　20插页
字　　数　418,000字
版　　次　2021年9月第1版　2021年9月第1次印刷
定　　价　158.00元（全两卷）

如发现印装质量问题，请直接与印刷厂联系调换。
购书热线：020－37604658　37602954
花城出版社网站：http://www.fcph.com.cn

自序

自20世纪90年代初，我与所谓的"文艺界"便渐行渐远了。事实上，我也十分乐意做一个边缘人。其一，我不加入任何协会；其二，我也不申报任何奖项；其三，我早就放弃了包括职称在内的一切待遇。这种选择未必是为了某种纯粹，但确实感受到了一份自在。为此我还专门制有一方闲章"独行客"，有纪念的意思。独行，在我这里就是，说话不用看任何人的眼色，做事也无须跟人商量。置身界外，自然就摆脱了诸多的繁华与喧嚣，不再消受各种的假模假式，同时也远离了界内乏味的江湖气。杜工部诗云"冠盖满京华，斯人独憔悴"——我是"独逍遥"了几十年。自我检讨，自觉是一个自由散漫的人。但我喜欢自由散漫，包括这四个字的字形和音节。我与团体组织无缘，但有四面八方的朋友。

2019年秋天，隶属于花城出版社的《花城》杂志在京举办创刊四十年座谈会。我受邀参加，见到了许多久违的朋友。对这份杂志，我是深怀一份感谢和敬意的。当初《花城》从自然来稿中挑出了我，之后便成为我发表作品的主要园地之一。我在《花城》发表的作品至少可以编成三本书。在这次座谈会上，除了见到一些《花城》的老朋友，还认识了现任花城出版社社长肖延兵先生，虽系初见，但一见如故。肖先生年富力强，也是安徽人，和我是大老乡。

他热情地向我约稿，希望我能编一本说文谈艺的书，我欣然接受，于是便有了现在这本《一意孤行》。但是，当时我正忙于电视剧《分界线》的拍摄，加上庚子疫情之乱，前后耽误了一年，这本书便拖延至今才得以完成。

显然，这本书与我个人几十年的文艺创作有关。

但凡与创造沾点边的事情总会令人愉快。而支持创造者的，除了高远的理想，还有个人趣味——我更看重后者。趣味激发欲望，一个人为欲望去做一件事，至少是幸福的。对我而言，这几十年里，无论是写一部书、拍一部戏，还是作一幅画，或是打一场麻将、养一盆花、烧一道菜，都离不开这个趣。一旦趣味成为行为的支点，即使备受辛苦，也会其乐融融。苦中作乐就是创作。正是在这个意义上，我愿意此生专心做一个正经的手艺人。正经，是做事的态度，是行业的标准；手艺，是个人的修为和历练。我这人兴趣也还广泛，且又朝三暮四。即使是写作，也往往是写写停停。当然也有人认为我这种安排不妥，精力分散，否则将有更大的作为。什么才算是大作为呢？我好像从来没有认真去想过。但每做一事，虽谈不上专心致志，却也心无旁骛。我只是觉得，人生不长，能依着个人趣味去做几件自鸣得意的事足矣。我做事是认真的，倘若做得不好，那绝对不是态度问题，而是能力不够。当然有些事，譬如拍电影，因为各种难以言说的原因每每搁置，那就随他去好了。网球比赛中有"非受迫性失误"，我却屡屡遭遇"受迫性失误"，且又缺乏攻坚意识，在前景无望的情况下，我会知难而退，改弦更张，期待顺势而为。

这本集子是我几十年来一部分的创作心得和文艺随笔，也有一些朋友间的对话交流，或自斟浅酌，或推杯换盏。上卷谈论的是有关我个人的小说创作，一管之见，难免粗浅，但没有故作高深。小说是什么？现代小说是什么？什么样的小说才算得上好小说？如此等等，原本都是见仁见智。我这里自然是一家之言，自圆其说，但却是我个人坚持的标准和尺度，也是我一贯的文学立场。至于下卷，显得有些庞杂，从电影到话剧，从戏曲到书画，多少有点打理"私家菜园"的意思，时常走进去看看，也偶有发现与收获。我曾说过，六十岁之前舞文，之后弄墨。这是我一直向往的生活。丁酉年我离开京城回故乡安庆定居，这之后的主要精力就转移到了书画上。我在长江边上购置了一处房产，按照自己的设计，用近一年的时间完成装修。其中三楼是我的工作区域，除书房和画室，还有一间敞亮的阳光房兼作茶室，斋号：泊心堂。抬眼望去，大江一横，水天一色，江南峰峦一带，过往帆樯几点——颇有几分张陶庵《湖心亭看雪》的意味。我喜欢张岱，此生也愿意做一个"痴似相公者"。

　　本书两位年轻的责编揭莉琳和梁宝星，我都没有见过，但他们对工作的认真和细致给我留下了很深的印象，同时，也提出了一些很好的建议。在此一并致谢。

　　是为序。

2021年5月30日，于泊心堂

目　录

第一辑

小说者言

小说者言

1

越发觉得写作小说不是易事。写过几十万字竟弄不清什么叫小说。当然不是指《辞海》里讲的那种小说。我大概是想知道所谓现代小说或者"反小说"吧。回答这个问题脸必然红。聪明或者滑头的办法是绕着走，把球踢给专家学者们，尽管他们也未必能讲得好。

小说混到今天却失去了权威界说。这蛮好。好就好在壮了小说者的胆。

但不管怎么放肆，无论怎样的小说都是可以视为语言的艺术的。区别在于理解。闻一多评价庄周语言时说："他的文字不仅是表现思想的工具，似乎也是一种目的。"而法国佬克洛德·西蒙则断然指出："作品是建立在写作和语言同一水平上的。语言不只是一种手段，而且是一种动力。它也有创造力。"文学的语言是载体，同时又是被载的一部分，就是这么回事吧。

于是想到克莱夫·贝尔和苏珊·朗格的"有意味的形式"，想到克罗齐的"表现性形式"，想到柯勒律治的"第二意义"，想到桑塔耶纳的"两个层次"……

于是想到马蒂斯的《红房子》，想到亨利·摩尔的《锁合》，想到德彪西的《意象》，想到雷乃的《广岛之恋》……

2

问题是老的，方法是新的，金观涛、刘青峰敏感于此，故以控制论的方法去揭示中国封建社会长期停滞的内在奥秘，让人刮目相看。是否由此影响了一批青年小说家掉头转向也很难说，不过几年前这伙人就开始头疼：写什么呢？墨水少了典型也少了，钢笔旧了主题也旧了。于是在嗡嗡声中不知是哪个小子大喝一声："反了吧！"便唯马首是瞻。

同一块料子在不同的裁缝手里是几码子事。《伤痕》和《棋王》是两码事，《小兵张嘎》和《红高粱》也是两码事。

前者是小说领导作家。

后者是作家指挥小说。

3

读以前的小说，遇见一条狗在门口悠来悠去，就猜这畜生一会儿要咬人或者拉屎，反正得表现点什么。读到乔伊斯这怪人头上，发现自己已无法那么高明。狗就是狗，悠着就是悠着。其实这畜生悠着就是在表现。于是就想，这畜生如同一幅画中的一笔色彩，而一笔色彩是难以"深刻"的。但是离了它便破坏了整个调子。

贝茨说海明威的小说是画，描绘得跟原来生活中一样自然。海明威似乎在说：

"图画放在这儿。这就够了。好好看吧！"

那就老老实实地看狗悠着吧。

别指望它咬人或拉屎。

4

作家当重感觉。单凭感觉成不了好作家，如同嗓子好不等于就是歌星。但好的作家感觉则必然好。感觉是作家与客观世界沟通的桥梁。这种感觉的升华可以看成是作家的自我超越和心境补射。作家狂妄地以感觉去概括世界。故我想，老叔本华之所以得宠，是因为他斗胆喝了一声："世界是我的表象。"

马原宣称还有一种超感觉。他说这是由感性认识上升到理性认识，并且对后者已有了深入骨髓的认识之后产生的一种更高妙的感性认识。进入这个阶段，方可运斤成风。所言极是。

这种所谓超感觉便是感觉的升华。

能否"超"或者"升华"取决于作家的经验积累和知识积累，还有天赋。作家神游于大千世界和芸芸众生之间，获得了鲜活的意象，遂用与之吻合的符号——文字，将其固定。

于是奇句产生了。

奇境也产生了。

5

读《红高粱》总觉得面前荡着一片湿漉漉的红。

读《爸爸爸》又仿佛觉出一片干巴巴的蓝来。

读汪曾祺的文字如同欣赏一盆水仙。

6

面对亨利·摩尔的作品陡然觉得自己渺小得无法形容。他可以把头壳同蘑菇云捏到一起（《核能》），构成了惊世骇俗的"隐喻"。而人的骨骼与兽的骨骼却建筑了一扇门（《拱门》）。我总觉得有一股凉气在体内荡来荡去，在那门里穿来穿去——天，这是怎样的门?！

由此想到马原的《拉萨河女神》。他把猪尸、卵形石子图案、裸浴的小孩、双环石、羊骷髅头骨、沙塑女神随便编排到一起。

疑心这种编排不是随便的。那些看上去彼此不相关的东西有潜在的联系。它们之间似乎产生了一种"场"，一种效应。于是这种联系便是有机的，尽管不大看得出来。

问题在于不是所有的东西编排到一起都能产生"场"的。从这个意义讲，小说的艺术是编排的艺术。小说家又像是导演什么的。是那种把剧作家踢到一边的导演。

7

早先恋过一阵蒙太奇。发现镜头是死的，活着的是蒙太奇。后来又觉得蒙太奇活得矫揉造作，不如长镜头自然。巴赞的意义在于悟出了镜头内部的运动节奏。

结构是一种运动。小说家用感觉的方式破坏生活原始秩序而后重建，以求对生活底蕴的把握。这一流程的运动节奏与小说家内在的情感节奏趋于一致。渗透于字里行间，成为情感的火光。

克洛德·西蒙认为标点引起的顿挫至于把内心现实里相连的东西切断，于是句长如流水。这绝非标新立异。

王安忆之所以把小鲍庄大卸几块，置于一个单调呆板的框架，是因为她嗅出的小鲍庄人身上的气味也是单调呆板的。而陈村却用比白水还白的文字叙述了一个比白水还白的人的一天。

所以王蒙说："结构在某种意义上也是一种语言。"

8

布莱希特发明的"间离效果"全部意义在于让观众清醒地知道他们是在欣赏。正如后现代主义小说的价值在于让读者明白自己是在阅读。在这里，创作的过程与欣赏的过程是齐头并进的，三位一体的。在不断出现的"短路"间，创作者的旨意传达给了欣赏者，于是他们判断。

9

小说家由感觉开始，再把感觉调理好诉诸文字，然后请欣赏者感觉。小说就是这么一种由感觉贯穿始末的游戏，但它是严肃的。

这游戏得共同来做。

好的小说是茶叶，而不是现成的茶。你想喝就请你自个儿拿水来泡。至于水的度数如何责任由你负。你要参与，要劳动，不能闲着。

克罗齐说："艺术家的全部技巧，就是创造引起读者审美再造的刺激物。"

刺激谁?

你。

10

时代赋予小说的形式。或者说，小说形式来源于对时代的理解。

阿兰·罗伯-格里耶把自己所处的时代理解成飘浮不定、捉摸不透的，所以他的作品形式也是飘浮不定、捉摸不透的。

对时代的理解是多样的，因此小说的形式也是多样的。

那么，是否可以说，目下出现的探索小说就是对时代探索的反映? 虽然有几件冒牌货。

扑朔迷离的也是一种小说。

真得不能再真的是一种小说。

假得不能再假的也是一种小说。

至于哪种小说能摘桂冠，全凭时代的眼光。而时代的眼光总是逐渐明晰的。

11

文学离不开生活，这话依然正确。

对待生活的态度自然不尽一致。热烈拥抱是一种，冷静直观也是一种。问题是，外热往往内冷，外冷也常常内热。前者往往触及生活的表象，后者常常把握生活的内蕴。

有人离不开生活是因为临摹的需要。有人一旦离开便有了感悟。可悲的是前一种人搂着生活不放，结果生活在他怀里由少女变成了老妇。

深入生活就是对生活倾注爱。这爱不是轻佻的。作家的爱应该是真挚的、博大的、深沉的。

12

用"风格"将作家固定好比把刀架在人脖子上。一种残酷的褒奖。

风格之于作家如同笼子之于鸟。

说某君文字有"味"，某君便把以后的一切绕绕置于这种"味"下，自以为是坚持和维护了。这就像民间俗语所说："说你胖，你就喘。"

这也是一种"异化"。

于是想到——

拿破仑打仗是为了当官，

巴顿当官是为了打仗。

13

"寻根"好久了。关于"寻根"的评价越来越丰富，吵得也凶，一说意义在于弥补民族文化之断裂以重振雄风，另一说则以为是复古，是玩物丧志。阴阳两极相接便火星四溅。

黑格尔把历史划分为原始的、反省的和哲学的三种，层次是递进的、上升的。作为最高层次的哲学的历史旨在探索其精神在时间里的流淌。由此想到"寻根"似乎是触及原始的经过反省的而后上升到哲学的。

"寻根"的文学不是几句俚语、几分野调或者几种陋俗的拼盘。窃以为："寻根"的文学当是当代意识对传统文化进行观照的结果。这么说是信服了克罗齐的著名论断："一切历史都是当代史。"举一反三而已。

阿城说："文化制约着人类。"这不错。思考民族文化重建自然必要。问题是：重建不等于复制。也不是维修和续补。

14

民族的文学只能属于民族，并非指民族的文学不行。毕加索欣赏中国画不等于中国画就是世界画。

一位日本学者认为中国文学未能步入世界文学，是不具备"全球意识"，倒颇有见地。

加西亚·马尔克斯笔下的"孤独"不是附在马孔多身上，也不是附在哥伦比亚身上，而至少是附在拉丁美洲身上。

全球意识是各种文化交融而后提炼出的一种立于世纪峰巅向四际投射的眼光。

15

应该有一个坐标系。X轴是民族的，Y轴是世界的，把中国文学纳入其中进行观照方算科学的、老实的。一味歪到哪一边都是感情用事，都会引起一场好吵。

中国文学步入世界文学先进行列迄今还是个理想。证明这一点最有力或者最无力的根据是我们没有获得来自斯德哥尔摩的荣誉。

说不稀罕这荣誉如同被打翻在地的人无比骄傲地说：我喜欢躺着。

16

我不是个有出息的作家。

写作只是我个人生活的一个构成部分，与其他部分在意义上，抑或价值上别无悬殊。觉得快活是因为时常在写，当然有时是由于不那么快活才写的。

写作是门手艺。很费劲。因此累是时时附在身上的。

可是不写也累。

1987年5月，合肥

自己的小说和需要的写作

大约是1985年，我在一个很深的夜晚，突然想起"自己的小说"。当时的想法简单而混乱，只是有那么一种冲动，即自己该怎样去写小说，怎样的小说才算是自己的，至少有别于其他。十多年于不经意中淌过去了，重提"自己的小说"仍不觉得清晰。显然，作为概念，这一提法缺少必要的理论依据，但它是一种态度和立场。

作为故事的叙述者，小说家在脱离故事的接受对象后获得了自由。但自由并不表示着轻松，从某种意义上说，小说家的自由是沉重的，它至少意味着一种纯粹形式的把握。故事永远不可能进入艺术。但叙述必须是艺术的。轻视或鄙视这一点的人当然也可以成为中国的著名作家，但绝不是严格意义上的小说家。对后者，叙述是一种责任，小说家所尽的当是天职。向日葵是一种普通的植物，但到凡·高笔下，就显示出了惊人的辉煌。因此可以这么说：同样的故事，就看谁讲了。这之后的所谓故事便全然不同。

故事能否进入小说取决于故事自身的小说因素，也可以说，是这个故事作为小说叙述的可能性。这里存在着判断与选择，属于个人权利。小说家对故事的判断与选择是一种本能，就像蜜蜂一样，知道该在什么样的花上停下来。由本能到一种近乎绝对的本领，由故事而小说，这中间的过程很辛苦，当然这也是绝对愉快的过程，因为有后者，所以今天仍有人在写小说。这个过程贯穿着小说家对叙述的激动，对语言的职业性敏感，充分体现了对形式的操作能力。这又是一个奇异的过程，因为整个小说往往是从发现第一个句子开始的（至少对我是这样）。句子与句子之间有天然的感应，你找到了第一句便意味着第二句的存在，前一句诱发着后一句，如此蹭下去，势如用高速摄影机拍出来慢慢倒下的多米诺骨牌。而在第一句或第七句之前，你绝对想不到第二句或第八句是什么样子。所以我称之为未知不断显现的过程。正是上述因素，使写作成为个人的一种需要。

写作的目的就是写作。但实际情况是，在今天，写作还有其他目的。写作给一些人带来了意想不到的利益，虽然他们嘴上总申明不想要，但实际他们得到了。于是这个事实又引诱了另一些人，他们加快步伐，穷追不舍。但不管怎么弄，总还有一些人为写作而写作。我们可以相信为写作而写作的是职业作家，但这与能否进入官方色彩的文学机构无关，不是雇佣关系。我所理解的职业作家是指把写作视为一种个人生活，使写作成为一种个人需要的人。他们在想写的时候去写，他们写自己想写的东西。

素质一般与生俱来。后来的锻炼当然有用，但极为有限。齐白石四十多岁突然有一天丢掉斧头拿起毛笔，似乎随便画画就成了大师。同样的例子还有美国的电影导演奥利弗·斯通，当年是越南战场上的大兵。好几年前，《上海文学》上发表了一篇叫作《棋王》的小说，作者是阿城。我们只消看一眼就完全相信了：这是小说，阿城是小说家。但对另一些年老的或年轻的大牌，我们至今无话可说。指出这个事实多少有点儿沮丧，但是很不幸，事实就是如此。一些人于不经意中把一切该做的都做了。另一些人不择手段仍是瞎子点灯。回头看一下当代小说的几十年，我们的表情会很复杂。而个人的不安，也正是因为这个无法改变的存在。我们不免要检点自己的能力，就像伸手探一下米桶，看看还能煮几碗饭。

想象支撑着小说，回忆则缅怀小说。回忆向小说家提供经验，是藏在色彩下面的素描，但不是表达。最后的表达方式是色彩，而色彩是纯主观的东西，不是看出来的，而是想象出来的，所以它成为艺术。色彩是语言，也是叙述。既然我们能把小说分为好看的和不好看的，我们也应该去见识小说的有无色彩。自己的小说应拥有自己的色彩，尽管这非常困难，我们仍试着在做。我们本来渴望得到纠正与指引，渴望得到裁判，但后来发现这种想法脱离实际，因为当代文坛面临着缺少大师的遗憾。没有大师便意味着失去公正而权威的教导与裁判，于是五花八门在所难免，以致一堆无聊小报便可造就一个著名作家。在这种情况下，自然要怀疑时代与文学的关系。也恰恰是在这种情况下，写作进一步成为个人的需要。来自另一方面的问题是属于你的读者，他们是你的朋友，也是你自己的小说所寻求的无数个隐形合作者。这种写与读的关系如同一次次事先没有约定的空中握手。于是我们有理由说：需要的写作是幸福的。

1996年5月15日，合肥

想象与形式

——《风》后记

现在看来，当初关于《风》的种种安排是毫无必要的。这部小说所暗示的一切差不多都是"闪烁其辞"。这似乎是历史的形态，然而也是小说的形态。这形态正对我的胃口。

《风》缘于我的一部不曾出世的中篇小说《罐子窑》。罐子窑是确有的，是我母亲的故乡。早在1986年我就写出了这篇东西，有六万字，可是我感觉不满意，就一直压着。在平静的时候却时常想起它。

1990年夏，我在歇笔一年后开始写作中篇小说《蓝堡》《流动的沙滩》和《爱情岛》。这几篇东西可能代表着我对当代小说尤其是所谓"新潮小说"的所作所为。我甚至觉得，作为小说家，我最好的中篇也不过如此了，于是兴趣转移到了长篇。我写过一部长篇，就是《日晕》，由海峡两岸颇有声望的出版社分别出版了，也引起一些关注。但是我的一位朋友曾经说过类似这样的话：《日晕》写得很潇洒，但是它有一种"习作感"。这是非常准确的批评。显然，我希望新的一部长篇会改变这一点。很长一段时期以来，我一直对当代长篇小说的创作持悲观态度。我的悲观也许仅限于形式，或者说营造方式。无论是朋友的还是我的，大都让我悲凉地感到"气数已尽"。老年小说家一旦迈上长篇的台阶，似乎脚就很难提得起来了——我是在"革命"的意义上强调这种忧虑的。

这便是我在写《风》之前的心态。

我越来越切实地感觉到，创作小说有一个意识问题。短篇有短篇的意识，长篇有长篇的意识。《大淖记事》的字数不比《阿Q正传》少，但前者还是短篇，后者无疑是典型的中篇构架。作为长篇应该有怎样一种意识？我说不清楚。我只是隐约感到可以这样或不可以这样。之所以把六年前的《罐子窑》扣下来，可能就是一种直觉判断：它好像是部长篇才对。

写作是一次精神漫游。我写东西，无论长短，大都省略了所谓的"构思阶段"。小说赖以生存的基本条件是小说家的想象，这想象又时常是即兴发挥而出，从第一个句子开始。小说家是在营造一个想象的世界或想象的现实，就像《去年在马里昂巴》中那个男人所叙述的那个想象的约会一样，一步一步地，让女人适应了并最终相信，与其私奔。想象是需要情绪的，因此我很看重那么一种状态，"写作中"的状态，就像根据心绪的好坏去喝酒一样。应该说，在写作《风》的日子里，我的自我感觉调整得还不错，因此会比较轻松地把它写完并且有兴趣看了一遍。

现代小说的创作从某种意义上而言是形式的发现与确定。可以肯定地说，我是先找到了属于《风》的形式然后再去写《风》的。三种字体的安排并非故弄玄虚，是有需要的。《风》是"历史回忆"＋"作家想象"＋"作家手记"三者合成。回忆是断简残编，想象是主观缝缀，手记是弦外之音。正是这种形式在诱惑着我，让我冲动，欲罢不能。鲁枢元兄在读完《风》之后把这种形式理解成三种颜色，非常令我佩服。这无疑是一次发现。我们在交谈中涉及一个有趣的话题：小说的可看性。不是可读性。即小说家在创作中对将要出现的图景的可看程度。我说我差不多是一目了然，连人物身上的一颗纽扣我都能看见。那时我要做的其实只是把看见的东西记下来而已。不同的是，我只能逐渐看到而不是一开始就纵览全局。这种感受在写《风》的过程中贯穿始终。

我已经说过，《罐子窑》是《风》的缘起。其实《罐子窑》在后来的《风》中已完全消失甚至杳无踪迹。《风》所叙述的是一个虚无缥缈的故事，一个极端浪漫的传说。《风》似乎是说了些什么，又仿佛什么也没说，它以暗示的方式最终给人们留下的只是印象和疑云，随风飘逝……但是《风》所确定的形式以及"写作中"倾注的那份情感，至今让我怦然心动。

对《风》我是尽了心力的。

1993年12月31日海口

形式的挑逗
——《独白与手势三部曲》序文四题

《独白与手势·白》初版后记

这部小说最初想写它的时间是在1993年夏天，其时我在海口。我的小说写作，一般都是源于对一种叙述形式的冲动，尤其表现在长篇上。我需要动笔之前找到相应的形式，面对的应该是形式的挑逗。换句话说，我是因为怎么写的激动才会产生写什么的欲望的。八年前写《风》时，就是这么回事。《风》讲述的是20世纪40年代一个家族内部的神秘，在我看来这种东西装进那种叙述盒子最好。

1993年的那个夏夜我产生的是一个朦胧的想法。我觉得如果把大量的图画引进一部小说，使之成为叙述的一个不可代替的层面，可能会是一件十分有趣的事。但在当时的情况下，我无法腾出一大块时间来进行这个冒险的游戏。直到1997年2月，我重返海口拍摄电视剧《大陆人》，有一夜去老街上溜达，看着那些陈旧的老式南洋风格的建筑，我脑中才又泛起要写这本书的念头，并且已决定了书名：独白与手势。在那个微雨的晚上，我真切地感受到了什么叫触景生情。而我的思绪便越走越远，最后停在二十年前我故乡的一条巷口，那也是个细雨纷飞的夜晚。当晚，我在宾馆里用钢笔随手画出了许多只有我看得明白的草图。这些画面开始调动着我的记忆，或者说，我在用画面表达着属于我对记忆的感受。

我写小说很大程度上依靠的是一种即兴的状态，大都没有所谓的构思阶段（我指的是写什么），也不会事先制订周密的提纲。我甚至不知道故事的走向和发展。通常的情况下我是一句一句地往下蹭，凭借的是故事本身的惯性——我相信恰当的叙述方式会使故事身轻若燕。有时候我吃惊地感到，不是我在写小说，而是小说在写我，我处于极端被动的地位，让小说牵着走。

1998年夏天开始的时候，我在合肥的寓所动手写这部小说。但在春节期间，我回故乡已着手拍摄未来的小说中所需要的照片了。所以严格地说，这部小说开始的时间应在那个时候。那些日子我手忙脚乱，却觉得异常充实，因为我又经历了一次奇妙的叙述旅行。去年秋天，我在北京拍摄《对话》，人民文学出版社的刘海虹女士向我组稿，我便向她谈了这部书的构想，不料她立刻就有了浓厚的兴趣，并希望我能尽早完成。这样，在《对话》做后期的阶段，我于一个雨后的下半夜开始写下《独白与手势三部曲》的第一个句子——"这些话我已经对我说过三十年，现在我把它告诉你，就成了一个故事。"但在小说写过五万字时，我意识到自己写的不是一本书而是三本，于是就这样自己把自己架起来了。接着，我将每一部分别命名为《独白与手势·白》（《简称《白》）《独白与手势·蓝》（简称《蓝》）《独白与手势·红》（简称《红》）。这或许与我热爱基耶斯洛夫斯基著名的影片《蓝》《白》《红》有关，但我企图表达的不是自由、平等与博爱，我只想倾诉一个男人二十年的情感与心灵的磨难。

《独白与手势三部曲》的第一部《白》最初由《作家》杂志自今年第七期起开始连载，据我所知，这是《作家》创刊以来首次发表长篇小说。现在《小说选刊》又将它推荐给广大读者，我希望大家喜欢，这比来自官方的荣誉要开心得多。另外，《独白与手势三部曲》的第二部《蓝》将刊于《小说家》杂志2000年的第一期，届时，人民文学出版社也将出版这前两部的单行本。我将在适当的时候完成第三部《红》。

我写小说十几年了。写作是门手艺，一个男人能这么持久地喜爱一门手艺并不是件容易的事。我不指望写作养家，更不存在以此讨好卖乖，写它只有一个理由，就是喜欢。而且我从来也不认为写作是多么神圣的事，它本该就是我日常生活的一部分。如果说一个作家有什么野心，那么我觉得这野心只能停在一张纸上，而不要跑到纸外面去。我是个闲散的人，干什么都是晃晃悠悠的，不过我本人并不讨厌这种习惯的行姿。文学的路很长，有人一开始就跑得极快，有人一直就是晃悠着。正如俗话说的，林子大了什么鸟都有。据说中国每年会有七百部长篇小说问世，这是个令人吃惊的数字。但是否表明文学的繁荣值得推敲。几年前我曾经说过，我们这个时代的文学有一个遗憾，就是缺乏大师；另一个遗憾是到场都能见到以大师自居的人。缺乏大师意味着失去公正而权威的裁判，所以这些年我们是在踢一场没有裁判的足球。踢得如何就只能凭自己的感受了。于是我时常想，如果有一天我踢得筋疲力尽了，我就毫不犹豫地自亮红牌把自己罚下场。现在想起来，在写作《独白与手势三部曲》的那些日子里实际上我是如履薄冰，稀里糊涂地写了几十万字，全凭一股气撑着。那就是我对寻找到的这一形式的痴迷。一旦完成，我就感到了心累，因为在某种意义上，我和书中的那个男人一样忍受着持久的磨难与煎熬，尽管这不是回忆录。我不免生出几分惶恐，好像这种真切的体验会给生命招致意想不到的麻烦。这让我想起欧内斯特·海明威的一个著名的短篇《印第安人营地》。临盆的产妇经过长时间的挣扎活了下来，而她的丈夫却因无法忍受死亡气息的折磨，割断喉管自行解脱了。于是少年尼克问接生的父亲：死难不难？

他父亲说：死是很容易的。

1999年10月20日，北京

《蓝》初版后记

《蓝》原计划是放在2000年完成的，这么考虑，主要是两方面的原因：其一是我在写完第一部《白》之后，需要一段时间的休整，想听听朋友及读者的反馈；其二是我想抽空再去一趟海口，做针对性的实地考察并拍下一些照片。其时我正在筹备电视剧《海口日记》的运作，想自己再做导演。我想等去海口拍完片子，再静下心来写《蓝》。然而正如俗话所说，计划总赶不上变化，《海口日记》的投资方有固定的合作班底，我要坚持自己导戏便有点儿强人所难，于是就把剧本给卖了。紧接着，一些期刊编辑部得知我在写所谓长篇三部曲时，便不断和我联系，他们像事先约好了似的众口一词：还是趁热打铁吧！再就是，写完《白》的我其实也未能从这种新鲜的叙述形式里走出来，有一种意犹未尽的感觉，这便有了里应外合的基础。还有一个站不住脚却十分真实的理由，就是我刚买了一台笔记本电脑，正练着，需要靶子——从前我是竭力反对换笔的，但近期我的脖子痛得厉害，时时发出嘎嘎的声响，很害怕，可又担心用这东西找不着写的感觉。我用的是拼音，于是就有朋友劝我改用五笔，说那样快。而我执意不从，觉得把一个漂亮的方块汉字活生生地拆开再组装起来是一件不可思议的事。那时我就想上手就拿拼音拼出一部长篇来，认为二十万字拼过，怎么样也熟练了。于是便跃跃欲试地做起这件事了。从某种意义上，这次的换笔，是对我找到的这种形式的一个小的补充，因为它也给予了我刺激。

与《白》不同，《蓝》规定的故事时间前后不过三年，所以相对而言要集中一些。在这部小说里，除了延续了一个男人的情感旅程和心灵磨难，我着意要表现的是"我"在海与岸之间的那种焦灼状态。这种情绪，曾经在我其他的中短篇里表达过，但我觉得还不够淋漓尽致，我希望它能成为我对南方最后的思念。

兴许与合肥冬季没有供暖有关，我发现我大部分的文字都完成于夏天，所谓挥汗如雨，而我早已习惯成自然。《蓝》文字部分的写作大约只花了七十天，脱稿日期是7月28日，正值酷暑，这使我仿佛又一次回到了那个位于南方之南、地处北纬20度的岛屿，不禁恍然若梦。

《蓝》首发《小说家》2000年第一期，正好与《作家》连载的第一部《白》相接，现在人民文学出版社将这两部同时出版，是让我愉快的。整整十年前，我的长篇处女作《日晕》就是由它出版的，使我获得了一份特殊的慰藉，我自然要谢谢它！

我有一篇叫作《关系》的小说，也是写南方的，在那篇小说的结尾，我也写了一个男人对海南岛的告别，当时他站在船尾，在这个男人的视野里，海水越来越蓝。这时，男人出其不意地对着接近模糊的海岸线大喊了一声。于是有人问他：喊什么呢？

男人说：喊一位朋友。

问话的人一笑：这么远，能听得见吗？

男人说：听不见，但我需要喊一声。

1999年10月25日，北京天坛之侧

《红》初版后记

作为长篇三部曲的最后一部，《红》的基调是预先就有所设计的。我对音乐虽然是门外汉，但是在写作《独白与手势三部曲》这个阶段，我的头脑里始终有一部交响乐的旋律在萦绕着。就是说，某种意义上我已经把《红》理解为"第三乐章"了。直觉上我会考虑把它写得与前两部有所不同，我需要它具有更多的抽象性，或者具有一定的象征意味。我所说的"设计"，指的就是这个。显然这种设计不是通常的那种小说构思。我依旧放弃了那种提纲性的准备，而依赖于我的即兴发挥。于是，我用很大的篇幅写到了梦魇的纠缠和死亡的暗示，与之相对抗的则是爱与生命的辉煌。这种爱，我视为宗教，它就站在现实的恐惧对面。

《红》的写作历时三个多月。原计划这部小说的完稿是在去年的年底。然而10月，我参加在南京举办的中国书市期间，突然接到了《作家》杂志的电话，他们因为偶然的事故，希望我能把《红》及时地赶出来，在第十二期上发表。但是，当时我还没有写完，之后我又去了苏州和徽州，等折返合肥才匆匆写完了最后的三万字。由于刊物篇幅上的限制，后来发表的《红》实际上已经删除了一些，而且对图画部分也只能做象征性的安排了。这之后，我再次对小说进行了修改，并一气呵成地完成了它的图画部分。现在，我把它正式交到了人民文学出版社。

《独白与手势》的前两部《白》与《蓝》自问世以来，引起了一些关注。许多朋友曾不约而同地问过我：以后是否还会做这种图文交织的小说？我说也许不会了。因为我已经从《独白与手势三部曲》里获得了这种形式上的陶醉，不需要再有第二回。

2001年4月15日，北京天坛之侧

《独白与手势三部曲》修订本自序

《独白与手势三部曲》初版是由人民文学出版社2000年和2001年出版。毫无疑问，这是我的一部重要作品，也是我在小说形式上的一次冒险——我把图画引进了文本——这些图画不是传统意义上的插图，而是构成了小说叙事的一个层面。因此，《独白与手势三部曲》应该是一个复合的文本，由文字和图画共同构成。无论今天还是以后，别人怎么看，作为作者，我对这种尝试迄今依旧是怀有几分激动的。

　　之所以需要进行一次全面修订，基于以下三个原因：首先，由于当时的我漂泊不定，居无定所，写的和画的都显得比较急就，我本人需要进行一次修订，包括文字和图画两个部分。其次，当初由于出版技术上的局限，使本书的"图画部分"没有达到预期的效果，这是很觉遗憾的，几乎成了我的一块心病。最后，是初版的印数较少，一些热心的读者很难买到，我在网上经常看见他们求购的消息。因此，时隔六年之后，我完成了这次全面的修订，交文化艺术出版社重新出版。修订本的面貌将焕然一新。

　　这次修订工程不小，除了对文字部分进行修改之外，更重要的是，对全书的"图画部分"做了彻底的更新，统一换成了水墨，使之形式上得到和谐。读者现在看到的书中图画，绝大多数都是这次的新作。

　　以前看过这本书的一些读者，常常有一种误解，很容易把这本书看作我本人的准回忆录。这是不确切的。第一人称的叙事可能是导致这种判断的一个原因，另一个原因，我必须承认，这本书也确实打上了我个人履历的印记。但这只是一种故事背景的颜色，我要写的，是一个男人三十年的情感心路历程，以及这个人在这三十年里心灵的磨难与煎熬。还有读者给我写信，询问为什么这本书取名为：独白与手势。说实话，当初取这个名字，我没有怎么多想，只觉得这是一个不错的名字，用它命名一部长篇小说很合适。等书的第一部《白》写完之后，我忽然有了另样的理解。我愿意把"独白"看成文字，可以把"手势"看作图画，"独白"是倾诉，是言说；"手势"则是比画，难以言说。说的和难以言说的，就是《独白与手势三部曲》。

初版是分别以三个单行本陆续出版的，这次，我接受了责任编辑李世跃先生的建议，把三册合为一卷。

是为序。

2007年10月，北京寓所

关于《重瞳》的一些话

在我十八年的小说写作生涯中，只有这部《重瞳》是个例外，一下写到了两千多年前。这部小说早在五年前我就想写了，记得当时从海口路过广州，一个晚上我和田瑛一起散步，他问起我的创作近况，我告诉他，我想写项羽，用第一人称写。他立刻就说：好，你快把它写出来，能写成个长篇吗？我说不过是有这么个想法，还没深想呢。田瑛便又说了句：这个题材也只有你写合适。这句话让我有些震动，便想起不久前鲁枢元在评论《风》的文章里说过：潘军的身上有一股塞上军旅的霸气。两位朋友的话使我这个刚萌生的写作念头变得强烈，似乎马上就想把《史记》找出来重读，开笔就来。

不久，我离开海口去了中原的郑州。这里正是当年楚汉相争的古战场，听一位朋友说，位于荥阳境内的那条著名的鸿沟还在，那儿还立着一尊乌骓马仰天长嘶的塑像呢。我们本来约好要去看看的，结果却因手头上的一堆杂事一搁再搁，终于没有成行。那个时期正是我这一生最背的日子，我陷入进退两难的境地，离四面楚歌仅一步之遥，差点儿就彻底栽了。尽管日子不顺，我的内心还不至于过分焦虑。我仍然在想着项羽，因为我很喜欢这位中国古代的将军，而且第一人称的叙事总能让我产生写作的欲望与冲动。于是便找来了《史记》和《汉书》，两两比较，我还是喜欢司马迁。但我还是很踌躇，觉得故事新编的做法意思不大，怎么写和写什么同时提到了面前，而我一筹莫展。

又过了几日，我分别写出了三个开头，拿给朋友看了，自己其实并不满意。我想这件事还真是急不得的，得悠着点儿。谁料这一"悠"就是五年。

去年夏末，我写完《独白与手势三部曲》的第二部《蓝》，总感觉这一口气还噎着，如鲠在喉地不舒服，就再次把《史记·项羽本纪》翻出来，认真读了几遍，忽然意识到自己可能找到了想要的叙事方式。

我选择第一人称叙事，实际上也就是让死人说话，让项羽的亡灵说话。而既然是亡灵，他的视野就应该是无限的，如同传说中的"重瞳"。确定这一点十分重要，它意味着这部小说具备了一种特殊的叙事形式。同时这种叙事上的策略意外地使我对把握这个题材豁然开朗。这样我就可以完全抛开史籍对这一题材的规定性，天马行空。现在，我可以按照我的想象与思考来进行我的写作了。

我要讲的自然是我自己的故事。我叫项羽。这个名字怎么看都像个诗人，其实我自己早就觉得是个诗人了，但没有人相信。而民间流传的那首"力拔山兮"又不是我的作品——我不喜欢这种浮夸雕琢的文字。

开篇我就这么写道，我心中的项羽应该是这样的——

　　我不是奇人。我不是你们印象里的那个"力能扛鼎"的大力士，我的身高也没有八尺，非但不是，我自觉修长而挺拔的身材还散发着几分文气。

　　这个定位无疑具有对历史的叛逆性，这正是我所需要的。但是对于这个家喻户晓的故事，企图做一次彻底的颠覆实际上已不可能。我无法改变历史中的事件和人物，如同我不能忽视时间和地点，但是我可以重新对它进行解读。我的责任是寻找另外的可能性。这应该是我写这部小说最为重要的支点。

　　事实上，司马迁的《项羽本纪》是具有重新解读的性质的。最典型的莫过于"鸿门宴"，围绕着项羽预谋杀刘邦写得绘声绘色，但仔细一推敲，就觉得每个环节都很可疑：在鸿门宴上陆续登场的人物在太史公笔下都是那么生动，唯有项羽仿佛成了多余的人，苍白无力。这不能不让我困惑。我甚至怀疑太史公限于当时的某种障碍而故意为之，连起码的逻辑都显得如此混乱，以至于最后让刘邦不明不白地回到了霸上。再看"乌江自刎"的安排，正如我在《重瞳》中写到的那样，怎么恰巧在西楚霸王走投无路之际，会出现那一叶轻舟呢？如此这些，都成了我的可乘之机。我觉得，我已经有把握去写这部小说了。在小说写过三千字后，我决定增加一个副题——霸王自叙。我要求项羽作为当事人出来说话，要求这个死去两千多年的亡灵出来把司马迁语焉不详或者说得不妥的地方说个明白，甚至咬文嚼字。譬如，对项羽祖父项燕的死，司马迁写"为秦将王翦所戮"，便遭到"我"的驳斥——

　　关于这一点，太史公说的不对，甚至非常错误。我祖父项燕并非死于秦将王翦的枪下，他是饮剑自尽的，虽说都是一个死，但之于军人，自裁无疑是光荣的。

接下来我又强调道——

　　这个细节我之所以喋喋不休，是因为太重要了。它不仅关乎我项家的荣誉名声，更重要的是它预示着宿命。很多年后，某种意义上讲我的归宿实际也是对我祖父的一次公开模仿。

作为小说家，我更关心的是这种借题发挥。

重新解读与借题发挥是这部小说的两条路，但又是殊途同归。一方面，我需要对史籍中所提供的材料认真咀嚼，从中寻求新的可能性。从现在的作品看，《项羽本纪》里提到的事基本上没有遗漏，但已完全不同了。最典型的是写项羽的几次杀人：杀会稽太守是受了叔叔项梁的唆使；杀宋义是为了救赵，以维护一个军人的尊严；杀王离是骄横；杀李由则是成全。在写到坑埋章邯带来投诚的二十万秦卒时，我犯难了。显然，我是喜欢这个项羽的，我的愿望是塑造出一个血管里流淌着贵族血液的，且具有诗人气质的军人，一个对世界富有天真烂漫情怀、只爱美人不爱江山的男人，一个对连天征战感到厌倦的性情中人。"生当作人杰，死亦为鬼雄"，李易安的这句感叹多少年前就是我的心声，可是，坑埋二十万秦卒又是无可辩驳的事实啊！一时过不了心理这一关，想了几天之后，意识最后锁定的是权力和人性的关系。权力会使一个高贵的人沦为下流，我不能回避项羽的残暴。但是与此同时，我写了章邯的忏悔，以这样一种暧昧又无法证实的手段了结此事。另一方面，我的思绪完全撇开了历史的局限，把一切在我看来可以引入的东西全部写进了小说。这是一种幻想，也是一种超现实，更多的是一种心理的真实，以至于在小说发表后，一位朋友给我来信说："这个项羽不是死了两千多年的古人，而是我们中间的一个，昨天才刚刚告别人间。"

这是我想要的。所以某种意义上，我反对把《重瞳》看作"历史小说"。

2000年第一期的《花城》杂志，在头条位置发表了中篇小说《重瞳——霸王自叙》。随后，《小说选刊》和《小说月报》相继转载，一时洛阳纸贵。我曾经在报纸上看到过一篇关于《重瞳》的评论，不长，却很对我的胃口。那篇文章的标题叫《云霄之上的浪漫主义》。这是不错的。我的确想把这部小说写得洒脱一些，浪漫一些，我希望在刀光剑影之中看到一些脉脉温情，我喜欢那种举重若轻的感觉，于是我安排了项羽的吹箫与寻剑，安排了项羽在乌江之畔与虞姬的一见钟情，遥远的楚歌与千里之外那一块绿色的对应，也安排了最后那样的结尾——

　　第二年春天，这块地方开出了一片不知名的红花。有一天，一个老人领着他的小孙女到这儿散步。那孩子就问：爷爷，这些漂亮的花儿有名字吗？
　　老人思忖了片刻，说：有。它叫虞美人。

　　关于《重瞳》，我已经在小说里说够了。就我个人的写作经验而言，迄今为止，还没有一篇东西在写作中能像这样让我感到舒畅。

2000年2月27日，合肥寓所

（原载《读书》2000年第十二期）

一意孤行——潘军创作随想录

关于《死刑报告》

——答《北京晚报》记者问

1. 《死刑报告》是你创作中一个崭新的领域，就题材而言，与你以前的作品似乎没有任何关系，你是基于怎样的考虑来写这部作品的？

答：2001年完成《独白与手势三部曲》最后一部《红》之后，我原想静下心来看点书，顺便写点中、短篇或者随笔。这是我个人的一种习惯。但是，这两年因为我母亲身患癌症，我大部分时间都在为她的治疗奔波，没有想过再写一部长篇。在治病求医的过程中，我认识了一位朋友，她原来是一名刑侦物证的工程师，接触过不少死刑案件。有一次我问她是否去过刑场，她说那是她的工作之一。我继续问道：当你看见一个死囚被执行枪决的瞬间，你的感受会怎样？她说：很复杂。几乎每一个死囚手里都有一笔令人发指的血债，你无法不恨他们。但是，当他们像牲口一样跪在枪口之下，又难免心生怜悯，一种人类的同情会油然而生。我想，这应该是我想写一部关于死刑小说的缘起。

至于对死刑问题的思考，最早源自基耶斯洛夫斯基那部《关于杀人的短片》，也就是《十诫》中的《杀诫》。基氏是我喜欢的电影导演，他的这部作品，提出了一个尖锐的问题：代表国家杀人是否意味着正义？或者说，国家以杀人的方式制止杀人是否很荒谬？这应该是1997年的事了。这之后，我开始留心这个问题，读了一些中外关于刑罚、死刑研究方面的书，有了一点儿知识上的积累。我觉得死刑问题在文学上首先是一个人类的终极关怀问题，这与我的追求是一贯的。当今世界，已经有一半的国家废除了死刑，或者事实上不执行死刑，而中国的死刑却占了世界死刑的四分之三，这个差距太大了！因此，我觉得应该有一部关于死刑的小说出来，谈谈这方面的事，这也是一个作家良知的体现。所以说，这是我的一个心愿。

2. 据说《死刑报告》的构思与写作都很不顺利，是这样吗？

答： 这部小说的写作，开始于2002年10月，结果很不顺利，最初写的七万字都报废了。我写小说，必须首先找到一个合适的叙事方式，而不是像有的作家那样，先构思好一个故事。从小说文本的角度看，这个方式，既是小说的载体，同时也是被载的一部分。我需要首先确定它。第二个困难，我面对的毕竟是一个很陌生的领域。某种意义上，我这回是以文学的方式在说一个法学的话题。如果我记得不错，当代中国如此近距离地来探讨死刑的小说，《死刑报告》是第一部。这大概不会错。直到今年3月17日，广州发生了"孙志刚事件"，使我受到了很大的震动，也使《死刑报告》的写作加快了步伐。不久，北京成了"非典"的中心，我把父母送回了合肥。也就在这个"戴口罩的春天"里，我完成了小说的初稿，然

一意孤行——潘军创作随想录

后在夏天里把它修改完成了。很显然，我自然不想去写一部破案加爱情的小说，而是想借几宗死刑案件解析死刑问题，希望能以这种方式引起社会对死刑问题的关注。

3. 《死刑报告》中还用较大的篇幅写了美国曾经轰动一时的"辛普森案件"，为什么要这样处理呢？

答：有两方面的原因：其一，是想通过这个案件的叙述，构成小说内容上的一个对比——主要是中西方刑罚观念和司法体制上的对比。我觉得这一笔很重要。"辛普森案件"被称作一场"世纪审判"，吸引了全球的关注，就在于这个案件的特殊性，它处于一个两极的状态，折射出了司法的理性光辉。其二，是想从文本上显示出更深的一种意味。小说叙事上有了这样一个层面，至少丰富了文本自身。看似不相干的东西却能构成一个"场"。但在构思阶段，我一直很犹豫，到底写还是不写？最后我还是决定保留。

4. 这部书中"吴长春案件"，让人联想起辽宁营口李化伟的那宗冤案，你是故意这么做的吗？

答：是的。既然这部小说触动的是个社会话题，那么我就会注重它的现实性。但我写的又是小说，不是报告文学。小说是一个虚构的文本。因此，我有意选择了个别现实中真实发生过的案件，除了"李化伟案件"，还有"枪下留人"的事情，在陕西那起"董伟案件"中也确实发生过此类情形。我想让大家有一种不陌生的感觉，我要唤起大家的一些记忆，让大家觉得虚构只是作家的技巧，但内容是活生生的，似曾相识，仿佛就在我们身边。我希望大家有"身临其境"的感受——这是最强烈的感受。

5. 既然《死刑报告》提出了关注死刑，甚至有呼吁"废除死刑"的倾向，那么，你果真认为今天的中国可以废除死刑吗？

答：死刑的存废，是国际上一直争论不休的问题。这里，我需要引用法学家陈兴良教授的观点：从应然性上看，人类终将废除死刑，中国也不例外；从实然性上看，目前中国还需要死刑的存在，但更需要严格限制。我注意到一个消息，从2001年4月到2003年3月，北京市高级人民法院对三十五名死刑犯改判为死缓，这是司法实践的进步。作为一个作家，我只希望这部《死刑报告》引起大家对死刑问题的关注。

6. 《死刑报告》在你个人的创作中，占有怎样的地位？

答：是一次新的尝试。对我而言，这次是面临着"怎么写"和"写什么"的双重挑战。小说在《花城》发表后，也有一些圈子里的朋友对我说，这部小说在文本上似乎没有什么进步。我承认这一点。我写过一些在文本上有探索的小说，也一直被认为是一个"先锋作家"。有一次，我接到一个广东读者的电话——不知他怎么找到我的手机号码的，他直率地告诉我，他和他的一些朋友，非常喜欢我过去的一些作品，譬如《流动的沙滩》《三月一日》等，但不喜欢我的《合同婚姻》，认为我是一个很纯粹的作家，不应该写这样的东西。我很感谢这位陌生的朋友，但我告诉他，一个作家——当然不是每一个，对每一部小说要求它所承载的使命是不一样的。譬如《重瞳》，是想在司马迁的《史记》中寻找出一种新的解读方式，这是《重瞳》的主要使命。那么《合同婚姻》的主要使命，是表达我对婚姻制度的怀疑。现在的《死刑报告》的使命，是想引起大家对刑罚观念和司法体制的思考。人民文学出版社副社长、批评家潘凯雄负责了《死刑报告》的终审，他认为这部小说在我个人的创作中是一个突破，显示了一定的思想深度，大概是因为我过去的作品太"个人化"了。

7. 有人说，《死刑报告》除了成为当代中国第一部关注死刑的小说外，还改变了过去那种"破案加爱情"或者"案件加黑社会"的警界小说模式，你觉得呢？

答：我从来没有留意过所谓的"警界小说"，对这一点无从谈起。我知道小说的形态是多样的。金庸和琼瑶，不一样叫小说吗？但是，这不是我认定的那种小说。我所认定的小说，是一种依靠语言造型的艺术，是讲究叙事、追求一种诗性与哲理的文本，而不是精心炮制一个故事。这与大众的阅读立场完全不同。《死刑报告》因为题材的缘故，某种意义上对文本上的追求受到一些约束，但我还是尽量按照自己的方式去做了。

8. 《死刑报告》是一部反映现实的小说，或者说是一部"问题小说"，因此会有很多读者关注它。你是否事先有一种想写一部畅销书的考虑？你觉得你的书会畅销吗？

答：有批评家说过，1996年之后，我的小说创作也出现了

"转型"，由沙龙走向了民间。不错，与早期的《南方的情绪》《流动的沙滩》《风》这类作品相比，后来的《海口日记》《对门·对面》《合同婚姻》以及《独白与手势三部曲》，确实要好看一些。这种所谓的"转型"，大概是指作家创作中的一种调整吧。我觉得，一个作家的调整，只要是发自文学内在的需要，而不是某种妥协和让步的结果，更不是主动迎合什么非文学的因素，是可贵的。一个作家如果故意把小说写得艰涩，那是一种病态；如果刻意迎合市场的口味，那是一种媚俗；但如果尽可能把它写得好看，那应该是一种追求。不同的题材有不同的处理方式，笔调、文字是不一样的，这是我一贯的考虑。我没有指望自己会成为一个畅销书作家，倒是希望自己是一个"常销书"作家。我并不希望《死刑报告》会成为一部畅销书，倒是希望读者关注它。

9. 《死刑报告》具有很好的可读性，或者说这是一部好看的小说，你打算把它改编成电影或者电视剧吗？

答：《死刑报告》确实具备了被改编的因素。目前也有影视的投资人在与我交涉，如果最后谈定了，我会按照一种"剧"的方式做些处理的。首先是结构上会有很大变化，要重新组织人物纠葛和戏剧性的冲突。陈凯歌想把它拍成电影，但他也只能选择其中某个单元，我们谈过两次，结果送审几次都没有通过。我并不关心这个，即使改编出来，那也应该是另一个东西了，我只希望小说的意蕴不要丢失得太多，尽管这很困难。我一向认为，一流的小说是不可以随便改编的，因为它的内部非常严密。

关于《戊戌年纪事》的几句话

近两年，随着母亲的去世，小说写得少了。我一向把自己的写作分为两种性质，即谋生的写作和欲望的写作。前者实际上和做生意没两样，以营利为目的。比如说做电视剧，一部下来可以挣套房子，但别人未必知道哪部是我写的，如果拍得不好，我往往不署名，没有成就感。后者指的是发自内心的写作，是一种叙事欲望的满足。比如写小说、散文、随笔、话剧、京剧。这样的写作多少远离了功利，但获得的却比功利还要多，那就是自己在乎——你还能写得更好点吗？就这么简单。这是我还需要写小说的动机。所以我写小说会越来越慢，因为小说的路是越走越窄。对于个人，往往是独木桥。要么通过，要么掉下摔死。

《戊戌年纪事》开始于2003年，因为母亲的病，放下了，一搁就是两年，直到去年年底才勉强写完。这篇小说我写得很累。稿子写完后又迟迟不想拿出去。结果，何锐兄来电话约稿，要我来一次自荐，于是就这么办了。

我一直被理解为"先锋作家"，这是批评家做学问的一种归纳，但我个人的理解与批评家们略有不同。首先，我不承认20世纪我的某些作品，如《南方的情绪》《流动的沙滩》等，是纯粹形式上的文本。我认为我的小说不是这样的，虽然形式上有些极端，但形式里面还是有内容的，不是文字游戏。1991年，我写了《流动的沙滩》，三年后，基耶斯洛夫斯基完成了《三部曲》的最后一部《红》，再三年，我看到了这部影片，意外地发现我们谈的是同一个问题，这让我欣慰。遗憾的是那时这位被我视为大师的导演已经不在人世了。我举这个例子无非想说，任何作品都是有话可说，区别在于怎么说，以什么方式说。

《戊戌年纪事》需要以荒诞的方式去说。没有荒诞，这个故事就没法讲了。我写小说一贯追求那种形式与内容结合得天衣无缝的效果，这就意味着，不同的小说需要不同的讲法。落实到文字上，就是不同的写法。这是这篇小说荒诞性存在的理由。荒诞的另一个作用，是能够使小说具有寓言性，二者几乎可以看作近邻。至于故事，究竟说了什么，我想读者大致可以明白，无须我饶舌。我历来主张，好的小说，作者只能写出一半，另一半应该由读者去写。"有一千个读者，就有一千个哈姆雷特。"

我私下把小说理解为三种类型：一是有意义的，二是有意思的，三是有意味的。我喜欢有意味的小说，某种意义上，我把小说理解为文字构成的"有意味的形式"。在我看来，这样的小说不是说不清楚，而是很难说清楚。甚至只能意会而无法言传，迟疑不决的叙事使主题飘忽不定。因此，所谓"先锋"，本质上应该是一种文化精神。它的存在，使小说突破了故事的局限，突破了形而下的日常层面，具有了诗性和寓言特征；也可能进入形而上的领域，比如说恐惧和爱——这个主题就我的创作经历看，是一贯的。从《南方的情绪》到《陷阱》，再到《三月一日》和《独白与手势三部曲》，一路蹚过来。

前不久去了一趟西沙群岛，在海上漂流了九天八夜。我见到了比墨汁还要黑的深海，至少有三千米深。看着这黢黑的海水和无边无际的海洋，我在赞叹大海的美丽之余也感受到了对大海的一份恐惧。可见，人间的美丽往往与恐惧相伴，正如孔雀美丽，孔雀胆却能杀人。但凡这样的恐惧都与肉体无关，它折磨的是你的精神。《戊戌年纪事》中的"我"就是这样，因为潦倒，莫名其妙地就把自己临时卖给了别人当儿子。他同情地注视窗外那只在垃圾堆里觅食的野狗的时候，本人已经暗中上了另册，正等待着被调理驯服的厄运。可悲的是他本人最初还自以为发了一笔横财。但我需要同情这个人，我理解他的懦弱，他活在难以名状的恐惧之中，面对的是一群代号身份的家伙软硬兼施的纠缠。戊是狗年——恰好，今年又是。这篇小说没有用多少笔墨去写狗，但似乎是写够了狗性，最劣质最卑贱最可恶的那种狗性。导师指出：历史的发展不以个人意志为转移。这话还是真理。历史无法倒退，一旦企图倒退，那么狗性就会猖獗，人就会被恐惧围困。

事实上，这些年来我时常有这种被恐惧追逐、包围的感觉。这大概与我长期漂泊不定的生活有关。一次陌生的注视，一个奇怪的手势，一回突兀的敲门，一起无端的邂逅，都会被看作是这种恐惧感的提示。就像一册装帧优美的典籍，打开之后你会首先发现其中有一枚发霉的书签。但是我依然执拗地相信，恐惧的对面是爱。一阵风吹散阴霾，然后你就见到了阳光。或许这就是生活的真相吧？只是我们淡忘了，忽视了，被纸醉金迷掩盖住了。

写作无疑是一种表达，写作也是一种倾诉，写作更是一种摆脱。

2006年3月5日，北京寓所

《合同婚姻》札记

或许是前几年多写了点，近两年我的精力大都用于看闲书上了。这部《合同婚姻》是我在去年间写下的唯一的中篇小说。但关于"合同婚姻"的提法却在五年前就显示在我的小说里——我在《海口日记》里曾经借那个"我"之口说过类似的话。那也是一个中篇，写于1997年。去年我编一部小说集的时候，又注意到了这个意思，忽然觉得话并没有说完。这应该是这部小说的一个由来。

我一直认为，人类关于婚姻制度的设计是一个败笔。最有力的例证是离婚率不断大幅飙升。婚姻是全人类共同面临的问题。假如把婚姻理解为一个产品，婚姻危机或离婚，大抵可以算作大修和退货的，那么在今天看来，生产这个产品的流水线就有很大的问题了。这个流水线就是婚姻制度。我这么说，自然会引起两极的争议，或赞成拥护，或反对批判，这都正常。一个作家的任务是揭示问题，却不会拿出解决问题的方法，即使是小说中男女主人公实行的这种"合同制"，我看也未必就是医治两性关系的一张良方里——他们不是照样也面临着"往后怎么办"的危机吗？不过我们得承认，结婚和离婚终究是人的一项权利。

婚姻好比手里逮着一只鸽子，松了鸽子要飞，紧了鸽子会死，最后只好用绳子把鸽子拴在手里，看着它的翅膀在手心中扑腾，算是给了个有限的自由，不过那情形真的很滑稽。早些年，美国有部根据畅销小说改编的同名电影叫《麦迪逊桥》，中文译名为《廊桥遗梦》，被舆论认为是在呼唤人类对古典情怀的回归。但我想问题似乎不是那么简单。作品中那个男人与那个女人一起生活了四天，才有了这么多的感叹。要是他们一起生活四年，或许就少了很多。要是一起生活了四十年可能就无话可说了。有人说，婚姻好比不断地往酒里兑水，日子越长就越淡。这话有点绝对，但不是一点道理没有。我们的尴尬在于：社会在走向现代化，人心却在走向古典。这是一个无法回避的落差。人活在其中如何突围？

《合同婚姻》写于2002年7月，由《花城》杂志首发，《小说月报》转载，并获第十届《小说月报》"百花奖"。一些外埠的报纸也在连载这篇小说。其中最有趣的，是陕西的《华商报》。他们搞了一个活动，向社会公开征求《合同婚姻》的结尾，然后让我来评选颁奖。于是就有了"伤感的结尾""无奈的结尾""幸福的结尾"以及"意外的结尾"。这篇小说质疑的是传统的婚姻制度，说的是形而下，触动的却是形而上。

不久前的一个晚上，我接到一个陌生读者的电话，他自称在广东一家报社供职。他说他和他的一些朋友，很喜欢我以前的作品，譬如《流动的沙滩》《三月一日》《重瞳——霸王自叙》等，但是现在看到《合同婚姻》，就感到十分意外。他说像我这样一个纯粹的小说家，不应该去写这种"问题小说"，而应该在文本上不断探索。电话里我没有多说什么，但我向他表示了感谢。

我历来认为，一篇作品发表或者出版，就是一个客观存在，读者说什么都可以。另外就是，一个作家，至少是像我这种作家，每一次的写作，选择的是他自己认可的最佳方式。这个意思实际上是承认了，一篇小说应该有多种写法，但你只能选择最佳。形式无疑是载体，但最佳的形式就会成为被载的一个部分。因此，无论是"先锋"还是"现实主义"，在我这里都仅是一种表达的需要。一个作家不会打着旗号走路，可是他的每一次写作行为往往会被人归纳。我曾经有一个比方，小说的形式与内容，如同紫砂壶与乌龙茶。福建安溪是出产乌龙茶的地方，你用玻璃杯子沏，也未尝不可；但你总还是觉得不如紫砂壶沏得舒服。这"觉得"和这"舒服"，就是因为紫砂壶已经成为被载的一个部分了，而玻璃杯却不能。其实玻璃杯未必会破坏乌龙茶的味道，它破坏的是你的感觉。写小说也正是这样，叙述和汉字，对一个有能力的小说家而言，不仅意味着能帮助你说出什么来，更在于让你觉得只有这么说才舒服。

我现在正应北京人民艺术剧院之约，将《合同婚姻》改编成一个多场次的话剧。我对话剧也是有情结的，相信春天里这出戏在京城上演，会成为一道养眼的风景。

2003年12月，北京寓所

见证时间：凝视博尔赫斯

　　1984年春，我在合肥购得上海译文出版社出版的《博尔赫斯短篇小说集》，定价人民币一元二角。这是我拥有的第一册豪尔赫·路易斯·博尔赫斯的作品。这本由王央乐先生翻译的博尔赫斯作品此后便跟随我游历四方。1993年4月，作家马原来海南岛拍摄大型专题片《中国文学梦》，访谈中我们不可避免地谈到了博尔赫斯，谈到王央乐的这个译本。马原说，他正是因为这个译本才去上海拍摄王先生的。这种表达实际上暗示着一个事实，即翻译家王央乐对我们喜爱博尔赫斯的作用。我很自然地想到，我在大学时代对福楼拜的《包法利夫人》的迷恋与李健吾先生的译笔有关。我特别喜欢那种简约的短句子。我不止一次地问过自己，倘若十五年前，我首先遇到的不是王央乐先生的这个译本，会是怎样的情形？我还会如此长久地热爱这个玩弄中国手杖的阿根廷老人吗？

　　我清楚地记得我第一次阅读博尔赫斯时的感觉。那是一种奇异而神秘的感觉，几乎所有的小说读过之后都不知所云。他向我们提供的是一个全新的文本，在这个文本中充满着虚构、幻想、引经据典和东拉西扯，与我过去对小说的阅读经验迥然不同。我甚至私下不止一次地抵制这个小说的另类。但是感谢王央乐先生，他漂亮而雅致的译笔使我在阅读博尔赫斯之初就对他的每一个句子肃然起敬。智慧的句子使我和博尔赫斯老人相识以至于难解难分。很快我有了一种预感，与我相遇的有可能就是20世纪最伟大的一位小说大师。

1990年秋天，我在合肥简陋的寓所，在一个无法照进阳光的屋子里，开始写作中篇小说《流动的沙滩》。这篇小说的标题源于法国"新小说"代表作家之一的克洛德·西蒙的一次演讲。他说：我们对任何事情都没有十分的把握，因为我们始终是在流动的沙滩上行走。然而，西蒙，这位1985年度的诺贝尔文学奖得主的作品，譬如《弗兰德公路》，却没有怎么吸引我的注意。我想这其中一个不可忽视的原因在于，这之前我已和博尔赫斯相遇了。而且一旦相遇，就无法使我再见异思迁。

《流动的沙滩》的第七节的小标题是：博尔赫斯的记忆。其中有这样的表述——

没有人把博尔赫斯的记忆传授给我，却有人把莎士比亚的记忆给了博尔赫斯，使他成为"因近视而富有远见"的诗人和小说家。这个阿根廷人一生只做了两件事：读书和写作。他对旅游的兴趣不大。我们也可以说，他在卷帙浩繁的典籍中旅游。他曾一度出任布宜诺斯艾利斯市立图书馆馆长，庇隆下台后，又出任阿根廷国立图书馆馆长。因此他坐在家里见多识广。世界上实际不存在一堵墙。博尔赫斯用科学的笔法撰写不科学或反科学的故事。他的创作无不显示着智慧和狡猾。

这应该是我对博尔赫斯的最初印象。其时大师还健在。两年后的1986年6月14日，博尔赫斯病逝于他的第二故乡瑞士日内瓦。

1965年，约翰·厄普代克在著名的《纽约客》杂志上撰文指出，"博尔赫斯的虚构小说里呈现的睿智即使在哲学和物理学著作中也不多见"，同时"引人入胜，令人愉悦"。这种判断与我比较一致。

王央乐先生在他的译作前言中指出：博尔赫斯的短篇小说具有很强的艺术感染力。然而这种感染力却来自作者荒诞不经的幻想和模棱两可的哲理。

事实上，博尔赫斯自身就是一个悖论。他生性羞怯，却又喜欢跃跃欲试；热爱学问却又醉心政治鼓动；性格孤僻却又愿意接受记者访谈；他的智慧吸引女人的关注，却很少有女人愿意和他上床，以至于最后上帝决定把百万册图书和高度近视的眼睛一并赐给了他。

然而博尔赫斯是智慧的。他一生都在用文字制造智慧而不失严肃的游戏。

博尔赫斯的智慧反映在方方面面。在他一些比较完整的小说里，这种智慧首先表现为故事的选择编排。他往往是受到某种启示——它的来源可能是《圣经》或者《古兰经》，也可能是高乔诗歌和阿根廷民间传说，更有可能是一些鲜为人知的典籍。《秘密的奇迹》这篇小说很大程度上概括了博尔赫斯式的文本特征。这篇不足六千字的小说写于1943年，而故事中的时间则要早了四年，但都是作家对第二次世界大战做出的反应。小说的题记引自《古兰经》第二章第二百五十九节——

> 故真主使他在死亡的状态下逗留了一百年，然后使他复活。他说："你逗留了多久？"他说："我逗留了一日，或不到一日。"

显然，博尔赫斯将要写出的，是一部在战争的阴影下关于时间的作品。博尔赫斯似乎从来就是作为时间的见证人而存在的。他在和卡洛斯·富恩特斯的一次谈话中就坦率地承认："除了萦怀的时间问题外，我对任何哲学问题都没有得出结论。"他说时间问题启发他写了不少东西。在这次谈话里，博尔赫斯援引莎士比亚《麦克白》中的台词解释上帝的永恒。他认为永恒"并不是我们所有的昨天的总和，而是对可能存在的事实一览无余的过去、现在和将来的总和。因为上帝的记忆也将成为上帝的预言"。（王永年译《我和博尔赫斯》）

《秘密的奇迹》从作家哈罗米尔·拉迪克的一个奇异的梦写起，他"梦见了一盘长时间的大棋。下棋的并不是两个人，而是两个著名的家庭"，而且"这一盘棋已经下了许多世纪"，而且"棋子和棋盘放在一座秘密的塔里"。然后，梦中自以为是某个家庭成员（长子）的哈罗米尔开始"在雨中荒原的沙地上奔跑"，而"许多钟表敲响着这盘急迫的棋局的钟点"，以致"没法记得棋子的模样和下棋的规则"。哈罗米尔的梦便在这样的时刻醒了。

"暴雨中的雷声和可怕的钟表声已经停止。一种有节奏的整齐的声响，时不时被号令的声音打断，在采尔特内街升起。天已微明。第三帝国的装甲先头部队正在开进布拉格。"

小说就这样开始了。博尔赫斯营造了一个神秘中渗露出恐怖的氛围，在这个简短的第一自然段里，他反复提示了时间，同时以梦魇的方式暗示了死亡的阴影已经抵达布拉格的街头。梦印证了即将发生的现实。

接下来就是3月19日哈罗米尔遭到逮捕，罪名由诸如作家的母姓、犹太人血统、研究犹太学问等构成，而当事人竟"没有一条能够反驳"。于是，"他被押进在莫尔达瓦河对岸的一座消过毒的雪白的监狱里"。秘密警察头目之一的朱利乌斯·罗特，是一个可以因为两三个歌德体的形容词就大开杀戒的家伙，他决定在3月29日上午9时对拉迪克实行枪决。也就是说，这个叫拉迪克的作家还可以活上十天。然而不可思议的是，身陷囹圄的作家此时却在不厌其烦地想象着关于如何对他行刑的细枝末节。"总是无休止地回到他死亡的无休止的前夜。"但是，这个人以合乎逻辑的顽强，得出了一个结论：预见到死亡过程的细枝末节，就会阻止它真正发生。他大声地论证说："现在我是在22日的晚上，要是这个晚上（以及其他六个晚上）继续存在下去，我就不会受伤害，就是永生不死的。"他想，梦中的夜晚是深深的乌黑的深槽，他可以沉没在里面。

在这里，博尔赫斯把现实与梦境的路打通了。往下的路线就好听从他的安排。和他的其他一些名篇一样，博尔赫斯真正的虚构总是秘密地进行，或者说这个老人喜欢在他小说的内部进行认真的杜撰。某种意义上，博尔赫斯的小说可以看成是一种双重的虚构文本。小说作为虚构的故事文本在博尔赫斯手里，就其表面的形态而言，往往像一份措辞考究、证据充分的报告（1970年他出版的一部小说集就叫作《布罗迪报告》）。在这样的一份份"报告"里充满着准确的时间、地点、真名实姓的人物、确有出处的典籍，并且大量地引经据典。这些"报告"经他神奇地组织起来，具有毋庸置疑的欺骗性，但一切看上去是那么像煞有介事。这是另一种虚构，形式的虚构。著名的《交叉小径的花园》开篇就是——"在利德尔·哈特所著的《欧战史》第二十二页上，可以读到这样一段记载：十三军团的英军（配备着一千四百门大炮），原计划于1916年7月24日向塞勒—蒙陶朋一线发起进攻，后来却不得不延期到29日的上午。倾泻的大雨是使这次进攻推迟的原因。"利德尔·哈特是确实有的，这位"一战"中二十一岁的英军上尉后来成为著名的军事学家；《欧战史》也确属利德尔·哈特所作，于1934年出版；塞勒—蒙陶朋更是有的，今天还在法国的版图上标着。然而这些不过是为所谓的俞琛博士那份"开头两页已经遗失"的声明进行的铺垫。由此洞开"博尔赫斯式"迷宫的门户。

除了博尔赫斯的博学与其对纯粹文学形式的高度掌握，或许正是由于这么一种"双重虚构"的文本，博尔赫斯成了"作家们的作家"。这之前的作家可以虚构故事，却还没有来得及考虑虚构形式。

作为剧作家的拉迪克在狱中除了思考时间和死亡外，还在琢磨他的一个未完成的诗剧《敌人们》。这时的博尔赫斯又开始了东拉西扯，他用不小的篇幅提及拉迪克的日常生活，其中强调的是他翻译的《塞弗尔·叶济拉》，强调了"人们可能获得的经验的数字并不是无限的，只要一次'重复'就足以显示，时间就是欺骗……"博尔赫斯似乎有意在转移读者的注意力，以改变读者对故事的线型关注。但是小说中的拉迪克的剧本却"完全遵守时间、地点、动作相一致的'三一律'"。剧中的故事发生在拉德卡尼"19世纪的最后几个傍晚之一"。地点是罗某施塔特男爵的书房。一个陌生人来拜访男爵，几经转合，却使男爵感到身边潜伏着一个"复杂阴谋"。剧本的舞台提示是"一只钟指着7点，残阳强烈的光芒照耀着玻璃窗，空气中传来热烈的熟悉的匈牙利音乐"。剧情似乎很荒诞地在展开，莫名的危险也在不断地增强，以致男爵不得不杀死一名密谋者。可是到了最后一幕，这个被杀死的人又奇迹般地回到了舞台上——"有人注意到，天色还没有昏暗，钟还是指着7点，西斜的阳光照在高大的玻璃窗上，空气中传来热烈的匈牙利音乐。"关于时间的暗示再次出现。

然而这部莫名其妙的剧本居然让它的作者找到了存在的借口。拉迪克开始在黑暗中向上帝祈祷，希望上帝能赐给他最后一年的时间，用以完成《敌人们》缺少的两幕。他说："如果我是以某种方式存在的，那么我就作为《敌人们》的作者而存在吧。"于是上帝就干预了，他的意见通过拉迪克梦中的"一个无所不在的声音"传达出去："你所需要的时间已经允准了。"

至此，小说中的精彩部分随着哈罗米尔·拉迪克的苏醒向我们走来了。3月29日早晨，两名兵士走进了囚室，计划9时整执行枪决并没有因此改变。死囚拉迪克被带到狱墙的前面接受最后的拍照，接下来就是接受那排枪了，兵士让他向前走了几步，以免墙会被血污染。这个瞬间，拉迪克感到了恐惧，一颗粗大的汗珠渗出他的鬓角，正在慢慢地沿着面颊滚下。但是，这颗汗珠在他的面颊上凝固了，他吐出来的香烟的烟雾也没有在他眼前散开，拉迪克意识到奇迹发生了。

"肉体的世界停止了活动。"博尔赫斯这样写道，"所有的武器都伸向拉迪克，但是那些要杀他的人却一动不动。上士的胳膊举在半空，停在那里。院子里一块砖地上，有只野蜂投下了一个固定的影子。风停息了，仿佛是在图画里。"

很多次，每当看到这里都使我对大师感到敬畏。这个类似电影里的定格镜头表达的是对时间的另一种书写。这是上帝的时间，更是博尔赫斯的时间。1976年6月23日，博尔赫斯在一篇题目叫作《时间》的随笔里这样对我们说——

事实上我们每天都在死亡，又每天都在诞生。我们不断地诞生，不断地死亡。正因为如此，时间问题比其他任何形而上学问题都来得重要。因为其他都是些抽象问题，时间是我们的实际问题。我是谁？我们的每一个是谁？我们是谁？也许有一天我们会了悟。也许永远不会。

拉迪克利用上帝赐予他的一年时间顺利完成了他的歌剧《敌人们》。"上帝为他做了一个秘密的奇迹。"当他找到最后一个形容词时，那颗凝固在他面颊一年之久的粗大汗珠又开始了滚动，然后，那排枪响了。

"哈罗米尔·拉迪克死在3月29日上午9时02分。"——这是小说的最后一句。就是说，即使是上帝，也无权改变客观的时间。上帝能教会我们支配的是另一种时间。

即使是在20世纪80年代末期，我醉心于"实验小说"的阶段，我也毫不含糊地认为：任何小说都是有所寄托的。无论是早期的《南方的情绪》，还是最近的《重瞳》，都包藏着，或者隐匿着我个人的某种想法。这是小说内部的东西。尽管我深知，某种意义上小说的发展是一种叙事形式的发展。但我觉得，一个作家是无法回避他所要表现的对象的。当我以一种职业作家的眼光去面对博尔赫斯的小说时，我会从第一个句子开始，见识出它的好来。1999年12月21日，我在合肥接受林舟博士的访谈，当谈到《流动的沙滩》时，我说：那时我非常向往自己能写出一部具有博尔赫斯式的语言意味的小说，就是既完全改变传统小说的那种结构模式，又能即兴地随手拈来许多东西，最后把它放在一个统一的语言系统里面，构成小说内部的一种和谐。

在这篇文章里我不想过多地去涉及博尔赫斯的作品。他的作品对我而言，永远是一座智慧而精致的迷宫，或者一面神秘的镜子。一座"圆形废墟"，一处"交叉小径的花园"，一本"沙之书"，这些都是"秘密的奇迹"。我希望是这样。我没有兴趣从博尔赫斯作品里去寻找柏拉图、叔本华或者毕达哥拉斯的身影。我担心如此对文本做出比较理性的解析，会影响我对博尔赫斯的感情。我要维护对大师最初一刻的那种冲动与崇敬。面对像博尔赫斯这样的大师，我以为最好的方式就是保持阅读的直觉——某种意义上，我是把博尔赫斯的作品当作一个精美的读物看到了今天，这是我依然保持着对博尔赫斯的新鲜感的原因所在。我心目中的博尔赫斯永远是智慧的，这种智慧散发在他的字里行间。

　　一个在智慧的学校里皓首穷经的人带着博大精深的学问最后死了，来到永恒之国的门口。

　　吉祥天使迎上去，对他说：

　　"喂，凡夫俗子，别往前走啦，你得先向我证明你有进天堂的资格！"

　　那人回答说：

　　"且慢！我要先问问你，你能不能向我证明这里是真正的天国，而不是我死后昏瞀心灵的急切的幻想？"

　　天使还没有搭腔，门里有个声音说：

　　"放他进来！他是我们中间的人。"（王永年译《我和博尔赫斯》）

　　——很多年前，博尔赫斯把这段苏菲派教徒的言论放在自己一篇文章的前面，作为题记；而现在我将此移到这篇关于博尔赫斯文章的后面，作为结束。因为我看清了，那个面对天堂之门的人就是博尔赫斯。

2000年6月22日，合肥寓所

几点感想

——在中德作家对话会上的发言

关于作家的责任

就我个人的看法，一个作家的责任首先是应该考虑怎样去把一部作品写好。这应该是最起码的，实际上也是最大的责任。一个作家在他进行写作的那一刻，这种承担责任的义务就已经发生了。但是，随着写作的展开，这种日后由作品导致的责任将会是另一个样子。因为，小说家的创作——至少是我这样的小说家，他在写作中往往是被动的：不是作家在支配小说，而是小说在引领作家。就是说作家某种意义上是在随着渐渐形成的叙事惯性驱使前行。那么，以后的责任就是由文本来承担了。文学的影响力来自文本，而非作家，尽管二者有着紧密的联系。中国古代有"道德文章"一说，但是文如其人的判断并不怎么科学，至少很片面。譬如说，一个个人道德优良的作家也很可能会制造出一个腐蚀人心的文本来。

作家算不算知识分子？在中国似乎还有争议。我的观点是作家本来就是知识分子的一员。而一个知识分子的存在价值，首先就应该表现在有勇气站在社会的对立面。这并不意味着他们是反社会或者反政府的，而是他们需要拥有一个批判的立场，有所担当。作家不需要用自己的嗓门对着社会发言，他用的还是文本。

关于创作与批评

　　君特·格拉斯说：在德国，一个批评家可能比一个作家更受关注。其实中国在以前也有类似的现象。刚才程光炜教授说，中国在五四时期的陈独秀、胡适先生就是如此。我要补充的是，他们都是安徽人。德国同行施皮恩先生问我，中国的小说家是否也写批评性的文章？我的回答是肯定的。但中国的作家的批评文字往往与时政无关，更多是局限在学术圈子。一个作家写的批评，依赖的是自己的直觉判断，而不需要理论支持。这种批评，显然不同于陈晓明先生所介绍的那种"学院式的批评"。正如陈先生所言，20世纪90年代，在中国批评家里面，出现了知识背景的转换。他们抛弃了从前的别林斯基而转身面对罗兰·巴特，这是导致今天"学院式批评"的一个重要原因。这种"背景转换"同样也反映在中国作家身上——当然是一部分作家。但他们要完成的转换，是希望摆脱西方，包括德国、德语言国家在内的那些文学大师的阴影下写作的局面。他们希望独立。这样，90年代那些先锋作家，在今天的情况，已经发生了很大的变化。导致这种变化的固然有诸多复杂因素，但是一个纯粹的作家，他的转换总是发自文学的内在需要。

　　没有一个小说家是先看批评，而后来写作的。但同样需要说明的事实是，这些作家从来就没有忽视批评给他们带来的收益。在90年代，中国的作家和批评家的关系是十分融洽的，他们互相学习，并由此成为朋友。我和陈博士就是那个时候开始交往的，想来已有十多年了，那是一段需要缅怀的时光。今天的情况似乎有些糟糕了。今天的一些作家，在成名之后，很难有耐心和勇气面对那些批评，尤其是那些针对他们创作不足的批评。他们感兴趣的是如何利用自己的名声和影响去多多挣钱。而一些批评家，更多的是热衷于那些实用的、带有买卖性质的宣传活动，或者是，面对一份具有智力挑战的小说文本他们显得束手无策，要不就是进行那种妄想型的、自恋式的批评。因此，今天再谈所谓的纯文学和"学院式"批评，感觉上是身体有毛病似的。但是，仍然还是有这样一些人存在着。他们就像一条暗河在大地之下流淌。这也就是我为什么要来参加这次会议的理由。

关于诺贝尔文学奖

我的一位同行曾经打过一个比方，就是，如果把已经获得诺贝尔文学奖的作家和那些被疏漏的作家组成两支球队，那么战败的一方肯定是获奖队。百年诺贝尔，遗忘了很多诸如老托尔斯泰、陀思妥耶夫斯基、卡夫卡、博尔赫斯以及中国的鲁迅这样的大师，无疑是这个奖项的遗憾。

当前中国文学最大的遗憾是"权威的缺席"。而另一个遗憾是到处可以见到以大师自居的人物。失去权威意味着失去一种楷模、失去一种公正。这种遗憾，我想德国，乃至斯德哥尔摩也有。所以很多时候，我觉得我们这些人是在踢一场没有裁判的足球。（施皮恩先生插话：是二十二个人踢二十二个球吗？）虽然没有裁判，或者裁判吹的是黑哨，但是我们还那么固执地在踢，支持我们的唯一力量是那种职业心态。

去年的诺贝尔文学奖授予了如今已是法国人的高行健先生，对此，我还是感到高兴的。因为不管怎么说，高先生的血管里流的还是华人的血，他填补了百年诺贝尔文学奖与华人无缘的空白。我想这比一个在诸如法兰克福那样的俱乐部效力的球员踢进一个球的意义要重大得多。其次，高先生的小说《灵山》最初是用汉语完成的，这说明汉语写作不会因为翻译的障碍而与"诺奖"失之交臂（以前，这是我们国内解释不能获奖的一项重要理由）。但是，这个奖授予高先生，我并不以为是，至少不完全是对他个人能力的肯定，而是对一个文学探索方向或者说小说叙事方向的肯定。我想用汉语写作的作家，在汉语写作范围内，比高先生杰出的作家应该很多。我想这是正常的。1985年度诺贝尔文学奖的得主是克劳德·西蒙，这个事实也并非意味着阿兰·罗伯-格里耶的暗淡无光。应该看作是对"新小说派"的肯定。

在今天的中国文学，实际上是一个错过谁都不遗憾的时代。如果说，在20世纪的30年代我们错过了鲁迅，那么会是很遗憾的，而现在这种遗憾是完全没有了。我从来没有想过这个时代会诞生真正意义上的文学大师。同时我还要说的是，一个纯粹的作家从来都是为欲望的驱使来写作的。正如托马斯·曼的伟大不在于他是否获得了诺贝尔奖和引起了许多批评家的兴趣，而在于他写出了不朽的《魔山》。

关于小说和影视

我认为一流的小说是不能被改编成为影视作品的。托马斯·鲁西格先生刚才谈到他的小说《像我们一样的英雄》改编成电影后的那种尴尬，我也遇到过。但我很快就排解了，因为我参与影视创作实际上是在做一笔生意，毫无成就感。所以我总是在觉得自己的日子过得有些紧张的时候去考虑做影视的。我接触到中国的一些电影人，他们的最初目标或许很高，但是后来就变得莫名其妙了。譬如说，我的《海口日记》被改编成电视剧后，里面原先的那个妓女转眼就变成一个既会歌唱还会作曲的角色——这样的人可能去做妓女吗？所以，现在的一些作家不大容易信任一些电影人。

但是，另一种发生在作家自身的情况也很糟糕。毫无疑问，任何作家写出一本严肃的小说都是需要花很大的气力的，可是这样的书却无法畅销。作家自然也就没有相应的经济回报了。然而一部粗劣的电视剧却能为他带来丰厚的利润。在中国，它们之间的经济差距是十几倍，甚至是几十倍。于是，一些作家在进行小说创作时的思维定式就发生了变化，他们一下笔首先想到的就是自己的"小说"是否可能被改编，以便获取高额的报酬。可想而知，这样的东西距离小说的品质就很远了。甚至还有这样的做法，当一部电视剧叫响之后，再回头把剧本整理成"小说"出版。

我本人至今还有一个电影梦。甚至觉得我的个人条件好像更适合去做一个电影导演，我痴迷电影的叙事。中国的电影有着自己的美学风格，这在20世纪30年代费穆先生的《小城之春》就显露端倪，这之后有谢铁骊的《早春二月》，有吴贻弓的《城南旧事》，有陈凯歌的《霸王别姬》，一脉相承。遗憾的是这样优秀的作品毕竟还是太少。我希望有一天在中国能够看到像伯格曼、基耶斯洛夫斯基以及德国的法斯宾德这样大师的手笔出现。

2001年11月9日-13日，歌德学院北京分院

回顾"先锋文学"

我历来把自己的写作分为两类:"欲望的写作"和"实用的写作"。前者是我的追求与寄托,后者则是谋生的手段。去年我进行的基本就是"实用的写作",做影视挣钱去了。只写了一个中篇《戊戌年纪事》,发在贵州的《山花》上。后来《文艺报》有文章推介,说我的这篇小说依旧是"先锋"的和"后现代"的。这倒让我想对所谓的先锋文学说上几句话。

2000年,国内十家文化单位在京联合召开我的作品研讨会。在那次会议上,不少人谈起了先锋文学。在大家的记忆中,小说界关于"怎么写"的序幕是在1985年前后拉开的。据那次文学热潮的主要参与者李陀先生回忆,当时他们提出"怎么写"某种意义上比"写什么"重要,是带有一定的抗议性的。李陀没有,或者不便进一步指出,具体抗议什么,但针对传统的小说模式,一定是包括其中的。当代文学史上的一些思潮,或者由思潮引发而出的文学运动,在1985年之前大都局限在内容上,譬如"伤痕文学""反思文学"以及"改革文学"等。但"怎么写"却不是这样,它鲜明地指出"革命"的对象是在文学形式上,它的反传统性也主要表现在形式上。

我至今认为,所谓"先锋派",还是批评家们做学问的一种归纳。之所以有"派"的称谓，有两个基本原因：其一，是当时确有一些青年作家在形式探索上走得比较远，譬如莫言、马原、余华、格非、苏童、洪峰、孙甘露、叶兆言、北村、吕新以及我本人。其二，是这些作家的作品基本上集中发表在《收获》《花城》《钟山》《人民文学》《作家》《北京文学》《上海文学》这样一些杂志上（后来又有了《大家》和《山花》）。这样就很容易有一种营垒的感觉。我记得1988年第六期的《收获》就是一个先锋小说专号，作者大都是上述的那些作家。花城出版社当时也有一个"先锋小说文库"，主要作者也还是这些人。2000年，花城出版社还出了一套《潘军实验小说集》，上卷收入了《南方的情绪》《流动的沙滩》《蓝堡》《重瞳》《白底黑斑蝴蝶》这样的中短篇小说，下卷则是长篇小说《风》，算是对我个人创作的一次阶段性的总结。

但就写作而言，这些作家之所以追究"怎样写"，其中一个不可忽视的，也可能是最直接的原因，是受到了国外一些作家的影响。那时期，像博尔赫斯、乔伊斯、卡夫卡、塞林格、萨特、加缪、福克纳、海明威、罗伯·格里耶、加西亚·马尔克斯等这样一些带有现代派色彩的作家，一齐站到了我们面前。他们的作品像对我们打开了一扇扇窗口，让我们知道"哦，小说还可以这样写"（马尔克斯语）。这些面貌迥异于我们深受熏陶的苏俄文学和本土文学传统。可以想象，那是一道道多么灿烂的光线。我不知道别的作家是否承认这点，我是承认的；非但承认，我还大胆模仿——《流动的沙滩》就是这样的一个向博尔赫斯致敬的文本。前年《北京文学·中篇小说月报》开设了一个《文本典藏》的栏目，邀请一些作家去点评经典作品，他们让我面对的，还是博尔赫斯。

在我看来，所谓"先锋"，当指一种文学探索的精神。现在看起来，当时的批评家对这些作家在形式上的探索是肯定有余，却往往把形式与内容无形中剥离开来看待，或者对作家在内容上的发掘一笔带过。譬如，我在《南方的情绪》中关于恐惧的表现，在《流动的沙滩》中关于人生轮回的阐释，都是经过很多思考的，我自觉内容很扎实，但一些关于我小说的评论里，没有见到这方面的论述。

先锋小说在20世纪80年代末期达到一种高度，但随着形势的变化，没有掀起更高的浪头。这应该是一个遗憾。尽管在90年代初期，还是有一些作家在进行这样的尝试，并且把在中短篇领域的文体实验开始引进长篇，但总的趋势是在减弱。先锋小说式微后，它的主要作者也开始发生变化。被广泛看好的马原一直没有力作，叶兆言几乎不再"先锋"，孙甘露也似乎淡出了。大概只有北村、吕新和我这样的人还在那里这么写着，有人说这是一种坚持。暗示着苏童、余华是在转型。因为他们写了《妻妾成群》和《活着》。不管看法正确与否，这是客观事实。批评界现在认为这是一种"蜕变"，我更愿意把它理解为作家的自我调整。即使是"蜕变"，那也不能简单地看作倒退。事实上，苏童的《妻妾成群》和余华的《活着》应该是他们迄今最具影响力的作品，随着被张艺谋改编成电影，几乎达到了家喻户晓。我们不能轻率地认为，这些作品在小说叙事上是不成功的，它或许没有《罂粟之家》和《往事如烟》在形式上那么极端，但在文本上仍然是成功的。更难能可贵的是，他们的实践使原来"艰涩"的小说开始变得"好看"起来。

一个作家的调整，只要发自内在的文学需要，而不是某种妥协让步的结果，更不是迎合什么，我认为是很正常的事情。这里还必须指出一点，这些作家经过调整，增强了小说的可读性，使小说"好看"，是与当年的文体叙事上的实验锻炼分不开的。这些作品依旧受着"先锋"的影响，叙事上包含着很大的技术因素。这或许就是它们与传统小说最大的不同。它们看上去通俗了，但从来没有失去文学的纯粹。

1992年之后的五年，我的经历中出现了一个很大的转折，先是下海了，去了海口；之后又去了郑州。那时我已经意识到，像我这样的写作，既不迎合主流，又不讨好市场，实际上是很奢侈的。所以若要坚持，就需要首先把自己养得从容。事实上，这个阶段我个人的创作出现了第一次停顿。直到1996年，我才以一部《结束的地方》的中篇小说结束了商海的短暂生活，回到了阔别的案头。这以后，我的一系列作品，如《海口日记》《三月一日》《对门·对面》《秋声赋》《重瞳》《合同婚姻》以及《独白与手势三部曲》和《死刑报告》，都与以往的作品有了很大的不同。这大概可以看作是我的调整。其实我要努力做到的，也还是使自己的小说好看起来。一个作家如果故意把小说写得艰涩，那是一种病态；而刻意迎合市场口味，那是媚俗。但如果是想尽可能把小说写得好看，那无疑是追求。难度正是这个。虽然1985年之后，中国的作家开始对小说叙事引起了足够的重视，观念也转变了，但观念的转变不等于能力的提高。这个能力的核心，我以为是叙事的技巧，对文本的自觉。如果说绘画是以线条和色彩来造型的，那么小说的造型手段应该是叙事形式，是结构，是语言，是句子。

先锋文学在新时期文学上的地位，我不想去说它。但有一点应该是不争的事实，即如果没有当年这些作家的实践，那么，关于"怎么写"的讨论就显得十分空洞了。先锋实验小说是我写作生涯中不可缺少的一个环节。它彻底改变了我的小说观念，一定程度上奠定了我的文学立场。我开始清楚这个世界的存在对我意味着什么，我需要与它保持适度的距离。我将从我的角度对它进行观察与思考。无论今天或者将来人们怎么看这场文学运动，作为一个亲历者，我对自己在其中扮演的角色以及所作所为都一样充满激情。那是一段值得缅怀的好时光。

2002年10月，合肥

"写作中"与"写出来"

——闲谈"伟大的中国小说"

我是不喜欢对某个概念发言的，况且是面对一个似是而非的概念。哈金先生提出"伟大的中国小说"，理解他的苦心和雄心，但我与他想的不一样。我以为一个作家，或者一个小说家，之所以写作，是为了满足对叙事的欲望，他需要以这种手段与世界沟通。这是他的存在方式。一个人能一辈子爱一件事，并且认真去做，说明这件事对他具有非凡的吸引力，他喜欢，离不开，然后苦中作乐。我想正常的心态应该是这样。对于职业作家，写作首先是爱好，是日常生活，然后才可能成为事业与使命。正如垂钓的乐趣在于垂钓本身，而非树立起能钓上一条大鱼的信念，更非要求一个垂钓者把钓来的鱼拿到市场上去卖。你能说不树立钓大鱼信念的就不是好的垂钓者吗？因此"写作中"远比"写出来"重要。"写作中"不仅指的是写作过程，更重要的是指一种状态的确立。状态这种东西是能力问题，也是心境问题，境由心造，几乎不受外界的影响。写作的意义恰恰就在这写作之中，而不是跑到写作之外。其次，什么才叫"写出来"呢？比如说：写出一部如哈金先生所言的"伟大的中国小说"，是官方的褒奖，是民间的呼声，是印数，是版税，还是批评家、汉学家的推举？似乎没有一项可靠。当然这个意思并非说，作家不愿意写出"伟大的中国小说"，树立这种信念的作家依然是可敬的，但这与前者比较起来，意义不一样。

一个作家的写作需要遵从内心的感受，这种写作是纯粹个人化的，不在乎别人怎么看。第一，来自带有官方性质的褒奖从来就不能当作衡量学术成就的标准，甚至已经成为笑话；第二，来自民间的舆论自然也不能体现这种成就感；第三，一种以学者、专业人士身份的评价更加可疑，因为某些批评家只要谁肯花上几百块钱，就可以让他对某部作品说些肉麻的话，与作家比起来，他们更急功近利。在这样的氛围里，那种我们看重的专业立场就基本丧失了，剩下的便是随波逐流，或者自以为是。

中国作家往往注重形而下的追究，而忽视了形而上的探索，这是很普遍的。没有多少人去咀嚼苦难，也没有多少人去注重思想，书写止于日常经验的复制与仿真，无法走向精神领域。甚至一些很有名气的作家，至今迷恋的还是老掉牙的，或者与时尚有关的故事，素材不够就翻报纸。但这样的作家很讨好，八面玲珑。比如，某个人写出一堆乡风陋习，于是就说他有文化底蕴；比如，某个人把性写得很肮脏，于是就说他写出了现代的《金瓶梅》。实际上，这样的作家和乡间的说书人有什么两样？那所谓的小说不过是话本的延续与变种，那里面根本看不见叙事空间的拓展，更难谈思想什么的了，但照样被某些学者、专家研讨着。这就是我常见的一种文学现实。

写作首先是个人的，之后才是大众的。个人化写作不等于自我清算与自恋，而在于个人的真切感受。这与作家的价值取向、思想深度、艺术素养、生活境遇关系甚大。作品体现的应该是他独特的判断、认识与思索。个人化写作立场的坚守其实应该成为很自然的事情，因为你需要这样，于是就这么做了。我不喜欢"甘于寂寞""有毅力"这样的表达与颂扬，因为它暗示着一种忍耐。写作是可以忍耐的吗？这个世界好玩的事情太多了，你凭什么要忍耐，就为了帮我们写出一部"伟大的中国小说"？没有人会要求你这样做，你大可不必自作多情，你也未必能做到。你要做的，一定是你所愿意做的。这如同恋爱，爱就意味着被爱，付出也即意味着回报。

哈金先生在文章中说，世界小说都不景气，近年只有美国和印度的作家值得关注，这个判断是怎样得出的，我孤陋寡闻，不得而知。我想他依照的标准，恐怕还是某个国际上的奖项和舆论吧。这话自然也有道理，但在国际上获得某项大奖，是否就是最终的，也最可靠的标准？恐怕不能这么看。记得2000年高行健先生获得诺贝尔文学奖的时候，我正在南京参加中国书市。于是有很多记者问，你对高行健获奖怎么看？我说，我很高兴，理由是百年诺贝尔文学奖华人缺席，如今高先生填补了这项空白，我没有理由不高兴。第二，高先生获奖，与其说是对他个人的奖励，还不如说是对汉语写作的认同，因为这之前总是听见这样的怪论，说中国作家不能得奖，是因为汉语翻译的障碍。这种认同当然包括叙事方向上的认同。第三，我还说，高先生获奖，不等于说他就是汉语写作最好的作家，我个人认为当今中国大陆有的作家写得比他好。那么，如今作为法籍华人的高先生算不算写出了一部"伟大的中国小说"呢？

有一次我和叶兆言谈起诺贝尔奖，他曾有一个比方我觉得很有趣。他说如果把获得诺贝尔文学奖的作家与没有得奖的作家组成两支球队，那么胜方肯定是没有得奖的这支，因为这支队伍里有老托尔斯泰、卡夫卡、陀思妥耶夫斯基等主力，谁敢嚣张？这足见，诺贝尔奖也同样靠不住。可靠的最终还是时间，时间会让该留下的留下，该淘汰的淘汰，很公正。我想这些大师在写作中是没有工夫去树立一部俄国式的伟大小说信念或者奥地利式的伟大小说信念的。他们能做的是认真，用心写作，就是不断向自己质问：能否写得更好？而现在的中国作家，有几人可以用心认真？又有几人值得期待？

至于"伟大的中国小说"这个概念自身的不严谨，我觉得残雪在文章里已经说得很好了，我基本上同意她的观点，那种狭隘的"民族经验"确实是值得怀疑的。杰出的文学和艺术从来就没有国界与民族之分，那种"越是民族的就越是世界的"的说法我历来不欣赏。前几天我去国家话剧院看了萨特的《死无葬身之地》，我就根本感觉不出这是一个外国的故事。是法国的话剧，但照样震撼中国人的心灵。

按照哈金先生的意思，他的所谓"伟大的中国小说"最后还需要"每一个有感情、有文化的中国人都能在故事中找到认同感"，我想这是不可能的。这也不是选小说的方式，倒像是选总统的方式。

2005年5月27日，北京

江南一叶

——《铜陵作家文库》序

今年3月，平生初到铜陵。

印象里，一个以金属为主体并以金属命名的年轻城市，与风花雪月的文学应该有所距离，其实不然。在铜陵，最愉快的事莫过于和当地的一些同行见面交谈。那是一次充满沙龙趣味的对话，其中就有这套书的部分作者。面对那些比我年轻的面孔，我仿佛看见了自己从前写作的姿态。从20世纪90年代起，我一直过着一种自我放逐的生活。事实上我已经远离所谓的文坛多年。但每到一地，只要遇见真心写作的朋友，便会感到一种亲切和活力。那时我就会在心里提醒自己，骨子里我还是一个写作的人。这大概是我愿意为《铜陵作家文库》写序的理由吧？这套由市文联组织，囊括小说、诗歌、散文随笔、儿童文学的文库，是铜陵近期文学成果的一次集中展示，但我更愿意看作是五松山下一群文学人的一场浪漫Party，无论是白日放歌还是静夜私语，因为它们的存在，使得这座金属城市没有脱离烟雨江南的诗意背景。

2012年，中国文坛的盛事，是作家莫言获得了诺贝尔文学奖。这也是那次聚会的话题之一，我曾有过这样的表述：第一，无论是作为同行还是朋友，我向莫言表示由衷的祝贺，因为他填补了中国作家与诺奖的百年缺席。尽管在这之前的2000年，高行健也曾获得诺奖，但那时他已经加入了法国籍。第二，这个奖授予莫言，并非意味着他就是用汉语写作最好的作家，我想这一点莫言本人也不会否认。第三，这个奖虽说是给莫言的，但实际上肯定了一个写作的方向。

无可否认，我本人曾经为这个方向所困惑。很多年前，当我投身到一场后来被文学史称作"先锋文学"的实践时，我探求的是一种叙事的形式和文本的意味。作为小说家，那时我更多关心的不是"写什么"，而是"怎么写"。我的全部努力是企图对传统小说模式进行一次彻底背叛，我深知一个写作者如同秉烛夜行，时刻都在寻找写作的方向。但是我清醒地意识到，文字的迷宫并不意味着方向的迷失，毕竟，文学是需要向社会说点什么的。这在今天显得尤为重要，因为写作的方向不仅是形式上的探索，最重要的还是良心的方向。你尽可以写得随心所欲，但不可偏离良心的坐标；你可以写得不好，但你不能趋炎附势，胡说八道。这是一个写作者理应坚守的立场，更是一个写作者需要担当的责任。

在今天，文学不再是谁家的工具，写作只是个人的表达。写作者以写作的方式与这个世界沟通，并以这种方式确定自己的存在。没有人要求你写作，写作本质上是一种情怀的寄托，一种欲望的满足。这情怀这欲望又是多样，比如倾诉和叙说，比如需要安抚自己的良知，比如建构自己的精神家园。信息时代造就的网络社会，给写作者带来的最大便利，是自由。同时也使得文学变得不那么神圣，这是幸事。文学告别了蜜月，意味着趋于平淡。走下神坛，意味着人间烟火。写作的现场已经由游泳池变成江河湖海，当写作成为一个人的日常生活，你会觉得，做一名写作者是幸福的，尽管写作中我们经常是饱含泪水。

面对赖以生存的世界，我们会有太多的感慨，我们也会欲言又止，以至于最后无话可说。那就沉默，这或许是一个作家的底线。多年前，我曾这样说过：一个作家的自信，来自一贯信奉的文学主张和炽热的职业情怀，他以沉默的方式远离主流意识形态的话语，以沉默的姿态安然坐在自己朴素的写字台前。最后，他沉默地活在自己作品的字里行间。因此，我们有理由说，沉默是一种高贵的气质。

3月里，铜陵虽是初到，但我在情感上对这块土地并不陌生。还是在民国年间，我的外祖父就曾搭安庆的戏班子来过大通镇，解放后我母亲也多次来此地演出。所以翌日，友人便陪我去看了大通镇的老街。那一天细雨飘飞，站立水边小码头，一望对面破败不堪的荷叶洲（我不想称作"和悦洲"），不免心生惆怅。烟花三月本是令人伤感的季节，那一天里我都在怀念，不禁想起陆放翁的诗句："天风忽送荷香过，一叶飘然忆故乡。"但此刻，我的怀念已不仅是先辈的足迹。

有记者问我：你对铜陵的印象如何？

我说：一见钟情。

我又说：但凡一见钟情，便意味着终身难忘。

是为序。

2013年7月30日，北京寓所

《独秀文丛》序

　　丁酉年是我的本命年。年初，我即做出一个决定：暂别京城回故乡。沈从文说："一个士兵不是战死沙场，便是回到故乡。"我不是士兵，北京之于我也算不得战场，但我现在需要回到故乡。父母业已离去，故乡即是家园。我在安庆的江畔购置了一处房产，三楼是工作区域，有书房和画室，有阳光房和茶室。每日在这里写写画画，闲暇南望，眼前大江一横，水天一色，江南峰峦一带，江上帆樯几点——颇有点张陶庵《湖心亭看雪》的意思。而我这里，叫"泊心堂望江"——"泊心堂"是我的斋号。岁末迁入新居之际，适逢朱移山出差到此，顺便给我捎来了两件宣纸。那天来的朋友很多，济济一堂。茶过三巡，朱移山即给我出了题目，说怀宁有五位中青年作家，将在他供职的出版社集中出一套散文集，名号《独秀文丛》，希望我能写个序言。我未做踌躇当即答应，对家乡涌现出来的这些比我年轻很多的写作者，我是高兴的，尽管这是件多余的事。

　　对于一个写作者，都会面临这样一个不是问题的问题，即为什么需要写作？诚然，写作的动机因人而异。去年安徽文艺出版社出版《潘军小说典藏》，在序言中对此我有如下阐述：

　　我是个自由散漫的人。换言之，我毕生都在追求自由散漫。

当初选择写作，看中的正是这一职业高度蕴含着我的诉求。通过文字进行天马行空的想象与自由表达，以此建筑自己的理想王国。这种苦中作乐的美好与舒适，只有写作者亲历才可体味。

这是我写作的动机，但不是全部。随着时间的推移，我意识到，我的写作动机其实还包括对写作本身的迷恋，或者说是对文字叙述的迷恋。我们习惯把好的散文称作美文，这美，在我这里主要是语言文字之美。语言文字其实也不仅是载体，同时也应是被载的一部分，如同喝红酒，总会向往一只高脚酒杯，尽管用瓷缸来喝丝毫不能改变酒的味道，但会让你感到一种莫名的缺憾。文字之美的发现与领悟，是需要历练的，年轻时容易被华丽、冷僻，甚至艰涩的辞藻所迷惑，以为这样才是与众不同的高深，其实不然。后来就会觉得，准确平白的文字更耐人寻味，朴素的美终是大美。然而这种朴素的文字之美往往是不易察觉的，比如："一株是枣树，另一株也是枣树。"（鲁迅《野草·秋夜》）鲁迅没有直说"我的后园有两株枣树"，当你第一次读时，你或许会放过这样的句子与表述，甚至会觉得啰唆。可能某一天，你再与这样的句子邂逅时，你会怦然心动，会发觉这其中大有意味。至少，我会觉得这样的表述有语气上的徐缓，有形式上的映照，有视角上的转换。1993年，我在海口与前辈作家汪曾祺先生有过一次关于小说语言的谈话，他说很多人说他的小说像散文，他说自己也分不清小说与散文的界限在哪里。但他认为，某种意义上，写小说就是写语言。这句话给我印象极深，我想这对每一位写作者都应该是很好的启迪。

我与散文的写作没有多少经验，写得也不多。在我浏览过五位作者的若干篇什之后，我更多的是被他们写作的姿态所打动。一个时代总会拥有它的写作者，如今的文学，早已远离了喜庆的年月，失去了热闹，倒是意外地获得了一份安静。这种源自心灵的安静，正是一个真正的写作者需要恪守的。就散文创作而言，在我这里，现当代散文的高度，依然是周氏兄弟。他们的散文，我每年都会读。有时候我会想，我的这种偏爱究竟是何缘故？是钦佩鲁迅的思想深度，还是欣赏周作人的冲淡文风？最后我发现，我喜爱的是他们的文字。白话文写作，始于胡适，终于鲁迅。如果说胡适开启了白话文写作的局面，那么，最终由鲁迅呈现出辉煌。我甚至认为，只有深爱文字的人才能写出好的散文。

怀宁是一块文化的土地。近现代史上出现过陈独秀这样划时代的新文化运动领袖，当代文学史上出现过海子这样的浪漫诗人——今天，是海子的诞辰，也是他的忌日。1989年的这一天，我在芜湖，突然接到他离世的消息，悲从天降，盘踞心头久久不散。二十九年后的今天，我为他作了一幅画，以寄托我的哀思：一片苍茫的雪原，一株瘦弱的树，一个渺小远去的背影，给我们留下一派广袤的寂寥，我想以圣洁代替惨烈。所以当我写这篇文字时，心情是沉重而复杂的。我只想告诉几位比我年轻的朋友，写作的路只会越走越窄，但是，也会越走越远。

是为序。

潘军

2018年3月26日，于泊心堂

《断桥》之外

去年的大年初五，我锁上北京的房子，自驾一千两百公里，回到了故乡安庆。民国时期，安庆曾是安徽省的省会，如今则沦为一座四线城市，萧条而落寞。但对于一个久居京城而感到身心疲惫的人来说，却意外地获得了一份清静。

我已经十年不写小说。电脑里有个文件夹叫"未竟小说"，里面存着两部长篇和十几个中短篇，都是十分"未竟"——有的，只是开了个头，仅有第一自然段，比如这篇《断桥》。如果不是李晁的揪住不放，这篇《断桥》至今应该还是未竟状态。肯定是。

于是就有了这么一个问题：为什么会是《断桥》？

回答也同样是一个问题：这个不知何时（至少十年以前）写出的第一自然段——"我姓许，认识我的人一般客气地称我许先生。当然，他们根本无法知道，我与传说中从前那个在钱塘开生药铺的许仙是同一个人。民间需要传说，可是，如果说眼下的某个人生活在传说中，或者从传说中走出来，就没有谁肯相信了……"就这么几句，但今天读起来觉得还行。这是唯一的理由。然而这理由却足以支持我把这篇叫作《断桥》的小说写下去。

我的很多小说好像都是这么写出来的。事先并没有整体的构思，没有布局谋篇的设计，没有提纲，没有草稿，但是，必须要有一种想这么写下去的欲望——叙事的欲望。于是就这么蹚了下去，我相信好的句子会产生一种感应，如同多米诺骨牌，一张倒下，也就全部倒下，觉得可以收手了，小说也就结束了。这种即兴的写作状态一直为我所迷恋。我很在意这种"写得下去"。这情形与阅读的经验也很相似，好读的书是放不下的。当然，随着写作在我眼前的逐步展开，我会越发清晰地看见自己写进了什么、回避什么、舍弃了什么。我明白自己的选择。但更多的"什么"，我或许没有看见，读者看见的肯定比我要多。这是我希望的结果。

记得第一次微信告诉李晁，给的稿子可能会是一个中篇；但很快我就改口了，我说，是一个短篇。我曾经说过，小说的长短划分，字数显然不是唯一的依据。短篇小说受到篇幅的限制，也就意味着经营得颇费心机。这里没有什么内容压缩一说，如同长篇小说也不应该是大量兑水的结果。短篇小说是一个专有名词，是一种叙事意识，有点像传统中国画的小品。小品不是浓缩的国画，当然放大了也不是巨制。杰出的小品，要求的是寥寥几笔，尽得神韵。但这几笔却是要了命的，因为于有限之中企及了无限。从这个意义上看，鲁迅依然是一座丰碑。

如果当初，十年前的某月某日，我一气呵成地写出这篇《断桥》，其面貌和意味，与现在肯定是完全不一样的。那会是怎样的面貌和意味呢？我很好奇。我告诉李晁，要保留我的写作日期。我似乎是第一次意识到，此时此刻和彼时彼刻竟是这样的不同。至于这篇《断桥》，究竟说了什么，读者应该比我更有资格和权威性评说。我只想说，这是我停笔十年之后对小说写作的一次美好的冲动。我还得说上一句，自何锐到李寂荡，《山花》一直是我喜欢的一份文学刊物。

有一次，我为一个戏曲创作会议讲座，谈到了京剧《白蛇传》。我说戏曲和话剧有两个不同。其一，戏曲是以演员为中心的，也就是以角儿为中心的，而话剧则是以剧本为中心；今天谈起《霸王别姬》或者《赵氏孤儿》，都知道是梅老板和马老板传下来的，却不大清楚当初由谁写的本子。而问起《雷雨》第一代繁漪的扮演者是谁，又未必回答得了，只会说，那是曹禺的作品。因此，其二，戏曲不要求多么深刻，要的是一份情趣，而话剧却要求承载思想。既然戏曲以情趣作为核心，那么就没有必要人为地堆砌什么思想意识了，一曲《白蛇传》，何必要讲什么反抗封建反压迫呢？然后我说，将来想把这出戏重写一回。于是便有人递上条子，问我："您要写的《白蛇传》会是什么样子呢？"我随口回答："让许仙和法海调一个位置——许仙专心事佛，法海还俗恋爱。"大家哄堂一笑。

但现在这篇《断桥》，好像说的又是另一码事了。

2018年8月9日，于泊心堂

我毕生追求自由散漫

——《潘军小说典藏》自序

秋天里回合肥，在一次朋友聚会上，安徽文艺出版社社长朱寒冬先生建议我，将过去的小说重新整理结集，放进"作家典藏"系列。作为一个安徽本土作家，在家乡出书，自然是一件幸福的事。况且他们出版的"作家典藏系列"，从已经出版的几套看，反响很好，看上去是那样精致美观。我欣然答应。这也是我在安徽文艺出版社第一次出书，有种迟来的荣誉感。寒冬是我的校友，社里很多风华正茂的编辑与我女儿潘萌也是朋友，大家一起欢悦地谈着这套书的策划，感觉就是一次惬意的秋日下午茶。这套书，计划收入长篇小说《风》和《独白与手势三部曲》《死刑报告》；另外，再编两册中短篇小说集，共七卷。这当然不是我小说的全部，却是我主要的小说作品。像长篇小说处女作《日晕》以及若干中短篇，这次都没有选入。向读者展现自己还算满意的小说，是这套自选集的编辑思路。

　　每一次结集，如同穿越时光隧道，重返当年的写作现场——过去艰辛写作的情景宛若目下，五味杂陈。从1982年发表第一个短篇小说起，三十多年过去了！那是我人生最好的时光，作为一个写作人，让我感到最大不安的，是自觉没有写出十分满意的作品。然而重新翻检这些文字，又让我获得了一份意外的满足——毕竟，我在字里行间遇见了曾经年轻的自己。

不同版本的当代文学史，习惯将我划归为"先锋派"作家。国外的一些研究者，也沿用了这一说法。2008年3月，我在北京接待因"中国当代文学研究计划"采访我的日本中央大学饭冢容教授，他向我提问：作为一个"先锋派"作家，如何看待"先锋派"？我如是回答："先锋派"这一称谓，是批评家们做学问的一种归纳，针对的是20世纪80年代中期中国文坛出现的一批青年作家在小说形式上的探索与创新，尽管这些创新不可避免地会受到西方某些流派作家的影响，但"先锋派"的出现，某种程度上改变了中国小说的范式。这些小说在当时也称作"新潮小说"。批评家唐先田认为，1987年发表的中篇小说《白色沙龙》，是我小说创作的分水岭，由此"跳出了前辈作家和当代作家的圈子"而出现了"新的转机，透出了令人欣喜的神韵和灵气"。这一观点后来被普遍引用。像《南方的情绪》《蓝堡》《流动的沙滩》等小说，都是这一特定历史时期的作品。这些小说在形式上的探索是显而易见的，带有实验性质，而长篇小说《风》，则是我第一次把中短篇小说园地里的实验，带进了长篇小说领域。它的叙事由三个层面组成，即"历史回忆""作家想象"和"作家手记"。回忆是断编残简，想象是主观缝缀，手记是弦外之音。批评家吴义勤有文指出："从某种意义上，潘军在中国新潮小说的发展中起到了继往开来的作用，而长篇小说《风》更以其独特的文体方式和成功的艺术探索在崛起的新潮长篇小说中占一席之地。"

某种意义上，现代小说的创作就是对形式的发现和确定。如果说小说家的任务是讲一个好故事，那么，好的小说家的使命就是讲好一个故事。"写什么"固然重要，但我更看重"怎么写"。这一立场至今没有任何改变。在我看来，小说在成为一门艺术之后，小说家和艺术家的职责以及为履行这份职责所面临的困难也完全一致，这便是表达的艰难。他们都需要不断地去寻找新的、特殊的形式，作为表达的手段，并以这种合适的形式与读者建立联系。对于小说家，小说的叙事就显得尤为重要。某种意义上，叙事是判断一部小说、一个小说家真伪优劣的尺度。一个小说家的叙事能力决定着一部作品的品质。

与其他作家不同，我写小说首先必须确定一个最为贴切的叙述方式，如同为脚找一双舒服的鞋子。而在实际的写作中，又往往依赖于自己的即兴状态，没有所谓的腹稿。在我这里的每一次写作，不是作家在领导小说，依照提纲按部就班，更多的时候是小说在领导作家，随着叙事的惯性前行——写作就是未知不断显现的过程。《风》脱胎于我的一部未完成的中篇小说《罐子窑》，结果我认为它的结构与意识，应该是一个长篇，于是就废弃了；长篇小说《死刑报告》最初写了七万字，觉得不是我需要的叙事方式，也废弃了；《重瞳——霸王自叙》则有过三次不同样式的开篇，直到找到"我讲的自然是我的故事，我叫项羽"才一气呵成。等到了《独白与手势三部曲》，我开始尝试把图画引入文字，让这些图画变成小说叙事的一个有机组成部分，文字和绘画，构成了一个复合文本。《死刑报告》后来决定把与故事看似不相干的"辛普森案件"

并行写入，使其形成了一种观照，也就构成了中西方刑罚观念的一种比较与参照。这些都表明，即使在所谓先锋小说式微之后，我本人对小说形式的探索依旧没有停止。如果说我算得上先锋小说阵营里的一员，那么，所谓的先锋其实指的是一种探索精神。

我是个自由散漫的人。换言之，我毕生都在追求自由散漫。当初选择写作，看中的正是这一职业高度蕴含着我的诉求。通过文字进行天马行空的想象与自由表达，以此建筑自己的理想王国，这种苦中作乐的美好与舒适，只有写作者亲历才可体会。然而几百万字写下来，我越发感受到这种艰难的巨大，原来写作的路只会越走越窄。同时我也清醒地意识到，今天的写作未必都是自由的。于是我的小说写作，便于1990年暂时停歇下来。两年后，我只身去了海口，后来又去了郑州，自我放逐了五年。虽然那几年过得身心疲惫，但毕竟还是拥有了一份可贵的自由。另一个意思，是我乐意以这种方式将自己从所谓的文坛中摘出来，心甘情愿地边缘化。我喜欢独往独来。批评家陈晓明曾经说，我是一个难以把握的人物，"具有岩石和风两种品性，顽固不化而随机应变"，指的就是这个阶段，但我的这种应变却是因为现实的无奈与无望。我深知写作不仅是一个艰难的职业，更是一个奢侈的职业。决定放弃一些既得利益，就意味着今后必须自己面对一切，单打独斗。其实我从来没有觉得自己真的下过海，倒是向往江湖久矣！我必须换一个活法。1996年2月，我在郑州以一部中篇小说《结束的地方》，结束了这段颠沛流离的生活，重新回到阔别的案头。

我开始思考，"先锋派"作家一直都面临着一个挑战：形式的探索在很大程度上影响到阅读的广泛性。尽管这些作家不会去幻想自己的作品成为畅销书，但从来不会忽视读者的存在，至少我是如此。实际上，阅读也是创作的一个构成元素。很多年前我打过一个比方：好小说是一杯茶，作家提供的是茶叶，读者提供的是水。上等的茶叶与适度的水一起，才能沏出一杯好茶。强调的就是读者对创作的参与性。我甚至认为，好的小说作家只能写出一半，另一半是由读者完成的。我希望自己的小说好看，但先锋作为一种探索精神不可丧失。毕竟，小说不是故事，小说是艺术，是依靠语言造型的艺术，是语言的"有意味的形式"。小说更是一种人文情怀的倾诉与表达。我要尽力去做的，还是要向大众讲好一个好故事。这之后，我陆续写出了《海口日记》《三月一日》《秋声赋》《重瞳——霸王自叙》《合同婚姻》《纸翼》《枪，或者中国盒子》《临渊阁》等一批中短篇以及《独白与手势三部曲》和《死刑报告》。我骨子里"顽固不化"的一面再次呈现而出。批评家方维保说："对于潘军可以这么说，他算不得先锋小说最优秀的代表，但他确实是先锋小说告别仪式中最引人注目的一位。正因为潘军的创作，才使先锋小说没有显得那么草草收场，而有了一个辉煌的结局。"这当然是对我的鼓励，但始料不及的是，八年后，我的小说创作再次出现了停歇，而这一次的停歇，我预感会更长。果然，一晃就过去了十年。

我又得"随机应变"了。这十年里，我的主要精力都放到了影视导演上。因为这种突兀的变化，我时常受到一些读者的质疑与指责。但他们却是我小说最忠实的读者，我由衷地感谢他们，诚恳地接受他们的批评。需要说明的是，我作为小说家的工作并未就此结束，只是暂告一段落。十年间我自编自导了一堆电视剧。这看起来是件很无聊的事情，但对我则是蓄谋已久的热身，接下来我会去做自己喜欢的电影。由作家转为导演，本就是圆自己一个梦，企图证明一下自己在这方面的野心。我要拍的，不是所谓的作家电影，而是良心电影。这样的电影之于我依然是写作，依然是发自内心的表达。但是，这样的电影不仅难以挣钱，也许还会犯忌，所以今天的一些投资人早就对此没有兴趣了，而我却一厢情愿地自作多情。他们只想挣钱，至于颜面，是大可以忽视的。更何况，要脸的事有时候又恰恰与风险结伴而行。

面对这样的局面，我的兴趣自然又一次发生了转移——专事书画。写作、编导、书画，是我的人生三部曲。近两年我主要就是自娱自乐地写写画画。其实，在我成为一个作家之前，就是学画画的，完全自学，但自觉不俗。我曾经说过，六十岁之前舞文，之后弄墨。今天是我的生日，眼看着就奔六了，我得"Hold住"。书画最大的快乐是拥有完全的独立性，不需要合作，不需要审查，更不需要看谁的脸色。上下五千年，中国的书画至今发达，究其原因，这是根本。因此，这次朱寒冬社长提议，在每卷作品里用我自己的绘画作为插图。其实严格意义上，这算不上插图，倒更像是一种装饰。但做这项工作时，我意外发现，过去的有些画之于这套书，好像还真是有一些关联。比如在《风》中插入《桃李春风一杯酒》《高山流水》《人面桃花》以及戏曲人物画《三岔口》，会让人想到小说中叶家兄弟之间那种特殊的复杂性；在《死刑报告》里插入

《苏三起解》《乌盆记》《野猪林》等戏曲人物画以及萧瑟的秋景，或许是暗示着这个民族亘古不变的刑罚观念与死刑的冷酷；在《重瞳——霸王自叙》之后插入戏曲人物画《霸王别姬》和《至今思项羽》，无疑是对西楚霸王的一次深切缅怀。如此这些都是巧合，或者说是一种潜在的缘分，这些画给这套书增加了色彩，值得纪念。

　　书画最大限度地支持着我的自由散漫，供我把闲云野鹤的日子继续过下去。某种意义上，书画是我最后的精神家园。今年夏天，我在故乡安庆购置了一处房产，位于长江北岸，我开始向往叶落归根了。我想象着在未来的日子里，每天在这里读书写作，又时常在这里和朋友喝茶、聊天儿、打麻将。我可以尽情地写字作画，偶尔去露台上活动一下身体，吹吹风，眺望江上过往帆樯，那是多么心旷神怡！然而自古就是安身容易立命艰难，我相信，那一刻我一定会情不自禁地想起电脑里尚有几部没有写完的小说，以及计划中要拍的电影，也不免会一声叹息。我在等待还是期待？不知道。

　　是为序。

潘军

2016年11月28日，北京寓所

"大先生"和"我的朋友"

像我这样生于20世纪50年代末的人，最具讽刺意味的，是开始读书的时候就接触到中国现代最伟大的作家鲁迅，大有一步登天之感。这不是我的选择，而是时代的选择——那时代新华书店里，文学书籍好像就只有一个鲁迅。书都是单行的薄本，牙白的封面，上面印着鲁迅的浮雕像。比如《呐喊》《彷徨》《野草》《华盖集》或者《二心集》，如此等等。翻开一看，遇见的又是"某君昆仲"或"消息渐阙"，不懂其意，就失去了往下读的勇气。但是耳边一直响彻着"鲁迅是伟大的文学家、思想家、革命家"，在我心目中，鲁迅虽然过世三十年，但似乎还是中国的第二号大人物，感觉不学习鲁迅，有愧于这个时代。其时我不过十岁，这种难堪与自责却伴随我很久。

十年后的1978年，我上安徽大学中文系，必修现代文学史这门课，自然要面对鲁迅了。讲授这门课的是方铭老师，也是一位鲁迅的研究者，虽然按那时的风气，很大篇幅在讲鲁迅的思想和革命，但毕竟也涉及鲁迅作品的文学性和艺术性。我记得有一次讲《孔乙己》，讲到"排出九文大钱"，方老师说："这个'排'字，实在是太传神了！"这很对我的心思，我面前立即就出现了一个"站着喝酒而穿长衫的唯一的人"。那时候学校也经常外请一些鲁迅研究专家来开展讲座，谈论最多的也还是鲁迅的思想性、革命性或作品的国民性，比如"救救孩子""阿Q精神""忧愤深广"之类。说实话，我对这种带有主观臆测倾向的研究，历来没有多大兴趣，觉得远没有鲁迅作品本身有意思——我开始有些喜欢鲁迅的小说了。

1981年，是鲁迅诞辰一百周年。当时全国搞大学生文艺汇演，我一时心血来潮，写了一个叫作《前哨》的独幕话剧，围绕鲁迅和几位青年作家的交往，编刊物，东扯西拉，不仅自编，还自导、自演——我主演鲁迅，彩排那天，还专门请了省艺校一位化妆师。扮上之后，围观者一阵惊呼——哎呀，真的很像啊！我现在把剧照拿出来示人，观者还是咋舌，很难想象这是由一位二十四岁的学生扮演的。《前哨》后来获得了全国大学生文艺汇演一等奖，我本人也获得了表演一等奖。不久，应省电视台邀约，我将话剧改编为同名电视剧，由省话剧团摄制，当年的10月便由中央电视台一台在黄金时间播出。那个晚上，学校的操场上摆放着几台电视机，让各系的同学观看。当主持人薛飞报出节目预告——"19时35分，电视剧《前哨》"，便响起了热烈的掌声。藏在人群里的我一阵窃喜，也羞涩，我想自己接下来就是要好好读鲁迅了。

随着对鲁迅阅读的展开，接触的资料也日益增多，鲁迅的故事，鲁迅的传说，鲁迅的绯闻，鲁迅的争议，纷至沓来。但这些丝毫不影响我对鲁迅作品的阅读，反倒让这个平面的形象立体了。至少，可以分为作家的鲁迅和男人的鲁迅，他们是大不一样的。后来的事实表明，当我成为一个作家后，我坚定地相信，鲁迅是中国现当代最好的作家；当我暂别案头不写小说时，我依旧相信，鲁迅的文字是我心中最好的文字。一次和日本的学者谈到鲁迅和现当代作家的关系，我说，中国现当代作家和鲁迅的关系是一枚感叹号——鲁迅是那一点，其他人排成一线；鲁迅是唯一的，其他人和鲁迅之间永远有段距离，无法弥补！其他人和鲁迅一比，就不免会露出"皮袍下面藏着的'小'来"。这种小，在我这里首先是格局的小，其次也是文字的小——我说过，我只立足于鲁迅的作品；具体地说，我迷恋他文字的魅力、叙述的味道，更是欣赏他的写作姿态——那是一种从容的优雅，宠辱不惊，无论处于怎样的境遇都一副无所谓的姿态。没有人可以塑造阿Q这样的艺术形象；没有人可以虚构大王和贱民的两颗头颅，在沸腾的鼎炉中彼此追咬这样的情节；也没有人可以写出"一株是枣树，还有一株也是枣树"这样平白有趣的句子。所以今天看到陈丹青文章里只认鲁迅是"大先生"，认为这位大先生不仅样子"好看"而且人也"好玩"，我是十分赞赏的，我想沿用这个说法。"注意，"陈丹青强调说，"我指的不是'想到'（thinking），而是'想念'（miss），这是有区别的。"这实在是准确而美好的表达。对于他，对于我，喜爱并思念着鲁迅，不是权利的选择，也不是历史的选择，而是上帝的选择。

这些年浪迹四方，无论落到哪里，大先生的书我都是要随身带着的。我有两套不同版本的《鲁迅全集》，也通读了四回，每读一回都有不同的心得，即便是阅读本身，面对那些令人迷恋的文字和叙述，也觉得是非常的享受。安徽大学王达敏教授曾将我的两部中篇小说《重瞳——霸王自叙》《三月一日》与鲁迅的《狂人日记》做比较，认为我这种超现实主义文本，某种程度上是受到了鲁迅的影响。对此我不是很清楚，我清楚的还是喜欢鲁迅的作品，喜欢读他的文字。

有一年我去美国，在华盛顿特区的一次饭局上，有朋友这样问我："对于鲁迅和胡适，你最敬重哪位？"这个题目让我想起谢泳编过的一本集子《胡适还是鲁迅》，显然这是个漫无边际的题目，但我还是回答了。我说："我喜欢鲁迅的文字、胡适的为人。"这种归纳是即兴的，却也是发自内心，当然我这么说并不意味着，我不喜欢鲁迅的为人或者讨厌胡适的文字，而是二位前辈给我留下最为深刻的方面有所不同。我之所以不喜欢那部叫作《黄金时代》的电影，很大程度上，是因为它迫使我去接受一位与我内心构想大相径庭的鲁迅。借用陈丹青的话，这不是好玩的鲁迅的样子。

在我最初二十年的记忆里，鲁迅和胡适这两个名字，是完全对立的。鲁迅的形象如同当时流行的一幅叫作《永不休战》的油画，横眉冷对，大义凛然，手执一管匕首投枪般的毛笔；而胡适的形象却永远只能出现在漫画中，他也有一支笔，但不是拿在手里，而是架到了耳朵上。很多年后，当我终于看到了胡适不同历史时期的照片时，才觉得他与我记忆中的某位老师相像，没有脾气，不怒自威，大多的时候脸上都挂着微笑，用季羡林先生的话说，那是"有魅力的典型的'我的朋友'式的笑容"。尤其是20世纪60年代和蒋中正的一次合影，老蒋正襟危坐，胡先生则跷着二郎腿——不知道是否还有别的文化人和最高统治者如此合影过？这张照片让我心热，那一刻想到的是，作为胡适的同乡，我很骄傲。最近韩国出版了一套"中国当代话剧代表作"，收录了四十年间的八部话剧，其中有我的《霸王歌行》，还有一部《蒋公的面子》——这出戏我没有看过，但内容大致是知道的：当年南京的三位教授接到蒋公请客的帖子，犹豫不决，一直想着去还是不去。我想这戏里的三人是绝没有胡适这份倜傥的。虚构的他们没有，真实的我们也没有。

我的朋友、学者孙郁著有《鲁迅与胡适》，这本书我是在一次旅行中，于火车上读完的。其中开篇一章就说，鲁迅和胡适，虽然长期以来一个被当作"左翼文化"的旗手，一个是"右翼文人"的主帅，"一个充当了社会与政府的批评者，另一个成了现存政权的诤友"，但是从另外一方面，孙郁"看到了两个人在精神气质上的一致性：自由主义与精神的现代化"，这很触动我。作为"五四"那一代文人的代表，鲁迅和胡适，之所以能成为两座不可动摇的丰碑，某种意义上就在于这种"精神气质的一致性"。至于"两种选择"，也是十分自然的事，并不意味着二人的完全对立。即使对立，又何妨呢？我厌倦某些以那套具有意识形态色彩的话语来谈论鲁迅和胡适，那无疑是一种亵渎。

我读胡适的作品有限，但读到过不少他的事迹或者传说，譬如当年留学美国的《胡适日记》，其中关于麻将的记载——周一，麻将；周二，麻将；周三，胡适之啊胡适之，你再这么麻将下去可就彻底废了！但是周四，还是麻将！于是我眼前顿时就浮现出一张"我的朋友"式的笑脸，亲切无比。再譬如1929年的某一天，作为中国公学校长的胡适，机智化解了一起女学生的投诉指控——劝作为学生的张兆和嫁给老师沈从文。如此一来，老师情书中那句"我不但想得到你的灵魂，还想得到你的身体"就不属于"性骚扰"

了，这是多么幽默与慈爱。即使是后来台湾岛发生轰动一声的"雷震案"，面对众多记者的提问，胡适没有采取回避的态度，而是挺身而出，援引宋代诗人杨万里的《桂源铺》作答：

> 万山不许一溪奔，
> 拦得溪声日夜喧。
> 到得前头山脚尽，
> 堂堂溪水出前村。

——这又是多么坦荡与凛然。

1999年季羡林先生去台北讲学，特地前去谒见胡适先生墓。回来之后，写出了饱含深情的散文《站在胡适先生墓前》。季先生这样写道——

> 我现在站在适之先生墓前，心中浮想联翩，上下五千年，纵横数千里，往事如云如烟，又历历如在目前……我站在那里，蓦抬头，适之先生那有魅力的典型的"我的朋友"式的笑容，突然显现在眼前，五十年依稀缩为一刹那，历史仿佛没有移动。

——历史移动了吗？

2018年6月14日，于泊心堂

第二辑

访谈与对话

建构心灵的形式

——访谈录之一

时间：1999年12月21—23日

地点：合肥九狮苑宾馆305室

访问者：林舟（以下简称林）

受访者：潘军（以下简称潘）

林：你迄今为止的创作历程，可以划为明显的几个阶段吗？

潘：如果从发表小说处女作时算起，在1987年的《白色沙龙》之前，应该是一个习作阶段。不过我一直愿意把1987年视为我写作生涯的开端。从1987年到1992年我去南方之前，以《风》为结束，是一个阶段；到海南后，有一个较长时间的停顿，约到1996年才陆陆续续地重新开始，一直到今天可以看作一个阶段吧。

林：在你早期的小说中，你自己最喜欢的是哪一部？

潘：有两部中篇，即《蓝堡》和《流动的沙滩》，至今我仍认为这是早期作品中比较好的，发表在1991年的《作家》和《钟山》上。

林：在此之前，你已经有过长篇小说《日晕》，它在你的创作生涯中有怎样的地位呢？

潘：《日晕》的写作时间是1987年，这是我的第一个长篇嘛，虽然说它是第一个长篇，我在叙事上还是有了一种自觉。吴义勤就曾谈道，我比较早地把一种中短篇里面的文本叙事实验引进了长篇。我那时候好像就是有意识地把这个长篇小说写成一种心理结构的小说，或者说心理现实主义的文本、心理结构的形式，整个小说的篇章结构都是每一个心理衔接，把很大的空间留给了心理活动，而把那种描述、描写尽可能地减少。等到三年后写《风》，这一步迈得就大了。

林：在《日晕》与《风》之间，你的《蓝堡》《南方的情绪》《流动的沙滩》等在当时的先锋文学中较有代表性的作品都出来了。

潘：这几个中篇实际上体现了我对先锋小说的所作所为，甚至在那个时候就觉得自己最好的中篇小说也不过如此，这样的话，我的兴趣就转移到长篇上去了，这便有了《风》。

林：在你的小说中，譬如《蓝堡》《南方的情绪》《桃花流水》《结束的地方》等等，都是一个人去寻找什么。《风》也是这样的，去寻找一个秘密，你好像对寻找这种动作比较痴迷，你是否特别看重这个动作的叙事魅力？

潘：是的，我的许多小说的叙述人扮演的都是一个探寻者，甚至是一个侦探者的形象。我想之所以如此，可能是综合因素的作用。比如说依据结构的需要或叙事的需要，这个动作可能会给自己带来一些方便，但是，你仔细看一下，以上你提到的那几篇作品有很多不尽相同的东西，比如说《蓝堡》，你会感到故事以外还有一个巨大的故事存在着。朱苏进曾经写过一篇小说，好像是《在绝望中诞生》吧，中间有个细节很有趣，就是那个作战参谋到职以后，考核他的人把一张军用地图的中央部分挖掉一块，然后叫参谋凭他的记忆再把道路山川河流连接起来。我觉得这很像我的小说，我往往可能就是……或者说有意识地去改变那种线性状态，试图改变它的那种因果逻辑关系。但是，我希望读者把这种视点或思考的范围，扩展到一种故事以外的东西里去，为了达到目的，我又频频暗示，那么这种东西就像插着很多路标，让人走走，当然也可能会走到一种文本的迷宫里去。

林：实际上我在看《蓝堡》的时候，就想到：就是当你意识到你不想把那些东西告诉给别人，不想全部托出来的时候，这种控制，我感觉到除了通过视角的那种变化以外，还有其他的东西，你自己是怎么看的？

潘：我个人在很大程度上把它看成一种结构上的变化，就像在《蓝堡》中，当我在写某一件事的时候，比如说写到那个哥哥余百川，"百川归海"，在海上死了。这个事可能在别人看来是一种漫不经心，好像那个相依为命的哥哥死去了，而我又完全按照大家以为的那种方式让那人死去，因此小说到此也就不再提他了。这实际上是一种结构上的考虑，在不提他的同时，我又无处不在地涉及一个神秘的男人在小说中影子一般地出入。那么既然哥哥死掉了，这个人又是谁？这本身就是一个迷宫。这个人其实我知道，还是她哥哥，她哥哥并没有死，只是在故意制造的海难中伤了自己的眼睛，成了瞎子而已——你后来不是看到一个须眉飞霜的瞎子吗？而且他还系着一条很宽的皮带，旧军队里使的那种。我们可以想象他的脸都烧得面目全非了，没有人能识别他，但他熟悉这里的每一寸土地……当然这只是我作为制作人的一种解释，是故事之外的一种可能的故事。我相信别人还可能有其他的解释。

林：《风》在你的创作中，应该是那些实验性极强的文体的一次讳言，除此之外，它的意味即便是在今天也是颇为值得注意的。

潘：陈晓明在一篇谈《风》的文章里说，我是在企图怀疑一部巨大的历史神话，我觉得这是很有见地的，历史变得一切都不可信。我为什么叫"风"呢？某种意义上，我们每个人就是生活在风中，每个人都拥有一部风中的历史，都能感受到，却谁也不能去把握它。连档案都是值得怀疑的，因为档案可以伪造。《结束的地方》延续了这种意蕴，只要是从中国人开始杀中国人的那天起，这部历史就是荒诞不经的历史。你看，为一个"莫须有"的人送了那么多人的命，这些人死死杀杀忙活了半个世纪，最后都是被一个骗局所迷惑了，今天的一纸消息就把昨天的那个神话粉碎掉了，故事也彻底颠覆了。

林：《风》中的这种意味仍然更多的是通过结构的处理来传达的吧？

潘：我的解释简单地说就是，过去的东西对我就是此时此刻的现在，它是一个断编残简的东西，我需要在这个断编残简中间去寻找一种联系的可能性。我同时告诉读者，我只选择了一种可能性，你们还可以选择其他的可能性。这种东西我把它称为"主观缝缀"。我用一种主观的、自作多情的方式把它联系起来。"作家手记"的部分呢，它应该是弦外之音。于是断编残简、主观缝缀、弦外之音，这三块整个就构成了这部《风》的叙述构架。正是由于这么一种东西存在，也就意味着故事本身不可避免地带有一种虚无的、怀疑的倾向，带有那种神秘的、不可知的色彩。这些充斥在我的小说里面，无论是一种宏观的故事，大的主题走向，还是一种局部的细节，它都是与这种气氛连在一起的。

林：我觉得在《风》中，与对历史的怀疑和解构相联系的，是对人的主体自我的怀疑。一开始的那种寻找很认真，找人谈，答问，当对象随着寻找变得更为扑朔迷离时，寻找本身成了一种目的，而当寻找本身成为目的的时候，它最初确立的价值指向就动摇了，不攻自破了，显示出这种动作的盲目性。但是作家的手记本身却以一种局外人的眼光介入，造成一种距离，造成一丝缝隙，能够让我们看到一种相对真实的关系、真实的位置，从而透露着理性的微光。除了《风》，《流动的沙滩》这个中篇在你的整个创作中是否带有一种自我总结的意味？关于这篇小说，我听到的谈论特别多。

潘：《流动的沙滩》在那个时期我自觉应该比《省略》《南方的情绪》更成熟一点儿，至少是自然一些。当初写这个稿子的时候，首先比较痴迷的就是想做一次很从容的叙述。取名《流动的沙滩》，缘自西蒙的那段话，实际上除了形式上的考虑外，我想在这个小说中强调一种对人和历史发展的感觉。有人说，以《流动的沙滩》为标志，我对自己从1987年开始的那种先锋探索有了一个终结或者告别的姿态。

林：在这个小说里，博尔赫斯的影响也比较突出吧？

潘：这显而易见。写《流动的沙滩》的时候，至少我非常向往自己能写出一部具有那种博尔赫斯式的语言意味的小说，就是既完全改变传统小说的那种结构模式，又即兴地随手拈来了很多东西。但是把它放在这么一个统一的语言系统里面，又有它内部的一种和谐，这一点当初下笔的时候就非常明确。

林：对博尔赫斯和其他一些拉美作家的东西的热衷，当时似乎形成了一种普遍的倾向，对一种小说形式着迷，个体的关系是非常强的，但是到了许多人都不约而同地如此这般的时候，他们背后有什么共同的因素在起作用？

潘：就我个人而言，我就是因为喜欢博尔赫斯这样的小说，才公开地效仿他，别人承认不承认我不知道。那个时候，我根本就没有在意博尔赫斯的小说里到底说了些什么，这与我看卡夫卡一样，我更多的是看他怎样说。就这一点来说，这两个作家实际上都给了我不同程度上的影响。那个时候就是非常痴迷，我记得第一次接触到博尔赫斯的作品就是那个小32开的王央乐译的单行本，这也是我迄今为止见到的博尔赫斯最好的译本，它的名字就叫《博尔赫斯短篇小说集》，上海译文出版社1983年版。1993年春天，马原拍《中国文学梦》去了海口，我们还谈到了这个版本，他说也拍了王先生。我想他也是因为喜欢这个译本才去拍的。这本集子我看了很多遍。所以《流动的沙滩》发表以后，有很多人对我说，你学得很像——这种语言的感觉很像。如果说我自己有什么欣慰，那就是这一点证明我自己还有能力去写类似的小说。至于小说本身承载了什么，我想，在这个小说中，一个人在面对自己的前世或是未来在进行一种交流对话，既有一种亲切感，又有一种恐惧感，这种东西它肯定隐藏了我个人对人生的一种理解，一种认知方式——这是毫无疑问的。

至于你所说的"不约而同"，我想与那个时期大量地、集中地引进西方文学的思潮有关系。如果我们早30年介绍博尔赫斯，早20年介绍马尔克斯，早40年或50年介绍卡夫卡，情况可能大不一样。如果那个时期我不接触到这些作家的作品，就不可能导致我自己在文学观念、文学立场以及文学方式方法上的改变。正是这些在那个时期非常优秀的外国作家，当然更多的是带有现代主义色彩的优秀作家的引进，促使了中国当代文学有这样一批人转变了自己的观念，这些人当时都是二三十岁的人，接受东西是最快的。正因为这个头开了以后，然后就回头对自己的写作做一番检讨、思索，再慢慢地把别人的东西变成了自己的东西。我一直认为当代文学"好看的时刻"，就开始于这个时候。

林：最初的那种触发，那种刺激、提示，可以说推出了一批面目迥异的作家以及作品，但是当这些东西真正化成我们自己的东西的时候，就应该不是作为一种外来作品的模仿，或者如有的人不无尖刻地说的，是一种翻译性的作品，这当中的转化，是不是还需要具备其他的条件？

潘：从我个人的经验来讲，从那些作家的书中实际上我得到

的是他们的方法，这些方法让我知道了故事可以这么讲而不是那么讲，所以今天让我去谈那些作品的内容的话，我基本上都忘记了，一鳞半爪还记得那么一点点，但是他们的那种叙事的东西已经沉淀在我的记忆里了，那么是不是转变成自己的一种自觉的东西了呢？这与作家本人自身的条件有关系。比如说他被某一点震撼了，而另一个人却被另外一点震撼了。他可能是被某一点点亮了自己心中的一盏灯，而在另一个作家那里，他就忽视了，所以我曾经说过类似的话，对小说这种形式的理解的不同，实际上也就意味着一个作家写作原则的初步确立。

林：你能谈谈你对外国作家作品阅读的具体情况吗？

潘：我对阅读的态度历来是相信自己的直觉判断，我不大愿意去做一种理性的分析，比如说我读博尔赫斯，觉得有两点让我很震撼：第一个是我觉得他的书很智慧，他的句子很智慧。比如他写一个高大的人出现时，说这个人和他的嗓门一样高大——从来没有人把一个大嗓门和一个大个子连在一起。他写一个盲人在倾听着什么东西的时候，说他抿着两条厚嘴唇去对着那个方向。这种句子很智慧。第二点，就是他的小说里面充满着东扯西拉的东西，在当时有一种对我个人来说说不清的心理，我不明白为什么要这样东扯西拉，而且又能把它做得这么和谐，放在一篇文字里面构成精美。而我们恰恰做不到这些。这种判断我觉得是一种直觉的东西。多年以后，别人再这么问我，我还是这么回答，我只是觉得他的小说很智慧，他的句子很智慧，而这样的作家在我看来确实是很罕见的，每一次细细地阅读，你可能都有新的发现。同样，对卡夫卡也是这个样子。我觉得他始终关心的是一个问题，人的一个境遇。我曾经有个短篇小说叫《陷阱》，当时在海口，韩少功看过就说，这是卡夫卡式的小说，他的话说得很准确。这篇小说在某种意义上就是我向卡夫卡致敬的"作业"。我的意思是说，当你读某个作家的作品时，书中某种东西可能无意识地把你打动……作家的阅读与读者的阅读是完全不一样的，至少对我来讲是不一样的，我确实记不住一些名著的那些故事性的东西，顶多只记住某个细节，但是我更愿意看到他们讲故事的一种方式。

林： 在"怎么说"解决后，还有个"说什么"的问题，或者说是小说的意义问题，你是怎么考虑的？

潘： 我一直认为，无论以什么样的方式去写小说，都不可放弃小说内部的东西。尽管我也承认小说的发展在某种意义上说就是一种形式的发展，是一种叙事的发展，但我觉得，一个作家是无法回避他所要表达的东西和要表现的对象的。因此，无论是我早期的《南方的情绪》，还是最近的《重瞳》，我自觉每篇作品都包藏着或隐匿着我个人的某种想法。区别在于什么呢？这种想法或者这种意味存在于小说中它应是不确定的，我称之为"不确的意味"。我认为小说里面如果出现这种"不确的意味"或者"多元的意味"，这种小说就是最饱满的小说，而不是使人感觉到是纯粹的不知所云，也不是一种故意的哗众取宠，一味强调那种文本上的境界呀、高度呀等等，我从来就厌倦这个。当然，一个作家有他的习惯和偏爱，甚至可能发展到极致的地步。我就很崇尚一种宿命的东西，我觉得"宿命"某种意义上确实是对命运里的那种不可捉摸的东西进行了一种高度的概括，概括成了一种比较完美的形式。而有些人喜欢写一种死亡的气息，有些人喜欢表现一种性爱的状态，等等。但是，你说在一篇小说里面完全看不出任何东西——这在我的小说里面是不存在的，只是我希望自己把这些东西处理成这么一种状态，使小说本身的内涵尽可能地丰富一点儿，具有张力，而不要像过去的那种小说，一览无余。

林：也就是说，语言本身，还有各种再抽象的符号，音乐也好，绘画也好，它都是有所指的。

潘：对，我觉得用音乐或者一种现代的绘画来解释这种小说，确实有相近的东西，谁都无法把一首曲子解释得像一个故事那样完整，但是每个人都能被它感动——如果它是一首不朽的曲子。肖斯塔科维奇的《第七交响乐》是战前设计的，而当时的苏联官方却硬说就是反纳粹法西斯的。多少年后，作曲家才亲口证实："侵犯的主题"与希特勒的进攻无关，他在创作这个主题时，想到的是人类的另一些敌人。他说：任何法西斯都令人厌恶。值得注意的是，作品里充分体现"对人类法西斯的厌恶"的这种情绪，而不是特指哪一类的法西斯。

林：在你最近三年的一些作品里面，比方说《对门·对面》《秋声赋》《桃花流水》《结束的地方》《重瞳》等等，你觉得当年的那些东西在这些作品里面，是以什么样的一种形式保留下来，或者是延续下来的？

潘：可以说，在所谓的先锋阶段，我当时的写作确实带有一种强制性，因为远离了自己本土小说的一种传统，尤其是指那种叙事方式上的传统，也就是说一下子拧过去了。当时就想按这条路子走下去，彻底地背叛过去的那些东西，并且总是想使自己的小说与别人的小说区别开来，等等。那个阶段可能是比较幼稚的。一个作家当他在表达的时候，老是受到某种心理的钳制，他这种表达本身就很难达到那种很高的境界。我觉得沉淀也好，延续也好，到后来就已经变得非常自然了，只是在于我的选择问题。我自觉在叙事上拥有了一定的能力和本领，能很从容地去面对我自己要去表达的对象，就不会先考虑到我这篇小说会不会有点儿像博尔赫斯。

林：这点我想是非常重要的，有的人可能在模仿那个阶段做得非常好，但是当这个阶段过去以后，需要他拿出自己的东西的时候，就没有了。

潘：这似乎可以作为一个标志来判断。就像书法一样，我觉得一个好的书法家能从他的书法作品里面看出来一种师承关系，让人一看，噢，你这个字最早是学颜真卿的，后来又学了点黄庭坚，比如说你这一钩是从"黄"上来的，但是你到了行草的时候，基本上就是学王羲之，再加了一些米芾和董其昌，这个师承关系我觉得应该看出来，并且根本就不需要去回避它，因为这是事实，承认不承认都是事实。那么到了后面以后，你就很难讲了，说《对门·对面》《结束的地方》是按哪一路子上来的，《三月一日》《海口日记》又是哪一路的，《秋声赋》呢？《重瞳》呢？就说不清了。我只能告诉你，我拥有这些叙事能力之后，只能这样写而不能那样写，所以我就这样写了。这时候，很大程度上就依赖于这个作家带有一种绝对性的本领和天赋，而不仅仅是一个技巧问题。

林：你最近的几篇作品《桃花流水》《对门·对面》《三月一日》《海口日记》，相对来讲，从普通的阅读或接受的角度来讲的话，《海口日记》显然是一种更容易接受、好读的作品，而《结束的地方》《桃花流水》在叙事上技术的含量比较多一些。但总的来说，相比于20世纪80年代你的那些小说，可读性都明显加强了。

潘：《海口日记》首先得是"日记"吧？那么，我就不能在日记上做任何让人们不知所云的处理。因此，我注定要用第一人称来写这篇小说，同时我要找到写日记人的那种话语来叙述这个故事，因为整个的视角就是他的视角，那么也就意味着这样一个小说基本的形态已经确定了，就不允许我在中间做任何的调节。我只是考虑让哪些东西进入小说，不让哪些进入小说，这句话该这样说而不该那样说。但是小说该怎么写已成定局了，也就是说它本来只能写成这种东西，而不是写成另一个东西。我历来是根据自己对某一篇东西的理解，然后确定该怎么去写。有时候倒过来，是先找到了一种叙事方式，才回头去找要说的事的。这不仅是一个变化手法的问题，还涉及一种对故事的处理能力，包括对故事的一种驾驭、理解，我觉得一个作家应该具备这种东西，而不是千篇一律地这样那样。我追求的是那种形式与内容的天衣无缝。

林：你认为这些近作存在不存在对读者的迁就呢？

潘：迁就没有。应该说与我个人这个时期对小说的理解与写作的调整有关系，因为我觉得一个人老是去做一种无病呻吟或是做刻意的抒写的话，本身也是一种不真实。不过有一点还是比较明确的，20世纪80年代末期和90年代初期，对故事的一些东西消解得破碎一些，极端了一些，那么就阅读接受这个层面来讲，范围肯定变得比较狭窄。现在的故事，无论是《对门·对面》也好，还是《海口日记》《结束的地方》也好，相对来讲，它是个完整的故事，只是怎么处理它、说它而已，因此在别人阅读的时候相对更适应一些，这可能也是这几年来几家选刊愿意转载我的作品的原因之一。

林：《结束的地方》开头引用博尔赫斯的话，我想你是强调了语言的塑形作用，叙述不断地向前推进，事件却在不断地向后回溯，构成了倚重持续的张力，饱满而明朗。

潘：《结束的地方》虽然是几年前写的，但现在看来，就我个人来讲，还算是比较得意的一篇东西，而且写作的过程很轻松。那么多种关系，母与子的、夫与妻的、上与下的、主与仆的，这些很复杂的关系，在一个不足三万字的篇幅里面层层叠叠，交错展开，完成了对宿命的一次比较详尽的阐释。这种东西应该和我心目中的小说靠得较近。如果说像早期《南方的情绪》《流动的沙滩》，作为小说实验文本有它的可取之处，那么，怎样使这种小说的叙述既背离一种传统的模式，同时又获得一种新鲜的东西，是我现在需要思考的。

林：做一个简单的比较，就像编绳子，《桃花流水》编到最后，绳子把自己套住了，绳子的一个结打出来——两个故事接通了，精彩处在于最后；而《结束的地方》是把绳子的头绪先一缕缕地分开了，最后又合了起来，最精彩的地方是那个分开的过程。读这样的故事还是一种智力上的刺激。一开始读，就要让读者想到这样的故事要怎么进行，会怎么样，到哪一步的时候发生什么。像

《结束的地方》，有一点是肯定的，即刘四不是真正的凶手，那么真正的凶手是谁呢？可能直到那个儿子出现的时候，才有点儿预感，但是到底是怎样的呢，追问伴随着阅读，产生一种呼唤参与的效果。

潘："智力上的刺激"这种表达很有意思。我曾经讲过，好的小说作家只能写出一半，另一半是由他的读者来写的。而且我还打了一个比方，我说一篇好小说的创作就像在沏一壶好茶，作家提供的可能只是茶叶，而读者就是水；读者的水准就是水的温度，如果"茶叶"没有问题，他看不明白的时候就可能说明这水是凉水或温水，自然永远泡不开那壶茶。只有他到了一定水准的时候，这样就一下结合起来了，就达到了一种共同参与的目的。这好像也是我一贯信奉的小说原则。所以我总是说，好的小说作家只能写出一半。真正的小说创作是在阅读过程中实现的，在最默契的阅读中完成了这篇小说的创作，最后一笔是读者写上去的。

林：《对门·对面》对现代都市里人与人之间关系的揭示，冷漠中有温情、隔绝中有沟通的情状令人感动。而且那种细微的感觉非常准确，也非常有味道。你采取用A、B、C、D代替人物的方式，是出于什么考虑呢？

潘：好像还不只这篇小说，在其他的小说中我也有简单地用朋或男人女人来称代人物的，譬如说《关系》和《故事》，还有《对话》。这篇小说更明显一些，就ABCD这几个人，因为我当时就觉得这样便有了某种意义上的抽象，突出了人物的符号性，削弱了具象的东西。记得有个导演跟我谈这个小说的改编的时候，我就说，其实这个小说拿到美国、法国照样能拍成一部不错的电影，比如那个男人A可以叫杰克，女人C可以叫乔伊娜等等，它不受任何地域环境的影响，具有人类共同的东西，人类都面临着一种对门对面的关系。

林： 对这种东西，你是在强调它符号的共通性、抽象性？

潘： 有这个考虑。所以说，这个时候我就需要用这种形式处理了，想尽可能地去掉一些表征的东西，不想给读者一些限制，比如我要是写了那个弹钢琴的女人戴副眼镜，好像不戴眼镜的人与她就没有关系了。我不愿让她具体，那个人是什么样的人，你们自己去琢磨，也许你会想起在你的窗口看见对面有个女人，可能就是她。我很喜欢这种感觉。

林： 但另一方面，小说的画面感也极强，而且结构主要是靠画面的切换来完成的，同时丝丝入扣，很是严密。

潘： 不仅画面的切换，结构上也可能带有一种电影里面的转场手法。这可能与我当时在北京做导演、拍片子有关，有一种电影的叙事方式介入进去了。事实上，这篇小说后来也让一些职业导演关注过，先是张艺谋，谈了几次谈不拢，他要"人性"，我要"距离"，没法谈。后来黄建新也找我谈了，他说这是个非常精彩的小说，但是他不敢动，觉得中间涉及一些情爱场面不好处理，怕通不过。同时他也说了类似你的意思，说你潘军的小说有一个最大的特点，就是情节线锁定得太严了，动不得，牵一发而动全身。这是他很少从某个作家作品中感触到的情况。去年上海一家公司来谈，我只卖给他们"电视电影"的版权，电影的版权我不卖，我得给自己留着。

林：《对门·对面》让人读起来舒服的一个重要原因，我想可能是它的叙述语言的状态，它比较注重的是那种非常简明的线条感，而不是色彩的层层叠叠。

潘：我当时叙述这篇小说的时候是很清醒的，这篇小说我就是很客观、很节制、很平静地把它写完，包括最后有一个带有戏剧性的动作——那个男人B从阳台上翻下去了。

林：这个结尾也是非常妙的，让人想到事情还没完呢！

潘：不仅仅是个还没有完的问题，它显示了一种人生与存在的暧昧。A的手落在B的身上，导致的却是A的命运的两极分化：如果是拉，他就是一个英雄；如果是推，他就是一个凶手。人在这个社会上有时候就是莫名其妙的。

林：在近年的小说里面，《秋声赋》应该说也是比较突出的一篇。开始看你的那个开头有点儿不习惯，我想是不是你故弄玄虚变化一下，但后来发现不是这样。它实际上可能也是你的一种自我暗示，一种叙事的期待，而不仅仅是为了告诉读者。你在写作这篇作品的时候，以一种相对朴素的方式去叙述一个感人的故事，这个故事的内核是不是预先打动你的，而不是像你其他的作品，更多的是在写作中进行的？

潘：《秋声赋》是一个例外。正如小说中声明的，这篇小说我在动笔之前就瞭望到了它的结局。从某种意义上说它是有生活原型的，故事中的男人和女人相好结婚，后来女人与货郎私奔了，男人抱养了一个孩子，包括最后那个儿子上吊死了，引起庄子里人的一些猜测，这些全都是真的。这是除《独白与手势三部曲》这样的长篇之外，或多或少与我个人的经历和体验有关系的一部中篇小说。我早就想写它了，一直找不到一种很好的方式来写它，直到用现在的这种方式把它写出来。

林：这里面我觉得仍然有你一贯的东西，比方说不动声色地去表达一种很强烈的情绪，我觉得这方面你做得比较突出，非常激烈的情绪但是你在表达上有一种很舒缓的感觉，一种不可思议的节制。《秋声赋》里面很是突出，尤其是其中围绕"箫"的叙事，我觉得这个小说本身就回荡着这种声音，类似箫的声音。《秋声赋》看起来是写伦理、写农民，但实际上又不局限在那上面，它实际上表达了对苦难的一种承受。

潘：对人的那种忍辱负重的境遇的关注。《秋声赋》写过以后对我最大的一个安慰是什么呢？我记得当时给田瑛和林宋瑜写信的时候就讲过，我现在敢于面对黄土、农民、苦难这些东西了，我有能力把这些同样写得很漂亮。

林：这里面实际上不只是说褒扬那个父亲，而且有一种一方面是震撼不已、一方面无可奈何的东西，这个人就是这样活着。推开来讲，即使没有那种情欲的自制和伦理的界限，在现代人的生活中，这种情感方式或许会以不同的形式存在，我觉得这应当是小说的真正意义所在吧。

潘：我希望读者能够这样去理解这篇小说。

林：这次和你见面之前，让我最开心的事是又在《花城》上见到了你的近作《重瞳》。读了第一自然段就把我抓住了，诧异之后就是感到振奋，首先是语言形态上的那种非常潇洒自如、霸气十足的叙述，同时，它对历史文本的剥离和再创造，打破了历史的封闭性和规定性，但并不止于戏说和解构，而是有一种严肃的东西贯穿其间，衍生出丰富的意味。从这个意义上讲，我认为《重瞳》不是简单的故事新编，它甚至就不是一部习惯中的那种"历史小说"。

潘：《重瞳》肯定不是历史小说。最初的设计是想写部长篇，五年前我在广州时就对田瑛说过，我说：我准备写项羽，用第一人称写。他立刻就有了兴趣，说：这个东西你写最合适。这让我想到鲁枢元在评论《风》的文章里说到过：潘军身上有股塞上军旅的霸气。我想或许这篇东西真该我写了。不久我离开海口到了中原郑州，这儿是当年楚汉相争的古战场，我还打算去看位于荥阳境内的鸿沟呢。于是就找来《史记》《汉书》读了，一共写了三个开头，但再写就找不到感觉了。直到今年夏天，我从北京回来，刚写完《独白与手势三部曲》的第二部《蓝》，总感到意犹未尽，那股子气还没有消掉，但接着写第三部又缺乏必要的准备，就又把《项羽本纪》翻出来，读着读着就情不自禁地动起手了，一气呵成写出来，写得非常舒服。

林：很多人对项羽的故事并不陌生，你在构思时是如何考虑这一点的呢？

潘：我首先想到的是能不能有另一种解释，哪怕是一种离奇的、浪漫的，但又是很美的解释。既要在规定的史籍中去寻找新的可能性，又不能受此局限，想借题发挥一番。

林：把项羽写成了一个文人色彩特别浓厚、诗意盎然的人，这同样是你个人心性的表露，你很偏爱项羽，在这当中你有没有感到难以处理的地方？

潘：你所说的难以处理的地方还是有的，像写项羽坑杀章邯的二十万秦兵这个具体历史事件的时候，我就非常犹豫，想了几天想不好。这是项羽的一个劣迹，是历史上确有的事实，一代代这么传下来了，不能回避；但从我个人的感情上讲，我希望这些东西是虚构的。后来我想，他的这一暴行是在他当上了将军以后干出来的，至高无上的权力恐怕是一个不可忽视的原因，权力和人性的这种关系应该在这里反映得比较强烈。另外我把它做得有些模棱两可：当时章邯来投降到底怎样想的？究竟是项羽的小人之心还是明察秋毫？两种可能性都有。有很多人解释是项羽的小人之心，听了旁边几个谋士的话，没有进到咸阳城后院就起火了。章邯本人是深知项羽的为人的，他到底有没有一种谋反之心呢？想给自己留下一条后路？我把它处理成一个"有可能"，借章邯的嘴为项羽开脱，这是出于我对项羽的偏爱；同时我也证实了这件事情项羽是做了的，做的原因就是权力使他变得异常残暴，我没有回避这个。

林：这后一个方面应该说是构成小说底蕴的重要内容，完全可以把它看作对人类血腥史的一种反思。事实上，你也是这么考虑的，要不怎么会扯上希特勒与斯大林联手收拾波兰呢？

潘：我要传达出对人与人之间搏杀的感受，某种意义上，人类的历史可以说是一种贵族和流氓的历史。因此，它的解构和建构是并驾齐驱的，它在毁坏、颠覆传统叙事的同时树立了自己的东西，这种小说的意义就在这里。

林：《重瞳》洒脱的叙述和诗意的表现力无疑是这部作品的魅力所在。我还对其中一些细节安排感到愉快，譬如写项羽和虞姬的初次相见，尤其是那个结尾，太漂亮了。这么重的东西你却给了它一个飘逸的结尾，有一种举重若轻的感觉。再就是，你在貌似汪洋恣肆尽情抒写的背后，实际上还是写得非常节制的。

潘：唐先田在评论中也提到了这个，他举了"霸王别姬"的例子，说历来写项羽无不渲染这一点，而《重瞳》竟不是这样，似乎一笔带过，却给了人更多的震撼。他认为这是"冰山"的一角，深重的东西藏在下面。说实话，类似的这些安排与处理，是我所得意的。

林：还有一篇作品值得提及，就是《三月一日》。写一个人少了一只眼睛之后带来的一种变化，跟老婆做爱都不行了，单位的人丢了东西都开始怀疑他，等等。这本身就有许多荒诞的东西，但是同时这又使他看到作为一个健全的人所看不到的东西，这就包含着关于人的现实存在的健全与病态的悖论性的关系。如果仅止于此，恐怕还不能给人以震动，小说在表现和揭示这样的生存境遇中，通过"月亮"搭建了一个美好的企盼、寻找和失落的构架，感人的力量也许来源于此吧。

潘：人世间肯定有美好的东西，但美好的东西往往存在于人的意识之中，就像我们常讲的，每个人都希望有一种白头偕老的境界，但是恰恰每个人都做不到。这个小说里面写到，最早别人喊月亮，他自己都不知道月亮是他第一个女人，他都忘记了。他老婆甚至说这是一种肥皂的名字。直到最后，有个女孩告诉他，他才隐隐约约地想起来了，月亮是他最初的恋人的名字，但是等他去寻找她的时候，那个女人已经死掉了。这时候回溯小说的叙事，我们发现了那种神秘，那男人听到的喊声，是那个女人在临死之前喊了一声"月亮"，这给人以招魂的感觉，她穿过怎样的时空，居然在一个街口被他听见了。这是一种冥冥之中的东西。

林：你最近的《独白与手势三部曲》或许预示着你的一个新的创作阶段的到来，关于这部小说，我想应该专门作为一个话题谈论它，这里我仅仅想请你谈谈对以图画介入文字叙述的这种形式的考虑，你是怎么想到用这种方式的？

潘：1993年在海口时我就萌发了这个构想。我觉得如果把图画当作叙事的一部分放置进去，让它成为叙事的一个不可替代的层面，虽然是一次冒险，但肯定十分有趣。这应该是我最早的冲动。似乎带有某种规律性，我总是先想到形式才决定写一篇东西的。八年前写《风》也是如此。

林：这次谈话，我想问你的最后一个问题是，如果从你自己的个人心理倾向的表露上来讲，你觉得你的小说里最为突出的是什么？

潘：我始终对恐惧很敏感，虽然我给人的感觉总是大大咧咧，走南闯北，但是其实我对恐惧特别敏感，我总是觉得有一种恐惧的气息在我身边，但这种恐惧不是我们词典上所解释的那种恐惧，这种恐惧实际上是与人类的爱相对立的一种状态，我觉得恐惧的对面就是一种爱。

漂泊与选择

——访谈录之二

时间：1999年12月23日

地点：合肥九狮苑宾馆305室

访问者：林舟（以下简称林）

受访者：潘军（以下简称潘）

林：在你这几年的经历中，海南岛的这段时间应该是比较重要的经历吧？

潘：可以这么说。

林：现在看你的《海口日记》《关系》等，我想知道，海南的生活除了提供一种浅层次上的所谓素材之外，就写作而言，这段经历给你个人的心灵带来了些什么？

潘：我把1992年以后的生活称为"自我放逐"。因为从那以后，我确实过着一种"沉重的自由"的生活，为什么这么说呢？因为我觉得所谓的"沉重"，就像一个出远门的孩子一样——尽管我是一个成年人、一个父亲，但是毕竟我告别了我业已习惯几十年的生活方式和生活空间，走上了一个全然陌生的生活，这种恍惚、焦虑、不安，甚至懊恼，欲罢不能，同时又不可调身回避这些东西，在某种意义上对我的心灵可能有一种侵蚀。同时，另一方面我又获得了一种空前的自由，我摆脱了那些习以为常的烦恼、纠缠、管束或约束，等等。我记得有一次在北京给你打电话的时候，你曾跟我谈到这个问题。当时也涉及写作状态，你说我的激情不曾消退，而且越来越饱满，除了本人的其他条件外，是否与我的这种颠沛流离的生活有关系。当时我说，可能有。你说，一旦你静下来，固定在某一个城市以后，可能那种感觉很难找到了。

林：你说，如果静下来，让我有更多的时间写，那就更好了。我说那不一定吧。

潘：是的，未必能写出更多、写得更好。这种人我们已经在身边看到很多了，也许他们太静了。而且我觉得中国人，或者一个中国作家的生活，某种意义上讲是非常单调的。我们虽然不是经常出去，但从一些资料上看到，好像一个作家生活在几个国家是很正常的事情，更不谈涉足几个城市或者十几个城市了。而在我们，稍微动一下就敏感了，像我这样五六年中住三四个城市的人恐怕都不多。

林：1992年你到海南以后，是不是全身心地投入了商海，暂时告别了文学写作？

潘：并不能说我那时全身心地投入了商海，但确实停顿了一段时间的写作，直到1996年，才陆陆续续地重新开始。可能有很多人对这一点有误解，包括有些朋友，看到我重新开始写作，总觉得我是浪子回头似的，说你又回来了，等等。现在就有很多人在讲，你那时挣钱去了，是不是生意做得不好，再回头写小说呀？甚至有文学圈子里的人说，最近看到潘军到处发表小说，这小子肯定生意做砸了，不然怎么会发表那么多小说？这种理解过于简单了，或者说只是一种调侃。前些日子韩少功给我写了一个序言，题目就叫《行动者的归来》，他意思是讲我又回到了文学这条路上。其实当年我到海南去的时候，带有很大的随意性，那个时候只是觉得在内陆很没有意思，而且自己的一些处境很不好，与其处在这么一种很不好的处境下面，不如一下跳开去，并没有想到自己到海南岛究竟去干什么。所以有时候我经常调侃自己，我说我是一个"胆小而妄为"的人，就是说这种人可能做不了什么大事，但是他有一个好处：他总是先做了再说。那个时候想到的就是大不了把自己身上带的几千块钱花掉了，算自费旅游了一趟，不就完了嘛，是不是？但是去了之后，就觉得南方的这些东西还是具有吸引力的，觉得要使自己在这里扎下来，首先就需要养活自己，就得学会挣钱了。生存才能发展吧？但我个人是从来没有把自己当作一个什么商业人士去设计、去展望的，从来没有。

林：而是作为一个作家。

潘：作家或者艺术家。我在南方待下来，也一直在考虑下一步写什么。那时我刚写完第二部长篇《风》，想怎样写得更好一些。但我的爱好很广泛，一旦我自己觉得写小说很困难的时候，或是写起来很无聊的时候，我就会当机立断地去做别的事情，这点可能跟别的作家不大一样，因为我做别的东西也会一样投入，也会富有一种激情。比如我去拍电影或者说我去画画，或者关在家里弄弄书法等，我觉得这些都是可以激发创造力的东西。

林：在你没写出更新的东西的那段时间里，你是以什么样的方式表达你与文学的关系的呢？

潘：我想主要是心在那儿。当然我也有所行动，我在1993年，也就是我到海南一年（严格讲起来是十个月）以后，办了一个"蓝星笔会"，我1992年4月到海南，谁也没有想到十个月以后我就能把大把的钱掏出来，把一帮做文学的请到海南岛来做客。我做这个动作没有别的意思，就是想让人知道中国的这些作家还在写作，还在谈文学，无论政治上还是经济上出现什么波动，同时表明我和文学是粘在一起的。

林：除了那段时间，即便是你"回来"，或者说"复出"以后这么长时间以来，你与文坛的联系好像处在一个非常微妙的状态之中，简单地说就是不知道是文坛遗忘了你，还是你遗忘了文坛。这可能跟你与媒介接触交往的方式和原则有关吧。你是怎样看待跟媒介的接触，比方说对出版、改编、有关你的行踪和作品的报道，或者说对有关你的宣传，等等，你是怎么看待的？

潘：你说的"遗忘"，我想主要是因为我在很长一段时间里行踪不定，别人找你很困难，你也不需要找别人。至于与媒介的接触这种事情我觉得不应该成为问题的。比如说，一些热情的记者也来了解我的一些情况，我就敷衍而去。我想一个作家的情况严格讲起来是不需要对外说什么的，它是一个很个人的事情，对不对？一个人总不至于坐在马桶上还要有人来报道他在马桶上坐着吧？我在写什么，我作品出来了，这就完成了，至于媒体所关心的我个人本身，没有太多意义。你所说的"原则"，我的理解是一个人怎么也应该有种属于自己的东西，特别是在为人的时候，既然我自己确立了一种信念、一种立场，不用"坚持"这么大的词，应该是很从容地走下去。有些作家愿意去开会，那他就去开会好了，而我是不愿意去的；有些作家愿意随便出书，而我不愿意随便。我觉得我的愉快在写的过程中已经完成了，这个书出来或者不出来，对我意义不是太大。反正迟早会出的，你看，这回不是一下出了一摞吗？老实说，我发表的任何作品没有哪一篇在发表之后我是从头到尾认真看过的。再说，中国像我们这样的作家非常多嘛，不要把自己太当回事，是不是？为什么非要搞得红火呢？哪来那么多人红火呢？同时我相信一点，无论是搞还是不搞，最后都是要靠作品说话的，其他的东西都是多余的。所以我在有些创作谈或随笔里面这样写道：如果说一个作家有什么野心，那么这个野心就应该局限在一张纸以内，而不要跑到纸外的任何地方去。你的理想、你的王国、你的荣誉，都必须建立在你的一张纸上，其他地方再热闹也只是一个表面的繁荣，一阵锣鼓过去，也就显得很冷清了，没什么意思，所以还是远离锣鼓为好。但是人也有无奈的时候，就是说，当你自己的事情与别人的事情构成一种关系，特别是现在，要面对市场或是经济利益的时候，你必须有责任去配合这种事情。比如说几家出版社出你的十几本书，大家要给你印招贴，希望你签名售书，你就不好拒绝。

林：你的拒绝已经够多了。

潘：是的，我拒绝过转载，拒绝过出版，拒绝过采访，拒绝过领奖。之所以拒绝，是我觉得有些东西改变了我的某种方式。

林：比方说领奖。

潘：领奖呀，我知道你在说那件事。没有别的原因，我觉得我的作品不是属于一种主旋律的东西，不配接受这个奖。再比如发表，有些刊物很热情地约稿，我总是要请他们先把刊物寄给我看一下。我要了解一下这个刊物是怎么办的，如果它的办刊方向违背了我的意志，那我就会礼貌地告诉他们，我不能为你们写，这样的事情年年都有，所以也只能请他们谅解。至于出版、改编之类，有多种原因，比如这套书的主编是谁，比如说导演是谁，如果都是我很难能信任的，那我就放弃它。我反对作家有一个明星意识，作家就是作家，他不是明星，只有明星才走到哪儿都有人追着你签名，对这些东西，我历来没有兴趣。

林：现在这种媒体对文学的关注，更多的时候是从非文学的角度去关注的，这种情况都成了一种"空气"。比如讲，作品研究会、新闻发布会、颁奖会、文坛官司、杂志改版等，从道理上来讲，诸如报纸、电台、电视台，它的栏目空间要"填"起来，要吸引人，在媒介方面要做一些手段，但你不能指望媒介个个都像文学评论家或是作家一样对文学有充分的理解，更不能指望媒介像个文学青年那样热爱文学。问题在于，我们要了解作为作家的潘军，似乎只有通过报纸、电视等等媒介，这样可能带来某种扭曲。

潘：我个人对这种东西很坦然，因为我觉得面对这种东西不是一个很难的事情，而是一个你同意不同意、合作不合作的问题。一些比较纯粹、像样的文学活动，比如说笔会，我都去，以文会友很好啊！但我可能不会接受某种街头小报的采访，我会选择一份有分量的报纸，这无论是面对读者还是面对你的作品都是件有益的事

119

呀！这只是一个选择的问题，谈不上什么清高，我还从来没见过清高的作家呢！有些事情的好笑之处在于，有些人是不仅合作，而且愿意迎合，甚至自己想方设法到处制造这种东西（舆论），譬如自己给自己写消息报道，还自己送到报社。这就有些莫名其妙了，用北京人爱说的话讲，就是有病。我这次在北京的时候，有一家电台想播我的《独白与手势三部曲》，打电话跟我谈，我第一句就问，你们给我多少钱？因为这是我的东西，你要播当然得给钱。他们说我们不给钱，我说不给钱你们打电话没有意义呀。他们做我的工作说这样能扩大对我的宣传，我说我为什么要宣传呀。没有硬性的规定要求一个作家非要宣传不可呀，就像我为什么要得奖呢，为什么要加入某些（个）组织呢，为什么要去开会呢？这些东西如果它能使我的小说越写越好的话，我都去。但是事实并非如此，它们对于我的作用还不如我在家里安安静静地读一本书的收益大，因此我拒绝它是很自然的事。我刚才讲到偶尔为之的事情，就是指要涉及双方利益的问题，比如说出版社要出本书，希望卖得好，不亏损，这个时候邀请作家搞一个签名售书活动，我觉得这不是一个不合理的要求，你就应该配合。因为你要对出版社负责任。再比如你的电影、电视剧播了，他们希望在说明书上印你的照片，你也应该提供，因为你也希望这个投资人使这部片子卖得好，但这种做法也应该是有节制的。现在有些做法有些过头，譬如，一个写小说的，小说还没写多少，关于小说的谈论已经成为公开的文字到处传播了。电影界就更离谱了，《荆轲刺秦王》居然弄到人民大会堂去搞首映式了，用三国语言现场翻译，这就很可笑了——你的电影好坏不在于在哪儿开发布会，现场有几个翻译呀！是不是？但使我自信的一点是，我这个不大宣传的作家居然收到很多读者的来信，很多人把信写到编辑部，再转来，或者通过编辑部打听我的地址。你今天来时，我正在给广州沙河的一位读者回信，这位朋友看了我很多作品，连并不怎么为人所知的《爱情岛》《白底黑斑蝴蝶》《情感生活的短暂真空时期》，他都看了。

林： 这倒让人感动。

潘： 而且给我带来一种激情，我把它视为未曾事先约定的空中握手，这是一种美好的感觉。

林： 你刚才谈到，开笔会很愿意参加，那么其他活动呢？我是指一些与文学有关的会议之类。

潘： 笔会主要是以文会友。写作不是科研攻关，有必要借助开会吗？难道我去开那个会就能把小说写好了？写作纯粹是个人行为嘛。有人说我是文坛上的一个独行客，意思是说我一意孤行吧，这话也对。我有几句话可能不中听：一是我爱文学，不爱文学界；一个男人这么长久地喜欢一样东西不容易。二是只交朋友，不入队伍。朋友是终生的依靠，队伍我觉得没有任何意义。这个立场是不能改变的。写作这个行当本身不需要资格与资历。有些人可能会说你这是不是很傲慢，是不是把自己架得太高？不是。在这一点上，我觉得作家有时候还是要把自己当回事。我指的是，就像我刚才举过的例子，有人向你约稿，而这刊物是地摊刊物，或者它的倾向性与我的追求是完全背道而驰的，我就不会给它写东西。我给它写就意味着我支持这份刊物，这样我连自己都说服不了。

林：现在，你对自己当作家的最深感受是什么？你对自己的未来有明确的设计吗？

潘：作为一名写作者，我现在最大的乐观就是觉得自己目前还是一口没有挖出水的井，但又有湿润的感觉，这种感觉比较激励人，至少它离江郎才尽还比较远。同时我也准备有一天江郎才尽了，立马洗手不干，我决不会"耗小说"。因为我的爱好很多，完全可能非常幸福地把自己封笔以后的生活安排得很妥帖。

林：你曾在一篇随笔里提过，中国文坛是一个没有裁判的足球场，或者说自己是自己的裁判。你是不是感到这里有太多的不公正？

潘：我的原话是这样说的：当代中国文学的一个遗憾是权威的缺席，没有大师；而另一个遗憾就是到处都能看到以大师自居的人。所以说这么多年来，我们实际上就是在踢一场没有裁判的足球，因为缺少大师就失去了权威的意义，失去权威就意味着裁判本身是不真实的。那么这场足球如果你还想踢的话，就只能保持自己踢球时的那一种感觉和状态了，如果有一天你确实累了，或者说你找不到这种感觉了，你就自亮红牌把自己罚下场算了，这段历史也就结束了。

林：你认为这是一种境界？

潘：不，境界拔得太高了，应该是一种自然的状态。我觉得像阿城这种作家就是这种状态。尽管我们在写作上的有些东西不全一致，但是，像他这种状态我很喜欢，他从来没有把自己当作挺职业的著名作家，而我们这些人一直把他当作一个很好的作家。他具有一个小说家的天赋和对文学、人生的一种达观的态度，一篇《棋王》出来以后就让那些旁边的人不知所措，比他年老的、年轻的都汗颜不已、自愧不如。就像姜文拍出《阳光灿烂的日子》，使一些职业导演羞得无处躲藏。阿城写了几个以后，他就觉得这种东西可能以后再没有必要一个个玩下去了，干脆不写了，然后就去国外挣钱，过那种比较闲适的生活，偶尔就是应别人所邀，写点三言两语的东西，也不讨厌。这种状态就比较好，也是正常的。不正常的是另外一些人，老是惦记着自己是个了不起的作家，一方面在外人面前自视甚高；另一方面自己内心里又焦虑不堪，这就是毛病了。

林：对我们的许多作家来说，似乎一个人他今天是作家，明天就不能不是作家，而且永远只能是作家了。

潘：我认为作家就是个手艺人，写作就是他的日常生活，与什么"神圣"之类是没有任何瓜葛的。我不大喜欢一些人一天到晚除了文学还是文学，他的整个一生就与文学活动扣得那么紧？我认为那是不真实的，至少其中有些活动是他自己找上门的。一个人要回避一个东西其实是很容易的。

林：你这话让我想起有一次一个电影演员接受几个大学生的提问时说的话，有人问她，现在演艺界的女演员或多或少都有些绯闻，你怎么看？她说我不知道别人怎么样，我觉得最根本的还是取决于你自己，你要不要这个绯闻。她这话说得很有道理。

潘：她的话有针对性。确实就是取决于你自己。这并非如有人以为的是所谓超脱，我认为这是一种选择，就是你说"Yes"或"No"的问题。超脱是以富足为前提的，比如说你这个人对钱很超脱，就因为你有很多钱，所以才能把钱看得很淡，而"选择"就是意味着我要这份钱还是不要这份钱，这不是超脱的问题，干吗把自己拔得那么高呢？有多少人能对名利很超脱呢？只是这个名你要，那个名你不要而已，就这么简单。

先锋是一种文学精神

——访谈录之三

时间：2001年5月

地点：北京

访问者：张英（以下简称张）

受访者：潘军（以下简称潘）

　　早在20世纪80年代初期，还在大学里读书的潘军就受到了西方现当代文学的影响，这使得他在开始写作之前就树立自己对写作的理解和认识，以及对文学作品的判断、标准和衡量的尺度。因此，这个年轻人在刚刚开始创作不久，就在小说写作上进行了大胆的实验和探索，在当时保守的安徽文坛激起了强烈的反响，在文学圈内脱颖而出。像《南方的情绪》《流动的沙滩》以及长篇小说《风》应该是潘军在那一阶段的代表作，也可看作中国先锋小说的经典之作。之后，潘军发表了大量的文学作品，成为先锋派文学的主力干将。

　　时间匆匆而过，在20世纪90年代商业大潮强劲的冲击下，文学几经浮沉，先锋派文学的大旗早已雨打风吹去，写实传统的回归成为文学的主流，即使是那些先锋作家，也在写作方向上进行着现实的调整，就在这种变化中，潘军推出了他的长篇小说系列《独白与手势三部曲》，在文体上大胆把图画引进文字中。在这部系列新作里，图画在文字之外成为一种叙述，如同电影中断断续续的音乐，使得这部小说在文字上形成了双重叙述，读起来竟然有看立体电影的效果，大大扩展了艺术的审美空间。在看过《蓝》《白》以后，我在北京对潘军进行了采访。久违的潘军精神很好，这大概和他是一个自由人的身份有关：在多年以前，潘军就从机关辞职，奔向商海，和其他人不同，潘军不仅没有被海水淹死，而且在波浪中游刃有余、自得其乐，活得越来越有精神了，小说也越写越好了，这真不是一件容易的事情。我们的话题也由此展开。

张：最近，人民文学出版社、花城出版社、中国工人出版社、大众文艺出版社、安徽大学出版社、浙江文艺出版社分别出版了你的作品，回过头看自己这么多年的作品，你有什么感想？另外，报纸都说今年是"潘军出版年"，你是不是有预谋这么干的？

潘：我现在似乎成了文学界的一条漏网之鱼，出版社都把网往我这儿打了。其实理由很简单，因为市场上买不到我的书。我经常收到一些读者来信，有的是通过《小说月报》《花城》这样的杂志转来，问哪里能买到我的书。我想出版社看好的是这个，当然我的作品品质也是个原因吧。我对出书很认真，不轻易出。今年只是个巧合，预谋无从谈起——我有那么大的能耐吗？

张：你当年突然从文坛消失，然后在多年以后突然又出现，你以后会不会再去做别的行当呢？

潘：20世纪90年代初我的一些朋友浮出海面的时候，我突然消失了。林舟说："到底是文坛疏远了你，还是你疏远了文坛呢？"我说彼此疏远。1996年开始重新写作，写的第一个中篇的名字就叫《结束的地方》，似乎以这部小说来结束那段生活。《结束的地方》是一部非常好的小说，我自己很喜欢。这以后的几年里，我写了三部长篇，近二十部中篇，还有二十个短篇，还有话剧、散文随笔，倒是有点儿一发不可收的意思，但也许你期待我再写小说的时候我可能去拍电影了，或者画画了。从这一点讲我的心态很年轻。

张：现在，重返传统的写作方法已经成为作家们不约而同的选择，你怎么看形式、技术在小说里的作用？

潘：朱苏进的《绝望中诞生》，中间有个细节很精彩，他写一个作战参谋到集团军司令部报到的时候，别人考察他的能力，摊开一张军用地图，然后让他看一看，看完以后把中间一块挖掉，再让他凭自己的记忆和想象把山川河流道路都连起来。这个很像我的小说，我的小说就是有一个巨大的空间把它挖到故事以外，这样就能把读者调动起来。但我的小说里又充满了种种暗示、质疑，不会让你看了有过多的迷茫。这样，读者去衔接的时候就有一种创作融进去了，甚至超出了作为创作者本人预先的设计。这种东西是我所痴迷并一贯坚持的。这种东西要求作家具备很强的叙事能力，当然在技术层面上也很讲究。

我觉得一个作家的天赋和能力，是他最后能否成大气候的一个决定性因素。天赋包括你的素养和气质。能力就是一种纯技巧性的东西，所以越写到最后，自己的心越虚。我曾对一位文学青年说，只有当你感到文学的路越走越窄时，你才算找对了方向。我不知道别的作家是怎样的情况，因为我面对自己的下一部作品总是犹豫不决。

张：你的短篇小说也写得非常出色，在这些作品中间，你喜欢哪些作品？

潘：有几个短篇我写得很得意，比如早期的《溪上桥》《陷阱》《白底黑斑蝴蝶》，近期的《小姨在天上放羊》《对话》《抛弃》《和陌生人喝酒》，这些我自己都还满意。短篇小说是见一个作家功力的，因为它受到的限制太多。

张：我现在主要想谈谈你的长篇小说《独白与手势三部曲》，从目前出版的前两卷《白》《蓝》看，作品引起的反响非常不错，在叙述上非常成熟，也比较好看。我感兴趣的是，你在文字中间使用大量的画，这样在小说中间就形成了双重的叙述性格，图画的介入增强了文字的感染力，而且扩大了艺术审美的氛围和空间，你这样做主要是出于哪些考虑？

潘：有这个想法已经很久了。我有一个特点，即在写一部小说，尤其是长篇小说之前，打动我的是怎么写而不是写什么。我需要形式上的一种认定，也就是要找到我预期的那种方式。我在写《风》的时候就是这样。《独白与手势三部曲》1993年的时候我就想写，那时我在海南岛。我的想法是，如果说把图画的功能理解为一种叙事，跳出原来那种插图的概念，使之构成一种叙事的层面，这种做法本身就是非常有趣的。我是因为这种形式的欲望然后才产生写什么的念头的，直到五年后我才动笔，人已到了北京。

《独白与手势三部曲》把文字和画糅到一起，这中间有一种互文性，有不可代替性。比如说在第一部《白》里的第一幅图，它带有一种规定性、强制性，要求你立即走进一种皖南乡镇的氛围里去。你不可能把它理解成北京的胡同，所以你就得适应这个氛围。再比如当第一部即将结束的时候，我写到了犁城降下了初雪。于是就加了一场雪景的画面，因为这个时候我需要读者在很压抑的时候突然得到释放，他看了这个画面之后会一下子舒展开来。这种感觉不是一个"雪"字就可以代替的。当然还有一些寓意性、象征性的图画在里面。比如说那上面写有一个家庭不和谐，我就拍了一个洗脸盆，这个洗脸盆两个龙头不一样，两个漱口的杯子不一样。一副手套都不一样，这种冰冰凉凉的不和谐的家庭普通用具实际暗示了这个家庭本身的冰冷和不和谐。还有一种是文字本身力量不能穿透的东西。比如说这一幅，这个细节是那个男人和女人在分手时的那个圣诞之夜，男人拿了根蜡烛，他把蜡烛的油滴在女人的指甲上，他说：这就是世界上最好的蔻丹了，太美了。还有很多带有一种特殊时期历史感的东西，譬如"我"当年在农村生活的时候画的那些速写、乡下小屋、挂上的草帽，以及象征父亲劳教苦难的石磨等等，很能感染人。但是图画的引进主要想改变叙事的线型关系，从而拓展出更大的阅读空间和想象空间。有些图文关系不一定停留在表面上。

张：这部小说是不是受到了法国电影《蓝》《白》《红》的影响？连名字都一样，我只能猜想是你热爱这部电影的缘故。

潘：是啊，好多人都问我：你是不是受到基耶斯洛夫斯基的电影《蓝》《白》《红》的影响？这我在创作谈中就公开讲了，不错，这个名字是从那里过来的。有人问，你是不是也要表现自由、平等、博爱？我说不是的，我只是在表现一个男人几十年的情感磨难与心路历程。至于小说的分卷名字，是在小说写了几万字以后才突然感觉到的。（李佩甫说我的小说总是有一种色彩的感觉。这可能与我绘画有关系。）有一种很苍白苍凉的东西在里边，既有一种童年家庭的苍白，又有社会、历史以及情感上的苍白，这便成了第一部的基调，所以叫《白》。第二部写的是南方，因此地域环境构成是一种天然蓝色的基调，而且蓝色有时候被我们理解成一种忧伤、神秘和梦幻。那么，第三部我要写一种生命的辉煌和毁灭，带有一种红色的气氛，很壮烈，也带有抽象性的象征意味，如同马蒂斯的绘画。

张：图画进入文字以后，文字反而获得了自由，显得轻松、简洁，整个小说也因此有了张力，给读者一种新奇和愉快的感受。你当初这么写是不是主要考虑到，今天的读者已经没有耐心读太长的小说了？这难道不是一种妥协吗？

潘：很多年前我就有过这个观点：时代制约小说形式。为什么巴尔扎克时代有巴尔扎克式的小说？因为时代需要那种啰唆的小说。而今天这个时代还需要再多一部《追忆逝水年华》吗？好像不需要。这也是一个作家需要自我调整的，这种调整倒不是一味地迎合市场，而在于内心的文学需要。我跟李陀也讲过这个问题。李陀讲外国也存在严肃文学和市场的这么一个矛盾关系，严肃文学不能永远只是几个人在看几个人在评论啊，它还有个商业的问题，如果你老坚持以前那么写，出版商不愿意出啊，得想个招啊，想个办法啊。其实我一直在想这个办法，而且我一直在身体力行。我所信奉的文学原则含在作品中间，以前的文学素养与品质也是不会丢的。李洁非说我的作品在很多地方可以看出先锋作家的底蕴在里头起作用，这也就是我和其他写城市的作家不同的一个地方。另一方面我又考虑到怎样使读者更多地接受我的小说，比如我现在的一些小说，如《海口日记》《对门·对面》《重瞳》等，故事、结构都很完整，但在叙述的方式上我仍然在下功夫，只是把故事说得相对完整一些，这并不影响小说的张力和弹性。对这种探索，有些批评家，如施战军、吴义勤、林舟等，都认为我的调整与别人有所不同。汪政说，《独白与手势三部曲》应该是一个多媒体文本。

张：现在的长篇小说普遍比以前的长篇小说要短，这种趋势是不是你们现在共同的追求？

潘：对，我厌倦了那种写得很长的小说，不能因为它是长篇小说，每个人都要拉开制作史诗的架子嘛。首先是需不需要，其次是尽可能短下来。冯敏把这部小说跟《日瓦戈医生》放在一起比较，他觉得在描写精神苦难上面达到了一种相当的高度，虽然这是鼓励，但这部《独白与手势三部曲》就是在表现一种精神苦难，从个体的生命的体验来反映这个时代的历史和沧桑，这就是一种追求。白烨说，这是真正的"个人化"写作，因为做到了以一当十、以小见大。

张：有人把你的经历和情感同这部作品的内容联系起来，认为在某种程度上，《独白与手势三部曲》也是你的自传，因为小说中间的一些细节非常感人，没有自己的亲身经验，是写不出来的。我想问的是，在作品中间，男主人公在多大程度上有你的影子？

潘：个人的履历只是一种底色。作为进入文本的故事自然是虚构的了。

张：来自生活的经历对你写作的帮助大吗？现在，提到生活，年轻作家们似乎都不以为然，但是，他们的小说里的人物却很少能够让人记得住。

潘：当然，生活、经历对写作是非常有好处的。我作品中有许多细节都是从生活中来的。有一次我跟一个朋友聊天儿，说假如你在这个城市里突然遇到不同时期的几个情人怎么办？这种情况很磨人。不是摆不平的问题，不是像有些很坏的男人把这个稳住又去对付那一个，不是这种，而是感情中所有的酸甜苦辣全部在这里，所以包括我很多异性的朋友看过书后说，我很爱你的书，我觉得感情上很多东西是共通的。比如我们年龄上有差距，但是在对情感的理解、做人的方式、气质、品位上是一样的。我就强调，你在街上很随便地拉一个人，把他请到房子里诚恳地说。不管是什么人，只要他倾诉出来他的故事一定很感人。有一些朋友有时给我讲他们的知青生活，他们平时玩世不恭，但是一涉及知青生活就让我感觉到那么震动。写作本身就是一个真诚的态度。写作本身就需要用一种真诚的态度去对待写作的对象。

张：写完《独白与手势三部曲》以后，你的下一个长篇小说会写什么？

潘：我可以提前给你一个消息，写完《红》以后，我将进行下一部长篇的写作准备，名字叫《中国陶瓷》。为什么中国叫China？China就是陶瓷，陶瓷不叫铁China也不叫钢，当然这是我自己的咬文嚼字。我们祖宗三代都是农民，上一代人都是这样，都有纯朴、天然的一面。但是土成了陶瓷以后就是土的精品，它经过了一定的烧冶、工艺以后虽然还有土的本质，但是成了土的一种精华，值得炫耀的东西。这种东西做出来以后，即能为民间所用，更多的越来越精细，成为一种御用的东西，成为一种摆设，到一定的时候又容易成为一种别人糟践发泄的对象。比如吵架时摔的杯子，一摔就碎掉了，如果这个杯子是铁做的，它就摔不碎，因为是陶瓷，它很脆弱，经不起什么。当然这个陶瓷埋存土里三百年以后又成了文物，成了这个民族的精华和瑰宝，又摆在红天鹅绒上供人瞻仰。我觉得几千年以来，中国的知识分子就是这种命运，是宿命，和陶瓷一样。我会下功夫来写这部长篇小说。至于什么时候写，那得看准备了，我自己的安排是在四十五岁之后。这也许是我作为小说家的最后证明吧。

张：你确实看得很开，你不像别的作家，在下海以后回来再写作的时候，连对文学的看法都变了，有的人更是把文学也看成一门生意，用了很多商业上的手法在那儿操作、经营自己的作品。你在做生意已经非常成功的时候，决定撤退，回来写作，又是什么原因呢？你在文学这方面，却从来都不屑于用那些你在商业上的手段炒你自己，这是为什么呢？

潘：当初我去南方，与其说是做生意，不如说是改变一种活法。因为众所周知，我在安徽文联两年没有具体部门愿意接收我，挂起来了。我就想，作为一个男人，养活自己应该不是什么问题，说走就走了。我把自己并不当回事，但我知道自己能做什么。我不在乎这个圈子怎么看我，我向往的是一种自由状态，假设我当时不离开的话，凭我现在这种创作上的实绩，放在任何一个作家身上，都能得到一样的东西：一级作家呀、四室两厅呀、特殊贡献呀、有成就的专家呀，以及什么作协主席、副主席的，这个委员那个代表的，等等，但我真是不在意这些东西，我觉得一个作家最想要的只有作品，他只能活在自己的作品里。这是一个职业作家的基本素质。

张：你对文学真的是非常热爱，一般下海以后，东西就写得少了，质量也大多不如以前了，你一边在经商，一边还在写作，是什么在支撑着你写作？

潘：欲望，写作本身的欲望。我有句话，我爱文学不爱文学界。一个职业作家不同于一味向市场倾斜的自由撰稿人，自由撰稿人基本上是围着市场转，今天叫我开个专栏我就开一个专栏，明天叫我写一个电视剧我就写一个电视剧，后天让我跟一个老板策划一个东西我就去策划，只要给我钱，因为我要活人，我要靠这吃饭，是卖文为生的，这样也很体面。当职业作家意味着什么呢？就是你把这个文学当一门学科来研究，当然这也有一个前提，首先你得有解决自己生存的能力，同时我们又不沉浸不迷恋在这里面。比如说我搞电视，我不是一头扎进去就出不来了，我一年搞一个，或者两年搞一个，挣下一笔钱够花就是了，然后，我就把计划中要写的小说全部写出来，等我感觉到是不是该再去挣一把钱了，我就再去挣一把，基本是这种情况。我把谋生和写作严格分开，然后根据自己既定的写作原则，只要感觉到自己的能力没有完全丧失，就做最后的努力。

张：做生意的作家没有多少能够赚到钱的，你不仅赚到钱了，而且人也没有像别人有那么大的变化，给人的感觉也很舒服，这主要是什么因素在起作用？

潘：心态。你得把住自己才是。

张：就是彻底把写作和生存分开，文学和名利分开以后，你才拥有了精神的自由和写作的自由，真正解放自己的内心，进入最佳写作状态。

潘：我写得比较从容与我个人的心态与精神素质有关。我历来不主张作家成为一个明星，中外历史上作家都不应该成为一个明星。明星有明星的生活方式，作家有作家的生活方式。虽然这个社会这么浮躁，时尚流行得那么快，但是对于一个作家来讲不一定非在电视台坐坐，经常在媒体上露露面，就表明他是一个作家，我觉得不需要这么热闹。根本就不需要。那天有传媒的朋友问我，有没有这种感觉：我出了这么多东西，不被社会认识认识，不被媒体重视，实在冤得很呀，熬不住呀。我说这种感觉我三十几岁的时候有。三十几岁我觉得不在北京，不在上海，远离了这种大都市的文化光环，我觉得我写得不比别人差嘛。后来年龄大了，这种东西就消解得比较干净了。因为作家最后是要凭作品说话的，跟跑马拉松一样，谁先跑到终点谁好，而不是说谁的起跑最漂亮，谁被锣鼓一路欢送。前些日子我在《北京青年报》开专栏，就写过一篇《光着脚丫上路》。

张：作家难道就不应该坐在家里好好地写作吗？像你这样四处漂泊，有没有想安定下来的念头？

潘：我也希望能坐到自己的书房里。谁不愿待在自己的书房里？谁不愿看到自己所熟悉的东西？在家里多方便哪！而且我在合肥的房子我装修得很考究，很舒适的，四面都是书橱，桌上还有台式电脑，很舒服的。但是命中注定，你要过一种流浪的生活，但你不能因为流浪就不写作了，你只能安慰自己先对付着，等心沉下来还是得写啊。记得我有一次在郑州鲁枢元家里，看到他的书房有一屋子的书，我当时眼泪差点儿就下来了。我说我看到你的书房就很难受，我也有一个不比你差的书房呀。不过现在也有人认为，如果你潘军停顿下来，固定到你的书斋里，你也许就写不出这么多东西了，你在流浪过程当中那种状态跟静止状态肯定是不一样的。

张：这些经历也丰富了你的创作，权当是你这么多年一直在体验生活了。你重视这段生活的经历吗？

潘：我想是的。流动的状态对我的创作至少是潜在地起了一点儿作用。如果我不在海南待几年，也许就不能写出一批与海南有关的小说了。尽管我写作不依赖经验的东西，但是我又无法忽视自身的经验。那种真实的感受与体验，跟你坐在家里琢磨完全是两回事，你找到的是一种气息、一种真切。所以应该说，经历对一个作家来讲还是财富。有一次跟苏童、叶兆言在杭州，我开玩笑说，你们现在就是提前过上退休生活了，俨然江苏的老作家。再过几年就为青年人写点前言后语了。

张：现在，写作对你究竟意味着什么呢？

潘：有意思，在小说里我找到了快乐。我是个一意孤行、自得其乐的人。不在体制内，也不是中国作家协会的会员。我是为欲望写作的，或者说为理想写作的，用李陀的话说，我是一个过于迷恋叙事快感的人。我会一直写到自己最满意的时候。但是如果感觉到开始走下坡路了，我也许会立刻放弃写作——至少是不写小说了。那个时候我就写写散文随笔呀，写写画画呀，或者去做导演拍电影，我照样有很多事情把自己充实起来。

张：那你觉得作家和媒体应该是怎样的关系？有时候，媒体的介入有可能对文学是好事情，尤其是对于严肃文学而言。

潘：首先我决不会有意识地去寻找传媒，或者说迎合传媒。比如说有些传媒记者不管是出于什么考虑，以一种很客观的态度来对待你，这是很正常的，这是很真诚的一种交往。但是我推测，文学有时搞得很热闹，很多是带有一种制造的痕迹，不是当事人本身在制造，就是传媒在制造。很多东西都有传媒制造的痕迹，比如余杰跟余秋雨之争，说"文革"忏悔，比余秋雨更应该忏悔的人多着呢，为什么偏挑余秋雨练呢？不就因为余秋雨是一个公众人物吗？这种动机本身就很可疑，对这种东西我毫无兴趣。最近的卫慧和棉棉的抄袭风波同样无趣，我倒觉得某种意义上她们都在抄袭——抄袭时尚。一种论争倘若远离了起码的学科精神，那就是作秀了。

张：你是很超脱的，因为你现在有钱了嘛。我觉得关键还是在于人自身的选择，人是否健康，你究竟要什么东西，这是最重要的。

潘：我不是超脱而是选择。超脱是以自己富足为前提的，选择却不需要什么条件，是个人判断在起作用，这个钱我觉得比较体面，我愿意挣它；那个钱我觉得不好意思拿，那我就拒绝，这就是个选择问题。

张：我做了两年的编辑，读过很多小说，现在的生活真的是那么单调和重复吗，那么多的小说，读起来的感觉都是一样的，人物不鲜活，对话写得特别差，这种问题非常严重。年轻作家普遍强调生活就是自己的存在状态，比起前辈作家，他们更加重视想象力的作用，但是，他们的很多对生活的体验是来自书本和电影，这可能也是一个问题。从艺术风格上来看，小说正在越来越无趣，有时候连读的欲望都没有了。我想听听你个人的感受。

潘：我们面对的世界是一样的，生活是相同的，而且对生活的判断大体也是相同的，那么这里面就有一个技术性的问题，有一个观察的角度，就是你刚才讲的想象力呀等等，为什么有些人想象力很贫乏，而且导致了一种很相同？为什么显得那么空洞、那么外在呢？我不知道你做孩子的时候对知识青年是否还有印象，只要到农村里去，谁是知识青年，不管穿什么衣服你一眼就看得出来。这说明表象的东西是靠不住的，你的工夫必须花在深处，把它发掘出来，这还是一种天赋在起作用。另一点，就是作家本人对小说的一些素材的处理方式也是大不相同的，我认为是，别人也许会认为不是。比如你刚才讲的，为什么我的小说可以多方面看待，这正是我所追求的东西。小说永远只能看出一种意味，永远不能看出一种意义。"哎呀，我这是表现对苦难的一种承受。"得，我写的苦难，它远远不是仅仅表现它的一种承受，可能还写苦难对人格的一种滋长等等，我在写这些东西的时候老是让它处在一种暧昧的状态，多元的，不确定的，是又不是。我只有捕捉到这样的东西以后，才觉得这应该可以做一篇小说了。我们跟一些前辈作家和其他作家的区别首先就是这里，在他们看来，我们这些东西本身就不配写进小说，而在我们看来，它绝对是一篇现成的小说。由于这至关重要的一点的确立，它的故事形态、结构方式和表达方式都发生了变化。

张：现在谈文学已经成为一件很羞耻的事情：比如你在一个场合和同是从事文学的人谈文学，即使对方是非常在意文学的，但是他跟你在谈文学、人生、信仰、理想的时候，就是不好好谈，而且会经常讽刺、嘲笑、挖苦你，怎么会这样，连我们搞文学研究、写作的人都变得这样了，言行不一，这真的是让人好难受。

潘：你这种感受还是比较真切的。北京是一个打造时尚而远离经典的地方，往往在北京叫得起劲的事情，其本身就是没有分量的事情。我所指的分量，指的是一种专业成就和专业精神。北京永远不会出现伯格曼。比如说有一本书最近在北京很红，我就不看这本书，真正的好书在北京是红火不起来的，因为它现在痴迷于流行时尚的东西，它缺乏一种经典意味，丧失了纯粹的专业精神。这种东西我们从哪儿找呢，还是从内心里找，从过去的一些经典中去体会、去沉浸、去沉醉。今天，我们还要去迷恋卡夫卡、博尔赫斯，就因为卡夫卡、博尔赫斯对我们太贴近了，他成为一个朋友，他陪伴着你。在北京找到一种经典意味的东西是很困难的。往往是一种很低下的东西，或者说很没有品位的东西红极一时，这个很正常，这符合北京人的特征、这座城市的特征、这个时代的特征。如果某一天在北京真搞出了一台很了不起的东西，那么我相信那时候它的周边，乃至整个环境都起了变化。

张：既然文学环境那么令你失望，那你是靠什么在维持着对文学的希望呢？

潘：一个正常的氛围应该是各得其所。应该让某一部分人永远去谈他们感兴趣的东西。美国有《花花公子》，也有《大西洋月刊》。像企鹅出版社、子夜出版社、蓝登书屋都不可能去出一些莫名其妙的书的，百老汇也不可能去演什么小品吧！这里没有你吃我、我吃你，你兼并我、我兼并你，只是各取所需，每个人都有一个自己的圈子和氛围。所以多少年下来以后，它就成为一个经典，成为一个名牌。而我们不是，我们是一阵阵的，基于一种官方的意志，或者是传媒的促进，还有一个老百姓的口味，谁左右这个东西？无非是官方和市场嘛。一个写作的人面对这么一个复杂的局面，而且还面对本身文学界内部的一个最大的遗憾——大师的缺席，权威的缺席。没有权威就意味着没有公正，没有裁判，所以唯一支持你的就是这种你作为职业运动员的心态和素质，要不然你就不踢了，就改行了。我觉得这种东西是我们目前缺乏的，这就是一种专业的精神对一个人的一种支配，我们现在已经很难看到这种精神了。

张：在这个时代里面，文学真正是很寂寞，很多边远地方的文学青年在开始写作的时候，都很不错，但是，由于种种原因，他们的作品得不到重视和关心，所以，当市场经济的诱惑一来的时候，很多人在理想上就妥协掉了，毕竟，生存的压力和看不见未来的恐惧改变了很多人。你现在把工作分得很清楚，一两年写一部电视剧，再写多少篇小说，这两种文体的写作会不会有冲突呢？

潘：一个素质不错的作家应该是写什么像什么，除非是你力所不及。我没觉得有什么困难。有些人也老这么问我，你写了电视剧，怎么小说的感觉还没有丢呢？我说，我心里很明白，怎样去对待不同的东西。

张：你的小说控制力很强，叙述也非常节制，小说中间的废话非常少，而且很少有泛滥的抒情，在结构上也很讲究，读你的作品必须从头看到尾，一点儿不能漏过，否则，这个故事就看不明白了。相对而言，现在的小说水分太多了，有时候看到头就知道故事的结尾，还特别长。

潘：你做编辑的，小说在你的手上，你第一段，甚至是第一自然段读完了，是不是好小说你马上就有判断，如果小说叙事好，很精彩，你马上就会有兴趣把这个稿子看下去。你读了我的那么多作品，有一点应该很明确，就是把它们放到一起你能感觉到它不是一个人写的，又像是一个人写的，它的不变中也有变化。比如说我写的《对门·对面》和《海口日记》，比如《三月一日》和《结束的地方》，比如《重瞳》和《秋声赋》，它们都是不同的叙述方式。我只是感觉到这个东西只能这样而不能那样写。我觉得一个职业作家兼有手艺人和艺术家两种特质：一种是手艺人，他没有什么神圣，做手艺的，干手艺活的就像你当编辑、我写作，没什么高低之分；第二个我带有创造性的程度，那就是一种艺术家，我通过我的语言叙述，在这上面建立我的梦想，那就是一个艺术家。人真正的谦虚就是意识到自己还不够，确实我还是不尽如人意，这才是真谦虚，而不是到处鞠躬。

张：现在，有些作家的作品评论家不好下笔，因为作品特别复杂，作品本身也对评论家构成了一种挑战，评论家也很难下判断，就是看了评论也很费劲，因为有时候评论比它解读的小说还要长。

潘：评论家有很多是在借评论作品展现他自己的形象。他不能耐心地阅读作品，也就意味着他不能深刻地理解作品，再加上一些作家又不大在乎别人评论他的小说。所以这个行当不是太有活力。我个人是尊重批评的，无论说什么都可以，因为作品是一个客观存在。但作为写作者，这个作品写出来了我就完成了我的任务。

张：最近刚刚在《北京文学》上看了你的剧本《地下》，你什么时候开始对话剧感兴趣的？

潘：事实上，我的处女作就是一个独幕话剧，叫《前哨》，是写鲁迅的。那时我还在大学读书，二十三岁，这个戏还得了全国大学生会演的一等奖。我这个人有个特点，就是喜欢随心所欲。但《地下》的形成在于它的最佳载体是话剧而不是小说，尽管也能写成一部小说。

张：《风》这次也再版了，在当时的文学环境中间，它的实验意义还是十分明显的，你为什么会取这样一个名字？

潘：我觉得风跟历史的形态是一样的，谁都可以感受到它，谁都无法把握住它。我们都是历史中人，也就是风中的人。但我们谁也无法去把握一部历史，谁也没有办法去改变一部历史，更没有办法去撰写一部历史。因为这是一部风中的历史。

张：现在，作家们都开始重视故事了，未来的小说会怎么发展呢？

潘：1997年《作家》杂志拿了十二位作家的肖像做封面，并要求每个人就写作的理解写上一句话。我写道：写作是未知不断地显现的过程。现在我要说，小说的发展同样是未知的。

张：现在，你已经抵达你的文学梦想和目标了吗？

潘：直到目前、此时此刻为止，我总有一种不满足的感觉，我觉得这会儿离我心中那种文学的目标还很遥远。对于一个作家来讲，有一个问题值得思考：怎样使自己写得更好？这是一个值得用一辈子去思索的问题，并且要很理性、很客观地扪心自问。

云霄上的浪漫主义

——访谈录之四

时间：2002年7月23—24日

地点：合肥潘军寓所

访问者：青锋（以下简称青）

受访者：潘军（以下简称潘）

　　我是怀着一种探奇的心情去合肥的。出发的那天正好是一年中最热的节气——大暑，对我这个不好运动的人来说，实在不该挑这么个好日子出门远行，但好奇心驱使着我蠢蠢欲动。还好，豪华空调车里的冷气打得很足，我舒服地靠在高背座椅上，手里捧着一卷《潘军文集》，在一个虚构的秋天里惬意地一路北行。

　　在行程之前，我已把这部文集读完，正是这十篇小说促成了我这次合肥之行。

　　我读小说的心情一直是很外行的，我习惯放下文学的眼光，很感性地去读它们，把自己融进小说的世界里，随着主人公的命运一起起起落落、生生死死。每读完一部情真意切的小说，对我都是一种生命间接的体验。为此，常常被惹得泪流满面。

　　这次潘军又惹了我。

潘军最早是以先锋派的姿态步入文坛的，实验时期的作品稍显晦涩，偏重对叙事技巧和小说结构的探索。1996年结束南方之行，重操旧业，写作风格日趋圆熟、从容，刻意的痕迹消失了，取而代之的是好看、好读、耐人寻味的主题情节和汪洋恣肆的情感在作品中收放自如地呈现。如果有人说透过作品看见作家余华血管里流的是冰碴子，那么流在潘军血管里的就该是浓得化不开的情了，亲情、友情、爱情、故土情……不信你可以找个温度计，保证达到沸点。

一个故土情结深重，却又常年过着"在路上"的漂泊生活的男人，一个离了婚却承认一生为情所困的男人，一个出了那么多书却口口声声不加入文坛的男人……这一切实在让我这个小女子好奇无比。

还在想着这些问题的时候，汽车已缓缓驶入车站，我看见一个穿着深色T恤、戴着墨镜的男人在车下微笑着向我招手。这是我们初次见面，也是我这次访谈的开始。

青：《重瞳》发表后，有人称你是"云霄上的浪漫主义者"，说你的作品具有诗性的浪漫主义素质，你认为这样的说法贴切吗？这是否和你本人的性格有关？

潘：牛汉先生曾经说我骨子里是个诗人，尽管我没有写诗，也没有这样的经验。他这么说，也许说明了我具有这样的素质。至于浪漫主义的情怀，我觉得是应该伴我终生，一直到老都不应该离去，这也是我需要的。

青：在来采访你之前，我读了《重瞳》，我非常喜欢你塑造的那个既天真，又霸气，还带有浪漫和文人气质的项羽。你为什么要在小说中赋予项羽这个武夫以诗人的气质？比如说让他吹箫，还为项羽和虞姬的初遇蒙上一层神话色彩。小说的结尾更是美得让人心碎，这么沉重的主题，却有这样一个轻灵飘逸的结尾，为整篇小说所散发的浪漫主义加上了浓墨重彩的一笔。

潘：写小说某种意义上就像写曲子，尽管我对音乐是门外汉。我当时就希望它既有凝重的一面，又有飘逸的一面；既有深沉的一面，又有举重若轻的一面。这些设计一直是我想在小说中展现出来的。我觉得没有必要去还原成一个新的历史故事。所以我不同意把《重瞳》看成历史小说，因为我在司马迁提供的典籍中寻找到了一种新的可能性，陈骏涛先生认为《重瞳》是新历史小说……至于类似吹箫的设计，是我一开始为项羽设定的基调，他应该是个很天真的人，率性十足的男人，职业军人，厌恶战争的军人。他向往的是和平的、诗性的生活，却莫名其妙地卷进了政治纷争，要为别人去打江山，然后自己又不想坐江山。而他爱的又是女人，不是江山。这个人一身都是矛盾，这些东西体现在他身上，从价值取向上来看，又似乎是很和谐的，和谐是美。

青：在《重瞳》里，你在解构历史的同时又重构了历史，你借项羽的口，说自己的话，这和一些戏说历史题材的小说确实是不同的，而且你用了第一人称的叙事方法，这个"我"在你笔下的项羽嘴里说出来让人感觉很霸气，似乎你看了第一句就不得不看第二句，有种无形的霸气逼着你把它全部看完。

潘：以第一人称来写历史题材有点儿不可思议是吧？可这种

方式最能刺激我的创作欲望。这部小说我在1995年的时候就想写了，当时就是因为这个"第一人称"的刺激。这个小说不能依靠直觉去判断，司马迁有一部《项羽本纪》，在民间关于楚汉相争和霸王别姬的传说比比皆是，所以我就找到这么一条路。我总感觉司马迁的《项羽本纪》有许多闪烁其词的地方，有很多难言之隐，这就是我做文章的余地和空间。当时我就想着在不推翻历史史实和典籍的前提下，能不能寻找到一种新的可能性。

青：你是在借项羽的口说自己想说的话？

潘：是啊，好个借口。在项羽这个人物身上当然寄托了我个人的人生理想，这是毫无疑问的，不然我就不会用这种方式去写。历史上爱项羽的人有两种：文人和女人，武人是不会爱项羽的，政治家也不会去爱项羽，甚至很多男人也不会去爱他，而文人和女人，我觉得没有道理不去爱项羽。比如，李清照，她既是文人，又是女人，所以才会有她笔下的那首诗，"至今思项羽，不肯过江东"……我是充满感情地把这个小说写下来的，现在看来虽然还有些不尽如人意的地方，但大致的目的是达到了。所以这个小说还是引起了一些反响，美国的《世界日报》连载了，法国、意大利也准备出它。

青：你怎么会想到写项羽而不是别的什么人，他是个英雄，但也是个政治斗争中的失败者，是因为你喜欢悲剧和悲剧人物吗？

潘：对，我确实是喜欢悲剧和悲剧人物，我不喜欢喜剧，我也不认为人生当中有多少喜剧。项羽这个人物我应该是从小就喜欢，尽管他是个失败的英雄，但一个失败的人，还能被称作英雄，那么这个人本身在人格上就具有非常的魅力。中国的历史历来就是成者王，败者寇，谁也不会对一个失败者去做过多的感慨，而项羽就是个例外，他没有成功，而且败得那么惨，而历史还是给了他一席之地。当然，我笔下的项羽，可能是带有一种主观倾向的，真正两千年前的项羽究竟是个什么样的人，我们也捉摸不清，但我感觉他应该是和我们靠得很近的。所以《重瞳》发表以后，有个读者来信说，这个项羽不是个死人，而是我们中间某一个人刚刚离去。

青：《重瞳》会拍成一出历史题材的现代话剧吗？

潘：有这样的考虑，中国国家话剧院也正同我进行交涉，现在只是一个形式的问题。如果我们在对话剧的理解上基本没有距离，或者说是默契的，而且对小说的改编也很投契的话，我相信这将是一场很愉快的合作。我对这种合作是有激情的，有人问过我说，《重瞳》拍成一部电影历史剧是不是最好的，我说最好的形式应该是话剧。因为这个小说有一种仪式感，这正好是话剧舞台所需要的，而电影是不需要的。

青：读了你的几部小说后，我发觉你的小说有个特别之处，几部作品中有些情节是可以衔接起来的，虽然有的很细微，但留意去读就能感觉出来，你是有意这样安排的吗？

潘：你所指的这一类小说应该是你想象中与我个人的生活经历比较吻合的东西，而你在阅读的速度上也是从小读到大的，因此这个东西会有这么一种连接，我感觉从阅读来讲产生这种判断也很正常。

青：这个感觉似乎并不是就我一个人有。比如说读了你的

《白》后，再去读《海口日记》，**在时间和人物上就有某种很细微**的东西可以衔接起来。

潘：我倒没有这样的感觉，**以前也没有人提出过类似的问题**。现在我想一想应该与《独白与手势三部曲》和南方系列的小说有关系。这些东西我既然写出来了，**或多或少就应该与这个小说有**点儿关系，尽管你不会与小说的主人公合二为一，但至少是作为一个旁观者，站在小说和故事的边缘上。还有一点不可忽视的原因，这些小说都是以第一人称来写的……有人说过这样一句话，说我当时到海南没有赚到钱，但赚到了一个小说家的本钱。经历对一个写小说的人来讲怎么说都是财富，不管是好的还是不好的。如果从写作角度来讲，我觉得不好的经历**可能更是财富，都是那么一帆风**顺，也许那种表达的欲望就没有这么强烈了……整个《独白与手势三部曲》是我一生生活的大背景，**与我个人的命运和经历是有点儿**关系，或者关系不少，但我没有想去写一部回忆录，或者半自传体小说，它实际上只是满足了我倾诉**的欲望，人有时候需要倾诉，我**只是通过这个小说自己对自己说说。独白是可以言说的，手势是不便说的。后来有人说这是个双重文本，因为有很多画在里面，它某种意义上是叙述不可分割的一个层面，那么你也可以说"独白"是文字的，"手势"是图画的。

青：既然说到了《独白与手势三部曲》，就先来谈谈它吧！《白》中的小丹、雨浓有生活原型吗？

潘：它是一个虚构文本，我小说中间的一些女性，从我个人来讲的话，没有一个具体的当事人，如果说有，我觉得我这样写是不负责任的，或者说我必须在征求当事人同意之后，才可能这么写。因此我小说中的一些女主人公都没有具体的当事人，她确实是一种虚构。

青：《白》中有这么一段，1995年搬进比你年轻十岁的新家后，第一缕晨光把你射醒，这个生活细节你曾经亲身体验过吗？

潘：这种体验是有过，如果没有，这种东西很难写得出来。因为这之前我在一个没有阳光的房子里前后待了（潘军沉想片刻，深深叹了口气）五六年吧！然后好不容易换了一套房，第一天早上五点起来，我们还拉着窗帘，就已经被阳光刺醒了。可见我们以前是从来见不到阳光的。那时有一种莫名的伤感，当大家还在睡的时候，我已经提前几个小时醒了，而且是被阳光刺醒的——其实太阳还没有升起，这种感受如果不是有那种经历的人可能写不出来。

青：你记日记吗？

潘：以前记，现在也偶尔记，但是从来就没有连续记，有时候被这个那个事情耽误了，日记不能回去补。

青：《海口日记》是日记吗？

潘：《海口日记》是小说，你看我连几月几日都没有标，我只是感觉到它应该像个日记。

青：你是哪一年到海南的？

潘：我是1992年4月5日清明节那天离开合肥，9日到了海口。

青：当时为什么辞去安徽作协的职务去海口？

潘：这与当时的时代背景有关，当时万马齐喑的样子，扎在文坛里已经很乏味了，也与个人的生活背景有关系。但有一点出发前我就很清楚的，像我这种写作，严格讲起来是个很奢侈的职业，如果你离不开这个奢侈的职业，也就意味着必须首先在经济上有充足的准备，扎实的基础，这样的话，才能把你的爱好继续下去。我当时就想，我不能在一种经济很窘迫的环境里去写作，如果这样，是满足不了自己的愿望的。那个时候我就下定了决心，必须去挣一笔钱，然后自觉回到书房里来。1993年马原来海口拍《中国文学梦》电视专题片的时候就问过我，如果让我再做一次选择，我是不是还选择当作家？我说当然还当作家。我不会因为物质生活很富足就放弃了个人的爱好。一个男人能这样长久地爱一样东西很不容易，既然爱上了它就是个好东西，这是可以伴你终身的，怎么能随便扔掉呢！

青：你把写作和生存分得很清楚，但如果写作本身就能解决你的生存问题，你还会去经商吗？

潘：当然不会。因为我经商的目的就是为了解决生存问题，一个支持写作的问题。我这个人是不能去做没有兴趣的事情的。

青：现在有些畅销书作家，写作本身就能解决他的生存问题，而且还活得很好。

潘：如果有这样的作家我很羡慕，但我认为一个人不要拿自己的看家本领去开玩笑。我以前在别的采访中也说过类似的话。我打个比方，一个高明的化妆师，不该去开美容院。对我来讲，写作应该算是一种看家本领，写作和我本人的存在是依附在一起的，我存在，因为我写作，或者说我写作，因为我存在。这是我的使命，也是日常生活中核心的部分。用写作赚钱，对我来说是种意外的收获，不是事先能考虑到的，事先考虑的是能不能在专业目标上做得更好些，是不是尽你的能力把你想表达的都表达清楚了，表达舒服了……

青：你的书据说卖得不错？

潘：我不是一个畅销书作家。但我希望做一个"常销书"作家。我曾经对人说，我的书不可能一年卖二十万册，但也许能卖二十年。

青：有人说你经商挣到了钱，海口回来又出了那么多书，说你名利双收了。

潘：其实说我名利双收是个很笑话的事情，第一我并没有赚到很多的钱，我只是感觉现在花钱不窘迫而已。至于名的问题，严格讲起来写作的人不需要名，明星倒是需要知名度，作家是不需要成为公众人物的，或者说，这个话也许有点儿刻薄，能成为公众人物的作家，就不是一个很纯粹的作家。

青：你认为一个纯粹的作家，该站在他作品的前面、后面，还是保持一定距离，做一个旁观者？

潘：我记得在一个创作谈上说过这么一句话，一个作品发表以后，它就是个客观存在，别人有权对它说任何的话。至于作者本人，我历来就是一个观点：三只耳朵听，一个脑袋想。现在有些作家老是和自己的作品靠得很紧，别人不说，他自己爱说，是个很奇怪的现象。

青：你曾在哪几个城市生活过？

潘：其实也不多，1992—1994年在海口，1995年、1996年在郑州，1997年后基本上是在北京……但无论在哪里，我都有一半时间在合肥，因为我的父母和女儿在合肥。

青：在这些你生活过的城市中，你最喜欢的是哪个城市？

潘：如果说喜欢的话，我还是喜欢海口。海口这个城市有它的特殊性：第一，在地理上它是个独立的单元；第二，我喜欢靠海的城市，那里的阳光、空气、水都很好；第三，它最大的吸引力是，那里的环境很宽松……

青：你到海口后第一份工作是什么？

潘：我到海口其实并不是像《海口日记》里写的那样。我是遇到了一个很赏识我的人，他愿意给我投资，让我给他做一个文化公司，我就这么稀里糊涂做起来了，等我做起来以后，我就在第二年开了个"蓝星笔会"，拿出十几万元。那是个文学比较萧条的时期，我当时有个目的，就是想告诉别人，中国还是有人愿意搞文学、写小说的，他们没有因为社会的基调变了就放弃了，他们还是一如既往。

青：如果没有"自我放逐"的南方之行，会有后来的《海口日记》《关系》《对门·对面》《三月一日》等一系列以南方生活为背景的城市小说吗？

潘：这个可以肯定地说没有。我本身对南方没有一种特殊的感情，只是因为我熟悉那个地方，待过一段时间，有一种感受，几年过去后，回头去看那段生活，还是能找到一些可以写的东西。作家写东西都愿意去写自己熟悉的领域。一个作家的记忆决定他的写作方向，而他的经历决定他的写作范围。

青：如果没有这个经历，你把那段时间和精力也放在你的写作上是否会比现在写得更好？

潘：对未知事情的回答，总有"是"与"不是"，它有可能比现在更好，理由是你不漂泊，就能多读点书，多点时间去思考。但也有它不好的一面，你的作品可能会越来越匠气，过于持重，缺少小说的弹性和活力，离一种生命的东西会远一点儿。两种可能性都有。

青：有句老话叫一心不能二用，你去经商，拍电视剧，写剧本，对你的小说创作会有不好的影响吗？

潘：这个意思我能理解，你是希望一个人很沉醉地去写作，会写得更好一点儿。实际上我一直都没有一心二用。比如说我在经商的时候几乎没有写过一部作品。我有这么一种观点，社会的发展需要一种市场经济，而个人的发展需要一种计划经济。人生很短，"人生七十古来稀，斩头去尾二十年"——这是唐寅的诗，如果你不好好计划一下，会有很多遗憾的。我意识到我想写小说就得把自己养起来，当时我作为一个父亲、丈夫、儿子，要承担方方面面的责任，这需要靠钱去具体体现的。如果作为一个男人连这些事情都摆不平，可想而知，怎么能有一种从容的心态去面对一张稿纸。经商只是我实施写作计划的一个阶段。

青：你是个绝顶聪明的人，但也许正因为这种聪明使得你在小说这个领域里没有能做得比现在更出色。

潘：写作这个事情仅仅靠聪明是不够的，从天分来讲我确实还是个过得去的人，但我所付出的努力也不能忽视，怎么说几百万字必须一个格子一个格子填起来嘛！我记得写第一个长篇《日晕》

的时候，正是暑季，我在办公室里，打了个赤膊，穿了条短裤，把脚放在一盆冷水里，坚持了一百个晚上写下来的，你能说这是聪明吗？我觉得自己还是个勤奋的人。至于在写作这个行当里能不能做得更好，有个问题我一直在思考。我一直有这么一种状态，总觉得自己最好的作品还没有写出来，感觉自己像在打一口井，打了几十年，土是越来越湿，但水什么时候出来？也许是明天，但直到现在还没有见水，但我相信它会出来，这对我本人是个交代。有个问题对我来说是能一直问下去的——你能不能写得更好？

青：你认为这部作品会是什么？有可能是《中国陶瓷》吗？

潘：也许吧，这个作品在我心中酝酿很久了，只是还在做准备，还没有进入状态。我自己提前发布了这个信息，我准备在五十岁之前把它写完，也许时间会拖得更久。

青：在你所有已经出版的作品中，你自己最满意的是哪一部？

潘：这个话不太好说，如果硬要我说，我只能说，每个小说或多或少地完成了我所赋予它的任务。比如说《风》作为一个长篇小说，当时我就是想让它把一种只能在中短篇里尝试的文本意识、文体实验引进去，写个长篇看看。这个目的大致是达到了，但并不是说这个小说已经达到了尽善尽美的境界。再比如说《海口日记》我要求的就是后来被人称作塞林格风格的东西，我希望写出来一种很好读的、很亲切的、让人很快乐的东西，这种目的也达到了。比如说《对门·对面》，用旁观者的姿态，不动声色地把这个故事从容不迫地讲出来，讲得很含蓄，这个目的看来也达到了。比如像《重瞳》，我有意从司马迁的文本里去寻找一种新的可能性，然后以第一人称把它写出来，尽可能写得汪洋恣肆一点儿，这个目的应该说也是局部地达到了。所以我很难说自己对某部作品特别垂青，只是说我赋予它们的任务部分地实现了，我自己就能感觉到有一种收获。

青：你在写作时会考虑到读者的口味吗？除了小说本身，你还会考虑什么？

潘：我倒是没有去从阅读的方面想，或者说我只是从自我阅读去考虑。我刚才说了，1997年以后我要求自己的小说写得好看一点儿，这个好看实际上包含了一种阅读的流畅，阅读后有一种快感。从现在的实践，以及方方面面的读者来信看，这种尝试还是兼顾到了读者的阅读，但我并不是主动去考虑这点，只能说它确实有了这个功能。当我认为这个小说很好读时，读者也认为它很好读。不像我过去的有些东西，自己再回头看看都觉得很难读。但是那个时候因为大家对自己的要求、赋予的责任是不一样的，总是想千方百计地写出与众不同的小说，哪怕同属于先锋派，也希望自己和其他作家不同。你不能说自己比别人好多少，但是你要说我想写出自己的东西，我和你不一样。

青：这种改变能不能落实到哪一篇具体的作品当中？

潘：有啊！比如说先锋时期的《南方的情绪》《流动的沙滩》《爱情岛》以及后来的《情感生活的短暂真空时期》这样的小说，我好像迄今也没有看到哪个作家写过类似的东西。当然这种心理的定式对我来讲是有帮助的。

青：刘小枫从小说叙事上把作家分成三种：通俗的叙事家、

叙事艺术家、叙事思想家。你认为自己该归进其中的哪一类？

潘：首先我同意他这种划分，如果按照这种划分要求每个作家都要对号入座，我觉得目前我只是属于叙事艺术家那类，这种定位大致不离谱。

青：你认为当代文学有没有叙事思想家？

潘：刘小枫是把它作为一种递增关系，一个高于一个，对我个人来说是没有的。我是把它们放在同一个层面，作为三种类型，不能说谁取代谁，谁掩盖谁。你能说博尔赫斯不伟大吗？但他又给人提供了多少思想，对不对？他并没有提供类似卡夫卡对人类一种自身存在困境的关怀，他的东西是很闲散的、很智慧的、很玄虚的、很迷宫的东西，你不能说他就不高明吧！因此我同意他的划分，但我是把它们放在同一个平面上去看，并不意味着具有叙事思想的人就高于叙事艺术的人，这个我不承认。或许他是站在社会人类学的立场上，或者哲学层面上去思考问题的。如果按照这样的划分，国内当然有些作家是侧重于这种倾向的，像李锐、韩少功，包括余华，他们都是朝着这个趋势去发展的，但他们也讲究叙事啊。所以我觉得这种划分应该你中有我，我中有你，他很有思想不等于他叙事很弱，我叙事圆熟不等于我就是思想苍白。像《三月一日》《海口日记》《秋声赋》，包括《重瞳》你能说它是没有思想性的东西吗？严格讲起来，这应该是一个好作家的三种必备条件，它可能应该通俗，为什么呢？他需要很多人去接近他的作品，不要老是和读者之间隔了一道鸿沟，他要求叙事很完美，使他和一般的通俗小说家明显地区别开来，但是读过以后引起别人深刻的思考，他思想和观念上的东西确实是影响了人，这应该是一个作家三位一体的东西。

青：你认为当代文学最大的遗憾是大师的缺席，那么当代之前有大师吗？

潘：我说过，当代之前鲁迅是大师，除了鲁迅，如果说跟他一个级别的人是没有的。其他领域里可能是有的，但是在文学领域里，在同一个级别里我认为是没有的。包括后来别人说钱钟书、沈从文。但我觉得他们从思想性上与鲁迅的距离还是很大。鲁迅的东西是不能模仿的，尽管有人从小说上讲，老是抱怨他没有一部长篇，但是反过来讲，他依靠自己的短篇在文坛上立足，那比依靠长篇立足不是显得更了不起嘛！所以我觉得与鲁迅比肩而立的人没有。

青：那你个人认为是什么原因造成当代文学大师的缺席呢？

潘：这个话说起来原因很多，这里有时代的原因、政治的原因，也有个人能力的原因。目前这种文学的氛围我认为不太好，不太好的原因是它太热闹了。因为我觉得文学应该远离热闹，它应该清冷一些，或许冷不丁地就能冒出一个人来。热闹的场面上倒是能不断推出明星，所谓文学新星啊！现在不是有这些说法嘛！包括出现一些什么美女作家，其实这些东西和文学本身没有什么关系，一个女性能不能写小说不在于她长得美不美，而在于她小说写得好不好。所以那些提出这种口号的人，我觉得本身具有一种意淫的倾向，妈的（潘军清清嗓子，表情似笑非笑，青锋却忍不住笑了起来）！

青：你说你不同意男作家、女作家的划分和"女性文学"的说法，那你一定也不会同意"美女作家"这样的称谓了？

潘：对，美女作家这种提法本身至少是不礼貌的。文章写得好不好不在于她美不美，因为我们不是选美。我就不懂为什么文学界老是有些人喜欢提口号，老是在某个场合说某某是他最先提出来的，好像这是一生最大的荣誉，我觉得很无聊。

青： 那你怎么看美女作家的"身体写作"和"私小说"？

潘： 这是她们的权利，即使是出卖，也是出卖她本人，也没有卖别人，这个东西不足为怪，如果真的想卖，我只能说一句话，但愿她卖得好（潘军第一次笑）！

青： 莫里亚克说，每个作家都应该创造自己的风格，你能用贴切的语言来概括自己作品的风格吗？

潘： 我在一篇序言中说过，我的风格就是没有风格。这句话可能讲得有点儿大而化之，但是我觉得，我只是尽可能缩短自己感受与表达之间的距离。这么多年来我要做的就是这件事情，我希望自己对客观世界的感受和作品表达之间的距离越小越好。至于我以什么样的方式去写那首先要看我写什么东西，这取决于我的写作对象。我不主张一个作家不管写什么，写长的，写短的，都是一套笔墨写下来。这类人很多，我觉得我至少不是这么一个作家。

青： 一成不变的风格确实会让读者乏味。

潘： 对，不仅是乏味的问题。其实作家写小说，讲来讲去，还是回归到一个乏味的命题上，就是一个形式和内容的关系，但是这个形式与内容的关系与以前不一样，它不是一种载与被载的关系，对吧？曾经我有两个比较好的比方，第一个就是把小说、写作和阅读理解成茶叶和水的关系，我们是制作茶叶的人，但是这个茶叶不能成为一杯茶，阅读者本人的品位和参与就是水，你拿冷水怎么能沏茶呢？我们的小说当然不可能是写给初中生、高中生看的，我当然喜欢那种多读书的人能与我有一种共鸣，我希望他们提的是虎跑泉水，用虎跑泉水来泡龙井茶，这才是一种天衣无缝的合作，这是我多年前说的。后来我又说了一句话，我说形式和内容是什么东西呢，是红酒和高脚玻璃杯的关系。红酒倒在碗里它也可以喝，并不改变它的味道，但改变你对它的看法，是不是（潘军的脸部表情有点儿激动）？为什么它非装在一个玻璃杯子里呢？为什么乌龙茶非要用紫砂壶来泡呢？拿瓷缸也能沏啊！对不对！那种感觉你就搞不清楚你究竟是在喝酒还是连高脚杯子一道喝下去了，是不是？这还是一种天衣无缝的关系。那么小说其实也是这样，就是当我们面对这个题材的时候，作家首先要选择的是，我将怎么去写它，如果这个问题解决不好，就是一种弱智的表现。你什么东西都是用一种方法去写，尽管你也能把它写得很清楚，但绝对不能把它写得漂亮（潘军一口气说完这段话，脸上看上去有如释重负的惬意）。

青： 但如果把这种个人的风格推到极致呢，就像博尔赫斯，他的迷宫，不知所云，障碍，等等。

潘： 一个作家到一定阶段的时候，他可能最后不自觉地被自己最娴熟的，或者最热衷的手法左右了，那么同时又导致他所猎取的表现对象也往往被这种形式所左右了。他用这种形式的眼光去选择东西的时候，往往是挑与这种形式相吻合的东西，而不是另一些东西。今天我们看博尔赫斯的东西，很多是被翻译家左右了，翻译家的文字的感觉代替了博尔赫斯文字本身的魅力，这种东西我们只能说是一种推测。我们今天所谓的学博尔赫斯，某种意义上是在学王央乐嘛！他那种译笔，句子很干净，很练达，很有韵味的，来自汉语言的一种表达的魅力，那种东西是最初打动我们的。塞林格也一样，实际上是在看施咸荣，真正的"塞林格式"的风格我们不知道它是个什么东西，这点永远是个秘密，因为我们不具备英文阅读的能力啊！所以很难准确找到这种关系。也许当你感觉你很喜欢以这种方式写小说的时候，也就意味着，你要写的东西，基本上都是属于与这种方式方法相匹配的。当然有些作家可能不是这样，比如海明威，他的作品你把它放在一起看时，你感觉它有些东西不是海明威式的，而有些东西的确是我们习惯认为的那种海明威式的，比如说短句、简洁的叙述和描写，很含蓄的对话。但他也有汪洋恣肆的东西。那么，人们对作家最后的理解总是从最鲜明的那一面去认识的，但如果仔细把某个作家80%的作品通读一下，你会感觉到，一个真正的好作家，一个成熟的作家，他应该是面对不同的题材、不同的对象有不同的表现方法，他不可能是一成不变的。

青：你认为一个好作家能长久地脱离或者落后于现实生活而写作吗？

潘：我只能说这或许不太好。有一次我跟一个朋友讲，我说在网上有人说"靠""我靠"，是什么意思？那人说就是"我日"的意思（潘军和青锋同时忍不住哈哈大笑）。这种话当然很粗俗，但是我觉得可能作家与生活保持一种距离，这种态度是好的，但是你不能说社会上发生的什么事你都不知道，很多人闭门谢客，居家不出地写作，我觉得那不太好。因为作家需要感受，需要交流，需要一种气息的东西，这样才能激活他自己的创作；如果他老是沉浸在自己过去那种带有惯性和惰性的写作方式上，那我相信他不会越写越好。

青：一个作家的生活如果与时代脱节的话，他的作品应该也会和时代脱节的。

潘：我想说的是，没有人要求你的东西一定要跟时代同步，你可以写不同步的东西，也可以写超前的东西，问题是一个作家他不能不知道身边的生活，不能不知道外面的世界是什么东西，这个他应该知道。他知道得越多，他自己过滤东西的余地就越大。现在的作家，尤其是那些中青年作家，绝大部分是处于强弩之末，这里面有一种能力问题，其中也有一种各方面的储备不够，包括读书不够、阅历不够等等问题。这些问题很多作家最后没有办法，他就去翻报纸，把一条新闻变成自己小说的素材。我觉得如果是这样的话那就很可悲了。别人说这个地方有个什么事情，贩卖人口，他就写贩卖人口，说矿上有人通奸，他就写矿上有人通奸，这是个什么东西嘛（潘军摇头而笑，表现得很无奈）！

青：你说过流动的生活会使小说腾飞。那么你怎么看一些足不出户埋头写作的作家的生活和他们的作品？

潘：怎么讲呢？可能我所说的话，都是与我个人的经历、体验和感受有关系，并不代表我对别人的生活不认可。我只对自己的生活做一种归纳。因为有人问过这样的问题，就是说，很多作家现在面临一种困境，或者说写作得很疲惫，而你至少还没有让大家从你身上看见一种疲惫，还有一种活力在里面，除了你自己本人的能力以外，是不是与你选择的一种个人的生活方式，比如说漂泊的、流动性的生活方式有关系。既然别人已经看见这一点，我自己也应该检讨一下，我觉得应该是有关系的。人处在那种漂泊之中和稳定下来还是不大一样的。稳定下来的那种养尊处优的东西，对写小说可能没有多大好处，但对写散文、对做学问有好处，所以有些人应该在书斋里不出来，远离媒体，那他就是个大文人、大学问家了。

青：流动的生活让你行了万里路，但我记得有篇文章中你却说读万卷书十分必要，行万里路大可不必，你总不能让天下的路都让你一个人走完吧！

潘：我自己确实是这样。我在《海口日记》里写过这么一段话，有人说你到海口来体验生活吧，我说这是废话，生活就像空气一样，围绕着你，吸就是了，是吧！哪有专门去体验生活的。现在我们经常组织这个团那个团，到基层、到矿山，但从来也没有看见他们写过一些基层的、矿山的很好的东西出来说服我。所以我觉得作家的体验是在自己的想象之中。作家对小说的一种把握，对小说的一种结构和感受都是在想象之中，它不是那种很实用的东西，所以一看见有那种到哪里去采风的消息我就觉得很滑稽。

青：这是变着法地游山玩水。

潘：这个我就不再评价了，而且那种游山玩水我个人也不欣赏。我个人觉得带着自己的女人去玩是最好的方式（潘军解颐而笑），蒋介石不是骂当时浙江省省长陈仪，说战争这么乱，妈的，你还在挂着个女人逛西湖，后来把他给杀了（当然是欲加之罪）。我觉得这是最好的方式嘛（潘军第二次解颐而笑）！其实我觉得男人的旅游就该是那种旅游，干吗非要成群结队呢？那怎么旅游啊，那是开会啊！

青：当你开始写一部作品时，是否早已确定好了所有重要的情节，还是在写作过程中让故事顺着自己的需要发展？

潘：我喜欢的是下意识的状态，我不希望、不要求自己事先把它想得那么透彻。因为我认为小说是写意味的。意味是什么？它实际上是一种多维的艺术和意义，它不是单一的，因此它的主题，如果说有主题的话，也是飘忽不定的、多元化的东西。所以只要把它置于一种很暧昧的、模棱两可的状态，就意味着小说本身具备了一种弹性和张力。你如果把它想得很具体，就是图解了。有些作家，包括那些名气很大的作家，他们的写作实际就是图解。首先是被一个观念支配，然后把这个观念图解成一个情节和故事，再然后把它们表达出来，这是一个流水性的作业。我觉得那些鲜活的、直觉判断性的、不知所云的东西，在他们的小说里是找不到的，这与我对小说的要求差距太大。另外我要说，小说叙事有叙事的惯性，这类似一种多米诺骨牌效应，它们相互之间有一种磁场的东西，当你写了一句非常精彩的话时，就意味着后面的那句在蠢蠢欲动了。一个有才华的作家，他能做到这点，他会想办法使自己的句子相互启迪、勾连，然后使它们集中在一个文本里。当然这样说也是相对的，比如我写《秋声赋》，开始写之前我就看见了结局，为什么？因为这个故事是有大致的真实素材的……这些东西在我心里沉了很久，直到有一天我感觉必须把它写出来……如果有人把它看成一种很理性的分析，说里面确实还有意味深长的东西，那也是小说本身或叙事本身带出来的，不是我事先塞进去的。我认为好的小说实际上还是贝尔说的那句话——有意味的形式。我认为这个话实际上可以称为小说的纲领，小说就是一种有意味的形式。小说不是写意思的东西，也不是写意义的东西。写意思的东西是故事，写意义的东西是社论、是报告。小说就是写意味的东西，所以我把小说理解成有意味的形式，这句话可能作为一种概念来解释显得没有什么力量，但是就我个人来讲我很欣赏，我觉得可以作为我自己对小说的一种目标。

青： 你在写作中有没有碰到过特别棘手的问题？

潘： 这种情况还是经常碰到的，为什么一个作家要经常强调自己的写作状态呢？也就是针对这种情况说出来的，我相信没有一个作家在写作中没有遇到过这种问题。

青： 那你又是怎么去克服的？

潘： 这种所谓的克服，有时候就是很自然地躲过一劫（潘军又在微笑了，好像是庆幸自己曾经躲过写作劫难），过几天自然又想起来了。有时候就会比较生硬，为了把这个东西写完，不好也就这样了（潘军这次笑带点遗憾），我在写《独白与手势三部曲》的时候，因为出版社催稿子，所以有些东西最后我觉得还不够完美。

青： 你是怎么给自己作品中的人物命名的，是随便起的，还是有所指的，或者包含着什么特别的意义？

潘： 我记得在大学读书的时候，有个同学说我小说人物的名字取得特别好，当时我觉得好好玩，没想到多少年以后你又提出类似的问题。给小说的人物起名字，有时候确实需要和小说所规定的东西，至少和那个时代有关，名字本身虽然是个符号，但应该与人的身份特征有贴近的东西。像齐白石、徐悲鸿、陈寅恪，这一望便知是大师的名字。还像多少年前，一提马原的名字我觉得比潘军的好嘛（潘军欢快地大笑）！我这个名字是"文革"产物，我就作为一个标志性的纪念。后来有一个老先生，就是林斤澜先生，他在黄山脚下的笔会上跟我说，说我这个名字是个笔名，取得不错，说我这个名字很像我这个人，因为我有一根反骨，他说潘军就是叛军嘛！既然老先生有这么一句美言呢，这个名字我就不改了。其实很多作家改了一个很响亮的名字，一下子就神气多了。如果我现在说童中桂是谁，谁都不知道，说苏童是谁，如雷贯耳啊！这一样吗？这不一样啊（潘军第二次欢快地大笑）！

青：杨匡汉先生在《现代男性的焦灼》一文中说你的思索表现为一个现代男性的焦灼感，你笔下的人物有心灵磨难的尴尬、困顿、焦灼不安与恍惚，这是否是你在现实生活中挣扎奋斗这么多年来曾经有过的心路历程和情感经历？

潘：杨先生可能是看了我以《海口日记》为代表的一系列南方小说后，有了这么一种归纳。这种归纳应该是有一定的道理，确实如你刚才所说，与我本人的生活经历、经验，有种不可分割的联系。

青：这种焦灼感你自己有吗？

潘：有的，肯定有的。我这么多年来就处在一种比较焦灼之中，只是我跟别人所焦灼的东西不一样，我焦灼我感兴趣的东西，它不是一种很表面的东西。

青：为什么你总喜欢把你笔下的人物置于漂流的生活与情感

之中，让他们身心都得不到安宁，并为恐惧所追逐（比如《海口日记》中的"我"）？你是否想借此说明现代社会的人就是处在这样一个不安定的状态？

潘：我认为恐惧是种客观存在的东西，因为它是爱的一种参照物，恐惧的对面就是爱，或者爱的对面就是恐惧，这种恐惧不是我们习惯中的恐惧，或者不完全是，它更多的是一种心理上的感受。这种恐惧的东西在我骨子里应该是很深的，所以在我作品中有种一以贯之的感觉，像《南方的情绪》《陷阱》《那年春天和行吟诗人在一起的经历》《朗诵南方风景》等等，都流露出恐惧感。在《红》里面，我是用很多的笔墨去写恐惧感的。这是我骨子里的东西，我感受到了它，这和我日常生活的好坏没有关系，它仅仅是个精神层面上的东西。

青：从你的作品里可以感觉到你潜意识里有种极度的恐惧和焦虑，比如梦中的窒息、被追逐等等。你有过这样切身的体验吗？这是否和你童年的经历有关？

潘：应该说，都有关。我的童年、少年都是在逆境中生活的，我从小虽然没有单亲家庭的自卑感，但却意识到政治上的被歧视。高中毕业时，同学都去当兵，我就知道这样的事情是轮不到我的。后来我在农村插队的时候，有一次到区里搞征兵宣传，我当时站在一个很高的梯子上画征兵宣传画，来接兵的人好像很关心有一技之长的人，就问我想不想当兵，我说我当然想，可我当不了。他就问你为什么当不了，我就很坦率地告诉他，我父亲是右派，那人就留下一个很遗憾的叹息不再问了。等我到了机关以后，由于众所周知的原因，在相当长的时间里，我感觉到有种压抑的东西附在我身上，尽管我个人能扛得住，也不是很在乎，但那种无形的压抑还是在，这是一种精神上的困境。如果你确实感受到了这种困境，也就该意识到在现实生活中能活下来也是个侥幸。

青：你认为不经历苦难和逆境，能成为一个有思想、有内涵、善于思考，并具有深刻的忧患意识和苦难意识的作家吗？

潘：从道理上讲应该说不可能。一个人只有确实感受到了生存的困境，体验到了精神层面的痛苦，他才有可能有感而发。当然事情都不是绝对的，也许有某一个天才，成天住在酒店里，他也能写出一种富有人文关怀、有力度的作品，但这种情况究竟有没有？我想至少目前没有。

青：你认为一部好的文学作品中，是否该包含鲜明的道德和审美倾向？比如弘扬真、善、美。

潘：这些东西当然是好的，但这些东西又因为每个人的理解不同，所以最后表达出来的东西也就不同。有些人对"真、善、美"的理解在他们的小说里表达出来就成了好人好事，这个就太浅表了。而有些人却能把它上升到人类精神家园的一种写照，有种宗教情怀。一个作家存在的价值是他在描绘和刻画这个世界，而不是对这个世界做出解释。

青：李洁非有篇写你的文章，他的意思是说，你是以"前先锋派"作家的姿态介入城市叙述这么一个颇具时尚色彩的领域的，你的精神上有一种跟城市时代和城市文学一样年轻的因素。你的心态这么年轻，写城市必须有年轻的心态，这样的话你很快就能找到一种属于你的方式，你的方式就属于你的，而且你写的就是和别人不同，你的城市小说在哲学、文学和感觉方式上迥异于所有同类创作，没有第二个人可以重复。还有人说你只是为"欲望"而写作。

潘：是的，我的确是这么说的。

青：你这个回答有点儿与众不同，很多人面对自己的欲望时总是欲言又止，含糊其词，你却这么直言不讳，我能问问你的"欲望"具体是指什么吗？

潘：那很简单，就是一种叙事的欲望。我不知道自己跟其他作家是否有相同的地方。有些作家可能事先想好，想完整，甚至要先写好草稿，再修改，我好像不是这样。我写东西觉得有一种朦胧的感觉，比如说我今天想写小说了，我脑子里可能有种朦朦胧胧的想法，但是真正落到笔头上，还是在写作中的那种状态，就是叙事过程中的那种刺激。所以我写作带有很大的即兴色彩，很多小说总是在写到三分之一，甚至到一半的时候，才慢慢地觉得清楚了的。那时我就知道小说里面是有东西的，但一开始是处在一种下意识状态。这是我个人的一种经验。

青：有些人写小说要列很细的提纲，你有没有这种经验？

潘：我没有，我从来没有过这样的东西。我有很多小说首先想到的是一句话，有的是首先想到一个题目。比如有个短篇叫《去茂名的路上幻想一顶帽子》，我首先想到的就是这个题目。而真实的动因就是，我去茂名参加花城笔会，那天我理了头发，天气很冷，我老是想买一顶帽子，一直惦着这个事情，当时我怀疑自己，为什么老是惦着这个事情呢？后来我知道是想写篇小说——《去茂名的路上幻想一顶帽子》。其实这里没有什么东西刺激我，或者说刺激我的都是些莫名其妙的东西，或者是一种感觉、一种色彩、一种意象，它都有可能给我一种启示。这种小说在我的作品里占的篇幅还不小。当然1997年以后，可能对自己有种要求，希望自己的小说尽可能地好看一点儿，想办法兼顾起来。希望我的小说读起来很舒服，读过以后大家认为它还是一个很纯粹的文本。比如《海口日记》《对门·对面》《秋声赋》，它们和以前的小说相比，在故事形态上、处理方式方法上，做得更完整一点儿。不像以前有些小说，像《蓝堡》，最初的时候，我可以把它写得很完整，但是后来我就觉得那东西没有意思，我也采取了一种把大量的东西留在故事之外的方式，小说之内的只是一部分，这样就给人一种放射性的猜想空间。这里值得说明的一点是，一个作家的调整应该是发自内在的一种文学的需要，不是为了迎合什么，迎合电视剧的改编、大众的阅读、得奖等等，这点从我自己的良知上不允许这样做。

青：你在塑造一个人物时会像一个好演员一样完全地进入角色里吗？

潘：与这种情况比较类似。因为对表演我是懂的，我在大学里系统读过斯坦尼斯拉夫斯基表演体系的论著，而且我自己做过导演，也能够演戏。我在写人物的时候有一种可触性，我能够得着他，我甚至能看到他身上一些有特征的东西，比如说他衬衫上的是什么纽扣，这种东西已经很鲜活地在我面前。博尔赫斯说过这样一句话：某种意义上，作家都是在写自传。我是在这个意义上去体会的。作家在写自己的故事和人物的时候，他都有一种主观的倾向，都是把自己和他所塑造的人物融为一体，这个时候，某种意义上，与其说他在塑造人物，还不如说在通过人物述说自己。所以一个好的作家，就像一个好的演员一样，他确实应该学会去扮演不同的角色，然后他才能够自然地走进自己的小说里去。

青：不会进去后迷路吧！进去了出不来怎么办？

潘：那不会，电脑一关我觉得我还是我，脱离了那种写作氛围以后我觉得一切依然如故。

青：你怎么看现在有大量的文学作品被改编成影视剧，甚至有些作家就是冲着这个去写小说的。

潘：这其实还是个经济问题。首先我认为，一个纯粹的小说家从来就不会因为自己的作品被改编成其他形式而感到骄傲，我没有，尽管我有些东西确实被拍成了电视剧。比如说《海口日记》，播出后我大概看了两集就不看了，因为不好看。但我又可以说我做任何电视剧都是成功的，成功的标志是把钱赚到手了嘛！（潘军一边笑一边潇洒地向青锋伸出右手，做了个既像伟人挥手，又像捞钱的动作）至于它被拍成什么样，我一点儿都不感兴趣。作品被改编从某种意义上来讲，就意味着作品本身纯粹的精神的东西不够。一流的小说是不能被改编的，它内部有一种不可动摇的小说因素凝结在一起，成为一个作品；如果其他的形式能够把它改编，这就说明它还有很大的被移植的空间。即使一些世界名著被改编成电影，那它也是另一个东西。比如说《生命中不能承受之轻》改成《布拉格之恋》，它就是两个东西，小说里面要表达的东西电影里面并没有表达，尽管那个电影应该说拍得还是不差。

青：你说拍电视除了经济效益不能给你带来兴奋，你有没有想过把电视剧拍成艺术，而不是你说的玩意儿，比如拍出《辛德勒的名单》这样的影视作品来？它难道不是艺术吗？

潘：首先这里面有一个概念的划分。我认为电影是有艺术的，而电视剧是没有艺术的，或者说它的艺术含量比较少。我这样说，是因为我本人的心态就是这个样子，如果说有人给我投资，在资金问题上不限制我，让我按照我的意思去拍部电视剧，我只能说我尽可能拍得比其他电视剧稍微好一点儿，但是，它还叫电视剧，因为它与生俱来就是这么一个胚胎啊！不在乎你怎么去培育它，它就成了一个很精美绝伦的东西，它就是这么一个基础。

青：但它们同属于影视剧的范畴啊！它们有什么不同呢？

潘：它在艺术思维上不一样，在篇幅上不一样，在投资规模、技术手段和制作过程上也不一样。虽然大家说就是换个机器而已，其实不这么简单。电影的长度是一百分钟，它要讲一个貌似简单，实际上内涵很丰富的东西，它要求的是很精练的台词，更多的是一种视觉的语言冲击。而电视剧呢，是关在屋子里，你说，我说，他说，大量地说，要不然一个故事怎么能说二十集呢？纯粹就是瞎说出来的。从技术材料上看，用胶片拍出来的那种感染力和用摄像机拍出的又有很大不同。中国现在有一个很奇怪的现象，电视剧越来越讲究，把它当电影拍，投资的规模在追加，演员的片酬在飙升，而电影呢，是越来越抠门，据说一百多万元就能拍部电影，可想而知，那能拍什么电影呢！我对电影的要求还是比较高的，我所喜欢的国际上的大导演，他们的作品确实还是很有感染力的，包括西班牙的阿莫多瓦、法籍波兰人基耶斯洛夫斯基，斯皮尔伯格的《辛德勒的名单》。有次在一个会上，戴锦华说："他是个商人，你干吗在会上说他的影片怎么怎么样？"我说，我就说他的《辛德勒的名单》啊。我没有说他的《外星人》《侏罗纪公园》嘛！那种东西我觉得也可以理解嘛！他是奔着票房去的，他能把票房弄上去就是能耐嘛！但是你不能说《辛德勒的名单》不好啊！所以后来我专门为《上海文学》写了一个关于《辛德勒的名单》的随笔。

青：一部好的影视作品能和一部好的文学作品相提并论吗？

潘：这个不能相提并论。我觉得文学的力量还是超过电影的，尽管电影与现代人的生活沟通比文学要迅捷得多，也轻松得多，但是文学对一个人的陶冶和影响力，将是超过电影的。文学更多的是有一种不可代替的细腻描述、语言独特的魅力在征服它的读者。我们总是听说影响世界进程的十本书，没有听说过影响世界进程的十部电影。

青：你说你赞赏、坚持知识分子写作，那你怎么看民间写作和反知识分子写作呢？对"知识分子"这个说法你又持何看法？

潘：这个问题我不宜多说，去年在"昆明书市"上，我和几个朋友聊天儿时说，我自己的立场是八个字：民间立场，贵族精神。现在连中国的作家算不算知识分子好像还是个问题呢，太奇怪了。那些著书立说的人，发表文章的人，他都不算知识分子，难道说读书的人才算知识分子吗？我觉得很困惑。难道文化人是个荣誉吗？我觉得不是，他是身份的一种朴实的写真。

青：这里似乎有故作矫情的嫌疑。

潘：对啊！我刚才说的就是这个意思，你都出了那么多书了，通过出书获得那么大的收益，你居然还说自己不是知识分子，有人说自己是农民，农民能出国吗？农民有几百万元存款吗？这话就说得很莫名其妙了。如果中国的农民是那样的话就是世界上最好的农民哪！这种话我不知道是什么意思。

青：你认可的小说是怎样的？

潘：什么叫小说？如果说绘画是用线条色彩在造型，雕塑是用泥巴在造型，摄影是用光影造型，音乐是用旋律造型，那么小说就是在用语言造型。既然说它是造型，就与审美有关系，那么这就是一门艺术。如果说我们是一个以文字来造型的艺术家，或者说工程师，这种人本身应该具备一种贵族精神。如果小说真是随便那种自说自话的人能够写出来，那么还需要把小说当作一门学科来研究吗？当然我所认定的小说永远只有一类，它在叙事上有自己独特的东西，它有叙事的技巧和能力，有对故事的处理方式，同时它也能通过这种叙事对这个世界以一种关切的姿态介入，这种东西我认为是小说。在我的概念里小说的包容性很小，允许有各种流派。但是各种流派万变不离其宗，他们都是在小说这么一个大的、宏观的概念下进行写作，没有说一个小说家找不到一个叙事的东西，如果连这种东西都找不到，那么这就不是我所认定的小说。

我认为一个小说里面应该有一种高贵的气质，这种气质并不是说与民间写作对立、与民间阅读对立，我们应该把它当成一个东西，而不是当成一个玩意儿去做。但东西和东西之间区别很大，比如说，我所认可的那种电影和北京的贺岁片、港台的一些影片，那是天壤之别，后者只能算玩意儿，前者才是艺术。

青：但我记得你说过写小说是门手艺。

潘：对啊！是门手艺，这种东西和我刚才的理解一点儿不矛盾，为什么呢？我实际上是在强调一种技艺的必要性，强调一种形式的纯粹性。比如说相声是很民间的东西，但它照样是能出大师的，侯宝林就是大师，因为他立足于相声的本性——就是一个说，卖嘴皮子，他做到了纯粹，他就是大师，不像现在的一些人，说不好了，就又唱又跳的，让人倒了胃口。还比如过去的京剧就是很抽象的东西，舞台上就两把椅子，表演带有极大的虚拟性，没有什么声光、电子布景的东西，它不还是留下来了嘛！它有纯粹的东西，它就可能接近一种经典意味。所以我觉得作家是一个手艺人。因此我对文学说，文学这个东西可以成为一个人的使命，但更是一个作家的日常生活，日常生活与我对手艺人的定位是一脉相通的。我不喜欢那种刻意的东西，那种很刻意的东西本身与他的出发点、动机就有点儿关系。我觉得最好就是你喜欢它，你就去做它，尽力把它做好，这就够了。

青：你认为作家是地道的手艺人，只有把写作放在爱好上，才是件有吸引力的有趣的事情。那你怎么看待自己的写作呢？是玩吗？

潘：从某种意义上来讲，我承认这个观点。我觉得我的写作是玩，我这种性格的人不能去做一件自己毫无兴趣的事情，甚至我不能去做兴趣不大的事情。不光是写作，包括读书，我不喜欢读自己不喜欢的书，你推荐给我一本书，都说好，如果我不喜欢，我看两页就扔掉了。包括看戏，我必须看我喜欢的演员去演，要不然我就不看了。还包括打麻将，我也很投入。所以凡事必须和自己的兴趣紧扣在一起，这样就不会感到疲倦，至少是苦中作乐。这种苦是旁观者的感受，但乐是我自己的感受。

青：但不是每个人都能"玩"到你这个道行，你这么说会不会让人感觉矫情了？

潘：我觉得这是非常真实的一面，我真是希望有人应该做到这点。一个作家如果今天没有写几个字，老是有一种失落的感觉，哪怕写篇日记、写封信，三言两语，他有一种表达的欲望，有种叙事的欲望在驱使着他，这个状态最好。至于愿不愿意把东西拿出去发表，那是另一回事情。

青：你认为小说最重要的是什么？是讲故事？写作技巧？还是对叙述形式的探索？

潘：其实这三个东西是不能简单地分割开的。小说本身就具备一种故事因素，没有故事因素它就不是小说，但是如果说你仅仅局限在一个故事里面，它又不是小说。小说要求以一种叙事的方式来把这故事的因素消解在一部作品里面。要想达到叙事对故事的消解，那就是技巧性的问题，所以1985年之后，有人在说中国作家会写小说了，都说是一个文学观念的转变，其实这个话是有点儿空泛了。观念的转变固然不错，更重要的是技巧的转变，是对能力的要求，观念变过来不等于技术上就没问题了，这个因素总是被人忽视。

青：现在有人说讲故事是比较重要的，小说就是讲故事吗？但又有人反对讲故事、反叙述。

潘：这个又是个老话题了，就是写什么和怎么写的问题，但我觉得这个事情不矛盾，好的小说永远应该具备好看的因素，包括博尔赫斯的小说。

青：博尔赫斯的小说里有故事吗？似乎没有什么完整的故事吧？

潘：这里有个对故事的理解问题。我们和某些作家的区别就在于，首先对故事的认知方式是不一样的，有些东西在他们看来是个故事，但我们看来不是故事，而在我们看来是故事的，在他们看来却根本不是故事。我看重的那种故事，实际上是在于它给叙事提供了一种可能性。

至于怎么讲故事，怎么讲很重要，怎么讲不重要，我们这么多年来的努力实际上就是为了这个东西。怎么讲的目的是什么呢，还是想把故事讲好啊！不是迷恋怎么讲的问题，你总得说出东西来啊！我早期的那些实验文体中间，始终坚持的一点是有些评论家没有完全看出来的，我的小说是非常有内容的，内容很饱满，比如《南方的情绪》和《流动的沙滩》，我认为是很有内容的，只是他们忽略了这一点，他们只是在形式上认为我走得很极端。

青：你认为小说有没有必须具备的必要的因素呢？比如人物、地点、时间、情节。

潘：严格讲起来，你刚才说的这些应该都是故事的因素。小说的因素我觉得它实际体现在以什么样的方式对故事进行一种处理上，故事肯定有背景、情节、发展、结局，不管它是线型的还是复式的，或者是一种多维的，这都叫故事，但是不同的人来驾驭，会呈现不同的结果。比如我们可以做这样一个实验，同样一个素材让十个作家来写，他会写出不同的样子。有些人他只能就素材写素材，那他就是写故事的，但有的人却能在这个基础上写出令人吃惊的东西。

青：你说过一个作家的野心应该局限在一张稿纸上，靠文本说话，那你怎么看一些"文学革命"？

潘：我觉得文学不需要革命，如果说需要革命，那是说文学本身的一种革命，自身的一种革命，就是形式上的革命。现当代的文学史上经常有一些文学运动式的革命，我对那种东西是感兴趣的。我觉得文学是一个个体的东西，它不是一个群体的东西，它不需要组织、开会，更不需要游行、示威，这里没有什么营垒的东西。

青：文坛历来纷争不断，我想也许这里包含着一句老话——文人相轻，你能就这个问题谈谈自己的看法吗？

潘：我对文人相轻当然是不喜欢的，这也就是我为什么不卷进文坛的理由，我知道进入这个圈子意味着什么，所以我很早就远离了这个圈子。我也不是中国作协的会员。

青：我记得你说过你只爱文学，不爱文学界。

潘：是的，我是说过这样的话。因为文学可爱，文学界不可爱。

青：有没有哪些文学作品给你的创作带来过比较大的影响？

潘：你是指我的阅读吧！很难说某一部作品把我点亮。我最早是学画的。我爱读书是在上大学中文系以后，读了些小说。但我读书和别人不同的是，我喜欢把作家一个一个地读，而且我不是跟着一种舆论定式来读。比如说巴尔扎克很伟大，但我就是不喜欢他的作品，那个时候没有提卡夫卡和陀思妥耶夫斯基，但我觉得很喜欢。我基本上还是保持了自己的眼光去选择，同样是法国作家我不喜欢左拉，但我喜欢福楼拜……当自己成为一个写作者后，我曾经有意识地选择被舆论所推崇的作品，但阅读的时候是很理性的。比如大家都说米兰·昆德拉怎么了不起，但我还是没有感受到。但有些作家我确实感受到了，比如说福克纳、海明威、卡夫卡、博尔赫斯……

青：你的《流动的沙滩》，能看出有博尔赫斯的影响。

潘：是的，我就是要以这篇习作向他致敬。

青：你刻意模仿过的作家除了博尔赫斯还有谁?

潘：海明威我模仿过。因为他的技术，那种简约、含蓄的东西，让我迷恋。还有他是一个对话写得很好的作家。我小说里的对话写得还可以，那是得益于对海明威的阅读，他的理论对我有直接的影响力。我记得他有篇小说，写一男一女在做爱，他没有去描写做爱的过程，他只是写了一句话：地板好硬。当时我就觉得非常好。还有他的《麦康伯短促的幸福生活》《白象似的群山》……所以这种东西对我后来写小说或多或少都产生过影响。

青：在小说（包括短、中、长）、诗歌、散文、随笔、话剧、影视剧本这些文学体裁中，你自我感觉把握得最好、最自如的是哪种?

潘：那当然还是小说，其次可能就是话剧。我写过一部话剧《地下》，发表在《北京文学》上。

青：高行健作为第一个华人诺贝尔文学奖获得者，你怎么看?

潘：首先向他祝贺。因为他毕竟还是个华人，这个奖项百年与华人无缘，怎么说都是件憾事。不管它今天的含金量有多高，华人都应该去拿它。这并不等于非要中国大陆的作家去拿它。另外，高行健获奖并不等于他就是用汉语写作最好的作家，中国大陆比他写得好的作家有不少，他本人也不该回避这个事实，但这个奖给他也不是个错误啊！第三，这个奖与其说是奖励了高行健本人，倒不如说是对汉语写作的方向做了一种肯定和认可。

青：从你的《独白与手势三部曲》《秋声赋》和早期的《日晕》中，能窥见你的故土情结，但你却选择了"自我放逐"的漂泊生涯，这不是很矛盾吗？

潘：这个并不矛盾。"在路上"的生活是构成我小说的支撑点，而故土情节又是另外一个支撑点，我的小说是靠这两个支撑点支撑起来的。一个作家的支撑点是什么，那是因人而异的，比如马原是靠西藏作为支撑点的，而我就是靠故土和"在路上"的生活。

青：准备什么时候结束"在路上"的生活？你最终会回到故乡吗？

潘：这要看我会不会有厌倦这种生活的一天，或者我会不会再和某个女人去组成一个家庭，像一只鸟一样，飞累了在一棵树上落下来，这些都是因素。所以去年我想在北京买房子，但我又问自己，假如我在上海遇到一个很好的女人怎么办呢？难道再把北京的房子卖啦？（潘军纵声大笑）

青：如果在幼年、童年、少年、青年（包括大学生活）、中年这五个阶段里让你选出一个，哪个阶段的经历对你的小说创作是至关重要的？

潘：我想应该有两个阶段：第一个是我中学读书以后，到农村插队的两三年，这是我第一次走向社会、第一次独立出远门、第一次独立面对自己的衣食住行。如果拿机关、大学的生活与插队的生活相比，我还是怀念插队的生活……第二个阶段是1992年之后，一直到现在，这种独自漂泊的生活对我的创作应该是至关重要的。

青：你不介意谈谈你生命中出现过的女人吧？哪个女人是你生命中不可或缺的？母亲、爱人还是女儿？

潘：这个问题也该分阶段性来回答。在我还没有成立家庭的时候，母亲对我的影响很大。她是个没有受过良好教育的女人，但却有种良好的天赋，她的意志很坚强，承受能力很好，这些都对我产生了很大的影响。我从她身上体会到的不是溺爱，而是一贯的信任。包括我在人生几个重要关口所做的选择，有些在她当时的情感上来说是不能全部接受的，可她并没有妨碍我去执行，这对我是种莫大的安慰。而我在女儿的身上，是寄托了一种希望，不是希望她继承什么，只是希望她过得更好，更充实一点儿、快乐一点儿。当然，作为一个男人，与自己靠得最近的一个女人，应该是最重要的一个女人，但因为种种原因，靠近的时候就有很多麻烦。至于以后会不会有，这是未知的，如果说有，我对这个人的依赖应该是很大的，她对我将是至关重要的，因为她要伴我终身，这是不可或缺的。

青：我记得那次邀请你去《南京评论》聊天站做客，有人说你一生为情所困，当时我感觉这句话唐突了，但我今天看见你后，特别是读了你的作品后，感觉你似乎是这样一个男人，所以想听听你对这个问题会怎么回答。

潘：如果说我真是为情所困的话，我倒觉得这是一项荣誉，一辈子也算没有枉做一个男人吧！这是好话，我乐意听这种话（潘军仰天大笑）。

青：这是否是你写项羽的一个原因，对女人而言，他是个难得的爱美人不爱江山的多情的男人，也是个为情所困的男人，这在中国历代的帝王将相中是绝无仅有的，你们在性格中似乎有相似的一面。

潘：我愿意承认这一点。如果项羽是个爱美人又爱江山的人，我可能就不去写他了；如果他只是个爱江山不爱美人的人，我也不会去写他。我选择的对象应该是和我心灵上很投契的人。至于读者有"为情所困"的看法，很大程度上是看了《独白与手势三部曲》，很多人把它看成是我的自传体和半自传体，其实小说是个虚构的文本，我只能说，主人公生活的历程和轨迹与我大致是相同的，至于小说中一些情爱故事，明白人都知道，我不会去写实，因为这里涉及一个做人的原则问题，我只能说，我对这种情爱的体验是真诚的。

青：你将来是否会写一部关于自己情爱的小说，写写你一生中爱过的女人和与她们有关的故事？

潘：那要等我先拿到她们的"授权书"啊（笑）。

青：我知道你以前是学画的，而我以前也是学画的，不知道你现在还在画吗？

潘：现在偶尔画一画。我对自己有个长远的安排，六十岁以后不会去写文章了，要写也顶多是些前言后语式的东西，我的精力会投入绘画上去，我相信自己会很有激情地面对绘画，这是我的一

一意孤行——潘军创作随想录

个梦，年轻时没有圆，年老了再把它圆起来。

青：这就是你说的"六十岁前舞文，六十岁后弄墨"吧！

潘：对，是这个意思，绘画一直是我所钟爱的。

青：你对今后的工作和生活有何打算？

潘：我很自在，是自己规划自己。我现在想的是下一步怎么办的问题，比如读哪些书，写什么，另外就是赚钱的问题。

青：最近有新作吗？

潘：我已经两年没怎么写了。去年除了为香港《文汇报》开专栏，就写了个短篇《纸翼》。今年又写了一个短篇《花袭》，最近给《花城》写了个中篇《合同婚姻》。

青：《合同婚姻》？好像很有趣吧？

潘：我觉得婚姻制度有不合理的方面，暗示着从一而终，这恐怕连神也做不到。婚姻也许是人类的败笔之一——你看，离婚率那么高。如果一个产品有如此高的返修率，那说明这个产品有很大的问题啊（两人大笑）。

青：作为一个男人，你感觉到累吗？

潘：我有累的一面，包括你刚才提到的为情所困，但我觉得是值得的，它至少丰富了我的生命。不累的一面是我心灵上没有多大压力，我不会看任何人的脸色。

青：如果下辈子性别可以选择，你会选择做男人吗？

潘：我还是愿意做男人，因为我已经慢慢学会了怎样去做一个不差的男人，也许还会比这辈子做得更好一点儿（潘军这次是非常自信地笑了）。

青：最后问个玩笑问题，你曾经在《苏州三日》这篇散文的结尾时说有一个理想：下一次如来苏州，我一定要带着我的女人，这个女人会是谁？

潘：（潘军第N次大笑，笑声里充满对未来幸福生活的憧憬）这是句写文章的笑话，不过我觉得苏州那地方，如果带个女朋友去，租套民房，在老街走走，菜市转转，下河洗洗衣服，应该是很有情调的，这算不算小资情调我不知道，但我比较迷恋这种情调。

访谈结束了，几十个小时的相处自始至终都是轻松愉快的。这个正步入中年的男人心态是如此年轻，这也许就是他能写出如此动情的城市小说的秘密所在吧！

我不敢断定潘军是否真如他承认的那样，是个愿意一生为情所困的男人，但他确实是个爽朗、风趣、带点黑色幽默、大大咧咧的话篓子的男人，甚至还有点儿好玩，这点我敢确定，是的，我确定。

在路上

——访谈录之五

时间：2003年10月

地点：北京寓所

访问者：浙江《青年周刊》记者王千马（以下简称王）

受访者：潘军（以下简称潘）

王：作为一位依旧在坚持书写的先锋作家，2003年12月你又推出了长篇新作《死刑报告》。据说你对中国刑法，特别是死刑的思考已经很久，早有自己的认识和理解，是吗？而《死刑报告》的"产生"则是受到"孙志刚事件"的触动。不知道这一事件和你的创作有什么必然的联系？另外，《死刑报告》虽然是以小说的形式进行文本叙述，但名字听上去却颇像是带有真实意味的"报告文学"，其中有什么深意吗？

潘：2001年完成《独白与手势三部曲》最后一部《红》之后，我原想静下心来看点书，顺便写点中、短篇或者随笔。这是我个人的一种习惯。当一部较长的作品完成之后需要这样的调整。但是，这两年因为我母亲身患癌症，我大部分的时间都在为她的治疗奔波。我母亲是一个善良而敏感的人，你陪她看病，她很不安，总觉得自己拖累了儿子，耽误了儿子的正事。于是我便在陪她看病的过程中，在宾馆里写了一个电视剧《最危险的时候》①，这是一个抗日期间的间谍故事，很传奇，写起来并不觉得吃力。我每天写几页，念给她听。

至于对死刑问题的思考，最早源自基耶斯洛夫斯基那部《关于杀人的短片》，也就是《十诫》中的《杀诫》。基氏是我喜欢的电影导演，他的这部作品，看过之后让我想到了一个尖锐的问题：代表国家的杀人是否意味着正义？或者说，国家以杀人的方式制止杀人是否很荒谬？这是1997年的事了，那时候我刚从郑州来到北京，也开始接触影视行业了，拍了第一部电视剧《大陆人》。这之后，我开始留心这个问题，读了一些中外关于刑罚、死刑方面的书，有了一点儿知识上的积累。我觉得死刑问题在文学上首先是一个人类的终极关怀问题，这与我的追求是一贯的。当今世界，已经有一半的国家废除了死刑，或者事实上不执行死刑，而中国的死刑却占了世界死刑的四分之三，这个差距太大了！因此，我觉得应该有一部关于死刑的小说出来，谈谈这方面的事，这也是一个作家良知的体现。所以说，这是我的一个心愿。

这部小说的写作，开始于2002年10月，结果很不顺利，最初写的七万字实际上都报废了。我写小说，必须首先找到一个合适的叙事方式，而不是像有的作家那样，先构思好一个故事。从小说文本的角度看，这个方式，既是小说的载体，同时也是被载的一部分。我需要首先确定它。第二个困难，我面对的毕竟是一个很陌

① 即后来更名的《五号特工组》。

生的领域。某种意义上，我这回是以文学的方式在说一个法学的话题。如果我记得不错，当代中国如此近距离地探讨死刑的小说，《死刑报告》是第一部。这大概不会错。我的一位朋友，曾经是一个刑侦物证专业的工程师，多次去过刑场执行任务，有许多感受，并与我就这个问题进行过交谈。我想，正是这几方面的原因吧，促成了这部小说的诞生。我刚才说了，《死刑报告》写得很不顺利，以至于中途放下了。直到今年3月17日，广州发生了"孙志刚事件"，使我受到了很大的震动，也使《死刑报告》的写作加快了步伐。这是一个刺激。不久，北京成了"非典"的中心，也就在这个"戴口罩的春天"里，我完成了小说的初稿，然后在夏天里把它修改完成了。很显然，我自然不想去写一部破案加爱情的小说，而是想借几宗死刑案件解析死刑问题，希望能以这种方式引起社会对死刑问题的关注。

之所以叫《死刑报告》，就是让大家觉得"报告"里的事情，都发生在我们身边，在我们眼前。既然这部小说触动的是个社会话题，那么我就会注重它的现实性。但我写的又是小说，不是报告文学。小说是一个虚构的文本。因此，我有意选择了个别现实中真实发生过的案件，譬如辽宁的"李化伟案件"和陕西的"董伟案件"。我不想让大家有一种太陌生的感觉，我要唤起大家的一些记忆，让大家觉得虚构只是作家的技巧，但内容是活生生的，似曾相识，仿佛就在我们身边。我希望大家有"身临其境"的感受——这是最强烈的感受。

王：《死刑报告》的推出，应该体现了作家的一种良知。而一直以"职业作家"来命名的你，也是将文学当作自己的一项神圣使命。在文学逐渐被边缘化的当下，你如何看待自己的坚持？你曾经说过，写作不能养家糊口。那么出生于安徽偏僻小县城的你，当初穷困之际再选择写作是不是一种冒险？只是如今众多20世纪70年代（70后）女性写手纷纷借用媒体的炒作完成自己"明星化"的过程，而另外一些作家在大写畅销书"中饱私囊"，写作在你眼里是否变得"钱途无量"？

潘：写作之于我，既是一种使命，但更是日常生活。这是我一贯的立场。一个作家，尤其是按照自己意愿去写作的那种职业作家，他的写作实际上是很奢侈的。因为他每一次调整，都是发自文学内在的需要，而非某种让步和妥协。这是很自然的也是快乐的坚持。这种写作自然不能保证"养家糊口"，也无疑是一种"冒险"，但我历来是把写作和谋生分开的。谋生的手段很多，或者说，另一种写作就是为了谋生，譬如做电视剧，但写作就只能按照自己的意志去写，面对的是文本和良知。多少年前我就说过，一个人不能拿看家本领去开玩笑，就像一个高明的化妆师不能去开美容院。我至今也不是一个所谓的畅销书作家，我从来没有指望自己的书一年会销出去二十万册，但我相信自己的书能卖上二十年。

王：我刚才提及的几个写畅销书的作家，应该让你感觉某种程度上的不舒服——因为他们并不被你看得起。你是否觉得，他们所书写的畅销文本，体现不出文学所应有的价值？除了这些人，你对中国文坛其他一些作家的素质也并不看好，曾有人问你，如果把你流放到一个荒岛上，而且只允许带上一本书，你会挑什么？而你的回答有点儿出人意料："我只会带上一本字典。说实话，我们这些作家，识字很有限。"这是你故作"出语惊人"，还是真的有感而发？那么，你又是如何看待当下文坛和作家群的？

潘：你这个问题应该算是推理，我好像没有说过"看得起"或者"看不起"之类的话，也没有什么"不舒服"。正如小说的形态是多样的，作家也是大不相同。既然不同，就没有多少可比性。我在阅读其他作家作品的时候，立场是一个读者，有选择和评判的权利。这也是一种互相的权利。至于"带一本字典"，我是说过的，我不认为这里有矫情的成分，因为我说的是事实。我本人识字就很有限。譬如你们杭州有个"西泠印社"，那个"泠"字，很久以后我才知道是"清凉"的意思。

对当下的文坛和作家群，我无从谈起。因为，我不是这个文坛内部的成员，我也没有对什么"作家群"进行过系统的考察。

王：看过你的简历，知道不被你看得起的似乎还应该包括作家的某些组织，比如作协。你曾在很早以前就辞去了安徽省作协的职务，并从那以后也不再申请加入任何作协组织。出于何种考虑？现在便有数位作家步你的后尘，掀起一股"作家炒作协"的风气。不敢说他们是在"学习"你，但作为"前辈"，你会认可这些作家的"胆量"吗？你觉得是什么原因，造成了带有某种神圣意义的文学组织在作家眼里的失落？

潘：我不参加某种组织不等于看不起这个组织。而是觉得没有必要、不需要。我想反问一句，是否参加了作协才能成为作家、才能写作呢？写作纯粹是个人的事情，作家只能活在作品里，与组织没有多大关系。国外一些类似作协的组织，都是沙龙式的，没有官方的拨款，更没有级别。我从来没有意识到作协是"带有某种神圣意义"的，从来没有。倒是从来就认为写作是神圣的。

至于我十年前辞去安徽作协的职务，是因为我并不能履行这个职务的职责，也因为我对它失去了应有的信任，就这么简单。

我觉得媒体不要关注这类事情，很无聊。

王：也许或多或少是因为对文坛上的某些习惯看不起、看不上，让你有点儿游离于当下的主流文坛。曾有人称你为文坛上的"独行客"，你觉得符合自己的身份吗？而在现实生活中，漂泊是你选择的一种生活方式，另外你也比较喜欢"居无定所"的日子，先安徽，再海口，再郑州，再北京。只是你乐于像凯鲁亚克说的那样"在路上"，是为了不断追寻某种不确定的理想呢，还是为了完成对原先生活的一次次逃离？虽然很多新生代作家不喜欢成为某杆大旗下的成员，但一如你将家终于还是稳定在北京，"先锋派"是不是你在写作上最终寻找到的一个"组织"？

潘：我一直认为，所谓"先锋派"，只是批评家做学问的一种归纳，而非一种称号，更非荣誉称号。但"先锋派"对中国当代文学的贡献是有目共睹的，这里就不多谈了。1989年之后，我远离文坛，是因为我希望寻找一种属于自己的生活，漂泊就是这样的生活。而不是在寻找"某种不确定的理想"。我的理想一直就在我的心中，没有变。我承认我喜欢那种"在路上"的感觉。这里没有逃离的意思，有的只是远离。我今天在北京落脚，是因为我喜欢这个城市，它能抑制我骨子里的轻薄，因为能人太多，名人太多，这样你就不会把自己当回事了。心静下来，就好做事，这应该是唯一的理由。如果杭州也这样，那么我就会把家安到杭州。我说过，北京如今是一个"打造时尚、远离经典"的城市，这是一个悲哀。我的"独行"，仅限于写作。我的写作，是一种个人书写欲望的满足，我写自己想写的，按照自己的方式去写。

王：回到你的创作上来。有人说，你的小说沿袭着一种对生存的恐惧。而你也承认，恐惧是自己长期感受到的存在，也是自己放不下的话题。这种恐惧是不是源于自己年轻时孤苦无依的经历，或者自己在文坛上"一意孤行"而造就的孤独？韩东曾跟我说，文坛是充满利益和是非的地方。就像你曾撰文抨击过贾平凹不是真正的小说家一样，你是不是也曾感受到文坛上对自己不甚友好的态度？而就是这种态度让你体味恐惧？有人又说，你的《三月一日》是中国版的《变形记》，只是卡夫卡的"变形"根源于西方资本主义文明下的桎梏，而你的"变形"又是因为什么呢？

潘：在我这里，恐惧大概不是那些实际的、看得见的东西，更多的是那种无形的、漫无边际的东西。这或许与我的个人履历有点儿关系，但与"一意孤行"无关。我没有感觉到"文坛上对自己不甚友好的态度"，尽管我坚信它确实存在，有时候就停在我的门口。说得狂一点儿，我很不在乎这种"不甚友好的态度"，因为它既不能威胁到我的存在，也抑制不住我的写作进程，于是就大可不必在乎。我们这个时代，是错过谁都不遗憾的时代，还有什么放不下的呢？

《三月一日》是我本人比较喜欢的一个中篇，首发刊物是

《收获》。我也注意到批评界有类似的说法，但作为一个写作者，大可不必去关心这些。所谓"变形"，在写作过程中是一个手法问题，这种选择固然是为了表达。至于还"因为什么"，我想读者应该去判断。

王：很喜欢你早期的《海口日记》。有评论家认为："社会转型期间的性与爱、情感与道德、放逐与归宿、公共空间与私人空间之间的坚定与摇晃，取舍难辨的矛盾心理，被潘军迅速抓住并且准确而从容地表达了出来。"那么，在自己进入睿智之年，对一些事情在"要"还是"不要"上，应该有了明确的判断吧？

潘：我不是一个超脱的人，但自认为是一个会选择的人，知道"要"和"不要"。其实一个人在世上所能"要"的东西很有限，一个作家的"要"就更少了。可是事实上，有很多作家似乎要的东西很多，也自认为得到了很多，但他们丢失的，或者说他们无法得到的，就是作品了，尽管他们也是"著作等身"。我想这一点，彼此心里都很清楚。我是一个只要作品的作家。这个意思是说，我愿意做的事情就是写作。我想，一个愿意写作、有能力写作的作家大概都会去这么选择的。我考虑的事情，也仅限一个问题——你还能否写得更好？如果有一天我自觉能力匮乏，就不写了，去做另外喜欢做的事情。我不想"耗小说"。

王：题外话。在和你接触的过程中，能切身感受你的豪放，也认同别人说的，你身上有塞上军旅的霸气，或者，是那一代先锋作家中最为性情外露的一个。只是，你描写项羽的作品——《重瞳》中的"浪漫而悲怆"，《白》的忆念、《蓝》的伤怀、《红》

的无奈……却让人看出你有别于霸气的忧郁气质。你认为自己是位多重性格的作家吗？你如何界定自己这样的一个人？

潘：我忧郁吗？或许是有一点儿吧。我应该是在逆境中长大成人的，成人之后，也一样身处逆境。但并不害怕这个逆境，相反，我敢于面对。"文如其人"某种意义上有几分道理，但也不具有完全的一致性。写作属于创造，既然是创造，那么就有一个造型的能力问题。能力的差别决定着作家的优劣。我觉得好的作家应该能够写出不同样子的小说，正如一个好演员，能塑造出不同的角色。至于我是怎样的一个人，我自己的界定：我是一个真实的男人，是一个认真的作家。我的天赋还可以，也还具备了几分才气，我得意之处在于，这些年我基本上是在按照自己的意志生活，爱憎分明，并且把自己养活到了今天。

流动的生活会使小说飞腾
——潘军访谈录之六

时间：2001年10月

地点：武汉—北京

访问者：康志刚（以下简称康）

受访者：潘军（以下简称潘）

康：作为责编，我想就这次辑入的"跨世纪文丛"的作品来谈谈，我记得你比较欣赏有人用这样的语言来评价你——"云霄上的浪漫主义"，这是否代表着你创作时的存在状态？

潘：1993年，当"跨世纪文丛"刚刚启动时，我便收到主编陈俊涛先生的约稿信。但当时我正忙于商务，加上自觉没有什么新作，便把这件事搁下了。时隔八年，陈先生再次发出邀请，却之不恭，我欣然答应了。这套书在市场上的反响还不错，集中了一批优秀的小说家。这次辑入的作品，都是1996年之后的——有人认为这是我"复出"的一年，从海里回到了岸上。我做了严格的挑选，是我目前所出的小说集中较好的选本。至于你说"云霄上的浪漫主义"，是别人对《重瞳——霸王自叙》的评价，应该是对创作风格的一种描述吧。我的创作状态还可以，因为不感到有什么压力。但是我必须对你说，一个作家只有切实感到路越走越窄时，心里才踏实，才觉得没有摸错方向。

康：过去评论界一直视你为先锋实验小说的代表作家之一，到现在你已走出了单纯的形式探索阶段而进入圆熟自为的创作境界，有没有哪一部小说是分水岭？

潘："先锋派"是批评家们做学问的一种归纳。20世纪80年代我们这些人，像余华、格非、苏童、孙甘露等，可能对小说形式比较迷恋，也比较极端，所以有别于以往一些传统形式的小说。就我个人而言，这种探索是一贯的，如果有调整，那也是因为内在的需要，而不是迁就什么的结果。1996年，我在郑州的一所民宅里，写了中篇小说《结束的地方》，我开始感到我的小说已经把故事与叙事策略结合得不错了。这个"结束"实际上正是一个新的开始，接下来我写了《海口日记》《三月一日》《对门·对面》直到最近的《重瞳——霸王自叙》《秋声赋》，应该说都具有以上这个共同点。当然，一个小说家面对即将要写的题材，首先想到的是"怎么写"，怎么写得有趣，怎么写合适。不是遇到所有的东西都一样地去写。至少我不是这样。我陶醉的是形式与内容天衣无缝般的结合，无法拆分。譬如《重瞳——霸王自叙》，我就曾经否定了三个开头。

康：在我看来，小说的实质是一种伦理的叙事——一种生活的想象和生命愿望。《白底黑斑蝴蝶》在这一点上凸现得比较醒目。在这里，生活的逻辑不是简单的白与黑或者善与恶，我们惯常的叙事往往掩盖了生活的本来面目，因为它忽视了生活的偶然性与偶在性，其实，生活的偶然性无处不在，它往往从实质上颠覆了古典的善恶理则，你认为呢？

潘：我同意你的看法。《白底黑斑蝴蝶》应该是一个比较典型的"后现代"文本，因为它采用了"拼贴"。这个意思我在动笔之前就预想到了。我想把一些不相干的东西放到一起，进行重新组合，但是重构之后又很和谐。我感到它们之间会产生某种联系，也就形成了小说的张力。我对生活的"偶然性"很痴迷，它是想象的支点。它会诱发包括你所言的那种"颠覆"在内的许多有趣的东西。另外，宿命这个主题也是我一贯感兴趣的。

康：我注意到，你的小说沿袭着一种对生存的恐惧，从《南方的情绪》到《陷阱》，《三月一日》里面都弥漫着这种生存上的焦虑气息。《南方的情绪》是关于冒险的叙事，《陷阱》是关于防备的叙事，而《三月一日》则带有那么一点对现实生活失望和调侃的味道。这是否算是你对人对生活的总体认识？

潘：恐惧是我长期感受到的存在，也是我放不下的话题。我觉得我表现恐惧，无论是"冒险"还是"防备"，实际上都是在表现人存在的荒谬与无奈，表现活着的沉重。当然也是一种对爱的渴求，这应该是宗教情怀。恐惧的对面就是爱。

康：海德格尔的伦理学勘定在一种从"此在"把握入手，领悟此在与共在的关切，最终由存在的"畏"进入对"趋于死亡存在"之大畏的一种存在本体论领悟，你的《三月一日》似乎也以此作为生存伦理思想的切入口。即我们的"此在"失落于"众人"之中，成为非本真存在。主人"死"过一回，才有了更进一步的生命体味。直至最终遁入久违的心灵记忆之中，才真正体会到"本真"的意义。项羽的乌江自刎也是对存在之"畏"的一种逃遁，我倒认为这是对传统英雄主义的一种颠覆。但总的来说，这种回归心灵的思路可能是你对生命意义的最终取向吧？

潘：冯敏说，《三月一日》是中国版的《变形记》，他的意思是，我在借一个荒诞的结构，说的还是现实问题。这个判断有一定道理。当然这不仅是一个叙事策略的问题，经过"这样写"，某种意义上是方便了我的建构。譬如你提到的"死"与"畏"，在小说里最后呈现出来的是貌似一种悖谬，其实这正是我想要的。这不是什么有意的"颠覆"，是自然形成的结果。有人说，在《重瞳——霸王自叙》里，我实际上是在借项羽说潘军的话，这或许不错，所以我不同意把《重瞳——霸王自叙》看作是什么"历史小说"。

康：你的叙事结构的设置相当精致且变化多端，往往能够将所叙之"事"讲述得圆融细腻，引人入胜，有的几乎就可以看作精巧的电影剧本，比如《与陌生人喝酒》《白底黑斑蝴蝶》《对门·对面》，等等。这是否有着当初先锋实验阶段积淀的功效？

潘：李洁非在一篇谈我的小说文章里说，我现在的作品尽管有所调整，但仍然可以看出"先锋"的痕迹。他大概是指叙事上的安排，当然也包含着结构。另一个原因，是我对电影文学本身的功夫，我对此是花过很大气力的，现在我还可以当导演来拍戏。但是即使如你所言的以上那些作品，我想本质上还不是我们通常所说的那种电影，那种好莱坞式故事片。它可能与那种法国"作家电影"

的形态比较相似。《和陌生人喝酒》被黄建新买去了，他说这个小说让他想起黑泽明的《罗生门》。我倒觉得更像基耶洛夫斯基的《无休无止》。

康：关于《重瞳——霸王自叙》，它使我又深一层领悟到"历史作为一种书写"的历史学观点。尽管《重瞳——霸王自叙》不能算历史小说，但是小说中项羽的人格魅力让我更愿意相信它。因为它更美，它超越我历史的期待视野之外，又在我的审美体验之中。我想问的是，你是怎样看待历史的？

潘："历史作为一种书写"是我一贯所认同的。1991年我写《风》时，我就在企图表述这种见解。历史不在现实，而在人心。即使是客观的历史，那么这客观也只是一种主观的可能性。但是我同时认为，历史是暧昧的，它总是在真实与虚伪之间飘游。其实，对于这个家喻户晓的历史题材，大家感兴趣的是，我怎么把它写成了这个样子。

康：有没有想过继续通过对历史进行再叙来阐发自己的美学思想和诗学观念？

潘：也许还会有吧。

康：你的小说中有许多传奇性的东西，有时候你的叙事主体还扮演历史事件的侦探角色，似乎带有强烈的好奇心或者冒险精神，这里涉及一个私人问题：这是否也符合你个人的心性？还有，你的生活中是否有过许多的传奇？据我所知，你曾经有过长时间飘游的经历。

潘：我想应该是叙事的需要吧，与"心性"没有什么关系。

生活中我是个大大咧咧的人，没有什么"杯弓蛇影"。至于传奇经历，我想每个人或多或少都会有一点。漂泊是我选择的一种生活方式，至少目前我还比较喜欢这种"居无定所"的日子，尽管伴随着许多烦恼。有人问我，假如我现在稳定下来，是否还会写出较好的作品？我说，可能不会，因为我觉得，流动的生活会使小说飞腾。

小说外话

——和牛志强对话

话题之一：在大陆与岛屿之间

时间：1999年11月3日

地点：北京天坛附近某宾馆

对话人：潘军（以下简称潘）、牛志强（以下简称牛）

牛：从着手编你这套书时起，我就想起20世纪80年代初我们在合肥的相识，没想到当年的英俊少年如今也步入中年了。从作品中可以看出你对人生感悟的深化，有些沧桑感，但仍掩饰不住当年的自信（甚至有点儿狂）与进取精神。

潘：十八年过去了，真是有点儿感慨系之。

牛：我还是很高兴，这十几年你写了近三百万字的东西。但这套书我主张只收你的主要的中短篇小说，按照叙事文本分为六卷。既要求精不求全，又要能反映出创作上的发展变化；既能吸引读者，又能为研究者提供一个较完备的资料。你是个对出书很谨慎的作家，我觉得你的中短篇更能反映你在叙事文本上的一种追求。从80年代后期的"先锋实验小说"到近几年的返璞归真，这段路很值得总结。从作品写作的时间看，**我认为你的创作大致可分为三**个时期：第一是1982年到1986年，**我称之为"习作期"**；第二是从1987年到1992年，属于"先锋实验期"；第三是从1996年到目前，是"成熟期"。这只是我个人的一种划分。但这中间出现了一个写作空白期，就是1992年到1995年，**据说那时你在南方折腾生意**。

潘：我是1992年春天去南方的，在海口住了近三年，后来又到郑州住了两年，都是忙生意。**我把这以后的生活称为"自我放逐"**。我不想当一个职业作家，我觉得对于写作，定位在爱好上比较好。严格地说，我应该是一个**写作爱好者**。当然我去南方最主要的是想换个活法儿。

牛："换个活法儿"是20世纪最后十年中国人的流行话语，反映出在社会转型期人们的生存状态和变革欲望，其中也不乏流俗。从文学而下海，有沉也有浮。**那时你还想将来继续写作吗**？

潘：我从来就没想过要放弃写作。1993年马原到海口拍《中国文学梦》，向我提问：如果**让你再做一次选择，你还当作家吗**？我说还当。为什么不呢？写作使**我愉快**，一个男人能这么长久地爱一样东西是不容易的。

牛：我同意你把这之后的生活称为"自我放逐"。现在有些人称你是文坛上的"独行客"，**这个提法也不无道理**。你是个独往独来的人。可能是出于自信吧，**有些事处理得和其他人不一样**。譬如说你辞去省作协的职务，也不再申请加入任何作协组织；不要职称，曾拒绝过获奖；不追逐文学风潮摇旗呐喊，却因为和某些作家"文学立场"不一而主动从某套丛书里退出来；在文坛也盛行包装、炒作之时却对媒体很冷淡。有时候我甚至觉得你有些孤傲，但仔细一想，你的种种选择应该有你的道理。你维护了你个人的独立人格，保持独立思考，这些对你后来的创作是起到了积极作用的。

潘：怎么说呢？徐悲鸿说过一句名言："人不可有傲气，但不可无傲骨。"我喜欢这句话。我在二十岁时就写过一个叫《徐悲鸿》的电影剧本。我去南方，原因是多方面的。当时并没有多想，只是觉得一个男人不能老待在一个地方。去南方当然就想挣钱——这也是男人的责任，就像花钱是女人的义务一样。那时，包括韩少功在内的一些朋友，都怀疑我是否还会写作。第二年春天，我在海口办了"蓝星笔会"，请了三十多位作家和几个刊物的主编，这是我为中国文学所做的一件小事。

牛："蓝星笔会"在当时影响是很大的。

潘：其实我也是以此表明，我潘军并没有远离文学。我历来的做法是把写作与挣钱分开。我个人认为，写作是个爱好，是门手艺，也是我的看家本领，这是不能开玩笑的。但是，写作不能用以养家糊口，所以我必须有别的办法。这样才能保证我能安静地坐在写字台前。

牛：记得叶君健先生曾经谈过，创作是门手艺。这句话很意味深长。它反映了"作家—革命家—思想家"的模式，并不以文学为唯一神圣，又强调了它的艺术性和技巧性。你能给自己如此定位，很好，朴实。而人生历练是磨炼这门手艺的砺石。你可能没有想到，南方生活会在几年后给你带来一批小说，这应该是个意外的收获吧？你看，从《海口日记》到《关系》，包括你最近的长篇

《独白与手势三部曲》的第二部《蓝》，不都是你体验的结果吗？

潘：海口那几年对我的影响是很大的。从个体生命意义上讲，那是我充分张扬的几年。无论是欢乐还是忧伤，我都觉得重要，它使我经历了一场精神的磨难。那种在海与岸之间的焦灼感对于人生无疑是有分量的。

牛：我注意到了这个。《海口日记》里那个作家，企图隐姓埋名地换个活法儿，以此躲避人生的烦恼与沉重，结果却事与愿违，他在那个岛屿上遭遇到了一切。我听见一些读者说过，这个"我"身上有你的影子。

潘：我收到不少读者来信，其中最多的就是问你刚才所说的话题。有位天津的读者还打听海口是否真有那艘船，如有，他就想去接着住。这是读者的好奇心，我对他们说，故事是虚构的，但我对故事的体验是真实的。我的意思是说，倘若不在海口扎几年，我不可能写出这种感受。

牛：的确，正因为有了深切的感受和体验，这本集子里的作品才折射出特区都市的世态万象，欲水横流，虚假的真实，空虚的充实。还有一个有意思的现象，在《杀人的游戏》那几篇里，叙事风格一致，你都把"潘军"引入了。正如《朗诵南方风景》中你调侃的那样："人物相继登场，我夹在中间跑龙套。"

潘：这只是叙事上的一种策略吧。我原想把《杀人的游戏》这几篇写成一个长篇，后来放弃了，觉得没有必要。这篇小说，我记得李洁非在一篇文章里提到过，他是从"城市小说"的角度观察的。

牛：虽然都是写南方的，但在叙事上有很大的不同。《海口日记》的随意性很强，写得洒脱而机智，漫不经心的调侃语气下是令人窒息的沉重。《关系》强调了对话的魅力，利用对话使故事发展，这很不容易。到了《朗诵南方风景》，又似乎是"后现代"了。我很重视这个中篇里的一些片段，如"现在需要一段闲话"等等，看似东扯西拉随随便便的一些话语，实则在进行自己关于小说艺术创作的阐释，譬如说对直觉、偶然性的重视，对未知的不断显现的过程的追求；又譬如说营造悬念与暗示，把现实与虚构随意打通；等等。这都是很不错的"手艺"。

潘：我是有意这么干的。《朗诵南方风景》就是个即兴的东西，但仍然贯穿着某种情绪。《海口日记》发在《收获》上，责编程永新有一回对我说，这篇东西让他想起苏童的《妻妾成群》，不能从所谓的深刻层面上去要求它，但作为叙事文本它很精致。这也证明了"先锋作家"的能力——我们讲故事怎么样。

牛：我以为，近几年来你把"先锋派"与现实主义做了巧妙的结合，效果不错。不过，现在批评界还是把你看作一个"先锋作家"，对此你是怎么看的？

潘：这是批评家做学问的需要，我倒并不关心，只关心怎样把小说写得更好。从《海口日记》到最近的《独白与手势三部曲》，我自己觉得写得比较从容。这个状态应该是很好的，我时常会有一种掘井不见水但又能看见湿润的感觉。

牛：我还很喜欢你的小说中有一种忧郁的气质，这在当代文学中可以说是难能可贵的。我们在契诃夫、托尔斯泰、陀思妥耶夫斯基以及塞林格的作品中，常为其忧郁的气质所倾倒。

　　潘：你的评价很中肯。某种意义上，可以说我对忧郁的气质很迷恋，觉得它应该是艺术的一种很高的境界。这得益于我热爱欧美文学，也出自我的性格深处——您曾说我有点儿孤傲，其实刻在心灵上的是忧郁。

　　牛：这里面也有一个人文知识分子的时代情绪吧。

话题之二：冷叙事与个人化历史

时间：1999年12月14日

地点：北京天坛附近某宾馆

对话人：潘军（以下简称潘）、牛志强（以下简称牛）

　　牛：我第一次读到《我的偶像崇拜年代》是在今年的9月间，山东的《时代文学》每期给我寄。当时边看边乐，忍不住推荐给我夫人看。我说你看看潘军的这个中篇，写得很有意思，典型的塞林格的风格。

　　潘：这篇小说是在三个地方写成的。先是北京，在给人文社的长篇《独白与手势三部曲》安排版式的同时，晚上闲了着急，就写了。我想可能还是《独白与手势三部曲》的调动。你知道，这部长篇的第一部《白》，是从1967年写起，那时我十岁。应该说，《我的偶像崇拜年代》说的也是那个阶段的事吧，就是少年时期。

　　牛：你写得很逼真，使我不能不怀疑带有你个人经历的色彩，也算另类的"成长小说"吧。我对我夫人说，你看，潘军这小子从小就够折腾的。

潘：博尔赫斯说，一切文学都带有自传性质。在某种意义上我同意这位老人的说法。作为故事，它可能是虚构的，但作者的体验无疑很真实。《我的偶像崇拜年代》自然与我的少年记忆与成长有关。我从来不去写我不熟悉的事，即使是一些三四十年代的事，实际上我也不过是拿它当载体而已，要表达的还是我个人的体验。

牛：你刚才说这个中篇是在三个地方写完的？

潘：对。北京刚开个头，我接到山东《时代文学》的电话，让我去济南玩玩。我知道他们主要是要稿子，就带着这个开头去了。两天后，我又回到了合肥，一口气把它写完了。

牛：但是看上去很流畅。我觉得你以这种"塞林格式"的叙事方式写的东西都有一个共同点，流畅而生动。如这一卷里面的《白色沙龙》《纪念少女斯》，另一卷里面的《海口日记》，等等。记得有一篇文章把塞林格的《麦田里的守望者》评为"将影响21世纪的经典之作"，我认为说得一点都不过分。塞林格的确对近二十年来的中国文学的发展起了巨大的推动作用，比如王朔、苏童、莫言，比如你潘军，都受到了他的影响。我觉得你更为本色，可以说是颇得塞林格的真传——从他的叛逆精神对传统与神圣的消解，直到他的叙事方式：调侃与幽默，嘲弄与自嘲，不动声色与有点儿粗野。我把这种叙事方式称为"冷叙事"，不知可不可以？

潘：这个提法让我想到罗兰·巴特说过的"零度写作"。不过我不怎么关心这些理论问题，倒是塞林格的确是我喜欢的作家，他的那部《麦田里的守望者》我至少读过五遍。还有另一个美国作家杰克·凯鲁亚克，他写了同样了不得的《在路上》。我习惯把他们放到一起，我喜欢他们那种玩世不恭的味道。

牛：从你的"玩世不恭"里，我特别地感到人生的况味、现实的批判与历史的反思。用你小说中的话说："凡我含笑写出的章节，她都会含泪去读。"批评界现在习惯把《白色沙龙》看成你的成名作——我很欣赏这种"马克·吐温式"的讽刺幽默，读时常忍俊不禁。

潘：也无所谓什么成名作吧。但我很愿意把这篇小说当作我小说创作的起点，尽管这之前我发表了近三十万字的小说。因为这之后，我开始自觉地认识到了小说的含义，并由此开始形成了自己的写作立场。

牛：能具体谈谈这个吗？

潘：我觉得一个小说家要远离一些东西，譬如权威意识形态的中心话语和民间的公共话语。小说应该用小说自己的声音说话。这就使你把小说理解成一门艺术，有相应的科学态度。从我十几年的写作经历看，我实际上就只在做一件事，就是在叙事空间里探寻。我越发觉得汉语言自身的潜质，觉得叙事的可能性不可限量。

牛：你打破传统的叙事格局，这实际上强调了一种"边缘化写作"。但你是否考虑到这样一来有可能忽视作品的公共性？

潘：我不觉得这是个压力。某种意义上我的小说可能就是写给一小部分读者看的。这在"先锋派"的时期比较明显一些，近年来我发现读我的小说的人开始多了，说明我们这些写小说的人的担心有些多余。当然另一个原因是我的叙事风格也有所调整，但我仍坚持用自己的话语写作，探索自己的叙事文本。我有篇随笔就叫《自己的小说和需要的写作》。

牛：小说由"写什么"到"怎么写"，这其实是一场革命。也只有经过这样的革命，小说才有"文本"的价值。我印象里《白色沙龙》是发表在《北京文学》上，大概是在1987年吧？

潘：其实写作时间是一年前，我首投《人民文学》，结果压了半年还是退了。这也是我同这家刊物打的唯一交道。1986年我认为对当代中国文学很重要，我有个说法，叫"好看的时刻"——我可以明确地说，这之前的小说都没意思，这当然是我个人的观点。

牛：你想过没有，1986年为什么重要？是什么原因使这一年显得如此重要？一些青年小说家都在这一年形成了文体上的自觉，并陆续写出了自己早期的代表作。

潘：我的理解很肤浅，就是这之前的不久，一些后来证明是对我们这些人产生重要影响的外国作家，如卡夫卡、博尔赫斯、马尔克斯以及塞林格的作品刚译介进来，让我们眼前一亮：哦，原来世界上还有这样的小说！于是我们不可避免地要受到影响，我想这应该是最真实的原因。为什么在1983年之前马原写不出《冈底斯的诱惑》？很简单，那时他还不知道有个阿根廷老头儿叫博尔赫斯。

牛：这一卷里，涉及你所说的"少年记忆"，甚至是"童年记忆"的比重较大。其中那两个短篇：《1962年，我五岁》和《1967年的日常生活》给了我很大的震撼——我惊讶的是你居然写得不动声色。我把你的这类作品（甚至包括《秋声赋》）称为忆旧忆史之作，我特别重视这种个人化的历史（因个人化而鲜活、生动、丰满、复杂，把历史与人生感悟结合起来，远非公共话语的历史可比），可以叫作历史民间文本吧？

潘： 或者叫历史的自我文本。

牛： 其实，写项羽的那篇《重瞳》也具有个人化历史的意味。

潘： 张颐武曾在一篇评论里谈到《1967年的日常生活》，大概也是说了类似的感受，他说我用一种近乎平淡的语气去说残酷，却达到了另外的效果。说实话，这就是我想要的效果，就像我也喜欢以调侃的笔墨去写忧伤，这应该是一种相反相成。电影里有一种"声画分立"，譬如科波拉的《现代启示录》，画面是美军对平民的疯狂扫射，是武装直升机的轰鸣，但背景音乐却是用高雅的歌剧唱出"这是末日"。

牛： 你在叙事上是很下功夫的。如《白底黑斑蝴蝶》与《情感生活的短暂真空时期》，结构独特而富有张力，它是典型的后现代文本，却又蕴含了丰富的人生意味。我还想提一下另一个短篇——也是这套书中最短的小说，只有三千多字和一个十分动人的名字《小姨在天上放羊》。我不知别人怎么看，我个人比较偏爱这一篇。它通过一个孩子的视角与独白，写出了人生的至爱情怀。这么短的篇幅能做到这一点实属不易。

潘： 这篇小说来源于一个真实的事件，我的一个同学的妹妹去世了，刚读完大学，她很悲痛，时常在梦中与妹妹相见，有一天她告诉我，说她梦见妹妹在天上放羊。我立刻就被这句话打动了，小说发在《山花》上，后来聂鑫森在给何锐的信中对它大加赞扬，说我的文字有一种控制力，控制得恰到好处。我还有一位从事文学研究的朋友，她说这是我迄今写得最好的作品。

牛：短篇小说要写好它很不容易。你刚才提到"控制力"，我认为这是一个很值得研究的问题。从我做编辑还有写评论的经验看，许多作家都在这个问题上表现得不尽如人意。譬如一篇东西一涉及动情就写得一发不可收了。这就容易使作品的格调变得非常庸俗。在控制力上实际上能看出一个作家的成熟程度。

潘：我认为短篇小说是个专有名词。写得短不是因为写的内容少，而是只能这样来写。这有点儿像中国画里的小品，要求的是寥寥几笔，尽得丰神，这不等于是缩小的国画长卷，当然放大了也不是巨制。于有限的篇幅里出大境界，这应该是短篇小说的目标。

话题之三：城市状态

时间：1999年12月14日

地点：北京天坛附近某宾馆

对话人：潘军（以下简称潘）、牛志强（以下简称牛）

牛：这一卷里所收的三个中篇和六个短篇都是写都市的。你写了不少关于城市的小说，有的归到"南方"去了，比如《海口日记》和《关系》。就阅读而言，这一辑我读起来很轻松。这倒不是因为我在北京住了几十年，而是因这一辑的叙事方式所致。譬如说《对门·对面》和《AB故事》，故事本身就有很大的魅力（多角婚恋、案件侦破、酒吧、毒品……挺时尚的嘛），但你那种冷静的既不动声色又不放过细微感觉的叙述，耐人寻味。再譬如《三月一日》，本来是个荒诞的故事，你却写得像煞有介事，并且有一股忧伤贯穿始终，读后使我感到沉重。我发现你捕捉城市有你独到的功夫，感觉不俗。作品写的都是些小事，但给人的印象很大气。

潘：去年我在北京遇见徐坤，见面她就说很喜欢《对门·对面》那种感觉。写这个中篇时我就在北京，住在南礼士路的核工业部招待所，脱稿那天是我四十岁的生日，而我的对门和对面全是既陌生又冷漠的面孔。

牛：其实，"对门"和"对面"不妨理解为城市生存空间的符号，一种城市人际关系的概括，它造成隔膜，形成掩饰，也成为相互的观照。人们不管是出于消除冷漠的愿望，还是出于利益驱动的欲望，一旦走进"对门"，面对面了，就会生发出许许多多的ABCD"故事"。善与恶的错综交织与转化造成当代都市的光怪陆离，也使都市人的心理与命运充满变数，难以捉摸。然而内心深处人性中正面的因素，比如爱、美、真、善也还存在，在以独特的方式升华自身改造环境。这次读到李洁非的评论，我觉得看法很一致。他说其他"新生代"写城市的作品和你的一比，就显得外在而空洞。他说你已经走到了城市人的灵魂深处，没有第二个人可以重复你。我以为这几个中篇，写出了当下中国都市的生存与状态。

潘：我关心的正是这个，城市的状态。我写城市，关注的是人心和人性。我觉得中国当代都市把人心、人性的方方面面暴露得淋漓尽致，但作为叙事，需要在写作中保持冷静。我不希望我讲的故事引人入胜，而是希望读者也同样给予冷静的阅读与思考。

牛：从新时期文学发展看，主要的成就倒是在一些农村题材上，写城市的力作很少。这一度让我很困惑，弄不清是什么原因造成的。是城市里找不到感觉还是作家们难以驾驭城市，或者是传统文化的惯性在起作用？

潘：你讲的三条都有。城市就是很枯燥乏味，如果你是一个画家，你肯定是不愿在城里写生的，你会去跑荒野，钻山沟。我一直很留意城市。我的视点不在所谓的信息量上，也不太关心时尚。我感兴趣的是城市人的状态。有一次我和张艺谋谈到《有话好好说》，我说城市与电脑呀、歌厅呀什么的，实际上没有多大的关系，那些充其量不过只是一种标签而已。重要的还是城市人的状态。我举了一个例子，说知青插队那会儿，你只要到村里一转悠，一眼就能看出谁是知青，无论他穿什么破衣。很简单，他们的状态摆在那儿。所以贾平凹的《废都》一出来，大家就觉得他笔下的人物怎么看都不是大都市的，倒像是县城文化馆里的。问题就出在他没有把握住城市人的状态。而阿城的《棋王》，无论你从哪个角度看，都是城市人，尽管他们都是持有农村户口的。

牛：如果就题材划分，在你的小说创作中城市题材占的比重很大，包括早期先锋实验小说。你都把故事发生的背景与环境放在城市，这让我多少有些意外。因为从你的经历看，你似乎对农村的事情应该更有兴趣。

潘：我喜欢写城市。城市和人的关系其实很复杂，城市越发使人变得像一台机器。譬如一切的流行都是从最发达的城市开始的，这其实表明城市人本质的空虚——因为只有空虚才会去迎合时尚，才会产生对物质的崇拜。在今天这样资讯爆炸的时代，城市人行走在异化的边缘，他们的个性濒于崩溃，然而他们又都一样自以为是。再就是人与人之间的关系，因为都是聪明人，才变得那么紧张。

牛：这从《三月一日》里可以看得出来。但这篇小说我读过之后有些沉重和忧伤，使我险些动摇了对人的信念——难道在城市一切都显得那么虚伪而狡诈？你使用了荒诞的手法，一个因意外事故丧失右眼的人却能用这只眼窥测别人的梦境，而他本人从此不能做梦。一个人连梦想的权利都失去了，这是极端残酷的事，而你居然写得不动声色。这个感觉，我以前在加缪的《局外人》里见到过。

潘：《三月一日》里面就写到了加缪。我已说过，存在主义哲学在我们这一代作家身上留下过很深的痕迹。至于你说的荒诞手法，我觉得这是个让我比较得意的处理。这种违背生活常规的设计能给我很大的想象空间。

牛：但是和你的那些实验小说相比，虽然都是荒诞，现在的与过去的还是有很大的差别。那时你过于把这种感觉强调到了极端，给人以阅读的冲击，现在则舒缓得多，也自然得多了。我想这种转变还不完全是叙事上的，更多的是你对生活的认识与把握。

潘：是这么回事。

牛：我觉得《对门·对面》《AB故事》等小说都非常富有戏剧性，不用费很大力气摊上个好导演（你自己不是也当导演嘛），搞成影视来一定好看。这说明你近年来的创作重视可读性了，比起前期的先锋实验小说有了很大变化。但是，真正作为文学的小说文本并不崇尚戏剧性。然而，如果戏剧性真正建立在生活真实与心理真实的基础上，并非作者编造，而是从社会生态与时间流程中去提炼，也会增加小说文本的艺术魅力。我甚至想，你如果把先锋派的东西与生活化、戏剧性的东西交融起来，且又具有社会历史的人生的深度，将会对当代文学有更好的贡献。

潘：这是个新的高度，我想我会尽力去做自己的事的，事实上我似乎也在这么做着。

牛：这一辑里所收的几个短篇也是很精彩的。就我个人的口味，我喜欢《和陌生人喝酒》《寻找子谦先生》《抛弃》和《对话》。它们的写法各有不同，但共同的一点是正如你所说的那种城市人的状态特别有意思。《和陌生人喝酒》故事发展得错落有致，却在很小的篇幅里写出了一种人生的况味。在《寻找子谦先生》里，故事与故事的意味形成了背反，寻找的过程莫名其妙地就成了勾引的过程。《抛弃》写到中年男人的离婚，把人的心理刻画得惟妙惟肖，结果却使人大感意外。《对话》通篇就以对话的形式写了两性之间的沟通。

潘：我觉得短篇小说最能见一个作家的功力，因为受到的限制太多了。

牛：在另外几卷里，有几个短篇我也很欣赏，譬如《溪上桥》，无论是语言还是叙事，都称得上是个短篇的精品。它向我们展现了两种人生状态，既含蓄又淋漓尽致。这很不容易。

潘：我对那个短篇也很满意。尤其是那个结尾，一个老人总是梦见那座桥突然断了，总是摆脱不了这个梦魇的纠缠，而另一个老人则从来没梦见过。

牛：说到结尾，我刚才提到的那几个短篇好像在结尾时都有一种"欧·亨利"的味道。尤其是《抛弃》最为典型。但这又不是戏剧性的，仔细回头一看，觉得都在情理之中。

潘：有种种的暗示。暗示在短篇小说里很重要。

牛：像以上我说的那些短篇，内在的张力都很大。《和陌生人喝酒》以纸片作为道具，其象征性使我不能不想到当代人情感上的脆弱和婚姻的不堪一击。《寻找子谦先生》出人意料地使故事颠覆。《抛弃》把男人和女人对待婚姻的解体写得入木三分。这些都是值得回味的，好像其中有了块酵母，把有限的故事空间拓展了。

潘：我对短篇的兴趣正在这里。还是那句话，于有限中企及无限，是我追求的境界。

话题之四：实验见证

时间：1999年12月21日

地点：北京牛志强寓所

对话人：潘军（以下简称潘）、牛志强（以下简称牛）

牛：我同意你关于1986年对当代中国文学意义重大的说法，你用了一个机智的说法，叫"好看的时刻"。我倒觉得应该是"自觉的时刻"——许多作家对叙事文本已经有了自觉的认识。可以说，中国文学开始挣脱社会化（或者政治化）的范式，走向作家的创作主体与文学的艺术本质，换句话说，文学不仅需要生活，而且更需要作家的智慧，从而在形式与内容上出现了多元化的态势。这无疑是一个很大的进步。

潘：我们说的是一件事的两个方面。你说的是因，我说的是果。没有对叙事的自觉，何以谈好看？

牛：从写作时间看，《省略》是你最早的一篇"实验小说"。这之后才是《南方的情绪》和《流动的沙滩》。说实在的，对《省略》这类作品而言，与其解构其内容，不如关注作家在创作中提出的或显现出的文学观念与创作方法的变革。比如说，你在作品中提出：是给别人写小说，还是给自己写小说？这就是个很有意思的问题，犹如是为别人活着还是为自己活着。可以看出你当时对"文学实验"痴迷的激情，但也正因为如此，这些"先锋实验作品"似乎带有"着力为之"的印记，读起来有点儿累，不如后来的小说那么自然轻松。

潘：《省略》最初投给《收获》，被责编程永新退了，他指出这篇小说的一些不足，并约我再写一篇，参加"先锋小说"专号。这样，我就把《省略》给了《作家》的宗仁发，又给《收获》写了《南方的情绪》。不久，这两篇东西都发出来了，倒是引起了一些关注。像吴亮、陈晓明、季红真等批评家都是那个时候开始留意我的，这就使我不可避免地被划入了"先锋"阵营。其实划分是批评家们做学问的需要，我没怎么多想。但是那个阶段我的确很兴奋，觉得自己开始找到了写小说的方法。现在回头看，这几篇东西还是有不少刻意的痕迹，到了写《流动的沙滩》才慢慢自然起来。

牛：我的判断可能与别人有所不同，我最大的感觉是发现你这批"实验小说"并非只是在形式上的一种探索，实际上你还是在写人类一些共同的问题，譬如处境、异化、宿命、恐惧感、抗争、逃遁以及对前途的困惑与茫然。我尤其对小说里的某些超现实的东西感兴趣。在中国小说处于现代派、先锋派冲动的时期，我曾说过从接受美学的角度看，作家写小说既是给自己，也是给别人；既要重形式，又不能剥离内容。应该是自己写给别人看。我们的看法是否有点儿不谋而合？

潘：我从来就没有对形式一味地追求。虽然我们强调"怎么写"，但也不意味着不需要"写什么"。即使是形而上的层面，也还是如此。你刚才所说的那些主题一直就是我所关心的。我只是想尽量写得好一些。当然，这里面有一个对主题的理解与处理的问题。传统的小说主题思考都无一例外地鲜明和单一，我反对这个。我认为小说的主题应该是发散式的，是多元的，甚至是不确定的。至于超现实的色彩，这个是我一直喜欢的。最近写的《重瞳》，本身就是个超现实的文本。我想这也许与我喜欢达利的绘画有点儿关系。

牛：如果把超现实理解成一种手法，那么我认为这种手法你在许多作品里或多或少地使用过。当然最早的呈现还是在这几篇作品里。还有一点让我注意，就是在你的一些小说中，经常出现一些"空白"，似乎有意把一些头绪切断。我看过你的一篇创作谈叫

《小说者言》，其中有个见解很不错，也很生动。你说好的小说作家只能写出它的一半，另一半由读者来写。这种关系如同茶叶和水，作家提供的是茶叶，读者提供水，二者合作才是一杯茶。你说的是读者阅读的参与，把它理解成一种合作关系。你不但给读者留有自由想象空间，而且不一定去规范读者的想象轨迹，这样的小说就成了作家创作—读者阅读—再创作的复合过程，从而使其艺术魅力大增。我是欣赏这种创作方法的。

潘：我是这样考虑的，我不希望我的小说一览无余。前些日子我回母校安徽大学开讲座，学生也有类似的提问，他们说对你的一些作品，我们大家的理解很不一致。我说，这就对了，我要的就是这种不一致。我认为小说家最好不要去解释世界，描绘它就可以了。小说家的责任是对这个世界有所发现、有所思考，但最好不要去做自以为是的解释。

牛：《流动的沙滩》开篇第一节就是"说明·新小说"，你这种观念是不是受"新小说"的影响？陈晓明说，《南方的情绪》改写了新时期文学"大写的人"的历史，还开启了一条类似罗布·格里耶写《橡皮》的那种路子。

潘：其实在《南方的情绪》这样的小说里，所谓人的概念已经相当模糊。人开始走向符号化，不过是借以表现某种观念的一个载体。但我与法国的"新小说"还不一样。阿兰·罗伯-格里耶强调的是一种物化的形式，一种绝对的静态描写，这个我不赞成。起码首先这里还存在着一个主观的选择，为什么是这些东西进入了小说而不是那些？其实阿兰·罗伯-格里耶也不是按他自己的宣言去做的，他的小说充满了设计。

牛：最近我看了吴义勤的《中国当代新潮小说论》，他在谈到"元小说"时，说你对这种技巧是情有独钟，以至于发掘到了令人叹为观止的地步。这个印象我在读《南方的情绪》和《流动的沙滩》时都很深刻。你实际上在构思阶段就考虑了"元小说"的因素，把写作这篇小说的过程与情节的发展融为一体，这很别致。

潘：我不喜欢乱搞些噱头，还是要按小说自身的逻辑走的，游离不好，硬贴就更糟糕了。但那个时期的小说都或多或少有一些刻意制造的痕迹。

牛：一种文学观念形成之初，总是要把某些问题绝对化的。20世纪80年代末期的先锋实验小说是个极有趣的现象，它在某种程度上改写了当代文学发展的趋势，这是功不可没的。但是几年后，当年的这些先锋作家都不约而同地掉头了，回归到了现实。这其中当然也包括你。我觉得你在《流动的沙滩》里说的一句话"一个小说家是不能打着理论的旗子行走的"，显示了一种较为清醒的态度。这种清醒与冷静很重要。决定作品成败与成色的，并不是某种行时的理论，更不是所谓文化消费市场的商业性炒作（如20世纪90年代以来的令人应接不暇的文学流派），而是取决于作家的良知和艺术的自觉。

潘：我不大同意"回归"一说，就像当初我也没觉得我怎么"先锋"了。早先的那批实验作品的形成，原因是多方面的。譬如说那个时期对博尔赫斯和卡夫卡的痴迷，譬如对存在主义哲学的喜好，譬如对传统小说模式的厌倦。就我个人而言，最为突出的就是想如何更好地去表现内心世界与客观世界的关系。再就是喜欢那几个作家的独到的叙事方式。至于你所讲的"回归"，我觉得是在于我后来写了一些故事相对完整的东西，这给阅读带来了一些方便，使我的小说的读者群得到了扩大。所以，这几年一些选刊喜欢转载我的东西了，量还不小，我本人倒觉得我的追求还是一贯的。

牛：你曾在作品中写道："我的全部努力同样是追求真实。一种奇异的真实，但它的本质相当朴素。"这种追求的一贯性很重要，当然，不排斥某些阶段的独特性或实验性，我换个角度说吧，如果在十年前你没有这种对叙事文本的执着，我想你今天的小说肯定是另一个样子。

潘：这是无疑的。实验阶段带有很大程度上的强制性，是一种训练，抽掉这个环节肯定不是一回事。所以我前些日子为花城出版社编《潘军实验作品集》时，还在后记里专门强调了这种态度——无论今天人们对"先锋小说"持何种态度，我对自己十年前的所作所为都一样地充满激情。那是一段值得怀念的好时光。

话题之五：第一人称

时间：2000年1月21日

地点：合肥—北京长途电话

对话人：潘军（以下简称潘）、牛志强（以下简称牛）

牛：我在读你这长达九十万字的中短篇时，有个突出的印象，就是你特别喜欢用第一人称叙事。但我确实没有想到，居然用第一人称来写两千多年前的楚霸王项羽。"我讲的当然是我自己的故事。我叫项羽，这个名字怎么看都像个诗人"，开篇一句话，立刻就把我阅读的欲望给调动起来了。我是一口气把这部四万字的《重瞳》读完的，读后的感觉用北京人的时髦语汇说：爽！

潘：我写得也很爽。这篇东西五年前我就想写了，我在广州时曾经对田瑛说，我准备写项羽，用第一人称来写。田瑛说：好，这种东西只有你写合适。

牛：他所说的合适，是不是指你的气质？我读过鲁枢元给你的长篇《风》写的评论，他就说过你身上有股塞上军旅的霸气。

潘：大概就是这个意思吧。1994年我在海口鲁枢元家里，那是我们第一次见面，他是这么说过。第二年我到了郑州，闲下来就想写，开始是想写个长篇，连开了三个头都觉得不是那回事，不满意，就搁下了。这可能与那个时期我的心境有关，我被一些杂事纠缠，日子过得十分狼狈。直到去年8月，我写完《独白与手势三部曲》的第二部《蓝》，总觉得一口气没完，但接着写第三部《红》又缺乏必要的准备，就又把司马迁的《史记·项羽本纪》拿出来读了一遍，然后就信笔写了起来，很顺手，可以说是一挥而就、一气呵成。

牛：这篇小说之所以产生这么大的震撼，我想除了你对历史事件本身做了另一种解读之外，很大程度上还依赖于你这种第一人称，并且用现代话语的叙事。这还不仅仅是个艺术感染力的问题，它使小说在文本上获得了极大的成功。就我个人来看，《重瞳》称得上当代文学史上的难得佳作。

潘：我也听到一些朋友的建议，说如果改用那种文言夹白的叙述，是否会和谐一些。我说这不成，这样就不是我所要的那种效果了。我觉得这中间不存在什么和谐，或者说是另一种和谐。我使用第一人称来写项羽，本身就是违背常规的，何必要文言夹白呢？

牛：我觉得现在这个写法很好，令人耳目一新。更重要的是这种叙事形式下面的深刻内容：对传统史学观的批判性思考，从人性的角度剖析政治、权力、战争，揭示其悲剧的人性深度。这个第一人称的使用，让我感到项羽不是个两千年前的古人，而是我们中间的某个人。现代人、现代政治家都可以从你笔下的这个项羽形象中映照自我。或者说你与项羽融为一体了，他不过是你的代言人。

潘：或者说，项羽的亡灵是现代的。我的语气与视角都是回叙，是项羽的亡灵的自言自语。而且我还有意造成这个亡灵是存在的，譬如说，"时间虽然过去了两千多年，可我经历的那些事儿却在眼前停滞着，挥之不去"，像这样的句子，是我有意干的。

牛：故事新编在现当代文学史上并不少见，共同点是都在寻找新的解读。但是，你这篇《重瞳》解读的方式与以前的方式不同，你完全依赖于前人提供的史实，没有去杜撰另外的史实。然而又在原有的史实上做出了新的解释。这种对历史人物的现代解读，颇有些冷幽默的味道。它好就好在不是在"新编"，而是在"新解"——从人物的人性深层与心理深层去解剖现有的历史真实事件过程和细节。

潘：我实际上是在寻找新的可能性。譬如我对"鸿门宴"的处理，对项羽不称王统一天下而采取分封制的心理动因的揭示，在我看来我找出的这种可能性不是不可能的。当然，我之所以要用"重瞳"命名这篇小说，还有写作中的考虑，我无法放弃一种超现实的感觉。

牛：《小说选刊》在转载这个中篇时，所加的按语中有这样的评价："见解新鲜，想象丰富，语藏机锋，颇可玩味。"看这篇小说，我想很少有读者会使用纯粹历史的眼光的。读者应该不会指责你写得不真实。如果哪个大导演洞悉了《重瞳》的深刻真实性，或许能拍出一部胜过以往任何历史题材的"大片"来！

潘：我以为我写得非常真实。什么是真实？是客观的真实还是主观的真实，物理的真实还是心理的真实？我觉得小说家的真实就是主观的真实和心理的真实。小说家不应该仅去描摹世界，更需要表达自己对这个世界的态度，也就是表达自己眼中和心中的世界形象的本质意义。

牛：这一卷中有一个很好的中篇，就是《秋声赋》。正如你开宗明义地指出，你袭用了欧阳修那篇美文的名字，却在写一个苦难的故事。在三万字的篇幅里，你写了一个人几十年的忍辱负重，看后让我陡生沉重，感到压抑。阴郁与神秘的气氛，阴晦和潮湿的基调，中间点染出一团黑红色，那是人性的悲剧。而且我注意到，你说这个故事与你以往的不同，在故事的开始你就瞭望到了它的结局。就是说，这是一篇精心策划的小说，不像以前有些作品那样过于凭借即兴、直觉、随意性。

潘：这个故事最大的特点是它有生活原型，故事中的人物大致都是真的。故事的情节也差不多是真的。我最大的劳动是设计了那些细节，譬如说"箫""烛签""纸"等。我实际上是截取了这个男人一生中的几个片段来表现的，所以用了年份来做小标题，我觉得这样对叙述有利。

牛：这不单单是个叙事形式问题。编年叙事使小说具有一种抒情史诗的意味，从人物命运中折射出中国农村几十年的变迁与中国农民在精神上的基于传统文化的羁绊。那种虚假的伦理、伪善的道德与真实的人性之间的冲突，真是具有震撼力。不知怎么，我读着读着就想，如果李雪健来出演旺这个角色，一定能获得极大的成功。我们又会看到一部上乘的电影了。

潘：李雪健还真是和我谈过，说他就是想演父亲和农民。您倒真有点儿批评家的敏锐。但这个小说我想我不会卖，我得留着给自己将来拍。我有不少小说都留在手上。中国的导演能给我信任的还真是屈指可数。

牛：其实，《秋声赋》是个长篇的材料。

潘：但我的叙事意识确定它是个中篇。"叙事意识"是我生造的一个概念。我的意思是说长篇、中篇以及短篇，不应该是字数篇幅的划分，而是个意识问题。我在小说写出第一个自然段之后，就能做出这种判断。或者说，我先确定了是什么，再按这种意识去写作。显然它们是不一样的，各有各的写法。我有的中篇写得很短，也就两万字多点，但它的叙事意识就是属于中篇形式的，不是稍加压缩就会变成短篇的。同样，一部中篇也不是多撑上一点儿就成了长篇了。《秋声赋》如果写成长篇，那么我也许就不会采用第一人称的写法，那就是另一个东西了。

牛：你似乎很偏爱以第一人称叙事。

潘：第一人称的叙事很灵活，有可塑性，但缺点是容易造成感觉上的疲乏。

牛：《秋声赋》中的"我"似乎是个旁观者。我想这或许只是一种叙事上的策略吧？我注意到叙事者的存在，叙事者与叙事过程的关系，似乎作家有意强调创作过程中的主观感受与理性因素，以破除小说中的"生活幻觉"，让读者冷静地去分析评判。这有点儿像在莎士比亚的戏剧冲突中嵌入了"布莱希特式"的"间离效果"。

潘：主要是这个意思。当然也还有另外的考虑，就是这样一来会给读者一种朴素的真实感，同时我也写了故事中旺那一家与"我们家"的历史关系。这可看作背景的一笔颜色。

牛：从《墨子巷》到《秋声赋》，时间跨度长达十三年。即使是现在，我看《墨子巷》这个中篇感觉上还觉得很和谐，不像当年是个二十几岁的小伙子写的。而且我注意到，你对人的处境的关心一直贯穿始终。

潘：《墨子巷》是我发表在《花城》上的第一篇作品，是自然来稿，责编是范若丁。1993年我们见面时，他回忆说，当初收到这个中篇时，他以为作者是个小老头儿。前几天遇见唐先田，他说起《墨子巷》，认为从这篇作品可以看出一个小说家起步阶段必备的几点素质，即对生活的观察角度、语言叙述能力、写实的基础。他还说，与那个时期的作品相比，有一个特点不可忽视，就是我没有去写一些改革的事，倒是写了一些不为人重视的事。这就使我的小说没有不幸地进入"时文"行列，而介入到了艺术之中。现在看来，中外文学史上凡是属于"时文"的小说或者别的东西，一般都是过眼烟云。所以我一直强调，小说是一种艺术，而不是宣传品。从这个意义上讲，小说家是艺术家，他所使用的材料是语言，他的能力是叙事。

牛：在这一卷里，我还很欣赏《溪上桥》这个短篇。它使用了中国画式的"简笔画法"，以简练而传神的语言，精当的细节刻画，于抒情叙事中冷静地透露出人生的感悟。这就像一个出色的画家，离开基础的素描和色彩，是无法去走他的下一步的。犹如毕加索的后期现代派的立体主义，离不开早期素描的坚实功底。所以我倒觉得，一个作家最容易掌握，同时也恰恰是最难掌握的，就是第一人称的叙事。

潘：我同意。

话题之六：历史的意味

时间：2000年2月8日

地点：安庆—北京长途电话

对话人：潘军（以下简称潘）、牛志强（以下简称牛）

牛：20世纪80年代的"先锋"作家有一个共同的喜好，就是爱拿历史来做文章。其实对于发生在三四十年代的事，你们拥有的不过是间接的知识或经验。但特别有趣的是，你们写得都一样像煞有介事，而且写得很精彩，仿佛亲历体验过似的。我的一位同事就惊叹苏童的《妻妾成群》。如果他看到你的这类作品，我想也会有同感。这一卷里的四个中篇：《蓝堡》《夏季传说》《结束的地方》和《桃花流水》，写的都是距离今天半个多世纪的故事，都有传奇色彩，都有宿命的神秘感，我读的时候觉得像是连看了四部电影，气息逼真，很好看。

潘：《蓝堡》写于1989年年底，是投给《收获》的。据程永新后来说，编辑部对它的评价很不错。但限于当时的某种原因，这个小说暂时不能发，就退回来叫我等待，听候通知。不久，《作家》的宗仁发来信约稿，而我手头又没有别的货色，就把《蓝堡》寄了去，后来发在1991年6月号上。写完到发表经历了一年半的时间。等写《夏季传说》已是1993年了，那时我已到了海口。在这两个中篇之后是一个长篇，就是《风》。

牛：《风》也是写历史的，也具有神秘意味。

潘：《风》原想加个副题，就叫"历史的暧昧"。

牛：说明那个时期你一直在钻历史。为什么做这种选择，是想对现实做无奈的逃遁吗？

潘：我想与当时个人的心境有关吧。我那时几乎不想再写什么了，发疯似的打麻将。但又很难抑制住写作的欲望，就挑了这么条路。等走进去之后，才忽然觉得很宽畅。我不知道我的一些朋友是怎么看的，我拿历史做文章，就是选择一个恰当的载体。我要表达的还是一些观念上的东西，譬如你刚才提到的宿命和神秘感。像这种东西一直是我所醉心痴迷的。写这种小说自由度很大，可以信手写来。但是，就我本人的经验看，这种小说在结构上又受到很大的局限。

牛：这不是很矛盾吗?

潘：对，就是矛盾。一方面我可以自由发挥，另一方面我又不满足只写出一个历史传奇故事来。我需要寻找故事之外的故事空间——这个空间比故事内的空间要大得多，可以有多种解读。于是结构上的严谨与叙事上的空白构成了矛盾。譬如说《蓝堡》，那个神秘的老人是谁，那个孩子是否真的淹死了，摄影师又是谁，余家的故事与摄影师的身世有没有联系，如此等等，一切在小说里都显得那么暧昧。

牛：这种叙事上的空白看来是你有意造成的。

潘：是的，我需要这样。这不仅是叙事上的策略，在我看来，它的作用还在于使故事的主题走向得到改变，由单一而明确向一种多元的、不确定的方向改变，我称之为故事的弹性。这与传统现实主义完全不同。

牛：但是整体的气氛又十分和谐。或者说是在整体的气氛里求得变化。

潘："空白"实际上意味着更加丰富。我刚才说了，这种小说在写法上对自己是既自由又约束。除了有意留出空白，对故事的设计是需要花心思的。譬如《桃花流水》，开篇就写一宗谋杀旧案，但是一发展就奔另一个爱情故事去了，二者看上去似乎一点儿关系没有，可是最后却出人意料地给打通了——后一个故事解开了前一个故事之谜。这种设计很让我醉心，值得玩味。这样一来，这个故事就获得了较大的空间，它不是一个简单的复仇故事，也不是个爱情传奇，它出现了更深的意味。

牛：我品出了这种"更深的意味"，我很重视它。从当代文学的发展看，过去很长时间里，历史进入文学不是图解（而且口径一致）就是曲解（某种古为今用），要不就是一知半解（服从某种需要而进行的单向度反思），历史和现实一样，被充分政治化和教科书化了，官方意识形态话语成了描述历史的唯一方式。这样的所谓历史作品自然乏味。而自20世纪80年代末期以来，一些"先锋"作家，包括你潘军，突破了过去的模式和禁忌，通过小说对历史进行了非政治化、非意识形态化的表现，把历史首先当作人的历史，而非仅仅是国家、民族、政党、阶级的历史来解读，使小说中的历史个人化、个性化、人性化、心灵化了，从而逐渐深化到历史的更深入，也更细腻的层面。这样一来，历史变得立体化、网络化了，复杂而千姿百态，甚至恍惚、神秘，充满宿命的意味。其实，从某种意义上来说，这才是超于真实的历史感。难道我们从无奈的当下，不能感觉到历史的宿命吗？

潘：宿命是显而易见的。肯定不仅是这个。那个年轻的女画家实际上的"计划"是替父亲复仇，但她完全没料到帮她完成这一使命的竟是爱情。这带有极大的反讽，有人生的无奈与存在的荒谬。这种感觉在《结束的地方》里也能发现：长达半个世纪的恩怨最后却是一场误会，成了历史的玩笑。

牛：这就是人的命运的不可知造成了历史的残酷性，神秘感和暧昧感皆从此出。你通过精巧的构思、富于张力的结构和不动声色的叙事方式，把这个表现得很充分。这还不完全是艺术技巧的问题，我以为它还体现了一个作家的历史责任感和社会良知。多亏中国还有这样的小说，否则全成了"戏说""武侠"和什么"青春无悔"式的或"正说帝业"式的电影电视剧一统天下了，岂不太可悲了？就拿《结束的地方》来说，这最后一笔完全出乎我的意料，它的存在使整个文本和阅读都颠覆了。这是神奇的一笔，这是多么残酷的真实！简直就是"历史"的嘲弄！我发现你在编排这些历史故事时，总是把你所描绘的事件置于一种暧昧的状态。《夏季传说》中这种感觉最典型。是谁杀了那个无用的书生？是日本人还是他的兄弟？或者就是那位摔药罐的外乡男人？都有可能，都有迹象，各有各的杀人理由，而你却不做一个肯定性的解答。

潘：我的解答是多余的，我觉得这样最好。上次我和黄建新导演谈到《和陌生人喝酒》的改编，我告诉他，现在小说所提供的故事只有一半，还有另一半在故事之外，譬如那张音乐会的票，究竟是谁送的，小说同样没有回答，但潜伏着多种可能性。如果把它拍成电影，那么就需要展开了，至少小说中的三个人都有可能去做这件事，每个人的动机又都不一样，要是这样来改，就有点儿黑泽明的《罗生门》的味道了。

牛：一种故事的多种视角多种说法？

潘：对。我对生活中的那种暧昧状态一直感兴趣。

牛：或者说，你习惯以一种怀疑的眼光去看待历史。我很欣赏《蓝堡》中的一段话："我愿意用怀疑的眼光去打量一切。我所付出的努力仍然是不屈不挠地追求真实——你怀疑的一切都有可能更加真实。"这很值得创作者和读者思索。我曾经在《中国文学年鉴》里看到陈晓明评《风》的文章，他指出，《风》实际上是企图怀疑一部巨大的历史神话。

潘：我之所以把那部长篇命名为《风》，就因为在我看来，历史的形态与风的形态太相似了，来无影去无踪，每个人都能感受到，但却不能去把握。或者说每个人都能按照自己的意志去把握。就拿最近的《重瞳》来说，尽管我对司马迁的文本进行了另一种解读，但这是历史事件本身提供的可能性，譬如"鸿门宴"中关于项伯与项庄对舞剑器和范增三示玉玦的理解，这种可能性不是没有的。而且我自以为在逻辑上都不失为一说。

牛：有的读者认为，你的这些作品不能算作历史小说，与他们以往的阅读经验迥异。

潘：我不喜欢"历史小说"这个提法，我也不认为我写了多少历史小说。我已经说过，我不过是在寻找一个恰当的叙事载体，来写人、人性、人的命运，以及这个世界的存在和虚无。当然，对像《重瞳》这样的小说，首先还得面对现存的典籍，然后才好天马行空。

牛：我同意你的观点。无论是作家还是读者，都应该不囿于以往的经验和传统的模式，这样艺术才能创新发展。我还注意到在你这类历史题材的小说中，那种具有诗意的意象化色彩与情调的叙事语言，很优雅，所表现出来的苍凉忧伤情绪十分迷人。是否可以说，你是有意识地用美文和接近美文的文体来写的，以构成一种反差，或者有利于叙事的距离感？

潘：有这个考虑。不过，这种美文意味的话语也有可能滑向矫饰。我写东西是根据自己要表现的对象去选择语言的，就像为自己的脚去找一双舒服的鞋子。这里面的学问很大。我觉得从对语言的驾驭能力能看出一个小说家的功力，这应该是看家的本领。汪曾祺说，写小说就是语言，这话是有些道理的。无论是写作中的状态还是叙事的策略，小说家的兴奋首先是建立在句子上。我现在读小说，只要第一自然段读得不对劲，就不会再读了。

牛：作家应该具有文体的自觉，也应该追求文本的丰富性，从而提高文本的价值。这有点儿像演员，本色的只能演一种类型的角色，而表现派的演员却能塑造多种角色。还有，你的作品里颇有一些电影的结构方式，叙事中也不乏电影式的细节、镜头感、画面感、色彩感。这很好，是否与你喜欢绘画、戏剧、电影以及当过导演有关？

潘：艺术都是触类旁通相互交融的。

牛：我希望将来你的有些作品，如《桃花流水》《结束的地方》《秋声赋》，甚至《九十年代的获奖作品》，等等，都能被有才华的导演搬上银幕，那或许能够成为中国电影的精品。

潘：但是，第一流的小说永远只会停留在纸面上供人阅读。

一意孤行——潘军创作随想录

视觉叙事的魅力

——关于《独白与手势三部曲》的对话

时间：1999年12月21—23日

地点：合肥九狮苑宾馆305室

对话人：潘军（以下简称潘）、林舟（以下简称林）

林： 我看到宗仁发在谈你的一篇文章中提到，你曾打算写一个《南方之南——一百个人的独白与手势》，这是不是《独白与手势三部曲》最早的影子？

潘： 宗仁发提到的并不是一篇小说的名字，而是一部电视专题片的名字，我去海南时就带了这么一个计划，想如果有一家公司愿意投资，我就拍一部一百个来海南岛折腾的形形色色的人——用实录的手法把他们的生活状况记录下来。但最初想到写这部小说是在1993年夏天，我记得当时《收获》的程永新到了海口，有一天我俩散步时我对他说，我一直想写一部小说，把图画当作叙事的一部分放置进去。我说我还没有见到这样的小说，尽管这可能是一次叙事上的冒险，但肯定很有趣。不过说过也就过去了。直到1997年春天我重返海口拍《大陆人》，有一天晚上我开着车子在当年生活过的地方瞎转，突然感觉到了那种故地重游的触动，旧时的痕迹除了那种亲切感以外，又一次唤醒了想写这本书的欲望。当晚我回到酒店，拿钢笔画了许多草图。而且我的记忆完全走出了这个岛屿的局限，一直走到三十年前我故乡的一条巷子里。我似乎意识到了，这应该是我这个故事开始的路。那时我就决定，等这部片子拍完后，就开始写这本书了。但当时想写什么东西我脑子里确实没有，让我冲动的还是这种叙事形式。1998年秋天，我在北京拍《对话》，有一天去人民文学出版社和朋友聊天儿，刘海虹向我组稿，我便又一次谈到了这部小说的构想。她也很兴奋，说你赶快给我写吧，我很想编一部带图的小说。所以说，这部小说真正开始操作，其实是被一种外部的热情煽动起来的，并不是到了非写不可的地步。那时正好我有一个空闲，也觉得用于做影视赚钱的时间已经够了，该腾出一块时间写小说了。于是就在北京的寓所里写起来，等写过五万字的时候，我突然觉得我要写的还不是一本书，而是三本。当然每一本都不会很长。我有一个大致的构想，就是从时间上说有一个安排。第一部写已经过去了的三十年，第二部可能只写一个人的三年，到了第三部可能就是这个人一生中的三个月了——时间就这样成倍数地递减浓缩下来。

林：你谈到过，将这三部小说分别命名为《白》《蓝》《红》，是出于对基耶斯洛夫斯基的同名电影的喜爱。

潘：喜爱是不错的，但我不会和他一样去说自由、平等、博爱。我要写的是一个男人几十年的情感历程和心灵磨难。宗仁发不主张我用这个题目，觉得已经有过了，我在和他通电话时就说，我能感觉到这种色彩的冲击。尤其是第二部的"蓝"，似乎整个故事都笼罩在蓝色中了。如果第二部叫"蓝"，那么第一部应该叫"白"比较合适，因为第一部里有一种童年的、家庭的、历史的苍凉感，用"白"贴切一些。那么将要写的"红"是一种什么样的状态，我还没有想好，可能会写生命的辉煌与毁灭吧。这只是一个总体上的感觉。

小说第一部很快就写出来了。面对这样一个十六万字、一百幅图的东西，我还是感到比较有意思。当然这个"图"已经跳出了我们通常习惯的插图模式，不是可有可无，而是把它变成了叙事上的一个层面。既然这样的话，那在文和图之间，我肯定是会做些设计的。这一点在写作过程中我就考虑了。这里面的图，既有具象的，也有抽象的；既有很贴切的，也有不太贴切的——图跟文字之间构成了一种很复杂的关系。比如第一幅图我就讲："你现在看到的这条巷子，是故事开始时的路……"实际上，我在这里带有了某种规定性或强制性，我要求我的读者来适应我规定的这么一种氛围，你不可能把它当作北京的一条胡同或者某个城市的一条巷子，而只能把它当作皖南或皖西南一个古朴小镇里的小巷，作为阅读的一个预备阶段就达到我的目的了。

林：除了你讲的这种"规定性""强制性"，我感触比较多的就是它有一种代替文字的功用。

潘：那肯定是有的——文字所达不到的一些东西。其中一些象征性的东西就更多了。比如我记得写到一男一女组建家庭以后的不和谐，我当时是拍了一幅洗脸盆的图片，如果注意看，这脸盆很别致（发表时的照片可能不太清晰）：首先，它给人一种很冰凉的感觉；其次，它的两个水龙头是不一样的，两个漱口杯也是不一样的，两把牙刷是朝两个方向分支的，边上的手套大概一个红色一个白色——这是我做的安排，它似乎能反映这个家庭的缩影，给人一种冰冰凉凉的、很别扭的感觉，连水龙头都不一致，你可以想象这个家庭不一致的地方实在太多了。

林：图像在某些时候传达信息的直接性和冲击力是文字所无法达到的，当然文字还可以通过想象；除此之外我觉得还有"俭省"——图像插入以后带来的叙事上的俭省。当时我看到小说的开头倒没有想到所说的"规定性"，而是想这样的方式真是太聪明了，如果改换成文字，这条巷子够你写的了。

潘：至少一千字吧。

林：而且写起来不讨好——作为写作者你必须写，而读者可能不愿意读。

林：至少一些人会很厌倦，这是一个什么样的时代呀！

潘：所以我早期曾经提出过这么一个观点：一方面我承认小说的发展其实就是形式的发展，同时我也承认时代对小说的形式会形成一种制约。为什么巴尔扎克时代能出现巴尔扎克式的东西？那个时代的节奏可能就是培育这种小说的土壤，今天我们很难再平心静气地写作或阅读这类小说了，所以有些朋友在写鸿篇巨制时我就想，这个时代还需要再有一部《追忆逝水年华》这样的东西吗？你现在再让我把普鲁斯特的小说重新读一遍，说实话我都没有那个勇气。

所以就像你说的，图画在这里既有省略，又有强化，还有替代，而更多的是它与文字之间形成的内在关系。比如说我需要我的读者调动激情的时候——像小说的最后，犁城下起了这一年的第一场雪——在故事很压抑的时候突然把窗口打开：有一场雪。我感觉到这时候有一场真正的雪的景观出现在面前，那作为读者来讲是一种豁然开朗的感觉，这样气会很盛，不是文字上用一个"雪"字就可以呈现出来的，所以在这里图画又强调了文字的意味。

林：从视觉本身来讲，图片的移动又造成了视觉移动的节奏——这是从阅读这个角度来讲（从你个人写作的角度可能有意识，也可能是不太有意识的），它造成了一种节奏，一方面它调节视觉，避免了我们在一般阅读长篇时难以避免的疲倦感。这一点跟前面相比可能相对次要，但也是一个不可忽略的作用。

潘：是的，我当然考虑了这个问题。我为什么要强调时代对形式有一种制约？我所做的一切努力都是希望这部小说变得好看，无论是哪一个层面上的好看，现在看到的发表的或转载的都不太明朗，因为篇幅的限制，它们中间省略了大部分的图片。所以《小说家》发表第二部的时候我对康伟杰说，图可以省略一部分，但把省略那部分图的位置标示出来，因为会出阅读衔接上的问题。

林：当我看了《作家》，再看《小说选刊》的时候，这个问题就很明显。有些在《作家》中有的图片在《小说选刊》中没有，反过来也一样。我想等拿到书的单行本会得到一个完整的印象，会更好。

潘：另外，这些图还有一些其他的符号功能，比如说，小说中涉及插队、农家的炊烟，包括那条狗，父亲当年发配到原籍的草舍，这都是有一种历史感的东西，而且这些具象的东西实际上具有某种抽象的意味。

林：这里面你比较多的画面是关于"手"的，我还曾经看过一些摄影集——关于"手"的摄影，你的《独白与手势三部曲》这个题目，还有里面有些语句谈到韦青的手、雨浓的手，还有给我印象比较深的父亲擦旧自行车的手、母亲打算盘的手，这些是你拍摄的照片，还是画作？

潘：一开始是拍的，后来我在画面上做了点处理，书里的制版与杂志里面不一样，有的做成了木刻和负片的效果，看起来更有味道。

我记得拍机关门口，我强调的是门口的交通标志：不许拐弯、不许鸣笛、不许掉头……很多的不许，在还没有进这道门之前就有许多不许了，进去了肯定更多。等真的进了里面，我又拍了一组楼梯，让你觉得似乎怎么走都不对头。这些都是文字本身不能替代的东西，一种暗示、一种隐喻在里面。我也听见这样的反馈，说把你这部小说中的图拿掉照样可以读懂。这一点不错，但是你不可能读出一部带图小说的同样的味道，这是两回事。

林：事实上作为某种极端操作方式，单独拿出这些图片，按照某种序列排下来，本身就具有一种意味——我之所以想到这一点，是因为你曾经提到你动了写作念头以后就画了些草图，而这些可能有意无意地对你后来的写作产生了影响和暗示。

潘：是的，我当时画下一些我自己能够看得懂的图。可能是这些图画调动了我的记忆，这部小说虽然不是一部回忆录，但它与我的某些履历有一定的关系，故事可能是虚构的，但每一阶段的感受却很真切。所以我特别把一些提示历史的部分做得很具体，包括插队时期我画的一些素描写生，我都把它们找出来放进去。

林：比如那种"文革"报纸拼贴的图片……

潘：那强调的是一种恐惧感。

林：这样的感觉像我们可能还可以感受到，但更年青一代的人如果没有图片就很难想象了。我还想知道，你为什么命名为《独白与手势三部曲》？

潘：有许多人这么问过。首先，我觉得这几个字放在一起很有吸引力。同时我后来又想到一个问题：这两种都是一种叙述——"独白"是一种叙述，"手势"同样也是，你可以把它理解为"独白"是它的文字，"手势"是它的图画；你可以把它理解为"独白"是可以说的，而"手势"是比画出来，难以言说的。想到这些，我感觉还是有点儿意思。

林：还可以做这样的理解："独白"是发自内心的、无形的，"手势"是一种外在的、有形的，这个题目可以唤起我们特别大的想象空间。

潘：这不是类似"战争与和平"这样的对立。

林：你在这里面时间的处理上采取了编年，第一部是1967年到1988年……

潘：从结构上讲，小说的时间形成了这么一个规律，一个是记忆的时间，还有一个是写作中的时间——它以一次回故里的探寻作为纵向的线索，然后把自己三十多年的经历调动起来。第二部则是以主人公到南方去拍一部电视剧作为现时的贯穿，来写三年的流浪生活。每一部既独立成篇，又与另一部有所联系。第三部则是消解在1999年的三个月中间，但又填补了自1996年以后的时间空白。

林：从第一部来看，大致有两个层次，实际上还有一个层次，小说中标出的写作时间实际上是虚构的写作时间，还有你实际的写作时间，我想这种标出的写作时间除了揭示你刚才所谓的回故乡的经历，还有没有其他更多的对应的考虑？

潘：你的意思是？

林：我的问题在于，比方1997年10月31日写的前面这些事情，事实上在小说叙述的可能性上来讲，此刻不一定和前面叙述的1979年的事情有关，这当中有没有具体的编排？

潘：具体的编排没有。当时我只是想，作为一部长篇小说，而且又有图画介入小说中间去，这么一种综合性的文本，或者叫作双重文本吧。如果在故事上再有很复杂的编排，那么这个小说读起来会很累，因此在小说的发展过程中基本上还是按照一种线性的东西；尽管联想与随意的成分与比重很大，但从主干上讲还是一种线性的。这一点我没有把它改变掉，就像一个孩子从小到大，中间可能述及三十年以后，但主干是线性的。

林：之所以有这个问题，是中间提到了雨浓，小丹说"明年我们去看看雨浓吧"之类，当时我想假如把雨浓的事情留到现在去说也未尝不可……

潘：但那种冲击力，包括留下来的悬念，可能达不到现在的效果。

林：对。

潘：这种安排我觉得是一种技术上的问题。或者说把它当作一种手法、一种技艺来理解，都可以。"我"是在1997年回顾这个事情，知道这个事情的结果，它已成定局，但读者还在期待这个事情的结局，所以即使为了使这个故事完整，"我"在1997年的这一天提示这件事情的结果，但是我不能把它完全抖出来。像这样的结构在小说中不是一处，比如主人公与李佳的离婚，第一部小说中没有涉及，但从阅读的角度讲，大家肯定都知道。在知道的同时又很关心下一步：他们是怎么离婚的。

林：人称的运用是这部小说又一个重要的形成因素。

潘：在人民文学出版社发排时，有编辑问我，小说中两种人称交错着使用，看起来挺舒服，但是有没有什么规律性的东西？为什么这个时候用第一人称，那个时候又用第三人称？我说这是显而易见的，只要是属于"手记"的部分都是第一人称，而且是1997年的第一人称，而不是故事中的第一人称，虽然手记中间经常有将现在和过去衔接起来的东西，但这是以1997年的男人口吻在谈他过去几十年前的事情，语气是完全不一样的，这就不仅仅是人称的问题了。而只要是第三人称，都与故事中那个人的具体年龄和人生阶段完全一致，譬如一开始他是个十岁的孩子，那就完全是十岁男孩的视角、感受、所作所为。

林：在人称交错使用的处理上，我还注意到，写1977年以前的，你在人称的运用上是"他"在先，"我"在后，给人以由远到近的感觉；写1977年以后的，就反过来了，"我"在先，"他"在后，由近到远了。而到小说的最后又翻转过来，并且由"他"来收束。

潘：对，但这种变化不是预先设计的，小说写到这个程度后就自然而然地形成了这个样子。预先我没有设计要在写到1977年这个时候掉头，你刚才这么一说，我才意识到这一点。

林：这种变化在很大程度上形成了节奏的转换，与第三人称相对应的是客观性的叙述，而与"我"相对应的则是抒怀性的感喟和议论，相对张开一些。这样交错开来，流畅而富于变化，叙事的空间也显得非常饱满。

潘：这样的语言和叙事效果是我一开始写的时候就希望达到的，人称的转变确实能带来很有意思的东西，生发出一种意味。至于这当中内在的节奏，是在写作中自然出来的。小说最后有一个好像急转弯的东西，写"他"打着一把伞，在黑夜里面，看着空中的雨，似乎于黑暗中看见空中飘浮着女人的手势，实际上是他正准备走进小说的第二部。

林：在这个长篇中，你采取了一种类似自传体、编年体的写法，小说中还写道："在这个资讯沉重信息爆炸的时代，回忆让我宁静，心如止水。"这是不是意味着你写这部小说一个比较潜在的动机是通过叙述达到的宁静来抵御你置身其中的世界的喧哗？

潘：不排除你说的这层意思，但我更想强调的是，对于一个小说家来讲，小说的美是一种叙述的美。就这部小说来讲，我确实赋予了它某种自传编年的特性，但是我更愿意在博尔赫斯意义上来理解"自传"。他说：严格讲起来，任何一次写作都是自传。这部

一意孤行——潘军创作随想录

小说除了故事本身按照小说需要编排、有所设计以外，应该说小说中的感情体验是比较真诚的，从某种意义上讲，与我个人的生活经历中的烙印是分不开的。另外，我非常迷恋小说中细雨迷蒙的忧伤气氛，我是在追求那种不动声色的比较节制的，同时又是舒缓而忧伤的这么一种叙事效果，就像一个人关在屋子里，面对窗外的雨在回忆自己，在自言自语，同时又好像在对一个自己信赖的人倾诉、默想，既有一种倾诉的成分，又有一种默想的成分。这种东西，我觉得只要做完整了，应该说，它就是一种很好的东西。

林：这可能决定了小说宁静而有所节制的舒缓的叙述状态。我感到节制在这里显得很重要，一开始我有点儿担心，这会不会是很伤感、很苍老的情绪的弥漫，容易流于煽情一路？但后来我发现这担心是多余的，你的叙述不仅是传达忧伤，也是在平息忧伤；在唤起人的共鸣的时候，也在让这被唤起的东西缓缓地流出去，剩下对生命本身的体认和追索。

潘：我并不人为地去调动什么、煽动什么，或者说不去有意识地刺激你。我觉得小说本身需要我在一些时刻笔墨重一些、浓一点儿，我按照小说特定的要求将它做完，整个来讲追求的是比较苍凉忧伤的东西，这也就是我将这第一部称为"白"的原因。这种东西可以称之为小说叙述的色调或者说主调、主旋律，从我写第一个句子的时候，这种东西就开始在我心中积淀起来了，并且贯穿始终。

林：在情绪氛围的营造过程中，你对叙述的控制似乎很敏感，往往通过节奏的转换、画面的转换，起到一种淡出或淡入的效果。这种控制对你来说是否需要刻意而为呢？

潘：当然有可能在某种情绪泛滥开来的时候，当我预感到读者将会沉浸于其中的时候，我就将它打断。这种控制应该说有时候是有意为之，有时候则是小说自身的规律在起作用。我的意思是，当你通篇都追求一种叙事效果的时候，你不可能在某一个局部变得不和谐。我写过的几部长篇小说，都是一气写下来，从不来第二遍，完成后只是做细小的局部性的调整。我想这可能不仅是一个作家的写作习惯问题，而且更是一种状态。

林：在《独白与手势三部曲》第一部里，林之冰这个女性的形象与其他几个女性相比，与"我"的关系的展现，显得不够似的，好像没有进入叙事之中就撤了，是不是她将在第二部中占据重要的位置？

潘：确实如你预感到的，林之冰其实严格讲起来属于第二部里的人物。在第一部里写到她，是因为我觉得故事本身有它的规律，我需要这么一个短暂的情感生活的片段，然后就像一根蜡烛被吹灭了似的很快就无影无踪，我要这么一个东西。这样当这个人物在第二部中出现的时候，你再回头读，人物会显得相对完整一些。

林：对"我"与林之冰告别的安排，小说的叙述显得有点儿陡，情绪的表达有点儿匆忙，不那么饱满，总好像还没完似的。

潘：涉及这个情节的地方，本来有一幅冲击力很强的画面，杂志排印时未能印出。我当时真的专门找了一男一女，拍了一个隔着玻璃的手叠合在一起的画面，背景是一架外国的飞机。在电脑上做了一些虚化的处理，处理成梦幻般的状态，因为这个场面是在

"我"的想象中完成的。如果有了这幅画，可能会冲淡你上面的那种感觉。

林： 冯敏在《小说选刊》（长篇小说增刊）的"阅读札记"里谈到，他作为插过队、当过知青的你的同时代人，也读过其他知青题材的小说，却从来没有哪一部像《独白与手势三部曲》这样让他感动，虽然你这部小说对知青涉笔并不多。这让我想到一个话题，即所谓"知青文学"，不知是谁说过，知青这块题材在中国是浪费掉了，没有很好地写出过。实际上，就题材而言，阿城的《棋王》是知青文学的一个很好的开端，可惜没有更好的后来者。我觉得你这部小说在这方面显示出了它的价值，这可能不仅仅限于知青生活的描写。它意味着整个对生活的忠实，这忠实不是针对具体的事情，而是一种情感的、情绪的忠实。

潘： 我想，之所以会给冯敏那样的印象，可能是因为我以一种诚实的态度对知青生活做出了理解和还原，就像我小说中表露的那样，我对知青生活就是那种态度，我对知青生活的状态就是那么一种理解，没有那么多壮怀激烈的东西，那种矫情的东西很让人厌烦。你刚才提到阿城的《棋王》时说得很准确。我当时看阿城的《棋王》时就觉得，他写得最像知青，知青就是那种样子，就像我个人小说中写的——偷鸡摸狗的，跟赤脚医生通奸、互相之间倾轧挤对的等等，但同时他们又被无知的人凌辱和管理，背负着巨大的精神苦闷。因为我把当时所经验的东西很朴素地表达出来，这就是对生活的忠实。而有的人总是把知青拉到一种英雄的境界，那是最虚伪的作品。还有那种充满感伤的留恋或者充满怨愤的控诉，也是如此。你控诉什么？哪一个知青当时不是唱着歌、戴着花下去的，是不是？所以你刚才说到对生活的忠实，我觉得落实到作者的笔下就是对生活的一种很朴素、很诚实的表达。这很重要。同时在对情感的问题上也是一样。我倒不是说要写一部忏悔录，虽然冯敏在"阅读札记"中提到了卢梭的《忏悔录》和帕斯捷尔纳克的《日瓦戈医生》，我觉得任何一个人，我们在街上随便找一个人，他的故事都可能很动人，他的经验都可能触动你，关键在于我们用什么样的方式和态度去表达。

林：就冯敏的感受而言，他所谓的打动，可能是知青中的那种沉默的东西在你这里得以呈现与表达，阿城的《棋王》里有许多这方面的表现：像一开始写知青们上火车，太阳照在屁股上；写宿舍里喝麦乳精，喝得满屋子喉咙响；等等。细节表现的力量蕴含其中。但《棋王》有一种对生活之外的追求，就像它描述的"九轮大战"，营造的不是英雄的英雄，扯到庄老文化上去寻求支持力，这反而削弱了小说的力量，这种东西往往造成了生活的沉默。

潘：就像我们刚才提到的，抛开空虚层面谈生活本身的表达，我觉得有些作家的小说之所以不好看，第一，是他本身对生活、素材的态度不诚实；第二，就是他们本人的表达能力受到局限，他写不好。这可能就是一个好作家和一般作家最起码的区别。像我们到今天谈论《棋王》，还能够记住它内部那些很生动的东西，那些充满了智慧的语言和句子，一般作家写不出来。而有些作家则写得毫不生动，小说中的每个人物都像演员一样，他的出场是有设计的，他的每一个动作也是有设计的，让人觉得这不是在阅读一部小说，不是通过小说在了解那段历史，或者重现、再现、表现那段历史，而只是感觉到我们在看一个历史名目下的活报剧，啼笑皆非。

林：构成《独白与手势三部曲》整个叙事的核心线索是一个少年到青年到成年的成长过程，具体地说是他跟几个女孩、女人的关系，就你个人来讲，这几个女人在你进入写作的时候是不是处在同等的位置上，负有同等的使命，譬如说构成你的叙事不同阶段的兴奋点？

潘：关于几个女人的故事多半是虚构的，我在写作中间不可避免地要把性爱、情爱等问题涉及进来。围绕这个问题相继出现的女性当然有不同的使命。比方说小丹是他的青梅竹马，从小在一起长大，有一种早就是一家人的感觉。但恰恰是这样的关系，使得他们两家人都没有预料到两个孩子长大了会在一起，因为一个很现实的问题明摆着，正如小说中的小丹所说：我俩好了，将来我们的孩子还在农村。记得我们小时候经常看到有人家嫁女儿非要选择一个党员、一个复员军人，尤其是那些出身不好的人家，特别希望通过这样一种方式来改变家庭的血统。其实这部小说中写的两个人即是如此，虽然很好，但家庭的磨难——两个右派家庭的孩子——给他们的打击是很大的，他们之间很难焕发出那种少男少女的情窦初开的东西，更多的倒是一种亲密无间与情同手足的关系。但他们毕竟不是一家人，当后来这个男人在十几年后受到个人家庭、情感的危机时，小丹去搭救他、去抚慰他的时候，比任何人都从容。前几天施战军给我来电话，特别提到了小丹这个人物，说自己简直爱上了她——他说小丹往一把小牙刷上挤牙膏的细节令他感动。

林：我觉得这部小说的表现摆脱了20世纪80年代我们习见的那种模式：男人离开女人开始到城里闯荡，男人在城里受难以后，回到女人怀抱得到心灵的慰藉，像《人生》《浮躁》是其典型的代表，这种模式往往是所谓"两种文明的冲突"这样的话语范型所给定的。而小丹在这里没有出现这样的模式，就是人与人之间的非常正常、自然的关系呈现。

潘：我的要求是这样的：每个人的行为只能出现在这个人身上，如果你把这个人的情节移到另外的人身上，肯定不真实。如果小丹从小不是跟"我"情同手足，就不可能出现施战军提起的那个细节。小丹说"你带牙刷了吗"，回答"没有"，小丹说"那你用我的吧"——一般的女孩子很忌讳出现这样的事实。也就是说小丹没有一种从本能上嫌弃"我"的东西。可以想象这样的场景：在冬天里的一个小屋子里燃起一盆火，小丹把孩子交给保姆，她过去陪那个男人——我觉得只有小丹这样的女人才做得出来。因此小丹与"我"的情感是一种青梅竹马又恰恰不是初恋的关系，真正的初恋是雨浓的出现。就像雨后的彩虹，转瞬即逝，什么都没有了，留下来的是那种匆匆而来匆匆而去而又一辈子留在心里很难抹去的东西，犹如一支挽歌。他跟雨浓之间连表白的机会都没有——他只是在梦中梦见她的手，凭着记忆把她的手画下来，最后这双手印证了一次凶兆，不可知的凶兆，居然与他梦中记录下来的东西相吻合。这种东西更多的是一种形而上的精神的东西，它构成的初恋就很难磨灭了，它发生在任何人身上都是很难磨灭的。

林："韦青"这个人物，在我个人看来是写得最好的一个。

潘：这可能是因为小说在韦青身上赋予的成分比较复杂，他们一开始就预示了一种恩恩怨怨的开端。当"我"被莫名其妙地从学校赶回来的时候，他还不知道给他送信的女人就是接替他教书的女人，他还没来得及恨她就爱上她了，而且她是他一生真正拥有的第一个女人，而他也是她一生中的第一个男人，这对任何人都是刻骨铭心的。韦青的出现，使他一下子从雨浓的精神层面到了另外的层面。但恰恰最后在这么一对具体的人身上，有着一个教育局长的女儿和一个右派的儿子之间的不和谐，于是他们之间只能是一种激动人心但又不可能长久的一次爱情寓言，或者说是一次爱情的彩排。然而当分手已成定局的时候，社会历史又改变了——人生就是更多的无奈和毫无办法，是弱小的命运在变幻莫测的现实面前受到的不可捉摸的安排。因此这几个女性的出现在小说中都负有特殊的使命，有青梅竹马的朋友（恋人），有平生的第一个女人，有结发妻子，她们作为女人的使命是无法互相代替的。我的单行本责编刘海虹说，在几个女性中，她认为写得最好的是"李佳"，她认为"我"与"李佳"之间那种微妙的关系很细腻，也很感人。

林：在写"我"与几个女性的关系中，你没有回避性的表现，但很显然，你很看重的是其间一种唯美的东西。

潘：我曾跟别人谈过，像"性"的问题，我觉得有些人写得很脏、很低下，在某种意义上不仅是污辱了读者，而且是污辱了"性"。我觉得，只要你对人生采取很诚实的态度，对性的表现就会在写作中出现一种它本来难以磨灭的光辉。因此，我想我有时虽然写得很"性"，但很干净。

林：王小波的《黄金时代》也写了知青生活中的性，我感到他是采取极端的方式打破性话语的禁忌，然后让性的自然状态呈现出来，他对性的表现相对夸张一些，让人在摩擦中感觉到热度，在扭曲中感知正常。在他这种表现中，自然的性映照的是性的不自然，是性话语的被禁忌、被压抑。我觉得你这里面相对来说不存在那种压抑，你是自然而然地生发开来，让人生出对生命本身的怜惜。但你的这部小说里这方面还有个比较，那就是在"我"和李佳的关系中，情感与肉体的隔离，你比较多地呈现了那种苦涩感。

潘：李佳一开始出现就是一个理性很强的女孩子，而且有一种特别果断的素质：十八岁就开始担心他们的性格会合不来，认为不妨往前看一看，等一等。这样的女性与"我"相遇，作为局外人可以预见到他们的某些结局。在性的问题上，一个是从文字上了解男人的少女，一个是在农村获得过性经验的男人，这种差别对他们的情感生活影响至深。小说中有一次写到"我"的感受，他觉得自己就是一件家具，已经被油漆了一遍，要想掩盖过去，唯一可行的方法就是必须用更重的油漆再刷一遍，才能把过去的痕迹覆盖住。这种感觉注定要在他与李佳之间发生。

林：这里面是不是还有一种自然层面上很磨人的歉疚感？它给人的不仅是一种挤压，更多的是一种撕裂。

潘：我想这就是一种磨难吧——情感的磨难。小说中有个情节，男人在犁城的街头遇到一个陌生女人，无意中说起了韦青，并且说韦青曾经流产过一个孩子。于是他急忙就往火车站赶，想买票去上海看她，但事到临头又突然退出来了，因为他自己新婚不久的妻子李佳正怀孕呢。这种东西在现实生活中的确是一种很磨人的东西。这里面有情感，有良知，有道德，有责任，有道义，等等，纠缠在一起，用忏悔、歉疚等都不好概括，我倒觉得应该是由此引发的一种心灵上的沉重。

林：在表达这些内容的时候，我感到你关注的是人作为个体的存在，是一个人生活中隐秘而深层的东西。但是，这些与个人的生存空间紧密相关，那么你是如何看待和把握这两者之间关系的呢？

潘：我觉得无法剥离。如果你仔细去看，每次主人公遭遇情感的磨难，它与特定历史境遇都是相关的。比如他最初与小丹不能萌发初恋般的爱，那本来应该是田园牧歌式的情感，为什么无法产生？后面的情感遭遇更是这样，他与韦青的关系的起伏变化的重要契机都隐藏在社会的变革之中。他与李佳的关系几转几合后成为夫妻，二者格格不入的处世哲学在各自工作的空间里突显出来，并且反馈到了家庭内部。所以每一次情感的磨难都与特定的历史时期休戚相关，这里面当然也可能包含着中国人特殊的情感方式。但同时，我在写个人和生命本身的状态——生命本身在这个历史时期呈现的状态就是这个样子，这里面不存在什么地域性等各种限制之类，除了他的人生经历与小说的主人公完全不一样，都可能在主人公身上找到一种举一反三的东西，应该说它带有一种普遍性吧。

林：小说中这样写道："这些年我总在反省，我发现总有两个女人同时出现在我的生活中，构成了我生命的两个半球，缺少一个我的生命就转动不起来。"——这一点更多的是一种叙述上的考虑还是情感状态上的考虑？我之所以提出这个问题，是因为越看到后来，越觉得不仅仅是两个女人的问题，小丹、韦青、林之冰、李佳，各种影子都在不同的角度照射着这个男人。

潘：你问的这个问题我觉得比较机智，可能最终考虑的还是叙述上的一个要求，并不是特指，当然在某一个阶段是两个女人充当着至关重要的角色。不过，你上面引的那句话的后面还写道：一个男人的历史实际上是由女人来书写的，每一次书写就意味着对历史的不同修改，写这部历史的可能是一个，更有可能是几个，甚至十几个——我可能还是在强调男性个体生命的存在方式，虽然我没有对这个问题做道德上的评价，但我揭示了这个问题。这个男人经受到无形的、有形的许多东西，最后他与一个女人躺在一张床上，心里很有可能想的是另外的女人，生命的这种状态应该说是相当复杂的，我在强调男人个体生命的一种存在方式。我不大相信男人与女人的白头到老，相厮相守，但同时我又相信，一个诚实的男人都会向往这种生活，只是他永远得不到这样的生活。这是男人的宿命。

写作是未知不断显现的过程
——答安庆师大研究生问

时间：2016年4月28日

地点：安庆迎宾馆1416房间

访问者：陈宗俊、熊爱华、宋倩（以下简称问）

受访者：潘军（以下简称潘）

问：有人说"怀疑"是您小说中的基本语义，您怎么看？

潘：某种意义上，"怀疑"是先锋作家的共识。可能是我的小说中这种语义表现得更为强烈一些，比如早期的《南方的情绪》。这种怀疑基本分为两个方面：一种是个体生命对外部世界的质疑；一种是对自己身份的质疑，就是哲学上"我是谁"的问题。从我个人创作的角度来看，受存在主义哲学影响比较大，即使是在先锋小说式微之后，我的作品里，怀疑的语义并没有消失，甚至更加强烈。比如《合同婚姻》就是对人类婚姻制度的质疑。所以从这个意义上讲，这种定位还算是准确的。我的一些作品，像《南方的情绪》《流动的沙滩》《爱情岛》，以及后来的《三月一日》，甚至包括《重瞳——霸王自叙》，都充满了怀疑。《重瞳——霸王自叙》既是对历史的怀疑，也是对项羽自身的怀疑。项羽是司马迁笔下的项羽，还是我心目中的项羽？这一切都是怀疑。

　　"怀疑"不仅仅是作家有，甚至是学者都应有的。我对学者或者学术的基本定义是，一家之言，自圆其说。首先这个观点是你自己的，不是别人的，然后你把这个观点从逻辑上整体地圆起来，这就是学者的定义。如果说这个东西你把它论证得再好，已经有人说过或已经有类似的观点提出来了，那么这个学术行为本身就大打折扣。作家更是这样。《重瞳——霸王自叙》是很鲜明的，那么多人写项羽，为什么《重瞳——霸王自叙》成为一个另类而引人注目？首先是我对司马迁《史记》为代表的一些典籍的质疑，他们没有打开、拓展的空间我把它打开了，拓展了，然后我去寻找了另一种可能性的解读。这种解读的前提是，我丝毫没有改变历史典籍提供的事实，否则就是杜撰了。这种寻求解读的过程其实就是怀疑的过程。一个好的作家必须具有怀疑的精神，包括你们读书，也要有一种怀疑的眼光。只有怀疑的眼光，才能发现书中的观点与自己之间的一种对应关系。我不希望你们轻易去认同某个东西，我希望你们去怀疑一些东西。这也是胡适先生所倡导的"大胆质疑，小心求证"。

　　问：您曾说，知识分子存在的价值首先表现为有勇气面对站在社会的对立面上，应该拥有一种质疑或批判的立场。那对于批判之后，我们能做什么，您在作品中是如何处理的？

　　潘：我觉得对知识分子这个概念首先要做个解释。知识分子和拥有一定知识的人是两个概念。我觉得知识分子应该具备三个条件：第一是有一个自由的灵魂；第二是有一定的文化修养；第三是有一定的社会担当。具备这三种元素的人可以称为知识分子，而不是拥有很多学历、学位、头衔的人。我们拿这个标准去衡量很多人，大多数都是不称职的。正因为我对知识分子有这三个元素的定义，因此才能拓展我后来的观点，既然你有社会的担当，就必须站在社会的对立面上。这是知识分子的使命，也可以说是宿命。只要是配为知识分子的人，都要永远站在任何社会的对立面上。无论这个社会是专制的还是民主的，知识分子的责任就是要批判社会。批判社会、批判政府不等于反社会、反政府，二者截然不同。但是要做到这一点非常不容易，我本人就做不到。因为担当往往需要付出沉重的代价，这种情况下，我只能最大限度地保存内心的良知。

作家的责任就是发现问题，提出问题，但是作家没有解决问题的能力。他把这个问题通过自己的作品展现出来，呈现出来，引起全社会的关注。比如说《合同婚姻》。它是一个没有政治偏见或带有意识形态色彩的小说，但这部小说提出了对人类婚姻制度的质疑，婚姻作为一种制度是否合理？人类发明了一系列的制度，初衷是让人更成其为人，就是说人应该更自由。但是，婚姻这种形式究竟是束缚了人的自由还是丰富了人的自由？我的观点是束缚了人的自由。这中间我提出了自己对婚姻制度的质疑和个人理解。我觉得男女之间应该是你情我愿、两情相悦的，这是最好的男女交往关系。人生就是一场旅行，到一个码头会停下来看一看、玩一玩，然后继续旅行。你很难想象一个人会在码头上睡一辈子。《合同婚姻》后来改为话剧，北京人艺首演，轰动一时。但是连续演了三年之后，突然停演了，据说是有人说了，这个戏挑战了《婚姻法》。

我就很奇怪，《婚姻法》为什么不能挑战？任何法律永远都是受到挑战的。不挑战你修订什么？正因为有挑战，有瑕疵，所以才要不断地修改嘛！但是去年意大利米兰国际戏剧节演出了《合同婚姻》，翻译成意大利语，由意大利的演员来演，效果很好。美国华盛顿特区的一个话剧团也演了，效果也很好。

再如《死刑报告》，它充满对死刑作为刑罚最高手段的质疑。因为这里面有一种宗教情怀。死刑犯首先是人。按照基督教的观点，大家都是上帝之子，当你的一个兄弟犯了错误，另外的人以上帝的名义去剥夺他的生存权是否合理？尽管他是十恶不赦的，但是作为个体，他是生命。这种宗教情怀中有一种巨大的宽容。尽管很多人会不理解，甚至很多国家不接受，但从人类文明发展的趋势来看，这个星球上人类肯定会废除死刑，这是我本人对死刑的一个态度，一个立场。

问：您的小说常常表现出对权威的质疑与消解，对约定成俗的成法的颠覆，还塑造了很多令人印象深刻的叛逆者形象，如叛逆的机关工作者、漂泊者等，这是否与您自身的反叛性格有关？

潘：是有关系的。我自幼在逆境中成长，这种先天的生活环境可能对自己性格造成一定影响，是一种在逆境中成长的反叛者。林斤澜先生曾经说"潘军"就是"叛军"。这种叛逆可能会贯穿我的一生，直到现在。所以在我的作品中，"叛逆"这个意味是一以贯之的。无论是小说中涉及的一些主人公形象，还是第一人称的"我"，都很鲜明。因为叛逆有一定的指向，比如对权威的挑战，对世俗的挑战，个体对群体的挑战，个人对外部世界的挑战，如此等等。我曾跟朋友说，我们这些人见面不要谈名利，所谓的名利这种东西当下是不好界定的。任何说法都站不住脚，唯一能站得住脚的是时间。所谓百年之下皆垃圾。我觉得我一辈子最大的收获或资本是两个方面：第一个，是我拥有了一份中国知识分子罕见的个人自由。从1990年脱离机关到安徽省文联成为专业作家后，从此与这个体制就没有多少关系了。当时我发了个口头声明：第一，辞去一切职务；第二，放弃一切待遇；第三，不接受任何一项具有官方色彩的荣誉。从后来的情况看，我应该是基本上做到了。第二个，是我后来做影视，自食其力、自给自足，这样就可以对任何事情说"不"。因为作家是需要养的。写作不仅是一个艰苦的职业，也是一个奢侈的职业。

问：您的很多小说中，对历史、生活的质疑常常表现为宿命和无常，拯救上的虚无。您怎么看？

潘：质疑、宿命、虚无也是早期先锋作家一个比较默契的共识。我们这些人成名于20世纪80年代的中期，文学界有这一批人出现了，前后不到十个人。当时风头比较猛的是余华、苏童、格非。这中间有一个时间差。我在1989年后离开了机关，后来去了海南岛，下海了，从1992年—1995年，前后终止了四年的写作。那个时候恰恰是他们写得最多的时候。到了1996年初，我以中篇小说《结束的地方》结束了我短暂的经商生活，重新回到写字台上。然后就陆续写了一批作品，包括《海口日记》《三月一日》《秋声赋》《重瞳——霸王自叙》《合同婚姻》《纸翼》《枪，或者中国盒子》等中短篇小说以及《独白与手势三部曲》《死刑报告》等。

所以我们之间有一个错位。方维保说过，我算不得先锋作家中最为耀眼的人物，却是落幕时的关键人物，因为我的创作，才使先锋小说没有草草收场，而有了一个辉煌的结局。这个意思后来被普遍引用，当然是对我的鼓励。

我对宿命的主题本身似乎有一种迷恋。这种迷恋最早呈现在我的一部叫作《蓝堡》的中篇小说以及第二篇长篇小说《风》中。《蓝堡》中那对畸形的兄妹关系，《风》中那种家族式的复杂关系，有一种历史的戏弄与无奈意味，甚至是历史虚无。《风》其实也就是这样。不管它千流百回，绕了多少弯，最后是这一家人血脉相连的历史错位。历史对他们确实进行了嘲弄，这种宿命不是某一种力量可以改变的，好像是与生俱来的东西。

问：《风》《南方的情绪》《重瞳——霸王自叙》《秋声赋》《独白与手势三部曲》等小说中，您都偏爱第一人称的叙事方式，是有意这样做的，还是出于习惯？

潘：一个作家采取什么样的写作方式或叙述方式是根据题材而定的，特别是像我这种比较另类的作家，往往是形式大于内容。我在写一部小说之前，不像有些作家，他们会有一个详细周密的提纲或初稿，我很大程度上依赖写作的即兴状态。即使是《风》这种长篇小说，在写作之前，我并没有意识到故事的走向，更不知道小说的意味在什么地方，只是知道这有可能会写一部长篇小说。所以我曾经说，不是作家在引领小说，而是小说在引领作家。这里插一段题外话，关于小说的分类。所谓的长篇、中篇、短篇，教科书上一般按文字量来分类。比如，以前20万字以上或15万字以上，现在甚至是10万字以上的，算长篇。其实我觉得这是不科学的。我觉得分类的首要标准应该是写作的意识，或者说是小说意识。因此，在我的小说里，当我认定这部小说只能是短篇小说时，我绝不可能把它写成中篇小说。甚至我觉得用小说表现不是最好方式的，用话剧表现可能会更好。我有一部话剧《地下》。当时别人建议我把它写成中篇小说，我说这个写成小说不好，因为我脑子想的是舞台上话剧的效果。我能想象几个演员在舞台上，在虚拟的黑暗的空间里表演，我当时追求的是这个效果。当然你把它写成小说也没有问题，但是我认为小说这种形式肯定比不上话剧强烈。这样的划分只有在比较严密的作家那里才有清晰的意识。小说的分类与字数多少关系不大。举一个例子，鲁迅的《阿Q正传》，前后也就两万字，按照过去的划分是短篇小说，但从构架意识上怎么看它都是中篇小说。它的结构方式、事件容量、发展、起伏、跌宕，不折不扣就是中篇小说。因为短篇小说没有能力承担这样一个题材。再比如汪曾祺的《大淖记事》，写得洋洋洒洒，好像也将近两万字，但怎么看都是短篇小说，不能成为中篇小说的构架。长篇小说的意识、范式肯定不一样，不是说一篇小说字数够了，就是长篇小说，字数不够就是中篇小说。

第一人称在叙事上最大的效果是能让你的小说营造出一种氛围，让读者有一种身临其境感、现场感、亲近感、零距离感，甚至有一种替代感。这种替代感好像作者说的不是他的故事，而是你的故事，因为能容易唤起你类似的经历。当然，我可能用第一人称写得比较多点。《风》其实用了三个人称，主要是第一和第三人称，时下的"我"在追寻过去的"他"。《秋声赋》中"我"扮演的是目击者、转述者，"我"听别人转述的故事。只有像《海口日记》《重瞳——霸王自叙》《独白与手势三部曲》才是真正使用第一人称。《重瞳——霸王自叙》我曾经写了三个开头，最后采用了"我说的自然是我的故事，我叫项羽"才一气呵成。这种开头有一种写作的向往，而且建立了我的叙事自信。《重瞳——霸王自叙》其实就是想把过去的历史拉到你的眼前，让你感到不是历史，而是当下的。正如克罗齐著名的观点"一切历史都是当代史"。从视角看，这个"我"是项羽的亡灵，漂浮在我们的苍穹之上，俯视今天，感慨万千，他说出了自己的故事，为自己辩护、倾诉。《独白与手势三部曲》带有个人履历的底色，但不是回忆录。因此很能唤起那些与这个时代相关人物的记忆。所以，第一人称的选择还是根据题材的选择而定下来的，这里没有完全的个人癖好问题，只是觉得用第一人称的叙事意味会更好一些。

问：《独白与手势三部曲》采用的是图文相结合的叙事手法，这种文体上的创新是出于一种自觉的追求吗？绘画为您的叙述带来了什么？

潘：是文体上一种自觉的追求。我曾经跟别人讲，我不是中国最好的作家，但我是同时在文学、戏剧、影视、书画这几个领域都能做到六十分以上的作家。我做不了第一，但可以去做唯一。这是我的优势。所以我当时就想，能不能把小说中文字叙事的一元变成二元，甚至可以变成三元，随着科技的发展，如果是图文并茂的小说，同时有声音、音乐的小说，这也是很有意思的尝试。因为现在还没到时候。到时候，我可能会把《独白与手势三部曲》配上一些心理的独白、朗诵，甚至一些背景的音乐，然后呈现出书中想要的画面，这也是可以考虑的。当时我觉得把两种形式集中在一个文本里，这种尝试不管是不是始作俑者，至少对我来说是能让我内心激动的事情。后来很多搞批评的人也对其做了肯定。尽管这种东西一时构成不了可比性，因为它已经是一个存在了。别人也做不了，不管是不屑于做还是能力有限。我曾在大学里做讲座，也有学生提出类似的问题。我当时就说，这种尝试肯定是前无古人，将来要是写文学史，研究小说形式的发展，这应该是一个话题，是一个题目。至于是不是后无来者，不好说，因为现在很多的年轻人很有想象力。目前在国际上也还没有看到这种文本。书名为什么叫《独白与手势三部曲》呢？"独白"是言说的，"手势"是比画，是难以言说的。或者说"独白"是文字的，"手势"是画面的，书名就有一种意味。"说"与"难以言说"就是文字与绘画的相结合。但是后来这部小说有点遗憾，因为第一部出来后反响极好，所以出版社就催着后两部，我也把持不住了，后两部就显得急了点。

　　至于绘画为这部小说带来了什么，我刚才说了，强调的是互文性。比如某些地方文字表现没有画面那么强烈或者有语义。比如小说开头，就是一幅画，是皖南的小巷——"你眼前的这条小巷是故事开始的路"，这在戏剧上叫"规定情境"，能一下子把你带进故事特定的环境中。所以你不可能想象这个故事发生在北方，更不会在北京，因为它不是胡同，它只能在皖南沿江一代，且与安徽有关，因为它是徽派的建筑，带有一种闭塞、陈旧、潮湿的感觉，正好形成了那个年代记忆的象征符号。这种东西如果用文字来写，你的描写未必有画面的冲击力。它一下子把你带到那个时代、那个氛围里，你会感受到所有故事都与这个环境密不可分。还有一些象征的东西，比如说梦幻，一个人在茶杯中淹死等带有很后现代的画面。这就写出了生命的卑微和脆弱。你如果用文字写也没有画面的丰富性。

《独白与手势三部曲》如果仔细去研究，应该能独立写出一本书。根据每一部分的文字与图画间的关系去做分析研究，作为评论者肯定有一些东西可写。所以将来说你们做这个课题，可以出一套跟小说配套的书，总比点评更好。它给批评者提供一个很大的空间，逼着你想：为什么这个时候插这幅画，为什么画里的内容是这个样子，它和小说的文字形成什么关系，是互补、衬托或者提炼的、隐喻的，等等。

问：您的很多作品，如《抛弃》《和陌生人喝酒》等都是从婚姻的角度切入，透视人生，《对话》也注重对两性之间沟通的描写，是出于什么考虑？这是否与您自身的婚姻状况有关？

潘：应该也有点关系，一个经历婚姻又离开婚姻的人，他对婚姻的思考与在婚姻中的人是不一样的。因为人都有短板，就像一个人享受了这个体制的待遇，就不好意思去抨击这个体制一样。你自己在婚姻中间，你要说婚姻这不好那不好，那你为什么不离婚呢？所以说，在婚姻中写婚姻题材多多少少还是有一种束缚的，写的时候心里不会很自由。婚姻是生活的主要部分，也是人类最大的难题。我对人生、对婚姻制度有自己的一种思考。有几篇小说，比

一意孤行——潘军创作随想录

如说《合同婚姻》《关系》《纸翼》等，都有不同的反映。李洁非写过一篇评论叫《现在的写城市的潘军》，说我总能够敏锐地捕捉到城市人困窘的生存图景和心理状态，这可能就是我的小说想要得到的一种东西。我不会把人生的东西人为地戏剧化，但是我可能会在生活中去发现一些东西，比如说《和陌生人喝酒》这种小说，看过以后有一点意犹未尽的感觉，这可能就是人生的一种况味。而且大家面对的婚姻都会有自己的一些困惑。很多作家写两性没有深度，比较肤浅，更多是点缀性的、陪衬性的、装饰性的。真正深入到婚姻内部去，对它进行细腻的剖析，提出一些见识和发现一些问题的，这种小说不是太多。《合同婚姻》出来之后，许多模仿作品就出来了，看上去似曾相识。

问：2006年之后，您从小说创作转向影视，作家和导演两种角色，在您身上是如何共存的？给您的小说创作带来了什么？一些作品如《对话》《关系》等在形式上的创新是否受此影响？

潘：由作家而导演，原因是多方面的。其中一个原因是，我有自己的人生规划。我很早就意识到，如果把我的一切理解和爱好集中在一个职业上，那就是导演。因为它需要有文学的、戏剧的、绘画的、表演的，还有导演自身的这些知识与能力的储备。我曾经跟余华说，我不会是中国最好的作家，但是我有可能成为中国最好的导演，只要这个国家让我拍我想拍的电影，我很快就能做出有高度的电影，这点自信我到现在还有。我做影视还与当时的经济状况有关。那个时候我是处在人生的低谷，母亲重症，女儿上大学继而出国留学，我刚才说过了，一个人的担当除了对社会的担当，对自己所有身份的担当也是不能少的——你是儿子要对父母负责，你是丈夫要对妻子负责，你是父母要对子女负责。你的身份越多，责任就越多。总之，我需要去打拼挣钱。当然，突然停笔去做导演，也有几点困惑，最大的遗憾是让一些热爱我小说的读者和研究者的普遍失望，他们觉得你这么好的小说家要做通俗的影视，岂不是可惜了吗？但是我不能去对每个人解释。我只能说，一个作家当他觉得不能写得更好的时候，不妨停下来去做别的事情。其次就是自己毕竟脱离了文学界，我对"界"历来不感兴趣，但你是文学中人还是影视中人，是真的不一样的，日常生活所关心的东西不一样。以前，各种文学杂志寄到我家，我总会打开翻一下，其中有熟人的小说我会看一看，好看的我会看完。现在只是把信封拆开翻一下，没什么可看的就搁一边，对当代文坛的关注在我这里就渐行渐远了。如果现在你们要是问我，当代有哪些小说家写得好，我就回答不了，我已经十年不关心文学了，我也不愿意接受文学方面的访问，无话可说。你没有读一些东西，就没有发言权。

至于影视对于我的小说有没有什么影响，肯定是有的。不仅影视有影响，绘画也有影响，李佩甫说我的小说中的绘画性色彩感特别明显。这与我本人画画有关系。影视也是，尽管对于我来说，小说是前置的，影视是后置。我在写小说的时候没有搞影视，但我对影视的研究早已经有了，我从大学图书馆借出来的第一本书就是库里肖夫的《电影导演基础》，比砖头还厚。不然我不可能上手就能拍戏。很多好影片，对话那种精准，那种有意味，对我的小说语言有影响。其次就是结构。电影里面的蒙太奇手法对我小说的结构也是有影响的，再就是镜头语言的影响，镜头叙事和文字叙事，如此等等。甚至有些人说我的某些小说甚至都不需要改成剧本，比如说《对门·对面》，拿起来就能拍。我有的小说写得就像剧本一样，通篇都是对话，你一句我一句，连描写都很吝啬，但是你能感觉到通过这些对话，一些描写都被带了进来，这个对于一般作家来说是有难度的。用对话把一个场景的人物关系、人物心情以及故事的脉络表达准确，不是很容易的。《关系》就是这样，以对话为主。当时《新华文摘》还转载了。有一次我遇见他们的文学编辑，她说这篇小说很特别，一部中篇小说就靠3万多字的对话支撑起来，还写得那么有况味，所以它们之间的影响是存在的。

问：能否谈谈海明威、博尔赫斯对您小说创作的影响？

潘：海明威和博尔赫斯都是我喜爱的作家。大学时代有一年放暑假，我曾经将国内当时有限的海明威的书集中起来都读了，实际上我还是喜欢海明威的中短篇，我不大喜欢他的长篇，包括《丧钟为谁而鸣》这种小说。他的中短篇，我觉得跟我作为一个作家的书写气质比较契合。我喜欢简洁，不要啰唆，不需要那种很繁杂。他的文字我感觉很亲切，因为简洁而准确，短篇小说因为文字受限制，所以更难。海明威的《白象似的群山》也是用对话体写的，他写得那么冷静准确，包括《印第安人营地》写得都很冷静准确。这种东西对于我的影响还是很大的。

博尔赫斯对于我的影响是在认知和叙述层面上。我们这一代作家，最早在文体上是受他影响。当时王央乐先生出了第一个博尔赫斯的中译本，是个短篇小说集，这本书后来成为先锋作家的"圣经"，几乎每个人都看，甚至公开模仿。后来我提出一个观点，如果那时候传进来不是王央乐的译本，那么博尔赫斯在中国这些先锋作家的心中可能就会大打折扣。因为我们这些人，至少我是这样，对于一部作品的迷恋其实是对文字的迷恋，对一部外国作品的迷恋其实是对一个译者译笔的迷恋，这是问题的真相。所以说不是博尔赫斯多么伟大，而是王央乐翻译出来很切合我们的胃口，让我们眼前一亮。他跟加西亚·马尔克斯不一样，马尔克斯是那种魔幻现实主义的小说，内容奇特，让读者眼前一亮；而博尔赫斯的影响在于语言和叙述，让作家们眼前一亮。这是对叙事本身的一种迷恋。苏州大学季进教授就曾经说过，"先锋派"这些作家中间，受博尔赫斯影响最大的就是我。他列举了我的一部叫作《流动的沙滩》的中篇小说，说这部小说是国内受博尔赫斯影响最大的作品。但这部小说并没有引起批评界的关注，因为那个时候先锋小说已经式微了。但是我跟博氏之间，我个人认为区别在于，我虽然迷恋博氏那种叙述，但希望在那种叙述的语境里建构一个比较完整的故事，就是说这个载体上还是有一个故事层面的。如果我换另一种写法，它完全可能写成一个自给自足的起承转合的故事，但这部小说的叙事方式，使故事在戏剧性层面得到了一定的消解，会让人感觉扑朔迷离。但这只是故事层面，我的这个特点也是我和其他作家的区别。我理想中的小说文本是一种"有意味的形式"，是在那种讲究叙事并且还要固执地建立起故事构架的文本，而非不知所云。比如《流动的沙滩》，这里面实际上讲的是人生的轮回，散发出人生无意义的悲观情绪。年轻作家面对的老作家其实就是面对自己的未来，于是就有了一种恐惧，所以他最后萌生"我"的人生属于"我"，"我"的人生不能被人拿走的念头，"我"也不能替别人活着，所以他必须杀掉那个老作家。令人惊讶的是，老作家留给他的遗物就是他梦想中一定要完成的一部作品，这是一种在劫难逃的宿命悲剧！我时常有一种妄想，现在的这个我不是我，我是替某朝某代某一个跟我相似的人而活着，那个人可能是个名人，也可能是个凡夫俗子，他的语言、手势、腔调、生活习惯，除了一些物理上的变化，其他东西从心灵上是没有变化的。在一个新鲜的、带有一种现代色彩的叙述文本里去企图建构一个属于自己的故事框架，应该是我所追求的一个方向，我从来不觉得我自己的某一部作品没有表达，完全是虚妄的。我觉得我的作品都有表达，都有诉求，都有故事，甚至用你们的话就是都有主题性。很多人认为，先锋作家都是胡说八道，扯七扯八，其实他们是真的没有看懂。

问：少时的记忆对创作有什么影响？

潘：我在以前的访谈中说过："一个作家的童年和少年的记忆决定了他的写作方向。"为什么要提出一个写作方向的问题？首先我认为写作是有方向的。这个方向，是在形式和内容两个方面都有拓展。

家庭环境、社会环境和地域环境——三大环境的约束或者陶冶，使你形成了一套独特的价值观和审美观。如果我换一个家庭，比如我父亲是个军人，或者说我从小是在机关大院里长大的，那么我的价值体系肯定会发生变化。审美观也会变化。站在这个立场上，我提出童年或少年的记忆是自己写作的方向。不管你拒绝或者不拒绝，它都是存在的。当然，有的作家在自己的文本中表现得更好一些，有的就显得不足。阎连科如果不是农民的儿子，他不可能写出这些小说。莫言如果不是山东高密人，他也不可能写出那种小说。余华如果不是出生在医生家庭、自己做过牙医，他的东西也不可能那么硬冷。我如果没有对机关的深切感受，我也写不出来机关的东西，只有我对它有了深刻的感受，我才能写出《三月一日》那样的小说。

问：先锋文学三十年，很多先锋作家对其进行了回顾和总结，像苏童，他用"裸奔"一词来形容当年的创作姿态，认为几十年的创作一直在尝试穿不穿衣服、怎么穿、穿多少的问题。您作为"先锋派"的代表之一，怎么看待三十年来的先锋文学创作？您认为它有哪些地方值得我们反思？

潘：他这种表态，带有一种调侃。"穿不穿衣"，讲的依然是形式和内容的问题。就是说用一种什么样的形式去表达——是像以前一样用一种比较华丽的、流畅的和富有韵味的文字去写，还是用朴素的文字去写？前面我已经说了，内容和形式永远是互动的，一个小说家的表现手法，就像女孩子穿衣服一样的，你根据你今天要见的对象、活动的内容，选择你要穿的衣服。比如见父母，见同学，见老师，要穿不同的衣服，甚至化不化妆，化什么样的妆，都有选择，都是不一样的。我自觉在这方面是有文字可塑性的，我不愿意像某些作家写什么都是一个腔调，一种笔墨。

回顾先锋文学的创作，有几个肯定、几个否定。先锋文学最大的贡献，至少是部分改变了中国小说的两个源流关系：一是俄罗斯文学，一个是明清话本。它一下子把这两个传统打乱了，引进的是西方现代派一种新的语系。这是第一个贡献，应该也是最大的贡献。从此在中国的小说形式上别开生面，有了现在一批作家和一批作品。而且这个影响至今还存在着，甚至包括现在的网络语言，很多东西还是受我们那一代作家的影响。一些网络语言不是写实的、传统的，而是跳跃式的、借代式的、变异式的。第二个贡献，确实是这些作家以及他们的创作实绩成为中国当代新时期文学的一个高度。

哪些地方值得我们反思呢？我觉得先锋作家由于一开始刻意张扬的个性——那时候我们写作有一个自觉和不自觉的心理定式：一定要写得和以前的小说样式不一样。这里面带有一种刻意性。包括我的小说，比如说早期的《南方的情绪》，都是有的。这样一种学术上的偏激，导致大家对传统文学和世界文学史上优秀的现实主义文学的冷漠。先锋小说的创作没有得到兼容，或者说有效的兼容。时隔多年以后，我感觉得到这是一种损失。中国本土文学应该有中国传统文学的一种气息和精神。一个用汉语言写的作品，应该比用英语写的、法语写的更具有魅力。这也就是为什么至今汪曾祺的文字还有生命力的原因。汪老的文字层面是传统的，但他的思想意识是现代的，你感觉到他的小说有诗情，有画意，有尺牍札记般的散文感，这些东西都让你能够联想到唐诗、宋词、元曲，乃至后来的话本小说。而在我们的小说中间是一种明显的缺失。第二个方面的不足是，先锋小说由于强调独立意识，因而忽略了读者，没有真正地把读者放在心中，强调是曲高和寡，独领风骚，扬言我的小说是留给下一个世纪看的，这种学术上的张狂导致了作家心态的浮躁，所以先锋小说最大的遗憾之一，就是这一批拥有优秀才华的作家没有一个人写出与他的才华相匹配的作品，至少是一个好长篇。我们这批人应该有可能出现一个会写出一部大书的作家。应该有人能写出一部在世界文坛上叱咤风云的小说，如《百年孤独》《1984》一般，能成为一种当代经典的小说，可惜没有！这跟当时那种浮躁心态甚至急功近利有关系。成名太早不见得就是好事啊，如果大家再历练十年，就可能出现最好的作家和大作品。

我是一个追求自由散漫的人，我没有一种为文学而献身的姿态，我是要把自己的生命拓展到极限的姿态。因为我的爱好比较多，文学只是我的一部曲，导演是我的第二部曲，到了七十岁之后，可能就是专事书画，就是我的第三部曲。我的人生三部曲可能就是这样。每个人的人生观是不一样的，我就是按照自己的愿望去生活，当然也会遇到胳膊拧不过大腿的时候，那就暂时搁下不做。我非常清楚在中国做事，讲究一个顺势而为。势不在，着急也没用。这么说有些悲观，我骨子里从来就是一个悲观主义者。

问：与其他先锋作家相比，先锋小说创作带给您什么独特的东西？

潘：首先，打开了我的视野，就是确立了我的写作方向，同时确定了一个作家所坚持的立场。其次，我在自己好年华的时代，毕竟是写出了一批作品，同时也是希望这些作品随着时间的推移还有生命力。再次，先锋小说的实践，某种意义上加强了我本人叛逆的性格，对今后的世界观、人生观也是有关的。先锋小说对于我的

一意孤行——潘军创作随想录

人格有了一种丰富，使我对于人生的信念有了一种坚持。我自己很怀念那段时间，也从来不觉得自己有那种尝试是错误的，只是觉得有些美中不足，如果我们更平心静气地坐下来多读点书，然后再发力可能会写得更好。

问：您后来的小说很好读，也很有吸引力，虽然在形式上放弃了早期对技巧的过分迷恋，却仍显示独特的先锋气质。您也肯定自己前后的追求是一贯的，即形式与内容的和谐统一。您是否把"先锋性"作为自己写作的目标？您的小说中精神上的支撑是什么？

潘：这个问题实际上也就是我刚才的反思。正因为有了这些东西，我才会问自己为什么要写作，你是写给自己看的吗？那写日记就够了，为什么还要发表、出版？一个作家把他的作品发表出来，目的就是希望能赢得一些知己——有人喜欢他的小说，有人受到他作品的启迪，有人通过小说成为他的朋友，某种意义上，阅读也是创作的一部分。于是，就要考虑以前丧失的一些东西，需要去找回来了。如果说作家的任务就是向读者讲述一个好故事，那么，好作家的使命就是讲好一个故事。那么"先锋性"是什么呢？"先锋性"其实就是一种精神价值的追求。文学作品对于形而上的探索就是最大的"先锋性"。反过来说，如果一个作品只是停留在故事的表面，这个作品肯定是没有生命力的。我对小说的理解，简而言之，还是"有意味的形式"——苏珊·朗格的这个定义，在我这里，应该是一个小说的纲领。

谜一样的书写

——潘军长篇小说《风》访谈录

时间：2019年3月16日上午

地点：泊心堂，潘军安庆住所

访问者：陈宗俊（以下简称"陈"）

受访者：潘军（以下简称"潘"）

陈：潘老师您好！今天我们想就您的第二部长篇小说《风》做一个专访。首先请您谈谈小说当时的写作情况。

潘：《风》写作时间在1991年春末至秋初，差不多小半年时间。1992年《钟山》杂志第三期开始连载，到1993年第一期连载完。对于一些喜欢"先锋文学"的人来说，《钟山》是很有影响力的刊物。不过那个时候大家已经不怎么谈小说了。写完《风》，我就去了南方，随后就中断了写作，大概是第一次中断，差不多有五年的时间。在《风》之前我已经写了一些"实验小说"，比如中篇《白色沙龙》《南方的情绪》《流动的沙滩》《蓝堡》等，特别是《蓝堡》，这个中篇虽然和《风》的写作没有直接的关系，但从叙事本身来说是有关联的。《蓝堡》满足了我叙事上的需要。

陈：《蓝堡》发表于《作家》1991年第四期，从时间上看，应该是这之后您开始了《风》的写作？

潘：对，《蓝堡》写于1990年，先给了《收获》，程永新在给我的信中说，他很喜欢，但那个时候编辑部的意见是要先等等。后来宗仁发约稿，我就把《蓝堡》给了他，很快就当头条发了。这之后我就想写一部长篇了，想把中短篇的一些尝试引进到长篇中去。这个欲望很强烈。某种意义上说，《风》的写作是形式先于内容，我需要先想好该怎么去写。

陈：这样来看，您是出于对当时长篇小说创作的某种不满才进行《风》的写作实验的。的确，文本的实验是这部小说取得成功的重要原因之一（如印刷时的宋体、仿宋体和楷体三种字体），由此形成后来吴义勤所说的三种风格（抒情性、神秘性和理论性）等。这种形式探索的初衷，您在河南人民出版社初版《后记》中有一段话也可以说明："很长一个时期以来，我一直对当代长篇小说的创作持悲观态度。我的悲观也许仅限于形式，或者说营造方式。无论是朋友的还是我的，大都让我悲凉地感到'气数已尽'。青年小说家一旦迈上长篇的台阶，似乎脚就很难提得起来了。我是在'革命'的意义上强调这种忧虑的。"——这里的"悲观""也许""悲凉""气数已尽""革命""忧虑"等措辞都暗含着对当时长篇小说创作的不满。您能否具体谈谈？

潘：当时就是这么想的，一孔之见。正如我在一篇关于《风》的创作谈中谈到，《风》缘起于我的一部未曾面世的中篇小说《罐子窑》，写于1986年，一直就没有拿出去，因为总感觉它不像一个中篇，而应该是一个长篇——我历来认为小说的长、中、短，按照字数划分不是唯一标准，我强调的是小说的意识。简单地说，你觉得怎样才算是长篇、中篇或者短篇？这个很重要。《大淖记事》再长也只是个短篇，《阿Q正传》不过两万来字，怎么看都是个中篇。长篇就更是如此了，所以这才有了后来的《风》。现在很多长篇不像个长篇，都像是中篇的拉拽，还是个意识问题。

陈：您曾说过，《风》曾有个副题"历史的暧昧"，所以这部长篇中也写到了爱情，写到了现实，我更倾向于它是一部写历史的小说，属于当代"新历史小说"行列，虽然您对这个概念不大认同。从小说故事本身（尤其是"过去的故事"）、部分"作家手记"，以及小说三部分开始前分别引用了悉尼·胡克、屈威廉、克洛德·列维–斯特劳斯等人的话来看，我们强烈地感到《风》与传统（革命）历史小说不同，其特点大致可概括为"大写历史小写化""客观历史主观化""必然历史偶然化"几个方面。历史如风一般不可把握，如陈晓明所说的，这部小说是试图怀疑一部巨大的历史神话。请您谈谈小说中试图要表现的历史观是什么，为什么？

潘：《风》的写作时期是寂寞的，似乎是一种责任感促使写作。所谓"历史的暧昧"，显然是指对历史的态度。克罗齐说"一切历史都是当代史"，我深以为然。《风》看上去是一个青年人像煞有介事地调查、考证一段历史的真伪，企图探寻历史的真相，结果是四处碰壁、一头雾水，毫无真相可言，这就是"历史的暧昧"。一部《风》中，事件与人物、真相与谎言、扑朔迷离和语焉不详，似乎无处不在。究竟是有人事先安排还是一种命运的巧合？无法说清，更难以证明。面对一段历史，无论是典籍所呈现出来的、用文物鉴定出来的，还是目击者的见证或者当事人的口述，我认为都应该被继续质疑，你无法忽视个人的判断和认知。谁在书写历史？谁在篡改历史？谁在掩盖历史的真相？谁又在推动历史的发展？历史中的人永远只能被历史所裹挟，就像被风裹挟一样，你没有办法捕捉它，但是你无时无刻不感觉到它的存在，它会迫使你在风中做任何的姿态。这大概就是为什么取名叫《风》吧。

跳出这部小说，首先我强调的是我自己在历史中的角色，就是我对这段历史介入了没有。尽管在一定程度上它符合了我的某种倾向性，但并不意味着我对它达到了高度信赖。资料看上去是盖棺论定的，但随着新的研究不断涌现，会出现很多自相矛盾，甚至颠覆性的东西。比如某个文物的出土，一下子颠覆了几千年的历史认知。这就恰恰说明，历史本身充满质疑，除非是转瞬即逝的昨天，我们是有可能把它比较完整地还原的，但是稍微久远一点儿，它就脱离了你的视线和你的认识，我们不是亲历者。

其次是罗生门层面。即使你介入了历史，因为你过分强调你的角色、你的立场，对于旁观者来说，也不是客观的，因为他有他的认知。历史中的人和人对历史的认识，永远是在这两方面作用力下产生的结果。对于一个创作者来说，用这种历史观来写，会赢得更大的自由。因为不需要为某段历史的结果承担责任，但可以利用自己的认知与想象去建构这段历史，做出有限度的呈现。

陈：事件是构成"历史"的重要组成部分，在传统（革命）

历史小说中，这种事件往往是一种政治事件，是构成历史的"硬件"之一。《风》从表面来看，也写到了"我"对"历史英雄郑海"的调查、隐约的国共斗争、叶家父子在民族危亡时的所作所为等，看似也是重大历史事件（如郑海为渡江战役提供的重要军事情报等），但这些所谓的"历史事件"都属于虚构的，重心写的是这些事件中人物的命运与精神状态，即美国当代历史学家海登·怀特所言的"历史学家研究'真实'事件，而小说家研究'思想'事件"，"历史事件"在这里成了"软件"。

另外，在《风》中，您像煞有介事地引用了一些所谓的史料、档案、人物访谈与回忆等，来写历史人物郑海，这些复合型文本内容本身当然也是虚构的。由此您怎么看所谓的"历史事件"之于一些"新历史小说"的意义？如莫言的《红高粱》中对抗日、乔良的《灵旗》中对湘江之战、格非的《迷舟》中对北伐战争等的描写。为何作家们"不约而同"地用这种方式写作？

潘："新历史小说"这个概念具体包含哪些元素，我不清楚。我觉得核心应该还是强调一种个人对历史的态度与认知吧。至于作家在作品中引用一些史料、档案、人物访谈与回忆等，大致上有两个原因：一是获得了蓝本，成为素材，如《灵旗》；二是满足于叙事，如《迷舟》；或二者兼有，如《红高粱》。毋庸置疑，《风》是面对一部巨大的历史神话来进行质疑与拷问的，这就建立了个人的历史观。其中那些虚假的史料，某种意义上也是一种叙事的需要和策略，但没有从整个主题的营造中剥离出去，反而增添了文本的悬疑感和神秘感，增加了历史本身扑朔迷离的层面，使读者感觉走入了迷宫。

陈：陈晓明曾说："这部小说可以看成是对历史进行一次捕风捉影的追怀，对历史之谜实施一次谜一样的书写。"

潘：鲁枢元有篇关于《风》的文字，题目就叫《捕"风"捉影》。

陈：小说的一则"作家手记"中有这样的表述："这部小说的人物关系为我始料不及。……这给我的创作带来极大的困扰，以致我时常手足无措。"这些可能是您当时的真心话。因为1993年您在接受马原的一次访谈时曾说，对《风》的结构形式，"比较喜欢，但是觉得雕琢了一些。我应该写得自然一些，会更好。其实当时写这部小说，某种意义上是出于对这种叙事的冲动。我知道了'怎么写'，却还不怎么知道'写什么'。也就是说，故事是一点一点生长出来的"。出现这种"雕琢"与"混乱"，是否与您当时某种"写作中"的状态有关？后来同样写历史的小说，如《结束的地方》《夏季传说》《桃花流水》《重瞳》等，您要从容得多，也看不出有什么"雕琢"的痕迹，不仅知道"怎么写"，也知道"写什么"。由此，您如何看待作家创作的"写作中"与写作前必要的构思之间的关系？尤其是对长篇小说这一文体？

潘：第一，这部小说确实存在即兴发挥的成分，但是作为长篇，还是要有一个大概的脉络和指向性的判断。第二，人有时会被无形的东西折磨，比如由理想导致的某种信仰。小说中的人物，比如叶家兄弟，和各自的信仰纠缠一辈子，最后双双濒于崩溃，如同小说中的无字碑和一盘残棋。并不是说他们是失败的，只能说不靠谱的信仰是恐怖的。大戏已经落幕，但是演员还不能下场，需要继续表演下去。这是人类的悲哀。我把这种意识带入了这部小说。第三，作品中的东西是似是而非的、可疑的、暧昧的，甚至是作者也无法解答的。但是作为一部长篇小说，小说家的任务是呈现，而非解释。

陈：因此面对这种信仰和历史，小说中的人物各怀心事，探究真相与掩盖真相这两种力量在小说中体现得很明显。

潘：对。其实文中一直存在着两种力量相互交缠：一种以"我"和陈士林为代表，历史的发掘者，探求历史的真相，一定要接近真相、发现真相。还有一种以林重远、陈士旺为代表，享受历史的这种裹挟。当然还存在像秦贞这样，对历史采取盲从的态度，以及田藕这种，没有被历史所裹挟的人。例如关于唐月霜的死，在这两种力量的相互交缠之下，不同的人说出的结果肯定是不一样的。陈士林不是叶千帆的儿子，但他像叶千帆一样，一直在追寻历史的真相，虽然他以一种玩世不恭的态度出现。但陈士旺恰恰可能是叶千帆和莲子的孩子，正是仰仗了林重远的一种荫庇和呵护，他觉得这件事情会给他带来无限风光，最后换来的是悲剧的下场，他执着地追求自己的事业，想成为一个风云人物，想借着林重远这层梯子向上爬，最后死于愚昧和盲从。你不能说他是个完全无辜的人，他骨子里有自己的算计，有农民的精明。这些人在中国社会里是很常见和很普遍的。

陈：由此我们来看小说中人物的塑造。在传统（革命）历史小说中，人物大都是帝王将相或者英雄人物。《风》中也不乏英雄（如郑海、叶氏兄弟），但更多的是小人物（如过去故事中的莲子、六指、唐月霜，现实故事中的陈氏兄弟、田藕、王裁缝等），但这些人物身上大都充满了谜团。既然历史的主体都是不可知的，那么历史本身也就值得怀疑了。这与小说的历史观、对历史事件的处理等是一脉相承的。另外，小说中人物（过去的与现实的）大都是一个个"孤独的人"，如萨特所说的"我们只是孤零一个人，无法自解"，改写了以往历史小说中，特别是"十七年"革命历史小说中人物大都是"大写的人""透明的人"的格局。特别是其中的英雄人物，您曾经说过："历史不相信历史中的英雄。"能否具体解释一下这句话的含义？

潘：在一次访谈中我曾经说过"历史不相信历史中的英雄"这句话。这句话实际上就是想表达，明明是虚构的东西，却被人们信以为真，我们一直像煞有介事地去澄清什么、证明什么，却不敢直面历史的真相。

小说中为了证明故事的真实性，在迷途中不断有指示牌指引着前进。比如林重远的那只眼睛，好像就是他丢失的一个物件。这些提示都是为了让你锁定林重远就是叶之秋，而且在这之前已经有材料证明了林重远伪造了自己的历史，将他人的经历挪为己用，他一直在伪造历史，这就是所说的大戏已经落幕，演员还没有下场，正体现出了小说的魅力和生命力。

陈：正如小说中所说"人实在是个谜"。《风》中的人物刻画，既引人入胜，又让人充满疑惑。每个人都是一个谜。虽然米兰·昆德拉说"小说家应该描绘世界的本来面目，即谜和悖论"，但这里有几个问题请您解惑。

首先郑海是谁？依我的理解，这一人物至少有两种可能：一是集体化名。由于特殊的斗争环境的需要，郑海是当时中共地下工作者的一个集体化名的代称，所以六指说叶氏兄弟都是郑海。二是叶千帆。表面上看，大少爷叶千帆是国民党少校副官，后来也登报说去了台湾。但种种迹象表明，这只是一个幌子，叶千帆是中共安插在国民党内部的一个内应。如小说最后，一位曾参加渡江战役的中共参谋长说，他们获得的渡江战役中高村至马家圩一带国军布防情况的重要资料就是由郑海提供的，"但直接送过来的却是一位姑娘"。从小说来看，这姑娘就是莲子。而小说中最后与莲子在一起的是大少爷叶千帆。所以在我看来，郑海可能就是叶千帆。另外，叶千帆可能并未赴台，而是留在大陆。现实故事中一樵老人，也可能就是叶千帆。因为他对长水故道的无比眷恋、对"我"准确说出唐月霜死时年龄、田藕回忆少时一次奶奶带她在长水故道茅屋留宿前后奶奶的言行、青云山道士说他是这一带的药王等等，都暗示出一樵可能就是叶千帆。但问题是，小说中（无论是所谓的史料记载还是民间传说等）说郑海是"三代行医""游方郎中"，而叶千帆却是行伍出身，这是个疑点。请您解惑。

潘：从故事层面来说，郑海是一个英雄，至少是传说中的英雄。叶千帆听命于郑海，甚至叶千帆有可能就是郑海。但从现实层面来说，林重远却坚持说自己是郑海的战友，郑海的音容笑貌宛如目下，他成了最权威的发言人，殊不知他说的郑海可能就是他的哥哥，他的哥哥没有去台湾，就隐藏在他的身边，暗中注视着他，一直到新的谎言出现。郑海实际上可以理解为信仰的代名词，代表着某种信仰，小说中的人物都以郑海作为自己追求成功的砝码，他们都离不开这个郑海，又同时被折磨。

陈： 林重远是否就是叶之秋？因为：一是从经历来看，二人早年都在一些学校从教（所以秦贞说林重远是她母亲同事，喊他舅舅），现实中都很"儒雅"，且侃侃而谈；二是多年后林重远对叶家大院的依恋，尤其是当年叶之秋的书房和那张床的暗示；三是林重远有一只假眼，与青云山道士所言的叶之秋并未死，只是"身上失去了一件东西"，这东西可能就是一只眼球。故此推定，林重远可能就是当年的二少爷叶之秋，不过1949年后化名在北方工作了四十年而已。

潘： 我们可以进行这样的猜想。有可能一樵就是叶千帆，林重远就是叶之秋，所有的线索最后指向的是林重远和那块无字碑，仍然有人想要延续这种谎言，我们要做的就是制止这种谎言，但我们唯一能做的就是将无字碑铲掉，不让像田藕这样的人再卷入历史之中。无字碑实际上就是这段历史，就是一种空白，一种糊里糊涂的空白。

陈： 小说中陈士林是个私生子，生父母是谁成谜，所以他才说"这个幽灵会缠绕我一辈子"。从种种迹象来看，生父母可能就是叶之秋与莲子，并非叶之秋与唐月霜。因为，小说中虽然也写到了叶之秋与唐月霜也曾生有一子，据说生下三天后就死了。其实可能并没有死，如唐月霜临死前叶千帆说有重要事情告诉她，可能就指此事。但据王裁缝说："莲子的孩子比二姨太的孩子早生一年的样子，季节差不多，也是秋天。"而陈士旺也说，母亲莲子结婚后第二年秋天有了他。因此据王裁缝与陈士旺两人的言论可知，莲子在秋天生的孩子可能就是陈士旺，而非陈士林。虽然叶之秋对莲子说他们的儿子"抱给好人家了"，但莲子说"二少爷，你的儿子回来了"应该不假，这是一个母亲对血亲儿子的天然感觉。但问题是，陈士林一再否认生父是叶之秋，且本能上反感叶之秋，没有那种血肉亲情的天然感应，倒是对大少爷叶千帆印象很好。另外陈士林说，母亲莲子临死前曾暗示他是郑海的儿子，而郑海是谁又是一个谜。故陈士林生父到底是谁，也许只有莲子知道。

潘：莲子和叶之秋是没有孩子的。叶之秋和唐月霜存在乱伦关系，并生下一子，叶千帆赶回来之后，为了不让家丑外扬以及给父亲一个交代，谎称孩子死了，实际上是委托莲子将孩子送到后山隐藏起来。这个孩子在几年以后，制造了落水的假象被船上的人救了起来，从小就充满了狡诈而且敢于冒险，不惜以生命为代价要被人捞起来，最后果然顺风顺水搭上了这艘船，回到了故乡罐子窑，但此时这个孩子最大的困惑就是他也不知道自己的亲生父母是谁，但他知道自己的身世与这个家庭有关系。

这个孩子我认为是陈士林而不是陈士旺，虽然在描写年龄提及了大概多少年岁，约莫几岁的光景，或者外人所道之言，你会发现并非一一对应的，这是作者一开始有意的安排。因为任何历史都似罗生门一样，每个人都在选择对自己有利的立场。同一件事情为何有不同说法，叙述者通常是以自身的角度说故事了，甚至有意代入，由此产生利益关联。陈士林身上反映出底层人的精明和狡诈，还有霸道，很有可能和他对自己命运的追溯有关，所以他说幽灵纠缠了他一辈子。因此，他才会在林重远这种大官面前显得从容不迫，肆无忌惮。比如小说中一个细节，陈士林打了一只山鸡，说是最贱的凤凰。他的手还能伸到专员外甥女的乡长身上，暗示着某种基因的自负与强大。

陈：不同于陈士林，陈士旺的生母是莲子毫无疑问，但生父是谁成谜。从故事来看，六指是个性无能者，应是陈士旺的养父。据小说中的种种暗示，陈士旺生父可能就是叶千帆。因为在莲子与六指结婚后几天，"一个夜晚，莲子来到军营找到了他"。以后莲子对叶千帆情有独钟，不排除还有肌肤之亲。同时小说中，莲子与叶之秋恋情在先，后才移情于叶千帆，所以先有陈士林，后有陈士旺。这样，陈士林可能就是陈士旺的哥哥，而非弟弟。不知这样推断是否可信？

潘：陈士林和陈士旺并不是亲兄弟，而是堂兄弟，这种关系永远不能够被证明，因为这意味着一种家丑被披露，家丑永远是不能面世的，包括叶家兄弟也没有勇气去直面这段历史，他们能做的就是掩盖。叶家兄弟间的这种互不信赖，也是一种时代变化和政治变化的反映，血缘关系已经不可靠了，叶念慈和六指之间的这种主仆关系反而更加容易信赖，主人死后，仆人会继续按照主人的指令办事。这也是一种对人性的拷问。

陈士旺很有可能是叶千帆和莲子亲生的。陈士旺不完全是一个忠厚之人，他明知当地的土质不行却还是要进行所谓的改革，这是忠厚吗？叶千帆身上没有这种品质，莲子也没有，但这块土地上有。

陈：看来我对陈士林身世的理解有误。再来看看田藕，小说中也就十七八岁，本是一个单纯的年龄，但小说中她因"历史的负累"活得很累，超越了她那个年龄段宝贵的东西。田藕，让我想到了您长篇小说《日晕》中的苇子，可爱又让人心痛。您怎么看田藕们这类"小人物"的意义？

潘：书中人物田藕是作为新生生命的象征而出现的，一樵这种人不想让田藕这种生命的精灵受到莫名其妙、子虚乌有的干扰，所以田藕是不能有信仰的，是不能有任何职务的，最后田藕也确实如此，虽然一场大火之后田藕最后的命运不了了之，但这里面也存在了多种可能性，她作为一种被保护者在故事中出现，代表了一种新生和纯净。

陈：小说中，六指这一人物往往是被大家忽略的。但实际上，这一人物在小说中至关重要，他是小说故事的一个点睛人物。您当时是怎么考虑这一人物设计的？

潘：小说人物关系中，真正没有血缘关系的是六指，他作为一种监视者的身份而存在，监视着这个院里的男人和女人，监视男人并不是怕他们碰老爷的女人，而是怕男人带回来什么使命。叶念慈可能为多方面力量而效力，存在着很多种身份，也是文中所有悲剧命运的直接制造者。

六指被赋予的东西是强烈的。首先是忠实的奴才，其次是阴狠的鹰犬，叶念慈通过他控制着两个少爷，控制着整个院子和地盘。即使在叶念慈死后还是有势力在控制六指，导致他对两个少爷动了杀机。他始终未出现在正面，但推动着情节发展。六指的存在暗示着宗法社会的复活，超越了血缘关系，置换成了君臣、主仆关系。在一个统治集团内部，这种关系超越了亲属关系。叶念慈对六指是极其信任的。叶念慈死后，可以看出他在国共两党之间游刃有余的特殊身份，可以和汪精卫、日本人进行交易。这些关系集中在叶家大宅中，杀机四伏、险象环生，形成了某种隐喻。

陈：如此看来叶念慈也不是个等闲之辈。小说中文字部分似乎让人感觉他是个仁厚的长者、一个依恋故土的乡绅，其实不尽然。所以小说中这种人物身份的模糊性，与传统小说中历史人物身份的明晰性形成强烈对比。连历史人物都是谜，更何况这种历史本身的可信度了，这样又与小说主题所要表现的历史观一致。但这种历史事件、历史人物等身上过多的谜团，是否会让读者有一种求而不得的失落感？或者被一些人理解为"历史的虚无主义"呢？"历史的虚无"和"历史的真实"之间存在怎样的界限？

潘：历史的质疑并不等同于历史的虚无。我们应该对任何一段历史保持一种质疑的态度和立场，但质疑不代表这段历史不存在。历史虚无主义认为，什么都是不可信的，但《风》这个文本强调的是个人对历史的态度、感受和认知，尽管很难避免罗生门的认知，但必须强调个人的认知。

陈：在已有的《风》的评论中，有一点似乎被大家忽略了，即小说中"性"也是推动历史的一个重要方面。其实历史上这种例子很多，如古希腊历史上的特洛伊战争传说、成语"千金一笑"的来源、吴三桂冲冠一怒为红颜的故事等的背后，就是这个"性"的力量。但在传统历史小说中，"性"要么是个禁忌（如革命历史小说中是无"性"的），要么是猎奇和性行为的描写（如《金瓶梅》）。在《风》中，"性"也是推动历史事件和故事本身的有力方面，改变着人物的命运，也改变着历史的某些进程，但每个人物似乎又都在"性"面前迷失了自己。小说可以说是充斥着乱伦、通奸等有悖中国传统文化的东西，如叶家两个少爷和院子里的两个女人间就存在这种复杂的关系。请您谈谈小说在这方面的考虑。

潘：叶之秋和唐月霜存在的是一种乱伦的关系，而叶千帆和莲子之间又属于一种偷情的状态，都是不被世俗所认同和允许的。这也导致了每个人的命运发生变化。如莲子被叶念慈许配给六指，等于是作践了莲子，六指反而感恩戴德。唐月霜经历了叶之秋的欺骗，却从内心里敬重起了他的哥哥叶千帆。但叶千帆又用内在的理智，甚至外在的自虐，克制了自己的情欲，残酷得令人动容。唐月霜自始至终没有得到叶千帆的爱，最终死于非命，算是含恨死去。虽然叶千帆和莲子偷情，但这种偷情一点儿也不觉得龌龊，反倒美好。只不过父命难违，或者某种政治力量让他没办法违抗自己的父亲。这是宗法式的压迫，可悲的是这个身经百战的男人却无力反抗。

叶家宅子的这两个女人之间地位、文化差距很大，但在男性层面上都有地位，男人对女人的爱都是以欣赏和占有为目的。假设某些东西是肯定的，比如叶之秋的风流倜傥被唐月霜吸引，很像《雷雨》中的蘩漪和周萍互相吸引，这是旧时代不罕见的事情。还有像秦贞这种人，表面看上去并没有那么聪明，但其实她一方面迷恋着陈士林身上男人的魅力，另一方面又想改变陈士林的身份，让他俩相匹配，有着自己的算计。

陈：对故事意蕴丰富性或者弹性的追求，是您的一贯写作风格，这也是20世纪80年代后中国当代小说逐渐走向好看、走向世界的一个重要方面，它打破了以往历史小说中线性、大团圆式的格局，具有颠覆性意义。您是中国作家中对"故事"苦心营造的为数不多的坚守者之一。如小说中多视角、空白、悬念、元叙事等手法的运用，是您的拿手好戏。如多视角方面，对叶念慈死前的"两根指头"的含义，不同人物对此做出的不同理解，有一种日本导演黑泽明电影《罗生门》的意味。另外，像"蛇吞其尾"签文、郑海的墓碑之谜等等，都充满着悬念。这些手法，有些是从传统小说中借鉴过来的（如文字的抒情性、一些场面的戏剧性等），更多的是对国外现代小说技法的移植与改造。因为在小说中，您谈到了米兰·昆德拉、约瑟夫·海勒、海明威，以及培根、格林、海德格尔、埃利蒂斯等大批西方的文学家、哲学家、心理学家等。请谈谈外国文艺思潮对您创作此小说时的影响，以及80年代你们这批"先锋"作家眼中的外国文学对你们的"革命性"意义。

　　潘：我已说过，《风》完成于一个寂寞的时间段，《风》的写作也很寂寞。没有前车之鉴，没有蓝本供我参考，中国没有，外国也没有，只能说我本人在寻找我想要的一种小说叙事。当我找到以后，这本小说在某种意义上就建立起来了，然后随着写作的展开，不断地进行补充和添加。《风》是用钢笔所写，手稿至今仍然保存着。那个年代没有互联网，无法上网查阅很多背景资料，很多背景都是一本本翻阅纸质资料而来的。我在作品中引用一些外国作家、哲学家的话语，其实更多的是与我以往的阅读经验有关。

　　陈：读者与批评界对《风》的文本存在多种理解，如有人认为这是一部"先锋实验小说",有人认为是一部"新历史小说",有人认为小说是形式大于内容,等等。您如何看待这种不同的解读?由此我们如何来看作家的创作初衷与读者实际阅读上的不一致情况?

潘:我认为评论一部作品,首先要有其独到的认知,不能人云亦云。共识的部分是不可避免的,但我们也不能满足于这些共识。你今天来,可以听作者说,但作者说的不一定都是对的,形象大于思维,小说有其自身的价值。读者也可能会读出更高明的东西,这是正常的。多年前我就说过,好的小说,作家只能写出一半,另一半由读者完成。阅读是创作的一部分。我还打过一个比方,好的小说是一杯茶,作者提供优质的茶叶,读者提供适度的水,二者合作完成。中外很多经典的作品,其意味都不是作家写作的那个时候就能完全意识到的,他可能有某种预见性和前瞻性,随着时间的推移,逐渐显示出它的生命力。

还是要立足于文本本身。《风》这个文本之所以在今天仍然能够引起大家的重视,固然有其原因所在。可能很多人乍一看来,认为《风》是形式大于内容,仔细读下去以后,内容实际上还是大于形式。

陈:《风》从发表到现在近三十年了,至今还在被人研究和谈论,当代有些作品能看出或多或少受到《风》的影响。您在《风》中的种种尝试以及可能存在的问题都是当代小说创作的宝贵财富。现在您是如何看待当年自己的这种写作努力——语言的、结构的、内容的、形式的?以及如何评价当代"新历史小说"创作?

潘：小说是语言的艺术，更是结构的艺术、叙事的艺术。我不过是把对小说，尤其是长篇小说的个人理解，寄托在《风》中。我认为这是一种有价值的探索。经常听到有人说，哪部小说受到了《风》的影响，或许是，也未必是。我现在几乎不读小说，谈不上对当代小说的评价，我也不完全同意《风》是一部"新历史小说"，《风》作为一部带有实验性质的长篇小说文本，是我对长篇小说写作的一次美好冲动和释放，就这些。

陈：问您两个与《风》无关的问题：一、在您这么多年的写作中，有无遗憾的东西？二、您认为好的小说应该有哪些品质？

潘：最大的遗憾就是，以我的能力应该还能写出更好的小说，但是没有写出来。电脑里至今还残留着两部未竟的长篇。原因是多方面的，不想多说。或许将来还会认真去写，有写完的那一天。一个作家的坚守，或者一个艺术家的坚守，实际上是在坚守自己的主张和立场，这是最值得坚守的东西。第二个问题，我觉得优秀的小说都有一种前瞻性，同时具有文本价值，这大概就是通常所说的生命力吧。